Berichte und Mittheilungen des Alterthums-Vereines zu Wien

Band VII

SALZWASSER
VERLAG

Anonym

Berichte und Mittheilungen des Alterthums-Vereines zu Wien

Band VII

Unveränderter Nachdruck der Originalausgabe von 1864.

1. Auflage 2022 | ISBN: 978-3-75259-620-5

Verlag: Salzwasser Verlag GmbH, Zeilweg 44, 60439 Frankfurt, Deutschland
Vertretungsberechtigt: E. Roepke, Zeilweg 44, 60439 Frankfurt, Deutschland
Druck: Books on Demand GmbH, In de Tarpen 42, 22848 Norderstedt, Deutschland

BERICHTE

UND

MITTHEILUNGEN

DES

ALTERTHUMS-VEREINES

ZU WIEN

BAND VII.

WIEN

MDCCCLXIV.

PROTOKOLL

DER

ZEHNTEN GENERAL-VERSAMMLUNG DES ALTERTHUMS-VEREINES

ZU WIEN

ABGEHALTEN AM 12. FEBRUAR 1864 UNTER DEM VORSITZE DES VEREINS-PRÄSIDENTEN DR. JOSEPH ALEXANDER FREIHERRN VON HELFERT.

Anwesend 45 Mitglieder.

Nach eröffneter Sitzung und Feststellung der Tages-Ordnung bestimmt der Vorsitzende den Geschäftsleiter Herrn Nava zur Führung des Protokolles. Zur Verificirung des letzteren werden über Vorschlag des Präsidenten die Herren Becker, Graf Beroldingen und Seback von der Versammlung gewählt.

Hierauf erstattet der Präsident den Rechenschafts-Bericht (Beilage I), und sohin Herr Camesina in Vertretung des durch Unwohlsein am Erscheinen verhinderten Vereins-Cassiers Herrn Passy den Casse-Bericht (Beilage II). Es werden beide Berichte zur Kenntniss genommen. Über Vorschlag des Präsidenten werden die Herren Fiedler, Baron Friedenfels und Prandel zu Rechnungs-Censoren, die Herren Artaria und Walther zu deren Ersatzmännern gewählt.

Hierauf wird zur Wahl des Vereins-Präsidenten geschritten, nachdem der bisherige Präsident nach Ablauf des Quadrienniums statutengemäss aus dem Ausschusse zu treten hat.

Von 44 abgegebenen Stimmen vereinigen sich 41 auf den bisherigen Präsidenten, welcher demnach mit eminenter Majorität wieder gewählt ist.

Sonach wird zur Ergänzungswahl des Ausschusses übergegangen, in welchem durch den statutenmässig erfolgenden Austritt der im Jahre 1859 gewählten Herren Aschbach, Baron Ransonnet und von Sava, durch freiwillige Niederlegung seitens der Herren Schmidt und Weiss, dann durch das Ableben des Herrn Lemann sechs Stellen erledigt sind.

Zum Scrutinium der für diese Wahl, ebenso wie jener für die Wahl des Präsidenten abgegebenen Stimmzetteln erklärten sich, unter Zustimmung der Versammlung bereit: die Herren Becker, Hradil und Seback.

Als Ergebniss des Wahlganges zur Besetzung der erledigten Ausschussstellen stellt sich heraus,

dass Herr Dr. Lind 40,
„ Baron Ransonnet 39,
„ Aschbach 39,
„ v. Sava 37,
„ Jäger 36,
„ Baron Sacken 28,
„ Walther 17,
„ Ferstl 11

von 43 abgegebenen Stimmen erhalten haben, wonach die sechs Erstgenannten als gewählt erscheinen. Nachdem keinerlei Anträge gestellt wurden und Herr Ministerial-Sekretär Walther die Äusserungen des Dankes, womit der Präsident die Annahme der auf ihn gefallenen Wahl aussprach, erwiedert hatte, erklärt der Präsident die General-Versammlung für geschlossen.

Nach Vorlesung als richtig befunden und gefertigt.

Helfert.

Franz Graf Beroldingen. **Dr. Vincenz Seback,** k. k. Universitäts-Professor. **M. A. Becker,** k. k. Schulrath.

Dr. Alex. Nava.

(Beilage I.)

VORTRAG

SEINER EXCELLENZ DES VEREINS-PRÄSIDENTEN

JOSEPH ALEXANDER FREIHERRN V. HELFERT,

GEHALTEN

IN DER ZEHNTEN GENERAL-VERSAMMLUNG AM 12. FEBRUAR 1864.

Meine Herren!

Wenn die General-Versammlung für 1863 nicht, wie diess in den letzten Jahren der Fall, und wie es für künftighin damit zu halten, am 18. Mai 1860 zugesagt worden war, am Schlusse des Vereinsjahres abgehalten wurde, sondern auf den heutigen Tag verschoben werden musste, so trug eine Reihe unangenehmer Zwischenfälle daran Schuld, von denen der Alterthums-Verein zwar nur in zweiter Linie in das Mitleiden gezogen, aber nichts desto weniger in sehr fühlbarer Weise getroffen wurde. Bedauerlich war der Austritt eines Mitgliedes aus dem Vereine, dem es seit dessen Bestande in hervorragender Weise die erfolgreichste Theilnahme und Thätigkeit gewidmet hatte; bedauerlicher war das Ausscheiden zweier Mitglieder des Ausschusses, der dadurch eben in der letzten Zeit des Vereinsjahres ihres Rathes und ihrer Mitwirkung entbehren musste; am bedauerlichsten jedoch war das Scheitern eines Unternehmens, zu dessen Ausführung sich Ihr Ausschuss in der förmlichsten Weise anheischig gemacht hatte, und das unmittelbar vor dessen beabsichtigtem Beginn aufgegeben werden musste.

Jedem von Ihnen, meine Herren, ist die am 25. April v. J. von Ihrem Ausschusse ausgefertigte Einladung zur Betheiligung an den vom October bis April l. J. zu veranstaltenden „periodisch wiederkehrenden Versammlungen für Freunde der Kunst und des Alterthums“ zugekommen. Die Anregung zu diesen „Vereinsabenden,“ wie man sie kurzweg nennen möchte, hatte Herr Heinrich Essenwein mit jenem Antrage gegeben, dessen wesentlichen Inhalt und Richtung ich mir bereits in meiner Ansprache an die letzte General-Versammlung auseinanderzusetzen erlaubte. Wiederholte Berathungen Ihres Ausschusses hatten dem Plane zuletzt jene bestimmte Gestalt gegeben, welche in der an Sie gelangten Einladung mit kurzen Worten erläutert ist. Schon war auch das Programm für die Ausfüllung der den Besprechungen und Vorweisungen zu widmenden Abende entworfen;

schon hatten wir uns der Zusage eines Kreises von Fachmännern und Freunden unseres Vereines, der Ausführung des Programms ihre Kräfte zu weihen, versichert; schon handelte es sich darum, den Beginn der Vereinsabende für einen bestimmten Tag festzusetzen, als in der für diesen Zweck anberaumten Ausschussitzung vier Schreiben zur Verlesung kamen, laut welcher fünf jener Herren, auf deren Mitwirkung Ihr Ausschuss guten Grund hatte rechnen zu können, sich zu der Einsicht gekommen erklärten, „dass es am gerathensten sein dürfte, die beabsichtigte Abhaltung der Vereinsabende vorläufig aufzuschieben.“ Angesichts dieses unerwarteten Zwischenfalls konnte Ihr Ausschuss, nachdem er alle Eventualitäten in reifliche Erwägung gezogen, die Überzeugung nicht abweisen, dass man den Plan der Vereinsabende vor der Hand ganz fallen lassen müsse; er beschloss zugleich, diesfalls der General-Versammlung Bericht zu erstatten, was hiermit geschehen ist. Wenn wir daher in manchen unserem Vereine wohlwollenden Kreisen das Bedauern aussprechen hören, dass derselbe bereits seit geraumer Zeit kein Lebenszeichen von sich gegeben, keine Vermittlung näheren Verkehres unter seinen Mitgliedern ermöglicht habe, wie dies doch in früheren Jahren in so mannigfacher, vielfältig anregender Weise stattgefunden: so muss Ihr Ausschuss zwar dieses Bedauern lebhaft theilen und dasselbe vollkommen gerechtfertigt finden, allein zugleich ausdrücklich beifügen, dass er sich nicht nur von jeder Verantwortlichkeit für diese Unterlassungssünde frei wisse, sondern seinerseits nichts unterlassen habe, um unserem Vereinsleben sogar einen höheren Schwung zu geben, als diess früher der Fall gewesen. Denn jene Vereinsabende waren nicht bloss für Kathedervorträge mit eventueller Vorweisung von Objecten oder Abbildungen bestimmt: sie sollten zugleich Gelegenheit zu freien Besprechungen, zu gegenseitigen Mittheilungen, zum Austausch verschiedener Meinungen über die für den betreffenden Abend zum Vorwurfe genommenen Gegenstände dienen. Alles das war bereits in der besten Weise eingeleitet, als, wie gesagt, in der eilften Stunde von Seiten der Berufenen die Zusage zur Absage wurde, und so kam es, dass in der That unser abgelaufenes Vereinsjahr ausser dem Abschluss der bereits im December 1862 begonnenen Vorlesungen des Professors Rudolf v. Eitelberger keinerlei Vorträge oder Ausstellungen aufzuweisen hat, an deren Veranstaltung sich unsere Mitglieder, wie wir aus der früher erwähnten Bedauernsäusserung schliessen müssen, so zu sagen bereits gewöhnt hatten.

Die Vorlesungen des Professors Eitelberger über „Kunst und Kunstwerke in England,“ im abgelaufenen Vereinsjahre fortgesetzt an den Abenden des 5., 12., 19. und 26. Jänner, haben bis zum Ende ihre Anziehungskraft behalten, und Ihrem Ausschusse konnte es nur ein Vergnügen sein, diesen Anlass zu ergreifen, um dem kenntnissreichen und beredten Herrn Professor eine würdig ausgestattete Adresse zu überreichen, worin demselben für jene werkthätige Unterstützung, deren sich unser Verein von Seite dieses unermüdlichen Arbeiters auf dem Gebiete der Archäologie und der Kunst bei oft wiederholten Anlässen in umfassendster Weise zu erfreuen hatte, den wärmsten Dank auszusprechen. Der schön geschriebene und verzierte Wortlaut der Adresse, deren künstlerische Ausschmückung das Ausschussmitglied Professor Friedrich Schmidt auf sich genommen hatte, wurde von dem langjährigen Mitgliede unseres Vereines, Herrn Hof-Buchbinder Leopold Groner, mit einem auf dessen eigene Unkosten hergestellten äusserst geschmackvollen Einbande versehen.

Ihr Ausschuss hat aus Anlass der Eitelberger'schen Vorlesungen nicht unterlassen, auch dem Herrn Bürgermeister, Dr. Andreas Zelinka, sowie dem Gemeinderath der Stadt Wien den verbindlichsten Dank für die gütige Überlassung des herrlichen Berathungssaales, der früher für ähnliche Zwecke nicht benützt worden war, in einem eigenen Schreiben abzustatten.

Um von den Erfolgen der Vorlesungen des Professors v. Eitelberger auf jene unserer letzten Vereins-Publication überzugehen, so hat „die alte Kaiserburg zu Wien vor dem Jahre 1500“ von den Herren Theodor v. Karajan und Ludwig Montoyer in weiten Kreisen das wärmste Interesse angeregt. Bei den nahen Beziehungen, in welchen diese ehrwürdigen Mauern zu den Schicksalen und Wechselfällen seiner erlauchten Besitzer standen, hat Ihr Ausschuss geglaubt, eine Anzahl Exemplare in besonderer Ausstattung für die Mitglieder des allerhöchsten Kaiserhauses ehrfurchtsvoll widmen zu sollen, welche demnach Sr. Majestät dem regierenden Kaiser; Ihrer Majestät der Kaiserin Elisabeth, Sr. Majestät dem Kaiser Ferdinand, Ihrer Majestät der Kaiserin Karolina Augusta, Ihren kais. Hoheiten Erzherzog Franz Karl, Erzherzogin Sophie, Erzherzog Ferdinand Max, Karl Ludwig, mit der Bitte um huldvolle Aufnahme theils überreicht, theils übersendet wurden. Ihr Präsident hatte die Ehre, die für die Kaiserin Karoline Augusta, die Erzherzoge Franz Karl, Karl Ludwig und Erzherzogin Sophie bestimmten Exemplare persönlich zu überreichen — bei Sr. Majestät dem Kaiser geschah diess von den Herrn Verfassern selbst, über deren ausdrücklichen Wunsch — und kann daher aus eigener Erfahrung bezeugen, welch hohes Interesse die Mitglieder des durchlauchtigsten Erzhauses an dieser Publication kundgaben; namentlich die Frau Erzherzogin ging auf den mit der Geschichte unseres Regentenhauses so innig zusammenhängenden Gegenstand in ausführlicher Weise ein, und ist gegenwärtig, wie Ihr Präsident erst neuerlich auf unmittelbarstem Wege zu erfahren so glücklich war, mit der Lectüre der Karajan'schen Erläuterungen beschäftigt, und dieselben dürften sich kaum eines zweiten Lesers oder Leserin zu erfreuen haben, wo sich mit der ehrendsten Aufmerksamkeit für den Gegenstand an sich zugleich das theilnahmsvollste Interesse mit den damit in Verbindung stehenden handelnden oder leidenden Personen verknüpfte.

In Bezug auf den Karajan'schen Aufsatz habe ich noch zu erwähnen, dass der Herr Verfasser auf jede Honorarzahlung in vorhinein verzichtet, und sich dagegen die Überlassung von 100 Exemplaren ausbedungen hatte, die ihm denn auch der getroffenen Übereinkunft gemäss abgeliefert und vollständig zu seiner Verfügung gestellt wurden. —

Was die Publication für das abgelaufene Vereinsjahr betrifft, deren Anordnung und Herstellung wir dem (durch den Beitritt des einstimmig an unsers verstorbenen Feil's Stelle vom Ausschusse gewählten Herrn Custos Ernst Birk wieder ergänzten) Redactions-Comité verdanken, so wird der Inhalt derselben hoffentlich den Beifall der Vereinsmitglieder erlangen. Der Band wird in den nächsten Tagen in Ihre Hände gelangen; heute schon können die anwesenden Herren den von der Meisterhand Albert Camesina's vervielfältigten Plan der Türkenbelagerung Wiens im Jahre 1683 von Heinrich Schmidts in Empfang nehmen und aus dem aufliegenden Fragmente des im Drucke befindlichen VII. Bandes unserer Mittheilungen in den Fortgang derselben Einblick gewinnen. Es war ursprünglich beabsichtigt, den Text zu obigem Plane dem eben erscheinenden Bande einzuverleiben. Nachdem derselbe aber durch drei gehaltvolle Aufsätze Keiblinger's und A. von Perger's über die Burg Aggstein, desselben A. v. Perger's über die Belvedere - Gallerie und Adolf Berger's über das Grabdenkmal des berühmten Siegers von Raab, Adolf Schwarzenberg, was sowol innere Mannigfaltigkeit als äusseren Umfang betrifft, in befriedigender Weise ausgestattet erscheint und nachdem, in Folge unliebsamer, von Ihrem Ausschusse nicht verschuldeten Verzögerungen des Druckes die Aufnahme des Camesina'schen Textes das Erscheinen unseres Bandes über die Gebühr hinausgeschoben haben würde, so glaubt Ihr Ausschuss nur Recht daran gethan zu haben, wenn er den Aufsatz Camesina's für die diessjährige Vereins-Publication aufsparte, jedoch als Vorläufer derselben den gedachten Plan jetzt schon in die Hände der Vereinsmitglieder gelangen lässt. —

Ihr Ausschuss hat seit der letzten General-Versammlung eilf Sitzungen gehalten und zwar am 9. Jänner, in welcher Ihr Präsident den Freiherrn von Ransonnet kraft §. 53 der Vereinsstatuten zu seinem Stellvertreter erwählte, am 6. und 13. Februar, welcher letzteren die Herren Rudolf von Eitelberger und Heinrich Essenwein beigezogen wurden, da es sich um die genaueren Festsetzungen bezüglich der beabsichtigten „Vereinsabende" handelte, am 27. März, am 8. Mai, in welcher sich Ihr Ausschuss nach §. 32 der Statuten durch einstimmige Berufung des Herrn Professors Albert Jäger an Stelle des verstorbenen Ausschussmitgliedes Karl Lemann provisorisch ergänzte, am 26. Juni, am 25. September, am 20. November, am 18. December 1863, am 15. Jänner und am 5. Februar 1864.

Herr Karl Lemann, unserem Vereine seit Anbeginn, dem Ausschusse seit December 1860 angehörig, erlag einem langwierigen und schmerzvollen Leiden am 2. April 1863; am dritten Tage darauf gaben die anwesenden Mitglieder des Ausschusses und viele des Vereines seinen irdischen Resten, die auf dem Friedhofe im Bernhardsthale vor der Hundsthurmer Linie bestattet wurden, die letzte Ehre. In Wien geboren, Sohn eines kunstsinnigen Gewerbsmannes, der namentlich eine werthvolle Münzsammlung besass und Ende der 30ger Jahre die Sammlung altdeutscher Bilder von Blasius Höfel an sich brachte, hatte der Verstorbene von früher Jugend an Gelegenheit und Anregung, einen lebhaften Kunstsinn zu entwickeln. Er beschäftigte sich in den freien Stunden mit Zeichnen und betrieb eine Zeitlang Glasmalerei. Später machte er die Kirchen-Paramente zu einem Gegenstande seines besonderen Eifers und verschaffte den aus seiner Fabrik hervorgehenden Mustern, für die er durchaus selbst die Zeichnung besorgte, die ungetheilteste Anerkennung. In den letzteren Jahren widmete er sich in den Stunden, die ihm sein ausgebreitetes Geschäft frei liess, der Photographie und muss auch auf diesem Gebiete unter den Ersten genannt werden, die in unserm Vaterlande etwas originelles und anerkannt tüchtiges zustande brachten. Unserem Verein hat Lemann, wie ich schon in meinem letzten Rechenschaftsberichte zu erwähnen die Ehre hatte, ein werthvolles bleibendes Andenken durch die Sammlung photographischer Aufnahmen aus Anlass unserer grossen archäologischen Ausstellung hinterlassen. Ihr Ausschuss fasste in seiner Sitzung vom 8. Mai den Beschluss, dieses werthvolle Vermächtniss niemals aus der Verwahrung der Vereinsbibliothek zu geben, worin dasselbe in würdiger Ausstattung aufbehalten und nur an Ort und Stelle zur Besichtigung und wissenschaftlichen Benützung aufgelegt werden soll. Herr Professor Friedrich Schmidt nahm die Mühe, die einzelnen Blätter aufziehen und das Ganze in ein geschmackvolles Gehäuse zusammenlegen zu lassen, freundlichst auf sich.

Ausser diesem Todesfall hat Ihr Ausschuss durch den freiwilligen Austritt zweier Mitglieder beklagenswerthe Verluste erlitten. In der Sitzung vom 18. December v. J. kam ein Schreiben des Herrn Archivars Karl Weiss, in jener vom 5. d. M. das des Herrn Professors Friedrich Schmidt zur Verlesung, worin dieselben dem Ausschusse ihren diessfälligen Entschluss eröffneten, beide mit dem ausdrücklichen Beifügen, die von ihnen rücksichtlich der Redaction des 7. Bandes, beziehungsweise der künstlerischen Ausstattung des Lemann'schen Albums übernommenen Verpflichtungen zu Ende führen zu wollen. Ihrem Ausschusse blieb nichts übrig, als den bedauerlichen Schritt zur Kenntniss zu nehmen, und den Scheidenden sowohl für Ihre dem Vereine im allgemeinen und dem Ausschusse insbesondere geleisteten vielfachen, und erfolgreichen Dienste, als für ihr schliessliches Anerbieten bestens zu danken.

Der Austritt der genannten Herren fand zu nahe vor der zusammenzuberufenden General-Versammlung statt, als dass sich ihr Ausschuss, wie nach dem Tode Lemann's, hätte berufen finden sollen, von seinem statutenmässigen Rechte der provisorischen Selbstergänzung Gebrauch zu machen. Die Ausfüllung der dadurch entstandenen Lücken hängt daher ohne weiteres von dem Befinden dieser geehrten Generalversammlung ab. —

Der Verein selbst hat im abgelaufenen Jahre durch Austritt 9, durch Tod 11 Mitglieder verloren, wogegen ihm nur 5 zugewachsen sind, daher im ganzen eine Einbusse von 15 Mitgliedern erlitten.

Ihr Ausschuss ist seit der letzten General-Versammlung mit dem Vereine für Geschichte der Deutschen in Böhmen und mit der Architectural Society of the Archdeaconry of Northampton in Schriftenaustausch getreten.

An der im verflossenen Sommer zu Callenberg bei Waldenburg in Sachsen veranstalteten „Ausstellung von kirchlichen Kunst- und Gewerbserzeugnissen" konnte sich Ihr Ausschuss, dem eine diessfällige Sammlung nicht zur Verfügung steht, nicht betheiligen. Dagegen hat sich über Aufforderung Ihres Ausschusses Herr Anton Widter freundlichst bereit erklärt, die gedachte Ausstellung mit einer Reihe von Photographien zu beschicken, welche, wie aus dem nach Vollendung derselben eingelangten Dankschreiben mit Vergnügen zu entnehmen war, geradezu einen Glanzpunkt der Exposition bildete, und nunmehr von dem genannten Herrn Ausschussmitgliede in dankenswerther Weise unserem Vereine als vollkommenes Geschenk überlassen wurde. Wegen eines von den Veranstaltern der gedachten Ausstellung angeregten Photographien-Tausches befindet sich Ihr Ausschuss noch in der Verhandlung.

Dem provisorischen „Comité zur Gründung des österreichischen Museums für Kunst und Industrie" hat Ihr Ausschuss, über Ersuchschreiben des Ersteren vom 29. Mai v. J., ein Exemplar der sämmtlichen Vereins-Publicationen zur Verfügung gestellt. —

An Geschenken und Zuflüssen hat unser Verein ausser dem grossmüthigen Jahresbeitrage Sr. Majestät Kaiser Franz Joseph I. von 200 fl., und zwar für die Überreichung der vorjährigen Vereins-Publication von Sr. Majestät Kaiser Ferdinand 100 fl., von Sr. kais. Hoheit Erzherzog Franz Karl 80 fl., ferner von Herrn Postdirector Scheiger in Grätz vier Original-Urkunden aus dem 14.—16. Jahrhunderte, endlich von Herrn Dr. Karl Lind die Holzstücke zu dessen Monographie „Über den Krummstab" erhalten und dankbarst in Empfang genommen.

Leider keinen Erfolg hatte eine Verwendung beim hochlöbl. n. ö. Landesausschusse: dem Vereine behufs der archäologischen Durchforschung von Niederösterreich und Anlegung einer archäologischen Landesstatistik vorläufig für die Jahre 1863 und 1864 eine jährliche Unterstützung von 800 fl. zu gewähren und behufs genauerer Feststellung dieses Planes dem Vereine ein näheres Einvernehmen mit dem Landesausschusse zu gestatten. Vergebens hatte sich Ihr Ausschuss in seiner diessfälligen Eingabe vom 13. Jänner v. J. nachzuweisen bemüht, dass es für die Cultur- und Kunstgeschichte unreres Erzherzogthumes vor Allem Noth thut, dasselbe einer systematischen Durchforschung zu unterziehen, um ein verlässliches und umfassendes Materiale zu weitern Studien zu erlangen und sich eine genaue Kenntniss aller auf Geschichte, Kunst, Sitten und Gebräuche des Landes Bezug habenden, vorhandenen Denkmale und Documente zu verschaffen. Vergebens hatte er auf die Bemühungen anderer Länder, die geeigneten Massregeln zur Abwehr von Verwüstungen und Verschleppungen archäologischer und kunsthistorischer Denkmale hintanzuhalten, auf die Anstellung eines mit 1000 fl. besoldeten eigenen Landesarchäologen für Steiermark, auf die pecuniären Bewilligungen der böhmischen, mährischen, obderennsischen, kärntnerischen Stände in dieser

Richtung hingewiesen. Der hohe n. ö. Landtag fand auf den gemachten Vorschlag nicht einzugehen, sondern wies denselben mit Beschluss vom 13. Februar v. J. zurück. —

Indem ich mich bezüglich der Rechnungsgebarung im abgelaufenen Vereinsjahre auf den diessfalls vorzutragenden besonderen Ausweis beziehe, könnte ich meinen Vortrag mit der Erneuerung unseres Dankes für die kais. Akademie der Wissenschaften, deren Geneigtheit wir die fortwährende Einräumung der für die Abhaltung unserer Sitzungen und Versammlungen, sowie für die Aufbewahrung unserer Sammlungen erforderlichen Ubicationen schulden, sowie an Herrn August Prandel, der dem Vereine bei jeder in den Bereich seines buchhändlerischen Wirkens einschlagenden Gelegenheit seine gütige Bereitwilligkeit zur Verfügung stellte, schliessen, wenn nicht ein Umstand mich nöthigte, noch mit ein paar Worten die Geduld der geehrten General-Versammlung in Anspruch zu nehmen.

Mit dem geschlossenen Vereinsjahre ist zugleich der Zeitraum von vier Jahren abgelaufen, auf welchen ich von der am 8. Juli 1859 unter dem Vorsitze des provisorischen Präsidenten Herrn Karl v. Lewinsky abgehaltenen General-Versammlung zum Präsidenten des Alterthums-Vereines zu Wien gewählt wurde. Ich fühle mich daher verpflichtet, Ihnen, meine Herren, in kurzer Zusammenfassung Rechenschaft darüber abzulegen, was innerhalb dieser vier Jahre von unserem Vereine geleistet worden und wie sich der Stand desselben am Schlusse dieses Zeitraumes im Entgegenhalte zu dessen Beginn herausstelle.

Um mit den Publicationen zu beginnen, so fällt von den „Berichten und Mittheilungen" unseres Vereines innerhalb diesen Zeitraum die Herausgabe der 2. Hälfte des 2., der 2. Hälfte des 3., dann das Erscheinen des 4., 5., 6. und 7. Bandes, also von den 7 überhaupt herausgekommenen Bänden 5. Ausserdem wurden in dieser Zeit edirt:

die Vorträge Falke's, Eitelberger's und Heider's Dec. 1859;

der Vortrag Eitelberger's 3. Febr. 1860;

der kritische Katalog zur archäologischen Ausstellung, Nov. und Dec. 1860;

Sacken's Monographie über die vorchristlichen Culturepochen Mittel-Europas und die Quellen deutscher Urgeschichte 1862;

Heinrich Schmidts Plan der Türkenbelagerung vom J. 1683, Camesina, 1863.

Ausser diesen Publicationen hat sich unser Vereinsleben bethätigt:

a) durch Vorlesungen, meistens in Verbindung mit kleinern oder umfassendern Ausstellungen oder Vorweisungen von Objecten und Abbildungen; und zwar:

am 9. 16. und 22. December 1859 über verschiedene Gegenstände (drei der gehaltenen Vorträge wurden publicirt s. oben); —

am 3. Februar 1860 von Professor Eitelberger über die Morris Moore'sche Ausstellung von Rafael's „Apollo und Marsyas" u. s. w. (publicirt); —

November 1860 bis Februar 1861 von Prof. Eitelberger über die k. k. Gemäldegallerie im Belvedere; —

am 14., 21., 28. März, 4. und 11. April 1862 über verschiedene Gegenstände (die Vorträge Sacken's und Lehner's publicirt); —

November 1862 bis Jänner 1863 von Prof. Eitelberger über Kunst und Kunstwerke in England aus Anlass der Londoner Ausstellung.

b) durch selbstständige **Ausstellungen**, wohin gehören:

die grosse „Ausstellung von Kunstgegenständen aus dem Mittelalter und der Renaissance,“ Nov. und Dec. 1860 — und

die Ausstellung von Photographien und Abbildungen im St. Annagebäude, April 1862. —

Dabei hat Ihr Ausschuss nicht versäumt, nach aussen hin jede ihm zugängliche, mit den Zwecken unseres Vereines in Zusammenhang stehende **Verbindung** anzuknüpfen, wie diess geschehen ist rücksichtlich der

von dem Vereine Arkadia zu Prag, Sommer 1861, veranstalteten Ausstellung, sowie der 1860 und 1861 abgehaltenen Versammlung deutscher Historiker und Archäologen, endlich

heuer rücksichtlich der Callenberger Ausstellung.

Hierher ist auch der Schriftenaustausch mit andern ähnlichen Vereinen und Instituten, der fast jedes Jahr um ein und das andere neue Glied vermehrt wurde,

die Betheilung des akademischen Lesevereines, sowie

des neugegründeten österreichischen Museums für Kunst und Industrie mit Frei-Exemplaren zu zählen.

Innerhalb des abgelaufenen Quadrienniums wurden fünf General-Versammlungen — 18. Mai und 22. Dec. 1860, Dec. 1861 und 1862, 12. Febr. 1863 — und fünfzig Ausschusssitzungen abgehalten, in welchen letzteren ausser den laufenden Geschäften auch manche dauernde Verfügungen behandelt wurden; so die Niedersetzung eines an einen bestimmten Geschäftsgang gebundenen Redactions-Comité's, die Festsetzung einer genauen Instruction für den Geschäftsleiter und Cassaverwalter u. dgl. Die Zusammensetzung Ihres Ausschusses ist durch diese Zeit zur grösseren Hälfte sich gleich geblieben (**Aschbach**, **Camesina**, **Passy**, **Ransonnet**, **Sava**, **Widter**); fünf Stellen erfuhren zum Theile eine wiederholte Veränderung oder gehen einer solchen entgegen, theils durch Tod (**Feil**, **Lemann**), theils durch Austritt (**Bergmann**, **Essenwein**, **Lind**, **Schmidt**, **Weiss**). Zwei Mitglieder Ihres Ausschusses hatten sich, mit besonderer Rücksicht auf die Erfolge ihrer unserem Vereine gewidmeten Thätigkeit, einer a. h. Auszeichnung zu erfreuen (**Camesina**, **Lemann**).

Was unser Vereinsvermögen betrifft, dessen Stand mein provisorischer Vorgänger mit 4243 fl. 42 kr. auswies, so zeigt dasselbe heute einen Stand von 5086 fl. 20 kr., wovon 2100 fl. des Bernbrunn'schen Satz-Capitals dem Reservefond angehört. Wenn Sie, meine Herren, dieses Endergebniss einer vierjährigen Rechnungsgebarung mit der mitunter kostspieligen Thätigkeit, welche der Verein innerhalb dieser Zeit entwickelt hat, in Vergleich setzen; wenn Sie bedenken, dass unsere grosse archäologische Ausstellung allein eine Gesammtauslage von 1536 fl. 73½ kr. verursachte, von welcher Summe freilich durch den überraschend lebhaften Besuch derselben 1363 fl. 33½ kr. hereingebracht wurden; wenn sie nicht aus dem Auge verlieren, dass, was insbesondere die Publicationen betrifft, das letzte Quadriennium mehr als das doppelte des früheren leistete und daher auch mehr als die doppelten Auslagen wie früher darauf zu machen hatte, so werden Sie gewiss Ihrem Ausschusse das Zeugniss geben, dass er während des abgelaufenen Quadrienniums, auch was die Gebarung mit dem Vereinsvermögen betrifft, ein durchaus günstiges Resultat erzielt, dass er, um einen juridischen Ausdruck zu gebrauchen, „wie ein guter Hausvater gewirthschaftet habe.“

Nicht so günstig scheint es auf den ersten Anblick am Schlusse des Quadrienniums mit der Mitgliederzahl unseres Vereines zu stehen. Dieselbe betrug am 8. Juli 1859 402 Köpfe, heute nur 369, also um 33 weniger. Bringt man aber in Anschlag, dass in jener Zahl von 402 Mitgliedern

8 Correspondenten, die mit dem Vereine ausser aller Verbindung gestanden, und 2 seither Verschollene einbezogen waren, so schrumpft der Unterschied auf ein gegenwärtiges Minus von 23 Mitgliedern herab, das leicht erklärlich wird, wenn man bedenkt, dass unser Verein innerhalb der ofterwähnten Zeit ungefähr 60 Mitglieder durch den Tod verloren hat. Die durch freiwilligen Austritt entstandenen Lücken wurden durch den Beitritt neuer Mitglieder mehr als gedeckt; denn die Zahl der Ausgeschiedenen betrug ungefähr 44, jene der Beigetretenen dagegen 96, also beinahe das doppelte, so dass wir folglich, wenn wir diese Elemente gegeneinander in Rechnung bringen, auch in dieser Beziehung das Endergebnis als ein günstig für unseren Verein sprechendes erkennen müssen.

(Beilage II.)

RECHNUNGS-ABSCHLUSS

DES

ALTERTHUMS-VEREINES

VOM 22. DECEMBER 1862 BIS ZUM 11. FEBRUAR 1864.

Einnahmen.

	Österr. Währ.	
An Cassarest vom 22. December 1862	374 fl.	31 kr.
Unterstützungsbeitrag von Seiner k. k. Apost. Majestät dem Kaiser Ferdinand	100 „	— „
Desgleichen von Seiner kais. Hoheit dem durchl. Herrn Erzherzoge Franz Karl	80 „	— „
An jährlichen Beiträgen von den Herren Mitgliedern	2433 „	49 „
„ Einnahmen für den Verkauf eines Camesina'schen Planes	5 „	25 „
„ Interessen von dem Bermann'schen Satzcapitale	96 „	74 „
Desgleichen von der Sparcassa	123 „	58 „
Desgleichen von 100 fl. 5% Met.-Obligation	5 „	— „
Gesammtempfänge	3218 fl.	37 kr.

Ausgaben.

Für Honorare an die Herren Autoren	220 fl.	— kr.
„ Illustrationen durch Xylographie, Lithographie etc.	564 „	70 „
„ Druckkosten	676 „	57 „
„ Buchbinderarbeit	112 „	63 „
„ Insertionsgebühren	4 „	79 „
„ Stämpel-, Brief- und Portogebühren	93 „	59 „
„ Kanzleiauslagen	137 „	35 „
„ die Vorlesungen des Herrn Professors von Eitelberger	153 „	59 „
„ Tischlerarbeit	52 „	— „
„ Bezahlung des Vereinsdieners	136 „	— „
Summe aller Ausgaben	2151 fl.	82 kr.
Somit beträgt der Cassarest am heutigen Tage	1066 „	55 „
Und es ist die Gesammtausgabe der Gesammteinnahme gleich mit	3218 fl.	37 kr.

VERMÖGENSSTANDS-AUSWEIS.

An Bermann'schem Satzcapital	3919 fl. 65 kr.	
„ 100 fl. Met.-Obligation à 5%	100 „ — „	4019 fl. 65 kr.
„ Einlage in die Sparcassa	623 fl. 58 kr.	
„ baarem Cassarest	442 „ 97 „	1066 fl. 55 kr.

Wien, am 11. Februar 1864.

Joh. Nep. Passy,
als Vereins-Cassier.

Art. Anst. v. Reiffenstein & Rösch in Wien.

Ággstein.

DIE

BURG AGGSTEIN IN OESTERREICH

IM KREISE OBER DEM WIENERWALDE

VON

IGNAZ FRANZ KEIBLINGER,

Siegel Berthold's von Aggstein

an einer Urkunde vom Jahre 1316

im Archive des Stiftes Melk.

Vorwort.

Als der Verfasser der gegenwärtigen Monographie im Jahre 1827 in des Freiherrn von Hormayr Archiv für Geschichte u. s. w. mit einem Aufsatze über die Ruinen von Aggstein vor dem Publikum auftrat, hatte diese in mehrfacher Hinsicht jugendliche und fehlerhafte Arbeit über alle Erwartung das unverdiente Glück, mehr des allgemein ansprechenden Inhalts, als der an manchen Mängeln leidenden Form wegen, eine so nachsichtsvolle, freundliche Aufnahme zu finden, dass derselbe dadurch angespornt wurde, noch reichhaltigere Materialien aus allen ihm bekannten und zugänglichen Quellen über diesen interessanten Gegenstand der vaterländischen Topographie zu sammeln, und eine neue Bearbeitung des erwähnten Aufsatzes vorzubereiten, wodurch zugleich die erwünschte Gelegenheit gegeben ward, nicht blos vollständigere Beiträge zur Geschichte der merkwürdigen Burg zu liefern, sondern auch irrige Angaben zu berichtigen und dabei die neuesten, an erdichteten Umständen überreichen literarischen Erzeugnisse, welche Aggstein betreffen, zu berücksichtigen. Es bedarf übrigens wohl keiner Entschuldigung, dass einzelne Stellen aus der ältern Bearbeitung in diese neue aufgenommen wurden, da es dem Verfasser nicht um die Aufgabe einer Stilübung zu thun war und für das, was einmal deutlich, richtig und passend gesagt war, auf neue Ausdrücke und Wendungen zu sinnen. Möge den folgenden Blättern die gleiche Aufmerksamkeit und Nachsicht geschenkt werden, welche einst dem zu Grunde liegenden Aufsatze gewährt wurde!

Zur Literatur von Aggstein.

Es würde ganz unnütz und dem Verfasser in seiner Lage unmöglich sein, die zahlreichen älteren und neueren Geographien, geographischen Wörterbücher und Handbücher für Reisende, namentlich für Donaureisen, anzuführen, welche die Burg Aggstein erwähnen, da ihre Nachrichten grösstentheils aus den nachstehenden Quellen geschöpft, und nur, nach eines jeden Abschreibers Belieben und Laune, meistens auf Kosten der Wahrheit verändert, erweitert und — entstellt sind, so dass die trostlose Äusserung des Geschichtschreibers Flavius Vopiscus zu seinem Freunde Junius Tiberianus recht eigentlich auf die geschichtlichen Nachrichten über Aggstein anwendbar ist: „neminem scriptorum, quantum ad historiam pertinet, non aliquid esse mentitum.“ (Div. Aurelian. cap. 2.)

Zeiller Martin, Itinerarium Germaniae nov-antiquae: Teutsches Reyssbuch durch Hoch- und Nieder-Teutschland, auch angränzende Fürstenthumb und Lande, als Österreich, Steyermark, Ungarn, Siebenbürgen, Polen, Schweden etc. etc. Folio. Strassburg 1632. Seite 294. (Die Mauth zu Aggstein betreffend.)

Linck Bernardi Annales Austrio-Claravallenses seu fundationis monasterii Clarae-Vallis Austriae. vulgo Zwetl. T. I. Viennae 1723. p. 229. T. II. 1725. p. 354.

Stiftungen-Buch des Cistercienser-Klosters Zwetl. Herausgegeben von Joh. v. Frast in den Font. rer. austr. Österr. Geschichtsquellen II. Abtheil. III. Bd. S. 67, 125—126.

Diplomatarium Carthusiae Aggsbacensis manuscriptum.

Archivum Cartusiae Aggspacensis manuscr. III Tomi.

Chronicon Mellicense bei Hieron. Pez, Scriptor. rer. austr. T. I. Lipsiae 1721 col. 261, und Annales Mellicenses in Dr. Pertz Monument. Germaniae histor. T. XI. seu Scriptor. T. IX. p. 521 zum Jahre 1467.

Hueber Philiberti Austria ex archivis Mellicensibus illustrata, Lipsiae 1722 p. 235—236. (Eine neuere Auflage, welche in Antiquar-Verzeichnissen zuweilen vorkommt, ist dieselbe nur mit umgedrucktem Titelblatte.) Die erste Quelle aller späteren Berichte von Schreckenwalds Rosengärtlein und dem Ende des Georg Scheck von Wald.

Deppisch Gottfried, Geschichte und Wunder-Wercke des Heiligen COLOMANNI. Wien 1743. S. 136—137. Die Kapelle zu Aggstein betreffend, mit der Abbildung eines dort befindlich gewesenen Altarbildes.

Neue Staats- und Reise-Geographie. II. Band. Leipzig und Görlitz 1752. Seite 580.

Hübner, Allgemeine Geographie. III. Theil. Dresden und Leipzig 1762. Seite 211.

Weiskern, Topographie von Niederösterreich. I. Theil. Wien 1769. Seite 6.

J. H. D. (Joh. Hermann Dielhelm) Antiquarius des Donau-Stroms. Frankfurt am Main 1785. I. Band. S. 358—359.

Historisch-mahlerische Darstellungen von Österreich; bearbeitet und herausgegeben von den Gebrüdern Anton und Christian Köpp Edle von Felsenthal. I. Band. Wien 1814. Seite 89—92. Die Ruinen von Aggstein. Im Inhalte zu diesem Bande wird angegeben: „Nach gesammelten und eingesandten Nachrichten des Hw. H. Priors zu Melk, Florian Manoli (Mainoli), dann anderen Quellen.“ Deutsch und französisch, mit einer von Anton Köpp gezeichneten, colorirten Ansicht der Ruinen, in Regalfolio.

Schreckenwald's Rosengarten. Hormayr's Archiv für Geographie, Historie, Staats- und Kriegskunst, Jahrgang 1819, Num. 43, Seite 169. Österreichische Überlieferungen aus der Gebrüder Grimm deutschen Sagen.

Wanderungen im Viertel ober dem Wienerwalde im Juli 1818 (von Ph. v. W., k. k. Hauptmann) — im Hesperus, Jahrgang 1819, Decemberheft Num. 61.

Ersch und Gruber, Allgemeine Encyklopädie der Wissenschaften und Künste. II. Theil. Leipzig 1819. Seite 119. Aggstein, von Th. Freiherrn von Liechtenstern.

Beiträge zur Geschichte von Schönbühel und Aggstein. Auf Veranlassung des Herrn Grafen Franz von Beroldingen Excellenz gesammelt von Ignaz Fr. Keiblinger, Capitular des Stiftes Melk, 1822. Das noch ungedruckte Original blieb im Besitze des Herrn Grafen.

Die Ruinen von Aggstein in Niederösterreich, im Viertel ober dem Wienerwalde. Von Professor J. F. Keiblinger, in Hormayr's Archiv u. s. w. Jahrgang 1827, Num. 4. vom 8. Jänner 1827, Seite 17—23. Ein Auszug oder vielmehr eine neue, kürzere Bearbeitung der angeführten Beiträge.

Schloss Aggstein. MDCCCXXVIII. Ohne Druckort (Wien), 15 Seiten in Klein-Quart, mit lithographirtem Titelblatte, welches als Vignette die nach Köpp von Felsenthal in kleinem Massstabe copirte Ansicht der Burg hat. Der Verfasser, welcher sich in der Note zur Seite 1 A. v. Weingarten nennt und diesen nur als Manuscript gedruckten Aufsatz auf Ersuchen des vorgenannten Herrn Grafen und für denselben schrieb, ist der damalige k. k. Hauptmann im General-Quartiermeister-Stabe Adam von Weingarten, Ritter des kön. Sardinischen St. Mauritius- und Lazarus-Ordens, welcher zu dieser Skizze die vorher angezeigten „Beiträge" benützte.

Schultes, Österreichs Donaustrom mit allen an den Ufern desselben von Engelhardszell bis Wien vorkommenden Merkwürdigkeiten. (Der zweite Band der „Donaufahrten.") Stuttgart u. Tübingen 1827. Seite 307—313.

Ruinen, oder Taschenbuch zur Geschichte verfallener Ritterburgen und Schlösser. Zweite Sammlung. Wien 1827. Seite 3—5, mit einem Gedichte S. 5—9.

Schweickhard, Aggstein, in den Beiträgen zur Topographie von Österreich im neuen Archiv für Geschichte u. s. w. Herausgegeben von Megerle von Mühlfeld und von Hohler. II. Jahrgang. 1830. Num. 57 und 58. Ohne Angabe der Quellen nach Köpp von Felsenthal und Hormayr's Archiv von 1827 zusammengetragen.

Hormayr's Taschenbuch für die vaterländische Geschichte. Neue Folge. II. Jahrgang. 1831. München. Seite 108—128: Num. 35. Aggstein. Nach einer langen geschichtlichen Einleitung über die österreichischen Burgen überhaupt, grossentheils nach dem Aufsatze im Archiv von 1827 durch Hormayr selbst bearbeitet.

Schmidl, Wien's Umgebungen auf zwanzig Stunden im Umkreise. I. Band. Wien 1835. Seite 406—412.

Jurende, Mährischer Wanderer (auch unter dem Titel: „Vaterländischer Pilger") für das Jahr 1837. Unter der Rubrik. „Historische Skizzen," Seite 290, Num. 91.

Schweickhardt (fälschlich Ritter von Sickingen), Darstellung des Erzherzogthums Österreich unter der Enns. Des Viertels O. W. W. VII. Band. Wien 1837. Seite 140—162. Mit einem Kupfer. Man sehe oben die auch hier geltende Bemerkung. Das erwähnte Original-Manuscript vom Jahre 1822 wurde gleichfalls stellenweise abgeschrieben, ohne den Verfasser zu nennen. Sic vos non vobis u. s. w.

Arnulf Schreckenwald, genannt der Eisenfresser, oder: Die Blutrache auf Burg Aggstein an der Donau. Schauerliche Geister- und Rittergeschichte aus Österreichs Vorzeit. Von Ludwig Dellarosa (J. A. Gleich). Mit einem Titelkupfer. 158 Octavseiten. Wien bei Singer und Göring 1840. Um nicht irgend einen arglosen Geschichtsfreund zum Ankaufe dieses Büchleins zu verlocken, genügt zu bemerken, dass, ausser dem Namen Schreckenwald und dem Rosengärtlein, Alles Erdichtung ist; so Wendelin, Arnulfs Sohn und eigentlich die Hauptperson des Romans; seine Geliebte und nachmalige Gemahlin Cornelia von Helmenau; Ritter Romuald von Steinberg; Leuthammer, der tückische, verbrecherische Geheimschreiber des Herzogs Leopold; der biedere Vogt Rupert auf Aggstein, der böse Klosterschirmvogt Rauhwald, Graf Silberborn, Ritter Hagemund von Klautfels u. s. w. Der Verfasser lässt den Kuenringer von Dürrenstein zu Gunsten Wendelins, der damals seinen Vater noch nicht kannte, Aggstein erobern und auf seinen Befehl den Schreckenwald in den Abgrund stürzen. Schade, dass „das grosse Pergamentbuch mit herrlichen Bildern bemahlen (sic) — es enthielt die von einem Mönche aufgezeichnete Chronik des Aggstein'schen Hauses," welches Wendelin in der eroberten Burg fand, nicht als Beilage zum Roman abgedruckt ist, welcher hinsichtlich der Erfindung, Darstellung und Schreibart mit den übrigen zahlreichen Geisteskindern des pseudonymen Verfassers wetteifert!

(Sartori Franz) Die Burgvesten und Ritterschlösser der österreichischen Monarchie. Zweite, gänzlich umgearbeitete und vermehrte Auflage. XII. Theil. Wien 1840. S. 3—13, mit einer Abbildung, welche in kleinerem Nachstiche, so wie der Text, aus Köpp von Felsenthal genommen ist. (Die erste Auflage in 8 Bänden erschien zu Brünn 1819 und 1820, mit frech usurpirter Namens-Chiffre Hormayr's: J. F. v. H.)

Koch, die Donaureise von Linz bis Wien. Wien 1841. Seite 65—67.

Pernold, Geistesblumen. Jahrgang 1845. Wien. Seite 35—36, nach Schweickhardt's Darstellung von Österreich unter der Enns, aus welcher die dazu gehörige Kupfertafel zum Wiederabdrucke auf grösserem Papier (Quart) benützt wurde.

Schreckenwalds Rosengarten. Austria, österreichischer Universal-Kalender für das Jahr 1850, herausgegeben von Salomon und Kaltenbäck. Vaterländische Denkwürdigkeiten Seite 53. CIX. Kaltenbäcks Quelle: „Psellionorus, Lustgarten, Strassburg 1621, Seite 861," war unmöglich aufzufinden.

Aggstein — im Kremser-Wochenblatte. Herausgeber: Maximilian Pammer. Num. 36 und 37 vom 6. und 13. September 1856. Seite 262—263 und S. 269—270. Aus Geschichte und Erdichtung zusammengesetzt.

Moshammer, das Vaterland. Des Jugend-Albums drittes Bändchen. Wien 1857.

von Sacken, Freiherr, Kunstdenkmale des Mittelalters im Kreise ob dem Wiener-Walde des Erzherzogthums Niederösterreich — im zweiten Bande des Jahrbuches der k. k. Central-Commission zur Erforschung und Erhaltung der Baudenkmale. Wien 1857. Seite 149—150, und des besonderen Abdruckes Seite 49—50.

Terke, der Engel von Laxenburg. Vaterländischer Roman in drei Theilen. Wien 1861. Es wird in der Folge wieder davon die Rede sein.

Auch die Dichtkunst hat die Sagen von Aggstein zum Gegenstande ihrer Schilderung gemacht. Die uns bekannt gewordenen sind folgende:

„Die Ruinen der Bergveste Aggstein, oder die von dem Raubritter Schreckenwald im vierzehnten Jahrhunderte allda ausgeübten Grausamkeiten." — „Die Ruinen-Bewohner der Bergveste Aggstein, oder der Geist Schreckenwald mit seinen Peinigern." — Gedichte und Lebensgeschichte des Naturdichters Andreas Posch. Dritte Auflage. Wien 1830. (1. Aufl. 1821. 2. Aufl. 1822.) Seite 138—140 und 141—144.

Hadmar von Kuenring. Balladen und Romanzen von Joh. Nep. Vogl. Wien 1835. Seite 81—84, wo aber die Scene von der List des Kaufmannes, die Sperrung der Donau mittelst einer Kette u. s. w. nach Tirnstein verlegt, auch gesagt wird, dass Hadmars Burgen Aggstein und Tirnstein verbrannt wurden.

Schreckenwalds Rosengärtlein. Der Minstrel. Taschenbuch historisch-erzählender Dichtungen, Balladen, Romanzen und Legenden, herausgegeben von J. N. Vogl. Wien 1841. Dessen österr. Volkskalender für 1846 S. 192—195 mit 2 Illustrationen. Das Rosengärtlein zu Aggstein in Österreich.

Schreckenwald. Aus der Wiener-Zeitschrift für Kunst und Literatur 1818. Num. 107 mit Bewilligung der erfasserin entlehnt in den „Ruinen oder Taschenbuch zur Geschichte verfallener Ritterburgen und Schlösser." Zweite Sammlung. Wien 1827. Seite 5—9. Unterzeichnet: „Sephine." In der Wiener-Zeitschrift hat das Gedicht die Überschrift: „Die Ruinen von Aggstein."

Der fahrende Sänger vor Aggstein. (Oesterreichische Volkssage.) Heimwärts aus der Fremde. Lieder und Reime von Paul Renk, Verfasser des „Sursum corda!" St. Pölten 1856. Seite 256—257.

Hierher gehört auch ein Theaterstück, welches im December 1835 von einer wandernden Schauspielergesellschaft im Markte Melk aufgeführt wurde, wovon wir aber nur den gedruckten Theaterzettel kennen, welcher lautet:

Die Todtenglocke auf Aggstein, oder die Stunde der Rache. Vaterländisches Gemählde von Vogel in fünf Abtheilungen: 1. Die Verschwörung auf Aggstein. 2. Der Ruf der Todtenglocke. 3. Die Rückkehr aus Palästina. 4. Der Retter. 5. Die Stunde der Rache. Personen: Kolomann, Sohn Andreas des II. Königs von Ungarn. Graf Gara. Rudolph Graf von Greifenstein. Kojetin, Herr der Veste Dürrenstein, General-Marschall des St. Georgenbundes. Schreckenwald, Raubritter und Besitzer von Aggstein. Adelgunde, dessen Nichte. Antonio, ein Knabe. Laura von Losenstein. Irwin, Schreckenwalds Vertrauter. Francesco Pinto, ein Italiener, Burgvogt auf Aggstein. Gustav, ein Edelknecht. Jakob Marosch, ein ungarischer Ritter. Ein Eremit. Ein gespenstiges Weib. Ritter. Knechte.

Gleichwie diese Notizen zur Literatur von Aggstein um so weniger Anspruch auf Vollständigkeit machen, da viele Anführungen aus verschiedenen Werken, insbesondere was die Genealogie der Kuenringer betrifft, in den geschichtlichen Beiträgen selbst vorkommen, so soll hier der Abbildungen von Aggstein nur kurze Erwähnung geschehen. Das älteste bekannte Bild findet sich in dem schätzbaren Kupferwerke: „Topographia Archiducatus Austriae modernae, seu Contrefee vnd Beschreibung aller Stätt, Clöster vnd Schlösser, wie sie anietzo stehen in dem Ertzhertzogtumb unter Österreich. Heervorgebracht im Jahr 1672 durch Mühesamen Fleiss Georg Matthäi Vischer Geogr." V. O. W. W. Num. 4. Da nicht blos die Burg Aggstein mit dem am Ufer der Donau gelegenen Mauthhause und Dorfe, sondern sogar das über eine halbe Stunde entfernte Dorf Aggsbach mit der nicht mehr bestehenden Kirche St. Nikolaus, ja selbst die Ringmauern der tief im Thale versteckten Karthause Aggsbach auf dem kleinen Raume eines Octav-Bildes zusammengedrängt erscheinen, wie sie zu sehen in der Wirklichkeit unmöglich ist, so konnte die Burg Aggstein, obwohl der Hauptgegenstand, nur in den allgemeinsten Umrissen, wie sie in ziemlich weiter Entfernung dem abwärts Schiffenden sichtbar sind, dargestellt werden; daher leider das durchaus nicht getreue Bild für die Baubeschreibung von Aggstein werthlos ist, wie denn selbst der Felsen, auf dem das Schloss steht, mit seinem Hintergrunde nur von der Phantasie des Zeichners geschaffen ist!

„Das alte Schloss Aggstein," von Karl Schallhas gezeichnet und gestochen, im Verlage des F. X. Stöckl in Wien, in der Manier aller, vor ungefähr sechzig Jahren in dieser Kunsthandlung erschienenen colorirten Abbildungen von österreichischen Städten, Schlössern, Abteien und Gegenden, hat das Eigene, dass der westliche Theil des Hochschlosses noch mit einem Ziegeldache bedeckt ist. Die Ruinen sind von dem Standpunkte vor dem ersten Thore, in schiefer Richtung aufgenommen, so dass die südliche und östliche Seite sich dem Beschauer darstellt. Dieses ist auch der Fall bei den schon erwähnten Kupfertafeln bei Köpp von Felsenthal, Schweickhardt und Andern. Allbekannt ist, dass die Burg Aggstein in den verschiedenen Sammlungen von Ansichten der Donaugegenden nicht fehlt, deren künstlerischer Werth eben so ungleich, als der dazu gehörige Text das Product unkritischer Compilation zu sein pflegt.

Die Burg Aggstein und ihre Geschichte.

ὁίη περ φύλλων γενεή, τοίη δὲ καὶ ἀνδρῶν.
φύλλα τὰ μέν τ᾽ ἄνεμος χαμάδις χέει, ἄλλα δέ θ᾽ ὕλη
τηλεθόωσα φύει, ἔαρος δ᾽ ἐπιγίγνεται ὥρη·
ὣς ἀνδρῶν γενεὴ ἣ μὲν φύει, ἠδ᾽ ἀπολήγει.

Gleich wie Blätter im Walde, so sind die Geschlechter der Menschen;
Blätter verweht zur Erde der Wind nun, andere treibt dann
Wieder der knospende Wald, wann neu auflebet der Frühling:
So der Menschen Geschlecht, diess wächst und jenes verschwindet.

Homer's Ilias VI. Gesang, 146—149 V.
nach der Übersetzung von Voss.

Auf einer hohen, steilen Felsenspitze nächst der Donau, drei Stunden unterhalb Melk, zwei von Schönbühel, zwischen den Dörfern Aggsbach und St. Johann, erheben sich die Ruinen der Bergfeste Aggstein, die in geschichtlicher Hinsicht nicht minder, als des kühnen Baues und weitläufigen Umfanges wegen, zu den merkwürdigsten und ansehnlichsten Burgen von Niederösterreich gehört.

Von dem, am Fusse des Berges an der Donau gelegenen Dorfe Aggstein windet sich, bald mehr bald weniger steil, durch Gebüsche, in Felder verwandelte Weingärten und dichte Waldung der Pfad den mächtigen Felsen hinan. Für den bequemeren Wanderer führt der alte, durch den verstorbenen Herrn Grafen Franz von Beroldingen wieder hergestellte Fahrweg, auch von dem jetzigen Herrn Besitzer des Gutes Aggstein bestens erhalten, zu den Ruinen hinauf, welche man, je nachdem man den einen oder den andern Weg einschlägt, nach einer Stunde oder in der Hälfte dieser Zeit erreicht. Auf einem dritten und noch angenehmeren, sich bald erhebenden, bald senkenden, nicht beschwerlichen Wege gelangt man in einer Stunde vom Servitenkloster Langeck, dessen schöne Kirche mit den Fresken von Joseph von Mölk (nicht Welk) besichtigt zu werden verdient, den oberen Hof (einen Maierhof des Klosters) vorüber, durch schattenreiche Waldungen auf eine freiere Ebene, wo man dem Eingange der Burg gegenübersteht. Wer die Wege von der Donau herauf wählt, wird durch waldige Berge, steinige Schluchten und den tief unten langsam dahinwogenden Strom allmälig auf jene ernsten, wehmüthigen Gefühle vorbereitet, die der Anblick jeder Zerstörung eines grossen Menschenwerkes und jedes Denkmals irdischer Vergänglichkeit erweckt; und Riesenbilder gräuelvoller Zeiten steigen wie furchtbare Geistergestalten im grauen Nebelgewande dunkler Sagen und Erinnerungen aus dem unergründlichen, schauervollen Grabe der fernen Vorzeit empor.

Man eilt die Trümmer zweier kleiner Vorgebäude, für die Bedürfnisse friedlicher Wirthschaft erst später erbaut und nichts Merkwürdiges bietend, vorüber, den noch ziemlich tiefen Schlossgraben auf einer Holzbrücke überschreitend, zum ersten Thore der Burg, welches dieselbe vor muthwilliger Zerstörungssucht schützend, immer geschlossen ist, und wozu man den Schlüssel (wie auch die Begleitung eines Führers) sowohl im Gasthause des Dorfes Aggstein, als im Kloster Langeck erhält. Drei Thore hinter einander (noch nicht in schiefer Richtung, nach Dürer's Grundsatze), zwei Hallen und einen Hofraum bildend, vertheidigten den Eingang in das Innere, und die Spuren der alten Wallgänge ringsum in der Höhe, zeugen von den trefflichen Anstalten, wodurch man dem Feinde jeden Schritt vorwärts zu erschweren bemüht war. Gleich innerhalb des ersten Thores, im Rücken der Hauptfeste, ragt auf einem steilen, freistehenden Felsen, dessen Wände zum kühnen Baue benützt sind, eine grosse, hohe Warte empor. Durch eine, bis auf einzelne Stücke verfallene Mauer mit dem übrigen Schlossgebäude verbunden, war dieses Vorwerk bestimmt, zugleich nach allen Richtungen eine weite Fernsicht über eine ausgedehnte Strecke der hier in mehreren Krümmungen fliessenden Donau und südwärts nach Langeck, nach dem Markte Gansbach und dem jetzt der Abtei Göttweig gehörigen Schlosse Gurhof hinüber zu gewähren, wie auch dem ersten feindlichen Andrange den härtesten Widerstand zu thun. Auf einer hölzernen Treppe steigt man aus dem Burghofe zu diesem „Lueg ins Land" hinauf, und blickt schaudernd in den ungeheuren Raum der Zerstörung hinab. Jede Stelle auf dieser Höhe ist vortrefflich benützt, die Wallgänge der mächtigen Mauern sind noch gut erhalten, in Felsen gehauene Stufen führen zwischen Stein und Mauerwerk zur Zinne hinan. Zwischen den drei Thoren zeigen sich beiderseits verfallene Wohnungen der Dienerschaft, Stallungen und Wirthschaftsgebäude und rechts innerhalb des zweiten Thores am Boden eines kleinen Gemaches mit einem Spitzbogenfenster eine tiefe Oeffnung, welche allgemein als der Eingang zu Burgverliessen betrachtet, von Einigen viel unwahrscheinlicher für eine Cisterne oder für die Mündung unterirdischer Gänge gehalten wird. Beiläufig vor fünfzig Jahren sollen in der Tiefe dieses Loches noch gebleichte menschliche Gebeine sichtbar gewesen sein.

Ueber dem dritten Thore ist eine grosse rothe Marmortafel mit dem Wappen der Familie Scheck, ein der Länge nach gespaltener und von einem Querbalken durchzogener Schild, von dem Stechhelm bedeckt, welchen ein geschlossener, mit dem Querbalken belegter Adlersflug überragt [1]). Unter dem Wappen steht die Inschrift:

Das . purkstal . hat . ange
vangen . cze . pauen . her Jo
rig . der . Schekch . von . w
ald . des nachsten . Man
tag . nach . unser . frawntag
nativitatis . da . von . krist
gepord . warn . ergangen
— — cccxxviiii Jar.

Die zwei ersten Zahlbuchstaben M oder m und c sind schon seit langer Zeit durch Beschädigung des Steins an der unteren linken Ecke ausgebrochen [2]).

Durch des dritten Thores mächtige Halle mit niederen Steinsitzen in beiden Seitenwänden betritt man den eigentlichen Burghof, ein fünfzig Schritte langes, zwanzig breites Paralellogramm, dessen hintere

1) Preuenhuebers Annales Styrenses S. 24 geben das Wappen der Schecken in Kupfer gestochen: Ein weisser oder silberner Querbalken in einem nach der Länge gespaltenen, rechts rothen, links schwarzen Schilde, dessen offener, ungekrönter Helm (abweichend vom Wappensteine zu Aggstein) zwei Büffelhörner trägt, die durch einen weissen Querbalken so getheilt sind, dass jenes rechts oben roth, unten schwarz, das andere links oben schwarz, unten roth ist. Die Helmdecke rechts roth und weiss, links schwarz und weiss. Im Siebmacher'schen Wappenbuche S. 27 kommt das Wappen der Schecken aus Kärnten (ein von dem österreichischen gänzlich verschiedenes Geschlecht) vor: Eine Krone mit drei aus derselben emporgerichteten Federn.

2) So lautet die Inschrift selbst bis auf die Punkte zwischen den Wörtern buchstäblich getreu, nach der letzten Revision vom 12. October 1861. Ich selbst las zuerst unrichtig: mccccxxiiiiii (1426), ohne diesen Irrthum später berichtigen zu können, welcher daher auf alle mir Nachschreibenden übergegangen ist. Der Verfasser der Wanderungen im Viertel ober dem Wienerwalde las MCCXXVIII (1228), selbst Hr. v. Leber (die Ritterburgen Rauheneck, Scharfeneck und Rauhenstein, oder Rückblicke in die deutsche Vorzeit I. Bd. S. 199), obgleich sich auf Hormayr's Archiv 1827 berufend (welchen Aufsatz er „auch als eine abgesonderte Monographie bestehend" angibt, da er doch von der Monographie Weingarten's gänzlich verschieden ist), setzt willkürlich: MCCXXVIII (1228), indem er lieber dem Doctor Schultes folgt, ungeachtet dessen Erklärung: „er könne nicht versichern, ob diese Inschrift, zumal die Jahreszahl ganz richtig gelesen sei, da sie für seine Augen zu hoch stand." Allein schon die Gestalt der Schrift widerspricht offenbar einem so hohen Alter. Das Verdienst zuerst die rechte Zahl 1429 durch den Druck bekannt gemacht zu haben, hat Freiherr von Sacken, von dessen und Schmidl's Beschreibung der Burg, besonders der Kapelle, ich dankbaren Gebrauch zu machen mir erlaubte.

Seite bedeutend schmäler ist. Hier befindet sich eine, mit einem Holzgeländer umgebene geräumige Cisterne (kein Burgverliess, wie Manche sich einbilden), links dehnen sich weitläufige Ruinen von Kellern, Ställen und Gemächern aus, deren einige wohl zu Gefängnissen dienten, und die zum Theile noch unbekannt sind, da ihre Untersuchung nicht gefahrlos ist. Ob hier auch eine Gruft war, wie man vorgegeben hat, ist sehr zu bezweifeln. In einem grossen, halbrunden Erker zur Rechten ist die noch ziemlich erhaltene Küche mit dem steinernen Schlott in der Mitte des Gewölbes, an welche sich die gewaltige Ringmauer anschliesst, die aber weiterhin in den nackten Felsen übergeht, der hier senkrecht behauen die Mauer vertritt, ebenso den Hintergrund des Hofes bildet und sich links wieder in die Hauptmauer verliert. Der grosse Burghof ist also hier durch eine, etwa zehn Klafter hohe Felsenwand vollkommen abgeschnitten und hoch oben ragt erst das eigentliche Hochschloss über die untern Gebäude empor, durchaus ohne einen andern Zugang ausser einer schmalen Pforte (ein von dem viereckigen Thürstocke bedeckter Spitzbogen), hoch oben auf dem glatten Felsen, zu welchen man einst nur durch einen Aufzug, wovon die Zuglöcher noch vorhanden sind, gelangte, dessen Stelle jetzt eine bequeme hölzerne Treppe einnimmt. Von allen übrigen Seiten stürzt sich die Felsenzinne in schroffen Klippen ab, und hier hat die Menschenhand Alles aufgeboten, der Hochburg eine vollkommene Unzugänglichkeit zu verschaffen. Jene Pforte führt in den innern Burghof, der eigentlich nur aus einem, bei zwölf Fuss breiten und dreissig Fuss hohen Gange zwischen senkrecht behauenen Felsen und Mauern besteht. Hier kommt man über eine in den Felsen eingestemmte, freie Holztreppe in die Kapelle, deren schmale Thüre (im flachen Kleebogen ohne Umrahmung) im Schiffe und zwar an der Epistelseite angebracht ist. Auch diese heilige Stätte ist, wie beinahe jeder andere Theil des Raubnestes ganz isolirt gebaut, damit der Feind jeden Fussbreit mit einer neuen Belagerung, mit einem neuen, blutigen Sturme zu erringen gezwungen war. Sie steht nämlich mit dem Hauptgebäude nur dadurch in Verbindung, dass in der Rückwand, dem Hochaltare gegenüber, zwei kleine, niedrige, in die Breite gezogene Fenster sich in ein Gemach öffnen, welches allem Anscheine nach, als Oratorium für den Burgherrn und seine Familie gebraucht ward. Die Kapelle ist ein länglicher Raum mit halbrunder Apsis; die Rippen der spitzbogigen Kreuzgewölbe, aus Schmiege, Hohlkehle und gratigem Rundstabe bestehend, treten, wie im Kreuzgange der Karthause Gaming, unmittelbar aus den Wänden hervor; die kleinen, schmalen Spitzbogenfenster (eines im Chore oder Presbyterium über dem Altare, zwei im Schiffe an der Epistelseite; die Wand gegenüber ist ohne Fenster) haben weder Pfosten noch Füllung und erweitern sich nach innen. Der niedrige Scheidebogen ist bei zwölf Fuss breit. Die kleine, niedrige Apsis oder der Chor hat ein Gewölbe, dessen Rippen in eine Spitze zusammenlaufen; die Mauer ist hier sehr dick, und hat an der Evangelienseite des Altars eine viereckige kleine Nische, welche zum Sacrament-Häuschen oder Wandtabernakel, später um die Messpollen (Kännchen) und Tasse hineinzusetzen diente. Die etwas breitere Decke des Schiffes ist eingestürzt. Obwohl am Scheidebogen mit rother Farbe und neueren Schriftzügen die Jahreszahl 1113 in dieser Gestalt J . L . L . Ȝ angeschrieben ist, so stellt sich doch die Kapelle als ein Bau aus der ersten Hälfte des fünfzehnten Jahrhunderts dar, welcher ohne Zweifel dem schon genannten Georg Scheck von Wald sein Dasein verdankt. Die von mir in den bereits erwähnten ungedruckten Beiträgen zur Geschichte von Aggstein, dann wieder in Hormayr's Archive, hierauf aus diesen Aufsätzen auch in Schweickhardt's Beschreibung und bei seinen Nachfolgern enthaltene Angabe, dass das Presbyterium sich „durch die Gestalt der Bogenstellung und des ganzen Baues überhaupt als ein Werk des zwölften Jahrhunderts“ zeige, ist nur aus meiner damaligen Unkenntniss des altdeutschen Baustyls und seiner Veränderungen entstanden, mit welcher sich der feste Glaube verband, dass, wie schon Deppisch bemerkte, jene Jahreszahl in arabischen Ziffern, welche bei einer Erneuerung der Kapelle die ursprünglichen römischen (MCXIII) verdrängten, sich auf den gegenwärtigen Bau als auf den ältesten beziehe, daher ich das Schiff, bei welchem mich keine vorgefasste Meinung blendete, schon damals mit Recht als ein jüngeres Bauwerk erkannte. Zu allem Ueberflusse fügte ich in den gedachten ungedruckten Beiträgen die Bemerkung hinzu, „dass jenes halbrunde Gewölbe (die Apsis) mit der angeblich von den Templern erbauten Kapelle zu Petronell und mit der Pantaleons-Kapelle zu Medling, auf welcher der Glockenthurm der Pfarrkirche steht, viele Aehnlichkeit habe und schon dadurch ein sehr hohes Alter verrathe;" was auch Schweickhardt getreulich nachschrieb.

Ausser den Spuren der rings an den Wänden gemalten Consecrations- oder Apostelkreuze sieht man noch die Reste der drei steinernen Altartische, deren einer in der Apsis, zwei an der schmalen Mauer des Schiffes neben dem Scheidebogen sich befinden. Zur Zeit, als der Benedictiner von Melk, Gottfried Deppisch, seine Geschichte des heiligen Coloman herausgab (1743), war auf dem Fron- oder Hochaltar das „von junger Hand gemachte" Bildniss der Heiligen Georg und Colomann, zu deren Ehre die Kapelle geweiht war, und auf einem der beiden Nebenaltäre, an der Evangelienseite, „ein sehr altes Gemälde des heiligen Colmanns allein" zu sehen, welches Deppisch in Kupfer gestochen seinen Lesern vorlegte. In diesem „vor ungefähr dreihundert Jahren gemalten" Bildnisse, (wie der Verfasser aus den, links vom Haupte des Heiligen in alter Schrift beigefügten Worten: S. Colmannus abnehmen zu können glaubte) erscheint St. Colomann in Pilgertracht, in der rechten Hand einen langen, mit einer Schlinge versehenen Strick, das Werkzeug seines Martertodes, in der linken den Pilgerstab tragend; an der rechten Seite hängt an einem Riemen eine sogenannte Feldflasche mit dem österreichischen Bindenschilde bezeichnet, und ein kleiner Trichter zur Füllung derselben; der Hut ist mit den bekannten Jakobsmuscheln und mit drei kleinen Bildern geziert, welche ein altes Kirchenportal, einen Bischof und das mit dem kreuzförmigen Nimbus umgebene Christus-Haupt vorstellen [1]).

Neben der Kapelle führt eine zweite Treppe in einige Wohnzimmer, deren grösstes für den Saal gilt. Gleich im untersten ist in der Aussenmauer eine Oeffnung oder ein Pförtchen ausgebrochen, durch welches der Schwindelfreie in das berüchtigte Rosengärtlein, welches noch jetzt unter diesem Namen bekannt ist, hinaussteigt. Ringsum sind nämlich die Mauern, wie aus den Klippen emporgewachsen, an den äussersten Felsenrand hinausgebaut, um selbst den tollkühnsten Angriff von dieser Seite zu verhindern; hier aber, wo der Felsen überhängt, bildet eine durch den Meissel geebnete Platte desselben ein freies Plätzchen, etwa sechs Schritte lang, zwei breit, gleich einem Söller, der über der Tiefe eines schauerlichen Abgrundes trotzend in die Luft hinausragt. Was der Mund einer alten Sage von dieser schrecklichen Stelle erzählt, wird in der Folge besprochen werden.

Keine Beschreibung würde hinreichen, dem Leser von der seltenen Kühnheit, ausserordentlichen Festigkeit und einsichtsvollen Anordnung des ganzen weitläufigen Baues einen vollkommenen Begriff zu geben. Man muss dieses bewundernswürdige Werk selbst sehen und alle seine zugänglichen Theile mehrmals durchwandern, um sich zu überzeugen, mit welcher klugen und erschöpfenden Anwendung aller zu jenen Zeiten bekannten und zur Verfügung gestandenen Kräfte und Mittel der Bau geführt wurde, um diese Felsenburg zu einer, durch Natur und Kunst vor den Angriffen des Feindes geschirmten

1) Deppisch Seite 135—137 mit der Kupfertafel zu Seite 65. Selbst das enge, schlottförmige Glockenthürmchen, aus welchem zum Läuten der Glocken zwei Strickröhren durch die Mauer gezogen sind, hatte keinen Zugang von Aussen.

und fast unbezwingbaren Festung zu machen, deren Thore, wenn man die Unvollkommenheit der mittelalterlichen Belagerungswerkzeuge bedenkt, nur List oder Verrath den Feinden öffnen zu können schien.

Wenn auch von dem ältesten, weit über das Jahr 1429 hinaufreichenden Baue, welchem das Hochschloss angehört, noch Theile vorhanden sind, was kaum zu bezweifeln ist, so wurden sie doch auf eine solche Weise zu den neuen Bauten verwendet und in dieselben aufgenommen, dass man das älteste Gemäuer vom neueren nicht mit Sicherheit zu unterscheiden vermag. Der jüngste Bau aus den zwei ersten Decennien des siebenzehnten Jahrhunderts ist leicht zu erkennen, und es sind vorzüglich die an der Westseite des grossen Burghofes gelegenen Localitäten, welche in dieser Zeit ganz nach dem Geschmacke und den Bedürfnissen derselben entweder nur umgestaltet oder vom Grunde neu erbaut wurden [1]).

Tiefes Schweigen herrscht nun in diesen verödeten Räumen; nur der Sturm heult in den Ritzen der geborstenen Mauern und schüttelt rauschendes Laub in die dumpfen Gewölbe. Raubvögel schwirren mit trägem Fittich um die unbewachten Zinnen, und aus unzugänglichen Nestern krächzen ihre Jungen dem einsamen Besucher entgegen. Hoher Schutt von eingestürzten Gewölben und Zwischenwänden, zum Theile mit Moos, Bäumen und Sträuchern bewachsen, bedeckt den Boden der Gemächer, das ganze Gebäude ist seiner Dachungen beraubt; nur die ungeheuren Hauptmauern, mit dem zum Baue benützten Felsen, zu einem unzertrennbaren Ganzen vereinigt, steigen hoch zu den Wolken empor, als staunenswerthe Trophäen des Sieges, welchen hier ein Werk der Menschen über die Macht der Alles zerstörenden Zeit zu erkämpfen versuchte. Einen nie verlöschenden Eindruck von ganz eigener Art bringen diese Ruinen hervor, wenn man sie als einsamer Wanderer, ernster Gedanken voll, nicht mitgerissen vom rauschenden Treiben einer bloss dem fröhlichen Genusse der Gegenwart hingegebenen Gesellschaft besucht. Dann schweben in der feierlichen Stille mit dem Flüstern der vom leisen Hauche des erfrischenden Lüftchens bewegten Blätter die wunderbaren Gestalten der Vergangenheit in unabsehbarem Zuge wandelnder Schatten an uns vorüber; aber nur selten taucht aus den Nebelbildern der grauen Vorzeit eine freundlich lächelnde Erscheinung voll Hoheit und Milde empor, welche das Echo der Wehmuth in uns wach ruft und eine heisse Thräne trauernder Sehnsucht, dem Genius der Menschheit geweiht, dem Auge des an Erfahrungen reichen Denkers entlockt. Doch schnell ist die holde Gestalt voll Liebreiz verschwunden und die sinnigen Träume seiner harmlosen Jugend, die in flüchtigen Schritten ihm nahten, werden verscheucht durch die düsteren Schatten von Männern der Waffen, des Blutvergiessens und menschenfeindlichen Sinnes — kalt wie das ihre Brust umpanzernde Eisen, blutbefleckt wie das in ihrer Rechten dräuende Schwert, vor deren unheilkündendem Blicke jedes weichere Gefühl erstarrt. Von bangem Schmerz ergriffen, fliehen wir aus den Tiefen des die Brust beklemmenden Gemäuers hinauf zu den schwindelnden Höhen, von welchen der scheue Blick, in den Umgebungen dieses Adlernestes Erholung suchend, rastlos umherschweift. Tief im Felsenthale trägt der ruhige Strom auf ebenen Fluthen die Früchte des Bodens, die Erzeugnisse des fleissigen Landmannes, der genussreichen Kaiserstadt zu. Mit schwermüthigen Klängen tönt die zur Andacht rufende

1) Als ich die Burg, nachdem ich hier am 18. October 1824 den Jahrestag der, jedem Deutschen ewig denkwürdigen Völkerschlacht von Leipzig in stiller Betrachtung und frommen Wünschen gefeiert hatte, am 24. August 1825 wieder besuchte, zeigte mir der Gastwirth zu Aggstein zwei in den Ruinen gefundene Silbermünzen: eine Münze des Christian Ernst Markgrafen zu Brandenburg-Culmbach von 1683 und einen Groschen des Kaisers Leopold I. von 1691. Ob sie irgend ein Wanderer hier verlor, oder ob sie noch von den letzten Bewohnern der Burg herrühren, ist gleichgiltig, weil diese Münzen viel zu jung sind, um für die Geschichte von Aggstein von Bedeutung zu sein. Dagegen dürfte es manchen Freund der geselligen Tonkunst und die Mitglieder von Singvereinen interessiren, dass die weiten Burgräume am 10. Mai 1849 durch eine Art von Sängerfest belebt wurden, woran sich kleine Gesellschaften von Melk, Spitz, Krems u. A. betheiligten.

Glocke der alten Kirche von Schwallenbach vom jenseitigen Ufer zu uns herauf und weckt den Widerhall unbeschreiblicher, stürmisch wechselnder Gefühle in der schwer athmenden Brust, bis leise Ahnungen von ewig herrschendem Frieden, sanfte Himmelstöne von einer, selbst im furchtbarsten Toben der entfesselten Erdenstürme nie ganz ungehört verhallenden Harmonie der Welten, deren Schöpfer und Herr endlich alle die Seinen, wie weit und schmerzlich sie auch von einander getrennt seien, in der reinsten, ewig beseligenden Liebe vereinen und das Sehnen des Glaubens in die Wonne des Schauens verwandeln wird, auf den mit des alltäglichen Lebens kalter Gemeinheit, trugvoller Selbstsucht und verderblichen Leidenschaften entzweiten Pilger im Balsamthaue süsser Tröstungen herniederschweben und den stillen Dulder in den erquickenden Schlummer frommer Ergebung wiegen, indem sie ihm die Worte des Dichters zurufen: „Durch Nacht zum Licht! — Durch Sturm zur Ruh! — Durch Frost zum Lenz! — Durch Streit zum Sieg! — Durch Schweiss zum Schlaf! — Durch Kreuz zum Heil! — Durch Weh zur Wonn'! — Durch Tod zum Leben!“ (Kosegarten.)

So verlässt man denn gerne die menschenleeren Hallen der verfallenen Burg, und nachdem man noch ihrer überaus malerischen Ansicht von einer romantischen Felsenpartie, die dem Zurückkehrenden links ausser dem ersten Thore, etwa fünfzig Schritte davon entfernt liegt und wohin ein gebahnter Pfad führt, im Scheiden genossen hat, eilt man mit erleichtertem Herzen hinaus in Gottes freie Natur, wohin der betäubende Hauch der Grüfte nicht dringt, freundlicheren Gefilden und den friedlichen Wohnstätten der Menschen zu [1]); denn auch die nächste Umgebung der Feste bildet kein heiteres Bild. An rohe Raublust, an blutgierige Gesetze und schmachvolles Menschenelend erinnert der Gerichtsberg, östlich von Aggstein mit den wenigen Trümmern des ehemaligen Hochgerichts der Herrschaft Arnsdorf, dessen Landgericht das Gut Aggstein bis in die neueste Zeit unterstand [2]), und der Polakenkopf, dem der dort aufgesteckte Kopf eines polnischen Räubers den Namen gab [3]). Nur der Hönigberg, der sich südlich erhebt und in seiner Benennung das Andenken an die von den Besitzern des Schlosses einst betriebene Bienenzucht bewahrt, und die Überbleibsel des ehemals häufigeren Weinbaues auf diesen Höhen, wovon auch Urkunden sprechen, zeigen unter jenen finsteren Denkmalen des barbarischen Mittelalters eine schwache Spur von friedlichem Fleisse und rechtlichem Erwerbe.

---

1) Vor vielen Jahren, bei meinem ersten, mir unvergesslichen Besuche der Burg, weigerte sich der biedere Greis, der mich von Langeck durch den Wald geleitet hatte, standhaft mir in das Schloss zu folgen, indem er mit ängstlicher Miene und zitternder Stimme stets wiederholte: es sei so „enterisch“ (unheimlich, nicht geheuer) darin, und man könne sich ja ohnehin nicht verirren! Befreit von der Furcht mit mir durch die Ruinen wandern zu müssen, setzte er sich indessen im Freien auf einen Stein und weidete seine Augen an dem herrlichen Anblicke der bald untergehenden Sonne. So verscheucht das Andenken böser Menschen und Thaten noch nach Jahrhunderten den einfachen rechtlichen Landmann aus den Trümmern ihres gewesenen Schauplatzes, und nur der Alterthumsforscher, der Geschichtsfreund, der Maler und Dichter betreten mit gespannter Erwartung diese Tummelplätze des grausamen Faustrechts, wenn Gewinnsucht oder ökonomische Bedürfnisse nichts mehr daraus zu nehmen oder darin zu benützen finden.

2) Dieses vormals aus zwei dicken Mauersäulen oder Pfeilern, jetzt nur noch aus Einem, bestehende Zeichen einer strengen Gerechtigkeitspflege hat an Schultes (S. 313–314 in der Note) einen Lobredner gefunden, indem er sagt: Dieser alte Galgen, am Ausgange der finstern Bergschlucht, die den Aggsteiner-Felsenberg im Osten von der benachbarten Bergwand trennt, „würde eine herrliche Vignette in einer malerischen Reise durch die Wachau liefern. Er ist vielleicht der traurigste Galgen in der Christenheit, an welchem ein Unglücklicher gehenkt werden kann. Wäre dieser Galgen in England, er würde sicher viele Liebhaber finden“ u. s. w.

3) Wenn der Name nicht viel älter ist, so dürfte er entweder aus der Zeit des dreissigjährigen Krieges oder erst der zweiten türkischen Belagerung Wiens (1683) von einem, zu den Truppen des ritterlichen Königs Johann Sobiesky gehörigen Nachzügler herrühren, welcher in dieser Gegend raubend und mordend umherstreifte, bis er unter der Hand des Henkers seine Verbrechen büsste.

Das Dorf Aggstein zählt in achtzehn Häusern, deren drei durch Unvorsichtigkeit am 24. Juli 1853 ein Raub der Flammen wurden, ungefähr 104 Bewohner, die sich vom Ackerbau und vom Erträgnisse ihrer Weingärten nähren, deren Dasein schon im dreizehnten Jahrhunderte vorkommt. Es entstand höchst wahrscheinlich zugleich mit der Burg, unter deren Schutze sich freie Bauern und Hörige niederliessen, daher der Ort bis zum Jahre 1848 das seit 1685 zur Herrschaft Schönbühel gehörige Gut Aggstein zur Grund- und Ortsobrigkeit hatte. Hier bestand noch im vorigen Jahrhundert eine Mauth für die Donauschiffe, zwar mit der Herrschaft Aggstein vereinigt, eigentlich aber ein besonderes, vom Landesfürsten zu verleihendes Lehengut, von welchem in der Geschichte öfter die Rede sein wird. An diesem Mauthhause, einem ziemlich grossen, aber nur aus einem Erdgeschosse bestehenden Gebäude neuerer Bauart, dessen Thorbogen am Schlusssteine ein Wappenschildchen in Stein gehauen enthielt[1]), war links vom Thore eine lange lateinische Inschrift mit schwarzer Farbe an die Mauer geschrieben, wovon aber nur mehr der Name AGGSTEIN und die Ziffern 16 — — zu lesen waren. Früher befand sich auf derselben Stelle eine ältere, doch nicht über das siebenzehnte Jahrhundert hinaufreichende und hernach renovirte Inschrift; weil aber die mehrmal erneuerte Kalktünche theilweise herabgefallen war, so erschien endlich Altes und Neues so seltsam durcheinander gemengt, dass blos lauter verstümmelte Wörter hervortraten, aus denen nichts weiter abzunehmen war, als dass die neuere Schrift den Namen und vollständigen Titel eines Grafen von Starhemberg (wol des Konrad Balthasar) enthielt. Aus dem Mauerwerke dieses baufälligen, zuletzt von Zinsleuten bewohnten Hauses hat der verstorbene Herr Graf Franz von Beroldingen von 1847 bis 1849 ein Landhaus im einfachen, gefälligen modernen Style neu gebaut, welches zu ebener Erde rechts mehrere geschmackvoll eingerichtete Zimmer, links die Jägerswohnung, und in dem erhöhten mittleren Theile über dem, mit dem gräflichen Wappen gezierten Thore einen Salon enthält. Im Hofraume schliessen sich Stallungen und andere ökonomische Räumlichkeiten an[2]).

In kirchlicher Hinsicht gehörten die Burg und das Dorf Aggstein, wie sich in der Folge zeigen wird, nicht zu der anderthalb Stunden entfernten, sehr alten Pfarre Arnsdorf, sondern waren der wohl in gleicher Entfernung, aber jenseits der Donau gelegenen Pfarre Spitz, später nach Aggsbach jenseits der Donau eingepfarrt, bis im Jahre 1784 in dem, drei Viertelstunden entlegenen Dorfe Aggsbach diesseits der Donau eine Lokalpfarre errichtet und Aggstein derselben zugetheilt ward.

Wenden wir nun unsere Aufmerksamkeit den Schicksalen der Burg Aggstein zu, so verliert sich unser Blick im tiefen Dunkel der Jahrhunderte. Wer diesen Felsensitz, diese Steinburg unweit das Flüsschens Aa oder Ach, zuerst erbaute[3]), ist zwar gänzlich unbekannt; dürfen jedoch Vermuthungen etwas

1) Das Traun'sche Wappen: ein gespaltener Schild, rechts Silber, links schwarz.

2) Nach Rumi sind in der Nachbarschaft von Aggstein Steinkohlen-, Kupfer- und Vitriolminen, von denen aber hier nichts bekannt ist. (Geographisch-statistisches Wörterbuch d. österr. Kaiserstaats. Wien 1809. S. 4.)

3) Aggstein oder (weil man schon angefangen hat Weiteneck, Freideck, Goldeck, Eckenberg, Eckendorf u. s. w., statt Weitenegg, Freydegg, Goldegg, Eggenberg, Eggendorf u. s. w. zu schreiben) Ackstein, in älteren Schriften nicht bloss Akstain, sondern auch ganz richtig Achstein, in der alten Melker-Chronik 1467 Axstein (Achsstein) geschrieben, hat seinen Namen, wie Aggsbach, Aggsthal und Aggswald (Achswald, worüber der Anhang Kunde gibt), von der Aa oder Ach, dem der Burg Aggstein zunächst gelegenen grösseren Bache oder Flüsschen, keineswegs von einem Heerführer der Ungarn, Akus, wie Hormayr zu vermuthen sich erlaubte: „Namare entspricht Mölk (Melk) und seine Lage, wie die von Göttweih und Aggstein (Akus-Stein klingt einigermassen nach einem ungarischen Heldennamen), wie die von Sundilburg (Sindelburg und Biburg) können dem krieggewohnten Auge unmöglich entgehen, das der Donau Uferhut auf sich trägt." (Wiens Geschichte I. Jahrg. I. Bd. II. Heft. S. 145, Anm. 26.) Es wird in dieser Stelle von den befestigten Plätzen der Römer am rechten Donauufer gesprochen; allein auch Aggstein in ihre Reihe aufzunehmen, haben wir keine Belege. Zu Arnsdorf wie zu Aggsbach — nirgends aber bei Aggstein, wurden römische Münzen und andere Anticalien ausgegraben. Cannabiaca soll an der Stelle des

gelten, wo uns die sicher führende Hand der Geschichte verlässt, so dankt die Feste ihr erstes Dasein sehr wahrscheinlich spätestens dem Anfange des zwölften Jahrhunderts und der reichen und mächtigen Familie der Herren von Kuenring, die wenigstens als die ältesten Besitzer derselben bekannt sind. Sie leiteten ihren Ursprung mit mehreren uralten österreichischen Adelsgeschlechtern von dem berühmten Helden Azzo von Gobatsburg ab; von jenem siegreichen Feldherrn des Markgrafen Leopold des Schönen im Kriege gegen die Böhmen (1083), welchem der Kaiser Heinrich IV. im Jahre 1057 Besitzungen im heutigen Kreise ober dem Manhartsberge geschenkt hat, worauf später bei der Vergabung des Gutes Weikendorf an das damalige Collegiatstift Melk, Markgraf Ernst der Tapfere, wahrscheinlich im Sommer des Jahres 1074, denselben Azzo nebst dessen Söhnen Anshalm (Anselm) und Nizo unter den Ministerialen oder Dienstherren der Ostmark als Zeugen aufführte [1]). Wenn nicht schon dieser Ahnherr der Kuenringer selbst, in der zweiten Hälfte des eilften Jahrhunderts, um dem markgräflichen Hoflager zu Melk nahe zu sein, der erste Erbauer der Burg Aggstein gewesen ist, so scheint man, weil sie schon 1113 bestand, wenn nicht dem gedachten Nizo, weil sein Todesjahr (um 1110—1115) ungewiss ist, mit grösserer Wahrscheinlichkeit dessen Sohne Albero (geboren 1085—1090, gestorben um 1160) den Urbau dieser Feste zuschreiben zu dürfen [2]). Sein Sohn Albero, gestorben 1182, der, wie alle seine

---

Schlosses Schönbühel zu suchen sein. Schweickhardt, den Freiherrn von Hormayr ausbeutend, schreibt im Artikel Traismauer, Aggstein sei ebenfalls wie Arnsdorf „ein von den Celten und dann von den Römern besetzter Ort. Arnsdorf sowie Aggstein tragen noch in ihrer Benennung celtische Sylben, ganz nach ihrer Lage, ersteres nämlich von Aeckern und Gefilden, letzteres von dem Felsen und der Donau." (Des V. O. W. W. III. Bd. S. 272—373.) Im Artikel Aggstein hingegen gibt er die richtige aus meinen ungedruckten „Beiträgen" u. s. w. ausgeschriebene Ableitung. (VII. 141.)

1) Von dieser Familie schreiben, ausser dem Stiftungenbuche der Abtei Zwetl: Linck's lateinische Jahrbücher derselben T. I. p. 43 et seqq. des Freiherrn v. Hoheneck genealog. und histor. Beschreibung der löbl. Stände ob der Enns III. Thl. S. 90—106. Wissgrill's Schauplatz des landsässigen niederösterr. Adels II. Bd. S. 42—79. Die Aufsätze über die Kuenringer in Hormayr's Archiv, Jahrg. 1813, S. 518, 1816. S. 438, 1818. S. 249, 262. J. 1819. S. 501, 504, 510. J. 1829. S. 209, 226. Die II. Stammtafel in v. Meiller's vortrefflicher Schrift: „Die Herren von Hindberg" u. s. w. im VIII. Bande der Denkschriften der philosophisch-histor. Classe der kais. Akademie der Wissenschaften, zu vergleichen mit desselben Regesten zur Geschichte der Markgrafen und Herzoge Oesterreichs aus dem Hause Babenberg, Personenverzeichniss Seite 325—326 unter den Namen Gobatzburg, Chuffarn, Strauinesdorf, Chunring; wobei nur zu bemerken ist, dass unter Stroninesdorf nicht Strannersdorf bei Mank im Kreise O. W. W., sondern Stronsdorf im V. U. M. B. zu verstehen sei. — Hierher gehört auch: „Die Kuenringer. Eine Erinnerung aus dem Mittelalter von Christian Wilhelm Huber, in dem von August Rokert herausgegebenen Taschenbuche Vesta. Kleine Halle für deutsche Kunst und Literatur. Vierter Jahrgang 1834. S. 13—80.

2) In dem Werke: „Die Burgvesten und Ritterschlösser der österreichischen Monarchie." 2. Auflage, XII. Thl. S. 5 wird Albero v. K. als Erbauer und erster Besitzer von Aggstein angegeben. Obwohl die Jahrszahl 1113, wie sie jetzt in der Burgkapelle zu sehen ist, augenscheinlich bei einer viel späteren Erneuerung, ja wohl erst bei der letzten Uebertünchung mit Kalk angeschrieben wurde, so ist doch kaum zu bezweifeln, dass sie ursprünglich mit römischen Zahlzeichen ausgedrückt gewesen und gegen ihre Echtheit nichts Gründliches einzuwenden sei, indem dieses Jahr entweder aus einer längst verloren gegangenen Urkunde, vielleicht aus der bischöflichen Consecrationsbulle selbst, oder aus einer fortwährenden mündlichen Ueberlieferung bekannt und bei dem Umbaue der Kapelle von Georg Scheck von Wald durch die Bezeichnung mcxiii der Vergessenheit entrissen worden sein konnte. Es findet sogar die Meinung Raum, Bischof Ulrich von Passau, der Freund des Markgrafen Leopold des Heiligen, welcher am Festtage des heiligen Colomann (13. October) 1113 die feierliche Einweihung der von Leopold neu gebauten Stiftskirche zu Melk, wo die Gebeine St. Colomanns seit 1014 ruhen, vornahm, habe auf die Bitte des Burgherrn bei dieser Gelegenheit einen Abstecher nach Aggstein gemacht, um die neugebaute Kapelle zu weihen. Derselbe Kirchenfürst consecrirte im Jahre 1115 die Pfarrkirche zu Weikendorf gleichfalls zu Ehren des heiligen Colomann, dessen Verehrung eben damals in Oesterreich ungemein beliebt und verbreitet war. So spricht auch das alte Patrocinium der Kapelle zu Aggstein — St. Georg und St. Colomann — für die angegebene Zeit der Erbauung. Der Patron der Ritterschaft, der heilige Georg, gehört bekanntlich zu den ältesten Kirchenpatronen in Deutschland, insbesondere in der Diöcese von Passau.

Nachkommen sich von Kuenring nannte, hatte einen vor dem Vater (um 1180) verstorbenen Sohn, Hadmar II. (sonst der I.), dessen Sohn Hadmar III. (II.) um das Jahr 1208 „der Mächtigste, Reichste, dabei Vorsichtigste und Emsigste unter allen seinen Vorfahren und Nachkommen," das Schloss und die Stadt Weitra erbaute, die Schlösser und Herrschaften Tirnstein, Aggstein, Achswald mit dem ganzen fruchtbaren Thale Wachau, die Stammburg Kuenring, die Güter Zwetl, Schweikers, Hadmarstein, Gmünd, Egenburg, Walpersdorf, Dürrenkrut, Zistersdorf, Wullersdorf, Grabern, nebst vielen andern im Marchfelde und in verschiedenen Gegenden des Landes unter der Enns, auch Steiereck und Windeck ob der Enns besass, während auf seinen Burgen ein zahlreicher Hofstaat von angesehenen Rittern lebte, die als Lehensmänner und Vögte dem mächtigen Gebieter dienten. Diesem Edlen ward der gefangene König Richard Löwenherz von England von dem österreichischen Herzoge Leopold dem Tugendhaften auf die Feste Tirnstein in ritterliche Haft gegeben, bis er an den Kaiser Heinrich VI ausgeliefert wurde [1]). Im Jahre 1217 unternahm Hadmar eine zweite Kreuzfahrt nach Palästina, wurde aber auf der beschwerlichen Reise von einer Krankheit befallen, die ihm am 21. Juli 1218 (nicht 1217) das Leben raubte. Sein Herz und seine Gebeine wurden von seinen treuen Dienern zur See in die Heimat zurückgebracht und in der von ihm innigst geliebten und reichlich begabten Abtei Zwetl, seiner Ahnen Stiftung, bei welcher er auch ein Spital gegründet hat, an der Seite seiner Gemahlin Euphemia der Grabesruhe übergeben [2]). Dorthin folgten ihm bald die Tochter Gisela, des Ulrich von Falkenberg Gemahlin (1221), und der älteste Sohn Albero, der um 1220—1225 seine kinderlosen Lebenstage beschloss.

Hadmars übrige Söhne, Hadmar IV. (III.) und Heinrich III. (sonst der I.) von Kuenring, die nicht ihrer Treue wegen, sondern den unbändigen Trotz und die umsichtige Wachsamkeit, womit sie ihr Besitzthum vertheidigten, dadurch andeutend, sich selbst gerne „die Hunde" (Canes) nannten und von den Zeitgenossen wegen ihrer Wuth und Bösartigkeit so geheissen wurden [3]), theilten die väterliche

1) Vergl. Chmel's österr. Geschichtsforscher II. Bd. S. 301—303. Zweifel dagegen in Jäger's Beiträgen zur österr. Geschichte II. Heft S. 33—34. In Ansehung der Zeit, wann die Kuenringer Tirnstein besassen, liefert ein Aufsatz in den vaterländischen Blättern, Jahrgang 1814, Aprilheft Num. 29, ganz widersprechende Nachrichten, auf welche aber, als ohnehin vieler Berichtigungen bedürfend, hier keine Rücksicht genommen werden kann. Woher Schultes wusste, dass „einige Historiker Richard Löwenherz auch zu Aggstein gefangen gesessen sein lassen," ist nicht zu finden und dabei wohl nur ein Gedächtnissfehler anzunehmen.

2) Hadmars Todesjahr 1217 (richtiger 1218), sowie die ganze Erzählung des Abtes Ebro im Stiftungenbuche von Zwetl (Linck I. 266—271 und Font. rer. austr. II. Abth. III. Bd. S. 96—99) wird von dem Geschichtsforscher Hanthaler in Zweifel gezogen, weil dieser Hadmar und seine Söhne Hadmar und Heinrich bei der Schenkung von Gütern zu Eschenau an das Stift Lilienfeld, welche durch den Herzog Leopold den Glorreichen zu Wien am 7. October 1219 nach dessen Rückkehr aus dem gelobten Lande verbrieft wurde, als Zeugen gelesen werden; folglich scheine auch Hadmar wieder nach Hause gekommen und noch damals am Leben gewesen zu sein. (Hanthaler Fast. Campilil. T. I. P. II. p. 629 und Recensus diplomatico-geneal. archivi Campilil. Vol. I. p. 282—283 a.) Man möchte indessen hier lieber den in der Diplomatik keineswegs neuen Fall annehmen, dass der Name eines Verstorbenen, weil dieser der vorausgegangenen wirklichen Vergabung oder Verhandlung mitwissend war, unter die Zeugen der erst nachträglich ausgestellten Urkunde aufgenommen worden sei, als den so umständlichen und sonst unverdächtigen Bericht des Abtes Ebro einer Unrichtigkeit beschuldigen.

3) Beinamen von Thieren waren zu jenen Zeiten bei Fürsten und Adeligen weder ungewöhnlich noch schimpflich. Heinrich der Löwe, Albrecht der Bär glänzen auf den Blättern der deutschen Geschichte. Ulrich der Esel von Gaden wird 1254 in einem Kaufbriefe der Abtei Heiligenkreuz, Reinprecht von Polheim der Rossschopf (nach einer andern Urkunde der Rosskopf) 1315 in einem Kaufvertrage mit seinem Vetter Reinprecht, Heinrich der Hund von Potendorf 1278 und 1316 in Urkunden von Zwetl und Lilienfeld gelesen u. s. w. Die obige Erklärung, warum die Brüder Hadmar und Heinrich die Hunde hiessen, ist weit natürlicher und daher glaubwürdiger, als die gesuchte Auslegung in der Chronik des Dominikaners Pernold (Beichtvaters der römischen Königin Margarethe, welche nachmals mit dem böhmischen Könige Ottokar vermählt war), dass „Hounde" statt Haende stehen soll, hochmüthig durch die zehn Finger der zwei Hände auf die zehn (gewaltigsten) Burgen Heinrichs anspielend, welcher nach

Erbschaft dergestalt, dass Heinrich zu Weitra, Hadmar zur Tirnstein und Aggstein seinen Wohnsitz aufschlug. Sie vergrösserten zwar die Macht ihres Hauses, überschritten aber dabei alle Schranken, die des Vaters Weisheit, Gerechtigkeitsliebe und Unterthanstreue so gewissenhaft beobachtet hat. Durch Macht und Reichthum zu Willkür und Uebermuth verleitet, empörte sich Heinrich, welcher oberster Marschall in Österreich war, und während sein Landesfürst Leopold der Glorreiche in Italien weilte, im Vaterlande den Regierungsgeschäften vorstand, nach dieses Herzogs Tode gegen den noch jungen Nachfolger Friedrich II., der Streitbare genannt, übte Gewalt und Raub in der Gegend der Stadt Zwetl, die er, den Abt Heinrich trügerisch überlistend, mit Mauern umgeben hatte, und beraubte den Schatz seines Fürsten. Auf die offenkundige Abneigung des ungarischen Königs Bela gegen Friedrich rechnend und einen feindlichen Einfall der Böhmen in Österreich für ihre verbrecherischen Unternehmungen benützend, plünderten und verwüsteten Heinrich und sein gleichgesinnter Bruder Hadmar, von einem Theile des mehr nach Zügellosigkeit als nach Freiheit begierigen Adels unterstützt, die Gegenden an der Donau und um Weitra bis über Wullersdorf hinab, und zündeten die Städte Krems und Stein an, aus denen die geraubte Beute nach Tirnstein geschleppt ward. Niemand reiste mehr ungefährdet auf der Donau wie auf der Landstrasse, indem diese adeligen Freibeuter die Reisenden überfielen, beraubten und mordeten, oder wenn der Fund die Mühe zu lohnen schien, von den „Niedergeworfenen" durch Ketten und Hunger im Burgverliesse reiches Lösegeld erzwangen. Von einer Warte (specula) an der Donau zwischen Schönbühel und Aggsbach (also auf fremdem Boden, weil sich das Gebiet von Aggstein nicht so weit herauf erstreckte), deren kaum mehr sichtbare Spuren noch jetzt das Blashaus genannt werden, meldete das Horn des „Wartmannes" oder Wächters (speculator) oder ein anderes Signal der Räuberrotte zu Aggstein die sich nähernden Schiffe, um dort ihrer Ankunft gewärtig zu sein, welches Zeichen man von der Burg erwiderte. So erzählt noch immer die Sage und setzt hinzu, Hadmar habe, damit seiner Raublust keines der Schiffe entginge, bei Aggstein die Donau mittelst einer eisernen Kette gesperrt [1]). Die Abtei Melk, der Babenberger ehrwürdige Stiftung und älteste Erbgruft, hatte an dem Burgherrn von Aggstein keinen freundlichen Nachbar, der ihr vielmehr mit den Seinigen viel Ungemach und Schaden zufügte. Er und sein Bruder suchten einen Hof zu Haindorf, des Vogtes Friedrich von Perg frommes Vermächtniss, dem Stifte zu entreissen, doch

---

Pernolds irriger Meinung allein den Beinamen des Hundes geführt hätte: „Anno MCCXXX. Heinricus et Hadmarus de Chunringen fratres, potentissimi Barones terrae, quorum primus per fastum assumsit nomen Hounde, quasi duae manus, in quibus essent decem digiti, cum esset castrorum decem dominus, munierunt sibi villam Zwetel, cogitantes in corde malum contra Ducem, ut sibi refugium pararent." (Pernoldi Chronica acephala in Hanthaler's Fast. Campilil. T. I. P. II. p. 1313, dessen Erklärung der letztere p. 792–793 beistimmt und sie sogar auf Heinrich den Hund von Potendorf ausdehnt.) Dass aber Pernolds Chroniken-Fragment schon seines ersten Entdeckers und Herausgebers wegen sehr verdächtig sei, bedarf keines Beweises mehr. Über die Bedeutung des Wortes hund oder hunt, soviel als zehn, sehe man Wachter's Glossarium Germanicum col. 763—765. Dass das arme, geplagte Volk die beiden schrecklichen Mordbrenner und Räuber nicht im ehrenhaften Sinne die Hunde nannte, ist begreiflich und selbst aus alten Zeugnissen bekannt. So sagen Ladislaus Sunthaim in seinen Klosterneuburger-Tafeln und des Veit Arenpeck österreichische Chronik, die Brüder Hadmar und Heinrich von Kuenring seien genannt die Hunde „von wegen ihrer Bosheit — ob eorum malitiam." (Hier. Pez scriptor. rer. austr. T. I. col. 1024 et 1212.) Mit allem Rechte verdienten sie wegen der Wildheit und grausamen Wuth, womit sie um sich griffen und bissen, immer bereit ihre reiche Habe mit dem Schwerte zu vermehren, mit bösen Hunden verglichen zu werden, und der laute Fluch der unglücklichen Bürger von Stein und Krems ist uns noch aufbewahrt: „Möchten Heinrich und Hadmar von Kuenring, die Hunde genannt, doch keine Hündlein mehr erzeugen, damit sie uns und unsere Freunde künftighin nicht zerreissen!" (Linck I. 298. Font. rer. austr. II. Abth. III. Bd. S. 107.) Der Geschichtschreiber Cuspinian (Spiesshammer) erzählt, der Beiname „die Hunde" sei beiden Brüdern wegen ihrer Wildheit und Grausamkeit gegen ihren natürlichen Herrn (Herzog Friedrich) beigelegt worden. Alles dieses zusammen erschöpft erst den Sinn dieser vieldeutigen Benennung.

1) Da von dem Blashause der Anhang genauere Nachricht gibt, so sei hier nur erwähnt, dass die Sage von der Sperrung der Donau gewöhnlich mit Schreckenwalds Namen in Verbindung gebracht wird.

zuletzt machte Heinrich mit Bewilligung und Bestätigung des Herzogs dem ungerechten Streite damit ein Ende, dass die Vogtei des Hofes bei ihm und einem seiner Erben verbleiben sollte. (1231)[1]).

Allein die Rache für so viele und grosse Missethat blieb nicht aus. Der erzürnte Herzog sammelte ein wackeres Heer seiner Getreuen, zerstreute die frechen Empörer und ihren wilden Anhang, zerstörte das eroberte Schloss sammt den Stadtmauern zu Zwetl, und liess viele Gefangene ihren Frevel theils mit dem Leben, theils mit schweren Geldstrafen büssen. Da sich auch die Böhmen mit Beute beladen zurückgezogen hatten, sahen sich die aufrührerischen Brüder von ihren Helfern verlassen und wegen Gewalt und Raub an geistlichen Gütern, auch des Hochstifts Passau, vom Bischofe Gebhard mit dem Kirchenbanne belegt. Noch aber war ihr Trotz nicht gebrochen, ihre Hoffnung nicht erloschen. In ihren Felsenburgen Tirnstein und Aggstein, wo ihnen nur der Einsturz des Himmels gefährlich sein zu können schien, erwarteten sie eine Belagerung und während derselben für ihre Sache günstige Ereignisse in benachbarten Ländern, so die Hoffnung ihrer Rettung auf des Vaterlandes Schmach und Verderben bauend.

Doch das listige und glücklich ausgeführte Wagniss eines Kaufmannes lieferte zuerst den in seinen eigenen Fallstricken gefangenen Hadmar in die Gewalt seines schwer beleidigten Fürsten. Im Einverständnisse mit dem Herzoge Friedrich eilt der Urheber des Anschlages mit einer grossen Summe Goldes und Silbers auf verborgenen Steigen und Abwegen von Wien nach Regensburg, wo er ein ansehnliches Schiff mit feinen Tüchern und verschiedenen anderen Waaren schwer befrachtet, aber auch mit Eisenplatten in- und auswendig beschlagen lässt und im untersten Raume dreissig handfeste Bewaffnete versteckt hält. Dieses Schiff führt er auf der Donau herab, in der Absicht zu Aggstein oder Tirnstein entweder gezwungen oder freiwillig zu landen und (wollte es das Glück) den Kuenringer zu fangen. Schon hat es Aggstein erreicht, da wird es durch Hadmars Knechte zur Landung genöthigt und der überreiche Fang dem Herrn gemeldet. Dieser begibt sich in gieriger Hast an das Ufer herab, besteigt das verhängnissvolle Fahrzeug, beschaut freudig die Tücher von mannigfaltiger Farbe, grün und roth, und befiehlt seinen Knechten, das ganze Schiff auszuladen. Während diese überall die werthvolle Waare zusammenraffen und forttragen, Hadmar aber noch mit der Auswahl des Kostbarsten sich beschäftigt, stossen die Schiffleute schnell vom Ufer, die Bewaffneten stürzen aus ihrem Hinterhalte hervor, ergreifen den überraschten Kuenringer und wehren mit Schleudern und Wurfspiessen seinen Leuten die Verfolgung des Schiffes, welches den Ueberlisteten als Gefangenen nach Wien bringt. Der Verabredung gemäss, führt Friedrich eine starke Kriegsmacht vor die zwei gefürchteten Stromburgen, schliesst die bestürzte Besatzung ringsum ein und bedient sich seiner Belagerungswerkzeuge mit so unwiderstehlicher Kraft, dass das Schloss Aggstein und der festeste Thurm von Tirnstein gänzlich zerstört werden. Kaum hat der bisher so übermüthige Heinrich von Kuenring seines Bruders trauriges Schicksal erfahren, so treibt es ihn eilig nach Wien, Gnade für Beide zu erflehen. Auf die vermittelnde Fürsprache der Vornehmsten des Landes erhielten die tief gedemüthigten Brüder von ihrem so sehr verkannten, gnädigen Fürsten die

2) Hueber Austria pag. 19. Keiblinger's Geschichte d. Benedictiner-Stiftes Melk I. Bd. S. 329. Dieser Heinrich von Kuenring, Regierer oder Landesverweser von ganz Österreich (tunc temporis Rector totius Austriae), erscheint in Melker-Urkunden zweimal, da nämlich in seiner Gegenwart zu Melk Graf Leutold von Pleien und Hardeck sich gegen das Stift sehr freigebig bewies, und dann als diese Vergabung gegen eine erhobene Einsprache durch einen Gerichtsspruch Heinrichs in Schutz genommen wurde; wie aus zwei Bestätigungsurkunden des Kaisers Friedrich II. von 1231 erhellt. (Hueber p. 18–19. Gesch. v. Melk I. 319—322.) Auf einem der verheerenden Züge der Böhmen im angränzenden Theile von Österreich soll der König Wenzel I. 1231 die Donau überschritten und Melk besucht haben — ob mit einer Abtheilung seiner Krieger oder nur bei Gelegenheit einer Zusammenkunft, womit er etwa den ihm sehr ergebenen Hadmar von Kuenring auf der Burg Aggstein beehrte, ist nicht erweislich. (Ebend. S. 324.)

Verzeihung ihrer verbrecherischen Schuld, nachdem sie durch die Auslieferung einiger Schlösser Bürgschaft geleistet, ihre Söhne als Geissel gestellt und einen grossen Theil ihres Raubes zurückgegeben hatten; Heinrich blieb sogar in der wichtigen Stelle des obersten Marschalls. Hadmar benützte die wiedererlangte Freiheit zur Wanderung nach Passau, um dort die Lossprechung vom kirchlichen Banne zu erhalten; allein unfähig die schnelle Wendung des Glückes mannhaft zu ertragen, erlag er dem Unmuthe und Gram, der ihm auf der kurzen Reise das ruhelose, schuldbelastete Herz brach (1231). Es mag als ein Beweis gefühlter Gewissensbisse und einer beginnenden fruchtbringenden Reue gelten, dass schon am 17. April 1231 der Marschall von Oesterreich, Heinrich von Kuenring, auf Ansuchen des Abtes Wezelin und zur Seelenruhe des verstorbenen Bruders Hadmar einige dem Stifte Göttweig von beiden Brüdern entzogene Wiesen auf dem Achswalde zurückstellte und zugleich die jährlich ihm geleistete Steuer von einem Wirthschaftshofe bei Spitz (jetzt der Misslinghof genannt) auf immer erliess [1]. Des unentsühnten Hadmars Gebeine blieben bis in das vierte Jahr der geweihten Erde beraubt, worauf sie in der Abtei Zwetl zur Ruhe kamen, um welche Zeit (um 1235) auch Heinrich seinem Bruder in die vergeltende Ewigkeit nachfolgte [2])

---

1) Font. rer. austr. II. Abth. VIII. Bd. S. 295—296. Auch in der Bestätigungsurkunde des Herzogs Friedrich II. über den Vergleich wegen des Hofes zu Haindorf für das Stift Melk, gegeben zu Gföll 2. November 1231, wird von Hadmar als von einem Verstorbenen (beatae memoriae) gesprochen, dessen Tod daher nicht (wie gewöhnlich geschieht) in das Jahr 1233 gesetzt werden kann. Die meisten österreichischen Annalen erzählen denselben wirklich bei dem Jahre 1231. (Pertz T. XI. p. 626, 627, 637, 726.) Heinrichs Ableben ist ebenfalls nicht erst um 1240 oder 1242 in Böhmen erfolgt, wohin er, statt nach Wien zu gehen, sich geflüchtet haben soll, wie auch Hoheneck und Wissgrill annehmen. (Vergl. Linck I. 322. 331. Font. II. III. 134.)

2) Da Herzog Leopold der Glorreiche am 28. Juli 1230 zu San Germano, Hadmar von Kuenring noch vor dem 17. April 1231 starb, so muss der Anfang der Empörung und (weil der Winter kaum die Jahreszeit zu Belagerungen ist) die Eroberung von Tirnstein und Aggstein in den Herbst 1230 fallen, und nicht erst in das folgende Jahr, wie Hanthaler nach Pernolds verdächtiger Chronik angibt, noch weniger auf 1232, wie Linck aus den Aufzeichnungen des Abtes Ebro von Zwetl berichtet; und die Stelle einer Urkunde Heinrichs von Kuenring an das Stift Zwetl von 1232, wo er nicht mehr von seinem Bruder Hadmar, sondern nur von dessen Kindern Erwähnung macht, ist nicht (wie Linck glaubte) von der damals noch fortdauernden Gefangenschaft, sondern von dem bereits erfolgten Tode Hadmars zu verstehen. (Linck I. 301. Font. II. III. 126—127.) Am 30. November 1230 finden wir beide Brüder mit ihrem Herzoge zu Lilienfeld. Dass beide dem Kirchenbanne verfielen, sagen die Annalen von Zwetl (I. 299—300), während der Pseudo-Pernold nur von Hadmar spricht! — Die Erzählung von der List, wodurch „quidam sapiens institor secundum seculum" (weise, klug nach dem Weltbrauche) die Gefangennehmung Hadmars bewirkte, verdanken wir dem Abte Ebro, der sie im Stiftungenbuche seines Klosters mittheilt (Linck I. 299. Font II. III. 125—126), aus welcher Quelle sie von dem Freiherrn von Hoheneck (III. 98) und vom Bergrathe Wissgrill (II. 50) in die Genealogie der Kuenringer, und ebenso beinahe in alle weitläufigeren neueren Werke über die österreichische Geschichte, auch in Hormayr's österreichischen Plutarch, in das Taschenbuch für die vaterländische Geschichte (I. Jahrg. 1811 S. 215—222) und die Geschichte Wiens (I. Jahrg. II. Bd. III. Heft S. 117—122) aufgenommen ward. Das Wort institor (Krämer, Kaufmann, hier vorzüglich Tuchhändler) scheint den zwei genannten Genealogen fremd gewesen zu sein, daher der eine einen Kriegsobersten des Herzogs, der andere einen Schiffer unterschiebt und den Herzog selbst das Schiff ausrüsten lässt. Wahrscheinlich war es der Anschlag eines Kaufmannes von Wien, der durch Hadmars Raubsucht und Gewaltthätigkeit ebenfalls Schaden gelitten hatte; wenn aber neuere (wie Schmidl) dieses als eine Thatsache berichten, so haben sie dafür eben so wenig einen Gewährsmann, als wenn sie (Schultes und Schmidl) ihm den Namen Rüdiger geben und Hanthaler ihn einen Wiener (institor Viennensis) nennt. Letzterer vertheidigt mit vielen gelehrten Worten seinen Pernold wegen der Erklärung des Beinamens „die Hunde," erhebt aber Zweifel gegen die Wahrheit der Erzählung von der Überlistung Hadmars, indem er die Fragen aufwirft: Würde ein solches Schiff, wie das beschriebene, in einem fremden Lande, besonders in Baiern, das durch den kürzlich (16. Sept. 1231) an dem Herzoge Ludwig verübten Meuchelmord noch beunruhigt war, nicht bei Jedermann Aufsehen erregt haben, und wem hätte die Anwerbung so vieler streitbaren Mannschaft nicht Bedenken verursacht? Überdiess wurde die Burg Tirnstein noch über ein Jahrhundert von den Kuenringern bewohnt, was sich mit ihrer Zerstörung nicht leicht vereinigen lässt. (Fast. Campilil. T. I. P. II. p. 796—797.) Allein was kann man Gegründetes gegen die Glaubwürdigkeit des Ebro einwenden, welcher 1261 schon Priester, von 1273

Hadmar der Hund hinterliess von seiner Gemahlin unbekannten Namens, nebst der an Seiz oder Setscho Herrn von Weleschin zu Budweis verheiratheten Tochter Gisela, die Söhne Heinrich IV. (II.) von Weitra, gestorben um das Jahr 1280, und Albero IV. von Tirnstein, welche nach ihres Vaters Hinscheiden nach Tirnstein zurückkehrten, das in Folge einer nicht mehr nachweisbaren Erbtheilung nebst Aggstein, Wolfstein und mehreren anderen Gütern dem Albero von seinen Vettern Heinrich dem Hündlein oder jungen Hunde (Catulus) und Hadmar dem Buckeligen oder Höckerigen (Gibbosus), den Söhnen Heinrich des Hundes, welche noch vor 1256 ohne Kinder gestorben waren, zufiel, indess Heinrich, Albero's Bruder, ebenfalls durch Erbrecht die Herrschaft Weitra zu seinem Antheile bekam, das Oberstmarschallamt bekleidete und die Linie der Kuenringer zu Weitra, Albero die jüngere zu Tirnstein gründete [1]). Wir verlassen jetzt die Nachkommen des älteren Zweiges und verweilen nur bei den Kuenringern von Tirnstein, welche als Besitzer von Aggstein bekannt sind.

Albero IV. von Kuenring, Erbschenk in Oesterreich, Herr zu Tirnstein, Aggstein, Wolfstein u. s. w. erhielt durch seine Gemahlin Gertrud von Wildon die ansehnliche Herrschaft Radkersburg in Steiermark und die Söhne Albero V., Leutold I. und Heinrich VII. (V.) und starb zu Tirnstein den 9. Januar 1259. Die in der treulosen Fehde mit dem Herzoge Friedrich II. zerstörte Burg Aggstein mag unter der Obhut adeliger Burggrafen wohl noch über ein Menschenalter ein abschreckendes Denkmal hart bestraften Frevels geblieben und mit des Landesfürsten Bewilligung blos nothdürftig zum Bewohnen hergestellt worden sein, wenn anders die in der Note angeführten Worte des Abtes Ebro („wie man noch heute sieht") von beiden Burgen Tirnstein und Aggstein, nicht aber von dem Riesenthurme zu Tirnstein allein zu verstehen sind.

Von Albero's Söhnen, die dem Vater im Besitze seiner Güter folgten, fiel Albero V. 1278 ohne Nachkommen auf dem Bette der Ehre in der berühmten Schlacht zwischen Rudolph von Habsburg und Ottokar von Böhmen. Heinrich VII. zeichnete sich durch unerschrockenen Muth, glänzende Tapferkeit und ruhmvolle Heldenthaten in vielen Treffen und Feldzügen so ungemein aus, dass er der eiserne Heinrich oder der eiserne Kuenring genannt ward, während er mit kriegerischen Tugenden zugleich Gottesfurcht, Frömmigkeit und Ehrbarkeit in hohem Grade verband und bei seinen Hausgenossen und Untergebenen kräftig förderte. Durch seine erste Gemahlin Adelheid, Truchsessin von Feldsberg, Herr dieses bedeutenden Gutes, wovon er den Namen annahm, und wo er ein Minoritenkloster stiftete, sah

---

bis 1304 Abt war, dessen Zeugniss also fast gleichzeitig ist? Konnte nicht eben die bekannte Unsicherheit der Donaufahrt, die Kostbarkeit der Fracht, der geachtete Name des vom österreichischen Herzoge gedungenen Kaufherrn, den sonst leicht möglichen Verdacht entfernen und die jedes Aufsehen vermeidende Vorsicht erklären, mit welcher man diese schwierige Sache behandeln musste? Oder sollte es denn so auffallend gewesen sein, wenn in der volkreichen Handelsstadt Regensburg dreissig waffenkundige Leute zum Schutze einer gefahrvollen Reise sich anwerben liessen? Und sagt nicht Ebro bestimmt, dass nicht die ganze Burg Tirnstein, sondern nur ihr stärkster Thurm in Schutt verwandelt wurde? (Dux autem Fridericus versus Akkzstain et Tyernstain exercitum duxit et iuxta predicta castra machinas iaciendo lapides fortiter circumduxit, castrumque Akzstein et optimam turrim in Tyernstein, uti hodie cernitur, penitus destruxit.) Damit ist doch nicht gesagt, dass zur Zeit des Abtes Ebro noch das ganze Schloss Tirnstein unbewohnbar und seit der Eroberung nicht wieder hergestellt worden sei! Dass Ebro in der Zeitrechnung irrte, hat auf die Begebenheiten selbst keinen Einfluss, besonders wenn sie nur auf mündlicher Ueberlieferung beruht, wobei man viel leichter Jahreszahlen als Thatsachen vergisst. Der gewiss nicht unkritische Kurz nimmt die Erzählung für wahr an, (Österreichs Handel in älteren Zeiten, Note zu S. 133), aber Sporschil, der sie nur aus Hormayr's Geschichte Wiens kannte, nennt sie eine „Ballade!" (Gesch. d. österr. Monarchie I. Bd. S. 233.)

1) Die genannten zwei Söhne Heinrichs des Hundes, welche als Geissel noch länger in der Verwahrung des Herzogs geblieben waren, bekamen ihre Freiheit 1237, als Wien vom Heere des Kaisers Friedrich II., in dessen Acht Friedrich der Streibbare gefallen war, besetzt wurde. Ihre Schwester Euphemia war zuerst mit Irnfried von Hindberg, dann mit Rudolph von Potendorf vermählt und starb um 1283—1285.

er doch weder seine erste Ehe noch die zweite, mit dem böhmischen Fräulein Katharina von Neuhaus 1285 geschlossen, mit Kindern gesegnet. Laut einer zu Zwetl am 9. Januar 1286 gefertigten Urkunde, versprach er unter der Bürgschaft seines Bruders Leutold von Tirnstein und seines Vetters Konrad von Potendorf seiner zweiten Gemahlin zwischen diesem Tage und Weihnachten desselben Jahres als Widerlage ihres Heirathgutes hundert Pfund Geld zu reichen und eines seiner Schlösser, Spitz, Wolfstein oder Rabensburg, mit aller Nutzung und Zugehörung ganz einzuräumen, und wenn dieses nicht geschähe, sollte sie zu Gratzen (in Böhmen) oder zu Horn wohnen, es innehaben und bis zur gänzlichen Erfüllung seines Versprechens nicht von dannen gehen. Stürbe indessen einer der Bürgen, so sollen Herr Alold von Keyau und die Herren Haidenreich und Ehrenbert, die Burggrafen zu Gars und Dienstherren von Oesterreich an dessen Stelle treten. Aber schon am 1. Februar 1287, im fünfunddreissigsten Lebensjahre, war Heinrich eine Leiche, welche man in die Familiengruft zu Zwetl versenkte [1]).

Sein älterer Bruder Leutold I. von Kuenring zu Tirnstein (wovon er sich mit Weglassung des Familiennamens schon früher zuweilen schrieb), oberster Schenk in Oesterreich, erbte die grossen Besitzungen Heinrichs in Oesterreich und Steiermark, namentlich Aggstein, Wolfstein, Weiteneck u. a. und wird zwar als ein sehr frommer Mann, als freigebiger Wohlthäter der Gotteshäuser und der Armen, wie auch als Stifter des Klosters der Clarisserinnen zu Tirnstein gerühmt [2]), beging aber das grosse und schwer gebüsste Unrecht, dass er sich durch das selbstverschuldete Unglück seines Hauses, welches zuerst Heinrich und Hadmar die Hunde über sich heraufbeschworen, dann später Heinrich den Jüngern von der Linie zu Weitra getroffen, dem seine hartnäckige Anhänglichkeit an die verlorne Sache Ottokars von Böhmen und die Verletzung der dem römischen Könige Rudolph I. gelobten Treue den Verlust von Weitra und des an den würdigeren Stephan von Meissau verliehenen Oberstmarschall-Amtes zugezogen, keineswegs warnen, vielmehr sich gleichfalls zur Theilnahme an der weit verbreiteten Verschwörung gegen den neuen Landesherrn Albrecht I. hinreissen liess [3]). Es ist hier nicht der Ort, in die Ursachen und Verwicklungen dieses erbitterten Kampfes einzugehen; noch ist der Schleier nicht vollkommen gelüftet, welcher dieselben deckt; und gerne überlassen wir diesen schwierigen Versuch den jüngeren Kräften unserer, auch in der Wissenschaft unaufhaltsam fortschreitenden Zeit, die für den ebenso gerechten als menschenfreundlichen Grundsatz, dass beide Parteien, ohne sich von vorgefassten Meinungen und befangenen Urtheilen der Vorgänger einnehmen zu lassen, gehört werden müssen, vor dem erhabenen Richterstuhle der Geschichte die vollste Geltung verlangt.

Die feste Hand, womit Herzog Albrecht I. die Zügel der Regierung führte, und vorzüglich die zu grossem Ansehen und Reichthum führende Gunst, welche seine aus Schwaben eingewanderten Räthe genossen, erregte bei dem österreichischen Adel allgemeine Unzufriedenheit, die sogar in offene Empö-

1) Heinrichs des Eisernen Tugenden schildert das Stiftungenbuch von Zwetl bei Linck I. 455—456 und in den Font. II. III. 606—608; über seinen Bruder Leutold sehe man Linck 615—618 und Font. 238—241, 611—613.

2) Der erste Stiftungsbrief ist von 1289, der Bau der Kirche und des Klosters hat ein oder zwei Jahre früher begonnen. Die Güter dieses im Jahre 1571 erloschenen Conventes wurden 1573 mit dem Chorherrenstifte zu Tirnstein vereinigt. (Beiträge zur Gesch. d. Nonnenklosters zu Tirnstein in Chmel's österr. Geschichtsforscher II. Bd. S. 1—16. Urbar desselben S. 274—301. Biélsky, die Ruinen der Nonnenkloster-Kirche zu Tirnstein in den Berichten und Mittheil. d. Alterthums-Vereines zu Wien. III. Bd. S. 163—179.)

3) Ausser den älteren Nachrichten in der sogenannten Chronik Ottokars von Horneck bei Pez (Scriptor. T. III.), bei Linck und im Stiftungenbuche von Zwetl, in den österreichischen Annalen Gerards von Roo (nichts von Wolfgang Laz zu sagen) und in Fugger's (Birkens) Ehrenspiegel des Erzhauses Österreich, sehe man vorzüglich Kurz, Österreich unter den Königen Ottokar und Albrecht I. I. Thl. S. 74—75, 173—184. Lichnowsky, Geschichte des Hauses Habsburg I. Thl. S. 284—285. II. Thl. S. 85—95. Sporschil, Geschichte der österr. Monarchie II. Bd. S. 48—55.

rung ausbrach. Leutold von Kuenring, durch die Menge seiner Güter, Lehensleute und Unterthanen wohl der Mächtigste unter den Landherren, galt für das Haupt des Bundes, auf die Unterstützung des römischen Königs Adolph von Nassau und Wenzels II. von Böhmen allzu voreilig vertrauend. Da auch der ungarische Graf Iwan von Güssing, durch seine verwüstenden Einfälle in Oesterreich noch in üblem Andenken, und die Wiener, durch die eigene bittere Erfahrung klüger gemacht, vergeblich um Beistand angerufen worden, so war das Bündniss der Empörer theils durch ihre unschlüssige Unthätigkeit, theils durch die freiwillige Unterwerfung der Meisten bald getrennt, und die Häupter desselben zogen sich in ihre festen Burgen zurück, wo sie Albrechts Heeresmacht, aus Schwaben und aus seinen Stammlanden herbeigezogen, bedrohte. Der alte Leutold von Kuenring konnte sich noch nicht entschliessen, der schriftlich gegebenen Zusage des Königs von Böhmen, der nicht mehr als fünfhundert Mann geschickt hatte, zu misstrauen; daher eilte er, als Albrecht mit überlegenen Streitkräften gegen ihn heranzog, nach Prag, um schleunige Hilfe zu erwirken. Nachdem er Tage lang umsonst geharrt hatte, den König zu sprechen, erhielt er durch einen Eilboten die bestürzende Nachricht, dass der Herzog schon eines seiner Schlösser erobert, ein anderes zur Uebergabe gezwungen, den übrigen gleiches Schicksal bevorstehe [1]). Um seinem gänzlichen Verderben zuvorzukommen und wenigstens Tirnstein und Feldsberg zu retten, ritt er, schmerzlich enttäuscht, nach Oesterreich zurück, sich der Gnade Albrechts zu unterwerfen, welcher seinem irregeführten, betrogenen Dienstherrn und Rath [2]) versöhnt die Hand reichte und ihn mit der Versicherung beruhigte, er wolle ihm wieder so hold sein, wie je zuvor. Doch musste Leutold später nicht blos durch eine an Eidesstatt gefertigte Verschreibung dem Herzoge kräftigen Beistand gegen Jedermann, besonders gegen den König Adolph geloben, sondern auch durch eine zweite Urkunde, beide zu Wien am 25. Juni 1296 gegeben, damit das Versprechen verbinden, dem Herzoge für die erlangte Verzeihung beständig treu zu sein und zu dienen; zugleich überliess er zur besseren Sicherheit des gegebenen Wortes seine Burgen Spitz und Wolfstein auf fünf Jahre dem Schwaben Eberhard von Walsee, und indem er ferner dem Herzoge die (noch in fremden Händen befindliche) Burg und Stadt Weitra zu übergeben gelobte, gab er indessen seine Burg Windeck und zwanzig Pfund Geldes in Eberhards von Walsee Gewalt, dem Herzoge aber die Stadt Zistersdorf mit allen seinen Besitzungen auf dem Marchfelde, jedoch nur bis zur wirklichen Übergabe von Weitra; bis dahin sollten auch Spitz und Wolfstein als Pfand, dann zwar nicht mehr als solches, aber dennoch bis nach Verlauf der fünf Jahre, in Eberhards von Walsee Händen bleiben. Überdiess einantwortete er dem Landesherrn den Markt Wullersdorf und den Zehent zu Lichtenwart, als zu Weitra gehörend, und versprach zuletzt, die Juden des Herzogs für das ihnen Genommene zu entschädigen und was er ihnen etwa schuldig bliebe, in zwei Raten zu bezahlen [3]).

1) Nach den älteren Erzählungen und ihren Nachschreibern verlor Leutold theils durch Gewalt, theils durch Übergabe bei vierzig Schlösser, darunter Aggstein, Tirnstein, Mollenburg, Peckstall, Streitwiesen, Weiteneck, Grünberg, Rastenberg, Ottenschlag, Litschau, Meissau, Feldsberg, Rheinwald. Allein aus dieser Zahl sind mehrere, wie Tirnstein, Litschau, Feldsberg, zu streichen; andere gehörten nicht dem Leutold von Kuenring, sondern Lehensrittern desselben, so Streitwiesen der gleichnamigen Familie; Meissau aber wird ganz irrig beigesetzt, weil die Herren von Meissau nicht mit Albrechts Gegnern verbündet waren. Rheinwald ist nirgends zu finden und für einen Schreibfehler zu halten. (Etwa Achswald?) Die Eroberung oder Übergabe von Aggstein ist wohl in die zweite Hälfte des Jahres 1295 zu setzen; denn die Begnadigung seines Besitzers muss schon zu Anfang des folgenden geschehen gewesen sein, da in Albrechts Handfeste für die Stadt Wien vom 11. Februar 1296 unter den Zeugen Leutold von Kuenring die Reihe der „werthen Dienstmannen" eröffnet.

2) In des Grafen Albrecht von Habsburg, Reichsverwesers in Österreich und Steiermark, Handfeste für Wien von 1281 werden unter seinen Räthen Leutold von Kuenring der Schenk und dessen Bruder Heinrich genannt.

3) Die Urkunden sind abgedruckt bei Kurz II. Thl. Num. XXIX u. XXX, S. 215—220, und die weitläufigere, mit genauen Bestimmungen für mehrere, möglicherweise eintretende Fälle, nach dem Hauptinhalte oben angeführt, bei Lichnowsky II. Thl. Beilage D, Num. VIII., S. CCLXXXVII. u. f. S. auch die Regesten Num. 61 und 62.

Nach Leutolds Aussöhnung mit seinem Fürsten ward die Flamme des Aufruhrs in kurzer Zeit bis auf die letzten Funken gedämpft, allen Theilnehmern an dem rebellischen Bunde huldreich Verzeihung gewährt, nur der berüchtigte Raubritter Lichtensteiner zu Falkenstein durch die fremden Söldner aller seiner Güter beraubt und aus dem Lande verjagt. Konrad von Sumerau, von tiefgewurzeltem Hasse gegen Albrecht durchdrungen, begab sich zum Könige Adolph und endigte ferne von der Heimat in freiwilliger Verbannung sein unmuthvolles Leben [1]).

Nicht ohne traurige Erfahrungen und bedeutende Verluste waren die Stürme jener Tage an Leutolds Haupte vorübergezogen, der es gewiss bereute, durch seine arglose Gutmüthigkeit und die patriotisch klingenden Schlagwörter der Aufrührer verführt, als das blinde Werkzeug fremder Leidenschaften das Vertrauen seines Fürsten getäuscht und die seinem Oberherrn schuldige Treue gebrochen zu haben. Ausser den aus der wichtigen Urkunde von 1296 bekannten Güterabtretungen soll er zur Befriedigung der an ihn gestellten Forderungen und Schulden halber die Herrschaften Litschau, Seisseneck, Weiteneck, Feldsberg und Radkersburg haben verkaufen müssen; allein obwohl Wissgrill bemerkt, dass die Grafschaft oder Herrschaft Litschau beiden Linien von Tirnstein und Weitra gemeinschaftlich gehörte, so ist doch urkundlich erwiesen, dass Leutold von Kuenring zwar Litschau von dem Grafen Gebhard von Hirzperg (Hirschberg) kaufweise erworben und zu Lehen gehabt, dieser es aber nach dem Jahre 1294 wieder zurückgenommen und 1297 nebst Heidenreichstein dem Herzoge Albrecht I. verkauft hat. Während seines Besitzes schenkte Leutold das Patronatsrecht der Pfarrkirche zu Thaia 1287 an die baierische Cistercienser-Abtei Aldersbach, worüber Graf Gebhard 1290 auch seinerseits eine Vergabungsurkunde fertigte [2]). Sonst vermehrte Leutold die Besitzungen seines Hauses mit der Feste und Herrschaft Seefeld, die er 1292 von dem Burggrafen Friedrich von Nürnberg als burggräfliches Lehen kaufte, worauf er am 27. Januar 1295 zu seiner Herrschaft Kirchschlag jene Realitäten des Grafen Iwan von Güns (oder Güssing) und Pernstein käuflich an sich brachte, welche innerhalb gewisser Gränzen mit der ebengenannten Herrschaft zusammenstiessen.

Die erhabene Tugend echter Menschengrösse — Edelmuth und versöhnliche Milde, die im reichen Kranze der Vorzüge, womit das ehrwürdige Haus Habsburg geschmückt ist, in unverwelklicher Blüthe pranget: des besiegten Gegners zu schonen, sobald das Heiligthum des Rechtes, diese Grundlage aller staatlichen Ordnung, gegen die frechen Übergriffe des trotzenden Hochmuths geschirmt ist, diese schwere, oft verkannte Tugend des Herrschers zu üben, wurde dem indessen zum römischen Könige gekrönten Albrecht eine sehr erfreuliche Gelegenheit geboten, die er mit wahrer Menschenfreundlichkeit ergriff. Die zwar kinderlose, doch glückliche Ehe Leutolds mit der geliebten Agnes von Feldsberg, deren Schwester Adelheid mit Leutolds Bruder Heinrich vermählt war, hatte der unerbittliche Tod am 1. September 1299 getrennt und dem tiefgebeugten, gealterten Witwer keinen irdischen Wunsch mehr zurückgelassen, als den schon früher in den Wirren seines vielbewegten Lebens entstandenen Gedanken alsogleich zur That zu machen, und den freudenlosen Rest seiner lebensmüden Tage

1) Durch das unwidersprechliche Zeugniss der gedachten Urkunden und die einstimmigen Berichte der Geschichtschreiber wird der Versuch Wissgrill's (II. 56—57), den sonst tadellosen Leutold von Kuenring von aller Schuld der Theilnahme an der Empörung zu reinigen, siegreich widerlegt; nur muss man, die scheinbaren Widersprüche zu heben, hinsichtlich der Zeitrechnung von der gewöhnlichen Angabe (um das Jahr 1291) abgehen, weil die fragliche Empörung erst nach der Erkrankung Albrechts, also nach dem 11. November 1295, ausbrach und bis zur Mitte des nächsten Jahres gänzlich zu Ende war. (Böhmer's Regesten des Kaiserreichs, II. Ergänzungsheft, S. 492.)

2) Monument. boic. Vol. V. p. 396—399. Font. rer. austr. II. Abth. I. Bd. S. 276 - 277. Wissgrill II. 57—58.

in der tiefen Abgeschiedenheit des Klosters zu beschliessen. Da nahte dem Trauernden der edle Fürst, mit Rath und That als wahrer Freund in der Noth sich bewährend, indem er ihm durch die eröffnete Aussicht auf die Vermählung mit der jungen Gräfin Agnes von Ahsberg, welche mit Albrechts Hause verwandt war, das freundliche Bild einer heiteren, hoffnungsvollen Zukunft erblicken liess. Hochgeehrt durch den gnädigen Antrag, der ihn der regierenden Dynastie so nahe bringen sollte, nahm Leutold ihn dankbar an und hatte nicht Ursache diesen Schritt zu bereuen. Die Trauung geschah bald nach dem Weihnachtsfeste des Jahres 1300 und der sechzigjährige Mann sah sich noch als Vater von drei Söhnen und vier Töchtern, von denen zwei Mädchen und ein Knabe in der zartesten Kindheit verschieden, die übrigen ihn überlebten. Er selbst starb den 18. Juni 1312, seine Witwe ward erst zwischen 1341 und 1344 zu ihm in die Gruft gelegt.

Der ältere Sohn Johann oder Janns II., oberster Schenk in Österreich, ein Zwillingsbruder des bald nach der Geburt verstorbenen Hadmar, welcher die Güter der Tirnsteiner-Linie erbte, verdiente sich den Beinamen Firmus, der Feste, Starke, weil er (nach des Freiherrn Richard von Strein Berichte) noch als Jüngling in der merkwürdigen Schlacht bei Mühldorf (1322) zwischen den beiden Bewerbern um die deutsche Krone, Friedrich dem Schönen von Österreich und Ludwig dem Baier, bis auf den letzten Mann an der Seite seines Fürsten kämpfte. Nach dem heldenmüthigsten Widerstande gefangen und dem Burggrafen von Nürnberg zur Haft übergeben, soll er nur unter der drückenden Bedingung frei geworden sein, dass er einen Theil seiner Güter in Österreich fortan vom Burggrafen zu Lehen nehmen sollte. Allein Letzteres ist unrichtig, und von Johanns Heldenthaten geschieht wenigstens in den Zwetler-Jahrbüchern, die sonst so Vieles von den Erlebnissen und Thaten der Kuenringer erzählen, keine Erwähnung. Die Brüder Janns und Leutold II. oder der Jüngere belagerten 1325 die Stadt Zwetl, um die ihnen von ihren Verwandten, den Kuenringern zu Weitra und den Herren von Potendorf, entzogenen und an Rudolph von Lichtenstein verkauften gerichts- und grundherrlichen Rechte auf dieselbe mit Waffengewalt wieder an sich zu bringen. Abt Gregor von Zwetl trat als Vermittler auf, besänftigte die erbitterten Brüder und bewog die geängstigten Bürger, dass sie sich bis zum landesherrlichen Schiedsspruche denselben ergaben. Der aus seiner Gefangenschaft zu Trausnitz heimgekehrte Friedrich der Schöne sprach den Gerichtsbann über die Stadt Zwetl den Herren von Lichtenstein, jenen der Umgegend den Kuenringern zu.

Der Vater Leutold I. und seine Gemahlin Agnes hatten sich 1288 dem Stifte Melk, dessen Abt Friedrich sie mit heimgefallenen Zehenten zu Bertholdsdorf belehnte, durch eine fromme Stiftung dankbar bezeigt. Die Söhne Janns und Leutold wollten dieses Beispiel der Ältern ohne die Uneigennützigkeit derselben nachahmen; indem sie 1345 zwar die Mühle zu Pylamund (nächst der Mündung der Bielach) zur Abhaltung eines Jahrtages für ihren Vater und für ihre ganze Familie vergabten, aber mit Vorbehalt der Fischweide und Vogtei und mit der habsüchtigen Bedingung, dass für diese Stiftung ihnen und ihren sowohl männlichen als weiblichen Erben eine Gülte von vierzig Pfund Wiener-Pfennigen von heimfallenden Lehen verliehen werden sollte [1].

Die an Johann von Lichtenstein in Steiermark verehlichte Schwester Agnes (die ältere Elsbeth, seit 1363 Eberhards V. von Walsee zu Gratz Witwe, starb 1379) leistete 1345 gegen ihre Brüder Janns und Leutold auf all ihr väterliches Erbgut, auf die Festen Opponitz und Gleiss u. s. w. Verzicht. Janns von Kuenring, dem seine Gemahlin Agnes, Tochter Stephans von Meissau, die an Haidenreich oder

1) Gesch. v. Melk I. 373, 428.

Haderich von Meissau vermählte Tochter Anna gebar, starb den 18. Februar 1348, sein Bruder Leutold den 21. August des nämlichen Jahres, mit dessen, von Sophia, Ulrichs von Meissau Tochter, zur Welt gebrachten Sohne Leutold III., einem Jünglinge von ungefähr fünfzehn Jahren, am 4. August 1355 der männliche Stamm der Kuenringer von Tirnstein erlosch. Von seinen zwei Schwestern war Agnes mit Friedrich von Walsee ob der Steiermark verheirathet, Elsbeth wählte den Schleier im Frauenkloster St. Bernhard bei Horn [1]).

Die hinterlassenen Güter Leutolds wurden von den verwandten und verschwägerten Häusern aufgeerbt. Von Tirnstein ist bekannt, dass am 8. Juni 1356 Friedrich von Walsee ob der Steiermark und seine Gemahlin Agnes ihren vierten Theil an dieser Feste dem österreichischen Herzoge Albrecht II. um 1500 Pfund Wiener-Pfennige verkauften, welcher am 1. Juli des nämlichen Jahres von den sechs Brüdern Janns und Wilhelm, Pröpsten zu Melnik und Wischehrad, Hoyer, Witigo, Leutold und Bernhard von Lantstein in Böhmen, den anderen vierten Theil, der ihnen durch ihren Ahn Leutold (I.) von Kuenring zugefallen, um die gleiche Summe, und am 26. Juli 1356 von Haidenreich von Meissau und dessen Gemahlin Anna für 4000 Pfund Wiener-Pfennige die der genannten Frau als Erbgut von ihrem Vater Janns von Kuenring gewordene noch übrige Hälfte der Feste Tirnstein nebst allen ihren Gütern in der Wachau durch Kauf erwarb. Weil aber die Verkäufer dieser Hälfte an der angegebenen Kaufsumme 1500 Pfund nachgelassen, belehnte der Herzog am 12. Juli 1356 den Haidenreich von Meissau, seine Gemahlin Anna und ihre Erben mit dem, durch des jungen Leutold (III.) von Kuenring Ableben heimgefallenen Schenkenamte in Österreich, und gestattete, es in Ermanglung von Leibeserben auf einen des Namens von Meissau zu übertragen. Für die vom Kaufpreise schuldigen 1500 Pfund Pfennige verpfändete Albrecht dem Haidenreich von Meissau am 26. Juli 1356 das Landgericht und die Feste Peilenstein bei St. Leonhard im Forst [2]).

Die Feste und Herrschaft Wolfstein in der Nachbarschaft von Aggstein kam durch Erbschaft, respective durch Heirath an Haidenreich von Meissau und seine Gemahlin Anna, welche später einen Theil der dazu gehörigen Güter zur Stiftung der Karthause Aggsbach verwendeten; Aggstein soll auf gleiche Weise an das Haus Lichtenstein, welches sich mit den Kuenringern desselben Stammvaters Azzo von Gobatsburg rühmt, gelangt sein, wogegen sich aber nicht ganz unbedenkliche Zweifel erheben [3]).

Es wurde bereits erwähnt, dass Agnes von Kuenring, Johanns von Lichtenstein Gemahlin, 1345 zu Gunsten ihrer Brüder Janns und Leutold auf einige aus der väterlichen Erbschaft an sie gekommene Güter verzichtete. Nach dem Tode ihres ersten Gemals wurde sie die zweite Hausfrau Friedrichs V. von Walsee zu Weitra, obersten Schenken in Steiermark, welcher von 1354 bis 1358 Landeshauptmann ob der Enns, dann des Herzogs Rudolph IV. Kammermeister war und zuerst die Gräfin Agnes von Hohenlohe zur Ehe gehabt hatte. Zu Wien, den 19. März 1356 stellten Friedrich von Wallsee ob der Steiermark und seine Hausfrau Agnes, „Herrn Leutolds Tochter des Alten von Chunringen, dem Gott gnad," an die Abtei Melk einen Revers über gewisse Wein- und Getreidezehenten zu Bertholdsdorf aus, die ihnen der Abt

1) Die von Heinrich IV. (II.) abstammende Linie der Kuenringer zu Weitra endigte Johann Ladislaus, gleichwie sein Vater Marquard, Protestant, der zuletzt von dem ungeheuren Besitzthum seiner Ahnen bloss die Herrschaften Seefeld und Schweinburg übrig hatte und im Schlosse Seefeld den 9. December 1594 als der letzte Mann eines ebenso alten als berühmten Geschlechtes verschied.

2) Lichnowsky III. Theil, Regesten Num. 1862, 1770, 1880, 1881, 1882.

3) Dass der genannte Meissauer auch von Aggstein einen Theilbesitz hatte (wie die drei Höfe auf dem Aggstein und das Fischwasser unter dem Aggstein), wird sich im Folgenden zeigen.

Ludwig als Leibgeding zu Lehen gegeben hat. Als Friedrichs Witwe begab sich diese Agnes von Kuenring, laut Urkunde, zu Wien den 18. Juli 1366 des von dem Herzoge Rudolph ihr verliehenen Leibgedings zu Medling und Bertholdsdorf und trat es der Herzogin Katharina, gebornen Prinzessin von Böhmen, des gedachten Herzogs Wittwe und kürzlich dem Markgrafen Otto von Brandenburg vermählt, ab, wofür sie das Ungeld und alle ledigen Nutzungen zu Gumpoldskirchen leibgedingsweise erhalten hat. Im nämlichen Jahre vermachte sie die halbe Stadt Zistersdorf, die ihr die Herzoge Leopold und Albrecht von Oesterreich aus Gnaden verliehen, ihrem Schwager Andreas Herrn von Lichtenstein, herzoglichem Kammermeister, für die Dienste und Treue, die er ihr erwiesen hat und noch täglich erweiset. Der Genealog Freiherr von Hoheneck setzt nun die Bemerkung bei, dass sie die Witwe des Hanns von Lichtenstein, Burggrafen zu Znaim gewesen, „die ihm die Herrschaften Dobra und Aggstein zugebracht hat." Obgleich das zweideutige Fürwort „ihm" sowohl auf den ersten als auf den zweiten Gemahl bezogen werden könnte, so scheint doch nur Hanns von Lichtenstein gemeint zu sein, da von der Familie Walsee nichts vorkommt, was auf ihren Besitz von Aggstein zu deuten wäre; allein eben so wenig war bisher, ausser der eben angeführten Nachricht, irgend ein urkundlicher Beweis zu finden, dass das Haus Lichtenstein mit Aggstein begütert gewesen. Wir müssen uns also begnügen, die Richtigkeit der Angabe Hoheneck's auf sich beruhen zu lassen, bis nähere Aufschlüsse hierüber bekannt werden [1]).

Wer nach dem Aussterben der Linie Kuenring-Tirnstein die Burg Aggstein besessen, lässt sich, dem Gesagten zufolge, nicht bestimmt nachweisen, und bei dem Namen des Wolfgang Göltinger, Pflegers zu Aggstein, der um das Jahr 1372 vorkommt, ist zu bedauern, dass nicht beigesetzt wird, wessen Pfleger er gewesen ist [2]). Nur als Vermuthung sei die Frage aufgeworfen, ob Aggstein nach dem

1) Hoheneck III. Theil, S. 818 im Artikel Wallsee, verglichen mit dem Artikel Kuenring S. 102–103, wo Agnes offenbar irrig die Hausfrau des Andreas von Lichtenstein genannt wird, und bei Wissgrill II. 59. Die Notiz von 1366 auch bei Lichnowsky IV. Theil, Regesten Num. 755. Uebrigens sucht man bei Hoheneck unter den Gliedern der Familie Lichtenstein (I. Th. S. 593 u. f.) vergebens einen Johann, welcher vor 1356 eine Agnes von Kuenring zur Ehe gehabt hätte, wohl aber wird (I. 606, III. 103) eine andere Agnes von Kuenring aufgeführt, welche die Gemalin eines andern, erst 1412 gestorbenen Johann von Lichtenstein gewesen ist und dann den Johann von Neitperg geheirathet hat. Auch die übrigen, mir bekannten Quellen, selbst Hopf's genealogisch-historischer Atlas, geben keine Auskunft. — Da die bekannte Sage von des Ritters Schreckenwald Rosengärtlein, die nach dem Vorgange älterer Schriftsteller von den Meisten (auch in meinen früheren Aufsätzen) ungefähr in das dreizehnte Jahrhundert, also in die Zeit der Kuenringer zu Aggstein gesetzt wird, nach reiflicherem Erwägen auf Georg Scheck von Wald und seine Gräuelthaten zu beziehen ist, so wurde sie hier übergangen und für den weitern Verlauf dieser geschichtlichen Darstellung verspart.

2) Hoheneck III. 198. Wissgrill III. 356. Die Göltinger von und zu Haiding, ein altes Rittergeschlecht von baierischer Abkunft, im Lande ob der Enns ansässig, in Niederösterreich lange Zeit mit Franzhausen (eigentlich Freundshausen) und Getzersdorf in der Gegend von Herzogenburg begütert, hatten zu ihrem Stammhause den längst abgekommenen Edelsitz Gölting im Hausruckkreise, wovon im gleichnamigen Dorfe kaum einige Spuren übrig sind, nächst dem später erbauten Schlosse Haiding, dessen Einnahme und Zerstörung durch den mächtigen Grafen Heinrich von Schaumberg 1340 Ritter Dietrich Göltinger erleben und sich überdiess verbindlich machen musste, es nicht wieder zu bauen. Im nämlichen Jahre machte er eine fromme Stiftung zur Abtei Wilhering. Von seiner Gemahlin Anna hatte er die mit Konrad Purgstaller vereblichte Tochter Wandula und die Söhne Hanns und Wolf oder Wolfgang, von denen jeder eine besondere Linie seines Geschlechtes gründete, Wolfgang aber Pfleger zu Aggstein war und den zu Ebenfurt hausenden Sohn Pankraz hinterliess. Von Oswald Göltinger, gestorben 1538, einer Art von Eulenspiegel, s. Hoheneck III. 198. Das Wappen dieser zu Ende des sechzehnten Jahrhunderts ausgestorbenen Familie (behandelt von Hoheneck III. 195–201 und Wissgrill III 356–358) zeigt im längs herab gespaltenen Schilde rechts ein weisses Feld mit einem rothen Querbalken, links einen weissen Querbalken im rothen Felde; auf dem Helme einen den Figuren des Schildes entsprechend tingirten geschlossenen Adlersflug.

Erlöschen der genannten Kuenringer und vielleicht kurzem Besitze Johanns von Lichtenstein nicht durch Heimfall oder Verzichtleistung ein landesfürstliches Kammergut geworden sein dürfte? [1]).

Bevor wir auf die ferneren Besitzer und Schicksale der Burg Aggstein übergehen, bleibt noch eine Erscheinung einzuschalten, welche aus Unkunde der damaligen Rechtsverhältnisse zu mancher Verwirrung und unrichtigen Angabe Veranlassung gab: nämlich das Dasein einer Familie von Aggstein, welche gleichzeitig mit den Kuenringern in verschiedenen Urkunden bald selbsthandelnd, bald Zeugenschaft gebend gelesen wird.

Perchtold von Achstain erscheint zuerst [2]) als Zeuge in einer Urkunde, zu Spitz im Hause des Ritters Arnold von Spitz am 25. Mai 1256 gefertigt, wodurch Albero von Kuenring einen Streit zwischen dem Abte Bohuslaus von Zwetl mit Albero's Lehensmanne Merboto über einen Weingarten in der Wachau, in der Pernleiten (nicht Bärnleiten, weil die Benennung von dem männlichen Namen Perno kommt) gelegen, entschied, wovon Merboto dem Abte jährlich fünf Eimer Bergrecht zu dienen hatte. Von Berthold's nächsten Nachbarn waren der Pfarrer Konrad, der Kaplan Karl, der Schreiber Ulrich, der Ritter Arnold, alle von Spitz, Berthold von Axpach, Otto der Richter zu Wilndorf und sein Bruder Heinrich als Zeugen zugegen. Derselbe oder vielleicht ein jüngerer Berthold von Aggstein kommt von 1283 bis 1292 in Urkunden der Abteien Zwetl, Göttweig und Melk vor. So am 12. Mai 1283 als Zeuge, da Otto von Haslau,

---

1) Hormayr schreibt unbedenklich: „Die Dürrensteinische Linie (der Kuenringer) endigte mit einer in das Haus Lichtenstein vermählten Kuenringerin, und die Lichtensteine sind kurze Zeit Herren auf Aggstein, verkaufen es aber während der Stürme des Hussitenkrieges an den Freiherrn Georg Scheck von Wald." (Taschenbuch f. d. vaterländische Gesch. Neue Folge, II. Jahrg. 1831, S. 125.) In dem Werke: „Die Burgvesten und Ritterschlösser der österr. Monarchie" XII. 10. heisst es: „Nach dem Ausgange der Kuenringer sassen zu Aggstein die Schecke" u. s. w.

2) In Hormayr's Archiv 1827 führte ich einen Berthold von Aggstein auf, „der schon gegen Ende des zwölften Jahrhunderts Weingärten zu Spitz, mit Aeckern, Wiesen und Zehenten dem bairischen Stifte Niederaltach durch Unrecht entriss." Ich glaubte nämlich, der im Saalbuche dieser Abtei vorkommende Berthold von Arnstein werde nur durch einen Lesefehler des Abschreibers so genannt, wofür Achstain oder Akstain zu setzen sei. Das Saalbuch von Niederalteich klagt bitter über den Schirmvogt des Klosters, Adalbert Grafen von Pogen, zur Zeit der Aebte Ulrich und Dietmar, von 1173 bis 1198, in welchem letzteren Jahre der böse Vogt starb. „Hic fuit homo ferus et bellicosus, et per hoc destructor ecclesiarum et provincie exstitit." Er drang dem Stifte Untervögte auf, plagte es mit Forderungen und Steuern, liess es geschehen, dass Andere sich Klostergüter zueigneten u. s. w. Auch in Oesterreich wagte man es darnach zu greifen: „dubium, utrum eo concedente et favente. Nam Perchtoldus de Arnstein quasdam vineas nostras in Spitz, cum agris et pratis et decimis eorundem (earundem) sibi vendicavit" u. s. f. Vergebens suchte das bedrängte Kloster Schutz bei den österreichischen Herzogen Heinrich Jasomirgott und dessen Sohne Leopold dem Tugendhaften; es konnte nicht zu seinem Rechte gelangen. Die Söhne des Vogtes traten in die Fussstapfen des Vaters. Papst Clemens III. (1187—1191) erliess im dritten Jahre seines Pontificats (16. Dec. 1190) auf die Beschwerde des Abtes von Niederaltach, „quod Pertoldus laicus postbabita reverentia tutatoris (eines Schirmers) possessiones Sancti Mauritii (des Stiftes Niederaltach) violenter invasas detinet et reddere contradicit," eine Bulle an den Abt von Kremsmünster und den Propst von St. Florian mit dem Auftrage, den Laien Berthold durch Kirchenstrafen zur Rückgabe zu zwingen. Auf mehrere Klagen des Abtes — darunter auch: „quod Pertoldus, Conradus et Otto de Arnstein quoddam predium ipsius coenobii in Spice — contra justiciam detinere contendunt" — befahl Papst Cölestin III. im fünften Jahre seines Pontificats (29. April 1196) dem Bischofe, Dompropste und Domdechant zu Passau, die Sache zu untersuchen, darüber zu entscheiden und das Urtheil mittelst Kirchenstrafen in Vollziehung zu bringen. (Monum. boic. Vol. XI. p. 22, 56—57.) Ich halte diese Ausschreitung sowohl zur Berichtigung meines früheren Irrthums, als auch zur Verhütung neuer Fehlgriffe für nothwendig, wozu die Namensähnlichkeit leicht verführen könnte. Auch von einem Ritter Albero von Arnstein ist bekannt, dass er (1230—1233) nichts weniger als gewissenhaft und gerecht mit Klostergütern umging und selbst mit geistlichen Personen sehr übel verfuhr. (Kurz, Beiträge zur Gesch. des Landes ob der Enns. IV. Thl. S. 450—456. Pritz, Gesch. v. Waldhausen im Archiv f. Kunde österr. Geschichtsquellen IX. Bd. II. Hälfte S. 320—321.) Statt „Perchtold de Arzstein," Zeuge in einer Urkunde Leopolds des Glorreichen, zu Wien 1. Nov. 1210 für das baierische Stift Formbach (Monum. boic. IV. 151), ist P. de Arnstein zu lesen, der auch sonst öfter vorkommt. (v. Meiller Regesten der Babenberger S. 106, Num. 89.)

genannt von Wasserberg, Meingoz von Retelberg und Wulfing von Arnstein, genannt von Wasserberg, an die Abtei Zwetl ihr Recht und ihre Besitzung an den Viehweiden vom Walde zu Wasserberg bis zum Dorfe Ossarn vergabten, unter Anhängung des Siegels Leutolds von Kuenring und ihrer eigenen Siegel; ferner 1285, den 25. März im Kloster Zwetl, bei der Schenkung der Pfarrkirche zu Zistersdorf an dasselbe durch Leutold und Heinrich von Kuenring; dann zu Göttweig den 21. Juli 1286 mit dem Prädicate „Herr," unmittelbar nach Heinrich von Kuenring, als Leutold von Kuenring und Alram von Hertweigstein einen Leibgeding - Revers des Heinrich Hunglinger und seiner Ehefrau Maria, Alrams Tochter, an dieses Stift mit Anhängung ihrer Siegel bestätigten, und in einer zweiten Urkunde, da Alram von Hertweigstein eine Schenkung nach Göttweig machte. Herr Heinrich von Swelnpach, der Nachbar Bertholds von Aggstein, befand sich ebenfalls in des Kuenringers Gefolge. Derselbe Berthold war als Zeuge zu Petzenkirchen am 2. Februar 1287 anwesend, als Friedrich von Hauseck vier Lehen zu Grafendorf bei Stockerau stiftungsweise an die Abtei Melk gab. Im Lehen-Reverse Leutolds von Kuenring über die Zehenten zu Bertholdsdorf, zu Melk am 30. März 1288 dieser Abtei ausgestellt, wird er mit Heinrich von Swelnpach und zwar unter den Rittern (milites) als Zeuge aufgeführt; auch zu Tirnstein am 4. April des nämlichen Jahres in einem Stiftungsbriefe des genannten Herrn von Kuenring an die Abtei Melk mit Heinrich von Swelnpach; und wieder zu Tirnstein den 24. September 1290 in einer ungedruckten Urkunde Leutolds von Kuenring für das Stift Altenburg. Berthold von Axstain, Heinrich von Swelnpach, Gottschalk von Flacheneck (nächst Rädelberg in der Pfarre Herzogenburg) und Otto von Viehdorf leisteten ihrem Lehensherrn Leutold von Kuenring als „seine Ritter" Gesellschaft, da dieser zu Mailberg den 4. October 1292 die Beilegung eines Streites zwischen dem Johanniter-Ordenshause daselbst und der Abtei Melk durch seine Zeugenschaft bekräftigte [1]). Ein Perhtold der Achstainer, vermuthlich ein dritter dieses Namens, verkauft, laut seiner zu Melk am 11. November 1316 gegebenen Urkunde, sein dem Stifte Melk lehnbares und von seinen Geschwistern durch Erbtheilung an ihn gekommenes Gut: eine Hofstatt in der Zagelau zu Melk, worauf der Reus ansässig ist und wovon man jährlich am St. Colomannstage dreissig Wiener-Pfennige dient; und eine andere Hofstatt in demselben Markte, auf welcher Andreas der Pach sesshaft ist, sammt des Snetzleins Einfahrt auf dieser Hofstatt um vier Pfund Wiener Pfennige an das genannte Stift. Das an der Originalurkunde hangende, sehr wohl erhaltene Siegel zeigt das bisher unbekannte Wappen der Ritter von Aggstein und ist als eine sphragistische Merkwürdigkeit zu betrachten. Es enthält (ohne Schild) einen in fünf steilen Spitzen oder Zacken aufsteigenden Felsen, über welchem eine Axt oder Hacke schwebt, und hat die Umschrift: ✠ (Sigillum). PERTOLDI. DE. ACXSTAYN [2]). Auffallend ist der Umstand, dass auch die Brüder Hadmar und Heinrich die Hunde von Kuenring als ihr gemeinschaftliches Siegel an einer Originalurkunde des Archives zu Göttweig um das Jahr 1235 „ein ziemlich grosses, länglich dreieckiges Siegel, in dessen Felde ein gezackter Holzblock steht, mit einer nach rechts frei darüber liegenden Hacke," führten [3]). Sollte vielleicht der zackige Felsen („Stain"), welchen Karlin irrig für einen Holzblock ansah, mit der Axt darüber, ein sogenanntes

1) Linck I. 350, 444, 449. Font II. III. 218, 418. Kirchl. Topogr. v. Oesterr. XVI. Bd. S. 350. Font. II. VIII. 335—336. Hueber Austria p. 28 (wo die Urkunde vom 30. März 1288 irrig die Jahreszahl 1280 hat, die auch Wissgrill II. 48 nachschrieb) und p. 30, Gesch. v. Melk I. 373, 374, 1147. Archiv zu Altenburg. Aggstein wird in diesen Urkunden verschieden geschrieben: 1256, 1287, 1316 Achstain, 1283 Acstain, 1285, 1288, 1292 Akstain, 1286, 1288, 1290 Axstein, im Siegel von 1316 Acxstayn.

2) Urkunde Num. I., mit der nach einem Abgusse gezeichneten Abbildung des Siegels.

3) Font. rer. austr. II. Abth. VIII. Bd. S. 309. Die Kuenringer stellten dem Stifte einige von ihren Leuten gewaltsam in Besitz genommene Wiesen zu Palt zurück, worüber die Urkunde obwohl erst nach Hadmars Tode und zwar um 1235, dennoch im Namen beider Brüder nachträglich gefertig t ist.

redendes Wappen sein, wornach man geglaubt hätte, dass Aggstein ursprünglich Axtstein geheissen und diesen Namen vielleicht von einer bei dem ersten Baue des Schlosses vorgefallenen Begebenheit erhalten habe? — Oder waren die Ritter von Aggstein etwa unebenbürtige Sprösslinge der Kuenringer, ohne deren Erlaubniss sie sich wenigstens dieses gleichen Siegelbildes nicht bedienen konnten? Immerhin bleibt diese Erscheinung des Beachtens kritischer Geschichtsforscher werth, von deren reicheren Quellen und gelehrteren Kenntnissen die Lösung dieses seltamen Räthsels zu hoffen ist[1]).

Dietl (Dietrich, Theodorich) der Acksteiner wird 1356 in einem Kaufbriefe des Grafen Konrad von Schaunberg, Propstes zu Ardacker, Chunrat von Ackstein in einem Kaufbriefe Heinrichs und Wolfgangs von Winden auf Triebeswinkel, zu Wien den 30. September 1364 gefertigt und an Rudolph von Stadeck lautend, als Zeuge gelesen. Hanns Achstainer verkauft am Samstage vor St. Colomannstag (12. Oktober) 1415 zwei Joch Weingärten, wovon man jährlich vierzig Pfenninge sammt einem Hälbling (Heller) Wiener-Münze in den Zwetlerhof zu Weinzierl (nächst Krems) dient, dem Veit auf dem Berg zu Niederleuben (Unterloiben bei Krems), und besiegelt den Kaufbrief mit dem Siegel des Grundherrn, Abtes Friedrich zu Zwettl. Diese Familie sank von ihrer ritterlichen Abkunft in die Dunkelheit des gemeinen Standes herab, was sicher bei dem im Dorfe Spielberg nächst Melk angesessenen Andreas Achstainer der Fall ist, den uns die noch ungedruckte Urkunde vom 5. Februar 1470 entdeckt, wodurch der Abt Laurenz von Göttweig und sein Convent dem Stifte Melk verschiedene Grunddienste zu Spielberg, darunter anderthalb Pfennige auf des Andre Achstainer daselbst Äckerlein, tauschweise überlassen[2]).

Dass die Angaben, die Aggsteiner seien nach der unglücklichen Theilnahme Leutolds von Kuenring an der Empörung der österreichischen Landherrn gegen Albrecht I. die Besitzer der vom Landesfürsten eroberten, zerstörten und eingezogenen Burg Aggstein geworden; oder diese sei „gegen Ende des dreizehnten Jahrhunderts, ob durch Kauf, Tausch oder Lehen, ist unbekannt," von den Kuenringern weg und an andere Besitzer gekommen, „welche den Namen von der Burg annahmen und sich Herren von

1) In der österreichischen Volkssprache wird statt Axt, „die Hacke" gesagt. Bekanntlich wird das beschriebene sonderbare Siegelbild sonst nirgends in den Siegeln der Kuenringer gefunden, wie die Abbildungen bei Hueber, Hanthaler u. s. w. beweisen; nichts von ihren Amtssiegeln zu sagen, die sie des Marschalls- und Schenkenamtes wegen führten. Dass die Helmzierde im Siegel des Albero von Kuenring von 1322 bei Hueber (Tab. XII. Num. 13) — neun Spitzen, gleich einer Zinkenkrone — nur fehlerhaft gezeichnet sei und aus Sceptern oder Lilienstäben bestehe, braucht kaum bemerkt zu werden. Man vergleiche die Wappenbeschreibungen bei Hoheneck (mit der Abbildung) und bei Wissgrill. Das älteste, eigentliche Stammwappen war ein zehnmal abwechselnd gelb und schwarz quer durchzogener Schild. Nur als ein müssiger Einfall mag die irgendwo gehörte Vermuthung gelten, Hadmar und Heinrich wären bei ihrer Begnadigung vom Herzoge verurtheilt worden, als Zeichen der Strafe, die sie als Hochverräther verdient hätten, jenes noch unerklärte Siegelbild — wenn man es durchaus, der geringen Aehnlichkeit ungeachtet, für einen Holzblock und ein Henkerbeil erkennen will — künftighin zu gebrauchen! — Es frägt sich, ob sie es nicht schon früher annahmen? Und warum ging dieses schimpfliche Angedenken auf die Ritter von Aggstein über?

2) Wissgrill I. 48. Handschriftl. Werk der Bibliothek zu Göttweig: „Miscellanea," signat. Num. 895, Fol. 228 b. Stiftsarchiv zu Melk, Scrin. 53, Fasc. 1, lit. d. „Item auf Andre Achstainer zu Spilberg Ekcherlein zu Kallenperg (Benennung einer Ried von Grundstücken), vnd get vber den Mulganng beym Hamer, an Sannd Kolmans tag Anderthalben phenning." — Zu bemerken ist der allmälige Uebergang von der Bezeichnung „Herr N. von Aggstein" in die bescheidene „der Aggsteiner." Sicher nicht zu diesem österreichischen Geschlechte, sondern nach Vorderösterreich gehört jener Tiebald Agstein, Amtmann der Herrschaft von Oesterreich zu Tann, welcher zu Konstanz am 28. Juni 1415 beurkundet, dass ihm Herzog Friedrich zwanzig Pfund Gelds auf den Steuern des Dorfes Balswilr, zwanzig Viertel Korngeld auf der Mühle zu Wulferstorff, beide Fischenzen daselbst, die Slathunre zu Trobach und vier Manwerk Matten zu Tann auf seine Lebensdauer verschrieben, mit dem Beifügen: doch nur auf so lange, als der Herzog das Land Elsass nicht inne hat; wird ihm das Land wieder, soll obige Verschreibung kraftlos sein. (Lichnowsky VI. Thl. Nachträge der Regesten S. XXII. Num. 1565 b.) Tann, in der Grafschaft Pfirt, im Sundgau, im französischen Departement des Oberrheins.

Aggstein schrieben und nannten [1]," nicht den geringsten Glauben verdienen, ist aus dem Vorausgehenden zu ersehen, da nicht nur diese selbst schon 1256 vorkommen, sondern auch die Kuenringer bis zum Aussterben der Linie von Tirnstein die Herrschaft Aggstein wirklich besassen. Es ist also anzunehmen, dass die gedachten Herren, obwohl sie ritterliche Vasallen der Kuenringer waren, doch Aggstein weder als ein Lehen von denselben, noch weniger als völliges Eigenthum inne hatten, sondern die Burg, als sie noch nicht verödet war, nur im Dienste ihrer Lehensherrn bewohnten und mit deren Bewilligung sich davon benannten; oder, was das Wahrscheinlichste ist, dass sie auf einem der „Höfe auf dem Aggstein" oder im Dorfe Aggstein selbst hausten und von diesem ihrem Wohnorte den Namen führten, während ihnen zugleich die Bewachung und Beschirmung der Burg, so lange sie bestand, anvertraut war; nach der alten Sitte, dass besonders Burgmänner den Namen der zu vertheidigenden Festen und damit auch häufig die Namen ihrer Herren annahmen [2]). Was aber die erwähnten Höfe betrifft, so reichen die sparsamen Nachrichten darüber in das dreizehnte Jahrhundert hinauf.

Herr Arnold von Tirnstein, auch Ritter Arnold zu Spitz genannt, hatte 1258 von der Abtei Niederaltach, nebst anderen Lehenstücken in dieser Umgegend (einem Weingarten an dem Steinparz und des Smuzleins Hof), auch die Zehenten von zwei Höfen zu Aggstein zu Lehen, die vorher Marquard Unbescheiden gehabt, dann aber Arnold's Sohn, Otto von Tirnstein, am 21. November 1263 in der Vorhalle (in atrio) der Kirche zu Spitz vom Abte Hermann zu Lehen empfing; und noch im Jahre 1369 hatten die Herren (Ritter) von Tirnstein, nebst einem Weingarten im Steinparz zu Spitz und einem Hofe daselbst, auch zwei Lehen zu „Axstain" vom genannten Stifte zu Lehen [3]). Haidenreich von Meissau und seine Hausfrau Anna gaben, laut des ersten Stiftungsbriefes vom 13. Januar 1381, zur Karthause Aggsbach „die drei Höfe gelegen auf dem Agckhstain" mit allen Nutzungen und Zugehörungen. Der ganze Zehent von den Höfen auf dem Aggstein kam mit andern Zehenten 1447 durch Kauf vom Stifte Niederaltach an das ebengenannte Kloster [4]).

Eben so wenig, wie die Ritter von Aggstein, können, bis unbestreitbare Beweise des Gegentheils zum Vorschein kommen, einige Andere blos desswegen, weil sie mit grundherrlichen Rechten, Zehenten und Grundstücken im Dorfe Aggstein begütert waren, zur Ergänzung der unvollständigen Reihenfolge der Besitzer von Aggstein aufgeführt werden. Seitz (Seifried) von Kuenring zu Seefeld (Jannsens I. Sohn)

---

1) Die Burgvesten und Ritterschlösser u. s. w. XII. S. 9—10. Schweickhardt's V. O. W. W. VII. 158. In der allgemeinen Encyklopädie von Ersch und Gruber (II. Thl. S. 191) heisst es sogar, dass das Dominium Aggstein die Herren von Aggstein vom 12.—13. Jahrhundert besassen.

2) Köpp von Felsenthal schreibt, dass die Kuenringer, „wenn sie Aggstein nicht selbst bewohnten, doch einen ihrer Lehensmänner da hatten, der den Namen des Schlosses annahm, wie es dazumal sehr üblich war." Dieses unterliegt keinem Zweifel. So nennt eine Tauschurkunde des baierischen Stiftes Osterhofen von 1180 den „Perhtoldus marchio de Andehsen (Andechs) et filius eius Perhtoldus marchio, ministeriales eorundem Gotefridus et Ortungus de Andehsen" als Zeugen. Ebenso gab es unter den zahlreichen Ministerialen der Grafen von Ortenburg ein adeliges Geschlecht von Ortenberg (Ortenburg), zu welchem Griffo von Ortenberg, von 1386 bis 1412 Propst zu Reichersberg, und ein Meinbert von Ortenburg, welcher der Abtei Aldersbach ein Gut zu Utenkofen schenkte, zu gehören scheinen. (Monum. boic. Vol. XII. p. 351. III. 397. Aldersbachische Acten bei Huschberg, Geschichte der herzogl. u. gräfl. Gesammthauses Ortenburg S. 249.) Der nämliche Fall, wie bei Aggstein, ist gleichzeitig von Tirnstein und Spitz erwiesen, wo ritterliche Vasallen der Kuenringer wohnhaft waren und wovon sie die Namen „Ritter von Tirnstein, Ritter von Spitz" führten, wie zahlreiche Urkunden der Kuenringer im Stiftungenbuche von Zwetl, von Niederaltach und viele andere bezeugen, deren Anführung zu weitläufig wäre.

3) Rentenbuch von Niederaltach von 1258 in den Sitzungsberichten d. kais. Akad. d. Wissensch. Philos.-hist. Classe, XI. Bd. IV. und V. Heft, S. 952. Saalbuch von Niederaltach in den Monum. boic. XI. 63. Altes Lehenbuch ebenda. p. 322.

4) Urkunde Num. VII. Regesten Num. II.

vertauscht im Jahre 1380 an seinen Schwager, Haidenreich von Meissau, für dessen Drittel an der Mauth zu Seefeld seinen Baumgarten zu Aggstein; und 1383 erscheint der mit den Kuenringern verschwägerte Peter von Losenstein als Burgherr, das ist Burgrechtsherr, eines von Konrad Puschinger an die Karthäuser zu Aggsbach verkauften Zehents auf sechs halben Lehen zu Aggstein. Wilhelm Hauser zu Clam (bei Schottwien) verkaufte 1402 dem Kloster Aggsbach eine Gülte von fünfzehn Schilling Wiener-Pfennigen, darunter zu Aggstein auf zwei behausten Gütern drei Schilling Pfennige [1]). Es ist sehr zu bedauern, dass die letztwilligen Anordnungen und Erbtheilungsverträge der Kuenringer zu Tirnstein nicht mehr vorhanden sind, ohne welche man keine klare und richtige Kenntniss der Veränderungen erlangen kann, die von Zeit zu Zeit mit ihrem reichen, ausgebreiteten Besitzthum vorgingen und insbesondere auf die Geschichte von Aggstein Bezug haben [2]).

Erst im Jahre 1419 wird Hanns der Neiperger als Gutsherr von Aggstein durch seinen Zwist mit seinen geistlichen Nachbarn, den Karthäusern zu Aggsbach, bekannt, denen er die von ihrem Stifter Haidenreich von Meissau bekommene „Fischweide gelegen unter dem Aggstein“ widerrechtlich zu entziehen sich anmasste. Da er auf mehrmalige Vorladung vor des Herzogs Albrecht V. Hofgerichte zu Wien nicht erschien, so wurde das streitige Recht dem Kloster zugesprochen [3]). Wie und wann dieser unfriedliche Ritter zum Besitze von Aggstein gelangte, auch sein übriges Treiben und sein Todesjahr, lässt sich nicht angeben.

Es beginnt jetzt eine neue Periode der Geschichte von Aggstein, in welcher diese Burg einen nicht minder merkwürdigen Antheil an den Schicksalen des Vaterlandes nahm und zum drittenmal von landesfürstlichen Kriegern eingenommen ward. Diess geschah unter dem neuen Besitzer, Georg Scheck von Wald, dessen Name in der Geschichte des Faustrechts nicht ungenannt bleiben darf. Er stammte aus einem uralten, zu Steier im Lande ob der Enns eingebürgerten, ritterlichen Geschlechte, aus welchem die Brüder During und Marquard um das Jahr 1180 als Ministerialen des steirischen Markgrafen Ottokar erscheinen, Durings Sohn Otto nebst einigen Andern 1213 von dem Ritter During von Ternberg (drei Stunden von Steier) auf dem Freithofe zu Garsten erschlagen wurde, worüber der Mörder so tiefe Reue fühlte, dass er als Büsser nach Rom pilgerte und dann mit dem österreichischen Herzoge Leopold dem Glorreichen über das Meer fuhr. Dietmar der Scheck war 1223 dieses Herzogs Marschall. Perichtold der Scheck verkauft am 2. Februar 1303 dem Abte Konrad von Seitenstätten ein frei eigenes Gut,

1) Regesten Num. III. IV. VI. Peter von Losenstein zu Losenstein (ob der Enns) war mit Euphemia, Tochter Gundakars von Starhemberg und der Euphemia von Kuenring (Albero's VI. v. K. und der Agnes von Capell Tochter), nach deren Tode 1381 mit Elisabeth von Aufenstein vermählt. (Hoheneck III. 370. II. 514.) Die übrigen, das Dorf Aggstein betreffenden urkundlichen Nachrichten s. Urk. Num. II. V. VII. Regesten Num. I. V. VII.

2) Dass Otto von Meissau 1410 Aggstein besessen, wie Freiherr von Sacken schreibt, wird hier übergangen, weil kein Beleg dafür zu finden war. (Vielleicht eine Verwechslung mit der Feste Wolfstein.) Verhält es sich wirklich so, dann wäre Otto als der Erbe seines Bruders Haidenreich von Meissau Herr von Aggstein geworden, folglich auch dieser unter die Besitzer desselben aufzunehmen.

3) Urkunde Num. III. Die Familie Neiperg, Neyperg, gewöhnlich Neitperg oder Neydberg, deren Stammhaus die Burg Neitberg, jetzt Neuberg, in Obersteiermark, südöstlich von Pöllau, eine Stunde von Hartberg gelegen, nach dem Abgange derselben 1480 an den Landesfürsten fiel und 1525 an die Freiherren (jetzt Grafen) von Herberstein verkauft wurde, gehört zu den ältesten in Steiermark, da schon 1171 Degenhart von Nitperg lebte. Sie zählte zu gleicher Zeit zwei Bischöfe unter ihren Mitgliedern: Georg, von 1387 bis 1395 zu Chiemsee, Johann von 1380 bis 1399 zu Seckau. Albert, Janns und Jörg Gebrüder verkauften 1422 ihre Feste Kapfenstein an Sigmund Wolfauer. Von dem Letzten dieses auch in Oesterreich begüterten Geschlechtes, Johann von Neidberg, rührt die Gründung des regulirten Chorherrenstiftes Pöllau her. (Hanthaler Recens. diplom. geneal. Vol. II. p. 121–130. Schmutz, steiermärk. Lexicon III. Thl. S. 14–16, u. A.)

genannt in der Au, zu Spörlin, um zwölf Pfund Pfennige. Otto Scheck, der Ehrbare Ritter, der die Mühle bei dem Spital zu Steier besass und 1323 zur Spitalkirche daselbst eine wochentliche Messe stiftete, war 1333 Burggraf des landesfürstlichen Schlosses zu Steier, wie später noch Andere aus dieser Familie, starb 1346 und ist in der Erbgruft seines Hauses im Kloster Garsten begraben. Der Ehrbare Feste Ritter, Herr Stephan Scheck und seine Gemahlin Kunigunde, Bernhards des Truchsessen von Reichersdorf Tochter, verkauften das Haus (Schloss) zu Reichersdorf 1374 wieder an ebendiese Familie und 1385 einige Güter in der Pfarre Sirning bei Steier an Peter von Losenstein. In die Besitzungen der Schecken im Lande unter der Enns theilten sich die zwei Linien von Wocking und von Wald, jenes bei Petzenkirchen, dieses bei Pyhra gelegen, von denen sie auch den Beinamen führten [1]). Ein Georg Scheck von Wald, der Ältere, Vormund seiner Vettern Hanns und Jorg der Schecken von Wocking und ihrer Schwester, lebte 1409; der ebengenannte Scheck von Wocking, mit Katharina Panhalm von Haltenberg vermählt, besass 1439 den sogenannten alten Herzogshof zu St. Ulrich in Wien. „Eine edle und wohlgeborne Frau, die Scheckin genannt," baute 1411 an der Stelle, wo einem zu Weiten (bei Mollenburg) ansässigen Juden eine in einem Handschuh versteckte, consecrirte Hostie entfallen war, eine kleine Kapelle, aus welcher der Wallfahrtsort und die Pfarre Heiligenblut entstand. Eine Agnes Scheckin war 1415 Pröpstin der regulirten Chorfrauen von St. Jakob zu Wien [2]).

In viel früherer Zeit aber treffen wir schon die Schecken in Niederösterreich an, ja einen Eberhard den Schecken sogar als ritterlichen Lehensmann der Kuenringer von Tirnstein. In einer Urkunde von 1308, ohne Tag und Ort der Fertigung, wodurch Leutold I. von Kuenring den Dietrich von Spitz für sein Recht auf einen von dessen Ältern an das Frauenkloster zu Tirnstein verkauften halben Wein-

---

1) Von dieser Familie handeln Preuenhuebers Annales Styrenses, Nürnberg 1740 S. 24—26. Vergl. S. 78. (Lichnowsky V. Thl. Regesten Num. 1208) S. 86, 263, 368 und 369, 371. Die dort angeführte Urkunde des Markgrafen Ottokar von Steier für die Abtei Kremsmünster von 1126, worin Dietericus Scheckhe Zeuge ist, kommt aber weder bei Rettenpacher und Pachmayer, noch in den Urkundenbüchern des Landes ob der Enns und von Kremsmünster vor. Zerstreute Notizen zur Genealogie dieser Familie finden sich im Urkundenbuche des Landes ob der Enns II. Band, in v. Meiller's Regesten der Babenberger, wo die Personenverzeichnisse nachzuschlagen sind; in den Urkunden von Klosterneuburg und Heiligenkreuz, Font. rer. austr. II. Abth. X. Bd. S. 280, 282—283. XVI. Bd. 295, 306, 385. Hanthaler Recensus etc. Vol. II. p. 245. Die oben angeführte Notiz von 1303 ist noch ungedruckt im Archive zu Seitenstätten, ebendort eine Urkunde vom 29. Mai 1278, zu Steier gegeben, wodurch Ritter Marquard von Preuhaven von Steier tauschweise sein Lehen zu Zobonsperge für ein Lehen bei St. Johann an das Stift Seitenstätten gibt, wobei Duringus Scheche unter den Zeugen ist.

2) Preuenhueber S. 25. Berichte u. Mittheil. des Alterthums-Vereines zu Wien III. Bd. S. 123, wo statt „Schenk" zu lesen ist Scheck. Reil, das Donauländchen d. k. k. Patrimonialherrschaften im V. O. M. B. S. 120 u. ff. Schmidl, Wien's Umgebungen I. Bd. S. 380 u. ff. Kuen Collectio Scriptor. rer. histor. monast. ecclesiast. T. V. P. II. p. 177. Niklas der Scheck verkauft 1354 an Burkhard und Hanns Kreuzer einige Lehen zu Engelschalksfeld oder Enzersfeld, und ist 1363 in einer Urkunde des Herzogs Rudolph IV. für das Stift St. Pölten als Pfleger zu Steier, 1365 ohne diesen Amtstitel in einem Freiheitsbriefe dieses Herzogs für die Abtei Klein-Mariazell unter den Zeugen. (Verzeichniss d. Eizingerischen Urkunden im Archive zu Asparn an der Zaia. Duellii Excerpt. geneal. hist. p. 26. Hormayr's Wien I. Jahrg. V. Bd. 2. u. 3. Heft S. XXXI.) Herzog Albrecht V. belehnt 1413 die Kinder des Hanns von Sinzendorf von seiner ersten Gemahlin Maria, gebornen von Neuhaus, mit dem halben Schloss Wasen an der Ips, welches Georg der Scheck heimgesagt hat. (Hoheneck II. Thl. S. 427. Wurmbrand Collectan. geneal. hist. p. 26.) Georg Scheck von Wocking, des Herzogs Albrecht V. Kämmerer und des Ritters Georg von Wald Vetter, kommt 1436, 1467 und als Landrechtsbeisitzer noch 1471 vor, Hanns Scheck von Wald 1439. (Kirchl. Topogr. v. Oesterr. XV. Bd. 38—39, 193—194, 238. Hoheneck III. Thl. S. 659. Wissgrill IV. 427.) Im alten Todtenbuche und im Verzeichnisse der Jahrtage des baierischen Stiftes Tegernsee steht ohne Jahr beim 10. October: „Kylianus Scheck de Austria." (Oefele Rer. boic. Scriptor. T. I. p. 636, 638.) Ein Jörg Scheck, Pfleger auf Steinsberg, der am 1. October 1415 zu Botzen gelobt, den Herzogen von Österreich mit dieser Feste in Folge ihres Bündnisses mit dem Bischofe Hartmann von Chur gewärtig zu sein (Lichnowsky V. Thl. Regesten Num. 1590), ist schwerlich zur österreichischen Familie Scheck zu zählen.

garten in der Herstell (oberhalb Tirnstein) entschädigt, wird als Zeuge unter des Kuenringers Rittern („mein reither“) „heberhart der Schech“ gelesen. Der nämliche „Herr Eberhart der Scheche“ ist am 13. October 1320, als die Gebrüder Janns II. und Leutold II. von Kuenring der salzburgischen Abtei Michaelbeuern die von ihrem Vater Leutold I. verliehene Steuerbefreiung für des Klosters Hof zu Joching in der Wachau bestätigen; wieder „Herr Eberhard der Schekhe“ am 12. Juli 1322 zu Tirnstein, wo die genannten zwei Brüder das ihnen von ihrem Diener und Manne Friedrich von Pach aufgesandte Leben, die Neumühle zu Spielberg nebst einer Wiese, dem Stifte Melk übergeben; endlich in einer zweiten Urkunde der Brüder Janns und Leutold von demselben Jahre, überall mit Hadmar von Spitz und andern Vasallen der Kuenringer, in der letzten Urkunde auch mit dem uns schon bekannten Heinrich von Swelnpach, unter den Zeugen, welche das gewöhnliche Geleite ihrer Lehensherren bildeten [1]).

Gleich bei seinem ersten Auftreten im öffentlichen Leben sehen wir den Georg Scheck von Wald als einen noch jungen Mann der besondern Gunst seines Landesfürsten Herzogs Albrechts V. sich erfreuen, deren er bis zu dessen Tode in einem vorzüglichen Grade und, wie wir glauben wollen, nicht unverdienterweise genoss. Zuerst finden wir ihn bei Kauf- und Tauschverträgen zum grösseren Vortheile für seine Güter im Lande unter der Enns thätig. So verkaufte er zu Wien am 8. März 1426 dem Stifte St. Dorothea daselbst um eine nicht genannte Summe eine Rente von zehn Pfund, sieben Schilling und 22½ Pfennigen Geldes zu Neusiedel und Oberlaa enthalb des Wienerberges gelegen auf behausten Überlenden, und 27 Metzen Marchfutter von Lehen, Hofstätten, Baumgärten, Äckern und vom Meierhofe zu Neusiedel. Ferner übergab er dem gedachten Stifte den halben Weinzehent enthalb des Wienerberges bei dem Dorfe Neusiedel, den Weinzehent zu Ober- und Unterlaa und den Feldzehent von allen drei Ortschaften, nebst dem ganzen Zehent von vierthalb Lehen zu Lanzendorf, wofür ihm der Propst Heinrich und das Capitel Alles, was das Stift zu Kollersberg, Winklern, Pösing und Freingau bei Melk besass und vor einigen Jahren vom deutschen Orden erkauft hatte, als Tauschgut abtrat und überdiess an barem Gelde vierhundert Pfund Wiener-Pfennige bezahlte. Herzog Albrecht verzichtete zu Gunsten des Stifts auf die Lehenschaft über die eingetauschten Güter und bestätigte die Auswechslung am Palmsonntage (24. März) 1426 [2]). Durch ein anderes Tauschgeschäft erhielt er im nämlichen Jahre vom Stifte Klosterneuburg einigen Besitz zu Forhegg gegen die Überlassung von Gülten zu Atzenbruck an dasselbe [3]).

---

1) Original im Stiftsarchive zu Tirnstein, nach der gütigen Mittheilung des H. Stadtpfarrers Biélsky. Filz, Gesch. d. salzburg. Benedictiner-Stiftes Michaelbeuern S. 798. Hueber Austria etc. p. 62 mit mangelhafter Inhaltsangabe. Duellii-Excerpt. geneal. hist. p. 44 ohne Anzeige des Inhalts. Das Datum „an sand Nychostachi“ — ein Schreibfehler — ist wohl in Eustachi (20. Sept.) zu verbessern?

2) Kirchl. Topogr. von Oesterr. III. 230. XV. 29—30, 182. Kollersberg, Dörfchen an der Perschling, in der Pfarre Böhmkirchen, zur Herrschaft Wald gehörig. Winklern, Dorf über der Perschling, unweit Murstätten, vormals nach Kapellen eingepfarrt. Pösing ist in eben dieser Gegend zu suchen. (Vielleicht Penzing bei Kapellen oder Penzing bei Rapoldenkirchen??). Freingau, Freiningau, Dorf an der Strasse oberhalb Melk, worüber bis 1848 die Herrschaft Schönbühel wegen der mit ihr vereinigten Herrschaft Aggstein die Ortsobrigkeit übte und wo sie auch Unterthanen hatte. Georg Scheck mag also damals schon Aussicht auf die Erwerbung des Gutes Aggstein gehabt haben.

3) Archiv f. Kunde österr. Geschichtsquellen Jahrg. 1849, I. Heft, S. 102. Fischer führt diesen an der Perschling gelegenen Ort als unbekannt oder verschollen an; er ist das kleine Dorf Fohra hinter Böhmkirchen, unweit Pyhra, zur Herrschaft Wald gehörig.

Unter solchen hauswirthschaftlichen Arbeiten war der Tag angebrochen, der für das ganze Leben Georgs, welchen das Vertrauen des Herzogs schon als seinen Rath und Kammermeister an die Spitze der Finanzverwaltung gestellt hatte [1]), von den wichtigsten, selbst seinen Nachruhm berührenden Folgen war. Ohne dass die vorliegenden Quellen die Art des rechtlichen Vertrages bezeichnen, der ihn zum Herrn von Aggstein machte, belehrt uns Albrecht V. selbst in einer, zu Wien am Sonntage vor dem St. Veitstage (12. Juni) 1429 gegebenen Urkunde, dass er das öde Haus genannt Aggstein, im Wolfsteiner Landgerichte gelegen, das einst von Unthat wegen zerbrochen worden ist und also öde liegt, seinem Kammermeister Jorgen dem Schecken von Wald seiner getreuen Dienste wegen zu rechtem Mannlehen verliehen und ihm auch erlaubt habe, dass er und seine Erben dasselbe öde Haus und Burgstall nun lehensweise innehaben und es wieder bauen und machen mögen nach ihren Nothdurften (Bedürfnissen), wann ihnen das füglich (thunlich, gelegen) wird; doch sollen sie dem Herzoge, dessen Erben und Nachkommen, und dem Lande damit treu, gehorsam und gewärtig sein, und wider den Herzog Niemand darin keineswegs enthalten (aufnehmen und aufhalten) und fördern [2]). Hieraus ersehen wir, dass die einst so trotzende Burg, seitdem sie durch Eroberung oder Übergabe an Albrecht I. gekommen und gebrochen worden, also beiläufig seit 133 Jahren nicht wieder hergestellt und befestigt war, sondern dass nur ein Trümmerhaufen des öden Hauses, ein **Burgstall** nach damaligem Sprachgebrauche, die verlassene Stätte der einst zu den Wolken hinanstrebenden, stolzen Feste bezeichnete, und der neue Inhaber blos die dazu gehörigen Güter und gutsherrlichen Rechte, sehr wahrscheinlich durch Kauf und mit Hilfe des vom Stifte St. Dorothea empfangenen, für jene Zeiten bedeutenden Geldes, an sich brachte.

Kaum zum Besitze des Gutes gelangt, unternahm es der neue Herr desselben, sich aus dem unheimlichen Gemäuer eine stattliche Wohnung zu bauen und sie neuerdings durch alle Mittel der damaligen Befestigungskunst, je nach dem Gebote der Umstände, bald zum Schutze, bald zum Schrecken

---

1) 1427, 14. Januar, zu Wien, beurkundet Herzog Albrecht V., dass sein Hubmeister Berthold von Mangen in Gegenwart des Grafen Johann von Schaunberg, des Otto von Meissau, obersten Marschalls und Schenken in Oesterreich, Pilgreims von Puchaim, seines Kanzlers Andreas, Pfarrers zu Gars, und **seiner Räthe** Niklas Seebekh und **Jörgens des Schecken**, von Weihnachten 1424 bis dahin 1426 Rechnung gelegt habe. (Lichnowsky V. Theil Regesten Num. 2522.)

2) Urkunde Num. IV. **Purkstal**, das Burgstall, bedeutete den Ort einer Burg, die Burg selbst, endlich nicht selten den Ort, auf dem in früherer Zeit eine Burg gestanden, dermal aber kein Gebäude und Mauerreste mehr vorhanden sind, sondern nur die Form einzelner Theile derselben aus den Vertiefungen der ehemaligen Gräben und aus dem spärlichen, über den Grundmauern wachsenden Grase erkenntlich ist. (Leber's Rückblicke I. 199—200 zur Erklärung der Inschrift zu Aggstein, und mit Berufung auf **Scheiger's** vortreffliche Schrift: „Über Burgen und Schlösser im Lande Oesterreich unter der Enns" S. 1.) Burgställe in diesem Sinne sind **Scheuernberg** und **Liebeck** bei Scheibs, **Frankenstein** zwischen Scheibs und Gaming, **Oberhauseck** bei Gresten, **Gerolding** bei dem gleichnamigen Pfarrdorfe in der Umgegend von Schönbühel u. s. w. Dass diese Bedeutung auf Aggstein nicht ganz anwendbar, vielmehr das vom Bauherrn selbst gebrauchte Wort Burgstall hier, wie auch sonst öfter, soviel als verfallene Burg, „**ödes Haus**" (wie der herzogliche Lehenbrief sagt) heissen soll, dürfte vorzüglich vom Hochschlosse gelten (aus welchem allein vielleicht die **älteste** Burg bestand), zu dessen neuem Baue schon das beschränkte Terrain die alten Grundfesten und Mauerreste zu benützen gebot. Dass bei der Zerstörung von Burgen gewöhnlich der **Kapellen** geschont wurde, ist nicht zu bezweifeln. — Hier ist also Burgstall ungefähr gleichbedeutend mit dem Worte **Burgtrümmer**, womit Scheiger jene Ueberbleibsel alter Burgen bezeichnet wissen will, „welche aus Mauerwerk bestehen, ohne dass jedoch die alte Form ihrer Eintheilung, ihrer Gestalt nach und ihr Gesammtumfang erkennbar ist." Der in Oesterreich häufige Name Burgstall von Ortschaften, Bergen, Waldungen, auch in Ebenen u. dgl. weiset sicher auf das Dasein einer Burg oder eines Edelsitzes in den ältesten Zeiten hin. So z. B. **Burgstall** (Alt- und Neuschloss Burgstall) im Viertel ober dem Wienerwalde (auch Burgstall in Steiermark), die **Burgstall-Leiten**, der Abhang einer Anhöhe hinter dem neuen Schlosse Krummnussbaum.

der nahen Stromgegend zu machen. Der neue Bau begann, wie die Aufschrift über dem dritten Thore bezeugt, 1429 am Montage nach dem Feste der Geburt Mariens, also am zwölften September, und konnte ohne Zweifel erst nach mehreren Jahren als staunenswerthes Denkmal eines kühnen Geistes und hochfahrenden Sinnes, sowie der unsäglichen Anstrengung menschlicher Kräfte seine Vollendung erreichen. Vielleicht sollte eben zur dankbaren Feier des glücklichen Ausganges das so mühevolle und kostspielige Unternehmen gleichsam den Schlussstein, die Krone des Werkes, durch die Stiftung einer Messe erhalten, welche der Bauherr 1436 vollzog. Leider ist seine Urkunde über diesen frommen Act in Verlust gerathen oder noch irgendwo in einem Archive dem Staube, den Motten und Mäusen preisgegeben! Wir wissen nur, dass Georg Scheck von Wald im Jahre 1436 mit Einwilligung des Abtes Erhard und des Conventes von Niederaltach, unter deren pfarrliche Jurisdiction hinsichtlich der Pfarre Spitz Aggstein gehörte, eine ewige Messe zur Kapelle der heiligen Blutzeugen Georg und Colomann in der Burg Aggstein gestiftet hat [1]).

Während seine grossartige Bauführung die Thätigkeit Scheck's vorzugsweise in Anspruch nahm und ihn sein Landesfürst noch überdiess zu seinem Pfleger zu Steier ernannte, versäumte er doch keine Gelegenheit, die herrschaftlichen Renten von Aggstein mit verständigem Eifer zu verbessern und durch Abtretung entfernterer oder minder nutzbarer Bestandtheile ihre Verwaltung zu erleichtern. Daher benützte er das gute Einverständniss mit dem Prior Johann von Aggsbach und dessen Convente, von ihnen mit landesfürstlicher Genehmigung verschiedene Dienstpfennige im Dorfe Aggstein und in dessen Nähe einzutauschen, wofür er ihnen Grunddienste in der Pfarre Anzbach überliess, die freilich dem Kloster nichts weniger als bequem gelegen waren, so dass der Vortheil beim Tausche vorzüglich auf des Burgherrn Seite war. Die Urkunde Scheck's und der Gegenbrief der Karthäuser sind zu Wien den 31. October 1429 gegeben. Im nächsten Jahre trat der neue landesfürstliche Pfleger sein Amt zu Steier an, ohne darüber Aggstein zu vernachlässigen; vielmehr diente ihm wahrscheinlich eine Geschäftsreise an das Hoflager des Herzogs nach Wien dazu, dort am 23. August 1430 einen neuen Tauschvertrag zu schliessen, wodurch er von der Karthause Aggsbach Gelddienste auf behausten Gütern unter dem Aggstein, den ganzen Wein- und Getreidezehent von sechs halben Lehen zu Aggstein im oberen Dorfe, einen grossen Baumgarten zu Aggstein mit einem anstossenden Weingarten und ein Holz (Wald) im Zeismannsthal gewann, und sich einiger weit entlegener Unterthanen zu Eppendorf in

---

1) Deppisch (S. 65), welchem der Verwalter Manzador diese Nachricht mittheilte. Damals war also der Stiftungsbrief noch vorhanden. Welche Güter zur Stiftung gehörten, ist unbekannt. Das baierische Benedictiner-Stift Niederaltach (Altaha inferior, später fabelhaft auch Niederalteich, Quercus inferior genannt) besass durch Karls des Grossen Schenkung eine grosse Strecke Landes jenseits der Donau, welche von der Bielachmündung gegenüber bis Spitz in der Wachau, landeinwärts aber bis an den Berg Jauerling reichte und in dessen Umfange schon 830 der Ort Accusbach (Aggsbach im Viertel ober dem Manhartsberge) bestand. Aus diesem Gebiete in der Wachau bildete sich die Herrschaft und Pfarre Spitz, die Propstei Spitz genannt, welche dem gedachten Stifte bis zu dessen Aufhebung (1803) gehörte. Der Pfarrbezirk von Spitz mit den pfarrlichen Zehenten erstreckte sich, wie bereits bemerkt wurde, sogar über die Donau herüber und begriff noch Aggstein und die zu Aggsbach diesseits der Donau, am Ufer derselben befindliche Kirche St. Nikolaus in sich, deren letzte Überreste erst seit einigen Jahren verschwunden sind. Als Patron der Pfarre Spitz musste der Abt von Niederaltach seine Einwilligung zur erwähnten Messestiftung geben. Aggsbach jenseits der Donau hatte eine eigene Kirche mit einem Freithofe, die aber excurrendo durch die Priester von Spitz versehen wurde, bis der thätige Abt Joscio 1728 den jetzigen Pfarrhof für den zu Aggsbach angestellten Seelsorger zu bauen anfing, dem nun Aggstein zugetheilt war. Wäre 1435 oder 1436 als das Jahr des vollendeten Baues der Kapelle zu Aggstein anzunehmen, so dürfte sie sehr wahrscheinlich von dem damaligen Weihbischofe des Bischofs Leonhard zu Passau, Mathias Episcopus Victricensis, consecrirt worden sein. (Vergl. Gesch. v. Melk, I. 517 in der Note.)

der Pfarre Kronstorf, zu Mollen u. s. w., alle im Traunkreise ob der Enns gelegen, mit der selbstsüchtigsten Klugheit entäusserte. Es beweiset den grossen, selbst Uebergriffe wagenden Einfluss, welchen Scheck auf den gütigen Herzog behauptete, dass er diesen zu überreden wusste, zur eingeleiteten Tauschhandlung am 5. September 1430 seine Zustimmung und Bestätigung zu ertheilen [1]). Es ist schon jetzt nicht zu verkennen, dass Scheck, wo er konnte, darauf ausging, das drückende Uebergewicht seiner Macht und seines Ansehens zum Schaden des Schwächern zu missbrauchen; und was er an den, durch Versprechungen oder Einschüchterung überlisteten Karthäusern gethan, denen, um sich den gefährlichen Nachbar nicht zum unversöhnlichen Feinde zu machen, nichts übrig blieb, als seinen unbilligen Forderungen nachzugeben, war nur ein Vorspiel jener gräulichen Auftritte, die in der Folge Scheck's Namen zum Schrecken Aller gemacht haben, welche die Schwere seines eisernen Armes zu erreichen vermochte.

Bei seinem längern Aufenthalte zu Wien begab sich Scheck am 18. September 1430 für sich und für Barbara, des verstorbenen Stephan Seebeck Tochter, deren Vormund er gewesen zu sein scheint, der Ansprüche auf eine Hinterlassenschaft des genannten Seebeck, bestehend in einem Hause, in Weingärten und einem Gute zu Nussdorf, welches der Erblasser von den Gebrüdern Hanns und Albrecht Sweinwarter gekauft hatte, welche Stücke die gesammten Erben gemeinschaftlich dem herzoglichen Burggrafen zu Burkersdorf, Hanns von der Leytten, seiner dem Verstorbenen langer Zeit her gethanen Dienste wegen und auf des Herzogs Bitte abtraten [2]).

Scheck's Verwaltung des Pflegeamtes zu Steier hatte keine lange Dauer; denn als 1432 Albrechts Gemahlin Elisabeth Steier, das ihr nebst Trautmannsdorf und Weiteneck für ihre Morgengabe und als Witwensitz angewiesen war, in Besitz nahm, stellte sie dort zuerst den Georg Löw, dann den Wolfram Ehrenmuth als Pfleger an, denen 1440, als Friedrich III. (IV.) das Pfandschaftsrecht übernommen, sein Rath Ritter Hanns von Neydeck zu Ranna folgte [3]).

Seit seiner Entlassung von der Pflege zu Steier scheint sich Scheck meistens auf seinen Gütern unter der Enns aufgehalten zu haben, wo seine Gegenwart noch nothwendiger war, seitdem ihm der Herzog auch das zur Feste Wolfstein gehörige Landgericht zu verwesen übergeben hatte; so wie er

---

1) Urkunde Num. VI. Regesten Num. VIII. IX. X. Jene Besitzungen ob der Enns gehörten zum sogenannten Scheckenamte, welches der reiche Bürger zu Steier, Hanns Fuchsberger, gestorben 1542, zur Ausstattung von Bürgerstöchtern und für andere wohlthätige Zwecke vermacht hat. (Preuenhueber S. 263.)

2) Laut der Urkunde Albrechts V. vom 18. September 1430 waren Seebeck's Freunde (Verwandte), die zu seinem Gute meinten Erben zu sein: Jörg der Scheck, des Herzogs Kammermeister, anstatt seiner selbst und der Jungfrau Barbara, weiland Stephans des Seebeck Tochter; Jörg der Rukhendorfer anstatt der Jungfrauen Margareth und Apollonia, weiland Christophs des Seebeck Töchter; Chunrat der Stikhelperger anstatt Hannsens und Elsbethens weiland Lienharts des Stikhelperger Kinder; Hanns der Pielacher anstatt Wandlens seiner Hausfrau; Jakob der Seebeck anstatt seiner selbst und seiner Geschwister; Mert der Seebeck anstatt seiner selbst, Veit der Seebeck anstatt seiner selbst, Hanns der Jöchlinger anstatt seiner Kinder. (Notizenblatt. Beilage zum Archiv f. Kunde österr. Geschichtsquellen III. Jahrg. S. 384.) Schon früher (um das Jahr 1428?) hatte Scheck Zehenten und Bergrechte vor den Thoren von Wiener-Neustadt, am Seeberg, am Linzberg, am Reut, zu Meirsdorf, Gelddienste ebenda und zu Muthmannsdorf u. s. w., die dem Landesfürsten von weiland Hanns dem Hering ledig geworden, als Gnadenlehen empfangen. Dazu kamen jetzt (um 1430) um seiner Bitte willen und seiner Dienste wegen alle die Lehen, wie sie genannt und wo sie gelegen sind, die dem Herzoge mit Abgang weiland Niklas des Seebeck ledig geworden, endlich eine Fischweide auf der Pütten, die zum Hofe zu Sautern gehörte und gleichfalls nach dem Tode desselben dem Landesfürsten heimgefallen war. (Notizenblatt IX. Jahrg. S. 172–173.) Um das Jahr 1434 wurde Jörg der Scheck von Wald mit der Fischweide auf dem Flusse Bielach, die zur Feste Piela in der Pfarre St. Zeno gehört, von Albrecht belehnt. (S. 108.) Unter dieser Feste ist nicht Bielach bei Melk (auch Obernbielach genannt), sondern Pielahaag (Bielachhaag) bei Mitterau, in der Pfarre Hafnerbach (ad S. Zenonem) zu verstehen.

3) Preuenhueber S. 87—88, 95.

von demselben Fürsten 1433 den Auftrag bekam, sich den Propst Christian zu St. Pölten in seinen, seines Gotteshauses und seiner Unterhanen Angelegenheiten empfohlen sein zu lassen und sie im Namen des Herzogs bis auf Widerrufen zu vogten und vor Gewalt und Unrecht zu schirmen [1]).

Die Sonne des Glückes, welche dem Günstling seines Fürsten bisher so freundlich gelächelt hatte, musste auf kurze Zeit den Gewitterwolken weichen, die gegen ihn heranstürmten, und ihn sogar seiner Freiheit beraubten. Herzog Albrecht hatte mit Bewilligung der Kirchenversammlung von Basel zur Führung des Krieges gegen die Hussiten eine von der Geistlichkeit aller seiner Lande zu entrichtende Steuer ausgeschrieben, deren Eintreibung ihn mit den in denselben begüterten Kirchenfürsten in weitläufige Unterhandlungen, insbesondere aber mit dem Erzbischofe Johann von Salzburg in heftige Zwistigkeiten verwickelte. Auch Scheck wurde in dieselben hineingezogen, von dem erzbischöflichen Diener Lasla Hornecker gefangen und in den Kerker geworfen. Daraus erfolgte eine erbitterte Fehde, indem sich der Herzog des Verhafteten thätig annahm und dessen Sache zu seiner eigenen machte. Zuletzt traten von Seiten Albrechts und seines Schützlings der Bischof Leonhard von Passau, Graf Johann von Schaunberg und Stephan von Hohenberg als des Herzogs Räthe, von Seiten des Erzbischofs der salzburgische Kanzler Friedrich Grenn, Hanns Kainacher, Jörg Nussdorfer und Virgil Überacker als erzbischöfliche Abgeordnete, und ausser diesen die Räthe des Herzogs Ernst von Baiern, Propst Johann von Illmünster, Konrad von Freiberg von Wal und Peter Rudolf von München, als Mittler und Untertheidiger auf und thaten den Ausspruch, dass der Erzbischof 7000 Gulden als Hussitensteuer geben, den Streit zwischen Salzburg und Scheck u. s. w. der Herzog Albrecht entscheiden, Österreich und Salzburg ihr beiderseitiges Anbringen, ob sie die obige Theidung annehmen, am 1. September 1437 zu Wien machen sollen, wenn sie aber diese nicht annehmen, Salzburg den betreffenden Schuldbrief übergeben und Albrecht alle Güter, in deren Besitz er sich gesetzt hat, dem Erzbischofe zurückgeben soll u. s. w. Diesem zu Wien am 13. August 1437 ergangenen Schiedsspruche folgte am 1. September die Erklärung sowohl des Erzbischofs als Scheck's, dass sie den Ausspruch des Herzogs annehmen wollen, worauf am 4. September die Beilegung des Streites zwischen beiden durch Albrecht geschah [2]). Die Ursachen, welche den Erzbischof gegen Scheck so erbitterten, dass er eigenmächtige Selbsthilfe übend, denselben überfallen und in Haft nehmen liess — vielleicht weil Scheck als landesfürstlicher Kammermeister bei Einforderung der Hussitensteuer zu hart und ungerecht verfuhr; oder weil er als Landrichter und als nächster Nachbar der salzburgischen Herrschaft Arnsdorf sich gegen die Unterthanen des Hochstiftes Neckereien und Bedrückungen zu Schulden kommen liess; oder was sonst den Zorn des Erzbischofs so heftig reizte, ist aus den angeführten kurzen Notizen ebenso wenig ersichtlich, als die einzelnen Umstände und Vorfälle, die über das Zerwürfniss zwischen dem Herzoge und Erzbischofe, dessen Galle sich besonders über

1) Duellii Excerpt. geneal. hist. p. 70. Maderna (Müller) Histor. Canoniae Sandhippolyt. P. II. p. 239. Lichnowsky V. Thl. Regesten Num. 3268, dd. Wien 7. November 1433. Otto von Meissau, oberster Marschall und Schenk in Österreich, seines uralten Namens Letzter, war 1430 wegen seiner Theilnahme an einer menterischen Verbindung, welcher sich ein Theil des Adels gegen den Herzog Albrecht V. schuldig gemacht, sammt seiner Gemahlin Agnes gefänglich eingezogen und eines grossen Theils seiner Güter verlustig geworden. Darunter befand sich auch das Landgericht, das er zu Wolfstein gehandelt und verweset hat. (Kurz, Österr. unter K. Albrecht II. II. Thl. S. 150—157 und 330—339.) Dieses Landgericht verlieh der Herzog dem Georg Scheck auf dessen Lebenszeit oder leibgedingsweise, wie aus einem noch anzuführenden Reverse seines Nachfolgers im Landrichteramte, des Georg Seusenecker, vom 24. November 1450 erhellt.

2) Lichnowsky V. Thl. Regesten Num. 3758, 3776, 3777 (Albrechts Vidimirung der Hintergangsbriefe des Erzbischofs und Scheck's auf ihn lautend vom 1. Sept. 1437). Alle diese Urkunden und die folgenden von 1438 und 1439 befinden sich im k. k. geheimen Haus- Hof- und Staatsarchive zu Wien.

Scheck ergossen zu haben scheint, näheren Aufschluss geben könnten, dem man auch bei älteren und neueren Geschichtschreibern vergebens nachforscht.

Herzog Albrecht, nach seines Schwiegervaters Sigmund Tode am 1. Januar 1438 in Ungarn, am 29. Juni in Böhmen zum Könige gekrönt, am 18. März ebendieses Jahres zum römischen Könige gewählt, suchte den Georg Scheck für das Ungemach, welches er vermuthlich nur als das allzu gehorsame Werkzeug des landesherrlichen Willens und als ein Opfer seines übelverstandenen oder übertriebenen Diensteifers erduldet hatte, durch neue und vorzügliche Beweise seiner besonderen Gnade zu entschädigen. Als der König, wohl voraussehend, dass die Regierungsgeschäfte ihm fernerhin nur selten und auf kurze Zeit sich in Österreich aufzuhalten erlauben würden, zu Ofen am 9. Februar 1438 vierzehn bevollmächtigte Stellvertreter zur Verwaltung des Landes unter und ob der Enns während seiner Abwesenheit ernannte, wurde Georg Scheck von Wald durch seine Aufnahme unter jene Männer ausgezeichnet, denen das Vertrauen Albrechts die Führung der Staatsgeschäfte und die Erhaltung der öffentlichen Ruhe und Ordnung übertrug. Ferner verlieh er, kraft eines zu Prag am 30. September 1438 gefertigten Diploms, diesem seinem Ritter und Rathe und dessen Erben auf ewige Zeiten eine Mauth an der Donau unter dem Hause zu Aggstein, die von allen stromaufwärts fahrenden Schiffen, jene von geistlichen Leuten ausgenommen, bezahlt werden sollte, wofür ihm aber die Verpflichtung auferlegt wurde, „den Scheffweg“ (Weg für die Schiffspferde) zu erhalten, der unter dem Hause Aggstein über seine Gründe und Güter ging, daher das sich ergiessende Wasser den engen Weg oft nur mit Schaden derselben benützbar machte. Auch zu Breslau gedachte Albrecht wieder seines Ritters und Rathes Scheck, welchem und seinen Erben auf ewige Zeiten er am 29. Januar 1439 für seine treu geleisteten Dienste in allen „anliegenden Geschäften“ seines Herrn, sonderlich bei den Krönungen in Böhmen und Ungarn und in seinen Heereszügen, „eine redliche, ganze, gefürstete Freiung in und bei seiner Feste Aggstein an der Donau und den in den Burgfrieden gehörigen Häusern und Gütern ertheilte, dass, wer sich dahin flüchtet, nicht vom Landmarschall, Landrichter oder Richter angegriffen werden sollte; bei Strafe von zwanzig Mark löthigen Goldes, welche den dagegen Handelnden treffen soll. Selbst als der König auf seinem Feldzuge gegen die Türken, von der im Lager herrschenden Seuche ergriffen, auf der Rückkehr nach Wien im Vorgefühle des nahen Todes am 23. Oktober 1439 zu Langendorf in Ungarn seine letztwillige Anordnung machte, vergass er nicht, den Georg Scheck von Wald als einen jener acht Commissäre zu nennen, denen und der Königin Witwe Elisabeth oder ihrem Bevollmächtigten der Hubmeister in Österreich Ulrich Eizinger über seine Amtsverwaltung Rechnung legen sollte [1]). Bald darauf starb der fromme, gerechte, gütige und tapfere Fürst zu Langendorf (Neszmely) den 27. Oktober, seine Gemahlin gesegneten Leibes und zwei Töchter zurücklassend, und wurde in der königlichen Gruft zu Stuhlweissenburg beigesetzt, aber auch zu Wien schon am 28. Oktober dem edlen Todten ein feierliches Leichenbegängniss gehalten, bei welchem Georg Scheck den Schild des heiligen römischen Reiches zu tragen die Ehre hatte.

Aus dieser Zeit sind noch urkundliche Nachrichten übrig, welche allein uns mit Margaretha, der Gemahlin Scheck's, bekannt machen. Ihr Vater war Hanns der Scheck von Wocking, ein Vetter Georgs Scheck von Wald, dessen 1437 schon als eines Verstorbenen Erwähnung geschieht, und sie zuerst mit Alexius Hofer am Hof und nach dessen Tode mit Georg Scheck von Wald vermählt, dem sie zwei Töchter gebar. Sie hatte eine Streitsache wegen des Sitzes am Hof und zwei Bauernhöfen sammt

1) Kurz, Österr. unter K. Albrecht II. II. Thl. S. 354. Desselben Österr. unter K. Friedr. IV. I. Thl. S. 242, wo statt „Erharten dessen Vorstmaister“ zu lesen ist: E. Dossen, Vorstmaister. Die Dossen waren ein ritterliches Geschlecht in Österreich. — Lichnowsky V. Thl. Regesten Num. 4024, 4159.

dem Zehent, in der Pfarre Eiratsfeld gelegen, mit Oswald Härdter von Hart zu Grävendorf, der sich am 31. März 1438 auf den Ausspruch Georgs und Wolfgangs von Topel mit ihr verglich, worauf sie am 15. März 1441 der Edlen Frau Beatrix von Zelking zu Freideck, Heinrichs von Puchaim Witwe, den freien Sitz am Hof mit zwei Bauernhöfen und dem ganzen Zehent verkaufte, welche Stücke, als Lehen von der Herrschaft Ulmerfeld, sie dem Lehensherrn Bischof Nikodemus von Freising aufsandte [1]). Ihre Töchter Apollonia und Dorothea starben unverehlicht in einem unbekannten Jahre, vermuthlich noch vor ihren Ältern, und fanden zu Wien bei den Augustinern nächst der Burg ihre Ruhestätte, wo die Grabschrift zu lesen war: „Hie seyn begraben Jungfrau Apollonia und Jungfrau Dorothea, Herrn Georg des Schekhen von Wald Töchter, denen beyden Gott genad [2])."

Nach Albrechts vielbeklagtem und für seine Länder unheilvollem Tode übernahm statt des erst am 22. Februar 1440 gebornen Prinzen Ladislaus, daher Posthumus genannt, sein Vormund Herzog Friedrich IV. aus der steiermärkischen Linie die Regierung von Österreich. Da Herzog Albrecht VI., in beständiger Zwietracht mit seinem älteren Bruder Friedrich lebend, wiederholte Klagen über unbillige Theilung der väterlichen Erbschaft erhob und bei seiner Geldnoth grössere Einkünfte forderte, so wurde einer Commission von acht Schiedsmännerrn aus Österreich, Steiermark, Kärnten und Krain die Entscheidung übertragen, welcher Albrecht sich zu unterwerfen versprach. Unter diesen von beiden Theilen Gewählten waren nebst dem Bischofe Leonhard von Passau und Stephan von Hohenberg auch die beiden Nachbarn Rudolph von Tirnstein (zu Wolfstein u. s. w.) und Georg Scheck von Wald. Allein der Ausspruch dieser Schiedsleute, welcher zu Wien den 3. März 1440 erging, hatte, weil jede Partei nur zum Vortheile ihres Herrn sprach, nicht den gewünschten Erfolg. Das Jahr darauf erhielt Ritter Georg Scheck von dem Herzoge Friedrich durch zwei zu Neustadt am 2. Februar 1441 gefertigte Urkunden die Bestätigung der beiden, diesen Diplomen wörtlich eingeschalteten Briefe Albrechts über die Verleihung der Donaumauth stromaufwärts bei dem Hause „zu dem Aggstein" und der fürstlichen Freiung bei dieser Feste; dann am 13. Februar 1442 (ohne Ort der Ausstellung) einen Lehenbrief über die zwei Theile grossen und kleinen Zehents auf vierzehn Lehen und dritthalb Hofstätten zu Neundorf (Klein-Nonndorf) bei Grafenschlag im Viertel ober dem Manhartsberge, die er von Andreas Hauser und Andern gekauft hat und die von der landesfürstlichen Herrschaft Weitra zu Lehen sind. Von dem Ansehen, worin Scheck seiner trefflichen Kenntniss der Geschäfte und vielen Erfahrung wegen stand, gibt ein Danksagungsschreiben der Königin Witwe Elisabeth an den Bürgermeister, Richter und Rath der Stadt Wien, aus Pressburg den 4. August 1442 erlassen, Zeugniss, dass sie ihr den Hanns Eberstorfer (oder von Eberstorf), Ulrich Eizinger von Eizing und Jorg Scheck von Wald, um der Königin Rath zu ertheilen, herabgesandt haben; bald werde sie eine Botschaft an die Stadt senden u. s. w. [3]).

1) Preuenhueber S. 26. Wissgrill IV. 144. 353. Die Belehnung der Käuferin geschah hierauf durch den Bischof Nikodemus zu Wien den 13. März 1441. (Justini Kaltenegger collectio chartarum veterum et sigillorum T. I. Num. 226, Fol. 447. Handschrift im Servitenkloster zu Wien.) Der Lehenbrief an die neue Besitzerin hat ein früheres Datum als der Kaufbrief, weil ersterer sogleich am Tage der Aufsandung, ohne Rücksicht auf den noch nicht gefertigten Kaufbrief ausgestellt wurde. Wenn diese Margaretha Scheck von Wald mit jener „Margaretha von Wald" identisch ist, welche am 19. Juni 1467 Jakob von Stubach, Lehrer der heiligen Schrift und Prior der Dominicaner zu Wien, in die Gemeinschaft aller Gottesdienste, guten Werke und übrigen geistlichen Güter des Klosters aufgenommen hat (Bern. Pez Cod. dipl. hist. epist. P. III. p. 397), so hätte sie das Unglück ihres Hauses und das Elend ihres Gemahls noch erlebt, was aber gar nicht wahrscheinlich ist, da sie in den späteren Urkunden Scheck's nirgends erscheint.

2) Preuenhueber S. 26, wo aber die Grabschrift weder buchstäblich genau noch vollständig abgeschrieben zu sein scheint.

3) Chmel's Regesten d. röm. Königs Friedrich IV. Num. 7, 217, 218, 453. Lichnowsky VI. Thl. Regesten Num. 38, 180, 181, 359 (statt „Waldaw" ist Wald zu lesen). Kurz, Österr. unter K. Friedr. IV. I. Thl. S. 87. Chmel's Materialien zur österr. Geschichte I. Bd. S. 78.

Besser als Johann von Reisperg wusste sein Nachfolger im Erzbisthume Salzburg Friedrich von Emerberg mit seinem Gränznachbar in Österreich sich abzufinden und die Güter und Unterthanen der Herrschaft Arnsdorf wenigstens vor arger Gewalt und frecher Beschädigung zu sichern, indem er dem Georg Scheck bis auf Widerruf das Hofmeisteramt zu Arnsdorf mit aller Zugehörung und die Vogtei über die österreichischen Besitzungen des Hochstiftes anvertraute, sich aber von ihm zu Wien am 17. November 1442 hierüber Versicherungsbriefe ausstellen liess. In dem ersten, weitläufigen Reverse verspricht der neue Hofmeister, über Einnahmen und Ausgaben jährlich Rechnung zu legen und sich mit den ihm angewiesenen jährlichen Bezügen für seine Amtsverwaltung zu begnügen: nämlich 4 Muth Roggen, 27 Muth Haber; dann von dem Hofe an dem Kreuzberg 20 Metzen Roggen, 20 Metzen Haber, alles Arnsdorfer-Mass; 8 Dreiling Wein; „für Lohn und auch den Knechten und an die Ende (Orte) zu geben, da es von Alter hingehört,“ 19 Pfund Pfennige; allen kleinen Dienst, der in das Hofmeisteramt gehört, es seien Hühner, Käse, Eier, Vogtpfennige, Waidpfennige und „Werchat;“ all Abfahrt, Wandel und Busse (Strafgelder), „ausgenommen Fäll und gross Händel,“ woraus dem gnädigen Herrn von Salzburg zwei Theile, dem Vogte und ihm der dritte Theil zufallen sollen. Darum soll er auch alles „Haushaben, Rosse, Wagen, Knechte und Dirnen“ auf sich selbst halten und ausrichten. Wenn aber ein Wagen abgeführt oder zerbrochen würde oder ein Wagenpferd abginge, das soll von des Gotteshauses Salzburg Gut wieder gekauft werden, auch was er in desselben Nothdurften und Diensten Zehrung thut, ihm erstattet werden; doch soll und will ich“ (verspricht er) „dieselb Zehrung gleichleich und mässleich thun,“ u. s. w. An demselben Tage gab Scheck dem Erzbischofe Friedrich wegen der ihm übergebenen Vogtei über alle Leute und Güter des Hochstifts Salzburg in Österreich eine urkundliche Versicherung, diese vor Gewalt und Unrecht bestens zu schirmen, von denselben Leuten nichts zu fordern noch zu nehmen, als was sie einem Vogt von alter Gewohnheit vorher gegeben haben, u. s. w. Wird ihm diese Vogtei wieder abgenommen, so sollen er, seine Hausfrau, ihre Erben und alle ihre Freunde (Verwandte) nichts dagegen reden, handeln oder thun in keiner Weise, da er nur Seiner Gnaden Betvogt und nicht Erbvogt sei. Ueberdiess beurkundete er am folgenden Tage (18. November), dass er wegen der ihm anvertrauten Verwesung des Hofmeisteramtes zu Arnsdorf dem Erzbischofe Huldigung thue [1]).

Als Herzog Friedrich IV., seit dem Februar 1440 erwählter römischer König, zu Anfang des Monats März 1442 seine Reise nach Aachen zur Krönung angetreten hatte, begann am Samstage nach Ostern (7. April) der nach Krems ausgeschriebene Landtag, um die Regierung in Österreich während Friedrichs Abwesenheit zu ordnen. Unter den, diesem von den Ständen beigegebenen Räthen, welche der römische König zu Nürnberg am 9. Mai zu Landesverwesern bestellte, vier und zwanzig an der Zahl, fehlte auch Georg Scheck von Wald nicht; so wie wir ihn noch weiter an den wichtigsten Staatsgeschäften theilnehmen sehen. Er besiegelt nebst andern Gliedern der österreichischen Stände zu Wien am 25. März 1446 die Urkunde über den Frieden, welchen Friedrich mit den mährischen Ständen auf acht Jahre geschlossen, und befindet sich im nämlichen Jahre unter den ständischen Abgeordneten, die im Dezember nach Neustadt gesandt wurden, um im Lager bei Leobersdorf mit dem Gubernator von Ungarn, Johann Hunyady, der, um die Herausgabe des königlichen Prinzen Ladislaus und der ungarischen Krone nebst der Befriedigung noch anderer Forderungen von Friedrich zu erzwingen, in Österreich eingefallen war, über einen Friedensschluss zwischen den Ungarn und Friedrich zu unterhandeln [2]). In der Zwischenzeit dieser Ereignisse fällt ein Auftrag des Landesfürsten

1) Notizenblatt III. Jahrg. S. 252—254.

2) Kollar Analect. Vindobon. T. II. col. 1049 et seqq. 1238 (25. März 1446, wo Jorg Scheck von Achstain —

aus Wien vom 3. August 1446 an Wilhelm von Topel, an den königlichen Rath Georg Scheck von Wald und an den königlichen Hauptmann zu Krems Georg Wolfenreuter, an einem gewissen Tage zu Krems eine Untersuchung zu pflegen, woher die Städte Krems und Stein in solches Abnehmen gekommen, und besonders die Zwietracht beizulegen, die zwischen Ulrich den Vendlein und seinen Mithelfern und andern Fischern daselbst gewesen ist [1]).

Aber nicht blos öffentliche Angelegenheiten, sondern auch minder bedeutende Rechtssachen nahmen die Thätigkeit Scheck's in Anspruch. Der österreichische Kanzler Meister Hanns von Meyrs, Pfarrer zu Gars, Ulrich Eizinger von Eizing, Jörg der Scheck von Wald und Widthalben (Wilhelm) der Ebser vermittelten einen Vergleich zwischen Erhard Kelbersharter und dem Propste Johann und seinem Capitel zu Tirnstein, in Folge dessen Ersterer, welcher die Vogtei über dieses Stiftes Unterthanen und Güter zu Grafenwörd unrechtmäsig für sich behauptet hatte, zu Wien den 31. August 1443 auf dieses angestrittene Recht des Stiftes verzichtete [2]). Was die Besitzungen Schecks betrifft, so gehört die zu Wien am 25. Mai 1444 von dem Könige Friedrich ertheilte Bewilligung hierher, dass der Scheck von Wald, Wolfgang Wolfenreuter und Georg Gravenwerder kleine landesfürstliche Lehen zu Geuttendorf an Oswald von Eizing verkaufen dürfen [3]); dann ein Tauschvertrag vom 15. Mai 1446, Kraft dessen Georg Scheck von Wald dem Abte Wolfgang und dem Convente zu Göttweig seinen Hof, der Streitfelder genannt, bei Katzenberg in der Pfarre Kapellen gelegen, der freies Eigenthum war, übergab und dafür vom Stifte einen halben Zehent auf allen zu Ottenschlag gehörenden Gründen nebst einem halben Zehent zu Nendleins übernahm [4]).

Hatte sich Scheck unter der beliebten Regierung des gerechten Albrecht V. nicht gescheut, wenn er es ungestraft wagen zu dürfen glaubte, auf Schleichwegen oder mit Gewalt fremde Rechte zu verletzen und seiner Habgier zu fröhnen, so konnte Friedrichs vormundschaftliche Verwaltung des Landes, der es augenscheinlich an Kraft, Stätigkeit und Umsicht gebrach, sich mit Würde zu behaupten und ihren Verordnungen Achtung und Gehorsam zu verschaffen, ihn noch weniger zurückhalten, sich den Eingebungen seiner bösen Leidenschaften schrankenlos zu überlassen. Zuerst finden wir das nachbarlichfreundliche Verhältniss mit Rudolph von Tirnstein, dem Besitzer der Feste und Herrschaft Wolfstein, durch einen Streit gestört, welchen Scheck mit ihm hatte und dessen Gegenstand zwar nicht bekannt ist, vermuthlich aber durch Eingriffe in die obrigkeitlichen Rechte des Ersteren oder durch Beschädigungen seiner Unterthanen, vielleicht auch durch Landgerichtsfälle herbeigeführt wurde, und welchen König Friedrich 1440 durch seinen Anwalt im Bürgerrathe zu Wien, Hanns Walch von Arbing, beilegen liess [5]).

---

nicht Aichstain — genannt wird), col. 1280 et seqq. Chmel's Materialien zur österr. Gesch. I. S. 98, und Regesten K. Friedr. IV. Num. 511. Lichnowsky VI. Thl. Regesten Num. 325. Am 1. Februar 1447 wohnte in Gesellschaft vieler Anderen Herr Jörg Scheck einer Gerichtsversammlung zu Korneuburg bei, wo Michael Burggraf von Maidburg, Graf von Hardeck, einen Spruch wider den Grafen Heinrich von Görz erliess, die demselben in einem Rechtshandel mit dem römischen Könige Friedrich zuerkannte Pön betreffend. (Chmel's Materialien I. S. 229.)

1) Chmel's Regesten K. Friedr. IV. Num. 2128, mit dem Datum 8. August. Die Urkunde im Stadtarchive zu Krems ist gegeben: Am Mittichen vor St. Lorenzentag 1446, das ist, den dritten August.

2) Archiv des Chorherrenstiftes Tirnstein. Mittheil. d. H. Stadtpfarrers Biélsky daselbst.

3) Lichnowsky VI. Thl. Regesten Num. 777.

4) Handschrift in der Bibliothek zu Göttweig: Miscellanea, Num. 895 Fol. 87 b. Das Siegel mit der Umschrift: ✠ sigillum. iorg. schech, zeigt (ohne den Helm) den Querbalken im senkrecht halbirten Schilde. Mitsiegler ist Wolfgang Uetendorfer, der im Schilde einen Reiher mit einem Fische im Schnabel führt.

5) Hoheneck III. Thl. S. 796. Rudolph von Tirnstein hatte 1430 Wolfstein von Otto von Meissau gekauft.

Die Mauth unter dem Schlosse Aggstein, deren Errichtung seinem Ritter und Rathe zu Liebe und den Grundsätzen der damaligen Staats- und Volkswirthschaft gemäss, Albrecht V. bewilliget hatte, wirkte störend auf den lebhaften Verkehr und legte dem Handel auf der Donau ein neues Hinderniss in den Weg; daher wurde auf einem, im November 1448 zu Krems gehaltenen Landtage unter den mancherlei gegründeten Beschwerden, um deren Abstellung sowol die Stände insgesammt, als jeder Stand für sich besonders, bei Friedrichs Räthen ihr Anbringen machten, und zwar als eine Klage des vierten Standes, nämlich der landesfürstlichen Städte und Märkte, auch die unbillige Mauth zu Aggstein zur Sprache gebracht und um ihre Abschaffung — obwohl vergebens gebethen [1]).

Nicht geringeren Hass zog sich Scheck in seiner Eigenschaft als Landrichter zu, mit welchem wichtigen Amte er von Albrecht V. auf seine Lebenszeit belehnt war. Vorzüglich hatten die Unterthanen der Abtei Melk, insbesondere die betriebsamen Bürger des Marktes, unter seiner Tyrannei zu leiden, die sich auf so unerträgliche Weise steigerte, dass sich der Abt Christian gezwungen sah, den Landesfürsten um die Aufhebung dieser beschwerlichen und nachtheiligen Abhängigkeit auch für die künftigen Zeiten zu bitten. König Friedrich gewährte dieses Ansuchen, indem er 1448 dem Abte und Convente als der Orts- und Grundobrigkeit von Melk ein eigenes Landgericht für den Markt und dessen Burgfrieden gab, mit dem Rechte Stock, Galgen, Schranne und Dingstätte zu haben und selbst den Richter zu wählen. Aus den vorliegenden Urkunden geht hervor, dass Scheck das Landrichteramt schon nicht mehr verwaltete und vielleicht für sein Leibgedingsrecht eine billige Entschädigung empfangen hatte, oder wohl gar durch einen verurtheilenden Spruch seiner ungerechten Amtsführung entsetzt worden war. Das Landgerichts-Privilegium von Melk, zu Neustadt den 20. August 1448 gegeben, sagt ausdrücklich, „dass Uns (dem Landesfürsten) in vergangen Zeiten mänigermal mit schwärer Klag fürbracht und erzehlt ist, wie Unser Landrichter, die das Landgericht, so weilennt die von Meissau und Ir Anwältt und nachmalln Jorig Schegkh vom Wald inngehabt, verweset und gehandlet habent, die Leuth zu Melck mit vil unzimlichen und ungewöndlichen Forderungen beschwärd und bezwungen habent, dardurch die Ersamben Geistlichen und Unser Getreuen Lieben Andächtigen, der Abbt und Conventbrüeder zu Melck Sant Benedicten Ordens, etweofft in Unruhe und Ungemach kommen seyn, und auch in iren Nützen und Renten Mangel gelitten haben, das in (ihnen) und iren Leuthen schwär gewesen ist.“ Eine zweite Urkunde von demselben Tage an „Tibolten Sebekhen, Verweser Unsers Landgerichts, das emalen gein Wolfstain ist gehandelt worden und nachmalen weilent Jorg Schekh inngehabt hat, oder wer künfftiglich Unser Lantrichter daselbs wirdet,“ befiehlt demselben, dem Gotteshause Melk in der ihm verliehenen Freiheit nicht Irrung, Eingriff oder Hinderniss zu thun, des Landgerichtes wegen zu Melk hinfür nichts mehr zu schaffen zu haben, und die Bewohner des Marktes nicht mehr vor die landesfürstliche Schranne nach Markersdorf zu fordern, weil denn Alles ihr Richter zu richten hat [2]). Das dem Georg Scheck abgenommene Landgericht, welches bisher

1) „Item von der vnpillichen Maut wegen zum Akchstain, des wir auch beswert sein, vnd bitten vnsern gnedigisten Herrn (K. Friedrich als des Ladislaus Vormund), sein Gnad wolle die auch abschaffen.“ (Kollar Analect. Vindobon. T. II. col. 1363 et seqq.) In der kurzen Strecke von der Gränze gegen das Land ob der Enns bis Stein waren Donaumauthen zu Mauthausen (ob der Enns), Ips, Emersdorf, Aggstein, Stein, alle (ausser Aggstein) landesfürstlich. Die Geistlichkeit war seit den Zeiten der österreichischen Fürsten aus dem Hause Babenberg für ihre Frachten von Lebensmitteln, auch Zehentweinen und andern Naturalien zu ihrem eigenen Bedarf von jeder Mauth zu Wasser und zu Lande befreit, und diese uralten Privilegien wurden auch von den folgenden Regenten bestätigt. Noch häufiger waren die Mauthplätze, wo für den Wein Aufschläge entrichtet werden mussten, wie in der Folge vorkommen wird.

2) Die zwei Urkunden (jedoch die erste ungenau, wie die Vergleichung des Abdruckes mit der obigen Stelle zeigt) in Schramb's Chronicon Mellicense p. 392 und Hueber's Austria p. 120—121. Vergl. Gesch. v. Melk I. 558—559.

der genannte Diepold Seebeck verwaltet hatte, mit Ausnahme des Gerichtes im Markte Melk, verlieh König Friedrich als des Königs Ladislaus Vormund im Jahre 1450 dem Ritter Georg Seusenecker gleichfalls lebenslänglich, 1463 auf siebenzehn Jahre dem Matthäus Spaur, Erbschenk in Tirol, welcher die Herrschaft Hoheneck besass [1]).

Die kurze Regierung des Königs Ladislaus des Nachgebornen, welcher am 10. September 1452 aus der Vormundschaft Friedrichs entlassen worden, aber schon am 23. November 1457 eine Leiche war, macht uns nur mit den Namen eines Beamten des Georg Scheck bekannt. Zwischen den Unterthanen der Abtei Göttweig zu Werd und den Bürgern und Unterthanen des Hochstifts Passau zu Mautern war Streit wegen der Auen nächst der Donau, auch etlicher Gärten, Gründe, Auen und einer Weide unterhalb der Stadt Mautern, welcher durch schiedsrichterlichen Ausspruch beigelegt werden sollte. Diese Schiedsmänner — von Seiten Göttweigs die Edlen und Festen Herren Friedrich Herr zu Hohenberg und Bernhard Müllfelder, Verweser zum Achgstain; von Seiten des Bischofs Ulrich von Passau Meister Hanns Simonis, Propst von St. Andrä zu Freising und Domherr daselbst, und Georg Aichperger zu Seldenau, des Bischofs Marschall — sollten am 20. Juli 1456 in der Stadt Mautern zur Fällung des Schiedsurtheils zusammenkommen und dieses von beiden Parteien angenommen werden. Zum Obmanne wählten sie den Edlen Herrn Rüdiger von Starhemberg, oder wenn dieser es ausschlüge, den Gestrengen Herrn Georg Dechsser. Allein Müllfelder lehnte aus unbekannten Ursachen das Schiedsrichteramt ab, welches anstatt seiner Otto von Topel auf sich nahm, worauf am 15. Juli der Spruchbrief von dem Obmanne Rüdiger von Starhemberg und den genannten Spruchmännern gefertigt ward. Als nach dem Tode des Königs Ladislaus das arme Land von dem Übel der schlechten Münze, Missärnten, grosser Theurung,

---

Die Bestätigung des Freiheitsbriefes, durch Ladislaus zu Wien am 25. Mai 1453 verliehen, enthält wörtlich die Klage aus der Urkunde Friedrichs und setzt mit Rücksicht auf die Zeit: „so weiland die von Meissau und ir Anwält, und nachmalen Jörg Scheck und Jörg Seisenegcker" (nicht Geisenegcker) — — verwest und gehandlet habent." (Schramb p. 440—441. Hueber p. 126—128, womit aber die Geschichte von Melk I. 583 zu vergleichen ist.) Der Amtssitz des Landgerichtes war in einem unbekannten Jahre nach Markersdorf, seitwärts der Strasse nach St. Pölten, unweit Mitterau und Haindorf, übertragen worden.

1) Der Pflegrevers des Georg Seusenecker ist vom 24. November 1450 datirt; von Matthäus Spaur sind zwei Reverse vom 18. Juni 1463 und vom 13. Januar 1468 vorhanden. (Chmel's Regesten K. Friedr. Num. 2660, 4010, 5312. Vergl. Sitzungsberichte d. kais. Akad. d. Wissensch. Philos.-histor. Classe XXVIII. Bd. III. Heft. S. 523, 534.) Der Ausdruck: „weiland Jörg Scheckh" sowohl in der zweiten Urkunde von 1448, als im Reverse von 1450 könnte leicht die Behauptung veranlassen, dass Scheck damals nicht mehr am Leben gewesen sei; allein abgesehen davon, dass von seinem, schon um diese Zeit erfolgten Tode sonst nirgends Erwähnung geschieht, kein zweiter gleichzeitiger Georg Scheck von Wald bekannt ist, und auch Preuenhueber den Besprochenen für den Letzten seines Geschlechtes hält, ergibt sich aus der Vergleichung mit den Freiheitsbriefen Friedrichs von 1448 und des Ladislaus von 1453, dass das gewöhnlich bei Verstorbenen gebrauchte Wort weiland hier nur soviel als „vormals, vor Zeiten, einst" bedeuten soll. Schmidl (S. 412) schreibt ohne Grund: „Auch die Schecke wurden in Aggstein zu Räubern" u. s. w. Man will zwei Schecken von Wald zu Aggstein Namens Georg annehmen: den Vater und den als Schreckenwald berüchtigten Sohn, der das Beispiel des raubgierigen Vaters nachgeahmt habe, u. s. f. — ohne irgend welche Begründung dieser willkürlichen Vermuthungen. Allerdings lebte noch 1456 ein Georg Scheck, der sich aber von Wocking schrieb und mit Wolfgang Hertting als Mitsiegler einer Urkunde des Erhard Döss über eine Vormundschaftssache vorkommt. (Archiv f. Kunde österr. Geschichtsquellen V. Heft S. 31, Num. 155.) Unter den Beschuldigungen eines Ungenannten gegen Ulrich Eizinger von Eizing, der in der vaterländischen Geschichte jener Zeit eine so unrühmliche Rolle spielt, wird um das Jahr 1457 angeführt: „wie er des Schenken Geschlösser mit Iren zuegehörungen in sein gewalt pracht hat mit zwain Geltbriefen, dy pey 1000 Pfund (Pfennige) jnnhalten, darauf er als pey 16000 fl. Schaden bestätt hat." (Notizenblatt VII. Jahrg. S. 246.) Es gab im österreichischen Adel Schenken von Dobra, von Getzersdorf, von Reichersdorf, von Ried und von Wolfsberg, zum Theile damals schon ausgestorben; daher es eine zu gewagte Änderung wäre, statt „Schenk," Scheck lesen zu wollen. Dass Georg Scheck von Wald in so grosse Schuldenlast gerathen sei und Eizinger sich seiner Schlösser wahrscheinlich pfandweise bemächtigt habe, hat wenig Wahrscheinlichkeit für sich, weil Scheck noch ferner im Besitze derselben gewesen ist.

Räubereien und Fehden, besonders durch des gefürchteten Gamaret Fronauer unerträgliche Bedrückungen in das grösste Elend gerathen war, einige Ständeglieder zu Stockerau, Göllersdorf und Guntersdorf im Viertel unter dem Manhartsberge eigenmächtige Versammlungen hielten und von dort an Albrecht VI., Friedrichs unruhigen Bruder, Abgeordnete schickten, um mit ihm in Verbindung zu treten, beschlossen sie Einladungsschreiben an Viele vom Herren- und Ritterstande abgehen zu lassen, um sie auf ihre Seite zu bringen; so auch an Bernhard Müllfelder, des Schecken Anwald zu dem Aggstein, mit welchem Erfolge, ist nicht aufgezeichnet; seines Herrn aber geschieht weder unter den am 5. März 1460 zu Guntersdorf Anwesenden noch unter den zu Berufenden Meldung[1]). Einen andern Beamten des Georg Scheck von Wald, Wolfgang Prunner, der als dessen Amtmann zu Währing über die Gülten seines Herrn in der Nähe von Wien gesetzt war, lehrt uns ein Befehl des Kaisers Friedrich aus Neustadt vom 18. April 1465 kennen, welcher ihn auffordert, den Lorenz Stadler, des Kaisers Diener und Bürger zu Wien, in des Schecken Grundbuch an die Gewähr des Weingartens zu schreiben, der vormals dem Wolfgang Holzer, Bürgermeister zu Wien gehörig gewesen und nach dessen Tode seiner Missethat wegen dem Kaiser als Landesfürsten ledig geworden ist[2]).

So sehr der blos den Bestrebungen und Genüssen des irdischen Daseins dienende Mensch vor jedem Gedanken an das unausbleibliche, vielleicht nahe Ende desselben zurückschaudert, so kann er es doch nicht hindern, dass solche unwillkommene Mahnungen sich ihm mit unwiderstehlicher Macht auf-

---

1) Monum. boic. Vol. XXXI. P. II. p. 445–451. Chmel's Materialien II. Bd. S. 196 mit dem Schreibfehler „zu Dezachstein." Vergl. Lichnowsky VII. Thl. S. 35 und Regesten Num. 326. Die Ritterstandsfamilie Müllfelder, deren Stammsitz Mühlfeld, ein jetzt dem Stifte Altenburg gehöriges Gut bei Horn war, besass auch die abgebrochene Feste Freitschlarn (Freischling) unweit Gars und die Herrschaft Dross. Jörg Müllfelder gibt 1424 den Karthäusern zu Aggsbach Ein Pfund Gelds auf Weingärten zu Gars besonders zu seines in Aggsbach begrabenen Bruders Niklas Seelenheile; Stephan M. zu Dross verkauft 1437 dem Kloster Aggsbach eine von seinem seligen Vater Niklas und von ihm selbst besessene Hofstatt zu Stiefern. (Diplomatarium Carthusiae Aggsbac. ms.) Hanns M. erscheint 1457 und 1458 als Hubmeister in Oesterreich, mit dem Titel „der Edel Feste Ritter" 1462 in einer Urkunde des Stiftes St. Pölten, 1464 nebst andern kaiserlichen Räthen bei der Huldigung, welche die Bürger von Wien am 6. Februar dem Kaiser Friedrich und seinem Sohne Maximilian leisteten. Am 20. Juli 1461 verpfändet er seiner Gemahlin Amalei für 1500 ungarische Gulden sein Haus Freitschlarn mit aller Zugehörung, wobei die Edlen Jorg Schekch vom Wald und Hanns Per mitsiegelnde Zeugen sind. Seine Witwe Amalia überlässt 1472 von merklicher ihrer Noth und der Kriegsläufe halber, da sie das Haus nicht behüten mag, diesen ihren Satz dem Stephan von Eizing, des Kaisers Hauptmanne in Oesterreich, der es wegen Unzureichenheit der Gülten abbrechen will; allein der Kaiser thut Einsprache dagegen und befiehlt dem Jorg Müllfelder das Schloss binnen acht Tagen von der Witwe abzulösen; geschieht dieses nicht, so mag Eizinger es an sich lösen und abbrechen, wobei aber den Erben die Lösung der dazu gehörigen Gülten vorbehalten bleibt. Durch Ursula, des Hanns M. Tochter, ist Dross 1503 an ihren Gemahl Wolfgang Heidelberger gelangt. Das bisher satzweise besessene Haus (Schloss) zu Dross hatte schon 1427 (zu Krems, 6. April) Herzog Albrecht V. wegen der gegen die Hussiten geleisteten Dienste dem Jorg Mühlfelder und den Kindern seines Bruders Niklas zu rechtem Mannlehen gegeben. (Lichnowsky VIII. Theil, zweite Nachträge zu den Urkunden von 1439–1457, Num. 2263 b. Ungedruckte Urkunde von 1458 im Archive der Stadt Krems. Duellii Excerpt. geneal. hist. p. 103. Ogesser, Beschreibung d. Kirche St. Stephan zu Wien. S. 190. Archiv f. Kunde österr. Geschichtsquellen V. Heft S. 33, Num. 163. S. 72–73, Num. 251 und 252. Wissgrill IV. Bd. S. 229. Lichnowsky V. Thl Regesten Num. 2535.)

2) Archiv f. Kunde österr. Geschichtsquellen, X. Bd. I. Hälfte S. 422–423, Num. 826. Auch die Prunner gehörten zum österreichischen Adel. Hanns der Pielacher und Stephan Prunner von Weinzierl (bei Wieselburg) verkauften 1497 das ihnen gemeinschaftlich gehörige Schloss Friedau unweit St. Pölten an Reinprecht von Sinzendorf. (Hoheneck II. Theil, S. 449.) Die Schecken waren schon seit langer Zeit in der Nähe von Wien begütert. Otto der Scheck und seine Hausfrau Agnes verkaufen 1340 ihr Haus im Grashof zu Klosterneuburg Ortolf dem Schlüssler, und zwar mit ihres Amtmannes Hand, des Ehrbaren Ritters, Herrn Dietrichs von Kritzendorf. Die gedachte Frau Agnes war vorher mit Siboto von Patzmannsdorf verehlicht gewesen. (Font. rer. austr. II. Abth. X. Bd. S. 280, 282–283.)

dringen und ihn nöthigen, jenes entscheidenden Augenblickes gewärtig zu sein, da er dem allgemeinen Loose des Sterblichen verfällt. Solche tief erschütternde Vorstellungen scheinen auch den gealterten, gegen jede sanfte Rührung verhärteten Burgherrn von Aggstein bestürmt zu haben, indem er, der unsicheren Zukunft gedenkend, und bei der schwachen Hoffnung natürliche Erben zu hinterlassen, ernstlich damit umging, für den Fall seines kinderlosen Todes rechtskräftige Verfügungen hinsichtlich eines Theiles seiner Güter zu treffen. Nachdem er zwei Tage früher seine dem Kloster Aggsbach dienstbare Wiese daselbst, die Langwiese genannt, um eine nicht ausgedrückte Geldsumme dem Johann Peundtner verkauft hatte, vermachte er am **19.** Juli **1466**, wenn er ohne Leibeserben abginge oder zwar Söhne bekäme und hinterliesse, diese aber vor erreichten vogtbaren Jahren (minderjährig) stürben, den Gebrüdern und Vettern Oswald und Stephan, dann Sigmund Eizinger von Eizing und ihren Erben sein Schloss Wald und seine Feste Winkel mit ihren Zugehörungen, wie sie sein Vater und Grossvater innegehabt haben, mit dem Vorbehalte, dass, wenn er ihnen etwa sein Schloss Aggstein vermachen wollte, dafür das Schloss Wald wieder ganz frei und ledig sein sollte. Ueberdiess sollte er die betreffenden Lehensherren davon verständigen, die Lehen aufsenden u. s. w. und die Diener und Pfleger zum eventuellen Gehorsam verweisen. Würde er aber die genannten Schlösser und Festen zu seinen Nothdurften „verkümmern" müssen, so solle und wolle er es mit der Herren von Eizing Rath und Willen thun. Das Gemächt (Vermächtniss), erklärt er, geschehe wegen besonderer Freundschaft, Förderung und guten Willens, so ihm die genannten Edlen Herren bisher bewiesen und gethan haben. Mitsiegelnde Zeugen waren die Edlen Jörg Müllbannger und Degenhart Schernegker. Des Tags darauf, den 20. Juli, bat er den Kaiser Friedrich, dieses Vermächtniss wegen der unter jenen Gütern befindlichen landesfürstlichen Lehen als Lehensherr zu bestätigen. Diese Urkunde ist mit den Siegeln Scheck's und des Edlen Jörig Müllbannger bekräftigt. Sein Haus auf dem Berge zu Steier an der Stadtmauer, das dritte Haus von der Hofbrücke gelegen, wo seine würdigeren Vorältern mehrere Jahrhunderte grösstentheils friedlich und von ihren Mitbürgern geehrt, mit Auszeichnung gelebt hatten, war von ihm schon **1465** durch einen, auf dem Aggstein gefertigten Uebergabsbrief seinem Diener Stephan Hasiber geschenkt worden [1]).

Zufrieden solche Anstalten getroffen zu haben, hatte Scheck wohl keine Ahnung, dass es ganz anders kommen sollte, als er es gedacht und gewünscht hatte, die ansehnliche Erbschaft durch seine eigene Schuld den Eizingern entgehen und er selbst ferne von der durch ihn neu geschaffenen Burg seine Tage unbemitleidet im Elende beschliessen werde.

Die rohe und böse Gemüthsart dieses Mannes, die mit seinem zunehmenden Reichthum und Ansehen immer ungebundener und verderblicher hervorgetreten war, fand besonders in den stürmischen Zeiten des schwachen Kaisers Friedrich, in denen Gewalt überall für Recht galt, die Furie der Zwietracht,

---

1) Regesten Num. XI. vom 17. Juli 1466. Archiv f. österr. Geschichtsquellen V. Heft, S. 40, Num. 178 u. 179. Chmel's Regesten K. Friedr. Num. 4566. (Auch in einem Vidimus des Propstes Johann von Tirnstein, gegeben daselbst den 21. Juli 1466, vorhanden.) Preuenhuber S. 26. Die **Müllwanger** mit dem Mühlrade im Wappen, ein aus dem Lande ob der Enns stammendes Rittergeschlecht hat einige Zeit auch die Feste Wolfstein bei Aggsbach besessen, welche Wolfgang Müllwanger 1485 durch Kauf erwarb. Obiger **Stephan Hasiber**, schon 1452 Scheck's Diener, Bürger zu Steier, hatte mit seiner Gemahlin Katharina die Söhne Hanns und Sebastian (welcher 1435 Bernhards von Topel zu Kreussbach Kaplan war) und die Töchter Margareth, mit Kaspar Lindauer zu Stätz vermählt und Ursula, des Wolf Langthaler zu Wesendorf Hausfrau. Diese Kinder haben 1489 das Scheckische Haus am Berge dem Martin Fuchsberger (nach einer andern Nachricht dem Hanns Fuchsberger) verkauft, welches hernach an die Familie Pfeffel, dann an die Händl u. s. w. gekommen ist. (Preuenhueber S. 45, 74—75. Wissgrill IV. 196—197.) Die **Hasiber** hatten ein goldenes Sieb im blauen Schilde zum Wappen.

selbst die Brüder Friedrich und Albrecht zum Kriege gegen einander entzündend, das Schlangenhaupt schüttelte, und alle Gräuel des Faustrechts ihren letzten Kampf mit gesetzlicher Ordnung und schonender Menschlichkeit stritten, die lockendsten Gelegenheiten und das weiteste Feld, jetzt um so frecher den häufigen Beispielen so vieler österreichischen Adeligen zu folgen, und gleich ihnen das Gewerbe eines Raubritters zu treiben, welches ohnehin nicht für ehrlos und schmachvoll gehalten ward.

Wie lange er, von der heillosen Verwirrung im unglücklichen Lande begünstigt, seine schändliche Lebensweise fortgesetzt, welche Unthaten seine verwegenen Schritte bezeichnet haben, findet man zwar nirgends aufgezeichnet, doch hat mündliche Ueberlieferung ein grauenerregendes Bild von diesem Wütherich entworfen und seinen Namen als eines der verworfensten Unmenschen für immer gebrandmarkt. Wir wollen zuerst die Erzählung der Volkssage vernehmen, dann das Zeugniss der Geschichte damit vergleichen, und aus beiden das wahrscheinlichste Ergebniss zu gewinnen suchen.

„Unterhalb Mölk, auf dem hohen Aggstein, wohnte vor Zeiten ein furchtbarer Räuber Namens Schreckenwald. Er lauerte den Leuten auf, und nachdem er sie geplündert hatte, sperrte er sie oben auf dem steilen Felsen in einen engen, nicht mehr als drei Schritte langen und breiten Raum, wo die Unglücklichen vor Hunger verschmachteten, wenn sie sich nicht in die schreckliche Tiefe des Abgrundes stürzen und ihrem Elende ein Ende machen wollten. Einmal aber geschah es, dass Jemand kühn und glücklich springend, auf weiche Baumäste fiel und herabgelangte. Dieser offenbarte nun nach vollbrachter Rettung das Raubnest und brachte den Räuber gefangen, der mit dem Schwerte hingerichtet wurde. Sprüchwörtlich soll man von einem Menschen, der sich aus höchster Noth nur mit Leibs- und Lebensgefahr retten mag, sagen: er sitzt in Schreckenwalds Rosengärtlein“ [1]).

Diesem ältesten gedruckten Berichte in der Hauptsache folgend, erzählt der Archivar zu Melk, Philibert Hueber: „Das Schloss Aggstein wurde um das dreizehnte Jahrhundert von dem Edlen Ritter Schröckenwald in Besitz genommen. Dieser gab durch seine Grausamkeit zu dem Sprüchworte der Oesterreicher Gelegenheit: Dieser sitzt in des Schröckenwald Rosengärtlein; welches Sprüchwort von denjenigen gesagt wird, denen kein Mittel den äussersten Übeln zu entrinnen übrig ist. Denn in jenem Theile des Schlosses, der gegen die Donau und nach Norden sieht, befindet sich, wie noch heute zu sehen ist, ein schrecklicher hervorragender Fels unter freiem Himmel, mit der Burg verbunden, auf welchen Schröckenwald, wie man sagt, seine gefangenen Feinde durch eine eiserne Pforte herauszustossen pflegte. Daher mussten die Unglücklichen, da ihnen jeder Weg zur Flucht abgeschnitten war, entweder durch Hunger oder indem sie durch den Sturz in den Abgrund den Hals brachen, zu Grunde gehen. Dennoch entkam glücklich von dort einer der Adeligen, welcher von der Grausamkeit Schröckenwalds gegen seine Feinde Kunde gab und die benachbarten Ritter zur Rache aufforderte, welche sie bald darauf durch die Gefangennehmung und Enthauptung Schröckenwalds vollzogen. So wird gemeiniglich die Sache erzählt“ [2]).

---

1) Psellionorus, Lustgarten, Strassburg 1621, S. 681, angeführt in der Austria, österr. Universal-Kalender f. d. J. 1850, Vaterländ. Denkwürdigkeiten S. 53. Aus Psellionorus ist die Sage in der Gebrüder Grimm deutsche Sagen, und aus diesen in Hormayr's Archiv, Jahrg. 1819, S. 169 aufgenommen.

2) Hueber Austria etc. p. 235—236, welchem der ungenannte Verfasser der neuen europäischen Staats- und Reise-Geographie, II. Bd. Leipzig u. Görlitz 1752. S. 580, Hübner (Allgemeine Geographie III. Thl. Dresden u. Leipzig 1762. S. 211) und Dielhelm (Antiquarius des Donau-Stroms I. Bd. S. 358—359), beide dem vorgenannten geographischen Werke nachschreibend, dann Weiskern (Topogr. v. Niederöst. I. Thl. S. 7) und die neueren Topographen gefolgt sind, jeder die einfache Sage nach seinem Geschmacke ausmalend. Die angeführte Staats- und Reise-Geographie macht die Bemerkung, dass das Bergschloss Aggstein sehr fest sei, „wiewohl es ehedem noch

Die Sage setzt noch hinzu, Schreckenwald selbst, zur Grausamkeit den Spott fügend, habe jenes fürchterliche Felsenstück sein Rosengärtlein genannt, die Ankunft der Schiffe nicht blos vom Blashause aus erspähen lassen, sondern auch die Donau bei seinem Mauthhause zu Aggstein durch eine von einem Ufer zum andern gezogene Kette gesperrt, und die geplünderten Gefangenen entweder im tiefen Verliesse schmachten (wenn nicht verhungern) lassen, oder sie in Schlingen oder auf Knebeln in der Luft schwebend über die Felsen hinausgehangen, um schweres Lösegeld von ihnen zu erpressen. Daher sei jenes Sprüchwort bei dem Landvolke entstanden, das von Jedem galt, den die Grösse der Noth und des Elends aller Hoffnung auf Hilfe und Rettung beraubt hat.

Die alte Chronik von Melk oder die Annalen dieser Abtei, 1123 verfasst und bis 1564 von verschiedenen gleichzeitigen Händen fortgeführt, vergass, der trockenen Weise solcher Jahrbücher getreu, dieser Schauergeschichten auch nur kurz zu erwähnen, und fand nur zum Jahre 1467 die Eroberung von Aggstein wichtig genug, sie nicht mit Stillschweigen zu übergehen, indem sie ganz einfach erzählt: „Der höckerige, aber mächtige Landherr Scheck, an Bösartigkeit den Strassenräubern nicht ungleich, wird zu Aggstein durch den Grossvonecker mit Gewalt bezwungen und auf ewig seiner Habe und Würde beraubt, so dass der Elende kaum seinen dürftigen Unterhalt hat, der vorher sechs Schlösser besass“ [1]).

Der Widerspruch dieser Nachricht mit den der Sage angehörigen Umständen hat arge Verwirrung in die Geschichte von Aggstein gebracht, die ich selbst in meinen älteren Aufsätzen über diese Burg mit vielen Andern theilte, weil ich, im allzu grossen Vertrauen auf die Verlässlichkeit der Angabe meines Vorgängers Hueber, auf eine eingehendere Untersuchung derselben verzichtete. Dieser setzt nämlich die Begebenheit mit Schreckenwald beiläufig (circa) in das dreizehnte Jahrhundert, also in die Zeit der Kuenringer zu Aggstein [2]), und führt dann weiter die den Georg Scheck von Wald betreffende Stelle der Chronik von Melk an, wodurch man sich verführen liess, die Identität der beiden Personen zu verkennen. Um aber die Schwierigkeit zu heben, welche das gleichzeitige Dasein der Kuenringer und eines Raubritters Schreckenwald zu Aggstein verursachte, glaubte man einen Ausweg gefunden zu haben, indem man die Vermuthung aussprach, dass Schreckenwald entweder der Beiname eines Burgvogtes Hadmars des Hundes von Kuenring oder eines Raubritters gewesen sei, der sich unter den damaligen Unruhen, vielleicht erst in jener gräuelvollen Anarchie, die nach des Herzogs Friedrich II. Tode (1246) auf Oesterreichs gesegneter Erde lastete, auf kurze Zeit der Kuenringischen Burg Aggstein bemächtigt hatte und dessen Vor-

---

weit mehr Befestigung mag gehabt haben,“ und berichtet: „In denen Geschichten findet man, dass es einem fameusen Räuber, Schreckenwald genannt, zum Besitzer gehabt, welcher nach seinem bösen Muthwillen diejenigen, so er gefangen bekam, von der Höhe des Schlosses herab ins Gesträuche stürzte, wesswegen man dessen Bezirk Schreckenwalds Rosengärtlein zu nennen pflegte.“ — Jurende (Mähr. Wanderer oder vaterländ. Pilger für 1837 S. 290) legt mit psychologischer Berechtigung dem Unmenschen die höhnenden Worte zu den jammernden Opfern seiner Grausamkeit in den Mund: „Ihr müsset doch Schreckenwalds Rosengärtlein kennen lernen!“

1) „Scheck baro gippus, sed potens, latrunculis malicia non impar, in Axstain per Grossvonecker expugnatus privatur perpetue rebus et dignitate; ita ut miser vix prebendam habeat, qui prius sex habebat castra.“ (Chron. Mellic. ap. Hier. Pez, Scriptor. rer. austr. T. I. col. 261. Pertz Monument. Germaniae histor. T. XI p. 521.) Das Wort Baro wird hier nicht für das deutsche Freiherr gebraucht, sondern Barones terrae wurden im Latein der österreichischen Chroniken „die Landherren“ (Nobiles terrae in Urkunden), Edelherren, genannt. Praebenda, eigentlich Pfründe, bedeutet hier den sicheren, bestimmten, ausreichenden Lebensunterhalt, die Verpflegung, Versorgung überhaupt. Die Jahreszahl 1467 wird hinsichtlich Scheck's später berichtigt werden.

2) Hueber's schwankender Zeitbestimmung gemäss, schreibt Dielhelm, dass Aggstein „vor ungefähr vierhundert Jahren“ ein berühmter Strassenräuber Namens Schreckenwald bewohnte.

und Familien-Name (da unter dem österreichischen Adel jener Zeit keine Familie Schreckenwald vorkommt) in gänzliche Vergessenheit gerieth [1]).

Wenn man erwägt, dass Huebers Zeitangabe auf keiner alten schriftlichen Aufzeichnung beruht [2]), sondern nur aus seiner subjectiven Ansicht und Meinung hervorging; dass Volkssagen in chronologischer Hinsicht höchst unzuverlässig sind und meistens die Zeiten durcheinander zu werfen pflegen; der Inhalt der Sage aber sonst, besonders bei der auffallenden Ähnlichkeit der Namen, am passendsten auf den berüchtigten Georg Scheck von Wald bezogen werden kann, welchen das Volk, von Furcht und Hass gegen ihn erfüllt, lieber den Schreckenwald nannte, was seiner menschenfeindlichen Tücke gewiss nicht missfiel da man endlich auf den Blättern der Geschichte, ohne durch die vollgiltigsten Gründe dazu genöthigt zu sein, verworfene Charaktere nicht vervielfältigen soll: so scheint es allerdings (wenn man etwa noch Zweifel dagegen erheben wollte) wenigstens der Wahrheit am nächsten zu kommen, dass man mit Adam von Weingarten (nach der ersten Andeutung bei Köpp von Felsenthal, der übrigens mehrere Schecken von Wald zu Aggstein annimmt) von der Meinung, welche Schreckenwald für den Beinamen eines Pflegers der Kuenringer annehmen will, „der im Sinne seiner Herren auf Aggstein gehauset, bis er bei Eroberung der Feste von den versammelten Rittern gerichtet und zum Tode durch das Schwert, wie die Sage erzählt, verurtheilt ward," gänzlich abgeht; wie denn „die Aehnlichkeit des Namens, der Thaten und Lebensgeschichte mit Jorg Scheck vom Walde für die grösste Wahrscheinlichkeit spricht, dass die Sage Zeit und Mann verwechselte und Schreckenwalds Unthaten, freilich noch durch sie vergrössert, auf Jorg zurückfallen, „der nach dem Zeugnisse aller Chroniken, dem Räuber an bösen Sitten nicht ungleich, wohl mancher Grausamkeit fähig war, die jenem Bösewichte zugeschrieben wird" [3]). Sind aber Schreckenwald und Scheck von Wald, wie mir nach reiferer Prüfung nun für erwiesen gilt, nur eine und dieselbe geschichtliche Person, so muss freilich die tragische Sühne seiner Verbrechen unter dem Beile des Henkers als eine im Geiste des Volkes hinzugefügte Ausschmückung der Sage erklärt werden, welches die verdiente Strafe eines Missethäters gerne als wirklich vollzogen darstellt und das bekannte Vorrecht der Maler und Dichter — „quidlibet audendi" — häufig für sich in Anspruch nimmt.

Erzherzog Albrecht VI., seit 1458 im Besitze des Landes ob der Enns, hatte weder Ruhe noch Rast, bis er seinen Bruder Friedrich auch von der Regierung der Gauen unter der Enns verdrängt hatte. Nachdem sein mächtiger Anhang den Kaiser mit seiner Familie sogar in seiner eigenen Burg zu Wien belagert hatte, deren Eroberung nur die aus Steiermark und Böhmen zum Entsatze anrückende Streitmacht vereitelte, wurde zwischen beiden Brüdern am 2. December 1462 ein Vergleich zu Stande gebracht, welcher

1) Hormayr's Archiv 1827, S. 21, welches dann Andere, ohne ihre Quelle zu nennen, benützten, wie Schweickhardt meine Handschrift für den Herrn Grafen von Beroldingen.

2) Wenn Koch (Donaureise S. 65—67) sowohl die Sage von Schreckenwald als die Notiz von 1467 in der Chronik von Melk aus den „Annalen von Zwetl" anführt, wie die Erzählung von Hadmar dem Kuenringer zum Jahre 1232, so ist dieses einem Gedächtnissfehler oder der Unbekanntschaft mit dieser Quelle selbst zuzuschreiben, worin weder Schreckenwald noch Georg Scheck von Wald vorkommt.

3) Nach dem Obigen, wofür auch Zeit und Umstände sprechen, ist also die vom Freiherrn von Lichtenstern herrührende Notiz in der allgemeinen Encyklopädie von Ersch und Gruber (II. Thl. S. 191) ebenfalls zu berichtigen, dass Aggstein, vormals ein eigenes Dominium, jetzt ein Bestandtheil der Herrschaft Schönbühel, die Herren von Aggstein vom 12.–13. Jahrhundert besassen; dass es dann ein Eigenthum des berüchtigten Räubers mit dem Beinamen Schreckenwald wurde, „der es sich durch seine Kühnheit erwarb, darin seinen zahlreichen Gegnern Trotz bot, und die gefangenen Adeligen, welche sich nicht mit grossen Summen auslösten, von dem Felsen herabstürzte oder im Verliess verhungern liess, bis er endlich bezwungen wurde und seinen verdienten Lohn erhielt. Auch im fünfzehnten Jahrhundert benützte der Baron Scheck, Eigenthümer dieses Schlosses, die bequeme Lage desselben zu Räubereien, bis er 1467 durch die (sic) von Graveneg vertrieben wurde und endlich im Elend starb."

dem Erzherzoge auch Österreich unter der Enns auf acht Jahre verschaffte. Allein nicht lange durfte er sich seines unbrüderlichen Sieges über den nachgiebigen Kaiser freuen; denn am nämlichen Tage, als er vor einem Jahre das Ziel seines ehrgeizigen und geldgierigen Strebens erreicht hatte, musste er den Thron mit dem Sarge vertauschen (1463); doch ist die kurze Dauer seiner Herrschaft unter der Enns für Aggstein und die Umgebung keineswegs spurlos vorübergegangen. Noch ist eine Urkunde von ihm aus Wien vom 11. Juni 1463 übrig, Kraft welcher Albrecht auf die vor ihn gebrachte Beschwerde, dass etliche seiner Unterthanen zu Emersdorf und Andere durch unberechtigtes Fischen in der Donau das Recht der Karthause Aggsbach verletzten, seinen Pfleger zu Weiteneck beauftragt, diesen Unfug abzustellen und das Kloster bei seiner Fischweide zu schützen [1]). Für die Burg Aggstein selbst war Albrechts Regierung von den wichtigsten Folgen. Die Saat des Bösen, von Scheck so reichlich ausgestreut, war nun zur vollen Reife herangewachsen, so dass sie selbst dem Auge dieses Fürsten nicht mehr verborgen bleiben konnte. Wollen wir der Sage glauben, so war es ein gefangener Ritter, welcher nicht durch die Hand der Liebe, wie es dem empfindsamen Romantiker anzunehmen erlaubt sei, sondern durch einen eben so kühnen als glücklichen Sturz oder Sprung aus dem Rosengärtlein in die weitgeöffneten, biegsamen Zweige eines reichbelaubten Baumes vom nahen Tode befreit, die überraschende Kunde seiner wunderbaren Rettung aus den Schrecknissen seiner Haft ringsum verbreitete und zur Rache aufforderte, bis das Gerücht davon selbst am erzherzoglichen Hofe bekannt ward und das Verderben des unmenschlichen Burgherrn herbeizog. Georg von Stain, ein in der vaterländischen Geschichte nicht unbekannter Name, sollte das Werkzeug zur Vollziehung der gerechten Strafe, diese selbst aber dem immer geldarmen Fürsten ein erwünschtes Mittel zur Vermehrung seiner Einkünfte werden.

Georg von Stain, aus einem, vermuthlich aus Schwaben stammenden Adelsgeschlechte, von welchem ein Zweig nach Böhmen oder Mähren gekommen, wurde, nach Preuenhuber's Versicherung, vom Kaiser Friedrich III. (IV.) in den Herrenstand erhoben. „Er war ein thätiger, tapferer Krieger und Abenteurer, aber auch beutesüchtig, räuberisch, hart und grausam. Er lebte unverehlicht, keine santteren Bande hielten ihn von seinen Raubzügen zurück, kein häusliches Glück milderte seinen rauhen Sinn.“ Zuerst im Solde des Kaisers, erwarb er sich theils auf rechtem Wege, theils durch Rauben und Beutemachen ein so grosses Vermögen, dass er, nach seiner Äusserung, als des Kaisers Hauptmann zu Ips 13109 ungarische Gulden dort ausgeben konnte, die der Kaiser ihm schuldete. Sehr wahrscheinlich 1458, als Albrecht VI. das Land ob der Enns zu seinem Antheile bekam, trat er zu diesem über, als dessen Rath und Kanzler er sich meistens bei Hofe aufhielt, und dem er in seinen Kriegen mit Friedrich, vorzüglich bei der Belagerung der Burg zu Wien, grosse Dienste leistete, wie er auch damals, und zwar am 4. November 1462, „seines Herrn wegen“ dem Kaiser offene Fehde erklärte. Erzherzog Albrecht war ihm schon im März 1463 eine Summe von 14000 ungarischen Gulden und Ducaten schuldig, und im Oktober dieses Jahres verbürgte sich Georg von Stain nebst dem Grafen Wilhelm von Tirnstein, der Stadt Wien und dem Böhmen Ludwig von Weittenmül für den Erzherzog neuerdings wegen 4725 ungarischen Gulden und Ducaten, welche Waczlau Wultschek, Franz von Hag, Nikolesch Lusitzky und ihre Rottgenossen als rückständigen Sold zu fordern hatten [2]).

1) Urkunde Num. VIII.

2) Pritz, Jörg von Stein, der Herr und Regierer der Herrlichkeit Steier. Ein Bruchstück aus der Geschichte des Landes ob der Enns — im XIV. Berichte über das Museum Francisco-Carolinum. Nebst der XI. Lieferung der Beiträge zur Landeskunde von Österreich ob der Enns. Linz 1854. S. 4 u. ff. Michael Beheim's Buch von den Wienern 1462—1465. Herausgegeben v. Th. G. v. Karajan. S. 116, 243—245, 318—324, 340. Fontes rer. austr. II. Abth.

Wohl nicht schon 1461 oder 1462, wie Pritz es für sehr wahrscheinlich hält, da Fehden der Ritter und Anhänger des Kaisers und seines Bruders gegen einander in diesen Jahren häufig vorfielen, sondern sicherer erst 1463 und zwar auf des Erzherzogs Befehl zog Georg von Stain vor die Schlösser Achleiten (im Traunkreise), Aggstein und Wald und eroberte sie, worauf sein Herr, der die von ihm selbst oder von seinen Hauptleuten eingenommenen Burgen seiner Gegner zur landesfürstlichen Kammer einzuziehen gewohnt war, ihm dieselben, wie auch für dargeliehene 14000 ungarische Gulden und Ducaten das Schloss und die Stadt Steier nebst dem Markte Aspach, laut Verschreibung, Wien den 16. März 1463 gefertigt, als Pfandschaft überliess, in deren Genusse sich ihr Inhaber auch nach Albrechts Tode behauptete [1]).

Das Schicksal des schwer gebeugten Georg Scheck war nichts weniger als so hart, wie es seine Verbrechen verdient hätten. Man begnügte sich damit, ihm seine Schlösser zu nehmen [2]), ohne sich dann weiter um den aus seinem reichen Besitzthum Vertriebenen zu kümmern, der aus dem Schiffbruche seines Glückes und Ansehens kaum mehr als das nackte Leben rettete, um es als hochbejahrter Greis noch einige Zeit kläglich zu fristen, und in Dunkelheit und Dürftigkeit zu enden. Diese unbegreiflich scheinende Schonung seiner Freiheit und seines von Kummer und Reue gefolterten Daseins erklärt sich aus dem Fehdegeiste seiner Zeit, der den überwundenen Gegner, nachdem er seiner Güter beraubt war, doch wieder als Seinesgleichen betrachtete, weil der Sieger sich ähnlicher Unthaten, ohne sich ihrer zu schämen, schuldig wusste und die Strafe derselben eher für ein Unglück des Feindes als für eine Schande zu halten geneigt war [3]).

Wenn bei der Betrachtung von Scheck's Bosheit und Untergang das vielbewegte Leben des Mittelalters an unseren Blicken vorüberzieht, so sind es hier zunächst die schreienden Gegensätze, die unser Gemüth ergreifen und unser Nachdenken beschäftigen. Die von dem Ritter Scheck erbaute und mit einer gestifteten Messe begabte Burgkapelle und in geringer Entfernung das schaudererregende fluchbelastete Rosengärtlein, aus welchem dumpfes Stöhnen, herzzerreissendes Wehegeheul, lautschallendes Geschrei rasender Verzweiflung, nur mit dem Aechzen und Stöhnen der Sterbenden endigend, hinüberdringt in die geweihte Stätte, wo Schreckenwald, das blitzende Auge von Rache entflammt, auf den Knien liegend sein Lippengebeth vor dem Priester hersagt, welcher eben die hochheiligen Geheimnisse einer Religion feiert, die selbst den Feind zu lieben befiehlt — — welche fruchtbare Belehrung für jene Schwärmer, die in ihrer blinden Ueberschätzung und Bewunderung des hochgepriesenen Mittelalters wetteifernd sich überbieten, und undankbar gegen die unschätzbaren Vorzüge der neueren Zeit jene schönen Tage zurückführen möchten, welche so beneidenswerth glücklich waren, weil es noch keine Buchdrucker, keine Zeitschriften, keine Gleichberechtigung gab! Gegen alle Wahrheit malen

---

VII. Bd. S. 297—298. Chmel's Regesten K. Friedr. Num. 3949, 4187, 4188. Lichnowsky VII. Thl. S. 87, 99—102, 108—109. Regesten Num. 704, 705, 812 (aus Bern. Pez Cod. dipl. hist. epist. P. III. p. 395). Vergl. Preuenhueber S. 114, 116, 119, 121, 272—273, 421. Pritz, Beschreib. u. Gesch. d. Stadt Steyer S. 154—157.

1) Bei der im Folgenden anzuführenden Original-Urkunde Georgs von Stain vom 30. November 1470 befand sich auch die Pfandverschreibung Albrechts vom 16. März 1463 über die genannten Schlösser und Güter. (Chmel's Materialien II. Bd. S. 307—308. Lichnowsky VII. Thl. Regesten Num. 756, 757.)

2) Aggstein, Wald, Ottenschlag, Winkel, Getzersdorf, Achleiten. Bei der später vorkommenden Übergabe der Güter Scheck's durch den Freiherrn von Graveneck an den Kaiser im Jahre 1474 werden als solche genannt: Winkel, Wald, Schauenstein, Getzendorf (Getzersdorf), der Rackenhof nach Ebenthal gehörig, das Scheckenamt zu Steier u. s. f.

3) Wenn Georg Scheck von Wald als der Letzte seines Geschlechtes gestorben sein soll, so musste er noch 1471 gelebt haben, in welchem Jahre, wie früher angegeben wurde, Georg Scheck von Wocking als Landrechtsbeisitzer gelesen wird. Ein Niklas Scheck soll noch 1492 das Schloss Ternberg im Gebirge hinter Neunkirchen, welches

sie sich dieses zweite goldene Zeitalter der Menschheit nur eben so, wie sie es sich einbilden und wünschen, ohne zu bedenken, dass man jede Zeit nehmen müsse, wie sie wirklich ist, weder besser noch schlimmer; also auch die mittelalterliche Vorzeit mit ihrem Glauben und Wahn, mit ihrer Lust und Pein, mit Allem, was jene Herzen so stürmisch bewegte, mit der Fülle der Liebe und des Hasses. Wir müssen ihren Fehden und Raubzügen folgen, uns in ihre Verliesse voll dumpfen Moders und in ihre schrecklichen Reck- und Hungerthürme begeben; nicht blos auf dem festlich geschmückten Söller nach fröhlichen Gästen, mährchenreichen Pilgern und kunstsinnigen Minnesängern hinausschauen, oder uns mit dem andächtigen Burggesinde zu inbrünstigem Gebethe versammeln. Vergebens bemühen wir uns von jener längst verschwundenen Zeit nur jenen Theil ihres Wesens zurückzugewinnen, welcher uns eben gefällt und wie wir ihn brauchten. Hier ist kein einseitiges Scheiden des Guten und Üblen, kein eigensinniges Wählen zwischen dem Begehrenswerthen und Verwerflichen für das praktische Leben der Gegenwart möglich, und es gilt auch jenem unbedachtsamen Schwärmen für die Zustände unserer Voraltern der inhaltsschwere Grundsatz, dass, wer nicht vorwärts schreitet, schon dadurch rückwärts gehe; wie denn die Erfahrung schon in einzelnen Wahrnehmungen gezeigt haben dürfte, dass es allezeit und überall geschehe: „Dum vitant stulti vitia, in contraria currunt!“ [1]). Bewundern wir also immerhin die herrlichen Schöpfungen des Mittelalters, bewahren wir mit der innigsten Pietät die ehrwürdigen Reste der alten Kunst, laben wir uns an ihren ewig jungen Früchten, und ahmen wir sie mit Geist und Liebe nach: aber ferne sei es zu wähnen, dass wir mit den wiedererstandenen preiswürdigen Formen derselben zugleich den schauerlichen Raub der Verwesung aus den tiefen Grüften der Vorzeit — die unmöglich gewordenen Zustände und Einrichtungen derselben — wie durch Zaubermittel wieder zu einem neuen, blühenden und kraftvollen Leben zu erwecken vermögen!

Derjenigen Leser wegen, die vielleicht im Fache der historischen Kritik minder bewandert sind, scheint es nicht überflüssig, von einigen literarischen Produkten zu sprechen, welche die Sage von Schreckenwald romantisch behandeln; nicht um sie, die einen ganz andern Zweck verfolgen, zu tadeln oder herabzusetzen, sondern um möglichen Irrthümern vorzubeugen, wenn es Jemanden einfallen sollte, sich ihrer als Quellen zu einer künftigen neuen Geschichte von Aggstein oder in Reisehandbüchern zu bedienen.

Der Aufsatz: „Aggstein“ im Kremser-Wochenblatte Num. 36 und 37 vom Jahre 1856 berichtet: „Auf dem Rande dieses Felsens (des Rosengärtleins), so erzählten sich die Schiffer, erschien von Zeit zu Zeit eine weisse Gestalt, mit fliegenden Haaren, wehmüthig die Hände ringend; und zeigte sie sich, so suchten die Schiffer einen Landungsplatz, denn jedesmal verkündete diese Erscheinung einen nahenden Sturm. Diese Erscheinung ward „„die Wahnsinnige von Aggstein““ genannt. Der Ursprung der Sage ist folgender:“ (Wir fassen ihn hier kurz zusammen.)

Ritter Theobald von Sänftenberg führte seine Braut Rosamunde von Seiseneck zu Schiffe heim, wurde von Schreckenwald und seinen Reisigen überfallen, schwer verwundet und bewusstlos auf seinem ruderlosen Schiffe zurückgelassen, die Braut aber mit ihrem Brautschatze geraubt und in die

dem Kaiser als Erbschaft von Georg von Potendorf gehörte, pfand- und pflegweise innegehabt und um 600 ungarische Gulden dem Ritter Konrad Auer mittelst Ablösung überlassen haben. (Lichnowsky VIII. Thl. Regesten Num. 1823.) Es ist aber „Sepekch“ zu lesen, welche Ritterstandsfamilie in den Vierteln ober und unter dem Wienerwalde begütert gewesen und zu welcher wohl auch der vorerwähnte Landgerichtsverweser Diepold Seebeck zu zählen ist. Ritter Niklas der Seebeck von Sebenstein kommt 1429 vor. (Regesten Num. IX.)

1) Horatii Sermon. Lib. I. Sat. II. v. 24.

Burg gebracht. Hanns von Neudegh, Burgherr auf Oberranna, auf der Jagd zufällig in diese Gegend gekommen, liess das Schiff ans Land führen und den noch lebenden Theobald zu Oberranna heilen, worauf beide in zahlreicher Begleitung befreundeter Ritter nach Aggstein zogen, das Fräulein zu befreien und an dem Räuber Rache zu nehmen. Theobalds Aufforderung zur Uebergabe der Feste wurde von Schreckenwald mit Hohn zurückgewiesen, welcher, von seines Feindes Speer getroffen, sterbend seinem Vertrauten Kuno befahl, Rosamunden aus ihrem Gemache in das Rosengärtlein zu bringen. Die Burg ging an die Sieger über, allein überall forschten sie vergeblich nach dem Fräulein, bis endlich Theobald in der Nacht die Stimme seiner Braut an ihrem leisen Klagegesange erkannte und dann am äusserten Gipfel des Felsens eine weisse Gestalt die Hände ringend erblickte. Zu Hilfe eilend wurde er von der schon dem Wahnsinne Verfallenen für den verabscheuten Schreckenwald gehalten und zugleich mit ihr selbst in den Abgrund gestürzt. Die Leichen des unglücklichen Paares nahm eine gemeinschaftliche Gruft im Kreuzgange der Karthause Aggsbach auf, Schreckenwald ward im Walde bei Aggstein verscharrt. Nicht lange überlebte Hanns von Neudegh diesen traurigen Zug, starb 1459 und wurde in dem von ihm gestifteten Paulinerkloster zu Unterranna beigesetzt. — Ausser Letzterem, dessen Todesjahr 1457 ist, sind die übrigen Personen lauter erdichtete Namen. Aehnlich dieser anonymen Bearbeitung ist der Gegenstand des Gedichtes: „Der fahrende Sänger vor Aggstein“ von Paul Renk: In Schreckenwalds Garten sitzt ein gefangenes Mädchen aus fernem Lande und singt, einen Grabesstrauss windend, sein Trauerlied. Ein Jüngling, auf schwankender Barke nahend, hört die klagenden Töne, schaut die schöne Sängerin, und freudig staunend, dem Gesange horchend und zur Burg hinaufblickend, denkt er nicht an die Felsenriffe, achtet nicht auf des Schiffleins Lauf und ruft seiner Braut; „da verschlingen die Fluthen Schiffer und Kahn.“

Wohl erzählt manchmal ein Schiffer von einer sturmverkündenden weissen Frauengestalt auf den Zinnen von Aggstein; allein diese Variation der Schreckenwalds-Sage ist gewiss viel jüngeren Ursprungs und auch weniger verbreitet.

Das grosse Vergnügen, welches der Roman: „Der Engel von Lachsenburg,“ von Moriz Terke, dem Leser gewährt, und der Wunsch auf denselben in weiteren Kreisen aufmerksam zu machen, wird die Aufnahme der nachstehenden, einer literarischen Zeitschrift [1]) entlehnten kurzen Anzeige seines Inhalts (von Dr. Theodor Wiedemann) bestens entschuldigen.

„Dieser Roman spielt am Anfang des fünfzehnten Jahrhunderts zur Zeit der Doppelregierung der beiden Herzoge Albrecht IV. und seines Vetters Wilhelm von Oesterreich. Es war eine unglückselige Zeit, Österreich litt an den Folgen der Ländertheilung und Mitregentschaften. Ein wildes Fehdewesen erhob ungestraft das freche Haupt. Von allen Seiten fielen ungarische, böhmische, mährische Räuberhorden ins Land, sengten, plünderten, mordeten nach Genügen und verschwanden. Waldenser und andere Ketzersecten störten die Ruhe der Familien. Herzogliche Hauptleute, Burggrafen und Pfleger feindeten, je nachdem sie zu den Anhängern eines der beiden Regenten zählten, jene des andern an. Ausser diesen trieben verborgene Räuber, herrenlose Söldner und Lanzknechte, aufrührerische Bürger bald da bald dort ihr Unwesen. Es war jene traurige Zeit, die ein einheimischer Geschichtschreiber mit den Worten schildert: Der Himmel möge ein jedes Land vor zwei Regenten und ein jedes Hauswesen vor zwei Hausherren zugleich bewahren. Der Gang der Erzählung ist folgender:“

„Bruno, der Letzte des Namens und Stammes deren von Schauenstein (die Ruinen dieser Feste liegen im Waldviertel am Kamp) liebte in reiner, keuscher Minne die Tochter eines berüchtigten

1) Kathol. Literatur-Zeitung. Wien. VIII. Jahrg. 1861, Num. 25, S. 200.

Fischers, des schwarzen Simeon. Dieser Simeon war der Helfershelfer des Freiherrn Scheck im Wald auf Aggstein, den das Volk wegen seiner Gräuelthaten „Schreck im Wald" nannte. Scheck im Wald hatte die Burg des jungen Schauensteiners erstürmt und in Besitz genommen, und suchte auch des letzten Sprossens habhaft zu werden. Der schwarze Simeon veranlasste die Gefangennehmung. Bruno wurde auf das Felsennest Aggstein geschleppt, an einen schmalen Felsvorsprung dicht an der Mauer, durch die ein eisernes Pförtchen führte, gestossen und ihm die Wahl gelassen, entweder Hungers zu sterben, oder durch einen freiwilligen Sprung in den grauenvollen Abgrund zu enden. Ein Steinadler, gewohnt hier seinen Frass zu finden, wollte auch an Bruno seinen Hunger stillen. Dieser aber hing sich mit den Armen an den Nacken des Riesenvogels, drückte sein Gesicht an das Brustgefieder des Thieres und stürzte mit dem Adler sinkend in den tiefen Abgrund und wurde gerettet. Er kam an den herzoglichen Hof nach Laxenburg, an welchem die Herzogin Witwe Beatrix „erhaben, ruhevoll und friedezaubernd" waltete und der Engel von Laxenburg genannt wurde. Schreck im Wald, auf den der Verfasser Uhland's Worte:

Und was er sinnt, ist Schrecken,
Und was er blickt, ist Wuth,
Und was er spricht, ist Geissel,
Und was er schreibt, ist Blut,

ganz eigenthümlich anwendet, wurde von seiner Buhlerin „Blutnelke" verrathen, seine Burg erstürmt, und er von zwei Köhlern in einen flammenden Scheiterhaufen geworfen. Bruno erstürmte seine väterliche Burg, fand dort seinen alten Gegner den schwarzen Simeon und dessen Tochter die wonnigliche Maid. Simeon, der sich als den letzten Freiherrn von Falgenried entpuppte, fiel im Kampfe. Anna die Tochter kam an den herzoglichen Hof nach Laxenburg, starb aber an beigebrachtem Gifte. Bruno wurde Karthäuser in Aggsbach und starb als Prior in einem Alter von 105 Jahren. Dieser Faden ist in mancherlei Episoden angenehm verwebt und gestaltet sich, einige Mordscenen abgerechnet, zu einer angenehmen Erzählung. Die Sprache ist blumenreich ohne schwulstig zu sein und beurkundet den Herrn Verfasser als einen gewandten Erzähler. Das Mahlerische der Erzählung wird durch eine genaue Localkenntniss trefflich unterstützt. Druck und Ausstattung verdienen jede Anerkennung."

Es genügt zum Schlusse dieser Anzeige die Bemerkung, dass Bruno der Letzte von Schauenstein, gestorben als Prior zu Aggsbach 105 Jahre alt, und die grässliche Todesart Schreckenwalds der Erfindung des Verfassers angehören, da es weder einen Ritter Bruno von Schauenstein, noch einen Prior dieses Namens zu Aggsbach gegeben hat [1]).

Des Erzherzogs Albrecht des Verschwenders plötzlicher Tod, von welchem auch Georg von Stain Zeuge war, hatte den Kaiser Friedrich zum Herrn von Österreich unter und ob der Enns gemacht, unter

1) Barer Unsinn ist es, wenn bei Köpp von Felsenthal ganz treuherzig erzählt wird, zum Frohlocken und Heile der ganzen Gegend umher habe der Graf Konrad Balthasar von Starhemberg, welchem als dem Besitzer der Herrschaft Schönbühel daran liegen musste, einen so bösen Nachbar loszuwerden, während eines Raubzuges Schreckenwalds sich der Burg bemächtigt. Dasselbe wiederholt der Compilator des Werkes: „Die Burgvesten und Ritterschlösser der österreichischen Monarchie," setzt aber, damit nicht zufrieden, hinzu: Scheck von Wald sei hierauf von Ritter Grafenecker so derb geschlagen worden, dass er flüchtig umherirrte und zuletzt fast Hungers starb. Dass wegen der Befreiung von diesem Ungeheuer am 24. April „Gott zum Danke und dem Sünder zum Heile" ein jährliches Dankfest gefeiert oder eine Messe gelesen worden, wie diese und spätere Schriftsteller wissen wollen, ist ebenfalls unrichtig, weil die bis zum Verfalle der Burg am 24. April in der Kapelle zu Aggstein gelesene Messe zu jener Begebenheit nicht in der entferntesten Beziehung stand, sondern des Patrociniums oder Schutzfestes wegen (St. Georg war der Hauptpatron der Kapelle) gehalten ward.

welchem sich der genannte Ritter noch längere Zeit als unumschränkten Herrn von Steier betrug, böhmische Söldner in das Schloss aufnahm, sich mit dem Raubritter Wilhelm von Puchaim verbündete, sich zuletzt sogar in den Schutz des Königs Georg von Böhmen begab, dem Kaiser offenen Krieg ankündigte und dessen Unterthanen plünderte (1466). Friedrich sah kein anderes Mittel dem Unwesen ein Ende zu machen, als dass er im Februar 1467 von seinen Feinden den Frieden und insbesondere von Georg von Stain die Abtretung der Rechte desselben auf Steier um 10.000 Gulden erkaufte. Da aber dieses Schloss noch immer nicht übergeben wurde, so zog der kaiserliche Feldhauptmann Ulrich Freiherr von Graveneck im Herbste 1467 vor Steier, besetzte die Stadt und belagerte das Schloss, das, nachdem Stain daraus entflohen war, gleichfalls sich ergab und ihm hierauf sammt der Stadt 1468 als Pfandschaft übergeben wurde. Auch die übrigen Burgen Stains theilten das Schicksal von Steier, indem eine nach der andern in Graveneck's Hände fiel. Aggstein wurde 1467 von ihm eingenommen und ihm vom Kaiser pfandweise überlassen [1]). Als Georg von Stain seine Sache in Oesterreich verloren sah und sich von der Fruchtlosigkeit seiner Bemühungen zur Behauptung derselben überzeugte, stand er von weiteren Versuchen ab und ging nach Mähren, wo er seine vermeintlichen oder gerechten Ansprüche seinem Freunde Ulrich von Boskowitz zu Zymburg übertrug. Die betreffende Abtretungsurkunde, zu Mährisch-Triebau den 30. November 1470 gefertigt, klagt, dass der verstorbene Erzherzog Albrecht ihm (Jorg von Stain) das Schloss und die Stadt Steier mit aller Zugehörung, auch den Markt Aspach um 14000 ungarische Gulden, dazu auch das Schloss Achleiten, die Schlösser Angstein und Wald, „die ich von dem Jorg Schegken erobert hab," versetzt, verschrieben und verpfändet habe, und darnach ihm dieselben Schlösser und Herrschaften durch den Kaiser Friedrich „vber all mein gleich erbuttn" (ungeachtet all meines billigen Anerbietens) abgedrungen sind mit Gewalt und ohne Recht, dazu auch der Kaiser auf denselben Schlössern alle des Jorg von Stain fahrende Habe hat nehmen lassen, auch ihm sonst rechtlicher Geldschuld 13109 ungarischer Gulden 4 Schilling und 4 Pfennige schuldig bleibt, die er für den Kaiser nach dessen Geschäft ausgegeben, da er dessen Hauptmann zu Ips gewesen, u. s. w. Er tritt also alle seine Gerechtigkeit und Verschreibung über die genannten Schlösser und Güter sammt der Geldschuld an Boskowitz ab, der sie mit Gewalt eintreiben mag, und leistet auf alle seine Ansprüche Verzicht [2]). Nach seiner Entfernung aus Österreich finden wir ihn im Dienste des Königs Mathias Corvinus von Ungarn, welcher nach der Krone von Böhmen trachtete, bei verschiedenen Unterhandlungen mit auswärtigen Fürsten und auf Landtagen thätig, zuletzt noch 1480 als des Königs Landeshauptmann in der Lausitz, worauf sein Name nicht mehr vorkommt, während das Andenken an seine Gewaltherrschaft, an seine Fehden und Raubzüge zu Steier und im Lande ob der Enns lange noch unvergessen blieb.

Gleich seinem unruhigen Vorgänger war es auch dem neuen Pfandinhaber nicht gegönnt, zu einem dauernden Genusse von Aggstein zu gelangen. Ulrich Freiherr von und zu Graveneck,

1) Unterm 4. März 1468 berichtet aus seinem Schlosse zu Weitra Zdenko von Sternberg an die Bürger von Görlitz unter andern Tagesneuigkeiten: „Auch füg ich ew zu wissen, dass dem Jörgen von Stain sein gslos Staier vnd stat, Ybs stat, vnd sein gslos Wald, die herrn von Oesterreich jme abgewund haben, vnd noch vor zweyen gslossen, liegen." (Fontes rer. austr. II. XX. S. 521.) Dieses stimmt mit der Chronik von Melk zum Jahre 1467 überein welche aber hinsichtlich der Zeitfolge darin irrt, dass sie den Georg Scheck von Wald und Georg von Stain mit einander verwechselt.

2) In einem Vidimus der Stadt Ollmütz vom 29. November 1493, in Chmel's Materialien II. Bd. S. 307—308, Num. 249. Lichnowsky VII. Thl. Regesten Num. 1488. Zur Geschichte des G. v. Stain gehören, ausser den früher angegebenen, Num. 853, 887, 1035, 1125, 1151, 1159. Chmel's Regesten K. Friedr. Num. 4920 u. s. w.

gewöhnlich der Gravenecker genannt, war aus Schwaben nach Österreich eingewandert, wo ihm seine thätige Theilnahme an den Ereignissen jener unheilvollen Zeit, vorzüglich aber seine tapferen Kriegsdienste hohes Ansehen und reiches Besitzthum verschafften. Er und sein Freund, der österreichische „Horatius Cocles," Andreas Paumkircher, beide gleich starken Armes, gleich tapfer, dieser an Körperkraft, jener an Talent und natürlicher Beredsamkeit dem andern überlegen, doch ohne Eifersucht und Neid, durch beinahe brüderliche Liebe mitsammen verbunden, gleichsam Ein Leib und Eine Seele, zogen besonders beim festlichen Einzuge des Kaisers in Wien (1462), dem sie an der Spitze von mehr als acht oder neunhundert Reitern, unter dem Schalle der Posaunen, Pauken und Pfeifen, nach der Weise der Fürsten, im reichen Waffenschmucke auf gepanzerten Rossen voranzogen, die allgemeine Bewunderung auf sich [1]). Einer der ausgezeichnetsten Räthe und Feldherren des Kaisers, diente ihm der Gravenecker mit Rath und That, selbst mit seinem Vermögen, wofür er nebst der hohen Gnade seines Fürsten auch reichliche Belohnung gewann. Nur kurze Zeit hatten er und Paumkircher sich auf des Erzherzogs Albrecht Seite geneigt, wurden aber von Friedrich bald wieder mit Huld aufgenommen und mit neuen Beweisen derselben überhäuft [2]).

Schon im Jahre 1453 Bestandinhaber und Pfleger des Schlosses und der Stadt Güns in Ungarn, bekam er vom Kaiser 1459 das Schloss Trautmannsdorf und einen Wappenbrief, 1460 als des Kaisers „Hauptmann und Span zu Oedenburg" alle Güter des Gamaret Fronauer diesseits der Donau, die er diesem abnehmen und fortan als Eigen geniessen sollte, dann er selbst und der Gespan zu Pressburg Andreas Paumkircher die Schlösser Rokanigk, Kopreinitz u. s. w. Ferner 1461 die bisher dem Kaiser vorbehaltene geistliche Lehenschaft oder das Patronat der Kirche zu Trautmannsdorf, und satz- und pflegweise das Schloss und die Stadt Bruck an der Leitha. Im Jahre 1463 verpfändete Friedrich dem Grafen Ulrich von Schaunberg, Hauptmann in Krain, Zdenko von Sternberg, oberstem Burggrafen zu Prag, den kaiserlichen Räthen Ulrich Gravenecker und Hanns von Rorbach für eine von ihnen geleistete Bürgschaft wegen rückständiger Bezahlung der Söldner die Schlösser und Städte Egenburg, Güns und Wartenstein. Es würde zu weit von unserm Ziele abführen und ohne umständlicheres Eingehen in die Landesgeschichte nicht möglich sein, die überaus zahlreichen Urkunden und Stellen der Geschichtschreiber anzuführen und zu erläutern, in denen Ulrich Gravenecker betheiligt erscheint. Dieses zu thun, muss einem künftigen Biographen desselben überlassen werden, welchen der merkwürdige Mann mit grösserem Rechte als Georg von Stain längst verdient hätte [3]). Es sollen also nur solche Nachrichten hier folgen, welche auf die Geschichte von Aggstein Bezug haben.

---

1) Hinderbach's Fortsetzung d. österr. Geschichte d. Aeneas Sylvius bei Kollar, Analect. Vindobon. T. II. col. 635—636. Vergl. Kurz, Oesterr. unter K. Friedr. IV. II. Thl. S. 37—40. Lichnowsky VII. Thl. S. 58 u. ff. Der Gravenecker wurde nebst Andern bei der bald nachher ausgebrochenen Empörung gegen den Kaiser von den Wienern gefangen gesetzt, 1466 durch eine grosse Geldsumme dafür entschädigt.

2) Archiv f. Kunde österr. Geschichtsquellen XI. Bd. I. Hälfte S. 153—154, Urk. IX. vom 1. October 1459.

3) Reiches Material dazu liefern die Druckschriften der kaiserlichen Akademie der Wissenschaften: Sitzungsberichte IX. Bd. III. Heft S. 518. XXII. Bd. I. Heft S. 79. XXVIII. Bd. III. Heft S. 517. Archiv Jahrg. 1849 I. Bd. I. u. II. Heft S. 80. II. Bd. III u. IV. Heft S. 409—410, 486. X. Bd. I. S. 184 u. 185, 198—199, 226, 233—234, 240. II. S. 372—373, 376, 380, 390—393, 399, 416, 417, 432, XI. Bd. I. S. 153—154, 175—176. XX. Bd. II. S. 518—519. Notizenblatt II. Jahrg. S. 264, 377—378. VII. Jahrg. S. 12—14. Fontes rer. austr. II. Abth. VII. Bd. S. 254—255, 266, 347, 349, 361. Monument. Habsburg. I. Abth. I. Bd. S. 328. II. Bd. S. 5—8, 14, 18—20, 23—25, 33, 62, 65, 73—74, 91—92, 94—95, 111, 267—273, 277—280, 523, 527, 535, 539, 540, 560, 599, 601, 647. III. Bd. S. 151, 700. Chmel's Regesten K. Friedr. Num. 3764, 3944, 3969, 4016, 4103, 4117, 4118, 4389, 5031, 5290, 5308, 5321, 5978, 7101, 7102, 7117, 7118, 7119, 7125. Urk. S. CLXII. u. f. Chmel's Materialien II. Bd. S. 270, 305, 333, 340. Lichnowsky VI. Thl. S. 127. VII. Thl. S. 13, 18—20, 33, 49, 58, 60, 79, 90, 91, 108, 109, 111, 133, 168—169,

Zu Ende des Septembers 1467 zum obersten Feldhauptmann in Oesterreich ernannt, warb Ulrich von Graveneck Söldner, nahm und zerstörte auf seinem Zuge einige feste Plätze der Aufrührer, darunter Aggstein, und ging, nachdem er Steier in seine Gewalt gebracht hatte, nach Unterösterreich zurück, wo er die Stadt Ips eroberte, da der zum Entsatze heranziehende Prinz Victorin von Böhmen nicht über die Donau setzen konnte [1]). Zu Anfang des folgenden Jahres (10. Januar 1468) befiehlt der Kaiser seinem Diener Bernhard von Tirnstein, sich mit seinen Dienern und Leuten bestens gerüstet Samstags nach dem St. Vincenz-Tage (23. Januar) in Melk einzufinden, um mit den dort versammelten Leuten den Einfall der Feinde aus Böhmen und Mähren, der dem Lande droht, abzuwehren; die Landleute (der ansässige und begüterte Adel) jenseits der Donau sollten sich zu Krems sammeln; der Feldhauptmann Gravenecker werde auch dazu helfen. Dieser stellt (zu Neustadt, am 16. Januar) den gewöhnlichen Dienstrevers wegen der ihm anvertrauten Feldhauptmannschaft aus, worauf der Kaiser (19. Januar) den Städten Krems und Stein anzeigt, er habe den Edlen Ulrich Freiherrn zu Graveneck, seinen Rath, zum Feldhauptmann in Oesterreich wider die Einnehmer der ungewöhnlichen Aufschläge auf der Donau und Beschädiger des Landes geordnet, darauf dieser einige Reisige und Fussvolk aufgenommen; auf die täglich sich wiederholende Warnung vor dem in Böhmen und Mähren sich sammelnden Kriegsvolke habe der Kaiser mit dem von Graveneck wegen des zu leistenden Widerstandes Abrede getroffen, die Landleute unter und ob der Enns dazu aufzurufen und dem von Graveneck all und jede Nutzen, Renten, Gülten, Steuer, Anschläge, Aufschläge, Ungeld und andere Nutzen, auch Remanenz des Fürstenthums unterhalb und ob der Enns, dieweil er in solchem Handel ist, dazu geordnet. Daher befiehlt der Kaiser beiden Städten, die gewöhnliche Stadtsteuer und die Renten von Ungeld, Gericht und Kastenamte, die sie von seinetwegen einnehmen, dem von Graveneck selbst oder den dazu verordneten Bürgern von Wien, Konrad Holzer und Martin Burger zu entrichten, u. s. w. [2]). Die Böhmen

---

171–172. Urk. III. S. CCCCLXXVII u. ff. Urk. VIII. S. CCCCXCIII u. f. Regesten, ausser den schon aus Chmel angeführten, auch Num. 276, 387, 690, 1233, 1248, 1261, 1629, 1991, 2017, 2023, 2024. Aber Num. 2042, aus Chmel's Regesten, ist irrig auch zum Jahre 1475 Num. 1856 aufgeführt, da es zum J. 1477 gehört. Die von Kurz (Oesterr. unter K. Friedr. IV.) benützten Quellen sind mit diesen Citaten sorgfältig zu vergleichen. Michael Beheim's Buch von den Wienern S. 50, 52, 136, 197, 225, 226, 228, 229, 232–234, 238–239. Von der Flucht der Söldner Gravenecker's aus dem Kärntnerthurme zu Wien 1463, Hormayr's Taschenbuch f. d. vaterländ. Gesch. Neue Folge I. Jahrg. Stuttgard 1830, S. 168–169 aus der zuerst von Senckenberg, dann von Rauch herausgegebenen österr. Chronik von 1454 bis 1467. Ueber Ulrich v. Graveneck und seine Nachkommen s. Wissgrill III. Bd. S. 380–384. Ihr Wappen war eine grosse silberne Wecke oder Raute im rothen Schilde.

1) de Roo Annales Austr. Oeniponti 1592 p. 293. Gesch. v. Melk I. 623–624. Ueber Gravenecker's Verleumdung der Wiener-Universität bei dem Kaiser, dass sie die Ursache und der Ursprung alles dem Kaiser zugefügten Uebels sei (1467), s. Kink, Gesch. d. kais. Universität in Wien I. Bd. II. Thl. S. 102. Von der Willkühr und den Bedrückungen, die er sich 1467 und 1468 zu Steier erlaubte, s. Stülz, Gesch. d. Stiftes St. Florian S. 63–65.

2) Aus dem Archive der Stadt Krems abgedruckt in Melly's vaterländischen Urkunden I. Heft S. 11–12, Num. XV. Anhang zum I. Bande d. Beiträge zur Siegelkunde des Mittelalters. In Chmel's Regesten Num. 5321 und bei Lichnowsky VII. Num. 1229 mit ungenauer Inhaltsangabe hinsichtlich der Aufschläge und Mauthen auf der Donau. Einen ähnlichen Auftrag erliess der Kaiser am nämlichen Tage an das Stift Klosterneuburg. (Notizenblatt VII. Jahrg. S. 12–13.) Die Furcht vor dem Einfalle der Böhmen war ungeheuer; selbst die geistliche Obrigkeit nahm sich eifrig der Rüstungen gegen sie an. Unterm 24. December 1467 ermahnt der Official des Passauer-Consistoriums zu Wien, Alexius Tumer, die Kreuzsoldaten, sich unter die Fahnen des obersten Feldhauptmanns zu stellen. (Notizenblatt II. Jahrg. S. 264.) Auf sein Begehren berichtet der Rath von Znaim am 4. Januar 1468 dem Ulrich von Graveneck über der Böhmen Vorbereitungen zum kriegerischen Einrücken in Oesterreich, und verspricht ferner fleissige Forschung hierüber. (Archiv f. Kunde österr. Geschichtsquellen XX. Bd. II. S. 518–519.) Am 20. Februar 1468 fordern Michael Burggraf zu Maidburg und Graf zu Hardeck, Ulrich Freiherr zu Graveneck und die mit ihnen hier zu Egenburg versammelte Kriegsmacht die Prälaten unter der Enns auf, die Ihrigen, aufs stärkste und beste gerüstet, zu Ross und zu Fuss, nach Krems zu schicken, u. s. w. (Notizenblatt VII. 13–14.) Aus Grätz am 14. März

Die Böhmen unter Anführung des Prinzen Victorin fielen wirklich in Österreich ein, breiteten ihre Verwüstungen bis in die Gegend von Horn aus und zogen erst auf die Nachricht, dass ihnen der König von Ungarn den Krieg erklärt habe, mit Beute beladen heim.

Am 22. März 1470 verpfändete der Kaiser dem Freiherrn Ulrich von Graveneck das Schloss Sarmingstein an der Donau, die Aufschläge von dem Hallischen-, Mühlbacher-, Schellenberger-, Gmundner-Salz und Anderem für 36000 Gulden ungarische Ducaten. Bald darauf trat aber eine bedeutende Wendung der Dinge ein, indem der Freiherr seinen wohlerworbenen Ruhm durch seine Ungerechtigkeiten und offenen Treubruch schändete.

Wie aus einem Schreiben des Kaisers aus Grätz vom 8. Juli 1468 an den von Volkenstorf und seine Räthe in Wien zu ersehen ist, beschwerte sich der gesammte Prälatenstand unter und ob der Enns über die schweren und ungewöhnlichen Lasten, die ihnen der Freiherr von Graveneck zur Führung des Krieges aufbürdete, wobei er überdiess in Schriften, Botschaften, Reden und auf andere Weise sie hart und schmählich behandle. Er war damals schon ohne Wissen des Kaisers und ohne Erlaubniss des Königs von Ungarn, mit welchem er den Krieg gegen Böhmen gemeinschaftlich führen sollte, aus dem Felde gezogen, ohne dass die Absicht und die Ursachen dieses eigenmächtigen Schrittes dem Kaiser bekannt waren. Sein Verhältniss zu seinem Kriegs- und Landesherrn blieb forthin gespannt, bis er endlich die Maske abwarf und unter dem Vorwande erlittener grosser Bedrückungen, im Juni 1472 mit Heinrich von Lichtenstein auf Nikolsburg, dem obersten Erbschenken Georg von Potendorf, dem obersten Erbkämmerer Veit von Ebersdorf, dem obersten Truchsessen Hartneid von Puchaim und vielen Andern des Herren- und Ritterstandes [1]), den Schutz des Königs von Ungarn anrief, durch dessen Vermittlung sie vom Kaiser wieder zu Gnaden aufgenommen wurden. Allein sowohl der Freiherr als Andere von gleicher Gesinnung fuhren fort die Wirren und den gesetzlosen Zustand im Lande zu ihrem Nutzen auszubeuten, wobei sie besonders durch Anlegung neuer Zölle zu Wasser und zu Lande und durch Ausschreibung neuer Steuern das allgemeine Elend vergrösserten. Der Weinhandel auf der Donau, diese vorzügliche Quelle des Erwerbes für Oesterreich, wurde nicht bloss durch das Ungeld, sondern noch mehr durch die zahlreichen Aufschläge und Mauthen sehr gedrückt. Solche Weinaufschläge bestanden im Jahre 1473 zu Klosterneuburg, Holenburg, Tirnstein, Spitz, Melk, Ebersdorf (bei Weiteneck), Seissenstein, Sarmingstein, Nehaim (?) und 1476 erscheinen nebst diesen noch Aufschläge zu Aggstein, Ottensheim, Aschach und Neuhaus [2]). Eben so fruchtlos als die Ermahnungen und Befehle des Kaisers zur Abstellung dieser Gewaltschritte, weil Graveneck im Namen der Uebrigen trotzenden Widerstand entgegensetzte, waren die Bemühungen des päpstlichen Legaten in Deutschland, des Cardinals Marcus, Patriarchen von Aquileja, dessen zu Augsburg am 30. März 1474 erlassene Bulle dem Ulrich Freiherrn von Graveneck, Wolfgang

---

1468 folgte der Erlass des Kaisers an die Schlesier und Lausitzer, sie möchten dem Ulrich von Graveneck zuziehen. (Lichnowsky VII. Regesten Num. 1248.) Aus dem Jahre 1469 ist eine Quittung des Freiherrn zu Graveneck über 200 Pfund Pfennige vorhanden, die der Abt zu Göttweig bezahlt hat. (Miscellanea Fol. 148, Num. 895.) Im kleinen Siegel ein Schild mit der Raute, darüber die Buchstaben V F h Z G.

1) Ihre Namen aus Chmel's Regesten Num. 6634 bei Lichnowsky VII. S. 133—134 und Regesten Num. 1651, wo aber zu lesen ist: Tahenstein — Truchsess zu Stätz — Matseber.

2) Fontes rer. austr. II. X. Bd. S. XXX. Schon im März 1471 hatte der Kaiser seinem Rathe Heinrich Streun befohlen, mit den Seinigen gerüstet, Sonntags nach Ostern (21. April) nach Korneuburg zu ziehen, um mit den dahin berufenen Landleuten zuerst gütlich zu versuchen, wie die Besetzung der Donau und die unerlaubten Aufschläge abzuthun wären, oder einen Hauptmann zu wählen und mit ihm in's Feld zu ziehen. (Chmel's Regesten Num. 6203. Lichnowsky VII. Regesten Num. 1518.) Laut der Repertorien des kön. Staatsarchives zu Dresden befindet sich dort ein Verzeichniss der Aufschläge an der Donau, ungefähr von 1473 bis 1476. (Notizenblatt III. Jahrg. S. 456.)

Grafen von Schaunberg, Heinrich von Lichtenstein zu Nikolsburg, Janns von Starhemberg, Zdenko von Sternberg und Georg von Potendorf die widerrechtliche Errichtung solcher Mauthen und Zölle und die Einhebung solcher Aufschläge unter der Strafe des Kirchenbannes verbot [1]). Der Legat kam selbst nach Österreich, sein geschriebenes Wort durch die That zu bekräftigen, und liess am 16. April an die Thüren aller Kirchen zu Wien den Befehl anheften, dass die genannten Landherren ihre unrechtmässigen Mauthen und Aufschläge in Österreich binnen drei Tagen unter Strafe des Bannes abthun sollten. Dem sich in dieser schlechten Sache so vordrängenden Graveneck liess er insbesondere durch den Priester Georg Oeder in Gegenwart des Officials von Passau und vieler Anderen die dringendsten Vorstellungen machen: „er möge die ungewöhnlichen Aufschläge aufheben und von seinen übrigen Wühlereien ablassen, und bedenken, dass ihm der Kaiser, der König von Ungarn, das ganze Land und alle Leute feind seien; als ein Mann bei sechzig Jahren müsse er schier sterben, und dann werden ihm weder die festen Schlösser, noch die grossen Büchsen (schweres Geschütz) helfen, sondern seine Kinder vertrieben und er mit seinen Sünden zur Hölle fahren. Wollte er sich aber an solche Warnungen nicht kehren, und Fürsten und Jedermann verwirren und Unrecht thun, so müsse der Legat von Amtswegen einschreiten, dessen er doch lieber enthoben wäre.“ Darüber erschrak zwar der Freiherr und schrieb dem Legaten eilig und viel hierüber; allein da sich sein Starrsinn nicht beugen liess, so wurde die Excommunication am 27. Mai wirklich über ihn ausgesprochen und vom Papste Sixtus IV. bestätigt. Doch selbst dieses ausserordentliche Mittel konnte wenig ausrichten, weil der Bund des übermüthigen österreichischen Adels sowohl in der Zahl seiner Mitglieder, als in der Frechheit seines Auftretens gegen den Kaiser immer weiter um sich griff. Graveneck schämte sich nicht einmal, zum Schaden des Fürsten und Landes, die ihm vom Kaiser ertheilte Freiheit zu münzen missbrauchend, schlechteres, also falsches Geld auf seine eigene Rechnung zu prägen. (1474—1476) [2]).

Graveneck und sein Anhang fuhren noch einige Zeit in ihrem Widerstande gegen den Kaiser fort, der zur Vereitlung ihrer willkürlichen Aufschläge die Donau sperren liess, und wurden daher neuerdings vom Papste selbst mit dem Kirchenbanne belegt. Da kam doch endlich durch Vermittlung des nach Österreich geflohenen Erzbischofs Johann von Gran am 17. März 1477 im Schlosse Trautmannsdorf zwischen dem Kaiser und dem Freiherrn Ulrich von Graveneck, dessen Sohne Wolfgang, Georg und Friedrich von Potendorf, Heinrich und Georg von Puchaim ein friedlicher Vergleich zu Stande, Kraft dessen die Freiherren von Graveneck alle ihre Schlösser, Märkte, Dörfer, Zehenten, Bergrechte, Gülten, Häuser und alle ihre liegenden Güter in Österreich zu Handen des Erzbischofs von Gran abtraten, der sie so lange innehaben sollte, bis ihnen der Kaiser dafür die versprochene Entschädigungssumme von 50000 Gulden und ungarischen Ducaten in Gold bezahlt haben wird. Diese Güter waren: Trautmannsdorf, Litschau, Neuwolfenreut mit Allem was zum Schlosse Winkel, welches des Georg Scheck gewesen, gehört; Wald, Schauenstein, Getzendorf (Getzersdorf), die Besatzung zum Rackenhof mit der Gülte und Anderm, das nach Ebenthal gehört; das Scheckenamt bei Steier, die Bergrechte zu Währing und Klosterneuburg

1) Diese Bulle fand Bernhard Pez in der Bibliothek des baierischen Stifts Benedictbeuern in einem grossen Papier-Codex des fünfzehnten Jahrhunderts unter mehreren andern Abschriften und Aufzeichnungen, Österreich betreffend, deren einige sein Bruder Hieronymus Pez (Scriptor. rer. austr. T. II.) herausgab. (Literar. Nachlass d. Bernh. Pez in d. Bibliothek zu Melk. Blosse Inhaltsangabe der lateinischen Bulle.)

2) Chmel's Handschriften d. k. k. Hofbibliothek I. Bd. S. 532—533, wo S. 674—675 noch andere in die Jahre 1472—1477 fallende Urkunden verzeichnet sind. Die Bannbulle sammt der päpstlichen Bestätigung in deutscher Sprache s. in Chmel's Materialien II. Bd. S. 315—320. — Lichnowsky VII. Urk. Num. VIII. S. CCCCXCIII. u. f. Der zweite Bann vom Papste Sixtus (1476 und 1477) in Chmel's Materialien II. 335—337.

und andere Bergrechte, die ehemals desselben Schecken gewesen; zwei Häuser in Wien, zwei zu Klosterneuburg und zu Steier; das von dem Herrn von Wallsee satzweise gehabte Dorf Reisenberg; die vom Kaiser erhaltenen Pfandschaften Bruck an der Leitha und Sarmingstein sammt den Befestigungen, und alle ihre „Täber und Besatzung," namentlich zu Ebersdorf und der gegenüber liegende Täber. Die fahrende Habe in den Schlössern sollte ihren Eigenthümern bleiben und der Kaiser dafür sorgen, dass sie sicher nach Grätz und Landsee (Lanzsér in Ungarn) geführt, was aber zu Ebersdorf ist, denen, welchen es gehört, zu ihren Schlössern gebracht werde. Die Lossprechung vom Kirchenbanne sollte der Kaiser den darin Befindlichen erwirken, u. s. w. Die verheissene Summe suchte der Kaiser bei seinem beständigen Geldmangel theils durch Darlehen von dem reichen Erzbischofe Johann von Gran, von seinen Räthen Christoph Ungnad und Balthasar von Weispriach, ferner von seinem Kämmerer Wilhelm Auersperger, Ulrich von Graben, Hauptmann zu Marburg, Gebhart Peuscher und Andern, theils mittelst einer auf die Geistlichkeit, Städte und Märkte geschlagene Steuer herbeizuschaffen. Nach dem Begehren des Kaisers verliessen die Freiherren Ulrich und Wolfgang das Land Österreich, indem der Vater auf seine Güter in Ungarn zog, der Sohn auf die Herrschaft Gratzen nach Böhmen sich begab, die zuerst pfandweise, seit 1489 durch Heirath als Eigenthum seiner Familie gehörte. Ulrich verlor 1487 vor Schaidwien (Schottwien) durch einen Büchsenschuss von des Königs Mathias Leuten das Leben. Von zwei Frauen, Elsbeth von Perneck, gestorben 1464, und Katharina von Potendorf, gestorben 1492, hatte er fünf Söhne und zwei Töchter. Seine Witwe musste auf Befehl des Königs Mathias, der damals in Österreich herrschte, den Markt Wilhelmsburg, den sie und ihr Gemahl dem Stifte Lilienfeld entzogen hatten, im Jahre 1488 zurückgeben. Mit Ulrichs jüngster Tochter Elsbeth, zuerst an den Grafen Ladislaus von Canischa, dann an Christoph von Topel vermählt, als hochbejahrte Witwe 1543 gestorben, erlosch diese ganze Familie, deren Namen noch das Schloss Grafeneck bewahrt, das sonst Espersdorf hiess, von Ulrich neu gebaut und benannt, dieser Name vom Kaiser Friedrich 1468 bestätigt und die Herrschaft Grafeneck gefreiet ward [2])

Die durch jene Übereinkunft erworbenen Schlösser und Pfandschaften verschrieb der Kaiser zum Theile wieder an Andere, z. B. Wald am 27. April 1477 um 6000 ungarische Gulden dem Sigmund Schlick, Bruck an der Leitha am 9. Mai des nämlichen Jahres dem Leopold von Wulzendorf [3]), die übrigen behielt er als Kammergüter, wodurch Aggstein in den Besitz des Landesfürsten kam.

Die Obhut über die ihm eingeräumte Burg Aggstein mit der Verwaltung der herrschaftlichen Renten vertraute der Kaiser einem Pfleger an und war so glücklich, an dem Ritter Wolfgang

1) Die Urkunden bei Kurz, Österr. unter K. Friedr. IV. II. Thl. S. 253—256, und in d. Monument. Habsburg. I. Abth. II. Bd. S. 267—273. Des kärntnerischen Priesters Jakob Unrest zweiter Theil der österr. Chronik bei Hahn, Collectio monumentorum vet. et recent. ineditor. T. I. p. 619—620, 645, schreibt, obwohl mit der alten Melker Chronik übereinstimmend, doch unrichtig: „Etlich (Schlösser) waren des Schickhen gewessen vom Waldt, als der Achstayn und Waldt mit anndern; die hat er in des Kaysers Diennst dem Schickhen angezwungen und het sich (hatte sie) auch innen;" denn nicht Graveneck, sondern Georg von Stain hat Aggstein dem Schecken abgewonnen. Die angeführte Vergleichsurkunde nennt zwar Aggstein nicht, es ist aber doch gewiss ebenfalls an den Kaiser gekommen.

2) Archiv f. Kunde österr. Geschichtsquellen Jahrg. 1849, II. Bd. I. u. II. Heft, S. 80. Linck T. II. p. 251. Chmel's Regesten Num. 7102. Lichnowsky VII. Regesten Num. 2024. Hanthaler Fast. Campilil. T. II. P. II. p. 371. Wissgrill III. 380.

3) Bern. Pez Cod. dipl. hist. epist. P. III. p. 411. Chmel's Regesten Num. 7118, 7119, 7125. Das Schloss Getzendorf (Getzersdorf unweit Herzogenburg) gab der Kaiser 1492 dem Hanns Pirchenperger bis auf Widerrufen in Pflegweise. (Lichnochwsky VIII. Regest. Num. 1753.) Vergl. Schweickhardt's Viertel O. W. W. III. 169—170. (Wald), und IV. 151 (Getzersdorf).

Meilerstorfer dazu den tüchtigsten Mann zu finden [1]). Verständig, muthvoll, tapfer, dabei ein gewandter Geschäftsmann, machte dieser seinem wichtigen Posten Ehre, und seiner Umsicht, Thätigkeit und Treue war es zu danken, dass die herrliche Feste dem Kaiser erhalten blieb, während so viele andere Burgen in die Gewalt des Königs von Ungarn fielen, als dieser bald nach der gedachten Uebereinkunft mit dem Freiherrn von Graveneck im Juni 1477 ein Heer von 17000 Mann über die Grenze führte, und in wenigen Wochen vierzig Städte und Märkte und zwei und siebenzig Schlösser sich unterwarf, bis der am 1. December geschlossene Friede seinen weiteren Eroberungen ein Ziel setzte. Allein nach kurzer Waffenruhe entbrannte, nicht ohne des Kaisers Schuld, die Fackel des Krieges von neuem, und Österreich bis über die Enns hinauf war zehn Jahre lang (1480—1490) der Schauplatz des Blutvergiessens, Plünderns und Verwüstens, die Umgegend von Melk 1481, 1485 und 1487 vom Feinde bedroht, der in letzterem Jahre das öde Schloss Wildenstein bei Zelking wieder erbaute und die Abtei Seissenstein einnahm, wodurch die Gefahr für das wohlbefestigte, mit kaiserlicher Besatzung versehene Melk (vor fünfhundert Jahren der Ungarn Grenzburg) und wenn es fiel, auch für Aggstein aufs höchste stieg. Ein von dem Herzoge Albrecht von Sachsen im Namen des Kaisers im October 1487 geschlossener und durch neue Verträge bis zum Juni 1489 verlängerter Waffenstillstand entfernte zwar die nächste Gefahr, doch athmeten die Bedrängten erst dann wieder frei, als der siegreiche Mathias Corvinus am 6. April 1490 in der zu seinem Sitze gewählten Stadt Wien dem sichertreffenden Pfeile des Todes erlag [2]).

Den Wolfgang Meilerstorfer zu Härtenstein lernen wir zuerst 1461 und 1462 als Pfleger zu Steier kennen. Im Jahre 1467 verkauft er dem Hanns von Plankenstein den halben Hof und Sitz zu Teinstätten in der Pfarre Ips und die Feste Kornspach (Karlsbach) in der Pfarre St. Martin bei Ips, mit welchen landesfürstlichen Lehen Kaiser Friedrich zu Linz am 14. u. 15. März d. J. den Käufer belehnte. Familienverhältnisse, Geldverlegenheiten, seine veränderte öffentliche Stellung oder andere unbekannte Umstände zogen die Veräusserung noch mehrerer Güter nach sich. So verkaufte Wolfgang von Meylestorff 1472 dem Bernhard von Tirnstein die Feste Hartenstein an der Krems, 1476 dem Hanns Vischmaister die Feste Hindperg (Himberg) am Walde in der Pfarre Heidenreichschlag (St. Johann bei Heinrichschlag zwischen der kleinen Krems und dem Spitzerbache), wie aus der Aufsendung vom 30. November 1472 und aus dem kaiserlichen Lehenbriefe vom 27. Februar 1476 erhellt. Als einen

---

1) Zu Meilersdorf, einer Rotte von 103 Häusern, nach dem über der Ips nächst der Urla gelegenen Dorfe Wolfsbach eingepfarrt, sieht man mitten im Orte auf einer Wiese die geringen Reste oder den Burgstall der schon nach dem Anfange des siebenzehnten Jahrhunderts zu einem Bauernhofe herabgekommenen Feste Meilersdorf, des Stammhauses der gleichnamigen, längst erloschenen adeligen Familie, aus welcher Heinrich von Maleinstorf schon zu Ende des zwölften Jahrhunderts gelebt haben soll, der aber nach dem Zeugnisse anderer Urkunden nach Modelanstorf, d. i. Möllersdorf bei Draiskirchen gehört. Die Ritter von Meilersdorf hatten in der Pfarrkirche zu Wolfsbach, die sie mit Stiftungen bedachten, ihre Erbgruft und der obige Wolfgang sein Grabmal. Lorenz von Meilerstorf oder der Meilerstorfer war von 1385 bis 1419 Abt zu Seitenstätten, wohin die Pfarre Wolfsbach gehört. Herzog Albrecht III. von Österreich belehnte zu Wien am 2. April 1391 Ulrich den Scharner von Potendorf, Meindlein von Welmigk (Wölbling) und Gebhard von Hoheneck mit einem Hofe in der Au in der Pfarre St. Leonhard am Forst, welchen seine Kämmerer Ulrich von Ror und Jörg von Maylestorf ihnen verkauft und dem Herzoge aufgesandt haben. Der Edle Hanns der Meylestorffer, Pfleger zu Guntersdorf im Kreise unter dem Manhartsberge, ist am 21. December 1420 mitsiegelnder Zeuge in einem Kaufbriefe Jörgens des Pernstorffer an die Brüder Ulrich und Martin Eizinger über einen Weingarten und zwei Hofstätten zu Hedreins (Hadres an der mährischen Gränze). (Preuenhueber S. 372. Schweickhardt, V. O. W. W. IX. 275 u. 280. Wendtenthal's oder Marian Fidler's Gesch. der österr. Klerisei VIII. Bd. S. 258—259. Duellii Excerpt. geneal. hist. p. 73. Mittheil. zur Gesch. u. Topogr. in Schmidl's österr. Blättern 1847, Num. 59.)

2) Die weitläufige Darstellung jener Kriegsereignisse und die Rechtfertigung des angegebenen Todestages (6. April) s. in d. Gesch. v. Melk I. 651 u. ff.

Beweis seines frommen Sinnes dürfen wir die Erscheinung seines Namens unter jenen Adeligen des österreichischen Ritterstandes annehmen, welche am 10. September 1465 und 26. Februar 1470 zu Rom um die Heiligsprechung des Markgrafen Leopold III. (IV.) schriftlich ansuchten. Dass er einige Zeit Pfleger der bischöflich Freisingischen Herrschaft Ulmerfeld gewesen, wird sich aus einer spätern Nachricht ergeben. Um das Jahr 1472 scheint Wolfgang von Meilerstorf als Pfleger zu Aggstein in die Dienste Ulrichs Freiherrn von Graveneck getreten zu sein, wenn anders der Umstand, dass der erwähnte Aufsendungsbrief an den Kaiser, den Verkauf der Burg Hartenstein betreffend, den 30. November 1472 „auf dem Achstain" gefertigt ist, mit Recht auf ein solches Verhältniss zu deuten ist. Nach einigen Jahren sehen wir ihn bei einem, der Faustrechtszeiten würdigen Auftritte auf lobenswerthe Art betheiligt. Die Edelleute Jörg und Marx die Hohenfelder Gebrüder haben 1475 den schon genannten Bernhard von Tirnstein auf seiner Kirchfahrt nach St. Wolfgang am Wege zwischen Steier und St. Peter in der Au gefangen genommen, hart geschlagen und verwundet, in das Schloss St. Peter geführt, zu unterst in den Thurm gelegt und im Gefängnisse genöthigt, ihnen eine Handschrift auf 4000 Gulden lautend zu geben. Hanns von Plankenstein nimmt sich seiner an und gibt (5. Mai) seinem Schwager Heinrich Streun von der Gefangenschaft und schweren Verwundung Bernhards von Tirnstein Kunde und bittet, diese weiter „an ihre Herren und guten Freunde" zu befördern. Zwei Tage später (7. Mai) berichtet er wieder, der von Walsee, Jörg von Sinzendorf, Otto von Zelking, Wolfgang Streun, Wolfgang Meilestorfer und er selbst seien gestern bei den Hohenfeldern gewesen und haben „mit ihnen getheidingt und Fleiss gethan," damit sein Schwager aus solchem harten Gefängnisse ledig werde, aber nichts erlangen können. In der Folge tritt Meilerstorfer nochmal in dieser schimpflichen Streitsache unterhandelnd auf, die aber erst 1480 von dem Landmarschallsgerichte dahin entschieden ward, dass die gewaltsam abgezwungene Schuldverschreibung dem Bernhard von Tirnstein keinen Schaden bringen sollte [1]).

Obgleich bei dem Mangel der bezüglichen Schriften nicht bestimmt werden kann, ob Wolfgang von Meilerstorf in der Zeit zwischen 1472 und 1477 die Pflege von Aggstein aufgegeben und vielleicht mit jener zu Ulmerfeld vertauscht habe, oder in der ersteren verblieben sei, so ist doch kein Zweifel, dass Kaiser Friedrich ihn 1477 zum Pfleger von Aggstein angenommen oder als solchen bestätigt, ihn als einen der Hauptleute zur Vertheidigung der Städte Krems und Stein dorthin geschickt und später ihm auch die Pflege zu Espersdorf oder Grafeneck aufgetragen hat; wie folgende urkundliche Nachrichten, zugleich eben so viele unverdächtige Beweise des grossen Vertrauens, welches ihm sein Herr in gefahrvollen Tagen fortwährend schenkte, ausdrücklich bezeugen.

Der Rath und die Bürgerschaft der von den Ungarn belagerten Städte Krems und Stein danken am 24. October 1477 dem Kaiser für sein tröstliches Versprechen sie zu retten und mit Hilfe nicht zu verlassen, und wiederholen ihre dringende Bitte, weil ihnen das reisige Volk wegen des Futtermangels in beiden Städten nicht tauge, ihnen eilends Volk (zu Fuss), Büchsenmeister und Pulver nach Tirnstein zu schicken. Das Schreiben hat als Überschrift die Notiz, dass Freitags nach der eilftausend Jungfrauen Tag (24. October) die kaiserlichen Hauptleute Wolfgang Meilestorffer und Vincenz Oberhaimer

1) Preuenhueber S. 113 u. 372. Chmel's Regesten K. Friedr. Num. 4939, 4940. Lichnowsky VII. Regesten Num. 1649, 1925. Scharrer, Oesterreichische Marg-Graffen u. s. w. Wien 1670, S. 257. Strein's Aufzeichbuch in der Bibliothek d. niederösterr. Stände IV. Thl. S. 148, in der Austria u. s. w. auf das Jahr 1842, Kaltenbäck's vaterl. Denkwürdigkeiten S. 103—105. Dieser Bernhard von Tirnstein aus dem Geschlechte der Türsen ist derselbe, welcher 1487 für seine Schlösser Osterburg, Pielach (das ist hier Bielachhaag) und Hartenstein um 1000 ungarische Gulden vom Könige Mathias den Frieden kaufte. (Chmel's Materialien II. Bd. S. 360.)

gekommen, früher noch Walther Hauser. Eben diese Nachricht mit der Bitte, ihnen mit Hilfe der Stadt Wien drei oder vierhundert Knechte, Büchsenmeister und mehr Pulver förderlich bei Tag und Nacht nach Melk und Tirnstein zu schicken, theilen sie am 29. October den kaiserlichen Feldobersten Hugo Grafen von Werdenberg und Jobst Hauser mit, worauf sie ihre erneuerten Bitten am 1. und 16. November wieder an den Kaiser abschicken. Dem Meilerstorfer mit Vincenz und Othmar Oberhaimer, dem Karlinger und Andern war die Vertheidigung der Stadt Stein anvertraut, wie aus Schreiben der Bürger zu Krems vom 24. November bis zum 18. December zu ersehen ist. Endlich erschien am 19. December um zehn Uhr Vormittags Hempel, ein Diener des Türsen, mit dem zu Klosterneuburg des Tages zuvor geschriebenen Briefe des Thomas von Cilli, Dompropstes zu Constanz und kaiserlichen Protonotars, an die Hauptleute Wolfgang Meilerstorfer, Walther Hauser (Hauptmann zu Krems) und Vincenz Oberhaimer und an den Bürgermeister (Aichelberger), Richter und Rath von Krems und Stein mit der höchst erfreulichen Nachricht vom geschlossenen Frieden, welche sie auch denen von Espersdorf (Grafeneck), ihren guten Freunden und Andern nicht unverkündet lassen sollten. So waren alle Aufforderungen zur Uebergabe und alle Angriffe der ungarischen Feldhauptleute Paul von Kynissy und Jan Seleni von Schönau an der standhaften Gegenwehr der treuen Städte zu Schanden geworden.

Die Fortsetzung des ungarischen Krieges brachte neue Gelegenheiten, Meilerstorfer's kriegerische Tüchtigkeit und seine zu Stein erworbenen Erfahrungen in Anspruch zu nehmen. Am Dienstage vor Pfingsten (17. Mai) 1485 schreibt der Kaiser aus seinem Hoflager zu Linz den Bürgern des Marktes Weier (im Traunkreise, an der Strasse von Steier nach Waidhofen), es sei die Warnung gekommen, der Feind wolle eine Besatzung in Weier machen; dem sollten sie mit Rath und Hilfe des Wolfgang Meilerstorfer, kaiserlichen Pflegers zu Aggstein, und des Andreas Krabat von Lapitz, Pflegers zu Steier, vorkommen und wehren. Ein Jahr später riefen die unaufhaltsamen Fortschritte des Feindes den wackern Meilerstorfer von der Hut der Feste Aggstein auf den früheren Schauplatz seiner kriegerischen Thätigkeit zurück, da, nachdem sich Wien dem Könige Mathias ergeben hatte, die Ungarn Krems und Stein mit einer zweiten Belagerung bedrohten. Auch diessmal schickte der Kaiser seinen Pfleger „zum Achstain" als Hauptmann beiden Städten zu Hilfe, wie ein Schreiben aus Gent in den Niederlanden vom 7. September 1486 zeigt, worin der Kaiser ihn selbst, die Bürger und Söldner bittet, gute Ordnung zu halten und tapferen Widerstand zu thun. Krems bewies auch jetzt seinen glänzenden Heldenmuth selbst dann noch, als die Nachbarstadt Stein in die Gewalt der Ungarn gefallen war, bis es durch das zum Entsatze gekommene Reichsheer befreit wurde. Doch gab der Feind seine Anschläge zur Bezwingung der Stadt keineswegs auf; daher der Kaiser noch am 24. Juli 1488 aus Ehrenberg in Flandern den Bürgern von Krems kundgibt, dass er auf ihre Bitte, weil der Waffenstillstand mit dem Könige von Ungarn zu Ende gehe und er wegen des Krieges in Flandern keine andere Hilfe senden könne, seinen Getreuen „Wolffgangen Meilestorffer zum Achstain und Eschberstorff," Hannsen Oberhaimer zu Falkenstein, „unsern Pflegern," Sigmunden Hager und Hannsen Geyr „unsern Dienern," Befehl gegeben, Krems mit Mannschaft zu versehen und alle Anstalten zur Erhaltung der Stadt zu treffen [1]). Endlich erlässt der

1) Urkunden zur Geschichte von Krems und Stein aus der Zeit dieser Kriege von 1477 bis 1489 in Rauch's Rerum austr. Scriptor. Vol. III. p. 263—354. Chmel's Materialien II. Bd. S. 342 und darnach Lichnowsky VII. Regesten Num. 2104, wo aber statt Veint (Veit) Meilestorfer und Vicentz Erberhänner zu lesen ist: Wolf oder Wolfgang M. und V. Oberhaimer. — Ritter Jodok Hauser, 1476 und 1477 Feldhauptmann in beiden unterösterreichischen Vierteln jenseits der Donau, zerstörte 1476 die von einigen Adeligen zum Raubneste gemachte Burg Schauenstein am Kamp und wird 1477 in einem kaiserlichen Schreiben an den Abt zu Zwetl des Kaisers Kämmerer, Obrister und Pfleger zu Krems genannt. (Linck T. II. p. 247, 251. Preuenhueber S. 135. Lichnowsky VIII. Regesten Num. 729.)

Kaiser aus Linz am 11. December 1489 an Wolfgang Meilerstorfer, seinen Pfleger zum Achstain und Eschperstorf, an Sigmund Hager und Hanns Geyer den Befehl, dass sie dem von ihm zum Pfleger zu Ips aufgenommenen Jörg Seusenecker, wenn der Feind gegen die Stadt Ips etwas unternähme, mit Leuten und andern Nothdurften Hilfe, Zuschub und Beistand thun sollen [1]).

Die niederösterreichischen Stände unterliessen gleichfalls nicht, sich in ihren Geschäften der Dienste eines so bewährten Mannes zum Besten des Landes zu bedienen. Abt Wolfgang von Melk, Wolfgang von Meilerstorf, als Verordnete von den Prälaten und vom Adel, der Bürgermeister von Wien und die Richter von Krems, Ips, Zwetl und Waidhofen an der Taya, als die Sendboten des vierten Standes, genehmigten den mehrmals und zuletzt bis zum 5. Juni 1489 verlängerten Waffenstillstand mit dem Könige von Ungarn, und gelobten ihn zu beobachten und eine Verschreibung von den Landständen unter der Enns hierüber längstens bis 11. November 1488 dem königlichen Hauptmanne zu St. Pölten zur Ueberreichung an den König zu übergeben. Diese Urkunde ist zu Wien den 22. September 1488 gefertigt [2]).

Der Tod des Königs Mathias, ein grosses Glück für Österreich, brachte dem erschöpften Lande nicht alsogleich die ersehnte Ruhe; denn noch blieben die ungarischen Truppen zurück, bis die Ankunft des römischen Königs Maximilian I. mit einem kampfbegierigen Heere sie aus den festen Plätzen und über die Grenze vertrieb, welcher hierauf in Ungarn vordrang und am 7. November 1491 durch einen Friedensschluss den langjährigen Krieg endigte. Was die Umgegend von Aggstein betrifft, so ist noch ein Auftrag des Kaisers vom 4. September 1491 an Christoph, Sigmund und Hanns von Streun zu erwähnen, dass sie, nach den Zusagen der Landleute (Stände) auf dem im Sommer dieses Jahres zu Melk gehaltenen Landtage, Wehrliche nach Spitz senden sollen, um die Feinde, welche die Donau oberhalb Krems besetzen und die Fahrt auf derselben hindern wollen, von der Ausführung dieses Vorhabens abzuhalten. Am 7. December eben dieses Jahres schreibt der Bischof Sixtus von Freising an den Pfleger zu Steier Andreas Krabat von Lapitz: Wolfgang von Meilenstorf, ehemals Pfleger zu Ulmerfeld, habe ihm zu Achstein seinen Wein angehalten und die Leute sich zu verbürgen gezwungen, dass ihm der Bischof vor Lichtmessen Rechnung thun wolle. Nun hätte der Bischof schon lange gerne gerechnet und die Schuld liege an dem von Meilerstorf; daher möge ihn Krabat als sein Freund sowohl hierzu als zur Erfolglassung des Weines bereden [3]). Der Erfolg dieses Ersuchens und des oft genannten, verdienstvollen Pflegers zu Aggstein fernere Thaten und Ende sind nicht bekannt; die Aufschrift seines Grabmals zu Wolfsbach, wie ein Schreiben von dort meldet, ist grösstentheils unleserlich geworden, nur die Gestalt des Ritters noch gut erhalten. Kaiser Friedrich starb zu Linz den 19. August 1493, und sein edler, ritterlicher Sohn Maximilian I. wurde als sein Nachfolger auf dem Throne und als der Wiederbringer einer neuen, besseren Ordnung der Dinge freudig begrüsst. Wenige Jahre nach seinem Regierungsantritte, am 31. Januar 1495, erging ein Gerichtsspruch von ihm, wodurch er gegen seine Leute und

1) Urkunde Num. IX. Auch in einem Schreiben des Kaisers aus Cöln vom 3. Mai 1488 über die Kriegsbegebenheiten, insbesondere die Bewahrung der Stadt und Burg Ips, wird Wolfgang Meilerstorfer des Kaisers Pfleger zum Achstain und Eschperstorff genannt. (Stadtarchiv zu Ips.)

2) Hueber Austria p. 152–154. Bern. Pez Cod. dipl. hist. epist. P. III. p. 425–427. Gesch. v. Melk I. 682–683.

3) Chmel's Regesten K. Friedr. Num. 8711. Gesch. v. Melk I. 686–687. Mittheil. zur Gesch. u. Topogr. in Schmidl's österr. Blättern 1847, Num. 102. Michael Lasperger war 1487, Wilhelm von Losenstein 1490 freisingischer Pfleger zu Ulmerfeld. (Ebend. Num. 90 und 101.) Johann von Tulbeck resignirte am 9. Mai 1476 das Bisthum Freising, sein Nachfolger Sixtus von Tannberg starb 1495. Für Wolfgang von Meilerstorf bleibt in der Reihe der Pfleger von Ulmerfeld ungefähr die Zeit von 1462 bis 1472 oder kurz nach 1472, in welchem Jahre er sicher zu Aggstein war, bis zum März 1477 offen. Dass die Rechnung so lange, wohl noch vom Bischofe Johann, rückständig war, ist nicht ohne Beispiel.

Holden in seinem Dorfe „unterm Aggstain," die den Karthäusern zu Aggsbach in ihrer Fischerei in der Donau Irrung gethan, zu Gunsten der Kläger entschied [1]).

Als kaiserlicher Pfleger zu Aggstein kommt 1510 und 1512 Wilhelm Innprucker zu Peigarten vor, welcher unter Kaiser Friedrich III. und dessen Sohne lange Zeit im Kriege gedient hatte, wie denn auch seine drei Brüder diesem ehrenvollen Berufe folgten und der Älteste, Georg, als kaiserlicher Hauptmann 1484 bei der Vertheidigung der Stadt Korneuburg gegen die Ungarn umkam, Wolfgang als Maximilians Oberster 1510 starb, Hanns der Jüngste, 1480 Friedrichs Hauptmann und Pfleger auf der Burg Starnberg war und gegen die Ungarn zu Felde zog. Wilhelms Gemahlin Anna, des Hanns Pielacher Tochter, gebar ihm nur ein Kind Namens Genovefa, welche 1537 den Christoph Gusser von Grossau (im Viertel O. M. B.) zur Ehe hatte [2]).

Noch vor dem Schlusse des fünfzehnten Jahrhunderts, nämlich 1498, hatte K. Maximilian die Burg und Herrschaft Aggstein als Pfandschaft und Pflege um ein Darlehen von tausend Gulden rheinisch und mit der Verpflichtung, dem Kaiser fünf gerüstete Pferde zu stellen, dem Ritter Albrecht von Wolfstein (von baierischem Adel) übergeben, welcher 1500 als Hauptmann zu St. Pölten, 1505 als kaiserlicher Truchsess, Rath und Amtmann daselbst in Urkunden erscheint, welche Stadt und Herrschaft er seit 1498 für eine dargestreckte Summe ebenfalls satzweise innehatte, bis sie mit Aggstein 1515 in gleicher Weise an den Freiherrn Wilhelm von Rogendorf überging [3]).

Wilhelm Freiherr von Rogendorf wurde 1481 geboren, 1504 des Königs Philipp I. von Castilien Rath und Kämmerer, 1507 Kaiser Maximilians Rath, 1517 des Königs Karl Statthalter in Friesland, 1518 des Erzherzogs und Infanten Ferdinand I. geheimer Rath und Obersthofmeister, 1521 mit seinen Brüdern Wolfgang und Georg und ihren ehelichen Nachkommen mit dem Titel „Freiherren zu Rogendorf und Mollenburg" in den Reichsfreiherrnstand erhoben (den österr.-erbländischen hatten sie schon), wobei der Kaiser dem Schlosse Peckstall den nachher wieder ausser Gebrauch gekommenen Namen Rogendorf gab und es mit Mollenburg zur Freiherrschaft machte. Als oberster Feldhauptmann über das deutsche Fussvolk begleitete Wilhelm den Kaiser Karl V. nach Spanien, wo er Statthalter von Catalonien, Roussillon und Cerdaigne, Comthur des Ordens von Calatrava und zu des Kaisers Trabantenhauptmanne erhoben wurde. Ferdinand I. verlieh ihm, seinen Brüdern und ihren Nachkommen 1539 das Erblandhofmeisteramt unter der Enns und ernannte ihn gegen den Willen des alternden Feldherrn 1541 zum Generalobersten in Ungarn. Voll der Verdienste, die er sich bei verschiedenen Gelegenheiten als Staatsmann erworben, nicht minder ausgezeichnet als Kriegsheld in

---

1) Urkunde Num. X.

2) Linck T. II. p. 354, wo eines Schreibens des W. Innprucker dd. Aggstein, Freitags nach St. Mathiastag (27. Febr.) 1512 an den Abt Erasmus von Zwetl ohne Angabe des Inhalts erwähnt wird. Das gegen Ende des siebenzehnten Jahrhunderts ausgestorbene alte Geschlecht der Innprucker oder von Innpruck, österreichischen Ritterstandes, welches im V. U. W. W. die Güter Neuhaus und Fahrafeld nebst einem Hause zu Wien, ferner Pyhra, Peigarten, Marbach am Walde und Breiteneich im V. O. M. B., auch Wasen im V. O. W. W. besessen, führte einen silbernen Querbalken im grünen Schilde, auf dem Helme zwei grüne, ausgebreitete Adlerflügel mit dem silbernen Querbalken belegt. (Wissgrill IV. Band S. 488—495. Hanthaler Recens. dipl. T. II. p. 46—47.) Es ist gewiss ein seltsamer Zufall, dass die Göltinger und Innprucker ebenso wie die Schecken einen Querbalken im Schilde und als Zimier den Adlerflug im Wappen gehabt haben. Wegen der Gleichheit des Wappens meint Böhm, dass auch Chunrad von Reichenstorff zum Geschlechte der Schecken gehört habe. (Notizenblatt VI. Jahrg. S. 11.)

3) Urkunde Num. XI. Duellii Excerpt. p. 110. Notizenblatt I. Jahrg. S. 251. Kirchl. Topogr. v. Oesterr. VII. Bd. S. 26. Schweickhardt V. O. W. W. VII. Bd. S. 159—160. Die Feste Rabenstein an der Bielach kam 1498 durch Kauf vom Kaiser an Albrecht von Wolfstein. (Num. XI.)

Italien gegen die Venetianer und ihre Verbündeten, in Spanien gegen die Mauren und Franzosen, bei der Belagerung Wiens (1529) gegen die Türken und später an der Spitze der schwierigen Geschäfte in Ungarn, liess er sich durch väterliche Schwäche und unzeitige Klugheit verleiten, die Ausführung eines gefährlichen und entscheidenden Anschlages zur Ueberrumplung der Festung Ofen seinem Sohne Christoph zu überlassen, was die verderblichsten Folgen nach sich zog. Durch eine feindliche Kugel schwer verwundet, vom Zehrfieber ergriffen, musste er die Belagerung mit grossem Verluste aufheben, todtkrank die Flucht ergreifen und zu Somerein auf der Insel Schütt seinen Heldengeist aufgeben (1541). Den Leichnam bewahrt die St. Anna-Kirche zu Peckstall, den Harnisch des Verstorbenen die k. k. Ambraser-Sammlung zu Wien.

Nebst Peckstall und Mollenburg besass der Freiherr Wilhelm von Rogendorf die durch das Absterben Georgs von Eckartsau dem Landesfürsten heimgefallenen Lehen zu Niederfellabrunn, Breitenweiden, Dietersdorf u. s. w. im Viertel unter dem Manhartsberge, die Burg und Herrschaft Steier als Pfandschaft, die Schlösser und Herrschaften Guntersdorf und Stätz, das Ungeld zu Wilhelmsburg, die Herrschaft St. Pölten pfandweise, die Feste Almeck im Traunviertel, die landesfürstlichen Ämter zu Emersdorf mit der Mauth und dem Ungelde, das Schloss Wimberg sammt dem Freigerichte im Isperthale und dem Schlosse Persenbeug als Pfandschaft, das Dorf Hernals und ein Haus zu Wien u. s. w. von welchen Gütern er aber mehrere theils wieder abtrat, theils verkaufte [1]).

Aggstein sollte, laut der vom Kaiser Maximilian I. zu Innsbruck am 26. Januar 1515 gefertigten Urkunde, dem Freiherrn Wilhelm von Rogendorf eingegeben werden, welcher zu Innsbruck am 30. Januar als kaiserlicher Rath und Burggraf zu Steier einen Pfandbrief ausstellte, um das Schloss zu Aggstein an der Donau für 3000 Gulden alte Schuldforderungen und 1000 Gulden Ablösungssumme, die Albrecht von Wolfstein auf diesem Schlosse pfandweise gehabt hat. Im Jahre 1521 ernennt Kaiser Karl V. ihn zum Pfleger der Herrschaft Aggstein und übergibt ihm durch eine zweite Urkunde dieselbe. Schon am 2. Mai 1515 hatte Rogendorf auch die Pflege und das Amt St. Pölten mittelst Ablösung von Albrecht von Wolfstein für 6000 Gulden auf sechs Jahre pflegweise gegen Verrechnung von Maximilian I. erhalten. König Ferdinand I. bestätigte ihm den lebenslänglichen Genuss von Aggstein. Laut des hierüber zu Augsburg den 10. September 1530 ausgestellten Pfandbriefes gibt nämlich derselbe das Schloss Aggstein sammt der Mauth und allen Obrigkeiten, Nutzungen und Zugehörungen, wie sie vordem Albrecht von Wolfstein, Freiherr zu Obersulzburg, königlicher Rath, innegehabt, dem Wilhelm Freiherrn von Rogendorf für die ihm wegen seiner treuen Dienste auf lebenslang unablöslich darauf pfandweise geschlagenen 4000 Gulden. Rogendorf's Pfandrevers ist zu Augsburg den 17. September ausgestellt. Der König schlägt, laut Urkunde, gegeben zu Wien am 20. April 1534, dem Freiherrn noch 3378 Gulden, 7 Schilling, 21 Pfennige Baugeld auf seinen vorigen Pfandschilling hinzu. Während Rogendorf in der belagerten Stadt Wien mit seinem Schwager Niklas Grafen von Salm gegen den Erbfeind der Christenheit kämpfte, vermochte er nicht zu hindern, dass die Türken in der ersten Hälfte des Octobers 1529 auf ihren Streifzügen durch Österreich ausser vielen andern Schlössern auch Aggstein in Brand steckten und verwüsteten, daher der König Ferdinand am 21. April 1531 für die Herstellung der Schlösser Rauhenstein, Pütten, Merkenstein und Aggstein Baugelder

1) Nach den vortrefflichen, mit grossem Fleisse und sachkundiger Kritik von dem Herrn kais. Rathe Bergmann zusammengestellten Nachrichten in dem Werke: „Medaillen auf berühmte und ausgezeichnete Männer des österr. Kaiserstaates" I. Bd. S. 216 u. ff. und im Aufsatze: „Ueber die Freiherren und Grafen zu Rogendorf" in den Sitzungsberichten d. kais. Akademie d. Wissenschaften. Philos.-histor. Classe VII. Bd. III. Heft, S. 519 u. ff.

anwiess, namentlich dem Freiherrn Wilhelm von Rogendorf 4000 Gulden zur Befestigung der Burg Aggstein [1]).

Wilhelms ältester Sohn Christoph, Karls V. deutscher Leibgarde- und Arcieren-Oberster, welcher 1532 gegen Suleiman II., 1535 mit dem Kaiser vor Tunis, auch gegen Frankreich gestritten und mit Karls Erlaubniss das Ordenskreuz seines Vaters trug, brachte Schmach und Unglück über seine Familie, indem er mit Zurücklassung einer schweren Schuldenlast im Jahre 1546 aus Prag nach der Türkei entwich, in des Sultans Dienste trat, 1548 aber nach Frankreich ging und als heimatloser Söldneroberster für die Guisen in Deutschland Truppen warb. Von seinem ferneren Schicksal und Tode fehlt jede Kunde [2]). Sein Landesfürst König Ferdinand hatte ihm 1535 lebenslänglich die Herrschaft Aggstein verpfändet, die er aber entweder nicht wirklich übernahm oder nach seines Vaters Tode, wahrscheinlich mittelst Ablösung, sogleich wieder abtrat, da schon 1542 Hieronymus von Maugis im Pfandbesitze und in der Pflege von Aggstein erscheint, in welcher ihm 1565 Christoph Maschko folgte [3]).

Hierauf gelangten Judith Freiin von Polheim (bis 1578) [4]), dann ihre Erben zur Pfandinhabung von Aggstein, und zwar der Freiherr Andreas Wolf von Polheim mit seiner Gemahlin Anna, die es beide mit vollem Rechte verdienen, dass wir bei ihren merkwürdigen Lebensumständen, die auch für die Geschichte der Burg nicht unwichtig sind, etwas länger verweilen.

Die Herren, seit 1507 Freiherren, seit 1719 Grafen von Polheim, gehören zu den ältesten Edelgeschlechtern in Österreich. Ihr Stammhaus hatten sie bei dem Dorfe Polheim unweit Parz und Grieskirchen im Hausruckkreise ob der Enns und können ihre Ahnenreihe bis in das eilfte Jahrhundert hinaufführen. Das Minoritenkloster zu Wels, wo sie eine ansehnliche Burg Namens Polheim bewohnten,

---

1) Sitzungsberichte S. 553, 556—557. Notizenblatt I. Jahrg. S. 108, Num. 46, 51, 52, 63. Oberleitner, Oesterreichs Finanzen und Kriegswesen unter Ferd. I. im Archiv f. Kunde österr. Geschichtsquellen XXII. Bd. I. S. 49. Note 22.

2) Sein Vater trat ihm 1537 die Herrschaft Guntersdorf (V. U. M. B.) ab, welche Ferdinand I. zur Reichsgrafschaft erhob. Sie war ein Lehen der Abtei Melk, die auf des Königs Verlangen sich dieser Lehensherrlichkeit für immer begab. — Die Freiherren von Rogendorf wurden 1686 von Kaiser Leopold I. in den Grafenstand erhoben.

3) Sitzungsberichte S. 565. Notizenblatt I. Jahrg. S. 109, Num. 83. Schweickhardt V. O. W. W. VII. 160. Vom Jahre 1530 bis ungefähr 1555 finden sich sehr viele verpfändete landesfürstliche Güter, darunter die Herrschaft Aggstein um ein Darlehen oder einen Pfandschilling von 8278 Gulden. (Archiv XXII. Bd. I. Seite 98, Note 32.) Urbarien von Aggstein von 1524 und 1573 verwahrt das Archiv des k. k. Finanz-Ministeriums. (Notizenblatt VIII. 248.) — Ein Philipp von Maugis, ein adeliger Niederländer von vieler Gelehrsamkeit und Geschicklichkeit, an Ferdinands I. Hofe erzogen, dessen Prinzen er nützliche und getreue Dienste leistete, wurde als Weltpriester auf des Landesfürsten Verwendung 1541 Propst des regulirten Chorherrenstiftes Herzogenburg, bald hernach Regimentsrath (Regierungsrath) und starb zu Grätz den 23. April 1550. (Gesch. d. österr. Klerisei IX. Bd. S. 174—175 der diplom. Beilagen.)

4) Judith, Tochter des Hanns von Weisspriach, des Letzten seines alten Geschlechtes, und Gemalin des 1570 gestorbenen Freiherrn Maximilian von Polheim und Wartenburg, kaiserlichen Rathes, Kämmerers und Arcieren-Garde-Hauptmannes, dem sie den Sohn Hanns Cyriak und sieben Töchter gebar, starb als Witwe am 5. November 1578 und wurde an der Seite ihres Gemals in der väterlichen Familiengruft zu Katzelsdorf bei Wienerisch-Neustadt beigesetzt. (Hoheneck II. 140—141). Im Jahre 1578 beschwerten sich die österreichischen Stände bei dem Kaiser Rudolph II. über den baierischen Weinaufschlag, dann über die Erhöhung der Mauthen zu Aggstein, Emersdorf, Wolkersdorf, Schweinbart, Hollabrunn u. s. w. (Archiv des niederösterr. Prälatenstandes zu Wien.) In einem Verzeichnisse der Gültpferde und Rüstgelder der kaiserlichen Pfandschaften in Niederösterreich im Jahre 1598 kommen „die Erben der Frau Judith von Polheim“ für die Herrschaft und Mauth Aggstein mit 2 Gültpferden und 13 Pfund, 4 Schilling, 22 Pfenning Rüstgeld vor. (Oberleitner, die Finanzlage Niederösterreichs im 16. Jahrhundert. Archiv für Kunde österr. Geschichtsquellen XXX. Bd. S. 84 des besonderen Abdruckes.)

und das Paulanerkloster zu Thalheim bei Wartenburg unweit Vöcklabruck waren seit 1230 und 1497 Stiftungen und Erbbegräbnisse der Familie Polheim, die mit den berühmtesten Häusern, selbst mit den Bourbonen verwandt ist, und ausgezeichnete Kirchenfürsten, Ritter des goldenen Vliesses, Staatsmänner und Gelehrte unter ihren Mitgliedern zählt [1]).

Andreas Wolf Freiherr von Polheim und Parz zu Ottenschlag kam den 2. Dec. 1557 zu Wels im Schlosse Polheim zur Welt und wurde von seinen Ältern Andreas und Maria Salome (gebornen Schifer) in der protestantischen Religion erzogen. Schon als Knabe zeigte er grosse Neigung zum Soldatenstande, aber seine oft wiederholte Bitte, ins Feld ziehen zu dürfen, wurde jedesmal von dem festen Sinne des ernsten Vaters zurückgewiesen, dem diese Richtung des jugendlichen Geistes durchaus missfiel. „Weil er denn so grosse Lust zum Kriege habe" — lautete einst sein überstrenger Bescheid auf des Sohnes immer dringenderes Gesuch — „so möge er wohl hinziehen, aber dabei wissen, dass, weil es ohne, ja gegen seinen Willen geschehe, der Vater für ihn nicht bethen könne noch wolle." Diese harten Worte, aus tiefbekümmertem Vaterherzen gesprochen, verfehlten nicht, ihre beabsichtigte Wirkung auf das weiche, kindlich-fromme Gemüth des jungen Andreas zu thun. Seinen liebsten Wunsch der schweren Pflicht des ehrerbietigen Gehorsams opfernd, strebte er in eifriger Pflege der Wissenschaften einen Ersatz für die entschwundenen Heldenträume zu finden. Er besuchte die Universitäten zu Tübingen und Wittenberg (1570, 1573), in dieser sogar mit der Würde des Rectors magnificus beehrt, die er von 1574 bis 1576 bekleidete; denn es war Sitte, um den Glanz der hohen Schulen zu vermehren und ihnen reiche und mächtige Gönner zu gewinnen, dass Studierende aus vornehmen Häusern zur Ehrenstelle des Rectorats erwählt wurden. Allein die Kenntnisse, wie sie die Schule zu geben pflegt, hatten seinen Durst nach Wissen nicht gestillt, sondern noch mehr erregt. Daher ging er, nachdem er zu Padua seine Studien vollendet hatte, gleich vielen adeligen Jünglingen seiner Zeit, zu seiner ferneren Ausbildung auf Reisen und sah Italien, Frankreich und England. Mit mancherlei Kenntnissen (wie er denn im Italienischen und Französischen, vorzüglich aber im Lateinischen grosse Fertigkeit besass) und mit vielen nützlichen Erfahrungen bereichert, kehrte er nach Hause zurück, wo ihm die Hand der Liebe, mit dem Segen des Vaters und der Stiefmutter Margaretha von Puchaim vereint, eine des edlen und vielseitig gebildeten jungen Mannes vollkommen würdige Gemahlin zuführte. Am 20. Mai 1584 wurde er im Schlosse zu Wels mit Anna von Polheim getraut [2]), an deren Seite er leicht den ungestümen Bestrebungen seiner früheren Jugend entsagte. In der beneidenswerthen Ruhe des echten Weisen und im süssen Frieden des häuslichen Glückes, welches nur durch die Entbehrung der Vaterfreuden getrübt war, auf seinen Gütern lebend, genoss er den Lohn seiner kindlichen Liebe im frohen

1) Weitläufig haben Preuenhueber, Graf Wurmbrand und Baron Hoheneck von dieser Familie geschrieben, deren ältestes Wappen ein durch vier weisse und vier rothe Bänder rechtsschräg getheilter Schild ist, auf dessen Helme ein mit dem Schilde übereinstimmender, doppelter Adlersflug steht. — Hinsichtlich des Klosters Thalheim ist zu bemerken, dass die von Vielen verwechselten Pauliner, Eremiten des heiligen Paulus des ersten Einsiedlers, zu Nieder-Ranna im V. O. M. B., zu Wienerisch-Neustadt und zu Hernals, und die Paulaner oder mindesten Brüder (Fratres Minimi) des heiligen Franz von Paula zu Thalheim und in der Vorstadt Wieden zu Wien, von zwei gänzlich verschiedenen Orden sind.

2) Hoheneck schreibt S. 143, Anna von P. sei am 30. August 1562 geboren, in ihrem achtzehnten Jahre 1584 vermählt worden; S. 90 gibt er das Jahr 1582 an; Preuenhueber S. 491 ebenfalls 1582, S. 499 das Geburtsjahr 1566, welches das richtige ist, wornach ihre Hochzeit auf 1584 fällt. Preuenhueber schrieb seine, von Hoheneck benützte Genealogia Polhaimiana 1642, und sie ist mit seinen andern Schriften zusammen zu Nürnberg 1740 in neuer Auflage herausgekommen.

Besitze einer zärtlichen, liebenswürdigen Gattin leider nicht lange, indem sein frühzeitiger Tod zu Ottenschlag am 16. Februar 1592 allzu schnell diese glückliche Verbindung zerriss.

In ihrem achtzehnten Lebensjahre vermählt, im sechsundzwanzigsten Witwe, verschmähte es die junge Freifrau sich wieder zu verehlichen. Nach dem Beispiele ihres Vaters Maximilian Freiherrn von Polheim, aber ganz besonders ihrer Mutter Judith Freiin von Weisspriach [1]), der protestantischen Religion eifrig ergeben, wechselten ihre Stunden zwischen häuslicher Andacht und menschenfreundlichem Wirken. Der ehrliche Preuenhueber lobt sie als „eine gottesfürchtige Frau, die Gottes Wort fleissig betrachtet und ihre ordentlichen Bethstunden gehalten hat;" doch war ihre innige Frömmigkeit auch mit nie ermüdender Wohlthätigkeit gegen Arme und Kranke verbunden, die sie reichlich betheilte und unterstützte und mit heilsamen Arzneien aus ihrer wohleingerichteten Hausapotheke unentgeltlich versorgte; und diese schöne, dem Frauenherzen so eigenthümliche Tugend, nicht weniger ihre Gerechtigkeit und Sanftmuth, wesshalb sie von ihren Hausgenossen und Unterthanen nicht so sehr als Gebieterin hochgeachtet, sondern vielmehr als Mutter verehrt und geliebt ward, aber auch ihre echt christliche Seelenstärke, Geduld und Ergebung in die verborgenen Wege der Vorsehung, ihr nie gebeugter männlicher Muth im Unglücke, sichern ihr eine ruhmvolle Stelle unter den Edelsten ihres Geschlechtes.

Aus dem Feuerofen der Trübsal geht das Gold der reinen Tugend am glänzendsten hervor; an einer Heldin, wie Anna von Polheim, ziehen auch die schwersten Schläge des Schicksals kraftlos vorüber. Ein Schiffbruch in der Donau, woraus sie fast unbekleidet, nur mit grösster Mühe und Gefahr von ihrem Gemahl gerettet wurde; die frühzeitige Trennung von dem Manne ihrer Wahl und ihrer Liebe; eine Belagerung, welche die Witwe im Jahre 1597 von fünftausend aufrührerischen Bauern im Schlosse Ottenschlag aushielt, und später eine heftige Feuersbrunst, die ebendieses Schloss sammt dem dazu gehörigen Markte verheerte, waren gewiss sehr schwere Prüfungen für eine, des heitersten Glückes, des sorgenfreiesten Wohlstandes gewohnte Dame, die nun kinderlos, sich selbst überlassen in der Welt allein stand. Dennoch wurde ihr felsenfester Muth nie erschüttert. „Der Herr hat es gegeben, der Herr hat es genommen; des Herrn Name sei gelobt!" sprach sie mit emporgerichteten Händen, sich selbst tröstend, in frommer Ergebung, als sie aus dem Thore des brennenden Schlosses trat. Darauf die regsamen Hände nicht in den Schooss legend, noch in des Grames dumpfem, rathlosem Hinbrüten sich verzehrend, stellte sie nicht blos die vom Feuer verwüsteten Schlossgebäude zu Ottenschlag wieder her, sondern gab während ihres Witwenstandes auch der Burg Aggstein, dem Mauthhause an der Donau und dem Freihofe oder Schlosse zu Schwallenbach theils durch neue Bauten, theils durch Erneuerung der alten eine schönere und ansehnlichere Gestalt. So lebte sie in der stillen Thätigkeit einer sorgsamen Hausfrau auf ihren Gütern in der Mitte ihrer Unterthanen noch beinahe sechs und zwanzig Jahre nach dem Hinscheiden ihres Gemals, bis sie in der von ihr theilweise neu gebauten Burg Aggstein den 3. Februar 1617 im einundfünfzigsten Jahre ihres wohlthätigen und nützlichen Erdenwallens

---

1) Diese glaubenseifrige Dame wagte, obwohl vergebens, sogar einen schriftlichen Versuch, die Königin Katharina, Tochter K. Ferdinands I., als Witwe des Herzogs Franz von Mantua mit Sigmund II. von Polen vermählt, die nach ihrer Trennung von diesem Könige meistens zu Linz lebte und dort 1572 starb, für die protestantische Confession zu gewinnen. (Wurmbrand S. 177. Hoheneck II. 140—141.) Auch von der Tochter Anna rühmt ihr Epitaphium:

„Von Herzen liebt' ich Gottes Wort,
Und half's auch treulich pflanzen fort;
Mein' Glauben ohn Scheu bekannt allzeit."

zu einem besseren Dasein entschlummerte. Sanft wie ihr Leben war ihr Tod. Ihre sterbliche Hülle ruht in der Pfarrkirche zu Ottenschlag an der Seite des geliebten Gemahls, wo auf ihrem Sarge die Grabschrift zu lesen war:

Zu erwarthen des lieben Jüngsten Tags ist in disem Sarch verschlossen
der von der Seelen seelig abgeledigte Leib der Wohl-Gebohrnen Frauen
Frauen Annae gebohrnen Freyherrin von Polhaimb und Wartenburg,
Frauen auf Ottenschlag und Aggstein, weyl. des Wohl-Gebohrnen
Herrn Herrn Andreas Wolfen Herrn zu Polhaimb, hinterlassenen
Wittib, ist gestorben zu Aggstein den 3ten Februar . nach 12 Uhr
Vormittag in 1617. ihres Alters in 51. und ihres Wittib-Stands in
26. Jahr, GOtt verleyhe allen noch Lebenden also hienach eine
fröhliche Auferstehung Amen.

Ein längeres, nicht unverdientes „Epitaphium“ von zwei und fünfzig gereimten deutschen Versen im Geschmacke seiner Zeit hat ihr Freund und Glaubensgenosse, der gelehrte Job Hartmann Freiherr von Enenckl, der Verstorbenen gewidmet, um ihre seltenen Tugenden dem Andenken der Nachwelt zu bewahren [1]).

Die von ihrem Gemahl und nach seinem Tode von ihr selbst nur pfandweise besessene Burg und Herrschaft Aggstein mit der Mauth wurde im Jahre 1606 von Kaiser Rudolph II. der Witwe Freiin Anna von Polheim verkauft und von ihr im Testamente ihrem Vetter Otto Maximilian Herrn von Abensperg und Traun vermacht, welcher beides, laut Kaufbriefs vom 25. Mai 1622, seinem älteren Bruder Adam, Herrn zu Wildberg, Grub und Neidharting verkaufte. Dieser war 1593 geboren, kaiserlicher Hofkriegsrath, Kämmerer, Oberster über ein Regiment hochdeutscher Infanterie und Generalfeldwachtmeister über die kaiserliche Armee zu Ross und zu Fuss, starb den 22. September 1632 zu Breslau an einer vor dieser Stadt erhaltenen Wunde und liegt in der Pfarrkirche zu Horn begraben. Seine Witwe Elisabeth, des Freiherrn Achaz von Landau zum Haus und Rapotenstein Tochter, mit der er keine Kinder hatte, verehlichte sich nachmals mit dem Freiherrn Seifried von Breuner. Aggstein fiel durch Erbschaft an den jüngsten Bruder Hanns Cyriak, geboren 1599, welcher sich in einem, zu Friesing unweit St. Pölten am 21. Mai 1642 erlassenen Decrete an den Richter und Rath zu Melk, eine Militär-Quartier-Sache betreffend, den Titel gibt: „Hanns Cyriak Herr von Traun, Herr auf Aggstein, Friesing und Wildberg, römisch-kaiserlicher Majestät bestellter Obrister und Ober-Quar-

1) Preuenhueber S. 491, 499–500. Hoheneck II. Thl. S. 90, 143–144. Beide geben auch das Epitaphium, worin die Witwe Polheim erzählend und ermahnend eingeführt wird. Weil es, ausser den oben vorgekommenen, keine besonderen Notizen enthält und hinsichtlich der Form keinen Werth hat, so mag es hier füglich wegbleiben. Von der Burg Aggstein rühren der lange Tract der Westseite aus der Zeit zwischen 1606 und 1616 her, ebenso das Mauthhaus, von Zeiller im deutschen Reisebuche „ein schönes Zoll- oder Mauthhaus“ genannt „allda sich ein leckerlicher Poss mit Senffässlein, von welchen man die Mauth begehrt, zugetragen haben soll.“ Der dem Mauthner gespielte Possen ist leicht zu errathen und das Wort leckerlich (nicht „lächerlich“) absichtlich gewählt. Dass an der Stelle des Mauthhauses jetzt ein Landhaus steht, wurde schon Anfangs gesagt. Das kleine Schloss zu Schwallenbach, jetzt ein Privateigenthum, der Kirche beinahe gegenüber, hat noch dieselbe Gestalt, welche sie durch die Freifrau von Polheim bekam. Wie diese zum Besitze des uralten Edelhofes und Gutes gelangte, war nicht zu finden. — Aus der nächsten weiblichen Umgebung der eben genannten Frau hat sich im alten Taufbuche der Pfarre Laach am Jauerling bei dem Jahre 1617 noch Ein Name erhalten: Katharina, des Hanns Stüber, gewesenen Pflegers der Herrschaften Zaissing und Puchberg Witwe, der seligen Frau Anna von Polheim etc. zu Ottenschlag und Aggstein gewesene Hofmeisterin. Auch sie war Protestantin und erscheint hier als stellvertretende Pathin bei der Taufe eines Kindes. Zu Laach, Spitz, Schönbüchel u. s. w. befanden sich damals evangelische Pfarrer, und ohne Zweifel wurde auch die Burgkapelle zu Aggstein zu gottesdienstlichen Versammlungen der Protestanten gebraucht.

tier-Commissarius im Viertel ober Wiener Wald," auch Verordneter des niederösterreichischen Herrenstandes war und 1652 starb. Seine Gemahlin Susanna Maria geborne Herrin von Zinzendorf war die Mutter eines Sohnes, Hanns Wilhelm, und einer Tochter, Susanna Katharina. Hanns Wilhelm, seit 1653 Graf von Abensperg und Traun, kaiserlicher Kämmerer, endigte 1690 sein Leben, nachdem schon vor längerer Zeit die Burg, Herrschaft und Mauth Aggstein in fremde Hände übergegangen war [1]).

Die Freifrau von Polheim hatte eben zu rechter Zeit die müden Augen zur ewigen Ruhe geschlossen, um nicht die schrecklichen Gräuel zu schauen, die während des unheilvollen dreissigjährigen Krieges auf ihr theures Vaterland losstürmten und unter der Familie Traun auch der Umgegend von Aggstein gefährlich wurden.

Als der mit Bethlen Gabor geschlossene Waffenstillstand den Feindseligkeiten in Ungarn ein Ziel setzte, drangen im Jahre 1620 die „Kosaken," vielmehr unmenschliche Raubmörder, als eigentliche Hilfsvölker des Kaisers, aus Polen plündernd durch Mähren in Oesterreich ein und zogen, ungeachtet einer von den nachsetzenden Mährern unweit der Donau erlittenen Niederlage, gegen Wien, worauf sie im Lande unter der Enns übel hausten und wohin sie kamen, überall grossen Schaden anrichteten. Aus Schrecken vor diesem Gesindel, das aus Rauben, Morden, Brennen und andern barbarischen Gewaltthaten ein Gewerbe machte und selbst gegen die der katholischen Religion und dem Kaiser getreuen Ortschaften keine Schonung kannte, verliess viel Landvolk mit Weib und Kindern seine schutzlosen Wohnstätten und begab sich in die Wälder und Auen, in denen sie durch Hunger oder Kälte zu Grunde gingen oder von ihren grausamen Verfolgern niedergemetzelt wurden. Auch der wohlhabende Markt Spitz entging der Plünderung nicht, da sie aus der Kirche die Kelche, Monstranzen, Messkleider und anderes Geräthe raubten und es so arg trieben, dass sogar die Wallonen (niederländisches Kriegsvolk in kaiserlichem Solde), die ihnen doch sonst an Blutgier und Tyrannei nicht viel nachzugeben pflegten, so sehr wider sie erbittert wurden, dass sie etliche derselben erschossen und achtzehn gefangen in das Lager des Grafen von Bucquoy, dessen Heeresabtheilung sie zugetheilt waren, nach Krems führten [2]). In jenen drangsalvollen Tagen bot die Felsenburg Aggstein unter ihrem neuen Besitzer Otto Max Herrn von Traun den Unterthanen, so wie den Bewohnern der ganzen Umgegend eine schützende Zuflucht. Daselbst beschloss auch ein Greis von 87 Jahren, der protestantische Rathsbürger Georg Bogner von Spitz am 3. April 1620 als Flüchtling sein Leben, wie uns sein Denkstein an der Kirche zu Schwallenbach, in deren Friedhofe er sein Grab fand, mit seinem Wappen und folgender Aufschrift kundgibt:

HIE RVEHT DER EDL EHRNVEST
GEORG BOGNER, RATHSBVRGER ZV
SPIZ CVM VXORE APOLLO : WOLFS·
HÖRNDLIN, DER IN DER FLUCHT
DER BOHM : VNGE : OSTEREICH : VNRVHE
AM AGSTEIN $\overline{3}$ APRIL 1620 SEINES
ALTERS $\overline{87}$ IN $\overline{XPO}$ ENTSCHLAFEN.

Zur Zeit des schwedischen Einfalles in Österreich im Jahre 1645, unter Hanns Cyriak Herrn von Traun, hatte Aggstein eine kaiserliche Besatzung zur Beschirmung des Schlosses und der Umgegend. Nachdem die Schweden im März dieses Jahres Krems, Stein und Tirnstein erobert hatten,

1) Hoheneck II. Thl. S. 698–706. Stiftsarchiv zu Melk Scrin. 82, Fasc. 1, Lit. c.

2) Theatrum Europaeum I. Thl. Frankfurt am Main 1635 S. 379–382. Statt des Marktes Spitz ist dort (S. 381) das „Closter vnder Alta" genannt, welcher Irrthum daraus entstand, weil die Pfarre Spitz der Abtei Niederaltach gehörte. Merian's Topographia Provinciar. Austr. etc. S. 58.

geschah es, dass die feindlichen Streifparteien einige kaiserliche Truppen, die sich wieder gesammelt hatten und bei denen sich auch der im letzten Treffen gewesene Graf Kurz mit seinem und vieler Anderen Gepäcke befand. auskundschafteten, und als diese Kaiserlichen oberhalb Krems bei Aggstein vom jenseitigen Ufer über die Donau gesetzt hatten, aber von dem dortigen Commandanten nicht aufgenommen wurden, die Zurückgewiesenen überfielen, viele niedermachten und die übrigen gefangen nahmen. Man erfuhr dieses Ereigniss von einem jungen Grafen von Zeil, der dabei war und von Linz verwundet nach Wien kam. Dass aber die Kaiserlichen keine geringere Plage für die Gegenden, wo sie lagen, als die Schweden selbst waren, ist durch viele gleichzeitige Nachrichten erwiesen, und auch die Nachbarn von Aggstein wussten von jenen zuchtlosen Schaaren nichts Rühmliches zu erzählen. Eines Tages ward die Besatzung dieser Burg durch das Sturmgeläute der Glocke von Langeck, welches damals nur eine kleine Kirche hatte, gegen einen plündernden Haufen von zwanzig Reitern und dreissig Fussgängern aus den zu Mautern und Hundsheim stehenden kaiserlichen Regimentern zu Hilfe gerufen. Sie traf eben noch rechtzeitig ein, diese Raubgesellen, die indessen auf ein nahes Bauerngut, der Nellenhof genannt, gezogen waren, zu versprengen, worauf die Reiter nach Mautern in ihr Lager zurückflohen, das Fussvolk aber ferner plündernd den Weg durch das Thal von Wolfstein und durch den Markt Gansbach fortsetzte [1]). Aggstein sah keinen Feind in seinen Mauern, denn die schwedische Heeresmacht hat das rechte Ufer der Donau nie siegend betreten.

Zur Geschichte der Mauth zu Aggstein lassen uns diese Tage der Unruhen und Kriege gleichfalls nicht ohne Nachricht. Schon die Freiin Anna von Polheim, unter welcher 1593 zur Sicherung der Gränzen zwischen der Herrschaft Aggstein und der Karthause Aggsbach neue Markungen vorgenommen worden, war am 28. November 1599 mit diesem Kloster in Streitigkeiten gerathen, indem sie sich auf einen zwischen der Herrschaft Aggstein und dem Gotteshause Aggsbach vor langen Jahren errichteten Vergleich berief, dass letzteres von allen zu seiner Nothdurft auf der Donau zu verführenden Gütern keine Mauthgebühr, die Herrschaft Aggstein dagegen von allem ihrem Getreidebau keinen Zehent dem Kloster zu geben haben sollte, während im Gegentheile dieses sein allgemeines Mauthprivilegium und sein Zehentrecht geltend machen wollte. Der Streit wurde mittelst eines gütlichen Vergleiches beigelegt, wodurch Aggsbach im Besitze der Mauthfreiheit, die Pfandinhaberin von Aggstein dagegen lebenslänglich im Genusse des Wein- und Getreidezehents von den herrschaftlichen Grundstücken verblieb. Aus den hierüber gewechselten Schriften ist ersichtlich, dass damals auch Safran bei Aggstein gebaut wurde. Später entstand ein Streit des Abtes Valentin und des Conventes zu Melk mit Otto Maximilian und Johann Cyriak, kaiserlichen Obersten, beiden Herren von Traun Gebrüdern, Herren zu Wildberg, Meidling (bei Göttweig), Grub und Aggstein, als Inhabern der Bodenmauth zu Aggstein, welche die Mauthfreiheit des Stiftes nicht anerkennen, sondern es zur Entrichtung der betreffenden Gebühren verhalten wollten. Auch hier machte ein Vergleich zu Wien am 12. Januar 1642 dem Streithandel ein Ende. Das Stift Melk behielt die bisherige Mauthfreiheit für seine stromaufwärts fahrenden Schiffe, dagegen es den Eigenthümern der befreiten, erbeigenthümlichen Mauth Aggstein jährlich sechzehn Eimer Gebirgswein, wie er jedes Jahr gewachsen, bei der gedachten Mauth abzulegen schuldig sein sollte. Kaiser Ferdinand III. bestätigte zu Wien am 7. Juni 1642 den Vertrag [2]). Da dieser von beiden Brüdern Traun, Otto Max und Johann

1) Theatr. Europ. V. Thl. S. 748. Romer Servitus Mariana, seu Historia Ord. Servor. B. M. V. Viennae 1667 p. 406. Feil, Die Schweden in Österreich, in d. Quellen u. Forschungen zur vaterländ. Geschichte, Literatur u. Kunst. S. 351 u. ff.

2) Archivum Cartusiae Aggspac. T. I. BA. S. 493. BP. S. 594. BQ. S. 611—612. Stiftsarchiv zu Melk. Scrin. 68, Fasc. 2, Lit. a et b. In den Jahren 1655 bis 1657 kamen noch ungegründete Ansprüche der Gräfin von Traun zu Aggstein auf die Taz-Gerechtigkeit von der Hoftaferne des Klosters und im halben Dorfe Aggsbach hinzu. (Arch. Aggsb. II. Lit. I. S. 34.)

Cyriak, beurkundet wurde, so scheint der Erstere noch irgend einen Antheil am Gute Aggstein gehabt zu haben.

Nach der Familie Traun kommt Isabella Constantia Gräfin von Kronegh als Frau der Herrschaft Aggstein vor, welche sie 1685 an Konrad Balthasar Grafen von Starhemberg verkaufte, wozu diesem im folgenden Jahre der Freiherr von Prösing auch die vierzehn Aggsteiner-Unterthanen abtrat, die er 1681 von dem Grafen Wilhelm von Kronegh gekauft hat [1]).

Konrad Balthasar Graf von Starhemberg, welchen Schwerdling „den grössten Minister seiner Zeit und den besten Oekonom der österreichischen Länder" nennt, war aus der protestantischen in die katholische Kirche zurückgekehrt, bekleidete nach geleisteten Kriegsdiensten verschiedene wichtige Ämter am kaiserlichen Hofe und im Staate und starb als des Kaisers wirklicher geheimer Rath und Kämmerer, niederösterreichischer Statthalter und Ritter des goldenen Vliesses den 3. April 1687, nachdem er viele Herrschaften durch Kauf an sich gebracht und die Kirche mit dem Servitenkloster zu Schönbühel von 1666 bis 1674 gebaut und gestiftet hatte, dessen Priestern dann auch die gottesdienstliche Besorgung der Schlosskapelle zu Aggstein auferlegt wurde [2]). Dem Grafen Konrad Balthasar folgte im Besitze dieser Herrschaft sein Sohn Ernst Rüdiger, der unsterbliche Vertheidiger Wien's gegen die Türken (1683), deren Streifhorden es damals nicht wagten den Felsensitz Aggstein anzufallen. Noch prangen im Starhembergischen Wappen die glorreichen Erinnerungszeichen jener glanzvollen Thaten zum unvergänglichen Ruhme des Helden. Dieser schloss schon 1687 mit seinem Stiefbruder Franz Ottokar einen Theilungsvertrag über die väterliche Erbschaft, wodurch dieser auch die Herrschaften Schönbühel und Aggstein bekam, die bei seinem Tode 1699 auf seinen Erstgebornen Konrad Sigmund übergingen, welcher nach erlangter Altersnachlassung oder Jahrgebung (venia aetatis) 1708 die Verwaltung derselben antrat und sie bei seinem allzu frühen Tode 1727 seinem Sohne Johann Ernest hinterliess. Dieser trat 1783 seinem jüngern Bruder Georg Adam, seit 1765 Fürsten von Starhemberg, unter gewissen Verbindlichkeiten sowohl die Majorats- als die Allodialherrschaften ab, der sie 1807 auf seinen Sohn Ludwig Joseph Maximilian Gregor vererbte [3]). Dieser Fürst verkaufte 1819 Schönbühel und Aggstein dem Grafen Franz von Beroldingen, nach dessen Tode (2. December 1860) sein Neffe, der kais. kön. Hauptmann, Herr Franz Graf von Beroldingen dieselben erbrechtlich erwarb.

---

1) Schwerdling, Gesch. d. Hauses Starhemberg S. 228 u. ff. In meinem ungedruckten Aufsatze vom J. 1822 und in Hormayr's Archiv 1827 heisst es, dass Ludwig Mittermayr von Waffenberg 1685 Aggstein an den Grafen von Starhemberg verkaufte, worin ich einer schriftlichen Mittheilung des Priors zu Schönbühel P. Cyrill Maria Eizenberger folgte; daher scheint der kaiserliche Hofkammerrath Ludwig von Waffenberg, welcher 1689 die Herrschaft Burg Medling und Feste Lichtenstein kaufte, wohl Eigenthümer eines Antheils von Aggstein gewesen und also auch jene Nachricht nicht verwerflich zu sein. Ganz unrichtig aber schreibt Schweickhardt, dass Hanns Wilhelm von Abensperg und Traun 1636 dem Konrad Balthasar von Starhemberg Aggstein verkaufte, ebenso Schultes, dass es der Graf 1649 durch Kauf an sich brachte.

2) Gesch. d. österr. Klerisei VIII. Bd. S. 188—189, verglichen mit andern sichern Quellen.

3) Wenn Schweickhardt in der Reihenfolge der Besitzer von Schönbühel und Aggstein zweimal den Fürsten Ludwig mit der Jahreszahl 1816 anführt, so kann diese nur von seiner Anschreibung im ständischen Gültenbuche zu verstehen sein, welche oft viel später als die wirkliche Besitzergreifung, ja manchmal erst kurz vor dem bevorstehenden Verkaufe u. s. w. einer Gülte geschah. Noch ist aus der Zeit des Starhembergischen Besitzes von Aggstein zu bemerken, dass der Graf Ernst Rüdiger am 26. August 1693 (also nach geschlossenem Theilungsvertrage??) die vorhin Vicedom'sche Urbarsteuer bei seiner Herrschaft Aggstein um 887 Gulden und 4 Schilling von den niederösterreichischen Ständen kaufte. (Amortisations-Edict vom 17. Juni 1836 im Amtsblatte der Wiener-Zeitung, Num. 153 vom 7. Juli 1836.) Das Gasthaus am Ufer der Donau, neben dem Mauthgebäude, wurde um diese Zeit neu gebaut; wenigstens ist ein Rauchfang mit der Jahrszahl 1696 und den noch unerklärten Buchstaben C P G (S?) M P (?) M bezeichnet.

Auch unter den Grafen von Starhemberg, über welche die umständlicheren biographischen Nachrichten theils in Hoheneck's grossem genealogischen Werke und in Schwerdling's Geschichte des Hauses Starhemberg zu finden sind, theils einem künftig zu liefernden Aufsatze über Schönbühel vorbehalten bleiben, wurden die Karthause Aggsbach und das Stift Melk in kostspielige und langwierige Prozesse um ihre Mauthfreiheit zu Aggstein, jene zugleich des ihr dort zustehenden Zehentrechtes wegen in Streitigkeiten verwickelt.

Bald nach dem Antritte der Herrschaft Aggstein regte Graf Konrad Balthasar die alte Misshelligkeit wieder an, welche sein Sohn Ernst Rüdiger erbte und 1694 zu Gunsten des Klosters Aggsbach entschieden sah. Einige andere, von längerer Zeit her streitige Punkte wurden zwischen dem Grafen Johann Ernst und dem Rector zu Aggsbach Augustin Damaser 1763 ausgeglichen. Der Mauthner Johann Baptist Preindl hatte sich sechsmalige Beeinträchtigungen der Mauthfreiheit des Stiftes Melk zu Schulden kommen lassen, worüber dasselbe 1716 bei der niederösterreichischen Regierung Beschwerde führte. Dieser Prozess wurde noch vor seiner Entscheidung durch einen von dem Grafen Konrad Sigmund und dem Abte Berthold von Melk 1722 getroffenen Vergleich beendigt, wodurch der ältere Vertrag von 1642 bestätigt und erneuert wurde, und der Graf zur Entschädigung für die erwähnten Rechtsverletzungen dem Stifte sechshundert Gulden zu bezahlen versprach [1]). Durch die gesetzliche Aufhebung der Privatmauthen ward jene fernere Veranlassung zu dergleichen Zwistigkeiten für immer beseitigt.

Der allmälige Verfall der herrlichen Felsenburg wurde schon um die Mitte des vorigen Jahrhunderts dadurch beschleunigt, dass die früher getrennt gewesene Verwaltung der Herrschaft Aggstein mit der Amtskanzlei zu Schönbühel vereinigt, dann die Dachungen, Fenster u. dergl. gänzlich verwahrloset, sogar die brauchbaren und leicht fortzuschaffenden Baumaterialien um unbedeutendes Geld verkauft und zu Bauten in der Nachbarschaft, wie zu Langeck (zwischen 1765 und 1770) benützt wurden. Am längsten widerstand das steile Ziegeldach des Presbyteriums der Kapelle dem rastlos nagenden Zahne der Zeit, wie es die Abbildung bei Köpp von Felsenthal und in den kleineren Nachstichen derselben zeigt; daher sich auch sein Gewölbe noch unbeschädigt erhalten hat. Schon vor der Aufhebung der eigenen Amtsverwaltung hatten die Pfleger oder Verwalter von Aggstein, welche gewöhnlich zugleich die Mauthnersstelle dort versahen, es für ihre Amtsführung zweckmässiger und bequemer gefunden, ihre Wohnung und Kanzlei in das geräumige Mauthhaus herab zu übertragen, wodurch das Schloss, als eine unnütze Last für den Besitzer, vernachlässigt zu werden anfieng. Einer der letzten selbstständigen Pfleger zu Aggstein (wenn nicht selbst der letzte) war der gefällige Karl Anton Manzador [2]), der dem Schriftsteller Deppisch mit Nachrichten über die Kapelle diente, 1762 starb und zu Aggsbach jenseits der Donau begraben wurde, wo in der Kirche an der Wand der nördlichen Abseite sein Leichenstein mit der Aufschrift zu sehen ist:

---

1) Archiv. Cartus. Aggspac. T. I. BQ. S. 313—318. BT. S. 643—645. T. III. Lit. V. S. 39, 42, 43. Lit. Ž. S. 54—55. Diplomatarium Carthusiae Aggsbac. ms. p. 170—171. (Vergleich vom J. 1763.) Stiftsarchiv zu Melk Scrin. 68, Fasc. 2, Lit. c.

2) Ein Leopold Manzador war regulirter Chorherr des Stifts St. Florian und von 1667 bis 1686 Pfarrer zu Vöcklabruck. Durch herausgegebene Predigten (Lob- und Ehrenreden u. dergl.) ist bekannt Don Pius Manzador, aus dem Barnabiten-Collegium bei St. Michael zu Wien, zuletzt Bischof von Zeng und Modrusch und k. k. wirklicher geheimer Rath. Ein Maler N. Manzador lebte 1778 zu Wien. (Hof- u. Staats-Schematismus von Wien auf d. J. 1778. S. 2.)

✠

Alhier Ruhet
Der Wohl Edl und Gestrenge Herr
Carl Anton Manzädor
gewester Pfleeg- und Manthner
der Hochgräfl : Starnbergischen Herrschaft Agstain.
ist gestorben den 6. Marty A. 1 . 7 . 62
seines alters in 61ten Jahr.
Gott verleihe seiner abgeleibten Seelle
die Ewige Ruhe.

✠

Schon der Fürst Ludwig von Starhemberg hatte nach dem Wunsche seiner Gemahlin Marie Louise Francisca, gebornen Prinzessin von Aremberg, die Besichtigung der Burg durch hölzerne Leiterstiegen, die er an den am besten erhaltenen und merkwürdigsten Theilen derselben anbringen liess, sehr erleichtert oder vielmehr erst möglich gemacht, die aber zur Zeit des Verkaufes von Aggstein schon nicht mehr gefahrlos zu besteigen waren. Der neue Besitzer, Seine Excellenz Graf von Beroldingen, nahm sogleich das lebhafteste Interesse an diesem ehrwürdigen Denkmal der Vorzeit und liess nicht blos Forschungen über die Geschichte desselben durch den Verfasser dieses Aufsatzes anstellen, sondern auch die Höfe und andere Räume von Steinen, Gesträuchen und andern Hindernissen des Besehens reinigen, überall ganz neue, feste, sichere und bequeme Holztreppen anlegen, für deren beständige Erhaltung alle Sorge getragen wird, den Eingang durch ein verschlossenes Thor verwahren und den alten Fahrweg zum Schlosse wiederherstellen, welchem schönen, auch anderswo nachahmungswürdigen Beispiele seines seligen Oheims der jetzige Besitzer, Herr Graf Franz von Beroldingen, mit besonderer Vorliebe nachzufolgen sich eifrigst angelegen sein lässt. Diesen liberalen, mit nicht unbedeutenden Auslagen verbundenen Anstalten beider Herren Grafen haben die zahlreichen Besucher dieser grossartigen Ruinen das erhöhte Vergnügen und die mannigfache Belehrung zu danken, die nicht blos Alterthumsforscher und Geschichtsfreunde, sondern auch Solche hier finden, welche, lieber mit der Gegenwart als mit der Vergangenheit beschäftigt, vorzüglich desswegen hierher wandern, um die malerische Aussicht auf den Donaustrom und seine Umgebungen von einem so interessanten und erhabenen Standpunkte zu geniessen.

Zur Herrschaft Aggstein, deren schönen Waldungen, beiläufig sechshundert österreichische Joch einnehmend, die erfreulichste Pflege nach den erprobtesten Grundsätzen der verbesserten Forstkultur gewidmet wird [1]), gehörte noch im Jahre 1770 ein Freihof im Markte Spitz an der Donau, der Aggsteinerhof genannt, welchen vielleicht schon Anna Freiin von Polheim zur Sommerszeit bei ihren Besuchen des protestantischen Gottesdienstes daselbst als Absteige-Quartier benützt, vielleicht ihm auch seine neuere Bauform gegeben haben dürfte, der aber in der Folge von einem Fürsten von Starhemberg an einen Privatmann verkauft und dann in ein Gasthaus verwandelt wurde. Dieses Haus, früher

1) In den Prozessschriften zwischen der Herrschaft Aggstein und der Karthause Aggsbach werden unter andern auch sechzig Tagwerk unter dem Mauthhause liegende Hofweingärten und acht Tagwerk Äcker als vorhin gewesene Halbbau-Weingärten angeführt. 1694. (Archiv. Cartusiae Aggspac. T. II, BT. S. 643—645.) Da der Hof, d. h. nach damaligem Sprachgebrauche, die Herrschaft (daher Hofschreiber, Hoftaferne u. s. w.) allein so viele Weingärten besass, so muss der Weinbau zu Aggstein damals noch beträchtlich gewesen sein. Alle diese Grundstücke waren dem Kloster Aggsbach zehentbar.

Num. 18, jetzt Num. 56, unweit des Platzes und der Kirche gelegen und unter dem Namen des Grünwalderischen Hauses bekannt, unterscheidet sich durch die Malereien an der Hauptwand des Wohngebäudes, welche Mariä Empfängniss und die Heiligen Sebastian und Florian vorstellen, zwischen denen die Renovirung des Hauses durch den (ersten?) Privatbesitzer Paul Grünwalder im Jahre 1799 durch die Bezeichnung angezeigt wird:

P. G. W.
17 R. V. 99.

Dabei ist ein Wappen gemalt: Ein quergetheilter Schild, in dessen oberer weissen Hälfte drei grüne Bäume stehen, den Namen Grünwalder bedeutend, und die untere Hälfte ein leeres rothes Feld ist. Auf dem Schilde ruht ein geschlossener Helm mit einem Busch von drei Federn, deren mittlere blau, die andern weiss und roth sind. Die Helmdecke roth und gelb gemischt.

Anhang.

I. Das Blashaus.

Das nach der Sage von Hadmar dem Hunde von Kuenring zu einer Signalwarte erbaute sogenannte Blashaus stand an der Stelle, welche jetzt die zweite der vom Kloster Schönbühel bis zur Wallfahrtskirche in Langeck durch den Grafen Konrad Balthasar von Starhemberg im Jahre 1654 errichteten Bethkapellen oder Kreuzweg-Stationen einnimmt [1]), neben welcher der aufmerksame Beobachter noch einige Spuren eines da gewesenen viereckigen Wartthumes nicht undeutlich bemerkt. Sehr wahrscheinlich war dieses kleine Gebäude das obere Blashaus, weil urkundlich auch eines unteren, also näher gegen Aggstein gelegenen Blashauses Erwähnung geschieht, wovon aber keine Überbleibsel mehr zu finden sind. Es heisst nämlich in einem Register der Einkünfte des Bisthums Passau, im Jahre 1324 zusammengeschrieben, dass zur Feste Schönbühel (welche ein Lehen, in der Folge durch Heimfall ein Eigenthum des Hochstiftes war) die Fischweide in der Donau gehöre bis in die Mitte des Stromes vom untern Blashaus bis zum Birnbaum unterhalb der Bielach. Laut des Stiftungsbriefes der Karthhause Aggsbach, durch Haidenreich von Meissau zu Wien am 13. Januar 1380 gefertigt, gab dieser zu seiner Stiftung auch die Fischweide auf der Donau, „die Sich anhebt ze ayner Seytten pey dem Plosshauss,“ und ein Holz (eine Waldung), als dessen Gränze gleichfalls das Plosshauss angegeben wird. Georg der Puschinger von Aggsbach (jenseits der Donau) und seine Hausfrau Elsbeth verkaufen am 24. Juni 1384 den Karthäusern zu Aggsbach ihren Theil des Baumgartens in der geistlichen Herren Au zu Aggsbach Klosterhalben (diesseits der Donau) bei der Donau „niderhalben des Plosshauss,“ und 32 Pfennige Gelds auf einem behausten Gute zu Aggsbach Klosterhalben. Am 14. December 1454 verkauft Agnes Schondtlin, des alten Hanns Schondtlein Witwe, der Karthause Aggsbach ihre Wiese gelegen in der Ainödt bei dem Plasshauss mit einem Holz darauf. Auch in einer Urkunde des Erzherzogs Albrecht VI., gegeben zu Wien den 11. Juni 1463, die Fischweide des Klosters Aggsbach in der Donau betreffend, ist die Grenzbestimmung wiederholt: „die sich anhebt von einer Seiten bei dem Plasshaus.“ Noch in den Jahren, 1700 und 1733 wird bei Gelegenheit vorgenommener Markungen „das Blasshaus“ genannt. Es ist in allen diesen Stellen wohl das untere Blashaus zu verstehen. Übrigens wird der Name Blashaus schwerlich, wie man doch allgemein glaubt, von den Blas-Instrumenten, deren man sich zur Signalisirung der Schiffe bedient haben soll, sondern vielmehr von dem Worte Blas herzuleiten sein, welches eine brennende Kerze oder Fackel bedeutet; denn jedenfalls waren Feuerzeichen mit aufsteigendem Rauche geeigneter, als der Schall von Trompeten, Po-

1) Schultes greift eine missverstandene Sage auf, indem er, wohl nur um in seiner Weise wieder einen stechenden Tendenz-Gedanken loszulassen, bemerkt, der Graf habe „zur Strafe, dass Starhemberge Protestanten wurden, die Stationen am Calvarienberge des Servitenklosters zu Langeck (sic) müssen bauen lassen.“ Allerdings gab der Übertritt des Grafen zur katholischen Religion die Veranlassung zum Baue der Stationen von Schönbühel bis Langeck (zwei Stunden weit), dass es ihm aber zur Strafe für den Abfall seiner Vorfahren auferlegt worden, ist gelindestens Unsinn zu nennen!

saunen, Hörnern oder Sprachröhren, in so weite Entfernung bis nach Aggstein hinab von der zu erwartenden Beute Nachricht zu geben [1]).

II. Achswald.

Der Achswald, Axwald, gewöhnlich Ochswald, erstreckt sich um Gansbach und Gurhof bis gegen Kuffarn und Unter-Wölbling hin. Die Besitzungen des Stiftes Göttweig am Achswalde gehörten, wie die ältesten Dienstbücher ausweisen, zum „Officium in Rotoldsdorf," d. i. zum Amte Rottersdorf, an der Strasse von Göttweig nach St. Pölten. Nach einer Angabe des fleissigen Archivars zu Göttweig, Hartmann Dückelmann (gestorben 1784) hiess das heutige Schloss Gurhof vorher Ochsenwald. Wenn sich auch dagegen mancher Zweifel erheben sollte, so kommt doch Achswald schon sehr frühzeitig als ein eigenes Gut vor, von welchem Hakmar (soll heissen Hadmar) de Akeswalde und Albero de Akeswalde 1181 bei der Schenkung der Kapelle Zeidlarn in Baiern an die Cistercienser-Abtei Raitenhaslach durch den in Österreich ansässigen und begüterten Friedrich den Vogt von Perg als Zeugen erscheinen, ferner eine Judita de Akheswald und die Brüder Alber und Otto von Achswahlde (jene am 1. September, diese am 26. October eines unbekannten Jahres gestorben) in einem alten Todtenbuche des Stifts St. Andrä an der Traisen von einer Hand aus dem Anfange des dreizehnten Jahrhunderts (vor 1204) aufgezeichnet sind. Um das Jahr 1208 nennt das Stiftungenbuch von Zwetl Akkswald unter den Burgen Hadmars III. (II.) von Kuenring, und es ist sicher anzunehmen, dass die Ritter von Achswald zu jenen Vasallen der Kuenringer gehörten, welche, wie die von Tirnstein, Spitz, Aggstein, von diesem ihrem Lehen den Namen führten. In einer Urkunde des Leutold, Hanns und Jorg von Meissau vom 5. October 1382 für die Karthause Aggsbach ist von einer Gülte die Rede, gelegen an dem Achsswaldt auf behaustem Gut, Lehen der Herren von Meissau, und das da heisset auf dem Zufäng; ebenso in einer Urkunde vom 29. November 1399 von einer Gülte „auf den Hofstetten zu den Mayrhöffen auf dem Axwalt." [2]). Zufang ist ein einschichtiger Bauernhof, Maierhofen ein Dörfchen nächst Gurhof in der Pfarre Gansbach.

Die Herren von Meissau hatten als Besitzer der Feste Wolfstein verschiedene davon abhängige kleine Lehen zu verleihen. So empfängt um das Jahr 1400 Friedrich Schauhinger zehn Joch Äcker zu Kuffarn unweit Herzogenburg und ein Holz in dem Achswald, Peter von Kuffarn fünf Holden daselbst, auf jedem Ein Pfund Geldes zu Lehen; dann eilf Joch Äcker und 24 Joch „Holczreisach" am Achswald; Hanns von Ranna (nebst vielen andern Lehenstücken) zu Wolfstein unter dem Haus (Schloss) eine Hofstatt, daselbst an den Öchswald in dem Chowoltz fünf Hofstätten; daselbst an dem Öchswald einen Acker, dient zehn Pfennige; Ulrich von Läutersdorf einen halben Hof auf dem Ochswald, zu dem Lehen geheissen; Jörg Taffler der Junge einen Zehent an dem Achswald [3]).

---

1) „Et nota quod ad Castrum spectat piscaria in Danubio usque ad medietatem aque de inferiori Plashans usque ad Pyrum infra Pylacum." Notizenblatt III. Jahrg. S. 113. Diplomatarium Carthusiae Aggsbac. ms. und Urkunde Num. VIII. Regesten Num. II. Archivum Cartusiae Aggspac. T. I. BA. S. 503. Benecke-Müller, Mittelhochdeutsches Wörterbuch I. Bd. S. 200. 10.

2) Fontes rer. austr. II. Abth. VIII. Bd. S. 114, 295—296. III. Bd. S. 67. Monum. boic. Vol. III. p. 116. Archiv f. Kunde österr. Geschichtsquellen XIX. Bd. II. S. 403, 404. Diplomatar. Carthus. Aggsbac. ms. Von der Zurückgabe einiger Wiesen am Axwald (super Axwald) 1231 an Göttweig durch Heinrich den Hund von Kuenring sehe man die Geschichte von Aggstein.

3) Lehenbuch der Herren von Meissau im Notizenblatt VII. Jahrg. S. 94, 224, 237, 239, 351. Chowoltz, das Dorf Kobolz in der Pfarre Gerolding. Lautersdorf, Landersdorf in der Pfarre Oberwölbling.

Auch landesfürstliche Lehen und Waldungen befanden sich im weiten Umfange des Achswaldes. Herzog Albrecht V. von Österreich gibt zu Wien am 6. April 1433 den Brüdern Otto, Wilhelm und Jörg den Toplern und ihren Leibeserben, wenn sie Söhne hinterlassen, die Erlaubniss an dem Akswald Rothwild zu jagen und zu fahen, wann und wie oft ihnen das füget. Sein Sohn König Ladislaus belehnt am 4. Mai 1455 den Hanns Völlerndorfer mit einem halben Hofe am Achswald und einem Zehent bei Gansbach; am nämlichen Tage den Jörg Wisendorfer mit einem Hofe am Achswald „bei Genczenpach;“ und am 17. Juni 1455 den Otto von Topel mit der Feste Karlstätten und andern Lehen, worunter auch die Königswiese an dem Achswald genannt wird. Kaiser Friedrich III. (IV.) erlaubt am 13. Mai 1480 den Städten Krems und Stein zu ihrer Befestigung das nöthige Bauholz aus den landesfürstlichen Wäldern zu Gföll, Tirnstein und Ochswald zu schlagen [1]).

Abt Leopold von Göttweig verleiht am 6. Juni 1543 dem Wolfgang von Volkherstorff zu Reichersdorff „das Holz gelegen zu den Höflein, das diser Zeit Volckherstorffer Holtz genannt wird vnnd ligt am Marperg bey vnnd vnnder dem Gotweig aussenhalb nider Welbling fast an den Ochsswaldt stossundt,“ zu Lehen. Zu Abstorf am 22. Mai 1554 empfängt Kunigunde Ramler, Abtissin des Frauenklosters zu Tirnstein, von der Verwaltung des dem Stifte Niederaltach gehörigen Hofes zu Abstorf (V. U. M. B.) die Gewähr über eine, ihrem Kloster gehörende Wiese „am Axwalt beinn (bei den) Nunnenhöfen,“ bei zehn Tagwerk gross, dient jährlich fünfzehn Pfenning gen Abstorf zu Hof.“ — Aus Wien am 26. Januar 1564 erlässt Kaiser Ferdinand I. an Franz von Zinzendorf den Befehl, gegen die, dem kaiserlichen Mandate zuwider, meistentheils am Axwald in Österreich unter der Enns in guter Anzahl und wohlbewehrt herumstreifenden und daselbst die armen Unterthanen, besonders bei den einschichtigen Häusern, hoch bedrängenden und beschwerenden, „garttunden Landts-Knecht“ nach Inhalt des jüngst desswegen ergangenen General-Mandats zu verfahren. — Im Jahre 1666 wurde zwischen dem Abte Gregor von Göttweig und dem Prior Augustin von Aggsbach über den Zehent am Gurhof und an andern Orten am Axwald ein Vergleich geschlossen [2]).

Rüdiger von Starhemberg und sein Vetter Rüdiger der Jüngere verkauften im Jahre 1380 verschiedene Ritterlehen, die im Besitze ihrer Vasallen waren, dem Haidenreich von Meissau, darunter „Agstol“ (Agstal) welches damals Wilhelm und Ortolph den Wolfenreutern gehörte. Weiskern setzt Aggsthal in das Viertel ober dem Wienerwalde, allein da alle übrigen verkauften Ritterlehen im Kreise ober dem Manhartsberge liegen, so ist Aggsthal ebendort zu suchen; wie denn um das Jahr 1400 Leutel (Leutold) Wolfenreuter einen Hof im Maystal zu Spitz und zwei Weingärten in der Akspeunt, die Wolfenreuter genannt, von den Herren von Meissau zu Lehen hatte [3]). Ausser dem Markte Aggsbach an der Donau ist auch ein gleichnamiges Dorf unweit Arbesbach, in der Pfarre Rapotenstein, gewöhnlich Aschbach genannt; allein Aggsthal scheint eher in die Umgegend von Spitz zu gehören und ein nicht mehr bestehender Ort zu sein.

---

1) Kaltenegger Collectio etc. T. I. Num. 216 p. 438–439. Die Herren von Topel hausten in der Umgegend des Achswaldes zu Karlstätten, Hausenbach u. s. w., nach ihnen die Herren von Zinzendorf bis zu ihrem Erlöschen. Notizenblatt IV. Jahrg. S. 381, 404, 426. Monum. Habsburg. I. Abth. III. Bd. S. 678.

2) Urkundenbuch des Stiftes Altenburg II. Thl. S. 101 im Archive daselbst. Stiftsarchiv zu Tirnstein, nach der Mittheilung des H. Stadtpfarrers Biélsky. Nunnenhöfen ist nach Gansbach eingepfarrt. Kaltenegger Collectio etc. T. II. Num. 377, p. 337—338. Archivum Cartusiae Aggspac. T. I. BA. S. 495.

3) Hoheneck II. Thl. S. 520. Weiskern, Topogr. v. Niederöst. I. Th. S. 6. Notizenblatt VII. Jahrg. S. 270.

Urkunden.

Nachstehende Urkunden und Regesten sind mit sehr wenigen Ausnahmen einem alten Copialbuche der Karthause Aggsbach entnommen, welches von verschiedenen Händen geschrieben, von seinem roth überstrichenen Einbande das rothe Buch genannt wurde und bei der Aufhebung des Klosters, nachdem man die Originalien grösstentheils in das k. k. Haus-, Hof- und Staatsarchiv abgegeben hatte, in der Herrschaftskanzlei zurückblieb. Aus diesem schätzbaren Urkundenbuche habe ich in der Absicht eine diplomatische Geschichte des sehr wenig bekannten und doch merkwürdigen Klosters herauszugeben, schon im Jahre 1826 sehr viele Urkunden vollständig, die übrigen auszugsweise abgeschrieben und dieser Sammlung den Titel gegeben: „Diplomatarium Carthusiae Aggsbacensis," welcher in dieser Monographie beibehalten wurde.

Ganz verschieden von diesem Urkundenbuche ist das öfter angeführte „Archivum Cartusiae Aggspacensis," drei Foliobände aus der ersten Hälfte des vorigen Jahrhunderts, eigentlich nur Repertorien zum Amtsgebrauche über das Archiv und die Registratur zu Aggsbach, bald in sehr kurzen, bald in genaueren und unter mehreren Schlagwörtern wiederkehrenden Verzeichnissen, daher, die vielen zur Fortsetzung leer gelassenen Blätter weggerechnet, das ganze Werk leicht in Einen Band zusammengetragen werden könnte. Sie sind für die Geschichte des Klosters und der Herrschaft um so werthvoller, weil sie alle Schriften vom Anfange der Stiftung bis in die Mitte des achtzehnten Jahrhunderts, von denen die wenigsten mehr vorhanden sind, angeben und eine lateinisch geschriebene Reihenfolge der Prioren und Prälaten von Aggsbach bis 1757 voranschicken. Ihre Benützung verdanke ich der ausgezeichneten Güte des gegenwärtigen Gutsbesitzers von Aggsbach, des Herrn Grafen Franz von Falkenhain, welcher diese Repertorien sammt dem Copialbuche grösserer Sicherheit wegen dem herrschaftlichen Central-Archive im Schlosse Walpersdorf zur Aufbewahrung übergab.

Die Urkunden Num. I., IV., IX. und XI., sowie Num. I. der Regesten, sind aus den bei diesen Zahlen genannten Quellen genommen. Es wurden vorzüglich landesfürstliche Urkunden zum vollständigen Abdrucke gewählt, um wenigstens für dieses wichtige Fach von Archivalien einen kleinen Beitrag zu einem Corpus diplomaticum von Österreich zu liefern. Die Einschaltung der schon anderswo gedruckten Urkunden Num. IV. und XI. wird in dem hohen Interesse derselben für die Geschichte von Aggstein ihre wohlberechtigte Entschuldigung finden.

Num. I.

Perhtold der Achstainer verkauft der Abtei Melk die ihm durch Erbtheilung von seinen Geschwistern angefallenen zwei Hofstätten zu Melk, Lehen des Stiftes, um 4 Pfund Wiener-Pfennige. Melk, 11. November 1316.

Aus dem Original auf Pergament mit dem Siegel auf weissem Wachs, im Stiftsarchive zu Melk, ehemals Scrin. 48, Fasc. 5, jetzt Scrin. 51.

Ich. Perhtolt der Achstainer. vergich. vnd tun chvnd. allen den di disen prief lesent oder horent lesen. | di nv sint oder her nahi (sic) chunftich werent. daz ich mit verdahtem mut vnd mit güetem willen. aller | meiner erben. meins rehten lehen güts. daz ich van dem Gotshaus ze Melch ze lehen gehabt han. vnd | van meinen geswistereiden ein getailtz gut ist. ein Hofstat in der zagelawe ze Melch. do der Revs | auf sitzet. und do van man ierleihen dient an Sand Cholmans tach dreizich phenning.

wienner | munnzz. vnd ein ander Hofstat in dem selben marchet. do der Pach anders auf sitzet. mit sampt | des Snetzleins in vart. auf derselben hofstat. dasselb han ich verchaufet. mit all dem nutz | vnd reht. als ich ez her in lehens reht pracht han. dem erbern herren abt vlrihen. vnd seiner | samnung gemain ze Melch. vmb vier phunt phenning wienner munnzz. vnd pin derselben | phenning reht vnd redleihen mit einander gewert. vnd daz furwaz. dem vorgenanten gotshaus | daz vorgenant gut beleib an allen chrieg. dor vmb setz ich mich. mit allen meinen erben | dem vorgenanten herren abt vlrihen. vnd allen seinen nachchomen. ze rehtem scherem | vnd ze geweren. fur all ansprach. als h (sic, aber radirt) lehens reht ist vnd gewonhait des lands in | Osterrich. Nemen sev auer dor vber dehainen schaden. mit reht den sol ich. vnd mein erben in | abtun. tet wir des niht. so sol. vnser herr der ze den ziten hertzog in Osterreich ist. in vnsers | gůts als vil in geantwurten vntzen daz in ir schad gentzleich wůrd ab getan. vnd daz | disev red also peleib vnd stet sei. dor vmb gib ich. disen prief versigelt mit meinem Insigel. | vnd mit den zevgen di hie geschriben sint. daz ist Her Ott van zelking. her weichart der | Toppler. her vlrich sein svn. her fridreich der vleischezz. Hartmvd sein prueder vnd ander | vrumer levt genuch. Der prief ist gegeben ze Melch. do van Christes geburt waren | ergangen Drevtzehenhundert iar. in dem Sehtzentistem iar dor noch an sand Merteins | tach.

Aufschrift von Aussen von einer Hand des fünfzehnten Jahrhunderts: Der chawffprieff von Perchtolden Achstainer vber ain hofstat in der tzagelaw vnd vmb aber ain hofstàt ze Melk. (Angeführt in Hueber's Austria p. 53, Num. 40.)

Num. II.

Herzog Albrecht IV. von Österreich gibt den Karthäusern zu Aggsbach seinen Theil des Weinungeldes auf ihren zwei Schänkhäusern zu Aggsbach und zu Aggstein. Wien, 17. Januar 1403. In einem Vidimus des Propstes Gregor von Tirnstein. Tirnstein, 17. Juni 1502.

Wir Gregor Brobst Vnnser Lieben Frawen Gotshaus zw Tyrnstain, des herren Closters, Bekennen mit disem prief, daz Vnns der wirdig herr, her Benedict dietzeit Prior des gotshaus vnnd Closter Vnser lieben Frawn parten (porten) zu Axspach, Cartuser Orden, vnd der ganntz Conuent daselbs zuegeschikt haben ain fürstlichen brief auf pergamen geschrieben, mit sinem anhangunden fürstlichen Insigl. Vnd Vnns gepeten das wir den sähn, läsn vnd hörten, vnd In des dann Vnnser Vidimus geben wolten. daz wir durch Ir Vleissige bete willen gethan, vnd den brief aigentlich Vbersehen vnd gelesen haben, vnd von wort zu wort lawt derselb also. Wir Albrecht von Gotes genaden, Hertzoge zu Österreich, ze Steir, ze kernden, vnd ze krain, Graue ze Tyrol etc. Bekennen, wann wir nach geistlicher vnd Cristenlicher lere das halten vnd auch Vestiklich gelauben, das wir aller der eren vnd guts, die Vns gnad des Almechtigen Gots gerucht hat zeuerleihn auf erde, daz allerpesst zu nutz legen vnd bringen waz wir in lieb Vnsèrs herren, von dem wir daz emphangen haben, durch merung willen seins diensts mittailent sein geistlichen personen, die Got stetiklich dienent, Vnd für Vnns bittent, dauon nach guter Vorbetrachtung, so haben wir den Erbern vnd geistlichen Leuten, Vnsern Lieben andechtigen, n dem Prior vnd n dem gantzen Conuent datz Vnser frawen porten ze Achspach Cartuser Ordens Passawer Bistumbs, zuvorderst durch gotes willen, vnd von besundern gnaden vnd gunst so wir zu In vnd dem gantzen Orden von Carthus haben, geben Vnsern tayl des wein Vngelts, den wir auf den zwain Iren Schenkhewsern zu Achspach vnd zu Axstain, vntz her haben gehebt, vnd geben In den auch wissentlich mit kraft ditz gegenwürtigen briefs in solicher masse, daz Sy den zu dem vorgenanten Irem Gotzhaws nu fürbasser ynnehaben, nutzen vnd nyessen, vnd Iren frommen damit schaffen sullen vnd mügen, als In das füeglich ist, doch also daz

Vnns die Summe desselben Vngelts, was die Jerlich bringet, nicht abgetzogen noch abgeraittet werde an der Summe, die Vns Vnser lieben getrewn Ott vnd Leutold Vettern von Meyssaw, von Vnsern Vngelten, die wir In auf den obgenanten Schenkheusern vnd auf andern Iren gütern gelassen haben, Jerikleich raihent, Sunder datz Vns dieselben Summe dennoch alle Jar envollen vnd gantz werd geraihet, vnd des zu Vrkundt hiessen wir Vnser Insigl henkhen an disen brieue. Der geben ist ze Wyenn an sand Anthonien-tag. Nach Cristi gepurde, Viertzehenhundert Jar, darnach in dem dritten Jare. Mit Vrkundt des gegenwürtigen Vidimus gekreftigt mit Vnserm anhangunden Insigl, doch Vns, Vnserm Gotzhaus, vnd allen vnsern Nachkumen an schaden. Geben zu Tirnstain am freytag nach Viti, nach Cristi Vnsers lieben herren gepurdt im fünftzehenhundertisten vnd andern Jare.

Num. III.

Des Herzogs Albrecht V. Gerichtsspruch für die Karthause Aggsbach gegen Hanns Neiperger wegen der Fischweide unter dem Aggstein. Melk, 19. November 1419.

Wir Albrecht von Gotes genaden, Hertzog ze Österreich, ze Steyr, ze Kernden, vnd ze Krain, Graf ze Tyrol etc. Bekennen von der Zwayung wegen, die da gewesen sind, tzwischen den Erbern geistleichen, vnsern lieben andechtigen, n dem Prior vnd n dem Conuent zu Achspach ains tails, vnd vnserm getrewn lieben Hansens dem Neiperger des andern, Vmb ain Vischwaid gelegen vnder dem Achstain, darumb Wir denselben Neyperger für vns geladen, vnd nachmalen meniger Schub vntz auf heutigen Tag getan haben. Da aber der yetz genant Neyperger noch nyemand von Seinen wegen fürkomen, ist der vargenant Prior an stat sein selbs vnd seins Conuents, heut da Wir zu Gericht sassen, für Vns komen, vnd lies Vns horen ain brieff, den In weylent Haydenreich von Meyssaw vmb dieselb vischwaid geben hat, vnd pat darumb gerichts. Habent vnser herren vnd Rett, die datzemal bey Vns waren, nach des egenanten Prior fürlegung vnd seiner brieff begreiffung, vnd auch nach vnser frag erkand zu dem Rechten. Seyd der vorgenant Neyperger für Vns geladen ist, vnd bayden tailen meniger Schub mit yerem willen vnd dem letzten vntzt auf heutigen Tag zu dem Rechten von Vns geben sind, vnd aber derselb von Neyperg, noch nyemant von sein wegen ist fürkomen, so hab der vorgenant Prior vnd der Conuent dieselb vischwaid gentzleich gehabt, vnd sullen wir schaffen In der nutz vnd gewer zusetzen. Mit Vrkund ditz brieffs. Geben ze Melkch an sand Elsbeten Tag, Anno Domini etc. quadringentesimo decimo nono.

(Angeführt bei Lichnowsky V. Theil, Regesten Num. 1918.)

Num. IV.

Herzog Albrecht V. belehnt den Jörg Scheck von Wald mit dem öden Hause Aggstein, und erlaubt ihm die Wiedererbauung desselben. Wien, 12. Juni 1429. Notizenblatt IX. Jahrg. S. 282, Num. 567. Eingetragen im Lehenbuche Albrechts Cod. ms. Östr. Num. 61, Fol. 55. Durchstrichen.

Jörgen des Schekhen Lehenbrief umb das Purkstal genant der Agstain.

Wir Albrecht etc. Bekennen fur uns unser erben und Nachkomen und tun kunt offenlich mit dem brief um das öd Haws genant Akstain in Wolfstainer Lantgericht gelegen das etwenn von untat wegen zebrochen worden ist und noch also öd ligt, daz wir haben angesehen die getrewn dienst die uns unser getrewr lieber Jorg der Schekh von Wald unser Kamermaister vncz her hat getan und furbazzer tun mag und sol. Und haben Im dadurch und von sundern gnaden dasselb öd Haws zu rechtem Manlehen verliehen und Im auch gegunnet und geurlaubt, gunnen und urlauben Im auch wissentlich mit dem brief, was wir im zu recht daran verleihen und urlauben sullen und mugen. Also daz er und sein erben dasselb ŏd haws und Purkstal nu furbazzer von vns und unsern erben in lehensweis innhaben nuczen und niessen und das wider gepawen und gemachen mugen nach iren notdurften wenn in das fugleich wirdet. Und daz si uns unsern erben und Nachkomen und dem Land damit getrew, gehorsam und gewertig sein und wider uns und lands recht nyemant darinn enthalten oder furdern in dhain weg, als Lehenslewt irem Lehenherren pilleich und von Recht pilleich tun sullen und als lehens und lands recht ist, ungeuerleich. Mit urkunt des briefs. Geben zu Wienn an Suntag vor Sant Veitstag. Anno etc. vicesimo nono.

Num. V.

Herzog Albrecht V. verbietet seinen Ungeldern zu Herzogenburg die Karthause Aggsbach in ihrem Privilegium für die Schänkhäuser zu Aggsbach und Aggstein zu beeinträchtigen. Wien, 23. Februar 1430.

Wier Albrecht von Gottes gnaden Herzog ze Össterreich, ze Steyer, ze Khärndten, ze Khrain, Markhgraff zu Mähren, Vnd grafe zu Tyrol etc. Empieten Vnsern getreuen, Vnsern Vngeltern zu Herzogenburg, Vnser gnad Vnd alles guett. Wür haben vernomben, wie Ihr den Erbern Geistlichen, Vnsern lieben Andechtigen dem Prior vnd dem Conuent zu Aggspach an dem Vngelt Vnser, Ihrer zwayer Schenkhheuser, damit sie Vnser lieber Herr vnd Vatter Herzog Albrecht zu Österreich etc. seeliger gedechtnusss mit seinem brieffe begnadt hat, Irrung vnd Einfell Thuet, Empfelhen Wür Euch vnd Wellen Ernstlich, dass ihr den benanten Geistlichen leuthen an demselben Vngeldt khain Irrung noch Einfäll thuet, In khain Weg, sonder dass es bei den briefen beleib, die der Vorgenant Vnser Vatter seeliger demselbigen Gottshauss darüber gegeben hat. Daran begehet Vnser Ernstliche mainung. Geben zu Wienn am Pfingstag Sant Matthias abent. Anno Domini etc. Tricesimo.

Num VI.

Herzog Albrecht V. bestätigt der Karthause Aggsbach den mit Jörg Scheck von Wald gemachten Gütertausch. Wien, 5. September 1430.

Wir Albrecht von Gotes gnaden Hertzog ze Österreich, ze Steir, ze Kernden, vnd ze Krain, Markgraf ze Merhern, vnd Graue ze Tyrol etc. Bekennen als Vnser getrewr Lieber Jörg der Schekh von wald Vnser kamermaister den Ersamen geistleihen Vnsern Lieben andechtigen n dem Prior und den Conuentbrüdern Vnser lieben Frawn Porten Gotzhaus ze Akspach des Ordens von kartus, die nachgenanten güter in wechselsweis gegeben hat, daz wir denselben geistleichen Leuten zu vordrist durch Gots, vnd auch durch Irer fleissigen pet willen, die sunder gnad getan haben, vnd tun auch von fürstleicher macht wissentleich mit dem brief, daz Si dieselben güter, mit Iren zugehörungen nu fürbazzer besitzen, ynnhaben, niessen, vnd alle die Recht, gnad vnd freihait darauf haben sullen vnd mügen, die Si von Vnsern Voruordern seliger gedechtnuss oder Vns auf andern Irs Gotzhaus grunten vnd gütern habent vngeuerleich. Dauon gebieten wir Vnsern lieben getrewn n allen Vnsern Haubtleuten, Herren, Rittern, vnd knechten, Phlegern, Burkgrauen, Richtern, Reten vnd allen andern Vnsern Vndertanen vnd getrewn, daz Si die vorgenanten geistleichen Leut, bey diser Vnser gnad gentzleich lassen beleiben, vnd Si vnd Ir Leut vnd güter als vorberürt ist, dawider nicht dringen noch besweren in dhain weg. Vnd sind das die egemelten güter, von erst zwen hoff vnd ain Mül zu Eppendorf, vnd ain hofstat vnder den Mülen in dem Vrsprung gelegen. Item ain hub zu faulwisen. Item ain gut in dem werfen in kronstorfer pharr gelegen. Item ettleiche gütter vnd ain Padstuben ze Samerstorf gelegen. Item ain gut am Sneidperg ze Mollen. Item ain gut ze kretaw, vnd ain gut, daz yetz der Gundel ze waldarn innhat. Mit Vrkunt des briefs. Geben ze Wienn an Eritag vor vnser frawn tag Natiuitatis. Nach kristi gepurde Viertzehenhundert Jar, darnach in dem dreyssigisten Jare.

(Angeführt bei Lichnowsky V. Theil, Regesten Num. 2896.)

Num. VII.

Abt Erhard von Niederaltach und sein Convent verkaufen der Karthause Aggsbach ihre Zehenten diesseits der Donau, bei St. Nikla zu Aggsbach und zu Aggstein, in der Pfarre Spitz gelegen, um 918½ Pfund schwarzer Wiener-Pfennige, mit Vorbehalt des Wiederkaufs. Ohne Ort (Spitz ?) 25. Mai 1447.

Wir Erhart von Gottes genaden Abbt zu Nidternaltaich, vnd wir gemeinlich der Conuent daselbs Sant Benedicten Orden Passauer Bistumb, Bekhennen einträchtiglich mit diessem brief für vns vnd alle vnsser nachkhamen, vnd tun khundt allen Leuten den er fürkhombt, dass wir mit guetten willen wolbedächtlich, vnd zu der Zeit, da wir das durch recht wohlgetun möchten, vnd mit gunst des Hochgebornen Fürsten vnd Herrn, Herrn Heinrichs Pfalzgrauen bei Rhein vnd Hertzogen in Bayrn etc. Vnd auch willen vnd erlauben dess Hochwirdigen Fürsten vnd Herrn, Herrn Leonarts Bichoffen zu Passau vnssern Gnedigen Lieben Herrn etc. Recht vnd redlich verkhaufft Haben vnssers Gottshaus Zehent Weinzehent vnd getraitt Zehent, vnd andter Zehent, grossen vnd klainen, zu Veldt vnd zue Dorff, besuechts vnd unbesuechts, auf den hernachgeschrieben Gründten vnd Güettern, gelegen in Spitzer Pfahr, zu Sant Nicla, Von erst zu Aggspach Khlosterhalben vndter des Pachs. Item zu Nidtern Aggstain, vnd auf den höfen auf dem Aggstain vberall gantzen Zehent vnd sind freys Aigen mit irer Zugehörung, Alss die wir genossen haben, vnd alss die von alter herkhamen sind, mit aller nutzbarkeit, der man dauon bekhamen mag, auch all vnd ieglich vnssers Gottshauss gerechtigkheit daran gehabt haben (sic) vnd verkhauffen auch die wissentlich in Crafft diss Briefs, Den Ehrsamben geistlichen Herrn, herrn Vincenzen Prior vnd dem gantzen Conuent vnd allen ihren nachkhamen des Ehrwirdigen Gotts Hauss vnsser Frauen Portten zu Aggspach Carthuser Orden, des obgenanten Bistumbs, Vmb Neunhundtert Pfundt Pfening, vnd vmb Neunzehenthalb Pfundt Pfening, der schwarzen Wienner Müntz, auf einen Widerkhauff nach lautt eines solchen Briefs, den wir daruber von In haben, wir sein auch der obgenanten Summa Geldts von Im (sic. in, ihnen) bezalt vnd aussgericht, on allen vnssern Schaden, gebrechen vnd Abgang, Sie mögen und sullen auch nu fürbasser mit den obgenanten Zehenten mit irer Zugehör Lediglich vnd freylichen schaffen allen iren fromen, alss mit andern ires Gottshauss Gründten vnd Güettern, on all vnsser vnd vnsser nachkhamben, auch meniglichs von vnssern wegen Irrung vnd widersprechen vngeuerlich, Wir setzen vnss auch darumb mit sambt allen vnssern nachkhamen, der obgenanten Zehent zu rechtem scherme, gewöhren vnd fürstand für all rechtlich ansprach, alss solches Khauffs, Zehents, freys aigens, vnd des Landts in Österreich recht ist ongeuer. Beschach aber dass In darin icht abgieng, oder dass in icht Khrieg oder Zuspruch darin aufferstundten mit recht von wem dass wehre, dess sie zu schaden khammen, keinen schaden aussgenommen, dass sullen vnd wöllen wir in alles richtig machen, auch allen iren schaden abtragen vnd widerkheren, on all ir mühe, Sie mögen und sullen auch dess bekhamen datz Vnss vnd allen vnssern Nachkhamben Vnuerschaidtenlich, vnd darzu auf allem vnsserm Guett so wir haben im Landt zu Österreich, souer vntz dass sie aller irer schäden gantz dauon bekhamen vnd gewehrt werden an abgang, dass ist vnser guetter will vnd wortt on alles widersprechen getreulich ongeuer. Dess darüber zu Vrkhundt geben wir In vnd allen iren nachkhamben den brieff nach Vleissiger vnsser gebett besigelt mit dess Hochwirdigen Fürsten vnssers obgenanten Gnedigen Herrn, Herrn Leonardts Bischoffen zu Passau, vnd mit vnssers obgenanten Abbts und Conuents anhangenten Insigln, doch dem obgenanten vnnserm Gnedigen herrn vnd allen seinen Nachkhammen on schaden vnd vnentgolten an aller Herrlichkheit, vnder die Insigl wir vnss vnd für all vnnser Nachkhammen mit vnssern getreuen verbundten haben, war vnd stett zuhalten, wass hieuor geschriben stett, dass ist geschechen vnd der Brieff geben alss man Zelt nach Christs gebuhrt, Taussent Vierhundert, vnd in dem Siben vnd Viertzigisten Jar, an Sant Vrbans Tag dess heilligen Pabst vnd Martyrers.

Num. VIII.

Erzherzog Albrecht VI. trägt seinem Pfleger zu Weiteneck auf, seine Unterthanen und Andere von der Beeinträchtigung des Fischwassers der Karthause Aggsbach abzuhalten. Wien, 11. Juni 1463.

Wir Albrecht von Gotes gnaden, Ertzhertzog ze Österreich, ze Steir, ze Kernden, vnd ze Krain, Grafe ze Tyrol etc. Embieten vnserm getrewn n dem Pfleger zu weittenegk, Vnser gnad vnd alles gut. Vns ist anbracht, wie den Erbern geistlichen, vnsern andechtigen, dem Prior vnd Conuent zu Akspach, von etlichen zu Emerstorff vnd andern an Irer Vischwaid in der Tunaw, die Sich anheb an ainer seiten bey dem Plasshaus, vnd glang vntz hinab gen willental, vnd an der anndern seiten herentgegen an dem haytal, vnd gee hinab gen Amermül auf den pach, dy In Ir Stiffter des Gotzhauss geben habent, als wir des aigentlich vnderricht sein, Irrung tun, vnd darinn vischen wider Iren willen, des Sy Sich beswert bedunncken. Empfelhen wir dir ernstlich, das du bey den Leuten in der herschaft daselbs bestellest, vnd darob seiest, Sy an derselben Vischwaid Vngeirret zelassen, vnd auch nyemand an Iren willen darin visch, das ist Vnser ernstlich maynung. Geben zu wyenn an Sambstag vor sand Veits tag. Anno Domini etc. sexagesimo tertio.

Num. IX.

Kaiser Friedrich III. (IV.) befiehlt seinem Pfleger zu Aggstein und Espersdorf (Grafeneck), Wolfgang Meilerstorfer, und den kaiserlichen Dienern Sigmund Hager und Hanns Geyer, dem Jörg Seusenecker, Pfleger zu Ips, gegen feindliche Angriffe zu Hilfe zu kommen. Linz, 11. December 1489.

Aus dem Original auf Papier, im Archive der Stadt Ips.

Wir Friderich von gotts gnaden Römischer Kayser, zuallentzeiten merer des Reichs. Zu Hungern. Dalmacien. Croacien etc. Kunig. Hertzog zu Österreich zu Steir etc. Embieten vnsern getrewen Wolfganngen Meilestorffer vnserm Phleger Zum Achstain vnd Ëschperstorff. Sigmunden Hager vnd Hannsen Geyr. vnsern dienern. Vnnser gnad vnd alles gut. Wir haben vnsern getrewn Jörgen Sewsenegker. zu vnserm Phleger zu Ybbs aufgenomen. Emphelhen wir ew ernstlich vnd wellen. Ob wider vnser Stat vnd Gesloss . daselbs zu Ybbs, mit belegrung . oder in annder weg . fürnemen tan. Vnd Ir . von dem benanten Sewsenegker . darumb angelanngt werdet, daz Ir Im dann . mit lewten vnd anndern notturfften . von vnsern wegen, hilff, zuschub vnd beystannd tut, damit er die zu vnsern hannden behalten muge . vnd wir, vnser Lannd vnd lewt . daran nicht schaden nemen. Vnd darin khain vleiss . noch arbait sparet, als wir vnns des . zu ew versehen . Daran tut Ir vns sonndern geuallen. Vnd vnser ernstlich maynung. Geben Zu Lynntz an Freytag vor sannd Lucien tag. Anno domini etc. lxxxviiij°. Vnsers Kaysertumbs im Achtunddreissigisten Jare.

Commissio domini Imperatoris
per d. S. de Nider consiliarium.

(Rückwärts aufgedrücktes, aber verlornes Siegel. Von Aussen ohne Aufschrift.)

Num. X.

Des Kaisers Maximilian I. Gerichtsspruch zu Gunsten der Karthause Aggsbach gegen seine Unterthanen im Dorfe Aggstein, welche derselben in ihrer Fischerei Eintrag gethan. (Wien) 31. Januar 1495.

Wir Maximilian von Gots gnaden, Römischer Künig zu allenn tzeiten merer des Reichs, zu Hungern, Dalmatien, Croatien etc. Künig, Ertzhertzog zu Österreich, Hertzog zu Burgundt, zu Brabant, zu Geldern etc. Graue zu Flanndern, zu Tyrol etc. Bekennen, daz für vnnser Stathalter vnd Regenten zu wienn komen ist der Erber geistlich vnnser lieber andechtiger Benedict Prior zu Achspach, an stat Sein selbst, vnd seines Conuents, vnd klagt angedingt in Recht, nach lautt ainer glaubwirdigen abschrifft ainer ladung, die Er in gericht legt, wie Im Vnnser Leut vnd holden in Vnnserm dorff vnndern Achstain gesessen, an der Vischerey auf der Tunaw daselbs vber daz Er dieselben vnnser holden der Brief und gerechtigkait, so das bertürt Gotzhaws — — — bericht hab, vnbillichen Irrung teten, vnd gwaltiklich vischten, das Im, seinem Conuent vnd Gotzhaws zu schaden raichet. Vnd begeret die obgenannten Vnnser holden daran zuweisen, Sich der bestimbten Vischwaid zuenntslahen, vnd Im, Seinem Conuent vnd Gotzhaws die an Irrung volgen vnd gebrauchen zulassen, mit vorbehalltung der erlitten kosst vnd Scheden. Do aber von der Antwurter wegen nyemand erschine, der Ires abwesen ainicherlay vrsach fürbrecht, warde von den gemelten Vnseren Stathaltern vnd Regennten zu Überflüssigkait beuolhen, In abermalen zuuerkünden, vnd damit Sy noch in den Virtzehen tagen den nägsten durch Sich selbst, oder Iren Volmechtigen Anwald vor gericht erschinen, vnd die abgeschriben klag in Recht verranntwurteten, dann Sy teten das oder nicht, nichtsmynnder würde auf des gehorsamen tails anruffen, nach ordens des Rechtens gehanndelt, wie sich gebüret. Zu ausganng der benanten Viertzehen tag kham der Vorgenant Prior widerumb für Recht, vnd legt in gericht ain Instrument vnd zewgbrief, daz dise lesste ladung den bestimbten Vnnsern holden auch zu rechter weil vnd zeit geantwurt worden were, vnd dabey ainen Stifftbrief von weilennt den vou Meyssa, vnd ainen Vrtailbrief von Vnnserm Vorfarn weilennt Hertzog Albrechten in Österreich etc. löblicher gedechtnuss ausgangen, vnd lies dabey reden, so ferr yemand kem, der sein obbeschehis (sic) klag im rechten veranntwurten wolt, so behielt Er Im beuor sein gegennred Wo aber nyemand erschin, verhofft Er auf der widerparthey Vngehorsam vnd sein eingelegt gerechtigkait, sein Spruch vmb die bertürten Vischerey erstannden, vnd mit recht erlanngt vnd behabt zuhaben, vnd daz das billichen sey, setzt Er zu recht. Do aber auf den benannten tag auch nyemand in anntwurt kham, warde auf des genannten Prior eingelegt gerechtigkait zu recht erkennt. Daz Prior vnd Conuent die Vischwaid in gericht angetzogen, mit Recht behabt haben, diser Vrtail begert der yetzgemelt Prior Gerichts Vrkundt, die Im zugeben auch erkennt sein. Mit Vrkundt des briefs. Geben an freytag vor Vnnser lieben frawn tag zu Liechtmess. Nach Cristi gepurde, Viertzehenhundert vnd im fünf vnd newntzigisten, Vnnser Reiche des Römischen im newndten, vnd des Hungrischen im fünften Jarenn.

Num. XI.

Desselben Kaisers Vertrag mit Albrecht von Wolfstein, den Verkauf des Schlosses Rabenstein an der Bielach und die Verpfändung von Aggstein, wie auch des Amtes und Ungeldes zu St. Pölten betreffend. Ulm, 14. Mai 1498. Chmel's Urkunden, Briefe und Actenstücke zur Geschichte Maximilians I. und seiner Zeit. Stuttgart 1845. Num. CLXXI. Seite 198—200. (Wegen der Seltenheit dieses Werkes im Buchhandel, und wegen der Wichtigkeit der Urkunde für die Geschichte von Aggstein hier wieder abgedruckt.)

Zu wissen, das zwischen vnnserm allergenedigisten herrn dem romischen Kunig vnnd herrn Albrechten von Wolfstain dise nachuolgende sachen abgeret vnnd sy zu bayder seytt anngenomen vnd verwilligt. Dem ist also: Das sein kunigklich Maiestat demselben herrn Albrechten allen seinen erben vnnd nachkomen das sloss Rabenstain im lannd Osterreich vnnder der Enns gelegen mit allen seinen oberkaiten herligkaiten vnnd annderm so darein vnd dartzu gehört gar nichts ausgenomen, auch den pawe vnd die vischwasser dartzu gehorig, was dan kain gelt dinet aus genaden vnd die rennt nutz vnnd gult souil der ist, ye ainen gulden fur zwaintzig gulden reinisch nach herrn anslag haubtgutz, erblichen zu kauffen geben, vnd die Vischwasser so von allter gelt gedint haben, sollen jm auch fur gult angeschlagen werden. Er solle auch das alles seiner Mayestat, derselben erben vnd nachkomen, fursten vnd herrn zu Osterreich, widerumb zu lehen machen vnd sein Maiestat als herr vnd lanndtsfürst zu Osterreich jme das von newen verleihen vnd daruber notdurftig kauf vnd lehennbriue wie sich gepurd fertigen vnd in dem kauffbrief begriffen, das jme solichs vmb ain suma gelts, der kunigklichen Maiestat wolbenugt, verkawft sey. Ferrer soll die kunigklich Maiestat herrn Albrechten von Wolfstain vnd seinen erben das sloss Achstain auch in Österreich auf der Tunaw gelegen mit allen seinen oberkaiten herligkaiten vnd annderm so darein vnd darczu gehort, gar nichts ausgenomen, phlegweyse vnuerrait eingeben vnd er seiner Maiestat tawsent gulden reinisch darauf leihen; vnd alle die weil er die jnnen hat, kunigklicher Maiestat mit funf gerussten pferden darauf wie annder phleger in Osterreich diennstlich vnd gewertig sein, vnd jn auch sein erben die kunigklich Maiestat derselben phleg nit entsetzen, er sey dann zuuor solcher tawsent guldin widerumb entricht vnd betzalt. Er soll auch ain schreyber ain jarlang in seinem aigen kosten vnd der kunigklichen Maiestat sold halten, damit kunigklich Maiestat wissen mug was es trag. Weytter so soll die kunigklich Maiestat demselben herrn Albrechten vnd nach jme seinen erben das ambt zu Sand Pollten mitsambt den vmbgelt vnd aller anndrer seine zu- vnd eingehorung einantwurten vnd jme dauon alle jar sold zwayhundert guldin reinisch geben; dauon sol er in seinem cossten vnd sold halten zwen vnngelter, ainen der den vngelt einnymbt, den anndern der den aufschreibt. Die sollen beed dem huebmaister zu Wien anstat kunigklicher maiestaf gelobt vnd gesworn vnnd der ain aws jnen auch mit ainem pherd gerust sein vnd soll solich ambt in seinen costen verwesen vnd mitsambt dem vngelt jarlich in das huebhaws zu Wien verraiten; dartzu auch zu den vorgemelten funf pherden noch ain gerusst phärd hallten vnd kunigklicher Maiestat damit gewertig sein. Auf dasselb ambt soll er der kuniglichen Maiestat zwaytawsent guldin reinisch leyhen, dauon soll er alle jar von den rennten vnd gulten desselben ampts hunndert guldin reinisch zu zynss inbehalten, vnd jme die auch dertzeit in seyner rayttung vnd (sic) abgezogen werden. Desselben ampts vnd vnngelts sol er vnd sein erben auch nit entsetzt werden, er sey dan zuuor der gemelten zwayer tawssent gulden mit sambt verfallnem zynns widerumb entrich vnd betzalt. Vnd wan herr Albrecht die gemelten stuckh Rabenstain, Achstain vnd das ampt zu Sand Pölten obberurter massen ynnen hat, sol er jn dreyen monaten den negsten darnach der kunigklichen Maiestat, oder wem sein Maiestat das beuilcht, zu seiner kunigklichen Maiestat hannden vnd schuldbrief vmb sechstawsent guldin reinisch in abschlag des vorgemelten kauffgelts vnd phanndschillings vnd dan die vbertevrung, souil der sein wirdet in dreyen monaten den negsten nach verscheynung der ersten vorgenanten dreyer monet, der kunigklichen Mayestat, oder wem dieselb das beuilhet, geben vnd antwurten. Des zu gedechtnus sind diser zetl zwo gleychlawttend gemacht vnd auseinander geschnitten vnd kunigklicher Maiestat aine vnd die annder dem bemelten herrn Albrechten von Wolfstain gegeben. Geben zu Vlm an montag nach dem sonntag Canntate nach Cristi geburt vierzehenhundert vnd im achtvndnewntzigisten jaren.

Oestr. Ms. N. 73. Fol. 10. v. N. 18.

Regesten.

Num. I.

1294. 21. December. Feldsberg. Leutold von Chunring mit seiner Hausfrau Agnes gibt Otten dem Wagner, seinem Holden und Weinzierl zu Acstain, dessen Hausfrau Alhaid und beider Söhnen und Töchtern (die in der Urkunde nicht namentlich aufgeführt sind) seinen Garten zu Acstain, der stosst an desselben Ottens Hofstatt, gegen einen, jährlich zu Lichtmessen zu entrichtenden Burgrechtdienst von vierzig Pfennigen. Zeugen: „Hertwik, unser Chelner von Tirnstain, Marchart der Leikebe (Leitgeb), Chalr (sic), Otte Spiegel, Fridreich im Chalch, unsere Holden von Acstain." An der Urkunde hängen an Pergamentstreifen zwei auf weissem Wachs abgedrückte Siegel, beide gross, rund aber beschädigt. Das erste ist das Amtssiegel Leutolds, als des Schenken in Österreich; abgebildet in des Grafen Wurmbrand Collectan. geneal. hist. ex archivo Statuum, ad pag. 266, Num. I., an einer Urkunde vom Jahre 1301, in Hanthaler's Recensus diplom. archivi Campilil. T. I. Tab. XXIX. Num. XI. von 1289, in Hueber's Austria etc. Sigillor. Tab. VI., Num. 14 von 1287 (sehr ungenau); ferner in den Monument. boic. Vol. III. Tab. VII., Num. 42 an einer Urkunde des Stifts St. Zeno von 1300; am vollkommensten in den Berichten und Mittheilungen des Alterthums-Vereines zu Wien, V. Bd. Tab. II., Fig. 9 u. 10 zu der Abhandlung: Die Siegel der Landes-Erbämter des Erzherzogth. Oesterr. unter der Enns im Mittelalter, von Karl v. Sava, S. 65, vom Jahre 1287. Das zweite Siegel zeigt einen Schild mit einem einköpfigen Adler, der den Kuenringischen Bindenschild auf der Brust trägt.

Aus dem Original im Archive des Frauenklosters zu Tirnstein im Stiftsarchive daselbst mitgetheilt vom H. Stadtpfarrer Wilhelm Biélsky.

Nr. II.

1380. 13. Januar. Wien. Haidenreich von Meissau, oberster Schenk und derzeit Landmarschall in Österreich und seine Hausfrau Anna fertigen den Stiftungsbrief des bei dem Dorfe Aggsbach für einen Prior und zwölf Priester gestifteten Karthäuser-Klosters zu Unser Frauen Porten, und geben demselben ausser den übrigen Stiftungsgütern die drei Höfe gelegen auf dem Akchstain mit allen Nutzen und Zugehörungen, und alle ihre Fischweide daselbst auf der Donau, „die Sich anhebt ze ayner Seytten pey dem Plosshauss, vnd get ennaw vntz gen Willental, vnd zu der anderen Seyten auf dem gestad herengegen hebt Si Sich an an dem haytal vnd get ennaw vntz gen Aynet mül an den Pach," nebst der Fischweide auf dem Bache der vor dem Kloster vorbeirinnt; ferner ihres rechten Eigens die Weingartpeunt zu Akhstain und den grossen Baumgarten dabei. Als die Gränze eines dem Kloster gleichfalls geschenkten Waldes auf der Seite gegen Schönbühel wird wieder das Plosshaus angegeben. Mit den Siegeln Haidenreichs, seiner Söhne Leutold, Hanns und Jörg, und der Zeugen: seines Bruders Ulrich, seiner Vettern Wernhart von Meissau, obersten Marschalls in Österreich, und Chunrats von Meissau. (Dieser Stiftungsbrief ist in Wendtenthal's Geschichte der österreichischen Klerisei IX. Bd. S. 203—207 der diplomatischen Beilagen, sehr ungenau und fehlerhaft, sogar mit Auslassung der Stelle abgedruckt: „Item vnsserr dorff ze Ottendorff mit allen nutzen und zugehörungen," welche S. 205, Zeile 5 von unten, vor den Worten: „Item alles vnsserr Wissmat" einzuschalten ist. Neuerdings und getreuer herausgegeben im „Hippolytus," theologische Quartalschrift der Diöcese St. Pölten, VI. Jahrg. II. 1863. II. Archiv für Diöcesan-Geschichte S. 75—79.)

Num. III.

1380. 27. Februar. Ohne Ort. Seitz von Khünering, Herr zu Seefeld, gibt seinem Schwager Haidenreich von Meissau seines rechten Eigens einen Baumgarten zu Aggstain tauschweise für dessen dritten Theil an der Mauth zu Seefeld, Lehen von dem Grafen Friedrich, Burggrafen zu Nürnberg. Mit seinem Siegel und seines Schwagers Grafen Purkharten von Maydburg.

Num. IV.

1383. 28. October. Ohne Ort. Chunrat der Puschinger und seine Hausfrau Offmey verkaufen dem Prior Hanns und dem Convente zu Aggsbach ihren Zehent zu Axstain auf sechs halben Lehen, es sei Weinzehent, Getreidezehent, Krautzehent und kleiner Zehent, mit ihres Burgherrn (Burgrechtsherrn) Hand, des Edlen Herrn, Herrn Peters von Losenstain, dem man alle Jahr davon dient 12 Pfennige zu Burgrecht an St. Michaelstag, um 31 Pfund Wiener-Pfennige. Mit den Siegeln Chunrats, seines Bruder Jörgens des Puschinger und des Burgherrn Peter von Losenstain.

Num. V.

1384. 29. September. Ohne Ort. Hermann, Kaplan der St. Johannskapelle auf der Feste zu Tirnstein, verkauft um drei Pfund Wiener-Pfennige dem Prior Hanns und dem Convente zu Aggsbach das Gärtel, das seine Kapelle gehabt hat zu Aggstain, nahe des Chalichen Baumgarten; dafür er um vier Pfund Wiener-Pfennige gekauft hat das Weingärtel genannt die Pachschwell, gelegen an der Harstell zunächst der Liechtenstainerin, welches hinfür statt des verkauften Gärtels ewiglich bei der St. Johannskapelle bleiben soll. Mit seinem Siegel und seines gnädigen Herrn, Herrn Hannsens von Meissau, obersten Schenken in Österreich.

(Die Ried Herstell ist oberhalb der Stadt Tirnstein gelegen.)

Num. VI.

1402. 24. April. Ohne Ort. Wilhalm der Hausser zu Clam verkauft dem Prior Hanns und dem Convente zu Aggbach 15 Schilling Gelds Wiener-Münze auf seinen eigenen Gütern, nämlich 12 Schilling Pfennige auf seinem Weingarten mit dem anstossenden Baumgarten zwischen Wesendorf und St. Michael und heisst in dem Tümpfel, die man jährlich dient am St. Michaelstag; und zu Aggstain auf zwei behausten Gütern drei Schilling Pfennige Gelds, die man auch jährlich dient am St. Michaelstag, um 33½ Pfund Pfennige Wiener-Münze. Mit seinem Siegel und seines Bruders Wolfgangs des Hausser. Mitsiegelnder Zeuge ist der Ehrbare Knecht Wilhalm der Häckhinger von Hornbach.

Num. VII.

1429. 27. Mai. Ohne Ort. Anna zu Arttstetten, des Hermann Murstetter seligen Wittib, vermacht und gibt die Weingärten und Güter, die sie gehabt hat zu Aggstain und ihr Kaufsgut gewesen: einen Baumgarten, heisst der Plässel, und zwei Weingärten daselbst, genannt der lange Weingarten und das Hordeuschel, dem Prior Erhard und dem Convente zu Aggsbach, um ihrer und ihrer Vorväter und Nachkommen Seelenheils willen. Mit den Siegeln (weil sie selbst diezeit nicht eigenes Insigel hat) ihrer nächsten Freunde, Cunraden des Hülber und Moritz, diezeit Amtmanns zu Spitz. Mitsiegelnder Zeuge ist der Ehrbare Ulrich Platschuech, Pfleger und Landrichter zu Wolfstein.

Num. VIII.

1429. 31. October. Wien. Jörg der Schekh vom Wald, des Herzogs Albrecht von Österreich Kammermeister und Pfleger zu Steier, beurkundet: da der Prior Hanns und der Convent zu Aggsbach mit des Herzogs Willen und Gunst einen Auswechsel mit etlichen ihren Gülten und Gütern, die ihm zu seiner Feste Akhstain gelegen sind, mit ihm gemacht haben, so gebe er ihnen zu rechtem Widerwechsel seine Gülten und Güter zwischen Lengpach und dem Entzespach bei Purkstal in Entzespacher Pfarre gelegen, die sein rechtes freies Eigen sind. (Folgen unbedeutende Namen von Grundholden.) Entgegen haben ihm der Prior und Convent die Gülten und Güter gegeben: Zuerst 1 Pfund und 6 Pfennige Gelds gelegen zu Akhstain in Spitzer-Pfarre auf behausten Gütern, die die hernach benannten Holden innhaben und jährlich am St. Michaelstage davon dienen: Thoman Pöppel von seiner Hofstatt 42 Pfen. Michel Mandl von seiner Hofstatt 60 Pfen. und von dem öden Hof 72 Pfen. Die Jannsin auf dem Akhstain von ihrem Hof 72 Pfen., von der Fischweide auf dem Bach in der Palt 48 Pfen. Darnach ein halbes Pfund und 16 Pfen. Gelds Burgrechts gelegen daselbst bei Akhstain: Thoman Pöppel von seinem Theile Holzes in der Obrechtswiesen 16 Pf. am St. Jörgentage. Von zwei Reuten 7 Pfen. am St. Michaelstage. Michel Mandl von seinem Theile Holzes in der Obrechtswiesen 17 Pfen. am St. Jörgentage. Von zwei Äckern in Antwerch 9 Pfen. am St. Michaelstage. Von einer Wiesen in Kaisersgraben 2 Pfen. am St. Michaelstage. Jannsin auf dem Akhstain von einem Holz im Auschenthal 3 Pfen. und von einem Gereut, heisset die Hülben, 2 Pfen. Jörg Spigl von Holz und Wiesen im Antwerch 11 Pfen. und von dem Holz in der Ebersleiten 3 Hälbling (halbe Pfennige). Ull (Ulrich) im Hof von einem Holz daselbst 3 Hälbling. Öttl Spiegel von einem Holz daselbst 5 Pfen. Ull Weintzürl von einem Holz daselbst 4 Pfen. Vom Holz an der Rys 4 Pfen. Fridl Hukengu zu Akhstain von einem Reutlein im Eberspach 1 Pfen. Lyp Gartner zu Langenekg von der Wiesen Ruslieben 10 Pfen. Jörg Puchtzeller von einem Holz im Zaissmanstal 10 Pfen. Lyp Müllner von einem Holz im Eberspach 10 Pfen. Lyp Kaufmann von einem Holz 10 Pfen. daselbst zu Eberspach. Jennsel Müllner von einem Holz, heisset Puntzenreut, 7 Pfen. Ull im Lehen von einem Holz im Auschenthal 3 Pfen. Els Engelmayrinn von einer Wiesen, heisset Reimmagen, 3 Pfen., alles am St. Michaelstage. — Mit seinem Siegel. Zu mitsiegelnden Zeugen erbittet er sich: „Die Edeln und den (sic) Vesten, Strengen Ritter, Herrn Albrechten den Sweinwartter und Hannsen von Rorbach, des obgenannten meines gnädigen Herrn (Herzogs Albrecht V.) Hofmarschalch und Phleger zum Greytschenstain.“ (Kreuzenstein bei Korneuburg. Entzespach ist Anzbach im V. O. W. W.)

Num. IX.

1429. 31. October. Wien. Des Priors Hanns und des Conventes zu Aggsbach Gegenbrief über den vorstehenden Gütertausch. Zuerst werden die von der Karthause „dem Edlen Vesten Ritter, Herrn Jörgen dem Schekhen von Wald,“ überlassenen Gülten und Güter aufgeführt, „die ihm zu der Vesten Akhstain gelegen sind,“ hernach die von diesem zum Kloster eingetauschten, „die Vns vnd Vnserm Gotzhauss ze Akhspach auch nützleicher vnd fügleicher sind.“ Mit des Klosters Siegel. Mitsiegelnder Zeuge ist der Edel Veste Ritter, Herr Niclas der Seebeck von Seebenstain.

Num. X.

1430. 23. August. Wien. Jörg Schekch von Wald, des Herzogs Albrecht von Österreich Kammermeister, macht einen Auswechsel mit dem Prior Hanns und dem Convente zu Aggbach mit etlichen seiner Gülten, Güter und Gründe, die ihnen zu ihrem Gotteshause füglich sind, um etliche ihrer Güter, die ihm zu der Feste Achstain auch nützlicher und füglicher sind. Zuerst gibt er dem Kloster den Hof zu Eppendorf, darauf der Fridl gesessen ist, der dient zu Unser Frauen Tag zu der Dienstzeit 6 Schilling Wiener-Pfennige, und zu St. Mertentag 2 Gänse oder dafür 20 Pfennige. (Folgen die verschiedenen Dienste und Giebigkeiten der einzelnen Unterthanen.) Ferner den Hof zu Eppenderf, darauf jetzt Ulreich der Mair gesessen ist u. s. w. eine Mühle daselbst, darauf Anderl gesessen ist u. s. w. eine Hofstatt unter den Mühlen in dem Ursprung u. s. w. eine Hube Faulwiesen, darauf Friedl gesessen ist u. s. w. Das Gut in dem Werffen in Kronstorfer Pfarr u. s. w. Die Güter zu Samersdorff, nämlich das Gut „datz (zu) dem krewssen auf der puntschuchöd; das Gut, darauf Hermann sitzt, dann Peter des Smids Sohn daselbst; Peter Pader dient u. s. w. und von einer Badstuben daselbst 35 Pfen. Friedrich Smid an der Prugk — Hainrich Zeylinger — das Gut am Sneiderperg zu Mollen, darauf Michl gesessen ist — das Gut zu Kretau, darauf Hainreich sitzt — der Gündl zu Waldarn u. s. w. — Dagegen geben ihm der Prior und Convent: Zuerst 7 Schilling und 1 Pfenn. Wiener Gelds gelegen unterm Achstain in Spitzer Pfarre auf behausten Gütern, die die hernach benannten Holden innhaben und jährlich am St. Michaelstage davon dienen. (Michel Gottfried 18 Pfen. Hanns Ruedl 4 Pfen. Andre Ruedl 7 Pfen. und von einer Öd 4 Pfen. Jannsin im Hof 68 Pfen. Öttl Spiegel 20 Pfen. Jörg Spiegl 45 Pfen. Jannsin Hirsfoglin 45 Pfen.) Darnach den ganzen Zehent, grossen und kleinen, von Wein und Getreide u. s. w. auf sechs halben Lehen zu Achstain in dem obern Dorf in St. Michels Pfarr, die die hernach benannten Leute innhaben und davon man jährlich dient gen Schönbühel 12 Wiener-Pfen. am St. Michaelstage zu rechtem freiem Burgrecht. (Hanns Holzapfel hat ½ Lehen. Stephel Schaber ½ Lehen. Stephel Hukenku ½ Lehen. Hannsin Gottfridin ½ Lehen. Niclas Fleischhacher ½ Lehen. Anderl Schaber ½ Lehen.) Darnach einen Baumgarten, „des Sechzehen Irrich ist," daselbst zu Achstain; einen Weingarten ebendaselbst, genannt die Peunt, „des Kindlefthalb Jerich ist," zunächst des ehegenannten Baumgarten gelegen; endlich ein Holz, gelegen in Zaismansthal neben des Jörgen Puchtzeller Holz. — Mit seinem Siegel. Mitsiegelnde Zeugen: der Edl Vest Ritter, Herr Albrecht der Sweinbarter und der Edel Hanns von Rorbach, des Herzogs Albrecht von Österreich Hofmarschalich.

Aus den in der Urkunde vorkommenden, im Auszuge aber weggelassenen Geld- und Naturaldiensten der dem Kloster tauschweise überlassenen Unterthanen im Lande ob der Enns ergibt sich in Ansehung der damaligen Preise von Naturalien ungefähr folgendes Verhältniss: Eine Gans wurde zu Martini abgelöst für 10 Pfen. Ein Herbsthühnel zu Martini für 3 Pfen. Ein Faschingshühnel zu Weihnachten für 4 Pfen. 10 Eier zu Ostern für 1 Pfen. Eine Semmel für 1 Pfen. Ein „Hammen" zu Weihnachten für 2 Pfen. Ein Lamm zu Ostern für 12 Pfen. Eine Elle „Zinspalken" zu Martini für 3 Pfen. Eine halbe „Weinfart" für 22 Pfen. Ein Schöt Haar (1 Schett oder 24 Reissen Flachs) für 18 Pfen. Ein Schwein zu Martini für 6 Schilling Pfen. Die Dienstkäse mussten bald zu 2, bald zu 3 oder 4 Pfen. im Werthe sein, um Pfingsten wohl auch nur zu 1 Pfen.

Aus ebendieser Urkunde ist ersichtlich, dass damals ein Theil des Dorfes Aggstein — das obere Dorf — zur uralten Mutterkirche St. Michael in der Wachau jenseits der Donau eingepfarrt war, vermuthlich auf der Höhe gelegene, zerstreute Bauernhöfe. St. Michael ist jetzt eine Filialkirche von Wesendorf.

Num. XI.

1466. 17. Juli. Ohne Ort. (Aggstein oder Aggsbach.) Jörg Scheckh von Waldt verkauft um eine ungenannte Summe Geldes Johannsen Peundtner seine Wiese genannt die Langwiesen, gelegen in dem Aggsbach, und stösst mit einem Ort (Ende) Klosterhalben an ein Wiesel genannt das Geipurtl, und mit dem andern Ort oben an den Eberspach, von dem Kloster Aggsbach zu Lehen rührend. Mit seinem Siegel. Mitsiegelnder Zeuge ist der Ehrwürdige geistliche Herr, Herr Bartholome, Prior des Gotteshauses zu Aggsbach, als Grundherr der verkauften Wiese.

Die Fehden des Jörg von Stain im Lande ob der Enns betreffend.

1463. 21. Mai. Steier. Vergleich zwischen Jörg von Stain zu Steier und den Brüdern Bernhard, Sigmund und Wolfgang Grafen von Schaunberg: Alle Zwietracht ist ab; Stain wird Niemand hegen, welcher die Grafen beschädigt; er wird, so lange dieser Krieg dauert, nicht gegen die Grafen und ihre Anhänger sein, mit Ausnahme Derjenigen, welche gegenwärtig in seiner Huldigung stehen. Vergleiche Lichnowsky VII. Theil, Regesten Num. 1055 und 1056 aus Preuenhueber S. 422 u. 118, Pritz, Jörg v. Stain S. 28. (Stülz, Zur Gesch. d. Herren u. Grafen v. Schaunberg, Reg. 1059 — in d. Denkschriften d. kais. Akad. d. Wissensch. Philos.-histor. Classe XII. Bd.)

Baubeschreibung der Veste Aggstein.

Von

A. Ritter v. Perger.

Wenn man von Melk — an dem anmuthigen Schloss Schönbühel vorbei — die Donau hinabfährt, liegt die Veste Aggstein so hoch auf dem Berg, dass man sie fast nur für einen aus den Wäldern hervorragenden Felsenwall halten möchte. Erst beim Näherkommen entwickeln sich Formen von Gebäuden, denn sie ist von demselben Gestein erbaut, aus welchem der Berg besteht, und hat daher auch beinahe die gleiche gelblich röthliche Färbung der dort gewaltig aufsteigenden Gneissmassen.

Ist man bei dem Dörflein Aggstein gelandet und blickt vom Ufer empor nach der Burg, so gewahrt man nur einen kleinen Theil derselben, denn ihre Längsseite ist perspektivisch versteckt und wird erst sichtbar, wenn man den halben Berg umgangen hat. Doch sieht man schon von da unten wie trotzig der „Stein," — denn das ist der alte Ausdruck für Burg — auf die Donau herabsieht und wie seine Gründung eine keineswegs friedliche gewesen sein mochte.

Der Weg hinauf ist dicht bewaldet, so dass man die Veste erst dann vollkommen erblickt, wenn man sich schon ziemlich nahe vor ihrem Thore befindet und fast unwillkürlich beugt man hier rechts ab, und besteigt einen Felsen, um einen ganzen Überblick auf ihre nördliche und interessanteste Seite zu gewinnen. Es zeigt sich da auch sogleich, dass sie aus drei Hauptheilen besteht und zwar:

a) aus einer Art Vorburg, der ein mächtiger Felsblok, der „Bürgel" zur Grundlage dient,

b) aus dem Gehöfte, welches sich ziemlich lang an den Klippen hindehnt und

c) aus der Hochburg, welche schroff an dem tief abstürzenden, von keiner Seite angreifbaren westlichen Felsenhang steht.

Vor der Burg liegen die Überreste zweier Nebengebäude. Das eine, kleinere, ziemlich dicht bei dem Thor stehende, war dem Ausspruche der Bewohner der Umgegend zufolge, die Meierei, welche zum Schlosse gehörte und das zweite von der Burg etwas weiter entfernte, gilt als der Viehstall.

Beide sind Ziegelbauten aus dem Ende des XVI. oder vielleicht richtiger, aus dem Anfang des XVII. Jahrhunderts, da man sie erst dann hier hinbauen konnte, als man bereits die kriegerische Vertheidigung des Schlosses gänzlich aufgegeben hatte. Beide Überreste sind arg mitgenommen, denn man hat die Fenstersimse, Thürsteine, Schwellen, Gitter, Holzwerk u. s. w. kurz, alles, was mitzunehmen war, fortgeschleppt und ist bei diesem Plündern nichts weniger als sorgfältig verfahren, so dass hin und wieder nur Mauerbrocken stehen blieben, über die sich jetzt Hagedorn- und Brombeerhecken ranken. Für den Antiquar haben diese zerstörten, ziemlich späten Ziegelbauten kein besonderes Interesse. Man fühlt sich daher sogleich zur Burg hingezogen.

Vor dem Eingangsthor derselben sieht man noch die Spuren eines (beiläufig 8 Meters breiten) Grabens, der wahrscheinlich damals verschüttet wurde, als man die herrschaftlichen Kanzelleien nach dem Schlosse hinauf verlegte. Alte Männer der Umgegend erzählten noch, dass ihre Grossväter und Urgrossväter ihre Giebigkeiten auf den Aggstein bringen mussten, was ihnen bei der hohen Lage der Burg sehr beschwerlich war. Über jenen Graben ging, zur Zeit als die Veste noch im Vertheidigungszustand war, eine tüchtige, in Ketten hängende Zugbrücke.

Das Eingangsthor zur Burg hat nur 3 Meter Breite und ist nicht hoch genug, dass ein Geharnischter hätte zu Pferde einreiten können. Der Reiter musste also vor dem Thor absteigen, um das Innere der Burg zu betreten. Das Thor misst 7,1 M. Tiefe, erweitert sich rückwärts zu 4,3 M. Breite, und hat zwei steinerne Sitzbänke von 2,1 M. Länge für die Thorwächter. Man gelangt durch dasselbe in den ersten Hof.

Dieser Hof wäre ursprünglich im Viereck angelegt, da sich aber links vom Eingang die östliche Seite des Bürgelfelsens erhebt und in schräger Richtung zieht, wird der Hof gegen das zweite Thor hin verengert. (Siehe den Grundriss.) Die grösste Breite dieses ersten Hofes, gleich bei dem Eingangsthor beträgt 14,6 M., die schmale Seite, bei dem zweiten Thor: 8,9 M. und die Länge desselben von einem Thore zum andern 13,9 M. Die Steigerung vom ersten bis zum zweiten Thor beläuft sich auf 1,6 M. (siehe den Durchschnitt). Rechts vom Eingangsthor gewahrt man eine ganz neue Thüre in der Mauer, die zu einem engen Gemach führt, in welchem der jetzige Besitzer des Aggsteins Hr. Graf von Beroldingen das Gedenkbuch für die Besucher der Veste aufstellen lässt. In diesem ersten Hof befindet sich eine Mauer von 9,4 M. Länge und 1 M. Dicke, die sich vom zweiten Thor gegen das erste herabzieht und das, 3,9 M. breite Gemach für die Wachen des Thores, von dem Hofe abschloss.

Das zweite, in den zweiten Hof führende Thor, ist noch enger als das Erste, denn es hat nur 2 M. Breite, auch wird der zweite Hof noch schmaler als der Erste und misst an seiner engsten Stelle, da wo der Bürgelfels am meisten hervortritt, nur 5,4 M. Breite. Die Länge dieses Hofes beträgt 18,7 M. Er zeigt gleich rechts einen, vermuthlich durch die Form des Felsbodens bedingten vierseitigen Vorsprung (von 3,8 M. Tiefe und 2,2 M. Breite), in dessen Mitte sich ein viereckiges Schiessfenster (von 1,2 M. im Durchmesser) befindet. In diesem Vorsprung zeigt sich an der Erde eine, nunmehr mit einem Deckel versehene viereckige Öffnung, die in einen dunklen Raum hinabmündet, der als Gefängniss, oder wie das beliebte Wort es nennt, als „Verliess" für die gemeinen Leute gedient haben soll. Der Förster des Herrn Grafen von Beroldingen, der mich während meines Aufenthaltes in den Ruinen besuchte, sagte mir, dass man in dieser Felsengrube Menschenknochen gefunden haben soll. — Der Aufstieg des Terrains vom zweiten bis zum dritten Thurm beträgt 3,5 M. Vor dem dritten Thor befand sich abermals ein Graben (von beiläufig 8 M. Breite) mit einer zweiten Zugbrücke.

Das dritte Thor mit dem Wappen derer von Scheckh misst am Eingang 2,6 M., erweitert sich gegen rückwärts und hat eine Länge von 5,1 M. Auch hier sind wieder Sitzbänke für die Thorwachen angebracht, und man betritt nun den dritten und längsten Hof, der nach der Hochburg führt und von welchem man auch auf den Burgfelsen oder „Bürgel" mit dem darauf befindlichen Berchfried oder Donjon gelangt.

Gleich links in diesem dritten Hof und ziemlich nahe an der Felswand, die hier mit vieler Sorgfalt abgemeisselt ist (da sich keine Spuren von Sprengbohrungen finden) sieht man am Boden eine kreisrunde Öffnung. Es heisst, dass hier einst die Cisterne gewesen sein soll, in welcher das von der Hochburg und vom dritten Hofe ablaufende Regenwasser gesammelt wurde. Neben dieser Cisternenöffnung führt nun die erste Holz-Treppe zu dem Berchfried empor. Sie zählt 56 Stufen und reicht bis zu einer Höhe von 10,5 M. Nach einigen wenigen Schritten auf dieser Höhe, gelangt man zur zweiten Treppe, von 20 Stufen und einer senkrechten Höhe von 4,4 M. und betritt dann einen — schwalbennest-artig an den Felsen geklebten Halbthurm von 7,3 M. Höhe, der mittelst roh und sehr ungleich in das Gestein gehauenen Stufen auf die oberste Fläche des Bürgelfelsens und in den Berchfried führt. Dieser Halbthurm, der aus zwei ungleichen Bogensegmenten zusammengesetzt ist, misst 7,8 M. in der Breite und hat einen Halbmesser von 4 M.

Der Berchfried besass, wie es die Form des Gesteins mit sich brachte, eine gestreckt-fünfseitige Form, die Spitze nach vorne gerichtet, so dass von dieser aus, der Zugang zur Burg über den schmalen Hals des Berges herüber, vollkommen beherrscht wurde. Die Länge des Berchfrieds vom Eingang bis zur Spitze beträgt 21 M., seine Breite 8 M. Die Mauern haben eine Dicke von 1,3 M. Die Eingangsthüre ist nur 0,8 M. breit, so dass nur ein Mann durch den, 6,1 M. langen und 1 M. breiten Gang in den Donjon eintreten konnte, der übrigens so zerstört ist, dass man nur noch ein einziges Schiessfenster (gegen Südwest) gewahrt, welches 1.4 M. Breite hat, sich aber, durch die Mauer hin, bis auf 0.5 M. verengert. Waren die erste und zweite Leiter heraufgezogen und die Stufentreppe im Halbthurm verrammelt, so mochte dieser Berchfried für jene Zeiten wohl so ziemlich uneinnehmbar gewesen sein. Um aber auch eine Ersteigung des Felsens vom zweiten Burghof aus, so vollkommen als möglich zu verhindern, wurde auf dem „Bürgel" in der Höhe zwischen der ersten und zweiten Treppe, eine, der Form des Gesteines angepasste, und daher S-förmige Mauer aufgeführt (s. d. Grundriss), und so gewahrt man schon hier die strengste Vorsicht und die genaueste Benützung des Terrains, um sich bei einer Bestürmung auf das hartnäckigste vertheidigen zu können.

Der dritte Hof, der bei einer Länge von 78 M., nach Massgabe der Klippen an denen er hinläuft, zuerst eine Breite von 14 M. hat und sich dann bis auf 4,3 M. und 3,4 M. verengert und dann wieder bis auf 7,5 M. erweitert, enthält an seiner östlichen Seite die „Küche" und die „Gesindestube" und wird an seiner westlichen Seite von den neuen Zubauten des XVI. und XVII. Jahrhunderts begränzt. Diese sind, so wie die vor dem Eingangsthor liegende Meierei, ebenfalls stark mitgenommen und biethen ausser dem Brunnenhof und der Schmiede wenig oder nichts Interessantes dar. Auch hier sind Schwellen, Fliesse u. s. w. mit Gewalt weggerissen, was bei dem mit ziemlich dicken Mörtellagen geführten Ziegelbau, eben nicht grosse Schwierigkeiten machte. Diese ehmaligen Herrschafts- und Amts-Kanzelleien ruhen auf einem Kellergeschoss, welches von archäologischer Seite betrachtet, ebenfalls nichts Wesentliches biethen kann. Das einzig Wichtige wäre hier die alte, südwestliche Umfassungsmauer, die sich vom Eingangsthor an um den Bürgelfels wendet und sich dann in ziemlich gerader Linie bis zu den Klippen der Hochburg erstreckt. Sie ist mit verschiedenen Schiess- und Sitzfenstern versehen, aber es scheint, dass man die zu diesen gehörigen Gemächer, Treppen, Bollwerke u. s. f. weggerissen habe, als man die „Kanzelleigemächer“ errichtete.

Die Schmiede, welche in der Ecke liegt, die durch das Zusammenstossen der eben erwähnten Aussenmauer mit dem Bürgelfels entstand, zeigt noch deutlich die Esse und neben ihr liegt die „Kohlenkammer,“ welche vielleicht, da sie ein Sitzfenster hat, zugleich auch die Wohnung der Schmiedknechte war. Die Schmiede hat eine Länge von 5,6 M. und eine Breite von 3,3 M. Die Kohlenkammer ist 4,5 M. lang und von gleicher Breite wie die Schmiede.

Der Brunnenhof lehnt sich an die westliche Ecke des Bürgelfelsens, der hier in einem Kreissegment glatt abgemeisselt ist. Er misst von diesem Segment bis in die diagonal gegenüber liegende Ecke 7 M. und seine westliche Wand hat 6,9 M. Der Durchmesser des Brunnens, welcher sehr frisches Wasser hält, ist 1,7 M. Über dem Ausgang von dem Brunnen in den dritten Hof, befindet sich im ersten Geschoss ein viereckiges Fenster, dessen Einfassung aus gelblichem Sandstein gemeisselt, Stäbe und Leisten zeigt, wie man sie an Fenstern aus der Zeit Maximilians I. findet. Dieses Fenster gilt zugleich als Beleg dafür, dass diese Abtheilung älter sei, als die sich derselben anschliessenden Kanzelleibauten.

In die gegenüber liegende „Küche“ führt eine Thüre von 0.8 M. Breite. Aus der Küche geht ein Fenster von 1,3 M. Breite in den Hof, durch welches man nebstdem dass es den Küchenraum erhellte, die Speisen hinausreichen mochte. Rechts von diesem Fenster befindet sich ein Herd, dessen Schornstein in die Mauer hinaufgeleitet ist. Die Küche ist hoch, bogig gewölbt und durch einen Rauchfang geschlossen. Die Wölbung mag zum Aufhängen des Fleisches gedient haben, welches für den Winter geräuchert wurde, da sich an ihr der Rauch hinaufschlängelte. Ohne diese Rücksicht wäre es auch unnöthig gewesen, die Küche so hoch zu wölben. Sie hat die Breite von 4,5 M. und eine Länge von 5 M. und wurde durch eine schräge Zwischenmauer von dem mit ihr in Verbindung stehenden Halbthurme geschieden. Neben dem Eingang befindet sich eine 2 M. breite Nische, in der man noch zwei Furchen sieht, in welche Breter eingeschoben waren, die als Ständer für Kochgeschirre u s. w. dienten.

Der Halbthurm, von beiläufig 5 M. im Radius, hat drei Schussfenster, von denen sich das mittlere ganz an der Erde befindet und vielleicht zur Aufstellung eines Geschützes bestimmt war. Das westliche Fenster hat 1,3 M. Breite und 0,7 M. Schussmündung, das mittlere 1,1 M. Breite und das östliche 1,2 M. Breite und 0,65 M. Schussöffnung. Auf die Thurmmauer, welche 1,3 M. im Durchmesser hat, ist eine, jetzt beiläufig nur 1 M. hohe, Brustwehr aufgesetzt, welche einen Rand von 0,5 M. auf der Mauer freilässt, der einst, durch einen hölzernen Gang breiter gemacht, den Schützen oder Steinwerfern als Standpunkt diente.

Die vierseitige „Gesindestube“ schliesst sich in einem spitzigen Winkel an die Küche und ist mit dieser durch eine Thüre (von 1,7 M. Weite) verbunden. Eine zweite Thüre (von 1 M. Breite) führt in den Hof. Die südliche Wand dieser Stube misst 10,4 M. Länge, die östliche, mit drei grossen durchgeschlagenen Lücken, wo sich einst Fenster befanden, 9.95 M. Die mittlere Breite beträgt 6,4 M. An der westlichen Wand gewahrt man eine 1,2 M. breite Nische, die aber, wie Mörtel und Steinwerk anzeigen, erst dem XVI. Jahrhundert angehört. Hier zeigen sich auch Breter quer in der Mauer, deren Zweck aber nicht wohl zu errathen ist. Neben der Nische befindet sich eine mannshohe, 0,8 M. breite Öffnung in der Mauer, wo vermuthlich der Abort für das Gesinde war. Die Aussicht von den drei erwähnten Fensterlöchern auf die Donau hinab ist überraschend, aber nur der Schwindelfreie kann sie ruhig geniessen, indem hier die Felsen gäh und tief abfallen.

Bei dieser „Gesindestube“ ist der dritte Burghof am engsten, er misst hier nur die schon oben angeführte 3,4 M. Breite. Die Steigerung des Felsbodens vom dritten Thore bis zur Basis der Hochburg beträgt 4,7 M.

An dieser Stelle ist der Fels wieder steilrecht und platt abgemeisselt und zwar in einer Höhe von 6,7 M., wo sich oben das Eingangsthor in den Hof der Hochburg befindet, zu welchem eine Treppe von 36 Stufen emporführt.

Wie der erste und zweite Burghof von der Felswand des Bürgels zur Linken begränzt ist, so wird der Hof der Hochburg auf der rechten Seite von Felsen eingeschlossen, auf denen die Kapelle und der Hochbau mit ihren hohen und steilen Dachgiebeln ruhen.

Das Thor der Hochburg ist 1,6 M. breit, erweitert sich rückwärts auf 2 M. und hat eine Tiefe von 1,9 M. Die Thormauer misst 6,1 M. in der Quere. Schon nach wenigen Schritten erweitert sich der Hof auf 7,6 M., verengert sich aber sehr schnell wieder auf 2,3 M., indem der Fels eine sehr starke Ausbiegung macht, die unten hin, des bequemeren Vorbeigehens wegen, ausgemeisselt werden musste. Die linke Seite dieses Hofes wird durch ein Gebäude von 13,2 M. Länge gebildet, in dessen Innerem sich aller Wahrscheinlichkeit nach die Wohnung des Burgherrn und seiner nächsten Angehörigen befand. Die Breite dieses Gebäudes beträgt 7,3 M., so dass sich hier um die Ecke der Hof um dasselbe Maas erweitert. Eine schräg ziehende Mauer von 1 M. Dicke und 8,1 Länge, schliesst diesen Hof ab, in welchem sich eine abwärts führende Treppe von 13 Steinstufen befindet, die in die unteren Räume dieses Gebäudes leiten, welche einen Flächenraum von 36□ M. einnehmen.

Durch die schräge Mauer führt eine Thür (v. 1 M. Breite) in die letzte Abtheilung des Hofes (v. 3,8 M. Breite), in welchem sich ein Fenster, nämlich das westliche Lugaus auf die Donau befindet, von dem man weit hinaus über Melk bis gegen Pechlarn sieht und schon stundenlang jedes Schiff wahrnehmen kann, das auf dem prachtvollen Strom herabgleitet. Von diesem kleinen Hofe aus führt auch eine besondere Treppe in den Hochbau. Die Steigung des Terrains in dem obersten Hof beträgt 1,6 M.

Die Treppe, welche nach der Kapelle führt, zählt 24 Stufen und erreicht eine senkrechte Höhe von 5,4 M., an welcher sich die Thüre und der Fussboden der Kapelle befindet. Die Kapellenthüre hat 0,9 M. Breite, die sich nach innen bis zu 1,3 M. erweitert, und 2,2 M. Höhe. Die Länge der Kapelle beträgt 7,1 M., die Breite derselben 6,4 M. Der Durchmesser des halbkreisförmigen Anbaues hat 4,2 M., der Altarstein 1 M. Von Zierrathen ist ausser den fünf Rippen, welche die Bögen der Apsis tragen, nichts zu sehen, eben so zeigt sich keine Spur von einem Grabstein oder irgend einer Inschrift. Das einzige Auffallende befindet sich an der, dem Altar gegenüber liegenden Wand. Diese zeigt nämlich zwei, in der Form von Schusslöchern gemauerte Öffnungen, die schräg aufsteigen und sich nach oben verengern. Es wird von ihnen noch später die Rede sein. Der unterste Theil dieser Wand besteht ebenfalls aus abgemeisseltem Fels. (S. den beigegebenen Holzschnitt.)

Die Treppe nach dem Hochbau hat 32 Stufen und erreicht eine senkrechte Höhe von 6 Meter. Die (einzige) Thüre dieses Hochbaues ist 1,6 M. hoch, 0,7 M. breit und erweitert sich nach innen zu 1,6 M. Der Hochbau selbst besteht aus zwei Abtheilungen, in deren jeder zwei Stockwerke befindlich waren, wie die Balkenlöcher und Widerlagen der Mauern anzeigen. Die erste dieser Abtheilungen, deren östliche

Wand zugleich die Rückwand der Kapelle bildet, ist grösser und misst 6,6 M. Länge. Die Wand gegen die Kapelle hat 7,5 M., während jene gegen die zweite Abtheilung hin, volle 8 M. misst, wodurch also in den Ecken schiefe Winkel entstehen. Die zweite Abtheilung misst an der östlichen Seite 8 M., an der westlichen 9 M., an der nördlichen 4,4 M. und an der südlichen nur 4,1 M. und bildet also, wie die Räumlichkeit der Klippe es bedingen mochte, ein etwas verschobenes Viereck. In dem oberen Stockwerk dieser zweiten Abtheilung befindet sich ein nach Westen gehendes Sitz-Fenster, zu welchem eine Holztreppe von 16 Stufen führt. Dieses Sitzfenster bildet nunmehr den höchsten Aussichtspunkt der ganzen Veste.

Von der ersten Abtheilung dieses Hochbaues gelangt man auf das so viel besprochene „Rosengärtlein," eine Felsenfläche von 15 M. Länge und einer Breite, welche von 3,8 bis 2,3 M. wechselt. Alles was aber von diesem „Rosengärtlein“ erzählt wird, ist wahrscheinlich Sage, oder wie Wieland spricht:

„Ein Spiel der Phantasie, von Weindunst ausgegohren !“

Denn hätte irgend ein Burgherr von Aggstein dieses „blutige Rosengärtlein“ zum Hinabstürzen seiner Gefangenen benützt, so müsste doch irgend ein „Thürlein“ zu diesem „Gärtlein“ geführt haben. Davon zeigt aber der ganze Bau keine Spur, und das Mauerloch, durch welches man heute zu dem Rosengärtlein steigt, ist nichts anderes, als ein durchgeschlagenes Schiessfenster, in dessen schräg aufsteigende Böschung man erst in neuerer Zeit, vielleicht nach Auflassung der ganzen Burg, drei Stufen meisselte, damit der Besucher der Veste leichter an die berühmte schaurige Stelle gelange. In dem Nebengemach befindet sich eine vollkommen gleiche Lücke, der man aber ganz bequem die alte Gestalt liess, weil man nicht zweier Ausgänge in „Schrekwalds Rosengärtlein“ bedurfte, welches wir nun auch nicht weiter berühren wollen.

Weit wichtiger für den Charakter irgend eines der Besitzer dieser Burg ist jene Wand des Hochbaues, welche zugleich die eine Wand der Kapelle bildet, denn an ihr gewahrt man ober den Balkenlöchern des unteren Geschosses zwei schmale, viereckige Öffnungen, durch welche man zwar auf den Altar der Kapelle, aber weder nach rechts noch links sehen kann. Es sind dieses die beiden Lucken oder Durchschläge, die schon bei Beschreibung der Kapelle erwähnt wurden, und eine kleine Zeichnung wird deutlicher reden, als viele geschriebene Worte.

Dass diese Gucklöcher (A. A.) von denen aus man nur auf den Altar sehen konnte, ohne aus der Kapelle von irgend jemand gesehen werden zu können, nicht zum Gebrauche der Burgherrn oder der Burgfrau gehörten, versteht sich wohl von

I. II.

I. Die Wand der Kapelle. AA die Schaulöcher dem Altar gegenüber. D glatt gemeisselter Fels.

II. Die Wand des Hochbaues. AA die Schaulöcher. B, B Balkenlöcher, C, C, C der neuere Mörtelanwurf. E Höhe des Felsbodens über dem der Kapelle.

selbst, denn diese hätten, um von ihren Untergebenen in aller Herrlichkeit geschaut zu werden, wohl ein stattliches, mit den Zierrathen der damaligen Zeit versehenes Fenster, wo nicht gar einen eigenen Erker erbauen lassen. Es mussten daher in jenen Gemächern des Hochbaues Personen wohnen, die nicht gesehen werden sollten, denen man aber doch nicht den Genuss des Gottesdienstes versagen wollte oder durfte. Auch mögen es manchmal mehrere Personen zugleich gewesen sein, welche diese unfreiwillige Wohnung theilten, da sonst wohl eine einzige Öffnung genügt haben würde. Indessen scheint auch diese eigenthümliche Durchschlagung der Mauer nicht in die Zeit der Wiedererbauung der Burg (im XV. Jahrh.), sondern erst in das XVI. Jahrhundert zu gehören, denn der Schnitt der beiden viereckigen Öffnungen, die Form der Mündungen in der Kapelle, so wie der Anwurf, gehören diesem letzteren Zeitraume an.

Der ganze Bau der eigentlichen, dem XV. Jahrhundert angehörigen Veste, besteht aus Gneisstücken, die fest und scharf aufeinander gelegt, in den Bögen und Wölbungen beinahe schräg ineinander geschoben erscheinen, und eine verhältnissmässig nur magere Verbindung von Mörtel besitzen. — Alles was Ziegelbau ist, und einen weissen Maueranwurf hat, gehört selbstverständlich, viel späteren Tagen an. Sandstein findet man nur an einigen Stellen des alten Baues, als Eckquadern, Fenstersteine, Sitzsteine und als Verkleidung an den Thoren. Wo der Fels abgemeisselt wurde, um eine enge Stelle zu erweitern oder eine Höhe unzugänglich zu machen, wurde bereits ohnediess erwähnt.

Von dem älteren Kuenringischen Bau ist aber — nach einer genauen und wiederholten Untersuchung — kein Stein mehr zu finden! Wer also den Aggstein, so wie er jetzt steht, als ein Schloss aus der Zeit der Babenberger betrachten wollte, würde auf einen bedeutenden Irrweg gerathen.

Wirft man noch einen Blick auf das Profil der Veste, deren ganze Länge 147 Meter beträgt, so findet man:

Dass sie auf einen Felsengrath gegründet ist, der nur gegen Osten mit dem Berg und dem Weg in Verbindung steht, nach Süden, Westen und Norden aber mit steilen Wänden in das Thal abfällt und an seinen beiden Enden in hohe Klippen aufsteigt, welche durch eine schiefe Ebene mit einander verbunden sind. Waren hier die von der Natur gebothenen Anlagen zu einer Veste höchst günstig, so wurden sie auch nicht minder klug benützt. Die schiefe Ebene diene zur Errichtung die drei Thore, von denen erst eines nach dem andern erstürmt werden musste, bevor man den dritten Hof erreichte. Dass diese drei Thore nicht der Art gestellt sind, dass eines von dem andern aus nicht gesehen werden könne, liegt in der geringen Breite des Felsenkammes, der nur erlaubte sie beinahe gerade hintereinander aufzustellen.

Auf der vorderen Klippe wurde der Berchfried, und auf der Klippe am westlichen Absturz die Hochburg erbaut, welche erst dann mit Sicherheit angegriffen werden konnte, wenn nebst den drei Thoren und Höfen, auch der Berchfried bereits erobert war. Durch das Hinaufziehen der Leiter, die in die Hochburg führt, wurde das Ersteigen der Letzteren beinahe unmöglich, aber selbst wenn es gelang, konnte man sich noch in die Kapelle und in die Gemächer des Hochbaues zurückziehen, die dort hinaufführenden Leitern ebenfalls mit sich nehmen und den Feind von senkrechter Höhe herab, beinahe mit Steinwürfen vernichten. Aggstein gibt also*) das vollständige Bild einer wohl angeordneten, von Schritt zu Schritt zu vertheidigenden Burg, die durch ihre steile Lage vor jeder Überrumpelung

*) S. den Durchschnitt der Veste, wo zugleich die Verhältnisse der Terrain-Ansteigung genau angegeben sind.

und durch den weiten Abstand der Klippe von den nächsten, ebenfalls steilen Berglehnen, vor jeder Beschiessung mit den ehmaligen, schwer zu transportirenden, und nicht weit tragenden Geschützen gesichert war. Mit welcher ungewöhnlichen Aufmerksamkeit man aber auch auf die vollkommenste Verwahrung dachte, davon gibt das kleine westliche Lugaus in der Hochburg Zeugniss, denn nicht nur dass es sich über einen Felsenhang befindet, den wohl nie ein menschlicher Fuss betrat, so war es nicht nur mit Gitter und Laden, sondern überdiess noch mit einem mannsarm-dicken Sperr-Riegel versichert, dessen Einschiebhöhlung man noch in der Mauer gewahrt.

Die Veste Aggstein macht trotz der herrlichen, mit jeder Rheingegend hoch wetteifernden Fernsicht, einen sehr ernsten Eindruck, der sich nicht nur in dem Dämmer des Abends, sondern selbst in der sengenden Hitze eines Sommermittags bis zum Düsteren steigern kann und ein phantasiereiches Gemüth dürfte es kaum wagen dort zu übernachten. — So sprechen also doch die stummen Steine zu dem der Empfindung besitzt! — Und so reden sie auch anderseits zu demjenigen, der es liebt unter alten Trümmern zu wandeln und die alten Bauweisen zu studieren. Der Aggstein ist schon an und für sich als Bauwerk ein selbstständiges, historisches Denkmal von dem grössten Interesse, das durch die Vorfälle, die sich in seinem Umfang ereigneten, nur noch mehr Reiz für den Alterthumsfreund gewinnen kann.

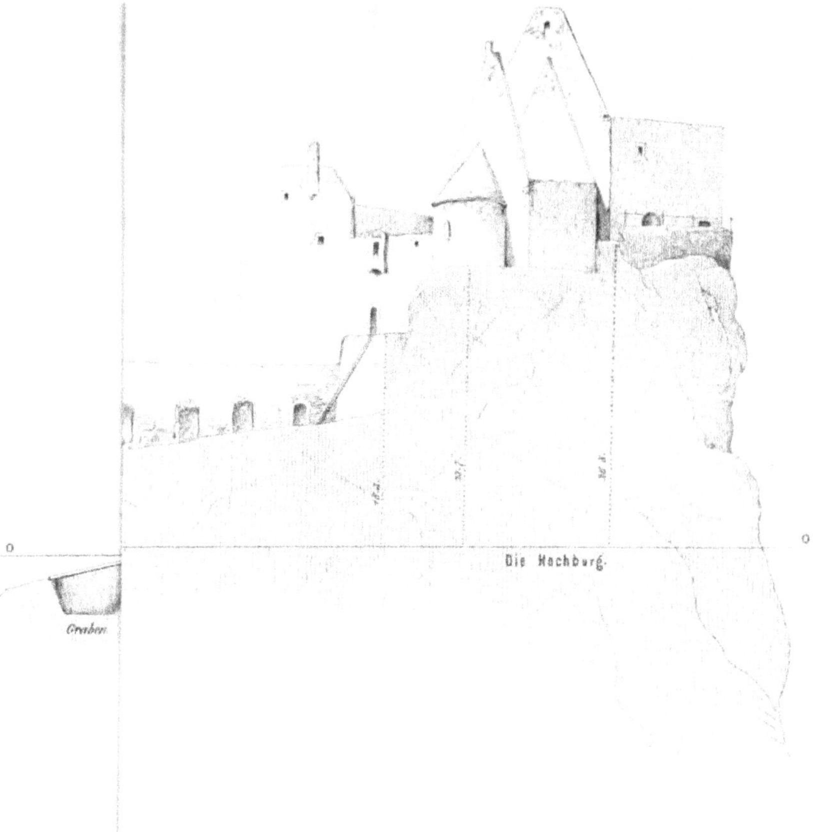

Die Hochburg.

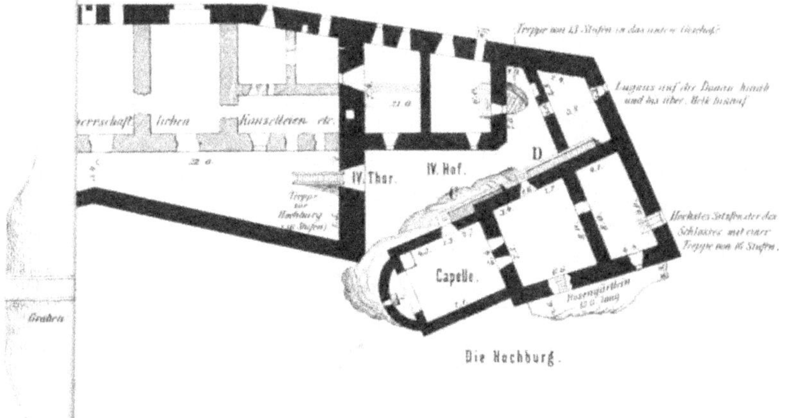

Die Hochburg.

C Treppe zur Kapelle hinauf (24 Stufen)

D Treppe zu den Hochgemächern (32 Stufen)

STUDIEN

ZUR GESCHICHTE DER

K. K. GEMÄLDEGALLERIE IM BELVEDERE ZU WIEN.

VON

A. RITTER VON PERGER.

Vorwort.

Die k. k. Gemälde-Gallerie im Belvedere gehört unstreitig zu den älteren und vorzüglichsten Gemälde-Sammlungen von Europa und somit der ganzen Welt. So wird man wohl nicht leicht eine Gallerie finden, welche u. a. neunundvierzig Bilder von Tizian und fünfundvierzig von Rubens besitzt. Wohl trifft man auch in anderen Gemälde-Sammlungen Deutschlands vorzügliche Werke und namentlich sind zu Dresden die sogenannten „kleineren Meister" in ungewöhnlicher Anzahl vertreten; was aber die venezianische Schule betrifft und vorzüglich grosse Gemälde von Rubens anbelangt, steht wohl die kaiserliche Sammlung ohne Zweifel am reichsten da, und selbst die Heimath dieses gewaltigen Meisters kann sich derselben nicht an die Seite stellen, wenigstens nicht in so vereinter Masse. Wir erinnern nur an die „vier Flüsse mit dem Krokodil und der Tigerin, die schlafenden Nymphen, die Feier der Venus, den heil. Franziskus Xaverius, den wundervollen heil. Ambrosius, den mit fast unbegreiflichem Zauber gemalten St. Ildephonsus, und an den heiligen Ignatius, bei welchem Bilde wohl das höchste dramatische Element entwickelt ist, das man sich in einem Gemälde nur denken kann *). Oder hat, um eine andere Saite anzuschlagen, irgend eine Stadt schönere oder nur eben so schöne Dürer aufzuweisen als die „Christenmarter" und die Verehrung der heil. Dreifaltigkeit? Oder schönere van Dijck's, als die Gefangennahme des Samson, den heil. Hermann und die herrlichen Porträte der beiden Prinzen von der Pfalz, Carls I. von England u. s. w. u. s. w. — — Darum ist es auch in der That wichtig und nothwendig, die Geschichte dieser wahrhaft kaiserlichen Sammlung ins Auge zu fassen, besonders weil sie von gewissen norddeutschen Kunstkennern (!) noch immer mit keineswegs vorurtheilslosen Blicken betrachtet wird, vermuthlich desshalb, weil diesen „Kennern" eben die Geschichte der Entstehung dieser Gallerie völlig unbekannt ist.

Es wird gemeinhin angenommen **), dass Kaiser Carl IV. der Gründer der k. k. Gallerie im Belvedere sei, weil er wirklich vielen Sinn für bildende Kunst hatte, und der Prager Malergilde eigene Statuten gab, allein er scheint bei dieser Rücksichtnahme auf Malerei mehr für seine eigenen, persönlichen Bedürfnisse bedacht gewesen zu sein, wie denn auch das Sammeln in jener Zeit noch

*) Es dürfte wohl überhaupt kaum eine Stadt geben, die an grossen Gemälden von Rubens reicher wäre als Wien. Wer kennt nicht den prachtvollen Cyclus aus der Geschichte des Decius Mus in der Gallerie des Fürsten von Liechtenstein, die wunderschöne Amphitrite mit dem Neptun in der Sammlung des Grafen von Schönborn, Gemälde, die wenn sie sich irgend wo anders befänden, längst tausendfach austrompetet wären, vieler anderer kleinerer nicht zu gedenken. —

**) S. Böckh Merkwürdigkeiten Wiens (1822—23) I. B. S. 304. — Jos. Rosa Gemälde der k. k. Gallerie I. B. S. X.; u. a. O.

nicht Sitte war und noch nicht Sitte sein konnte, weil Kunstwerke überhaupt erst geschaffen werden mussten.

Eben so vernimmt man, dass Friedrich III. oder Maximilian I. die Gründer der kais. Gemälde-Sammlung gewesen seien, allein Friedrich III. hatte seine, wahrscheinlich nicht sehr grosse, Raritätenkammer in Wiener Neustadt *) und Maximilian's I. jeweiliger Aufenthalt zu Wien war meist zu kurz und zu sehr mit politischen und kriegerischen Gegenständen in Verbindung, als dass er, so sehr ihn besonders die Dichter, als einen Freund der Malerei rühmen, daran denken konnte hierorts eine Gemälde-Sammlung zu errichten **). Die Bilder aus der Epoche dieses Kaisers scheinen also erst durch Vererbung an den Hof zu Wien gelangt zu sein.

So weit die jetzigen, wirklich auf historischen Boden ruhenden Aufzeichnungen reichen, ist wohl Kaiser Rudolph II. als Gründer dieser Sammlung zu betrachten. Auf glänzende Weise schliesst sich ihm Erzherzog Leopold Wilhelm, Statthalter der Niederlande, als Vermehrer an, und alle jene Bilder, die nicht aus den Kunstkammern dieser beiden Fürsten herstammen, kamen meist vereinzelt, und wohl grösstentheils im Wege des Vermächtnisses in die k. k. Gallerie. Eigentliche Ankäufe wurden erst in neuerer Zeit gemacht.

Alle historischen Forschungen sind schwierig, am schwierigsten aber wohl jene über bildende Kunst und besonders in Österreich, oder richtiger gesagt zu Wien, welche Stadt in allen Zeiten als das ultima Thule der deutschen Bildung galt und stets als ein Damm gegen das Hereindrängen der osteuropäischen Völker dastand. Diese Forschungen werden auch nie früher ihren vollgültigen Abschluss finden, bis nicht alles was noch verstreut in den Archiven liegen mag, mit eisernem Fleiss gesammelt wurde. Da aber bis dahin wohl noch manches Jahr vergehen mag und noch überdiess so viele archivalische Dokumente mit einer, uns unbegreiflichen Rohheit der Zerstörung preisgegeben wurden, so erlaube ich mir das, was ich bisher aufzufinden im Stande war, hier niederzulegen und somit den ersten Grundstein für eine künftige Geschichte der Gemäldesammlung des kais. Belvedere herbei zu schaffen. Eine glücklichere Hand mag sie dann ihrer Vollendung entgegenführen.

Aber selbst dieser glücklicheren Hand werden sich noch immer Schwierigkeiten entgegen thürmen, da nicht nur die Wirren des dreissigjährigen Krieges und der dabei stattgehabte massenhafte Kunstraub, sondern sogar das Hin- und Herwandern einzelner Gemälde leicht Verwirrungen herbei führen können. So befand sich z. B. der „Tod Abel's" von Ph. Champaigne, zuerst in der Rudolphin'schen Kunstkammer zu Prag, und kam dann nach Wien. Im Jahre 1732 wurde das Bild wieder nach Prag geschickt und kam später, wie aus den folgenden Verzeichnissen zu sehen ist, zum zweitenmal nach Wien zurück. Einzelne Bilder der Sammlung Rudolphs II. gingen in das Ausland, so u. a. „la belle Vièrge," von Raphael, welche von den Schweden geraubt, auf Gustav Adolph,

*) Diese Sammlung soll, den Inventaren Maximilian I. zufolge, zu Anfang des XVI. Jahrhunderts nach Innsbruck gewandert sein.

**) Maximilian I. hielt sich, so viel bis jetzt bekannt wurde, nur in folgenden kurzen Fristen in Wien auf:
Im Jahre 1493 vom 9. bis 12. Oktober, und auf seiner Rückreise von Grätz, am 26. November.
„ „ 1506 vom 1. bis 24. Februar und nach seiner Rückreise von Grätz vom 10. bis 20. Juli;
„ „ 1514 vom 5. bis 8. Mai, auf seiner Reise nach Grätz und Laibach;
„ „ 1515 am 11. bis 12. und vom 17. bis 29. Juli;
„ „ 1517 am 9. und 25. September und am 3. November.
(S. Stälin Ch. Fr. v. Aufenthaltsorte Kais. Maximilian I. In den Forschungen zur deutschen Geschichte. Göttingen 1862. I. B. S. 347 ff).

und von diesem auf seine Tochter Christine von Schweden überging. Nach dem Tode dieser Fürstin kaufte Livio Odescalchi das Gemälde, später brachte es der Prinz Regent, Philipp d'Orléans (l'Égalité) an sich und zuletzt wurde es für die Stafford-Collection in Cleveland-House zu London um den Preis von 3000 Pfund Sterling ersteigert *). Endlich legen auch die, noch vorhandenen inventarischen Aufzeichnungen Hindernisse in den Weg, da sie meist nur höchst oberflächlich und ohne alle eigentliche Kunstkenntnisse niedergeschrieben wurden.

Was ich also aufzufinden das Glück hatte, sei hier, um der geschichtlichen Übersicht willen, in chronologischer Reihe gegeben. Als Grundlage des Gesammten muss wohl das in der k. k. Hofbibliothek befindliche, aus dem Ende des XVI. Jahrhunderts stammende Inventar der Gemälde im kaiserlichen Schloss zu Prag gelten. Auf dieses Inventar folgen einzelne Notizen, Auszüge aus den Verzeichnissen der geistlichen und weltlichen Schatzkammer u. s. w. u. s. w. und ein Abdruck des bisher beinahe noch unbekannt gebliebenen Inventars der kais. Gallerie in der Stallburg, mit den Storffer'schen Miniaturen.

Als Basis für die Bezeichnung der einzelnen Bilder benützte ich Mechel's „Verzeichniss der Gemälde der k. k. Bildergallerie in Wien" (Wien 1783. 8°), da dieses der erste Catalog war, der überhaupt erschien und diese Sammlung als ein Ganzes vorführte, während spätere Abänderungen einzelner Gemälde manchmal nur dazu dienten, dem Publikum die bald darauf verfassten neuen Kataloge aufzunöthigen, ohne einen weiteren künstlerischen oder kunsthistorischen Zweck zu beachten **).

Noch besitzt das k. k. Belvedere ausser der grossen Reihe der zur allgemeinen Besichtigung aufgestellten Gemälde, ungewöhnliche Schätze, die wohl einzig wegen Mangel an einem passenden Raum noch nicht dem allgemeinen Genusse zugänglich gemacht wurden, und zwar:

I. die schon mehrfach erwähnten Gobelin-Cartone von Vermeijen, welche den Zug Carl des Fünften nach Tunis vorstellen; und

II. eine reiche, bisher eigentlich vollkommen unbekannte Sammlung zahlreicher Bildnisse von Persönlichkeiten aus dem Erzhause Österreich. Eine nicht unbedeutende Menge dieser Porträte, mindestens der älteren derselben, mögen, ausser jenen, die sich in der k. k. Ambraser-Sammlung im unteren Belvedere befinden, ihren frühesten Standort im Schlosse zu Innsbruck oder zu Ruhelust gehabt haben, denn die Inventare dieser Schlösser verzeichnen eine reichliche Zahl derselben.

---

*) Dieses herrliche Bild befindet sich noch in jener Sammlung. Es ist auf Holz gemalt und misst 2' 10'' Höhe und 2' Breite (S. Young Ottley; Engravings of the Stafford-Collection. Atlas T. I. Fol. 2. N° 3). Das Gemälde befand sich zuerst im Besitze des Herzogs von Urbino und Philipp's II. von Spanien, von welchem es (wahrscheinlich) in die Rudolphinische Sammlung gelangte.

**) Jener Vorwurf wurde besonders dem Custos Jos. Rosa gemacht, dessen schon früher angeführtes „Verzeichniss" überhaupt sehr flüchtig behandelt ist.

I.

Verzeichnüss

derjenigen Sachen so auff dem Königlichen Prager Schloss, In der Römischen Kayserlichen Mayestät Schatz- vnd Kunst-Cammer befunden worden, Wie volgett. *)

Fol. 31. a.) Folgen ferner die Gemähl, welche in dem födern gange sein.
Alss oben auff dem Gesimbs.
Ein Obstmark, vom langen Peter (Aertsens).
(Fol. 31. b.) Ein Fleisch- vnd Obst Markt. vom langen Peter.
Ein Baad, von Josep Arpinas (Giuseppe d'Arpino).
Pluto mit Proserpina, von Hansen von Acha (Johann v. Aachen).
Die Judit, von Marcus de Baccer (Marco Basaiti ?).
Lucrecia, von Campinolia (Domenico Campagnola?)
Eine poetische Musika, von Martin Hembskirch (M. Heemskerk?)
Eine Köchin, vom langen Peter.
Tobias, wie Er gesund wird, von Martin de Vos.
Ein Weib, die Ir Haar helt, von Gaudenzio (Gaud. Ferrari ?)
Venus vnd Cupido, von Pordanon (Pordenone).
Satiro mit Psiche, von Savero (Savary).
Ein Sommer mit einem Satiro, von Flores (Floris).
Venus mit Cupido, von Johann Bellino.
Die Sündflut, von Martin Hemskirch.
Ein Schaafhirt, von dem Alten Peter Prügel (Brueghel).
(Fol. 32. a.) Ein Nackend Weib, von Bordanon.
Eine Kuchel, vom langen Peter.
Ein fürnemes Stück, von Rafael te Vrbin (?)
Ein Marienbildt mit Joseff vnd dem Kindlein, von Titian.
Ein Weibess Conterfect, von Rafael de Vrbin (?)
Ein Fendrich, von Corregio (?)
Ein Mannss Conterfect, von Rafael de Vrbin (?)
Lucrecia, von Hansen von Acha.
Ein Jung Weib greift einem Alten Mann in Bardt, von Messis.
Cupido aufm Meer, von Spranger.
Eine Musica, von Flores.
Des Corregio Conterfect, seine eigene Handt.
Ein Päurer vnd Päurerin, von Joachim Battanier (Patenier).
Orpheus mit einer Haut bekleidet, von Perino Delvaga.
Ein Geiger, von Rafael de Vrbin (?)
Ein Weib, die einem (Sisara) einen Nagel in Kopff schlegt, von Spranger.
Ein geharnischter Mann mit einem Schwerdt, von Corregio.
(Fol. 32. b.) Ein Weib das Ir Haar helt, von Rafael de Vrbin.
Ceres vnd Cupido, von Spranger.
Ein nackendes Weib, kniend, von Hansen von Acha.

*) Cod. No. 8196 der k. k. Hofbibliothek, aus dem Ende des XVI. Jahrhunderts. (Es werden hier nur die Ölgemälde und Originalbilder angeführt. Copien und solche Bilder, welche in dem Inventar als schlecht bezeichnet werden, fallen, um des Raumes willen und weil sie überhaupt keinen Nutzen gewähren, hinweg. Das einzige, wozu sie allenfalls als Beleg dienen könnten, ist das, dass man eben nicht mit gar zu strenger Auswahl sammelte.)

Maria Magdalena, von Titian.
Eine Türkin mit einem kleinen Mor, von Titian.
Joseff vnd des Potifers Weib, von Michel Angelo de Caravagio.

Volgen die Gemähl auff der Banckh.

Kaiser Rudolfi Conterfect, rechter Mannsslenge, von Jeremias Günthern.
Ein gar schön Marien-Bildt, wie sie Kayser Maximilianum Primum, einen Rosen-Krantz aufsetzt, vndt Sanct Dominicus mit vielen andern Bildern vnd Engeln vom Albrecht Dürer, ein fürnemes Stück.
Ein schlaffender Hirsch in einem Wald, von Civeta.
Zwo Köchin in der Kuchel, vom Langen Peter.
Ein klein Täfflein, Wie die Jungfrawen den Dauidt nach Jerusalem einholen, von Lucas von Laida (Leyden?)
(Fol. 33. a.) Ein Pfeiffer, von Hansen von Acha.
Ein Galladeum (γαλάτειον?) oder Meertriumpf, von allerley Meerwundern, von Flores.
Venus vnd Cupido, von Titian.
Ecce Homo auf einem Marckt, vom Langen Peter.
Ein Gemähl wie sich Kayser Maximilianus auff einem Gemssengiägt in Tirol verstiegen hat, von einem vnbebekandten Meister.
Ein Hirschengejäg im Wasser, von Kayser Maximilian vnd dem Chürfürsten zu Sachsen, von einem vnbekandten Meister.
Eine Taffel von allerley Früchten, von Saverj.
Die Schlacht vor Pavia, wie Kayser Carl den König in Frankreich gefangen hat, von Ruprecht Hellern.
(Fol. 33. b.) Wie die Psiche von dem Mercurio gehn Himmel auf die Hochzeit geführt wird, von Spranger.
Juditium Paris, von Heinrich von Balen.
Sanct Petri vnd Jacobi Fischzug, von einem vnbekandten Meister.
Eine Landtschafft, vom Jungen Peter Prügel (Brueghel).
Eine Dorff-Blünderung, vom alten Prügel.
Ecce Homo, darbey ein Markt, vom Langen Peter.
Ein Marien-Bildt mit dem Kindlein, von Johann de Hems.
Mercurius, vom Spranger.
Ein Mann vnd Weib mit offenen Mundt, von Johann de Hems.
Lucrecia vnd Tarquinus, von Johann de Hems.
Venus, gantz nackend, von Hanns von Acha.
Ein nackend Weib mit einem Lautenschlager, von Titian.
Susanna im Baad mit den zween Alten, von Titian.
Eine Hochzeit von Cupido, von Flores.
Die Danae mit dem guldenen regen, ein schönes stuckh, von Corregio.
(Fol. 34. a.) Loth mit seinen zwo Töchtern, von Titian.
Adam vnd Eva wie sie mit zweyen Kindlein spielen, von Flores.
Ein nackend Weib, die Leopatra (Cleopatra), vom Spranger.
Ein Triumpf von Cupido, von Carln von Mander.

An der Banck auff der Erden.

Erstlich eine Kuchen wie eine Katze Fisch frisst, von Arsimboldo (Arcimboldo).
Venus mit einem Satiro, von einem vnbekandten Meister.
Die vier Jahreszeiten, Zweymahl, von allerley Vögelen, Plümlein vnd Früchten, wie auch Angesichter, vom Arsimboldo.
Eine Taffel mit Fischen, von Michael Schneider (?)
Ein Holländischer Windt-Wagen, von David Finkenbon.
Eine Taffel, darauf allerley Geflügelwerg, von Michael Schneidern.
Ein Panket, von Michael Schneidern.
Eine Taffel mit nackenden Mennern, die einander erschlagen, von Cornelio Cornelli von Harlem. (Cornelissen).
Die Judit mit dem Holoferno, von Hansen von Acha.
(Vngefasst) *) Ein Mautner, von Quintin Messis.
Ein Baad mit nackenden Weibern, von Saresi (?)

*) Ohne Rahmen.

(Fol. 34. b.) Cerere, Venus vnd Bachus, vom Spranger.
Drey schlaffende Pauern im Schlaraffenlandt, von dem alten Prügel.
Wie Loth auss Sodoma vnd Gomorra geführt wirdt, vom Aegidio Mustert.
Ein Sack-Pfeiffer vnd ein altes Weib, von einem vnbekandten Meister.
Wie der Pluto die Proserpina beraubet, von Joseff Heintz.
Ein Haass in einem Waldt sitzend, gar schön gemahlt, von Johann Hems.
Michel Angelo's Conterfect, vom Tentoreto (?)
Eine Landschafft, von Civeta.
Rafaels de Vrbini Conterfect, von Corneli Vicari (?)
Ein altes Weib mit einem Buben vnd Megdlin, von Perin Delvaga.
Des Titiani Conterfect, von Orlando Viaco (?)
Ein Saturi (?) mit Venus vnd Cupido, vom Titian.
Ein Conterfect von Jacob Bassan, vom Leander Bassan gemahlt.
Die Hochzeit des Cupido, von Corneli Cornelli.
Marcus Bordanon (?) Conterfect, sein eigene Handt.
(Fol. 35. a.) Raptus de Sabini, von Schwartzer.
Leandro Bassan Conterfect, von seine eigene Handt.
Ein Weib mit einem kleinen Moren, von Leonhard de Vinci.
Pauli Veronensis Conterfect, sein eigene Handt.
Venus mit dem Cupido liegendt, von Saveri.
Leonhardi de Vinci Conterfect, von Cornelio Vicari (?)
Juditium Paris, von Saveri.
Ein Conterfect, von Giorgon (Giorgione).
Adam vnd Eva, von einem vnbekandten Meister.
Eine seltsambe Maskarada, vom Brügel.
Ein Conterfect, von Giorgion gemahlt.
Eine seltsambe Maskarada, vom Brügel.
Venus vnd Cupido auf goldstück, von Jeremias Günther.
Eine Maskarada, vom Brügel.
Eine Historia. Wie Abraham aus dem Lande zeugt, vom alten Bassan.
Ein Hirschen-geiägt durch ein Wasser, von Rupreeht Hellern.
Ein Weibs Conterfect, von Leonhard de Vinci.
(Fol. 35. b.) Ein Schiff auf dem Meer mit vngestümen Wetter, von From (?)
Wie eine Tochter Iren Vater im Gefängnüss an Ihren Brüsten speist, von Georg Bensel (G. Pens.)
Maria Magdalena, vom jungen Bassan.
Alexander und Diogenes, vom Aegydio Mostert.
Ein gemahlter Kopf, von Bordanon.

An der Mauer bey den Fenstern.

Mercurius, Venus vnd Cupido, vom Titian.
Die Geburth Christi, von Paul (?) Bassan.
Eine Landschafft darauff Loth mit seinen zwo Töchtern, von Civeta.
Die Aussführung Christi, von Joachim Bassan.
Eine Kuchel mit einer Frau, von Frantz Baaden (?)
Eine Historia, vom Dedalo vnd Icaro, vom alten Brügel.
Venus vnd Cupido, von Michael Koxi (Coxie).
Ein Baad von Nackenden Weibern, von Conied (?)
Adam vnd Eva, von Albrecht Dürren (Dürer).
(Fol. 36. a.) Eine Landschafft.
Venus, vom Lucas Kranich (Cranach).
Raptus de Sabini, von Octavio Venuis (van Veen).
Die Zerstörung von Troiae, von einem vnbekandten Meister.
Eine Landtschafft mit vielen Nackenden Weibern, von Carln von Mandern.
Ein Gemähl wie einer Licht anblest, von Paulo Lumasso (Lomazzo).
Eine Landtschafft mit einem Monschein, von Aegidio Mostert.
Neptunus aufn Meer darbey viel Schiff, von Jo'st de Mamper (Momper).
Eine Gausen (Jause) von Cerere vnd Bacho, vom Hansen von Acha.
Ein Gemähl mit einem kleinen Cruzifix vnd allerley Gespeiss (Obst?), von Hieronyms Boss.

Eine schlaffende Venus vnd Cupido, vom Gundelach.
Ein Fischmarkt, von Joachim Battenier.
Die Division (Vision) vom Propheten Ezechiel, vom Schwartz.
Ein Gemähl mit Götter, Venus vnd Mars, vndten der Ganimedes in einem Plitz, vom Spranger.
(Fol. 36. b.) Adam vnd Eva, vom Flores.
Eine Landschafft, vom Jungen Hanss Brügel.
Ein Obstmarkt, von Joachim Bassan.
Ceres vnd Bachus, vom Spranger.
Die Geburth Christi, von Rogier Belga (Rogier van der Weyde?)
Ecce Homo aufn Fischmarkt, vom langen Peter.
Sanct Martiny vndter den Petlern, von Hieronyms Bosch.
Ein gross Marien-Bildt mit dem Kindlein vnd St. Johannes, von Jacob de Baccer? (Bassano?)
Drey Kindlein mit einer Kugel vnd einem grossen Engel, von Lucas Kranich.
Leeda mit vielen Weibern im Baad, ein fürnemes stück, vom Corregio.
Wie Christus der Maria Magdalena erscheint, vom Spranger.
Adam vnd Eva, klein, von Lucas Kranich.
Eine fürneme Taffel darauff Trojanische Historien, von Julio Romano.
(Fol. 37. a.) Salamonis Urthel über zwey Kindlein, ein schön stück, von Lucas de Laya (Leyden) (?)
Die ersten Romaner geschichten, alss Raptis de Sabini vnd desgleichen Historien, vom Julio Romano.
Eine Landschafft, vom Saveri.
Ein Heidnisch Jurament, vom Schwartz.
Eine Landtschafft von St. Hieronymo in der Wüste, vom Falkenbruck (Falkenburg).
Die h. drey Könige, wie ein Altärlein, von Lucas de Laia (Leyden?)
Eine Kuchel, von Blumart (Bloemart).
Isaac segnet den Jacob, ein fürnemes Stück, von Johann de Hems.
Eine Landtschafft, vom Saveri.
Eine Landtschafft, wie viele Weiber baden, von Caldore (Caldara da Caravaggio?)
Eine Landtschafft, vom Saveri.

Zwischen der zweyen Gallarien.

Ein Mann mit einem Korb mit Speisen, von Johann de Hems.
Juditium de Paris, von Jacobo de Palmas.
(Fol. 37. b.) Parsseus mit einem Kopf Medusae, vom Spranger.
Ein alter Mann mit einem Weibessbildt bei der Taffel, von Cornelio Messis.
Kayser Rudolfi vnd des Siebenbürgers Conterfect.

In dem andern Gang auff dem Gesimbs.

Knipperdolfs (Knipperdollings) Conterfect, vom Lucas Kranich.
Danae mit dem guldenen regen, von Johan Mabusen.
Loth mit seinen zwo Töchtern, ein schön stück, von Titian.
Keyser Rudolfi Statua mit vielen poetischen Bedeutungen, vom Spranger.
Ein Panket von Göttern, von Flores.
Danae mit dem guldenen Regen, von Francesco Salviati.
Juppiter vnd Semele im Plitz, von Tentoreto.
Ein Marien - Bildt mit dem Kindlein, von Andrea Delsarto.
Venus, vom Spranger.
(Fol. 38. a.) Danae mit dem guldenen regen, vom Hansen von Acha.
Eine Kuchel, von Joachim Bassan.
Neptunus vnd Seusis (Thetis) aufn Meer, von Perin (del Vaga?)
Eine Kuchel, von Bassan.
Terquinus vnd Lucrecia, von Hansen von Acha.
Jacob vnd Esau, von Flores.
Ein Conterfect von einer Jungfrawen, so ein Giessbecken mit Obst in der Hand helt, vom Titian.
Eine Musica von Jungfrawen, vom Tentoreto.
Ein nackend Weib mit einem Spiegel, vom Titian.

Auf der Banck.

Venus vnd Adonis, von Flores.
Eine grosse Kuchel, von Blomart.

Eine Soldaten-Blünderung.
Pauli Bekehrung, von Flores.
Eine arme Haushaltung, von Frank.
Ein Fischmarkt, von Campus Cremoni (?)
Ein Schiffbruch, von Grimmer.
Ein Marien-Bildt mit dem Joseff, vom Grottenhammer (Rottenhammer).
(Fol. 38. b.) Ein Obstmarkt, von Campus Cremoni (?)
Juditium Paris, vom Heller.
Sancta Cecilia, von Dauid Denier (Teniers).
Matematica, von Gundelach.
Adonus, vom Schwein erschlagen, vom Tinteret.
Eine Strassenrauberey, von Franck.
Venus Joch mit Palas, mit vngeratener Jugendt, von Octavi Venius.
Ein Kopff von Kräuterwergk, vom Arsimboldo.
Ein jüngstes Gericht, vom Flores.
Eine kleine Landtschafft, von Königssloer (Conninxloe).
Selinga vnd Bann (Syrinx und Pan), von Julio Romano.
Wie Hercules spint, vom Spranger.
Die Fama, vom Spranger.
Venus vnd Adonis, vom Titian.
Venus vnd Cupido vorm Juppiter, vom Spranger.
(Fol. 39. a.) Eine grosse nackende Figur mit einem Schwein, von Tinteret.
Wie der Eneas seinen Vater Anchises auss dem Brandt tregt, ein fürnemes stück, von Friderico Barotio.

Auff der Erden.

Ein Weibess-Conterfect, von Leonhard de Vinci.
Ein Jäger mit einem Hundt, darbey ein grosser Schweinskopff, vom Saveri.
Ein Gemähl von Meerfischen vnd Schnecken, vom Schneider (Snayers?)
Ein Weibess-Brustbildt, vom Gundelach.
Ein Nachtstück, brennend, von Egidio Mosterd.
Eine Landtschafft mit einem Brand, vom Schaubruck (Pieter Schubruck).
Eine Landschafft, vom alten Grimmer.
Ein Angesicht von Ruben, vom Arsimboldo.
Andromida mit Parseo (Perseus) von Carl Murs (Kaarel van Moor?)
Orpheus mit den wilden Thieren in einer Landtschafft, vom Saveri.
(Fol. 39. b.) Ein Angesicht von allerley gebratenes, von Arsimboldo.
Ein Angesicht von allerley Gefliegel, von Arsimboldo.
Ein weisser Raab, von Savari.
Ein Angesicht von allerlei Obst, von Arsimboldo.
Eine Landtschafft, von dem jungen Falckenburgk.
Eine Feuersbrunst, von Egidio Mustert.
Ein perspectivischer Tempel bei der Nacht, von Mustert.
Sanct Christopherus wie Er vbers Mer geht, von Hieronymo Bosch.
Eine Sündflut, vom Peter von der Bürckt (?)
Wie die Bauern die Soldaten schlagen, vom Jungen Peter Prügel.
Dedalus mit dem Adler, von Hansen von Acha.
Eine Feuersbrunst, vom Civeta.
Ein Pawern-Tantz, vom Jungen Prügel.
Loth mit seinen zwo Töchtern, von Peter von der Bürckt.
(Fol. 40. a.) Eine Landtschafft mit einem Romanischen Gebew, von Carln Helmerer (?)
Eine Landtschafft mit Jacob vnd Esau, vom jungen Falkenburg.
Maria vnd Elisabeth mit einem Kindlein, von Lambardus de Lambardi (?)
Ein Perspectiv mit einem Ballenspiel, von Ulrich Steyern.
Sanct Antoni Tentation, von Hieronymo Boss.
Ein Angesicht von allerley geflügelwergk, von Arsimboldo.
Der Pragerische Saal, von Egidio Satler.
Pluto vnd Proserpina auf einem Wagen, von Franck.
Venus vnd Cupido, von Anthoni Mor (Antonio Moro).

(Fol. 40. b.) Mars nackend, von Antoni Mor.

An der Mawer bey den Fenstern.

Ein Narr mit einer Semmel in der Handt, von Martin Clef.
Ein Weibess Conterfect, von Jacob de Baccer.
Ein Tisch darauf allerley Früchte beim Licht, von Frantz Schneidern.
Ein Narr und eine Närrin, von Ferdinand von Eisen.
Eine Landtschafft mit St. Francisco, von Ruprecht Heller.
Sanct Antoni tentation, von Kranecker (Cranach?)
Ein vnaussgemacht stück, vom Spranger.
Eine schöne Landtschafft, wie Petrus auf dem Wasser geht, von Civeta.
Ceres auf einem weissen Ross, vom Spranger.
Christus martirisirt, mit zween Engeln, von Goltius.
Lucrecia, vom Lucas Kranich.
Eine Nacht Maskara, von Georgen Clef.
(Fol. 41. a.) Leeda mit einem Schwan, vom Hansen von Acha.
Venus vnd Cupido, vom Lucas Kranich.
Ein Conterfect, von Julia Gonsaga (?)
Wie Isaac den Jacob segnet, von Abraham Jansens.
Ein Ruin von Calliseo (Colosseum), von Martin Klefe.
Fides mit den temporibus, von Jacob de Baccer.
Eine Landtschafft, von Saveri.
Eneas vnd Anchises, von Mostert.
Eine Landtschafft, von Saveri.
Venus vnd Mars, ein schön stück, von Paulo Ferone (Veronese).
Hercules tominirt vber die Vntugenden, von Hanns von Acha.
(Fol. 41. b.) Venus vnd Mars mit einem Ross, von Titian.
Zween Menner in einem fürnemen stücklein, vom Corregio.
Eine Bulschafft, vom Lucas Kranich.
Ein gestreifft doppelt Bildt, auf der einen Seitten ein Adler, auf der andern ein Bildnüss Romae, von Günther.
Ein Contrafect, von Flores.
Nachtmahl Christi, von Christian von Bruck (?)
Eine Meerkatz, vom Civeta.
Eine schöne Landtschafft, vom Civeta.
Eine runde Landtschafft, vom Falckenbruck.
Zwo schöne grosse Taffeln, darauf Adam vnd Eva, von Albrecht Dürrern.
Adam vnd Eva, klein, vom Frantz von Baaden.
Ein Marien-Bildt mit dem Kindlein, ein alt stück.
(Fol. 42. a.) Die Archa Noae, vom Peter von der Burck.
Die Diana mit Iren Jungfrawen, von Hansen von Acha.
Wie Christus dem Petro im Schiff erscheint, von Georgen von Clef.
Sanct Egidius in einer Wildtnuss, vom Falckeuburgk.
Venus vnd Adonus, von Cornelius Cornelli, von Harlem.
Eine Landtschafft, vom Saveri.

An der Stiegen ausserhalb der Gallaria.

Flora im Gartten, von Franzen de Mor.
Dass grosse Schwein, vom Saveri.

Gemähl so auff dem Spanischen Saal zu finden.

Auff dem Gesims.

Eine Pulschafft, vom Günther.
Ein stück mit dreyen Göttin, von einem alten Meister.
(Fol. 42. b.) Ein Marckt, von Ambrosio Franken.
Venus wie sie die Nägel abschneit, von Josep Arpinas.
Mercurius mit zweyen Weibern, von Paul Feronense.
Contemplatio, von Abraham Jansens.
Ein Baad mit Calisto, von Jacob Palma.
Die Tugent wider die Vntugent streitendt, von Abraham Jansens.
Ein Bann (Pan?) Venus, von Julio Romano.

Der Babylonische Thurm, von Jost Mumpern (Jod Momper).
Drey Göttin, vom Spranger.
Venus vnd Adonus, von Pauln Feronese.
Hercules vnd Dianira mit ihren zweyen Hunden, vom Spranger.
Eine Mahlzeit, vom jungen Bassan.
Meduse Enthaubtung, Ballas (Perseus) vnd Pegasus, vom Spranger.
Ein Panket, wo die Centauri die Orietam wegnemmen, vom Jungen Bassan.
Wie die Natur in den Wolken getragen wirdt, vndter Ir das fruchtbare Erdtreich, ein schön stück, vom Tentoret.
(Fol. 34. a.) Andromeda vnd Parseus, vom Spranger.
Europa auf dem Ochssen, vom Spranger.
Die gläntzende Tugent mit dem Gewalt, von Paulo Feronese.
Dundalus Fision (??) mit zweyen nackenden Weibern, vom Tentoret.
Neptunus vnd Senis (Thetis), vom Spranger.
Holofernus vnd Judit, von Andrea Delsarto.
Wie sich die Vntugent zur Tugendt bekehrt, von Paul Feronese.
Sanct Sebastian, von Antonio de Moer.
Ein Conterfect von Büchern, vom Arsimboldo.

Auff der Banck.

Ein Elefant, welches von vielen Lewten angeschawet wirdt, vom jungen Prügel.
(Fol. 43. b.) Die Musen vnd Cerenen (Sirenen), von Martin Boss.
Sechss stück biblische Historien, vom alten Bassan.
Zwey Landtschafften mit Kriegss Volk, von Hannss von Mecheln.
Eine Kuchel, von Joachim Bassano.
Bann vnd Silinga (Pan und Sirynx), von Hansen von Acha.
Drei Kucheln, von Joachim Battanier (Patenier).
Isaac vnd Jacob, von Martin de Voss.
Eine Kuchel, von Joachim Bassan.
Ein jüngst Gericht, von Hieronymus Boss.
Rapte Helena im Baad von Joseph Salviati.

Auff der Erden.

Susanna mit den zween Aeltisten, von Martin de Voss.
Ein Ehebrecherisch Weib wirdt fur Christo beklagt, von Perino Delfaga (del Vaga.)
(Fol. 44. a.) Ein Weib die im Spiegel schaut, von Hansen von Acha.
Ein jüngst Gericht, von Martin Hembskirchen.
Ein Conterfect von Flügelwerk, vom Arsimboldo.
Eine Kuchel, von Martin Klefe.
Eine Landtschafft mit Sanct Hieronymo, von Civeta.
Eine Bulschafft, von Georg Bendtlin (?)
Ein nackend Weib im Baad, Roland de Voss.
Ein Weibess Conterfect, von einer Königin in Spanien (England?), von Hansen Holbein (Kath. Seymour ?)
Ein Weib aufn Bet liegend, von Wilhelm de Voss.
Eine Landtschafft, vom Civeta.
Wie die Königin von Saba den Salomon zur Ab-Götterey verführt, von Hisabil Peom (??)
Ein Baad mit nackenden Weibern, von Egidio Congiet (?)
Eine Landtschafft, wie vier Blinde einander füren, von Hans von Mecheln.

Auff der Erden vnd an der Mawer bey den Fenstern.

(Fol. 44. b.) Sanct Antoni Tentation, von Hieronymo Boss.
Drey Weiber zu Ross, von Octavio Venius.
Danae mit dem guldenen Regen, von Hans von Acha.
Die vier Elementa, von Francisco Milanese (Arcimboldo).
Juditium Paris, von Powrpus (Pourbus).
Venus spiegelt sich vnd Cupido sieht Ir zu, von Wilhelm de Voss.
Wie Volcanus vom Plitz geschmiedet wirdt, vom Flores.
Die Amasones (Amazonen), von Octavio Venius.

Venus vnd Cupido, ein fürnemes stück, von Francisco Parmesan (Parmeggianino).
Eine seltzame Aussfuerung, von Hieronymus Boss.
Eine Romanische Historia von nackenden Weibern, von Octavius Venius.
Adam vnd Eva, von Hanss Baldung.
(Fol. 45. a.) Wie Abrahams Sohn mit seiner Mutter Agar hinweg geführt wirdt, von Martin de Voss.
Juditium Salamonis, von Martin de Voss.
Leda mit dem Schwan, darbey ein Weib, vom Tintoreto.
Victoria auf dem Trachen, von Octavi Venius.
Sanct Petrus auf dem Meer, von Lambardo Lambardini.
Ein schöner künstlich gemahlter Altar, wie St. Lucas unsere liebe Frau abmahlt, von Johann Mabuse.
Ein Pawern Panket, von Falckenburgk.
Adam vnd Eva, von Lucas Kranich.
Juditium Paris, mit zwenen Flügeln darinnen drey nackende Weiber, von Israel Metra (von Mecheln?)
(Fol. 45. b.) Adam vnd Eva, von Lucas Kranach.

Neben dem Spanischen Saal in Einem Zimmer.

Ein Tisch von Jaspis mit Landtschafften, von Adrian de Fries.

In einem Gewelb neben dem Spanischen Saal seind allerley Gemähl, meisten vngefasst (ohne Rahmen).

Venus, von Hansen von Acha.
Ein Hirsch mit allerley Tieren, vom Bassan.
(Fol. 46. a.) Der Berg Quirinal, mit einer Landtschafft, von Martin Hembskirchen.
Eine heidnische Historia, von Borbon (Pordone?)
Juditium Paris, von Heinrich de Klerchen (?)
Der Berg Barnassus, von Martin de Vos.
(Fol. 46. b.) Ein Täfflein mit Meerfischen, von Saveri.
Ein Täfflein mit Calvioni (?) vom Saveri.
Eine Landschafft, von Lucas von Falckenburgk.
(Hier folgen: drey vnd zwantzig stück ganze Conterfect vom Hause Oesterreich, auch Princessin aus Bayern vnd Mantua, und
Vier vnd dreyssig Brustbilder, dergleichen Conterfecte.)

In einem anderen Gewelb, neben dem Vorbemelt, sein volgende vngefasste Gemähl.

(Fol. 47. a.) Sanct Michael, von Palmam.
Tentation von St. Antonie, von Hieronymo Boss.
Ein Stück mit Gespenstern, von Hieronymo Boss.
Eine Maskarada, von Hieronymo Boss.
Drei Braunschweigische Historien, von Hansen von Acha.
(Fol. 47. b.) (Zwantzig stück allerley Conterfecten vom Hause Oesterreich.)

Volgen nun die Gemähl so sich in den Kayserlichen Zimmern befunden, als:

In der Rath-Stuben:

Phaeton wie er vom Juppiter durchn Plitz erschlagen wirdt, von Josep Heinz.
Delila wie sie den Samson die Haar abschneidt, vom Spranger.
Ein stück in einem vergulten Rahmen gefasst, von Josep Arpinus.

In des Kaysers Schreibe-Stüblein.

Die Geburt Christi, von Meister Vinzenz von Antorff (?)
Herodia, von Lucas Kranich.
Der Ritter Sanct Gerge, vom alten Prügel.
Ein Panket mit einer Bulschaft, vom Hansen von Acha.
Ein Weib mit einem weissen Hündlein, von Leonhard de Vinci.
(Fol. 48. a.) Ein Weib mit einem braunen Hündlein, von Paradies Pordoni (Paris Bordone).
Ein Weib mit einem Trinkgeschir, von Hansen von Acha.
Hercules mit seinen Töchtern, wie er spinnt, von Lucas Kranich.
Wie Juppiter Rath helt vber die Welt, von Helmar. (?)
Ein Baad von Jungfrawen, von Heinrich van Balen.
Venus, vom Lucas Kranich.

Leeda mit einem Schwan, von Kampiniola (Dom. Campagnuola).
Ein Weib die in Spiegel schawt, von Hansen von Acha.
Ein fürnemes stück mit drey Figuren, von Johann de Heems.
Diana mit einem weissen Hirschen, von Hansen von Acha.
Ein Weib mit einem Mayen-Krug, von Hansen von Acha.

In den Sommer Zimmern.

(Fol. 48. b.) In dem Ersten:
Ein stück von einem Altar, von Kayser Maximiliano, darauf seine Töchter gemahlt, aber durch die Rebellen zerschlagen worden, von Lucas Kranich.
In dem Andern:
Fünff grosse Landtschafften, von Jost de Mumpar.
(Ausser diesen 413 als Originale angegebenen Oelgemälden, enthält das Verzeichniss 76 Copien, 147 Bilder zweiten und dritten Ranges ohne Angabe der Meister, 33 Wassermalereien und Miniaturen, 6 Mappen und vier Federzeichnungen.)

Diesem Verzeichniss ist noch ein Appendix aus dem Aufange des XVII. Jahrhunderts beigegeben, welcher folgende Original-Gemälde anführt:

(Fol. 54. b.) Ein Vogelmarch, vom Spranger.
Ein Landschafftel, von Civeta.
Ein Stuckh wie Christus zu Pilato gefirt wirt. Pauli Priel.
Ein Marie-Pildt. Albr. Du. (Dürer?)
Ein Panchet von Baltasar. Martin de Klew.
Ein Triumph vnd ein Prunst. Hans de Ach.
Ein schiffart. Fromi (?)
Ein Stuckh. Hendrici Bahel (Hr. v. Baalen).
Ein Pauern Hochzeit. Priel.
Ein Thurm Babilon, des alten Falckhenburg.
Ein Pauern Chermes. Hans de Mechel.
Ein Susanna Pildt mit den alten. Hanss de Hemes.
(Fol. 55. a.) Ein amazonische Schlacht, von Franc (Frank).
Eine Christnacht, von Boltin (?)
Vmb den Piegel, ein Landtschafft. Hanss Priel.
Ein andere Landtschafft. Ferdinand Buel.
Ein Marckh. Meister Jochums (?)
Ein Plumen Chrueg. Jacobi de Bain (?)
Ein Passatemps. Hanss von Ach.
(Fol. 55. b.) Zwey grosse Schlachten, von Rotenamer (Rottenhammer?)
Ein Fischmarckh. Priels.
Eine schöne Landtschafft. Rotenamer.
Ein Diana. Hanss von Ach.
Ein Jüngst gericht. Gundelac.
Ein gross Stuckh. Hanss von Ach.
Ein schöne Landtschafft, darauff Raptum Sabinorum. Frauensteins (?).
Zwey Mariae-Pilder. Josephi Haine.
Ein Cleopatra. Hanss von Ach.
Fides cum tempore. Spranger.
Ein Hochzeit von den Göttern. (Hardrici du Klarch (?).
Ein junger Tobias. Holsenhemers (Elzheimer).
Ein Judith. Parmosoni (Parmeggianino).
Ein Landtschafft. Severni (Savery).
Ein Landtschafft. Civeta.
Ein Landtschafft. Petri Stoph (?)
(Fol. 56. a.) Ein Padt Dianae mit Actaeon. Hendrici Bahel (H. v. Baalen).
Ein Prunst, von Mostard.
Ein Landtschafft. Hans Bahel (Baalen?)
Ein Landtschafft. Severini (Savary).
Ein Götisch Pankhet. Rotenamer.

Wie man Porseum (Perseus?) zu einem Gott machte. Roten (Rottenhammer).
Zway Stückhlein poetische Histori. Roten:
Ein Schlacht vom König David. Martin Gogar (?)
Ein Raptus Sabinarum. Roten: (Rottenhammer).
Eine Landtschafft wie Maria in Egypten flicht. Junior Priel.
Pan vnd andere Satiri. Josephi Hainc.
Ein Paesis mit etlichen Figuren. Roten:
Ein Poetische Histori. Hans von Ach.
Die Amazones. Roten:
Nebst diesen 50 Originalbildern führt der Appendix noch 21 Copien, 15 Bilder ohne Angabe der Meister, und fünf Miniaturen an; so dass sich die ganze Sammlung auf 670 bis 680 Gemälde beläuft.

In Hormayr's „Archiv" vom J. 1825, No. 91 (1. Aug. S. 573) sind (angeblich aus Originalacten) Beiträge zur Geschichte der Schatz- und Wunderkammer Kaiser Rudolph II. zu Prag angeführt, in denen sich folgendes, auf Gemälde Bezügliche vorfindet.

a. Rudolph sendet den Joseph Arcimboldo an den Bürger Reymund zu Kempten, um Antiquitäten und Kunstsachen, die er zum Theil von den Fuggern etc. erhalten hatte.
b. Der Magistrat zu Nürnberg verehrt (dem Kaiser) ein kostbares Gemälde, wie Isaak den Jacob segnet.
c. Der Rath Carl Billens schliesst mit Franz Granvella [1]) einen Vertrag über Gemälde, Statuen, Cameen u. s. w. Die Commissäre zur Übernahme derselben sind der kaiserliche Kammermaler Johann von Aachen und der Edelsteinschneider Matthäus Krätsch.
d. Rudolph II. schreibt an seinen Bothschafter, den Grafen von Khevenhüller nach Spanien, um Gemälde von Tizian, Roos und Parmesan.
e. Peter von Mannsfeld und der Graf von der Lippe übersenden Gemälde aus den Niederlanden.
f. Albrecht Graf von Fürstenberg erhält den Auftrag, für den Kaiser ein altes Gemälde aus dem Gotteshaus zu Ensisheim zu erhandeln.
g. Graf Schlick wird an Karl von Liechtenstein wegen etlicher Kunstwerke und Gemälde accreditirt.

Es ist sehr zu bedauern, dass die Quellen dieser Notizen nicht genau angegeben sind, denn erstens hätten diese mehr Glaubwürdigkeit und zweitens würden sie auf der Bahn weiter geführt haben. Auch die versprochene Fortsetzung dieser „Beiträge" scheint unterblieben zu sein. Dennoch konnten sie hier nicht übergangen werden, da sie vielleicht noch in der Folge auf eine Spur zu führen im Stande wären.

1556.

In diesem Jahre findet sich in den Hofacten die neugeschaffene Stelle eines Aufsehers der Kunstkammer mit jährlichen 100 fl. und zwar in der Person des Antiquars Giacopo Strada [2]).

(Schlager, Materialien. S. 14.)

---

1) Dem Neffen des bekannten Ministers Carls V. und Philipps II.
2) Auf dem Bildniss Strada's von Tizian (Mech. Cat. S. 21. No. 18) liest man: Jacobus de Strada. Civis Romanus Caess. Antiquarius et Com. Belic. an Aetat. LIX. MDLVI. Titianus f. Strada wurde also in demselben Jahre, in welchem er obige Anstellung bekam, von Tizian porträtirt.

Zu den Zeiten Kaiser Rudolph II. wird die Kunstkammer in den Hofacten nicht erwähnt, da dieser Fürst seinen Sitz in Prag hatte. Sie wird erst wieder in den Jahren 1610, 1612, 1613 und 1614 unter K. Matthias als „Seiner Kunigl: Majestat Kunsthaus mit den höchst unbedeutenden Beträgen von 4 Schilling 21 fl., 16 fl. und 10 fl. angeführt. (ibid. S. 15.)

1558.

(Bauacten der Wiener-Hofburg.)

1588. „Auf Paw vnd Zuerichtung der neun Zymer vnd Stiegen vor dem Saal im Garten vnd auf dem Gang zu dem Augustiner-Kloster und Erpauung ainer Khunstkhamer . . . . 409 fl. (ibid. S. 13.)

(Was man in jener Zeit unter einer Kunstkammer verstand, war eine Sammlung von Antiquitäten, Seltenheiten, Naturspielen, Instrumenten u. s. w. Gemälde wurden diesen nur nebenbei angereiht, besonders, wenn sie als Geschenke ankamen oder viel gekostet hatten.)

1623.

(Regierungs-Verfügung vom 28. August 1623.)

„Von wegen Ihrer fürstlichen Gnaden, der Römisch-Kaiserlichen Mayestät Edelgesteinschneider, Octavio Miseron und HansKarl König von Königsfeld, hiemit anzuzeigen, dass demnach auf höchsternannter Kaiserlicher Majestät gnädigstem Befehl, in Deroselben Kaiserlichen Sälen, Kunstkammer und Zimmer, unterschiedliche mangelhafte Kunststücke und Bildnisse, nicht allein an Gemälden ausgebessert, sondern theils auch an den Rahmen verneuert werden müssen, zu welchen Verrichtung Hans Christoph Christel, Kammermaler, bestellt und fürgenommen worden — als sollten sich obbemeldete Deputirte mit ehestem in obengeregte Kaiserliche Zimmer, Säl und Kunstkammer verfügen, die mangelhaften Stücke besichtigen, alsdann auch mit dem Maler, was er für solche Arbeit nehmen wolle, auf ein billiges tractiren und den Verlauf hinwiederum auf die böhmische Kammer berichten."

(Schottky, Beschr. von Prag. II. Bd. S. 113.)

Das wäre also die erste Anzeige einer Restauration der Prager-Gemälde, welche wahrscheinlich nicht vorgenommen worden wäre, wenn die Bilder nicht schon längere Zeit im alten Zustand verblieben, oder vielleicht verstaubt und firnissblind geworden wären.

1632.

„Früher jedoch als die Schweden, beraubte das sächsische Heer unter Churfürst Johann Georg im J. 1632 die Prager-Kunstsammlungen, worüber ein Manuskript der k. Prager Universitäts-Bibliothek die Stelle enthält:"

„In Prag liess der Churfürst von Sachsen, der absichtlich auf Raub hieher gereist war, ein Verzeichniss von allen Kostbarkeiten und Kunstsachen verfassen und vermög diesem, alles Vorgefundene wegnehmen. Die prächtige Rudolphinische Sammlung von Kostbarkeiten, Naturalien und Kunststücken, dann Antiken und Seltenheiten ward von ihm auf fünfzig Wagen nach Sachsen ausgeführt. — Diess ist jene schätzbare Sammlung etc. . . . . mit welcher Dresden bis auf den heutigen Tag prangt."

(Schottky, Beschr. von Prag. II. Bd. S. 114.)

Ohne der Wahrheitsliebe des Verfassers jenes Manuskriptes nahe treten zu wollen, muss es doch auffallen, dass der Churfürst von Sachsen alles fortgeführt habe, denn was wäre dann für den schwedischen General von Königsmark übrig geblieben, der im J. 1648 die Kleinseite und den Hradschin erstürmte und so grosse Massen von Kunstgegenständen nach Schweden schickte, wie diess die Verzeichnisse der Sammlungen Christinens von Schweden ausweisen? Wie konnte endlich in Folge einer gänzlichen Beraubung durch die Sachsen, selbst nach dem Raubzug der Schweden noch so vieles von der Rudolphinischen Sammlung übrig bleiben, das sich in späteren Inventaren findet? Der Churfürst von Sachsen wird also wohl nur das genommen haben, was er in aller Eile fortraffen konnte, oder was man nicht mehr vor ihm zu verbergen vermochte.

1637.

In dem Werkchen: „Status regiminis S. C. Majestatis Ferdinandi II. 1670. 4. ist (S. 29—31.) die Rede von einer kaiserlichen Kunstkammer (Schatzkammer zu Wien), wo Edelsteine, Goldgeräthe u. s. f. aufgezählt werden. Es heisst da u. A. auch „ut et summa industria elaboratarum rerum et picturarum etc.," aber die Gemälde sind nicht näher bezeichnet.

1646.

Im Jahre 1646 tritt Erzherzog Leopold Wilhelm seine Statthalterschaft in den Niederlanden an, und beginnt unter dem Rath und Beistand seines Hofmalers David Teniers (de jonge) auch eine Sammlung von Gemälden anzulegen.

1649.

In diesem Jahre kaufte Erzherzog Leopold Wilhelm mehrere Gemälde aus der Sammlung König Carl I. von England, welche von Cromwell und dem Parliament zum Verkauf ausgebothen wurde *).

„The archduke Leopold, who was governor of Flandres, disbursed (Ao. 1649, in welchem J. die erste Parthie dieser Sammlung zum Ausboth kam) a great sum of money for many of the best pictures,

*) Bei dem zweiten Ausboth der Gemälde im J. 1650 schrieb Cardennas an Don Louis de Haro und Croullée an den Cardinal Mazarin, um sie davon zu unterrichten. Croullée schrieb am 23. Mai j. J. und sandte folgendes Verzeichniss mit, welches desshalb interessant ist, weil die angeführten Bilder bei dem ersten. Ausboth zurückblieben und zugleich die damaligen Preise angegeben sind.

Estat de quelques tableaux exposés en vente à la maison de Somerset, Mai 1650. — 209 tableaux, estimés en tout: 20.307 shellings ou liv. 24382, 8 sous.

Savoir les principeaux: 8 Raphael, 21 Titien, 9 Corrége, 5 Tintoret, 6 Holbeen, 5 Rubens, 15 Vandyck, 9 Jules Romain etc.

Sept portraits du feu roi Charles I, de sa femme et de ses enfents, par Vandyck, estimées 150, 60, 200, 25, 60, 30 et 126 shillings.

Deux Sátyres écorchés, du Corrége, estimés chacun	1000 shillings
Les douz Césars, du Titien	1200 „
Une petite Notre-Dame, de Raphael	800 „
Le voyage d' Emaus, de Titian	600 „
L' enterrement de Christ, par le même	600 „
Une Notre-Dame, de Raphael	2000 „
La maîtresse du Titien, par lui	100 „
Un Mercure qui montre à lire à Coupidon, du Corrège	800 „
Les Cartons de Raphael, des actes des Apôtres	300 „
Une grande Nativeté, par Jules Romain	500 „
Charles V. et l'impératrice, sa femme, du Titien	30 „
Une Viérge, Christ et St. Jean, du Corrége	50 „
Venus et Adonis, du Titien	80 „
Cinq Ducs de Venise, du Tintoret	25 „
Le duc de Mantoue, par Rubens	80 „
Vandyck, par lui même	15 „

wich adorned the several palaces of the King, wich were all brought to him to Brussels and from thence carried him into Germany."

(Clarendon, Hist. of the Rebellion in England. T. VI. Book. XI. p. 249.)

Wie es Albrecht Krafft erging, so erging es auch mir, ich konnte nämlich ebenfalls van Doorts „Catalog der Gemälde König Carl I. [1]) nicht auftreiben, aus welchem man, nach der Beschreibung der Schildereien ohne Zweifel mehrere der Bilder bestimmen könnte, welche Erzherzog Leopold Wilhelm aus der Sammlung des unglücklichen Königs erkaufen liess; das ist aber gewiss, dass das Bildniss Carls I., von van Dijck (Mech. Cat. S. 109, No. 21) von dort herstammt, so wie die Abnahme vom Kreuz von Gerhard van Haarlem (Mech. Cat. S. 153. No. 15).

Hilschenbach [2]) erwähnt, dass jene Gemälde der kaiserl. Gallerie zu Wien, welche Erzherzog Leopold Wilhelm aus der Sammlung Carl I. an sich brachte, rückwärts die Buchstaben C. R mit einer Krone darüber trügen, und sagt, dass auf der angeführten Abnahme vom Kreuz von Gerhard van Haarlem, auf einem (rückwärts) angehefteten Zettel folgendes zu lesen gewesen sei:

„Marche the 23th 1635. This is the 2. Peece beinge one of the 5 Pictures, wich was presented to the Kinge at St. James by the State theere Imbassadour."

Dieser Schrift zufolge hätten also die hochmögenden Staaten der Niederlande dem König Carl I. ausser dieser Kreuzabnahme, noch vier andere Gemälde zum Geschenk gemacht [3]).

Gemälde, welche Erzherzog Leopold Wilhelm aus der Sammlung des Herzogs von Buckingham kaufte.

Der Vater des George Villiers Ducke of Buckingham war ein sehr grosser Kunstfreund und gab das Geld für Gemälde mit vollen Händen hin. So kaufte er aus der Sammlung des Rubens eine Reihe von Bildern um den damals enormen Preis von 10.000 Pfund und besass in seiner Sammlung 19 Bilder von Tizian, 14 von Paolo Veronese, 2 von Giorgione, 8 von Palma (vecchio?), 3 von Da Vinci, 3 von Raphael, 2 von Correggio, 14 von Rubens u. s. w. Als George im J. 1648 in Verbannung gerieth, liess er diese Bilder nach Antwerpen zum Verkauf bringen, wohin sie ihm sein treuer Diener John Trayleman von Yorkhouse nachsandte.

Die Gemälde mit den besonders niedrigen Preisen mögen wohl etwas zweifelhaft erschienen sein. Mazarin schrieb aber ganz lakonisch an Croullée zurück:

„Si les tableaux se vendent au prix porté par le mémoire que vous m'avez envoyé, je les trouve bien chers." —

Nicht uninteressant ist auch die hierher gehörige Thatsache, dass der König von Spanien Felipe IV. mitten im Winter den Befehl ertheilte, dass die beiden Lords Cottington und Hyde seine Staaten zu verlassen hätten, und zwar geschah diess vorzüglich desshalb, weil er die Ankunft von achtzehn Maulthieren erwartete, die mit Gemälden, Medaillen u. A. aus der Sammlung Carls I. beladen wären, welchen Ankauf er nicht eher in seinen Palast einführen zu können glaubte, bis jene beiden Gesandten Carls II. Madrid verlassen hätten.

(V. Guizot: Hist. de la révol. d'Angleterre. T. III. p. 204 et III. Documents. p. 402 et 410.)

1) edited by. Vertue. Londr. 1757. 4.

2) Hilschenbach, kurze Nachricht von der k. k. Bildergallerie zu Wien (Frankfurt a. M. 1781. 8°.) s. S. 29, nebst Anmerkung.

3) Diese Kreuzabnahme, sowie das jetzige Gegenstück desselben (Mech. Cat. S. 153. No. 16), welches die Geschichte der Gebeine des h. Johannes darstellt, soll Gerhard für eine niederländische Commenthurei des Johanniterordens gemalt haben. Sandart (Deutsch. Akad. 1678. B. I. S. 217) beschreibt dieselben, sie waren auf die Vor- und Rückseite Einer Tafel gemalt, welche dann auseinander geschnitten wurde, damit man beide Bilder aufstellen konnte. Passavant (Kunstreise u. s. w. S. 253) bringt einen Auszug aus dem v. d. Doort'schen Katalog, welcher jedoch äusserst dürftig ist und der Bilder des Erzherzogs mit keiner Sylbe erwähnt.

In dem Catalog dieser Sammlung [1]) sind folgende Gemälde angeführt, welche Erzherzog Leopold Wilhelm an sich brachte.

(p. 2.) Tizian. Our Saviour laid in his sepulcre by Joseph, our Lady and Magdalena. There are five figures in this piece. 4. f. l. 3 f. 3 inch. br.

(p. 6.) Andrea del Sarto. A piece containing the corpse of our Saviour, held up by two angels, and our Lady weeping. Length 4. feet. br. 5 feet (english measure) (v. Mech. Cat. S. 49. No. 36).

(p. 8.) Palma, Jacomo. A large piece containing the reception of Henry III., King of France, at Venice, at his return from Poland, wherein picture is between those of the Duke and Cardinal with all the senate, several ambassadors, the place of St. Marc, and a great number of people as spectators of the ceremony. There are at least three houndred figures in this picture, besides the gondolas and others embellishments. Length 8 feet. 9 inches, breadth. 13 feet. [2]).

(p. 12.) Guido Reni. A large piece wherein the four seasons are represented under the form of four naked women and three angels. Length. 8 feet, 6 inches. breadt. 8 feet. (Mech. Cat. S. 54. No. 14.)

(ibid) Guido Reni. An other large picture containing the baptism of our Saviour by St. John. There are five large figures in this picture. Length. 8 feet. 6 inches. br. 6 feet. (Mech. Cat. S. 54. No. 12.)

(p. 14.) Spagnoletto. The head of St. Peter. L. 3 f. br. 2 f. 2 inch. (Mech. Cat. S. 66. No. 32.)

(ibid.) Gentileschi. A Magdalena lying at her length in a grotto, leaning on a skull. L. 5 f. 6 inch. br. 6 f. (Mech. Cat. S. 41. No. 2.)

(p. 15.) Rubens (No. 4.) a large piece, wherein are several gods and godesses of the wood, and little Bacchus's. L. 5. f. 4 inch. br. 7 f. 6 inch. (Mech. Cat. S. 127. No. 18, das Fest der Venus?)

(ibid.) Rubens (No. 7). A wild boar hunting, wherein several huntsmen on foot and on horseback are represented. L. 5 feet. 6 inches. br. 6 feet. (?)

(p. 16.) Rubens (No. 9.) A naked women with an hermit. L. 1 f. br. 2 f. 6 inches. (Mech. Cat. S. 121. No. 19.)

Eine etwas kleinere, aber ganz ähnliche Darstellung dieses Gegenstandes, der aus dem Ariosto entlehnt sein soll, befand sich in der Sammlung des Grafen v. Fries, nur war oben zwischen den beiden Figuren eine Lichtscheibe angebracht, in welcher man den reitenden Orlando sah.

(p. 28.) Steenwijck, Hendrik de jonge. The prospect of a jail, out of wich St. Peter is taken avay by an angel. There are in this piece several figures of soldiers sleeping. L. 5 f. br. 6 f. 6 inch. (Mech. Cat. S. 100. No. 26.)

(p. 29.) Titian. The Ecce Homo, valued at 500. L. being the figure of all the great persons in his time. (Mech. Cat. S. 21. No. 17.) Es ist hier noch beigesetzt: „the Archiduke bought it, and it is non in the castle of Prague."

Das ist aber vermuthlich nur eine Irrung des Herausgebers des Cataloges, da Erzherzog Leopold Wilhelm alle Bilder, die er an sich brachte, geradezu nach Wien sandte. Das Ecce Homo von Titian, so wie die Taufe Christi von Guido Reni u. a. wurden erst nach dem Ableben Erzherzogs Leopold Wilhelm nach Prag geschickt und mussten später auf allerh. Befehl wieder nach Wien geschafft werden. (S. die Folge.)

1651.

In der Hofrechnung vom J. 1651 heisst es:

„Achtzehn Pallen mit allerley kunstreichen Mallereyen von Erzherzog Leopold Wilhelmb, von Brüssel nach Wien geschickt; für Reiz vnd Zehrung . . . . 865 fl. 45 kr. bezalt.

(Schlager. Mater. S. 16.)

---

1) Brian Fairfax. Catalogue of the courious collection of pictures of G. Villars D. of Buckingham, in wich is included the veritable collection of Sir P. P. Rubens etc. London. 1785. 4°.

In dem Advertisement dieses Cataloges heisst es (S. 1):

„Mr. Duart of Antwerp bought some of them, but the greater part were purchased by the archduke Leopold, and added to his noble collection inthe Castle of Prague. He bought the chief picture, the Ecce Homo by Titian in wich were introduced the portraits of the pope, the emperor Charles V. and Solyman the magnificient. It appears by a note of Mr. Vertue, in the original manuscript, that Thomas Earl of Arundel offered the first duke the value of 7000 Pf. in monney or land for that single piece. There is a copy of it at Northumberland House."

2) Dieses höchst interessante Gemälde wurde, obwohl es anfangs Maria Theresia nicht zugeben wollte, von Prag nach Dresden verkauft (Hübner's Catalog d. Dresdner Gallerie. S. 116. No. 230.)

1653.

Einiges über die Sammlungen der Königin Christina von Schweden.

In der königl. Bibliothek zu Stockholm befindet sich (C. Manuscr. No. 50°) des: „Inventaire des raretez qui sont dans le cabinet des antiquitez de la serènissime Reine de Suede" (Christine), welches im J. 1652 geschrieben und im J. 1653 von Bordelais Raphael du Fresne revidirt wurde [1]).

Die Königin Christina besass an 200 Statuen, nahe an 600 Bilder und mehr als 1000 Medaillen, dann viele Edelsteine, Porzellan, astronomische Instrumente u. s. w. Unter den Gemälden, welche nach der sogenannten „reduction de Prague" nach Schweden kamen, galten sieben und vierzig als besonders werthvoll und darunter sollen nicht weniger als zehn Correggio's gewesen sein. Christina erbte das Geplünderte (pillage) von ihrem Vater und vermehrte die Gemälde durch mehrere Ankäufe aus der Sammlung König Carls I. und aus der Gallerie des Cardinals Mazarin. Man darf sich daher nicht wundern, wenn sie nach ihrem Abdanken mehr als hundert Ballen mit Kunstwerken u. s. w. mit sich nahm [2]).

Wie man übrigens in Schweden mit den Gemälden umging, davon spricht Winckelmann in seiner „Nachahmung der griechischen Werke" (S. 54) auf folgende Weise:

„Die Königin Christina, die zu derselben Zeit mehr Schulwissenschaft als Geschmack hatte, verfuhr mit diesen Schätzen wie Kaiser Claudius mit einem Alexander von der Hand des Apelles, der den Kopf der Figur abschneiden und an dessen Stelle den Kopf des Augustus setzen liess; aus den schönsten Gemälden schnitt man Köpfe, Hände und Füsse heraus, die man auf eine Tapete klebte, und das Übrige wurde dazu gemalt" [3]).

Ich verfasste mir, indem ich die von Geffroy gegebene Copie des Christianischen Inventars mit jener Abschrift verglich, welche Dudik in seinen „Schwedischen Forschungen" [4]) anführt, ein möglichst vollständiges Verzeichniss jener Bilder, welche von Prag nach Schweden abgeführt wurden, da es aber nicht weniger als 363 Nummern umfasst, würde es hier viel zu grossen Raum einnehmen. Es seien daher nur die wichtigsten dieser Gemälde angeführt.

No. 78. Un tableau, ou est peint une femme avec un cigne et des petits garçons pres ses pieds.

Vermuthlich jene Leda von Correggio, welche Louis d'Orlèans, der Sohn Philipp's l'Egalité, zerstören lassen wollte, um dem zarten Gewissen seines Beichtvaters, Abbée de Saint Geneviéve, gerecht zu werden. Das Bild wurde desshalb in vier Theile zersägt und sollte verbrannt werden. Cóypel wusste jedoch diese vier Stücke beiseite zu schaffen, und stellte das Bild in aller Stille wieder so gut her, dass es im J. 1755 um 2160 Francs an den König von Preussen verkauft wurde [5]).

---

1) V. Geffroy, M. A. Notices et extraits des Monuments concernant l'histoire de la litterature de la France. Paris 1855. 8. p. 111 et 161 ff.

2) Als Christine zu Rom gestorben war, wurden die meisten ihrer Bilder im J. 1689 von Livio Odescalchi, Duca di Bracciano (Neffe Innocenz III.) angekauft und blieben bei der Familie bis zum J. 1722, wo dann siebenundfünfzig derselben vom Herzog Philipp d'Orléans (L'Egalité) erstanden wurden. In den Jahren 1790 und 1791 wurden diese meist einzeln verkauft und viele derselben gingen nach England.

3) Zur Richtschnur für diejenigen, die sich vor den Restaurationen im k. k. Belvedere so gern entsetzt stellen! — —

4) Brünn 1852. 8. S. 103 bis 110. Leider führte Dudik, wie er S. 104 selbst sagt, hier nur jene Bilder an, die ihm „charakteristisch zu sein schienen." Er legte übrigens eine vollständige Abschrift der Inventare der Sammlungen Christinens in dem Landes-Archiv von Mähren nieder.

5) Correggio malte die drei Bilder: Leda, Jo und Danae für den Herzog Friederich II. von Mantua. Als der kais. General Colalto im J. 1630 die Stadt Mantua einnahm, schaffte er diese drei Bilder nach Böhmen (V. Fiorillo II. 279—282). Der französische Reisende Patin will im J. 1672 eines dieser Bilder bei dem Grafen v. Trautsohn in

No. 89. Un cupidon est a faire son arc.

Der Bogenschnitzer. — Das Bild wurde bekanntlich von Parmeggianino für Pierre de Terrail, Seigneur de Bayard, dem Ritter ohne Furcht und Tadel gemalt. Es wurde — so sagt Buchanan in seinen „Memoirs of painting“ (London 1824. Tom. I. p. 73) im J. 1648 von den Schweden aus Prag weggeführt, von der Königin Christina nach Rom gebracht, dort von Herzog Philipp von Orleans angekauft und im J. 1792 vom Herzog von Bridgewater um 700 Guineen erstanden.

Wie steht es dann aber mit dem Bogenschnitzer im k. k. Belvedere, der in den Verzeichnissen der Schatzkammer immerfort angeführt wird? Oder malte Mazzuola diesen Gegenstand zweimal und befanden sich beide Gemälde in Besitz Kaiser Rudolph II.? Ist das beim Duke of Bridgewater befindliche eine gute Copie, die von den Schweden für das Original gehalten wurde, welches man vielleicht verborgen hatte? Jedenfalls ist diess eine Frage, die nur durch den unmittelbaren Vergleich der beiden Bilder zu entwirren sein dürfte. Dass man einst gute Copien sammelte, geht schon daraus hervor, dass neben dem Originale des Bogenschnitzers die Copie von Jos. Heinz hing [1]).

No. 446. (Bei Dudik angeführt, bei Geffroy fehlend.) Un grand tableau répresentent l'Empereur Rudolphe mort.

Dudik (a. a. O. S. 109) meint überhaupt, dass in der Porträtsammlung der Königin Christina, zweiundfünfzig Bildnisse aus dem Schloss zu Prag stammen mögen [2]).

Es ist sehr zu bedauern, dass in keinem der bisher bekannten Inventare der Christinianischen Sammlung die Namen der Meister genannt sind, aber vielleicht waren sie von den Schweden nicht einmal gekannt, und es ist jedenfalls auffallend, dass nur bei No. 106 (bei Dudik) die Worte stehen: „faite par un Jésuite à Antwerpe“ der nun niemand anderer als Daniel Seghers sein kann. Ein zweiter Übelstand für jede eingehende Kritik ist auch die höchst mangelhafte Beschreibung der Darstellungen, so kann man z. B. unter den vielen „femmes nues,“ die berühmte Venus von Tizian (Venus à la coquille) nicht erkennen, obwohl man genau weiss, dass Philippe d'Orléans dieses Bild nach dem Tode der Königin Christina kaufte [3]). Man scheint sich überhaupt bei der Plünderung des Pragerschlosses sehr gehastet zu haben, dem kais. Schatzmeister Miseron wurden die Schlüssel bei Androhung der Tortur abgefordert, und man führte die Bilder sogleich am 12. September ab. Sie blieben im Winter in der

---

Wien gesehen haben. (S. dessen Relations in Seidl's Übersetzung, Austria-Kalender v. 1848. S. 115.) Geffroy (Notices etc. p. 118) widerspricht der Angabe Fiorillo's, indem er sagt, dass Friederich von Mantua die Leda und Jo, Kaiser Karl V. zum Geschenke machte, als sich dieser im J. 1530 zu Bologna krönen liess, und von Karl V. gelangten diese zwei Gemälde an Kaiser Rudolph II.

1) Noch unter Mechel hing diese Copie neben dem Originale (Mech. Cat. S. 60 No. 4. Orig. — No. 5. Copie. Auch die Copie von der h. Dreifaltigkeit Alb. Dürers, von Joh. Christ. Ruprecht, gem. 1654, war in der altdeutschen Schule aufgehängt (Mech. Cat. S. 265 No. 1). Sie kam in neuerer Zeit in das Ritterschloss zu Laxenburg. Dessgleichen war auch die Copie von Dürers Christenmarter von demselben Ruprecht 1626 aufgestellt. (Mech. Cat. S. 975. No. 442) u. s. w.

2) Es scheint anderseits, dass Christina, welche im J. 1655 am Hofe des Erzherzogs Leopold Wilhelm zu Brüssel war, demselben mehrere Kunstgegenstände verkauft oder verpfändet habe. Mindestens schreibt Isaac Vossius, der mit der Königin nach den Niederlanden gereist war, am 2. Jänner 1655 an N. Heinsius:

„Hactenus in aula Archiduci vivimus, qui nos splendide excipit. Post septem aut octo dies ad domum Egmondianum transibimus,“ und setzt dann hinzu: „De pecunia tamen despero, sed picturis, libris, aliis rebus, ut puto, compensabjtur.“

(V. Burmann. Sylloges epistolarum. Leydae 1727. 4. T. III. p. 679.)

3) Bei dem Verkauf der Gallerie Orléans erstand der Duke of Bridgewater dieses Bild um 800 Guineen. (Buchanan a. a. O. T. I. p. 115.)

mecklenburgischen Festung Donitz und am 7./17. April gab Christina den Befehl, dass sie auf ein starkes Schiff verladen und gleich nach dem Aufthauen des Eises nach Stockholm gebracht werden sollten, wo sie im Mai auch glücklich anlangten [1]).

Dudik [2]) glaubt endlich, dass auch die Porträtsammlung im Schloss zu Gripsholm bei Mariefred viele Bildnisse aus der Prager-Kunstkammer und zwar jene mit der Bezeichnung: „Maximilianus. Ao. 1519. Aet. 59. — Carolus V. Ao. 1530 Aet. 30. — Ferdinandus. Ao. 1531. Aet. 29. — Ludovicus. A. 1526. Aet. 20. — Stephanus, Comes à Schlick u. s. w., welche sehr an No. 27 des Prager-Inventares: „im dritten Gewölb: des Haus von Österreich und anderer Fürsten und Herrn Konterfeiht“ — erinnern.

1659.

Erzherzog Leopold Wilhelm hatte sich im Jahre 1657 wieder nach Wien zurückgezogen, und liess mehrere Räume zur Aufstellung seiner Sammlungen herrichten. Daher findet man auch in der Hofrechnung vom J. 1659:

„Zur Erweiterung der Erzherzoglicher Kunstkammer, Baukosten — — 1369 fl. bezalt.“

(Schlag. Mat. S. 20.)

1660.

David Teniers „Theatrum pictorium“ als Inventar der italienischen Schule der Gemäldesammlung des Erzherzogs Leopold Wilhelm zu Brüssel.

Dieses Werk erschien unter dem Titel:

David Teniers. Theatrum pictorium in quo exhibentur ipsius manu delineatae, ejusque cura in aes incisae picturae archetypae italicae quae ipse Serenissimus Archidux (Leopoldus Guilelmus) in pinacothecam suam Bruxellis collegit. — Bruxellae 1660. Fol.“

Im Vorwort werden die Lokalitäten dieser Sammlung auf beiläufig folgende Weise beschrieben:

„Bei dem Eintritt gewahrt man zwei lange Gallerien, in denen längs der Mauer, an welcher sich keine Fenster befinden, die Bilder in schöner Ordnung aufgehängt sind. An der Fensterseite stehen die antiken Statuen, Büsten u. s. w., und an den Pfeilern sind ebenfalls Gemälde angebracht, aber meist nur solche, die von unbekannten Meistern herrühren.“

„Unter den Arbeiten bekannter Meister befinden sich Bilder von dem alten Brueghel, welche die zwölf Monate darstellen und mit ausgezeichnet feinem Pinsel und grosser Lebhaftigkeit der Farben gemalt sind.“

„Man gelangt von der langen Gallerie in andere Säle, Kammern und Kabinete, wo sich die seltensten und kostbarsten Werke der Maler befinden, so dass man zum vollkommenen Genuss derselben mehrere Wochen bedürfte. Von hier aus gelangt man wieder zu zwei Gallerien mit Feder- und Kreidezeichnungen der berühmtesten Meister [3]). Dann folgt ein Saal, der würdig ist, der Palast der Minerva genannt zu werden. Er ist 120 Fuss lang und 30 Fuss breit. Dort sind die grössten Gemälde und vorzüglich von niederländischen Meistern aufgestellt, so z. B. von Quintin Messys, Jean de Maubeuge, Frans Floris, Rubens, Anthoni van Dijck u. A. Hierauf folgt die Bibliothek. Dann kommt die Samm-

1) Dudik a. a. O. S. 51, 58 und 60.
2) Ibid. S. 306 und 307.
3) Viele dieser Handzeichnungen und gewiss jene von Alb. Dürer gingen in neuerer Zeit in den Besitz des Herzogs Albert von Sachsen-Teschen über. (V. Waagen, Handbuch d. Malerei T. I. S. 218. Anmerk. 1.)

lung von Holzschnitten und Kupferstichen mit einer grossen Anzahl seltener Miniaturen und zuletzt tritt man in das merkwürdigste der Kabinete, nämlich in jenes, in welchem sich die Gemälde der italienischen Meister befinden."

So kurz dieser hier gegebene Auszug ist, so genügt er doch, um den Reichthum und die Mannigfaltigkeit dieser wirklich grossartigen Sammlung vor Augen zu führen.

In dem vorliegenden „Theatrum pictorium" sind mitunter die Werke einzelner Meister zusammengestellt und die Maasse, etwas oberflächlich, in Brüsseler-Schuhen oder in Palmi angegeben. Die Stiche selbst sind im allgemeinen sehr mittelmässig und die Eile scheint dabei vor dem Fleiss den Vorrang gehabt zu haben [1]). Die in diesem Werke abgebildeten Gemälde sind:

*1	Raphael (Schule).	Die Samariterin am Brunnen	4 alta	3 lata
2	J. Bellino.	Maria (ganze Figur) sitzend, mit dem Kinde	8 „	4 „
3	detto	Ein Geharnischter, neben ihm ein rosenbekränztes Frauenzimmer	8 „	6 „
4	detto	Ein Bischof, vor ihm eine jugendliche Gestalt. Halbe Figuren	4 „	3 „
*5	Raphael Urbin.	Die h. Margaretha	12 „	6 „
6	J. Bellino.	St. Sebastian. Halbe Figur	4 „	3 „
*7	A. Montani (Mantegna.)	St. Sebastian	5 „	3 „
8	A. da Corregio.	Eine bethende Frau u. ein Knabe mit einem Krug. (H. Fig.)	4 „	3 „
9	Giorgione.	Die Auferstehung Christi	4 „	3 „
10	detto	Judith mit dem Kopfe des Holofernes. Bruststück	5 „	3 „
11	detto	Brustbild eines bekränzten Mannes mit einer Violine, rückwärts der Mond	6 „	4 „
12	detto	Ein Geharnischter, halb vom Rücken zu sehen, neben ihm eine Alte	5 „	4 „
*13	detto	David mit dem Haupt Goliaths	5 „	4 „
14	detto	Brustbild eines Mannes mit einer Rolle in der Rechten	5 „	4 „
15	detto	Der h. Johannes mit der Apokalypse. Rückwärts der Adler	6 „	4 „
*16	detto	Licinio	5 „	4 „
17	detto	die Entführung der Europa	2 „	4 „
*18	detto	die drei Mathematiker	7 „	10 „
*19	Anibal Carats (Carracci).	Maria ohnmächtig bei der Leiche ihres Sohnes	2 „	3 „
20	Carats.	Amor mit einem gefallenen Satyr ringend	3 „	2 „
21	Giorgione.	Eine Art Idylle (?) vorne ein Flussgott	8 „	11 „
22	detto	Magdalena, die dem Herrn die Füsse waschen will	4 „	6 „
*23	Carats.	Die Samariterin am Brunnen	4 „	8 „
24	L. da Vinci (Luini).	Herodias mit d. Haupt des Johannes, daneben der Henker. Bruststück	4 „	3 „
*25	C. Venetiano (Carlo Cagliari).	Judith, den Kopf des Holofernes in einen Sack steckend, den ihr eine Alte vorhält. Brustst. Kerzenbeleuchtung.	6 „	5 „
26	Prinatixi (Primaticcio).	Moses, Wasser aus dem Felsen schlagend	8 „	6 „
*27	J. Romano.	Phaeton mit dem Sonnenwagen	6 „	4 „
28	Carats.	Die Ehebrecherin vor Christo geführt. Ganze Figuren	4 „	8 „
29	Barotius.	Maria mit dem Kinde und St. Hieronymus	7 „	6 „
*30	And. del Sarto.	Eine ruhende h. Familie	7 „	6 „
31	Procatino (Procaccini).	H. Familie, oben ein Engel, der dem Christkind Rosen und dem kl. Johannes einem Apfel zeigt	4½ „	3½ „
*32	Polidor P. (Caldara).	Cephalus und Procris	7 „	6½ „
33	F. Mantua (Dom. Feti?).	Das Schweisstuch	5 „	4 „
34	Polidor de Venise (Lanzani).	Die h. Maria, ein Bischof und eine Nonne	4 „	5 „
35	detto	Eine ruhende h. Familie. Rückw. Dorf u. Meer	4 „	6 „

1) Florent le Comte gibt in seinem: Cabinet des singularitez d'architecture, peinture, sculpture et gravure, (Paris 1699. 8. 3 Vol.) T. I. p. 101—106, die Stecher dieses Theatrum pictorium, leider aber ohne alle Kritik, so dass man wahrlich nicht viel daraus lernen kann.

*) Die mit einem Sternchen bezeichneten Bilder sind noch jetzt im k. k. Belvedere aufgestellt.

36	Polidor de Venise (Lanzani).	Die h. Familie. Das Christkind spielt auf dem Schoosse der Mutter mit einem Apfel. St. Johannes hält ein Rohrkreuz	5	alta	7	lata
37	detto	Die h. Familie bei einer Ruine	4	„	6	„
38	detto	Eine h. Familie. St. Joseph an einer Mauer lehnend	3	„	2	„
39	Titian.	Brustbild eines Mannes mit einem Pelz	3½	„	3	„
*40	detto	Tiziano's Bildniss	4	„	3	„
41	detto	Herodias. Vorne ein Mohrenknabe, rückwärts eine Magd. Halbe Fig.	6	„	4	„
42	detto	Bildniss eines Mannes mit einem Brief in der Linken. Halbe Figur	5	„	4	„
43	detto	Die h. Katharina. Halbe Figur	7	„	5	„
*44	detto	Bildniss des Sansovino	6	„	4	„
45	detto	Die h. Maria einem fast nackten Manne das Christuskind darreichend, vorne kniet der Stifter des Bildes	4	„	5	„
*46	detto	Maria mit dem Kinde. St. Joseph, St. Johannes u. noch ein Heiliger. Halbe Figuren	5	„	7	„
47	detto	Bildniss eines Mannes mit einem geschlitzten Ärmel. Halbe Figur	5	„	4	„
48	detto	Brustbild eines Mannes mit einem Barret auf dem Kopfe. Halbe Figur	7	„	5	„
*49	detto	Der Arzt Tizians	5	„	4	„
50	detto	Brustbild eines jungen Mannes im $^3/_4$ Profil	5	„	3	„
51	detto	Die h. Familie unter Bäumen ruhend	3	„	4	„
52	detto	Maria mit dem Christuskinde, welches einen Vogel hält, daneben eine weibliche Figur	6	„	9	„
*53	detto	Die Ehebrecherin	5	„	7	„
*54	detto	Maria mit dem Kinde, St. Hieronymus, St. Georg und St. Lorenz. Halbe Figuren	5	„	6	„
55	detto	Maria mit dem Kinde auf dem Schooss, daneben ein Geistlicher im Vespermantel	2	„	3	„
*56	detto	Maria mit dem Jesuskinde, das auf einer Tafel steht	4	„	5	„
57	detto	die Entführung der Europa	4	„	6	„
58	detto	Diana und Actäon	9	„	12	„
59	detto	Christus in Emaus. Halbe Figuren	6	„	10	„
60	detto	Eine h. Familie. Johannes reicht dem Jesuskinde Blumen	4½	„	5½	„
61	detto	Die Anbethung der Hirten	4	„	5	„
*62	detto	Weibl. Bildniss mit einer Art v. Turban. (Isabella d'Este). Halbe Fig.	6	„	5	„
63	detto	Bildniss einer jugendlichen Person, welche mit der Linken den Gürtel hält. Kniestück	7	„	5	„
*64	detto	St. Stanislaus Kostka	6	„	5	„
*65	detto	Bildniss Aldrovandi's	7	„	5	„
66	detto	Ecce Homo. Brusstück	4	„	5	„
*67	detto	Bildniss des Benedetto Varchi	7	„	5	„
68	detto	Bildniss eines bärtigen Mannes in einem Sessel sitzend, in der Rechten die Handschuhe. Kniestück	7	„	6	„
69	detto	Die Anbetung der h. drei Könige	4	„	3	„
*70	detto	Ein nacktes Kind mit einem Tamburin	4	„	3	„
*71	detto	Bildniss eines Mannes, vorne ein Mohrenknabe	7	„	5	„
72	detto	Bildniss eines Mannes der seine Rechte an den Degengriff hält	7	„	5	„
*73	detto	Lucretia. Halbe Figur	5	„	4	„
*74	detto	St. Jacobus major. Brustbild	4	„	3	„
*75	detto	Eine Dame mit einem Fächer aus Straussfedern	7	„	5	„
76	detto	Der Schutzengel	6	„	5	„
*77	detto	Bildniss des J. Strada	7	„	5	„
78	detto	Ein Mädchen mit einem kleinen Hund. Kniestück	5	„	4	„
79	detto	Bildniss eines Mannes im Hermelinpelz. Kniestück	7	„	6	„
80	detto	Diana mit einem kleinen Hund und einem Pfeil. Halbe Figur	7	„	5	„
81	detto	Bildniss eines Mannes. Auf dem Barett ein Medaillon	7	„	5	„
*82	Tintoret.	Bildniss eines Greises. Halbe Figur	6	„	4	„
83	detto	Bildniss eines Mannes mit kurzgeschornem Haar	6	„	4	„
84	detto	Die Flucht nach Aegypten	9	„	13	„

85	Tintoret.	Die Abnahme vom Kreuz	5 alta	7 lata
86	detto	Eine Kuhheerde	5 „	8 „
*87	detto	Ein Doge. Brustbild	6 „	4 „
88	detto	Bildniss einer Dame in geblümtem Kleid	7 „	5 „
89	detto	Jesus und der Versucher in der Wüste	6 „	5 „
90	detto	Christus am Oelberg	8 „	6 „
*91	detto	Ein Greis in einem Armstuhl, rückwärts ein Jüngling	6 „	3 „
*92	detto	Bildniss eines Dogen, rückwärts ein Theil von Venedig	7 „	5 „
93	Pordenone.	Die Grablegung Christi	10 „	17 „
94	P. Verones.	St. Augustinus	8 „	4 „
*95	detto	Judith. Vorne eine Mohrin	6½ „	6 „
96	detto	St. Sebastian	7 „	4 „
97	detto	St. Johannes auf einem Baumstrunk sitzend	8 „	4 „
98	detto	Herkules, Nessus und Dejanira	4 „	3 „
99	detto	Die Auferstehung Christi	8 „	5 „
*100	detto	Die h. Maria, St. Katharina, St. Barbara und zwei Nonnen	4 „	5 „
101	detto	Die Geisslung Christi	7 „	10 „
102	detto	Die ersten Menschen (Idyll)	7 „	10 „
103	detto	Die Königin von Saaba (jetzt in Lyon)	10 „	15 „
104	detto	Abrahams Opfer	7 „	10 „
*105	detto	Die Anbethung der h. drei Könige	7 „	10 „
*106	detto	Christus heilt die Gichtbrüchige	6 „	9 „
*107	detto	Die Vermählung der h. Katharina	4 „	5 „
108	Schiavone.	Die h. Familie mit der h. Anna	5 „	4 „
109	detto	Eine Mutter säugt ihr Kind, daneben zwei Tubicines	2 „	1 „
110	detto	Eine Gebärende (??)	4 „	3 „
111	detto	Apoll und Daphne	2 „	1 „
112	detto	Aeneas und Anchises	5 „	4 „
113	detto	Apoll am Lorbeerbaum stehend (Gegenstück zu Nr. 111)	2 „	1 „
114	detto	Die Grablegung Christi	8 „	5 „
115	detto	Die Königin von Saaba	4 „	7 „
116	detto	Allegorie (?)	3 „	6 „
117	detto	Gegenstück zu derselben	3 „	6 „
118	detto	Mythologischer Gegenstand (?)	4 „	6 „
*119	detto	Die Anbethung der Hirten	6 „	4 „
*120	detto	Die h. Familie mit der h. Katharina (?)	6 „	8 „
121	detto	Der gefangene Christus, halbe Figuren	4 „	6 „
*122	Spaniolet.	Der reuige Petrus	7 „	5 „
123	detto	Christus unter den Schriftgelehrten	7 „	10 „
124	Bassano.	Die Marter des h. Sebastian	3½ „	4½ „
125	J. Bassan.	Christus mit dem Kreuz, halbe Figur	6 „	5 „
126	Bassan junior.	Die Himmelfahrt Christi	8 „	5 „
*127	detto	Ein mit Weinlaub bekränzter Knabe	4 „	3 „
*128	J. Bassan.	Brustbild eines Mannes im weissen Ueberkleid	4 „	3 „
129	detto	Die h. Therese in Verzückung	7 „	5 „
130	detto	Der h. Franziskus. Kniestück	7 „	5 „
131	detto	Eine Schaafherde	3 „	5 „
*132	detto	Der barmherzige Samaritan	4 „	6 „
133	Bassan junior.	Die Auferstehung Christi	9 „	6 „
134	detto	Die Erbauung von Jerusalem (?)	8 „	11 „
135	Bassan.	Schaafschur und Ernte (Sommer)	4½ „	6 „
136	detto	Ländliche Szene (Frühling?)	6 „	4½ „
137	detto	der Winter	6 „	5 „
138	detto	der Herbst	6 „	4½ „
*139	Bassano junior.	Die Anbethung der h. drei Könige	6 „	8 „
140	J. Bassan.	Die Anbethung der Hirten. Nachtstück	4 „	6 „
141	detto	Die Kreuztragung	3 „	5 „
142—145	detto	Die vier Jahreszeiten. Jedes Bild	8 „	12 „

			alta	lata
146	Bassan.	Amphion	4½ alta	6½ lata
147	Palma senior.	St. Sebastian	5 "	3 "
*148	detto	St. Johann der Täufer	5 "	3 "
*149	detto	St. Rochus	5 "	3 "
150	Cariani.	Die Kreuztragung	10 "	16 "
151	Palma junior.	St. Johann der Täufer auf Felsen sitzend	5 "	3 "
152	detto	St. Hieronymus	5 "	4 "
*153	detto	Ein Engel hält den Leichnam Christi	6 "	5 "
154	detto	Eine Bethende mit einem Dolch in der Brust. Halbe Figur	6 "	5 "
155	detto	Die h. Magdalena, noch jugendlich	3 "	2 "
156	detto	Dieselbe Heilige, im Alter	3 "	2 "
157	detto	Daniel in der Löwengrube	5 "	5 "
*158	detto	Kain erschlägt den Abel	8 "	6 "
159	Palma senior.	Der auferstandene Erlöser	8 "	5 "
160	detto	Bildniss eines Frauenzimmers, das mit der Linken ihr Haar hält	7 "	5 "
161	detto	Bildniss eines Frauenzimmers mit einer Blume im Haar. (Violante?)	5 "	4 "
162	Palma junior.	St. Johann der Täufer an einer Quelle schöpfend	8 "	6 "
163	detto	Maria mit dem Kinde, halbe Figur	4 "	3 "
164	detto	Christus mit der Weltkugel, halbe Figur	7 "	5 "
165	detto	St. Paulus	7 "	6 "
*166	Padoanino.	Judith. Halbe Figur	7 "	5 "
167	Palma junior.	Herodias	7 "	6 "
168	detto	Maria das Jesuskind küssend und St. Johannes. Halbe Figuren.	3 "	2 "
169	detto	St. Petrus mit dem Schlüssel	7 "	6 "
170	Palma senior.	Die Auferweckung des Lazarus	8 "	5 "
171—172	detto	Zwei bethende Engel. Halbe Figuren. Jedes Bild	4 "	3 "
173	Palma junior.	Bildniss einer mit Blumen bekränzten Frau. Halbe Figur	5 "	4 "
*174	Palma senior.	Brustbild eines jungen Frauenzimmers mit aufgelöstem Haar. (Violante?)	4 "	3 "
*175	detto	Brustbild eines Frauenzimmers mit einer Büchse in der Hand	4 "	3 "
*176	detto	Desgleichen, in der Linken einen Fächer haltend	4 "	3 "
*177	detto	Brustbild eines Greises mit einer Mütze	4 "	3 "
*178	detto	Bildniss des Gaston de Foix	5 "	3 "
179	Palma junior.	Apoll und Diana vernichten die Niobiden	13 "	14½ "
180	detto	Drei Engel bei dem Leichnam Christi	3 "	4 "
181	detto	Apollo schindet den Marsyas	4 "	6 "
182	detto	Kain erschlägt den Abel	6 "	8 "
183	Tintoret.	Die Sammlung des Manna	5½ "	10 "
*184	Palma senior.	Die h. Maria mit dem Kinde, daneben St. Johann der Täufer, St. Katharina und Pabst Cölestinus	8 "	12 "
185	Palma junior.	Der Wettstreit zwischen Apollo und Marsyas	4 "	6 "
186	detto	Maria, das Jesuskind säugend, daneben St. Johannes und die h. Katharina. Halbe Figuren	3 "	5 "
*187	Palma senior.	Maria Heimsuchung	10 "	20 "
188	Palma junior.	Die Grablegung Christi. (Ganze Figuren)	6 "	9 "
*189	Palma senior.	Die h. Maria mit dem Jesuskinde, welches der h. Ursula eine Fahne darreicht, daneben St. Marcus	8 "	12 "
190	detto	Die h. Familie mit der h. Veronica	6 "	7 "
191	P. Bordon.	Maria, Joseph und das Christkind, welches vom h. Christophorus gehalten wird	4 "	7 "
192	C. Byoni (?).	Die h. Katharina, von Engeln getragen	8 "	10 "
*193	D. de Feraero (Dossi di Ferrara).	St. Hieronymus	4 "	5 "
194	J. Retto (?).	Susanna mit den beiden Alten	6 "	9 "
*195	Varotari.	Die Ehebrecherin	7½ "	13 "
196	Monfredo (Manfredi).	Die Gefangennehmung Christi. Halbe Figuren	7 "	10 "
*197	G. Reno (Guido Reni).	St. Johann der Täufer. Brustbild	4 "	3 "
*198	detto	Der reuige Petrus	4 "	3 "
*199	Elfrate (Fra Bartolomeo)	Madonna mit dem Kinde auf dem Arm	6½ "	5½ "

		alta	lata
*200	Guido Reni. Die reuige Magdalena. Brustbild	4½ alta	4 lata
201	Brongino (Bronzino). Weibliches Brustbild mit schwarzem Schleier	4 „	3 „
202	van Kalker (Calcar). Männliches Bildniss mit einem zusammengefalteten Papier in der Rechten. (Titian?)	5 „	4 „
203	Guido Reno. Susanna im Bade. Ganze Figuren	4 „	5 „
*204	Montiredi. (Manfredi.) Kartenspieler. Halbe Figuren	7 „	10 „
*205	Fetti (Feti). Die Flucht nach Aegypten	4 „	5 „
206	detto Eine Kranke	2 „	4 „
*207	detto Nereiden mit dem Leichnam Leanders	3 „	5 „
208	detto Die h. Maria vor dem Leichnam ihres Sohnes kniend	4½ „	9 „
209	detto Szene aus dem alten Testament. (Heli?)	3 „	4 „
210	detto Landschaft mit zwei Blinden	3 „	4 „
211	detto Perseus und Andromeda	3 „	5 „
212	detto Eine weibliche Gestalt hält einen gefesselten Dämon	5 „	3 „
*213	P. Vecchio. Das Bildniss Bayards	6 „	5 „
214	detto Bildniss einer Dame mit einem Knaben	6 „	5 „
*215	D. Fetti. Die Vermählung der h. Katharina	14 „	8 „
*216	detto Galathea	3 „	5 „
217	Varrotary. Ecce homo	5 „	4 „
*218	F. Lopitsino (Lopitcino?). Die h. Magdalena in ihrer Prunksucht	10 „	7 „
219	L. Lotti (Lotto). Der Leichnam Christi von seinen Freunden beweint	4 „	7 „
220	detto Derselbe Gegenstand, seitwärts zwei Heilige	7 „	6 „
*221	M. Valentino. Moses	10 „	6 „
222	Varrotary. Die weinende h. Maria. Halbe Figur	5 „	3 „
*223	V. Cattena. Brustbild eines Mannes mit einem Buch	5 „	4 „

Das vorletzte Blatt des Werkes stellt die Gallerie des Erzherzogs vor und bringt in der Unterschrift folgende Angaben:

„Sunt tres porticus fere equalis longitudinis: palmor, scilicet 185, latitud. 17. His correspondent tres officinae majores longitudinis ejusdem, latitudinis 46, insuper duae mediocres, longit. et latitudinis 46 et duae minores. Tabulae in universum sunt 1300, statuae 268.

Das letzte Blatt zeigt das Bildniss David Teniers d. j. gemalt von Pieter Thys mit der Unterschrift:

Dauid Teniers Antuerpiensis, Serenissimis Leopoldo Archiduci et Joanni Austriaco Belgij Gubernatoribus Pictor familiaris et utrinque à cubiculis, Ao. 1659 aetat. 49.

Den Schluss macht eine sechsversige Stanze in damaligem Geschmack.

Der eigentliche Kunstwerth dieses Werkes ist ein ziemlich geringer, denn erstens mag, wie schon erwähnt, bei der Herausgabe desselben die Eile den Vorrang vor dem Fleiss gehabt haben und zweitens scheint Teniers mit den Meistern Italiens nicht besonders vertraut gewesen zu sein. Namentlich tritt dieses bei den 14 angeführten Bildern von Schiavone entgegen, von denen die wenigsten von dieses Künstlers Hand herrühren dürften. Dass Teniers viele Meisternamen unrichtig schrieb, mag dem Niederländer zu verzeihen sein, dem Italiener wäre es mit niederländischen Namen wahrscheinlich auch nicht besser ergangen. Indessen sind sie doch zu erkennen, bis auf die zwei C. Bijoni und J. Retto bei welchen eine genaue Feststellung etwas schwierig werden dürfte.

Von ganz besonderer Wichtigkeit für die Gemälde-Sammlung des Erzherzogs Leopold Wilhelm sind jene zwölf Bilder, welche David Teniers zu Brüssel um 1656 aus dieser Sammlung zusammenstellte. Zu dem grössten Bedauern aller hiesigen Kunstfreunde besitzt die k. k. Gallerie im Belvedere nur ein einziges derselben (Mech. Cat. S. 132, Nr. 35), auf welchem Erzherzog Leopold Wilhelm mit seinem Gefolge, worunter sich ein sehr kleiner Abbate befindet, und David Teniers selbst abgebildet sind, wie sie so eben das Bildniss eines Greises von Vincenzo Catena (Mech. Cat. S. 10, Nr. 34) betrachten. Auf diesem Bilde von Teniers sind fünfzig Gemälde der erzherzoglichen Sammlung angebracht, als deren vorzüglichste die folgenden betrachtet werden können:

Tiziano. Madonna mit dem Kinde, mit St. Joseph und St. Zacharias.
detto Tiziano's Arzt, il Parma.
detto Isabella d'Este.
detto die Ehebrecherin vor Christo.
detto Bildniss des Antiquars Giacomo Strada.
detto Bildniss des Anatomen Andrea Vesalio.
detto Maria mit dem Kinde, St. Georg, St. Lorenz und St. Hieronymus.
detto die Grablegung Christi.
Palma il vecchio. Die Heimsuchung Mariä.
detto Dessen Tochter (Violante).
detto Die h. Maria mit St. Johannes und die h. Katharina.
Spagnoletto. Christus unter den Schriftgelehrten.
Paolo Veronese. Christus heilt die Gichtbrüchige.
Giorgione. Luscius.
Raphael. Die h. Margaretha.
Paolo Veronese. Esther vor Ahasverus (später von Kaiser Franz I. nach Lyon verkauft); dann mehrere Porträte von Tintoretto, Calcar u. s. w.

Gegenwärtig sind nur mehr acht jener Gemälde von Teniers bekannt, vier derselben befinden sich zu München in der aus Schleissheim dahin gebrachten Gallerie und die übrigen drei sollen nach England gekommen sein.

1661.

Testament des Erzherzogs Leopold Wilhelm datirt von Schloss Ebersdorf bei Wien, vom 9. October 1661, in welchem er seinen Bruder Kaiser Leopold I. zum Erben seiner Gemälde, Statuen und Münzen bestimmt. Das Testament ist im k. k. geheimen Haus- und Hofarchive aufbewahrt. Nach dem, am 20. November 1662 erfolgten Hinscheiden des Erzherzogs, wurde dessen Gemäldesammlung, obigem Testament zufolge mit der kaiserlichen Sammlung vereint.

(Feil, die Schweden in Österreich, in den „Quellen und Forschungen." Wien 1849, S. 400. Anm. 3.) Die letztere Angabe ist nicht ganz genau, siehe deshalb unter d. J. 1669.

Die betreffende Stelle des Testamentes lautet:

„Damit auch Fünfftens höchst gnedige Ihre Kays. Maytt. vnd Ld. von meinem zeitlichen Vermögen ein Vetterliche gedechtnuss haben; Alss verschaffe vnd legire Ich deroselben alle meine gemähl, statuas vnd heidnische Pfenning alss das Vornembste vnd Mir das liebste stuckh von meiner Verlassenschaft."

(V. Krafft hist. crit. Katalog etc. S. 206.)

1669.

Der französische Arzt Patin sagt in dem Bericht von seinem Aufenthalt zu Wien im J. 1669[1]):

„Die beiden Kabinete, welche ich daselbst sah, sind nicht die geringste Zierde dieser Residenz Die Gemälde des einen kamen von Brüssel durch den Erzherzog Leopold, welcher seine Sammlung durch unglaubliche Forschungen und Kosten zusammen brachte, und die andere ist ein Erbgut des Kaiserhauses, und wie es heisst, ein Werk von vier Kaisern. In der ersteren findet man 1500 Gemälde von den besten Meistern der Welt."

Die oben angeführte Ansicht Feil's, dass die Leopoldinische Sammlung sogleich im J. 1662 mit der kaiserlichen verschmolzen wurde, scheint also nicht richtig, indem Patin sieben Jahre später noch beide Cabinete getrennt sah. Sie befanden sich wahrscheinlich auch nicht einmal neben einander. Auch spricht die Hofrechnung von 1659 nur von einer Erweiterung der erzherzoglichen Kunstkammer. Die eigentliche Vereinigung fand erst im J. 1728 unter dem Grafen Gundacker von Althann statt[2]).

Die vier Kaiser, auf welche Patin hindeutet, sollen wahrscheinlich Carl IV., Maximilian I., Rudolph II. und Leopold I. sein. Was die angegebenen 1500 Gemälde der Sammlung des Erzherzogs Leopold Wilhelm anbelangt, so dürften sie wohl etwas poetisch gesteigert sein, da Teniers selbst sagt, dass im Allgemeinen und vielleicht auch die eingerahmten Zeichnungen u. s. w. mit eingerechnet, 1300 Tabulae vorhanden waren.

1672.

Patin sagt ferner in dem Bericht von seiner Reise nach Prag, welche er zu Ende des Jahres 1672 machte:

„Herr Misseroni, der Custos des dortigen Schatzes, zeigte mir Gemälde, die, ohne Übertreibung gesprochen, zu den schönsten der Welt gehören, mehr als fünfzig von Tizian, ein Cabinet voll Raphaels und vier oder fünf grosse Zimmer voll Kunstwerke ersten Ranges. Nicht ohne Thränen kann ich mich einiger leerer Zimmer erinnern, welche vordem die Bücher und Medaillen enthielten. Der Krieg verschont nichts und was man nicht mit offener Gewalt wegzuschleppen wagte, kam durch Verrath eines Privaten abhanden, der den Grafen von Königsmark damit bereicherte. Dieser soll wieder einen Theil der Königin Christina geschenkt haben, während er den Rest auf sein Schloss bei Bremen bringen liess."

Das ist wohl abermals etwas poetisch! Ein ganzes Cabinet mit Bildern von Raphael und fünfzig Gemälde von Titian! während das angeführte Inventar vom Ende des XVI. Jahrhunderts, welches noch vor den mehrfachen Plünderungen geschrieben wurde, nur drei Bilder von Raphael (Fol. 32 a.) und nur zwölf Bilder von Tizian (Fol. 32 a, 32 b., 33 a., 33 b., 34 a., 34 b., 35 b., 37 b., 38 a. und 38 b.) nennt! — Die Beschuldigung, dass ein Private den General Königsmark damit bereicherte, scheint eben so sehr dichterische Erfindung zu sein, als es unwahrscheinlich ist, dass Königsmark bei seinen gemessenen Befehlen viel für sich selbst behalten hätte. Auch müsste die Rudolphinische Sammlung eine wahrhaft nie versiegende Quelle gewesen sein, um für alle diese Plündereien auszureichen.

1) V. dessen Relations historiques, Basle 1673, 8. und Seidl's Übersetzung derselben im Austriakalender vom Jahre 1848. S. 110.

2) Desshalb sind auch die Angaben in Rosa's Gemäldekatalog der k. k. Gallerie I. Bd. S. X. und in Heinr. Böck's Merkw. Wiens, B. I. S. 305, dass im Jahre 1657 die Einverleibung der Leopoldinischen Sammlung mit der kaiserlichen stattfand, unrichtig. (S. d. Jahr 1728.)

1673.

(In den Hofacten.) Herr Anton de Baar (Abbée van der Baaren) kaiserl. Mallerey Inspector, die wegen von seinen zwei Brüdern Ihr. Durchl. Erzh. Leopold Wilhelmb gelieferten Malerei in Gold und andern Waaren . . . . . . 1177 fl.

Eine Besoldung van der Baarens ist nicht zu finden, vermuthlich weil ihn der Kaiser aus der Geheimen Kammer bezahlte. (Schlag. Mater. S. 20.)

1687.

In der Hofrechnung vom 1. August 1687 erscheint Christoph Lauch als neuresolvirter Gallerie-Inspector, mit 600 fl. jährlicher Besoldung, mit welchem Betrag derselbe im J. 1703 zum letztenmal angeführt wird. Im J. 1706 erhielt dessen Witwe entweder als Geschenk oder als Pensions-Abfertigung 400 fl. aus der Hofkasse. (Schlag. Mat. S. 20.)

1688.

Der schwedische Reisende, von welchem Schottky spricht, sagt im J. 1688 Folgendes über die Rudolphinische Sammlung zu Prag [1]), was wegen seiner Eigenthümlichkeit ganz angeführt werden muss:

„Zu Prag habe ich des Kaisers Kunstkammer besehen, welche aus einem Kabinet, drei Gallerien und einem grossen Salon bestehet, so alle ganz behängt seynd, von unten bis oben, mit trefflichen Schildereyen, so dass man wohl sagen kann, dass diese keinem Kabinet in Italien was nachgeben und das in Wien weit übertreffe. (??) Im grossen Salon seynd allein 100 Stück, unter welchen ein grosses über dem Schornstein (Kamin) hängt, vom Tizian, repraesentiret den Ecce Homo, mit vielen fast lebensgrossen Figuren, für welches 33.000 Gulden sind bezahlet worden, welches trefflich schön ist [2]).

Über der Thür ist ein Stück zu sehen vom Guido Reni, welches fast das schönste von allen ist. Das Sujet davon stellet dar, wie Johannnes tauft Christum, drey Engel seynd da herum und ist alles lebensgross, auch fast eins der schönsten Stücke so ich mein Tage gesehen habe. So siehet man da auch ein Stück vom selben vom Centauro (Nessus) und der Dejanira, welches auch sehr herrlich ist, wovon man in Frankreich praetentiret, der König solle das Original haben, wiewohl dieses das rechtere zu sein scheint, imgleichen ist da annoch ein sehr schönes Stück vom selben, von unterschiedlichen lebensgrossen Nuditäten von Weibern mit Amourinen darneben [3]). Vom Titian ist auch da das Quader von Christo mit den zwey Discipeln zu Emaus [4]), welches sehr gut ist, wovon ich aber dennoch glaube, dass der König von Frankreich das rechte Original habe. Von Rubens seynd da vier sehr hübsche Stücke, eines davon, nämlich von Bachanalien [5]) hat die Königin (von Schweden?) welches auch aus Prag gekommen ist, obwohl dennoch dieses das beste Original zu seyn scheint.

Von Calabrese war da ein wunderliches Stück vom St. Bartholomaeo wie man ihm die Haut abziehet [6]). Vom Paul Veronese, Tintoretto und Bassano waren da sehr viele kostbare und grosse Tableaux. Enfin die Stücke seynd fast alle Originalien von den vornehmsten italienischen Meistern so gewesen seynd, ausserhalb von Cor-

---

1) Journal für Böhmen von Böhmen. Prag 1793. 3. Lief. S. 73 ff. Schottky Beschr. v. Prag. II. S. 108.

2) Eine Anmerkung hierzu sagt: „Ist jetzt 1793 nebst mehreren anderen von den hierbezeichneten zu Wien in der Hofbildergallerie. Eine grosse Anzahl kam auch nach Dresden und Petersburg."

3) Wahrscheinlich Guido's vier Jahreszeiten. (Mech. Cat. S. 54. Nr. 14.)

4) Vgl. Mech. Cat. S. 25. Nr. 37.

5) Vielleicht die Feier der Venus. (Mech. Cat. S. 127, Nr. 18.) Auch dieses Bild, möchte man vermuthen, sei im Original und in einer Copie vorhanden gewesen, und obiger Andeutung zufolge hätten die Schweden nur die Copie fortgeschleppt.

6) Bei Mechel nicht unter Preti angeführt.

reggio sah ich da nichts als ein Quader von der St. Caecilia, welche zwischen zwei Engeln singt. Diese drey Figuren waren nur die Hälfte, wunderschön gemalt und hatten eine treffliche Expression [1]).

Im selben Zimmer oder auch im ersten Cabinette war annoch ein Stück von der Jungfrau Mariae, mit dem Christkindlein von Leonardo da Vinci (?) so sehr schön war, wie auch ein solches von Raphael, von dem sonsten sehr viele Sachen zu sehen waren (??), wie auch Nuditäten von Titian und sehr herrliche Contrefacten. Vom Van Dyck war sein eigenes Porträt sehr schön, wie auch das vom enthaupteten König in England (Karl I.) und seiner Königin, welche beide repariret, lebensgross stehen, von ihm über die Massen wohl gemalt worden.

Von den Carraccien, Bordenone, J. Romano, Spagnaletti, Caravaggio, Albano etc., war da eine sehr grosse Menge, welche aufzurechnen gar zu weitläufig sollte fallen, und ist Schade, dass man nicht einen eigenen Catalogum davon habe, weil die Zahl gross und sehr wohl choisiret ist, und die meiste Parthei aus grossen Figuren historiiret ist. Vom Saale gehet man annoch durch eine Gallerie, woraus aber die besten Dinge seynd im letzten Kriege nach Schweden gebracht."

Diese Aufzeichnung ist, so wenig der schwedische Reisende auch eigentlicher Kunstkenner gewesen sein mag, doch in mehreren Puncten interessant. Wir finden nämlich, dass, obgleich die Sachsen das königliche Schloss zu Prag schon im J. 1632, und die Schweden dasselbe im J. 1648 geplündert hatten, noch ein Kabinet, drei Gallerien und ein grosser Saal übrig blieben, welche ganz mit Gemälden gefüllt waren. Man musste also bei jenen Überrumpelungen jedenfalls Zeit gehabt haben, einen grossen Theil der Rudolphinischen Sammlung den Blicken der beutegierigen Feinde zu entziehen, und war, den Geist jener unruhigen Tage erkennend, vielleicht sogar darauf vorbereitet, indem man zugleich gute Copien an die Stelle der berühmtesten Originale aufhängen mochte, denn nur auf diese Weise wären die mannigfachen Doubletten zu erklären, die sich gerade von den vorzüglicheren Bildern der Rudolphinischen Sammlung an mehreren anderen Orten befinden. Selbst die Zögerung mit der Herausgabe der Schlüssel von Seite Miserons dürfte nur ein Mittel gewesen sein, um Frist zu gewinnen und die Schweden um so hitziger auf das eben Vorfindliche zu machen.

1700.

Im Jahre 1700 scheint der zum Hofkupferstecher ernannte Jakob Männel die Inspectorstelle der kaiserl. Gemäldesammlung vertreten zu haben, denn in den Hofrechnungen von 1716 bekommt „die Wittib weylland des gewesten Gallerie Inspectors Jacob Männdl" für eine Arbeit desselben nachträglich 2500 fl. (Schlag. Mat. S. 20.)

1702.

In Folner's „Kurz lesenswürdige Erinnerung etc. [2]) findet sich eine Beschreibung der kaiserl. geistlichen und weltlichen Schatzkammer, in welcher folgende Gemälde angeführt werden:

I. In der geistlichen Schatzkammer. (S. 203.)

„Unseres Heylandes Christi, auss den vier Evangelisten genommen, mit Schriften und Emblematibus entworffen gantzer Lebens-Lauff, in Form eines Altars mit dreyfach über einander gehängten Flügeln, wie auch alle Evangelia das gantze Jahr hindurch beschrieben."

(In neuerer Zeit dem H. Burgmair zugeschrieben, in Mechel's Cat. (S. 250, Nr. 57) der Schule Alb. Dürers zugewiesen.)

---

1) Höchst wahrscheinlich das Bild von Pellegrino Tibaldi, welches man Correggio getauft haben mochte, weil die echten Bilder desselben: Jo u. s. w. schon von Prag weggekommen sein mochten. — Es stimmt ganz mit obiger Beschreibung überein. Mechel kennt es noch nicht.

2) Der Seltenheiten in und um Wien. Der Titel ist zu weitschweifig, als dass man demselben hier Raum gönnen könnte. Ich habe die Auflage Wien 1702 und die fünfte v. J. 1716 vor mir. Die Citate gelten der ersteren.

II. In der weltlichen Schatzkammer. (S. 204. ff.)

(Nr. 11. bei dem Schranke Nr. 2.) Ein Stück von Corregio dess Ganymedes Raptum praesentirend.

(Nr. 3. S. 208.) Im dritten Schranken etc.: worin ein alter Greiss sehr naturel gemahlet von Albrecht Dürer von Nürenberg und gegenüber noch ein Kopf (von demselben Meister).

Nr. 5. Aussen auf disem Schrancken ist ein künstlich-nackendes Frauen-Bild auf der rechten Seite, welche Jupiter in Gestalt einer Wolken beschläffet, von Corregio (Die Jo).

S. 200, neben dem fünften Schrank:

Ein Gemäl dess Cupidinis von Corregio samt einer Copey. (Jene von Heinz?) NB. Dieses Ennodis-Bild (Bild des Eros?) wie er einen Bogen schneidet in Original und in Copia wird vorher gewisen; das Original ist aber weit künstlicher, vorgedachte Frauen-Bilder seynd von dem Mahler Gregorio (oben schrieb Tolner Corregio!) einem Italiener gemahlet, das Original ist 18 000 Dukaten geschätzet worden.

(Ich finde hier zum erstenmal der Jo, des Ganymed's und des Bogenschnitzers als in der k. k. Schatzkammer befindlich erwähnt, wann sie aber dahin kamen, konnte ich nicht ermitteln, ebenso wenig wie der Flügelaltar in die geistliche Schatzkammer gelangte.)

S. 215. Nr. 10. Die Schlacht bei Nördlingen auf einem goldenen Blatt (Goldgrund) mit Miniaturen abgebildet.

S. 226 liest man: Neben disen Kasten (der zweiten Gallerie) stehet ein Tisch, darauf ein gross dickes mit Sammet eingebundenes Buch liget in welchem die in der Schatz-Kammer sich befündende Stück ordentlich benennet seynd.

Sollte dieses so wichtige Inventar verloren gegangen sein? Der Herr Schatzmeister Seidl wird das wohl am besten zu beantworten wissen.

Seite 237 beginnt eine: „Neu vermerte Beschreibung der kais. Kunst-Kammer“, die wegen den nachfolgenden Verzeichnissen wohl nicht abgekürzt werden kann, obgleich sie in manchen Dingen wunderlich genug ist.

Erste Gallerie.

Nr. 1 Andreas Montegni. (Mantegna.)
„ 2 Titus (das Bildniss des Kaisers Titus).
Die Maler so keine sonderlichen Kennzeichen (Monogramme?) haben, werden erkennet an der Stellung oder Coterie-Cordon (Kolorit und Kontur?)
„ 3 Ein schönes Stücke da Adam der Eva den Apfel auss der Schoss nimmet.
(Vielleicht bei Stampart und Brenner Nr. 3 und als Paduanino angeführt?)
„ 4 Dellinus. (Erasmus Quellinus?)
„ 5 Antoni van Dück, Rubens Discipul, von Antwerven, Paulus Veronensis.
(Wie kommt Paulo mit diesen beiden Niederländern zusammen?)
„ 6 Tinterett, ein Italiener (Tintoretto).
„ 7 Bachanale von Titian. NB. Dess Titiano Lehr-Meister ist Serchon, (Ser Giovanni Bellini?) gewesen, von dem auch ein Stücke vorhanden ist.
„ 8 Die Mutter Gottes von Johanne Bellino. (Mech. Cat. S. 13. Nr. 472.?)
„ 9 Ein schönes Stücke von Lucas Kranich. (Cranach.)
„ 10 Ein schönes Stücke Cavalliere (Bataillestück?)

Anderte Gallerie.

Nr. 1. Libero, Nobile Veneto, der auf seinem Tod-Bethe zu erkennen gegäben, dass er ein Jud seye, ist auch so gestorben.

(Vgl. Mech. Cat. S. 68. Nr. 2?) Die Sage macht Liberi zum heimlichen Juden, der erst am Todtenbette seinen Glauben bekannte (Nagler VII. S. 503). In Gualdo Priorato's „Vita del Cav. P. Liberi“ (Vicenza 1818. 8°) findet sich nichts von dieser Sage, wohl aber wird dort (S. 15) gesagt, was Nagler nicht erwähnt, dass Liberi im J. 1658 nach Wien kam und dem Einzug Kaiser Leopold I. beiwohnte. „Il Liberi fu trattenuto (alla corte) prima dall' Arciduca Leopoldo Giuglielmo, grande amatore dello pittura, e poi dello stesso Cesare, e a que' Principi avendo fatto diverse opere, oltre le grandi mercedi e regali ottenuti, fù di sua Maestra Cesarea creato Conte Palatino dell' Impero, con donargli un' aquila coronata, col principio del nome di sua Maestà, nel petto da aggiungersi all' arma di lui.“ Ein Zug, der für die Kunstgeschichte Österreichs gewiss von Interesse ist.

Nr. 2 Fridericus der Churfürst aus Sachsen, von Lucas Kranich gemahlet Anno 1564. (Mech. Cat. S. 249, Nr. 56.)
„ 3 Die Königin von Schweden, Christina. (?)
„ 4 Der Hertzog von Orleans.
„ 5 Dess Königs von Frankreich Ludovici IV. (XIV?) Frau Mutter.
„ 6 Zwei schöne Architectur-Stücke auf Alabaster gemahlet.
„ 7 Der König Ludovicus XIV. gantz jung, ubi notandum, quod, ad demonstrandum Potentiam, more antiquo pictores manum cum Sceptro feceriut.
„ 8 Von Bosca Vecchio (Palma il vecchio?) seynd tröfiich schöne Stücke vorhanden.
„ 9 Ein Wasser-Jagt, gehalten zu Dresden, Lucas Kranich. (?)
„ 10 Ein Stücke von Albrecht Dürer, dessen Kenn-Zeichen ist ein A darimen ein D geschlossen.
„ 11 Erzherzog Leopold, wie er in der Schlacht vor Leipzig gewesen.
„ 12 Die Hölle, von Hieronymo Bose. (Hier. Bosch. Mech. Cat. S. 158, Nr. 37. ?)
„ 13 Die Armuth in Gestalt einer Bauren Magd, fecit Wacker. (?)

Dritte Gallerie.

Nr. 1 Ein schönes Stück, fecit Hugo (van der Does?)
„ 2 Der Babylonische Thurm, fecit Petrus Bnögel. (Mech. Cat. S. 185. Nr. 67.)
„ 3 Die Domkirche zu Antwerpen.
„ 4 Philippi van Bahren. Miniaturen. (?)

Auss der Gallerie ins erste Cabinet.

Nr. 1 ist hier ein „Spiritus familiaris, in einem Glass, so ehmals von einem Besessenen aussgetrieben und in dieses Glas verbannet worden, ist bewöglich anzusehen.“ — (Bei Stampart und Brenner auf der ersten Tafel der plastischen Werke (unten) abgebildet.)
„ 2 Die Mutter Gottes, von der verwittibten Kayserin gemahlen. (Das Bild war im Jahre 1780 im Goldkabinet des k. k. Belvedere aufgestellt und trug die Aufschrift: Opus Elisabethae Principis Josephi Archiducis Austriae Conjugis optimae. (Hilschenbach S. 15.)
„ 3 Theatrum Pictricium Divitis Premiers.
Sollte das wohl etwa gar heissen: Theatrum picturarum Davidis Teniers? Bei dem guten Folner ist das alles möglich. (Mech. Cat. S. 132. Nr. 35?).
„ 4 Das erste Stücke so auf Oel-Farbe gemahlet, inventiret von Johann van Eyck.

Das andert Cabinet, Erste Kammer.

Nr. 2 Ein gefrohrener Bettelbub. (Ein frierender Bettelknabe?)
„ 3 Venus et Adonis von Ludovico Gentil, päbstlichen Maler. (??)
„ 4 Die Aufopferung Abrahams von David Teniers, ist sehr schön. (Mech. Cat. S. 123. Nr. 2.)
NB. Von diesen Teniers seynd mer vortröfliche Stücke da, unter anderen eins als dem Ertz-Hertzog Leopold von dem Rath zu Antwerpen gratuliret wird, dass er den Vogel von dem Kirchen-Thurm (!) nach jährlichem Gebrauch herunter geschossen, in welchem Stuck alle Gesichter deren sehr vil Contrefait seynd, bis auf alle Gutscher. (Mech. Cat. S. 132. Nr. 34.)
„ 5 Zwei schöne Nacht-Stücke von Zacharia Höchel. (?)
„ 6 Ein Mann der 100 Jahr alt geworden, von Johanne Huck. (?)
„ 7 Die Zerstörung von Troja, von Rembrand, einem Holländer. (?)
„ 8 Die Feuers-Brunst so zu Ertz-Hertzog Leopolds Zeiten in Brüssel entstanden, auf zwei Arten gemahlen von dem von Dück. (Robert van Hoeck?)

Erster Saale.

Nr. 1 Adam und Eva in Lebensgrösse, fecit Michael Covira, (Coxie?)
„ 2 Extremum judicium, von Francisco Floris.
„ 3 Zwölf Monater welche von Hertzog Wilhelm inventiret, fecit von Hück.
„ 4 Bauern-Hochzeit, fecit von Hück.
„ 5 Sanctus Mauritius, Lucas Kranich.

17*

Nr. 8 Herodis mit Judith Historia.
(Wahrscheinlich die beiden Bilder von L. Cranach. (b. Mech. S. 251. Nr. 63 und 64.)
„ 9 Samson und Dalila, fecit von Dück. (Mech. Cat. S. 103. Nr. 1.)

Zweyte Kammer.

Nr. 1 Medicus der das Wasser besichtiget, von Gerhardo Gaviano. (Gerh. Douw. Mech. Cat. S. 221. Nr. 78.?)
„ 2 Historia von der Cleopatra von Gerhardo Gaviano. (?)
„ 3 Ein Stücklein von Tinterett,
„ 4 Quintus Curtius, sage Horatius, als er sich in den Pfuhl gestürzet, von Paolo Veronensi. (Mech. Cat. S. 80. Nr. 54. Platfondstück.)
„ 5 David im spanischen Habit, von David Vettus. (?)
„ 6 Masii Historia, von Petro Cordone Discipulo. (Pietro Berettini da Cortona, Historie v. d. Erweckung eines todten Knaben durch Bischof Martin. (Mech. Cat. S. 44. Nr. 14.)

In dem anderten Saale, das wälsche Zimmer genannt.

Nr. 1 Historia Lazari, von Bordenau. (Pordenone?)
„ 2 Contrafait des vornehmsten Mahlers Titianis von ihm selbst gemahlet. (Mech. Cat. S. 28. Nr. 49.)
„ 3 Schöne Landschaften von dem berümten Bassano.
„ 4 Jacobi de Strada Bildniss. (Tizian. Mech. Cat. S. 21. Nr. 18.)
„ 5 Christus in dem Tempel unter den Lehrern, von Joseph Spanierto. (Spagnoletto. Mech. Cat. S. 65. Nr. 28.)
„ 6 Ein schönes Stücke von Johann Cariani. (?)
„ 7 Alexandri Varotarii Batavini opus. (Mech. C. S. 71. Nr. 15?)

Dritte Kammer.

Nr. 1 Kreutzigung Christi von Albrecht Dürer.
„ 2 Ein überauss schönes Nacht-Stücklein, ein Weibs-Bilde in einer Hande das Licht, in der andern die Laterne haltend, fecit Lucas van Linda. (?)
„ 3 Drei Bettelbuben von Calabrese.
„ 4 Ein Stücke von Correggio, cognomento Divinus.
„ 5 Diana, von der verwittibten Kaysserin gemahlen.
„ 6 Ein Stücke da ein junger Cavallier einem alten Mannes Weibe charisiret und er nicht weit davon ist. Franciscus Miresius. (Mech. Cat. S. 221. Nr. 79.)
„ 7 Die vier Elemente überauss schön, als wären es Miniaturen, fecit Breiel Junior. (Jan Brueghel und Hendrik van Baalen. Mech. Cat. S. 187. Nr. 77, 78, 79 u. 80.)
„ 8 Die Margaretha, wofür die Venetianer 18.000 Dugaten gebotten, hat 18.000 fl. gekostet, fecit Rafael Urbin. (Mech. Cat. S. 39. Nr. 32.)
„ 9 Ein Stücke von Massinio (Quintin Messijs). Dieser vornehme Mahler ist ein Grob-Schmied gewesen. hat sich aber hernachmals auss grosser Liebe gegen einen Mägdlein, so ihm als einem Schmiede nicht lieben wollen, auff Malerey geläget und ist ser berümbt darinnen worden.
NB. Zu Antwerpen wird vor der Jesuiter-Kirch ein eysernes Gätter, so er als ein Schmide gemachet, gezaiget und in einem Altar seine Mahlerey.
„ 10 Lucretia, de eodem. (?)
„ 11 Ein schönes Stücke von Lonardi Davinci, welcher an einem Stücke vier Jahr hat pflögen zu malen.
„ 12 Christus in dem Grabe, fecit Hannibal Curazzi. (Annib. Carraci. Mech. Cat. S. 61. Nr. 10.)
„ 13 Allerhand Früchte von langen Büren (langen Birnen und Äpfeln. Vergl. Küchelbeckers Verzeichniss X. Zimmer Nr. 13.)
„ 14 Des grossen Risen Goliats Kopff.

Dritter Saale.

Nr. 1 Historia von der Diana, gemahlen von dreien Mahlern. Veit hate die Huud, Willebres die Figuren und van Hück die Landschaften gemahlen. (Die Figuren sind von Wijlebort und die Thiere von Jan Fijt. Das Bild wurde 1650 gemalt und ist mit Fijt's Namen bezeichnet. Van Hoek, der in späteren Beschreibungen, z. B. b. Küchelbecker XI. Zimmer Nr. 1, sogar van Dijck genannt wird, fällt weg. (Mech. Cat. S. 99. Nr. 25.)
„ 2 Die Jungfrau Maria, fecit Hartelds, Niederländer. (Artevelde?)
„ 3 Der Tod-Schlag Cains, von Philippo de Compagne. (Ph. de Champaigne. Mech. Cat. S. 83. Nr. 1.)
„ 4 Historia Loth, von Johann Massinii, des Grobschmids Bruder. Qui etiam et summo amore picturam fratris imitatus est. (Mech. Cat. S. 159. Nr. 38.)
„ 5 Copey von Cupidine, dessen Original in Schweden seyn soll, fecit Cornelius. (Schuijt.)
„ 6 Eine alte Wirthschaft.

Nr. 7 Ein Stück ad Allusionem Symboli Caesarei: Consilio et Industria, welche beyde einen Mann unter die Armbe fassen und auffhöben, darüber stehet Fama et Aeternitas, fecit ein Venetianischer Edelmann. (Vielleicht ein mechanisches Kunststück.)

„ 8 Ein Stücke darauf die Wahrheit auff einer Waag-Schalle vor den Spiegel haltend, worgestellet wird. (Vielleicht ebenfalls ein mechanisches Kunststück.)

„ 9 Ein Stücke von liegenden Sachen, darunter auff einer Laute der Staub, als wenn er hin und her mit einem Finger abgewischt wäre, rar zu sehen ist.

1719.

Antonio Bormastino in seiner „Historischen Beschreibung etc. v. Wien. (Wien 1719 8°.) schreibt was Kunstsachen anbelangt, dem Tolner beinahe wörtlich nach, und macht nur S. 297 bei dem „gefrorenen Bettelbub,“ die Bemerkung, „dass es eine grosse Kunst sei, etwas dergleichen durch die Malerei natürlich zu entwerffen.“ Seite 336, führt er die „Kayserliche Hof-Statt“ auf und erwähnt bei dem Obrist-Kammer-Stab: (S. 356)

als Kais. Gallerie- und Kunst-Kammer Inspektor, Hrn. Joh. Bapt. Cetini, als Antiquitäten und Medaillen-Inspektor Hrn. Carl. Gustav Heraeus, dann als Cammer-Mahler Hrn. Joh. Friedr. Fischer, Ignati Heinitz von Heiztenthal, Ferdinand von Hamilton, und Joh. Ant. Nägelein, als Porträtmaler und Joh. Adalbert Kratochwill als Indianischen Cammermahler.

1721.

„Lista derjenigen Malereien was Anno 1721 den 3. Juli aus allergnädigstem Befehl Ihrer Majestät des römischen Kaisers durch Monsieur Piany (von Prag) nacher Wien seynd geführet worden, als:

Nr. 164 Giulio Romano, sub Dubio, die Zerstörung Trojä (Piany sah in diesem Bilde eine Zerstörung Jerusalems, von Nic. Poussin.)

„ 257 Scola di Parmasiano (Parmeggianino) Jesus und Maria (Nach Piany Corregio; unsre liebe Frau sammt dem Kindl steht in Ihro Majestät Retirada.)

„ 224 Corregio, ein Kopf so auf der Hand lieget und abwärts schauet.

„ 422 Guido·Reni, Christi Tauf. (Mech. Cat. S. 54. Nr. 12.)

„ 26 ist eodem Anno (?) aus Ihrer Majestät damaliger Retirada verloren gegangen, welches repräsentirt hat Lictrude in der Wüsten, und soll von Breughel sein. (Schottky Prag II. S. 118.)

1723.

Anno 1723 haben allerhöchstgedachte, Ihre Kaiserliche Majestät folgende Stück ausgesucht und (von Prag) nacher Wien bringen lassen, als:

Nr. 1 Andreas Sakhe (Sacchi) Invention der göttlichen Providenz von vier Monarchien, (Mech, Cat. S. 37. Nr, 28. ?).
„ 2 Leonardo da Vinci. Unsere liebe Frau samnt Elisabeth unt St. Johannes mit einem Lammbel (etwa Pagani?)
„ 9 Tennier, ein Bauerntanz in einem Dorfe (Vgl. Mech. Cat. S. 126 Nr, 13.)
„ 11 Hembs (Hemessen). Eine geharnischte Mannsperson, (Vielleicht d. h. Wilhelm? Mech. Cat. 164. Nr, 64.)
„ 14 Andreas dal Sarto, ein Vesperbild. (Vielleicht der todte Christus. Mech. Cat. S. 49. Nr. 36.)
„ 23 Titian. Carle quarti (quinti) Contrefei (Mech. Cat. S. 20. Nr. 16).
„ 41 Van Deyk. Eine nackete Manns-Postur mit einer Muschel. (?)
„ 49 Alberto Durero, Ein Contrefey eines Cardinals.
„ 100, 105, 106 und 108. Guido Reni, verschiedene Köpfe. (?)
„ 128 Holbein, Erasmi Rotterdami Contrefei. (Mech. S. 262 Nr. 100.)
„ 166 Paul Veronesi. Die Salbung Davids zum König von Israel.
„ 169 Guido Reni. Die vier Jahreszeiten. (Mech. Cat. 54 Nr. 14.)
„ 175 Pietro di Cordona. Unsere liebe Frau sammt dem Kindel und etlichen Engeln, welche ein Kreuz tragen. (?)
„ 178 Prete Genese (il Genovese) Original. Johannes der Täufer.
„ 180 Tizian. Die Grablegung Christi.
„ 290 Wilhelm Kay, ein Contrefei eines Doctors mit einem Glas in der Hand.
„ 307 Quirinus Masseis (Quint Messys). Die Parabel von dem ungerechten Haushalter.
„ 310 Langebier (Pieter van Aertsens), Ein Bauer und eine Bäuerin. Mit einem Hennenkorb. (Mech. Cat. S. 165 Nr. 65.)
„ 315 Wilhelm Kay, eines Mannsbilds Contrefei (Mech. Cat. S. 165 Nr. 67 ?)
„ 318 Porbus, eines Mannes Contrefei.

Nr. 321 **Tenniers** und **Segers**, ein Blumenkranz, worinnen die Krönung Christi.
„ 347 **Tenniers**, ein alter Mannskopf.
„ 351 **Porbus**, ein Contrefei eines Weibsbildes.
„ 352 **Porbus**, ein Contrefei eines Mannsbildes.
„ 353 **Palen** und **Prügel** (v. Baalen und Brueghel) miteinander, eine Mahlzeit der Götter.
„ 354 **Veit von Andorff** (Fijt) allerley Vögel.
„ 368 derselbe, unterschiedliche Früchte und Vögel.
„ 383 Ein Mann und ein Weib, Original von **Rubens**. (Etwa St. Pipin und die h. Bega? Mech. Cat. S. 114 Nr. 12.)
„ 384 **Francesce Ykers** (?) ein Blumenstück.
„ 417 **Rubens**, Pyramus und Tisbe.
„ 421 **Rubens**, etliche Meergötter.
„ 425 **Titian**, ein grosses Hauptstück mit siebzehn Figuren, Ecce Homo. (Mech. Cat. S. 21 Nr. 17.)
„ 432 **Rubens** und **Schneider** (Snyers) ein Fischmarkt.
„ 470 **Guido Reni**, Invention so die Weisheit bedeutet.
„ 479 **Paulo Veronese**, die Ehebrecherin aus dem Evangelio. (Mech. Cat. S. 9 Nr. 29.)
„ 480 **Paolo Veronese**, die Samariterin. (Mech. Cat. S. 9 Nr. 28.)
„ 202 **Titian**, eine Danae mit dem Goldregen. (Mech. Cat. S. 27 Nr. 44.)

„Dass obspecifirte Malereien aus dem Königlichen Schloss zu Prag auf Befehl Ihrer Röm. Kais. und Königl. Majestät **Carolo** sexto, hieher nach Wien überbracht und in der kais. Kunst-Kammer allhier durch den dermaligen Königl. Schatzmeister Herrn **Wenzel von Streitberg** überantwortet worden, also in dem Königl. Schatzkammer-Inventario abzuschreiben, wofür hingegen mit nächsten andere Gemäl aus der hiesigen Kunst- und Schatzkammer nach Prag geschickt werden sollen, welches hiemit attestirt ist.

Datum Wien den 19. Mai 1724.

Rudolph Graf von Sintzendorf
Obrist-Kämmerer.
(Schottky. Prag. II. S. 118.)

Es verging also ein volles Jahr bis diese Bilder in Wien ankamen, aber es waren auch ganz vorzügliche Gemälde dabei, wie die vier Jahreszeiten von Guido, das Ecce Homo und die Danae von Titzian u. s. w.

1728.

Im J. 1728 wurden auf Befehl Kaiser Carl VI. unter der Leitung des Grafen Gundacker von Althann eilf Sääle in der k. k. Stallburg für die kaiserliche Gemäldesammlung hergerichtet [1]). Nach Vollendung derselben überreicht Graf Althann dem Kaiser das Inventar der neu vereinten Gemäldegallerie. **Solimena** malte diese Scene, bei welchem Bilde (S. Mech. Cat. S. XII.) Johann Gottfried **Auerbach** die Köpfe des Kaisers und des Grafen fertigte. Es stand zu Mechels Zeit im grossen Marmorsaal im k. k. Belvedere.

1720.

Ferdinand von Storffer's Inventar der k. k. Gemäldegallerie.

Erster Band [2]).

Dieses prachtvolle Inventar, in welchem alle Gemälde der kaiserlichen Sammlung **in Miniaturen** abgebildet sind, besteht aus drei Foliobänden, von denen der erste die Jahreszahl 1720, der zweite die Jahreszahl 1730 und der dritte das Jahr 1733 auf dem Titel trägt. Das in der That einzige Werk befindet sich in der Kunstsammlung der k. k. Hofbibliothek und kann als die genaueste und sicherste Quelle über den Stand der k. k. Gallerie in jener Epoche betrachtet werden. Der erste Band führt die Aufschrift:

---

[1]) **Freddy**, Descrizione della città di Vienna etc. T II. S. 300. Diese Nachricht ist wieder ganz die eines leicht befriedigten Reisenden, denn wie konnte schon 1270 das **Storffer**'sche Inventar begonnen werden, wenn erst 1728 die Säle der kais. Stallburg für die Gallerie hergerichtet wurden?

[2]) Da dieses **Miniatur-Inventar** bisher beinahe noch gar nicht bekannt ist, indem nur **Krafft** in seinem hist. krit. Katalog der k. k. Gemäldegallerie (Wien 1854. 8.) einige Andeutungen darüber gab, dürfte die Drucklegung desselben für den Kunstforscher um so wichtiger sein, wesshalb es hier auch ohne Abkürzungen folgt.

„Auf allergnädigsten Befehl Ihro Röm: Kayl: u: Königl: Cathol: Mayss: Caroli VI, ist gegenwärtiges Inventarium durch Herrn General-Bau-Directoren Grafen Gundacker von Althann in folgende Ordnung eingerichtet worden. M.D.C.C.XX.“

Auf dem ersten und zweiten Blatt sind das eiserne Eingangsgitter und die Hauptthüre der Gallerie abgebildet. Dann heisst es:

Fol. 4. Neu eingerichtetes Inventarium der Kayl. Bilder-Galleria in der Stallburg, welches nach denen Numeris und Masstab ordiniret und von Ferdinand a Storffer gemahlen worden.

Nr. 1. In dem Eintritt vor dem Ersten Gang befindet sich ein grosses Bild, worauf ein alter Mann von 172, sambt seinem Weibe von 164 Jahr ihres alters in Lebensgrösse ab contrafait von Carolo Unterhueber.

(Fol. 5 ist dieses Bild in Miniatur kopirt. In den Jahren von beiläufig 1820—1830 hing es in der Sala terrena des k. k. Belvedere.)

Erster Gang.

A.

Nr. 2 Eine Mutter Gottes, von Sandrart. (Bruststück.)
„ 3 Ein Bauernstückl, von Ostade.
„ 4 Ein stuck worauf ein altes Weib und ein junger Mann, von Granach.
„ 5 Ein Muttergottes mit dem Christkindl, von Albrechtirer.
„ 6 Ein Manns-Kopf.
„ 7 Ein Mannsportrait in Oval, von Schönfeld.
„ 8 Ein Manns-Kopf.
„ 9 Ein Nackendes Weibsbild mit einem Kindl, von Andrea del Sarto.
„ 10 Ein kleines Frauen-Portrait mit einer goldenen Kette umb den Hals, von Holbein. (Die Dame hält eine Nelke in der Hand.)
„ 11 Ein Bauern-Stückel, von Ostade.
„ 12 Ein Weibs-Kopf, von Antonio Corregio. (Profil im Helldunkel.)

B. [1])

* „ 13 Eine Landschaft worauf eine Plünderung, von Philippo Wauermann.
* „ 14 Die Flucht in Egypten, von Feti di Mantua.
* „ 15 Ein Stuck worauf unterschiedliche Fögl sambt einen Hund, von Joanne Fyt.
* „ 16 Ein Soldaten-Marsche, von Heege.
* „ 17 Ein Conversationsstück, von David Ryckaert (Eine Kirmse).
* „ 18 Ein Marquetander-Stuck, von Heege. (Gegenstück zu Nr. 16.)
„ 19 Ein Manns-Portrait, von Albrecktirer.
„ 20 Ein Weibskopf, von Palma Vecchio.
* „ 21 Mehr ein Mannskopf von Tintoret.
„ 22 Ein Manns-Portrait mit einem Degen in der Hand, von Tobías Bock.
„ 23 Ein Mannskopf, von Bachmann.

C.

„ 24 Ein Hexenstuck, von Julio Romano.
* „ 25 Ein Bauern-Kirchtag von David Tenniers.
* „ 26 Ein stuck worauf etlich Rauffende Bauern, von Bruegl.
* „ 27 Ein stuck mit unterschiedlichen Figuren sambt einem knienden Weibsbild, von Balenburg. (Jetzt als Le Duc. Mech. Cat. S. 219 Nr. 68.)
* „ 28 Der Babylonische Thurm, von Bruegl.
* „ 29 Ein Gartenstuck mit Kindeln und Blumen, von Baln und Bruegl.
* „ 30 Ein Architekturstuck, von Peter Neffs.
* „ 31 Mehr ein Architekturstuck, von S. Frank.
„ 32 Ein Mannskopf.
„ 33 Ein Manns-Portrait in Oval, von Antonio Moro.
„ 34 Ein Mannskopf, von Paul Verones.

---

[1]) Die mit einem Sternchen bezeichneten Gemälde sind noch jetzt im k. k. Belvedere aufgestellt.

D.

* Nr. 35 Eine Landschaft einer Niederländischen Situation, von Hege.
„ 36 Der verlorne Sohn, von Feti di Mantua.
* „ 37 Ein Marktstuck, von deto Meister.
„ 38 Eine Landschaft, von Paul Bril.
„ 39 Mehr ein kleines Landschäfftl, von Merian.
* „ 40 Ein grosses stuck, worauf eine Plünderung von denen Soldaten, von David Ryckaerd (Gegenstück zu Nr. 17).
„ 41 Eine kleine Landschafft, von Merian.
* „ 42 Ein stuck worauf die Herodia mit dem Haupt Joannis, von Christof Ambacher (Amberger).
„ 43 Ein Manns-Portrait, von Mostart.
„ 44 Ein Mannskopf, von Tintoret.
„ 45 Ein Oval stuck, worauf ein Türk mit dem Säbl in der Hand, von Guerchin d'Acento.
„ 46 Ein Manns-Portrait nach Giorgione

E.

* „ 47 Ein Winterstuck, von Heege.
„ 48 Ein sitzendes Frauenbild nebst einem Engel und zwei Kindeln, nach Hanibal Carachio.
* „ 49 Ein stuck worauf ein Königliche Salbung, von Pietro de Cordona.
* „ 50 Eine Landschafft, von Schneiers (jetzt als P. Bril).
„ 51 Item ein kleines Landschäfftl, von deto Meister.
„ 52 Die Geburth Christi mit den Hirten, von Andrea Verugio (Verrochio?)
„ 53 Ein kleines Landschäfftl, von Schneier.
* „ 54 Ein Manns-Portrait, von Rembrand.
* „ 55 Ein Mannskopf mit einem Buch in der Hand, von deto Meister.
„ 56 Mehr ein Mannskopf.
* „ 57 Ein Ovalstück worauf ein Soldat mit dem Degen in der Hand, von Salvator Rosa [1]).
„ 58 Ein Mannskopf, nach Titian.

F.

* „ 59 Ein stuck worauf des Crocsi Schätze vorgestellet, von Frank.
* „ 60 Ein Ecce Homo-stuck, von Titiano.
* „ 61 Ein stuck, welches ein bilder Cabinet vorstellet, von Joanne Jordaens.
* „ 62 Ein stuck, worauf ein alter Mann mit einem Buch und Zirkl in der Hand, von Spaniolet.
„ 63 Ein grosses Frauenbild mit dem Christ Kindl und Heiligen Joanne, von Gerharto Secher (Seghers).
* „ 64 Ein alter Mann den Todten Kopff in der Hand haltend, von Spaniolet.
„ 65 Ein Mannskopf.
„ 66 Ein sitzendes Manns-Portrait in Oval, von Tintoret.
„ 67 Ein alter Mannskopf.

G.

* „ 68 Ein Geflügelstuck mit Änten, von Hann.
* „ 69 Ein Architekturstuck, von Dellen.
* „ 70 Ein Geflügelstuck, von Hann.
* „ 71 Ein stuck mit blumen und Früchten, von Rachel Rusch.
* „ 72 Ein stuck worauf eine Kirchen, von Ehrenberg.
„ 73 Ein Blumenstuck der Maria von Ostrowiz.
„ 74 Ein alter Mannskopf.
* „ 75 Ein Ovalstuck worauf ein geharnischter Mann, von Tintoret.
„ 76 Ein Mannskopf mit einem Überschlag.

H.

* „ 77 Ein Bataille stuck, von Schneiers.
* „ 78 Ein stuck worauf ein geharnischter Mann an einen Baum angebunden, von Salvator Rosa (St. Wilhelm.)
* „ 79 Ein Bataille stuck, von Schneiers.

---

[1]) An jeder Wand kommt oben ein „Ovalstück" vor, es scheint aber, dass man die Rahmen nur aussen oval machte und inwendig viereckig ausgeschnitten habe, denn viele der hier als oval angegebenen Bilder, wie das von S. Rosa, das Porträt des Rubens etc. sind viereckig.

Nr. 80 Ein Einsiedler in der Wüsten, von **Rosenfeld.**
„ 81 Ein Seesturm, von **Feldens** (v. d. Velde).
„ 82 Ein stuck, wie Christus mit zweien Jüngern am Tisch sitzet, von **Titiano.**
„ 83 Ein kleines Landschäfftl, von **Fouquiers.**
„ 84 Ein Meerhafen, von **Feldens** (v. d. Velde).
„ 85 Ein Mannskopf.
„ 86 Ein Portrait in Oval, von **Antonio Moro.**
„ 87 Ein Mannskopf, von **Titiano.**

J.

„ 88 Ein Feldschlacht, von **Schönfeld.**
* „ 89 Die Creütz Tragung, von **Tintoret.**
„ 90 Ein Bataille stuck, von **Schönfeld.**
* „ 91 Ein Junges Manns-Portrait, von **Reinbrand.**
„ 92 Historiastuck aus dem Evangelio, den gerechten Hauss-Vatter vorstellend, von **Quintin Masais** (Messijs).
* „ 93 Des **Reinbrand** Contrafait, von ihme selbst gemahlt.
„ 94 Ein Mannskopf, von **Francisco Floris.**
„ 95 Ein Manns-Portrait in Oval, von **Antonio Moro.**
„ 96 Ein Mannskopf.

K.

„ 97 Ein kleines Manns-Portrait.
„ 98 Der Heilige Joannes, von **Francisco Floris.**
„ 99 Der Heilige Sebastianus, von **Johann Wellin** (Bellino).
„ 100 Der Heilige Thadaeus, von **Francisco Floris.**
* „ 101 Ein kleines Weibs-Portrait, von **Holbein.**
„ 102 Ein Mannskopf.
* „ 103 Ein Ovalstuck worauf ein Philosophus mit einem Buch in der Hand, von **Spaniolet,**
„ 104 Ein kleines Manns-Portrait, von **Kranach.**

L.

„ 105 Der Heilige Andreas, von **Francisco Floris.**
* „ 106 Ein Junges Manns-Portrait, von **Albrechtirer** (jetzt als **Holbein.**)
„ 107 Der Heilige Matthaeus, von **Francisco Floris.**
* „ 108 Der Heilige Rochus, von **Joanne Wellin** (Bellino).
„ 109 Ein kleiner Mannskopf, von **Christof Amberger.**
„ 110 Ein Mannskopff.
„ 111 Ein Manns-Portrait in Oval, von **Spagniolet.**
„ 112 Ein Mannskopf.

M.

„ 113 Ein Marquetanderstuck von **Prigora.** (?)
* „ 114 Ein Junges Manns-Portrait mit einer Beckel-Hauben, vom **Jungen Palma** (Gaston de Foix, von Palma vecchio).
„ 115 Das israelitische Volk, von **Wadl** (?).
„ 116 Ein Manns-Portrait, von **Van Dyck** (Marquis de Moncada).
„ 117 Eine Bauern Conversation, von **Martin Cleff.**
* „ 118 Ein Manns-Portrait, von **van Dyck** (König Carl I. von England).
„ 119 Ein kleines Manns-Portrait, von **Albrechtirer.**
„ 120 Ein geharnischter Mann in Oval, von **van Dyck.**
„ 121 Ein Mannskopf.

N.

„ 122 Ein stuck worauf David mit dem Haupt Golliat, von **Nicolas Poussin.**
„ 123 Ein Gartenstuck, von **Laix.**
„ 124 Ein stuck, eine Huldigung vorstellend, von **Nicolaus Poussin.**
* „ 125 Ein Manns-Portrait, von **Antonio Moro.**
„ 126 Die Adultra, vorgestellet von **Julio Romano.**
* „ 127 Ein Frauen-Portrait, von **Antonio Moro.**
„ 128 Ein kleiner Mannskopf, von **Christoph Amberger.**
„ 129 Ein Oval Portrait, von **Franz Floris.**
„ 130 Ein kleines Manns-Portrait, von **Tintoret.**

O.

Nr. 131 Ein Cabinetsstuck mit unterschiedlichen Armaturen, von Laix.
* „ 132 Ein sitzendes Weibsbild, von Joanne Wellin (Bellino).
„ 133 Ein Cabinetsstuck, von Laix.
„ 134 Ein stuck worauf unterschiedliche Kriegs-Armaturen, von Prigl (Brueghel?).
„ 135 Ein stuck wie sich das Israelitische Volk gelägert, von Rottenhammer.
„ 136 Ein Stuck, worauf unterschiedliche Fisch, von Prigl (Brueghel?)
„ 137 Item ein stuck von allerhand Fögl, von deto Meister.
„ 138 Ein Landschafft mit unterschiedlichen Früchten, deto Meister.
„ 139 Ein kleiner Mannskopf, von Carpione.
„ 140 Ein Manns-Portrait in Oval, von van Dyck.
„ 141 Ein kleiner Mannskopf, von Giorgone (Giorgione).

P.

„ 142 Ein Cabinetsstuck mit unterschiedlichen Schausspeisen, von Laix.
* „ 143 Ein stuck worauf Adam und Eva, von Paduanino.
„ 144 Ein stuck mit musicalischen Instrumenten, von Laix.
* „ 145 Ein Mannsköpfl, von Lucas Kranach.
„ 146 Ein Weibsköpfl, von Palma Vecchio.
„ 147 Ein Marquetanterstuck, von Rubens.
„ 148 Ein Mannsköpfl, von Palma Vecchio.
„ 149 Ein Weibs-Portrait, von deto Meister.
* „ 150 Der Heilige Hieronymus, von Quintino Massais (Messijs).
„ 151 Der Heilige Petrus, von Guido Rehni.
* „ 152 Ein kleiner Mannskopf, von Gay (jetzt als Mireveldt).
„ 153 Ein Oval-Portrait, von Georg Pens.
* „ 154 Ein Mannsköpfl, von Holbein.

Q.

* „ 155 Die Tauf Christi in dem Jordan, von Joachim Patenier.
* „ 156 Die Samaritanin bei dem Brun, von Hanibal Caragio (A. Carracci).
„ 157 Die Heilige Ursula mit ihrer Gesellschaft, von Prigora (?)
* „ 158 Ein kleines Manns-Portrait, von Lucas Kranach.
* „ 159 Ein kleines Weibs-Portrait, von Joanne Holbein.
„ 160 Adam und Eva, von Paul Verones.
* „ 161 Ein kleines Manns-Portrait von Albrechtirer.
* „ 162 Ein deto kleines, von Lucas Kranach.
„ 163 Ein Manns-Portrait, von Joanne Holbein.
* „ 164 Ein stuck worauf zwey ringende Männer, von Giorgone (Luscius).
„ 165 Ein Mannskopf, von Paris Pourdon (Bordone).
* „ 166 Ein Oval-Portrait, von Rubens (Rubens eigenes Bildniss.)
* „ 167 Ein Mannskopf von Dülten (das Bildniss van Dijcks, von Hanemann.)

R.

„ 168 Ein stuck worauf der Samaritan, von Passano.
„ 169 Ein Frauenbild mit dem Kindl, von Paul Verones.
„ 170 Die Geburt Christi, von Passan.
„ 171 Ein Frauenbild, von Leonharto da Vinci.
„ 172 Ein gross stuck worauf Christus mit seinen Jüngern, von Titiano.
„ 173 Ein Frauenbild, von Johann Hemsen (Hemessen).
„ 174 Ein kleiner Mannskopf, von Bochsberger.
„ 175 Ein Oval-Portrait, von Carpione.
„ 176 Ein kleiner Mannskopf, von Tintoret.

S.

„ 177 Ein Frauenbild, von Palma Vechio.
* „ 178 Der Heilige Hieronymus, von Quintino Massais.
* „ 179 Ein Frauenbild, worauf die Heilige Catharina und Barbara, von Paulo Verones.

Nr. 180 Der Heilige Nicolaus, von Tintoret.
* „ 181 Die Heiligen drey König von Paulo Verones.
* „ 182 Der Heilige Joannes der Tauffer, von Johann Wellin (Bellino).
* „ 183 Ein kleiner Mannskopf, von Titiano (Tiziano's eigenes Bildniss).
„ 184 Ein Oval Portrait, von Antonio van Dyck.
„ 185 Ein kleiner Mannskopf, von Tintoret.

T.

„ 186 Der Heilige Johannes der Tauffer, von Michel Angelo.
* „ 187 Ein stückl worauf ein Kindl mit einem Casconetl (Tamburin) von Titiano.
„ 188 Ein stückl, worauf ein Leyrer, von do Vautiers.
„ 189 Ein alter Mann, von Wilhelm Gay.
„ 190 Ein Salvator, von Titian.
„ 191 Ein Viehstückl, von Habrecht (?).
„ 192 Ein kleiner Mannskopf, von Bachmann.
„ 193 Ein Manns-Portrait in Oval, von Tintoret (Ein Doge).
„ 194 Ein Mannskopf, von Spaniolet.

V.

„ 195 Die Herodias mit dem Haubt Joannis, von Leonardo da Vinci.
„ 196 Der heilige Stephanus, von Paulo Verones.
* „ 197 Die Heilige Magdalena, von Furino (Tancreda).
„ 198 Die Heilige Margaretha, von Veti di Mantua (Dom. Feti).
* „ 199 Mehr die Heilige Magdalena, von Caniagi (Cambiasi).
„ 200 Der Heilige Dominicus, von Carlo Dolce.
„ 201 Ein kleiner Mannskopf, von Spilberger.
„ 202 Ein Oval-Portrait, von van Dyck.
„ 203 Ein kleiner Mannskopf, von Antonio Moro.

Dritter Gang.

W.

„ 204 Ein stuck wie Christus die Kranken gesund macht, von Orente (Oriente).
* „ 205 Der Heilige Johannes, von Palma Vechio.
„ 206 Ein Vesperbild, von Tintoret (Eine Pietà).
„ 207 Die Heilige Catharina, von Titiano.
* „ 208 Christus der Herr mit seinen Aposteln in der Martha Haus, von Paolo Verones. (Heilung der Gichtbrüchigen.)
„ 209 Ein Weibsbild mit dem Degen in der Brust, von Palma junior.
„ 210 Ein Kopf, von Christoph Amberger.
„ 211 Ein Manns-Portrait in Oval, von Tintoret.
„ 212 Ein Mannskopf, von deto Meister.

X.

* „ 213 Ein altes Manns-Portrait von Johann Holbein. (Dr. Chambers.)
* „ 214 Eine Mayrschaft, von David Teniers.
* „ 215 Item eine Mayrschafft von dito Meister.
* „ 216 Ein Junges Weibsbild von Johann Holbein. (Cath. Seymour.)
* „ 217 Eine alte Frau, von van Dyck.
* „ 218 Ein geharnischter Mann, von deto Meister.
* „ 219 Ein Weibsbild, von deto Meister.
„ 220 Ein Mannskopf, von Martin de Voss.
* „ 221 Ein Oval-Portrait, von van Dyck.
„ 222 Ein Mannskopf, von Titian.

Y.

* „ 223 Die Heiligen Drei Könige, von Leandro Bassan.
* „ 224 Der Heilige Jacobus, von Titiano.
* „ 225 Ein Frauenbild mit dem Kindl, Heiligen Joseph und Joanne, von Chiavone (Schiavone).

Nr. 226 Ein alter Mann mit einem Buch, von Gorgone (Giorgione).
* „ 227 Ein Historistück, die Ehebrecherin vorstellend, von Titiano.
* „ 228 Die Enthaubtung Holoferni, von Carlo Venetiano (Carletto Cagliari).
„ 229 Ein Mannskopf, von Titiano.
* „ 230 Ein Oval-Portrait, von deto Meister. (Der Arzt il Parma.)
„ 231 Ein Mannskopf, von deto Meister.

Z.

* „ 232 Ein stuck wie Jacob mit Weib und Kindern dem Esau zu Füssen fallet, von Rubens.
* „ 233 Eine Seefahrt, von Willarts (Willaerts).
„ 234 Ein stück worauf der Eneas, von Rubens.
* „ 235 Eine Blinderung, von Bauersmann (Wouvermans).
* „ 236 Ein stuck worauf die drey Gratien, von Langen jan. (Mercur und Herse.)
„ 237 Ein Stall, von Savary und Teniers.
„ 238 Ein alter Mannskopf, von Spaniolet.
* „ 239 Ein Bachus mit einem Glass, von Daln (Daalen).
* „ 240 Ein Mannskopf, von Hanns van Ach (jetzt als Spranger).
* „ 241 Ein Oval-Portrait von van Dyck.
„ 242 Ein Mannskopf, von Kössl (Kessel).

AA.

„ 243 Ein stuck worauf der Moysis, von Leandro Bassan.
„ 244 Ein Weibsbild in der Hand ein blumen haltend, von Palma Vechio.
„ 245 Ein Jagtstuck von Jacob Bassan.
* „ 246 Ein sitzender Mann nebst einem jungen Knaben, von Tintoret.
* „ 247 Der verlohrne Sohn von Guercin Dacento.
* „ 248 Eine Frau mit einem Knaben, von Pietro de la Vechia.
* „ 249 Ein Mannskopf von Tintoret. (Tintoretto's Bildniss.)
„ 250 Ein Manns-Portrait in Oval, von deto Meister.
* „ 251 Ein Mannskopf, von deto Meister.

BB.

„ 252 Ein Landschafft, von Paul Bril.
„ 253 Ein kleines Manns-Portrait, von Gerhart van Bruck. (Brügge?)
„ 254 Ein kleines Frauen-Portrait mit einem Rosenkranz in der Hand von deto Meister.
„ 255 Ein Winter Landschafft, von Heysch.
„ 256 Eine sitzende Frau, von van Dyck.
* „ 257 Abraham mit seinem Sohn Isak, von David Teniers.
* „ 258 Ein geistlich Frau, von van Dyck. (Erzherzogin Clara Eugenia).
„ 259 Ein Mannskopf, von Rubens.
* „ 260 Ein Mannskopf in Oval, von van Dyck.
„ 261 Ein Mannskopf, von Rubens.

CC.

* „ 262 Ein Götterbanquet mit nackenden Weibern, von Tintoret (der Parnass.)
„ 263 Eine Venetianische Frau in einem weyssen Kleyd, von Palma Senior.
* „ 264 Ein Histori, wie ihrer etliche eine Frau verbrennen wollen, von Bassan (die Thamar).
* „ 265 Ein Manns-Porträt mit einem Mohrn, von Titiano.
„ 266 Ein nackendes Weibsbild, wobey der Cupido den Spiegel vorhaltet, von Titiano.
„ 267 Ein Manns Portrait, von Titiano.
„ 268 Ein Mannskopf von Andreas Chiavone (Schiavone).
* „ 269 Ein Oval Portrait, von Titiano. (Friedrich von Sachsen).
* „ 270 Ein Mannskopf von Tintoret.

DD.

* „ 271 Ein staffirte Landschafft, von Heysch und Ossenbeck (jetzt als J. Both).
* „ 272 Ein Vesperbild, von van Dyck.
„ 273 Ein Landschafft von Mathias Brül. (?)
„ 274 Ein Christus mit dem Creutz, von Rubens.

Nr. 275 Ein staffirtes Landschäfftl, von Finkenbaum.
* „ 276 Vier Kinder mit einem Lämpl spielend, von Rubens.
„ 277 Ein kleines Landschäfftl, von Finkenbaum.
* „ 278 Eine Judit, von Paduanino.
„ 279 Ein Mannskopf, von Rubens.
* „ 280 Ein Manns-Portrait in Oval, von van Dyck. (Graf v. Montfort.)
* „ 281 Ein Mannskopf, von Rubens.

EE.

„ 282 Ein stuck worauf der bösse Feind unkraut unter den guten Samen säet, von Rottenhamer.
„ 283 Ein Nachtstück, von Jacob Bassan.
„ 284 Ein Frauen-Portrait, von Franz Floris.
* „ 285 Eine Lucretia, von Titiano.
„ 286 Ein stuck worauf zwey Kindl, nach Coregio.
* „ 287 Der Abraham wie er die Agar mit dem Sohn Ismael von sich verstosst, von Luca Jordano.
„ 288 Ein Mannskopf, von Palma junior.
„ 289 Ein Manns-Portrait in Oval, von Titiano.
„ 290 Ein Mannskopf, von Tintoret.

FF.

* „ 291 Ein Knab mit einem Liecht und einem Hund, von Cele. (?)
* „ 292 Ein Mägdl-Portrait mit einem bixl in der Hand, von Palma Vechio.
„ 293 Ein aus dem Ovidio vorgestellte Hex, nach Coregio.
„ 294 Ein Venus, nach Coregio.
„ 295 Ein nackendes Kind mit einem Pfeifl, von Rubens.
* „ 296 Ein Knäbl mit einem Hund, von Paulo Verones.
„ 297 Ein Mannskopf, von Amberger.
„ 298 Ein Manns-Porträt in Oval, von Titiano.
„ 299 Ein venetianischer Kopf, von Tintoret.

Verzeichnuss der kleinen bildern welche sich unter denen Fenstern eingemachter befinden:

„ 300 Ein See-Haffen, von Eysenmann.
„ 301 Ein Sabiner-Raub, von Schwarz.
„ 302 Ein Landschäfftl von Mamibert (Momper?)
„ 303 Ein Winterlandschäfftl von Hecke.
„ 304 Ein Bataille, von Castil. (Castiglione?)
„ 305 Ein Meerstuck, von Nefens. (?)
„ 306 Ein Landschäfftl, von Fästenberger (Feistenberger).
„ 307 Ein deto Companion.
„ 308 Die Antrometa, von Feti di Mantua.
„ 309 Ein Meersturm, von Feldens (v. d. Velde?)
„ 310 Ein Landschäfftl, von Fästenberger.
„ 311 Ein deto Companion.
„ 312 Ein Landschäfftl von Baussin (Poussin?).
„ 313 Der Engel mit dem Tobiae, von Paulo Verones.
„ 314 Die Eyropa auss dem Ovidio, von Titiano.
„ 315 Ein Bauernstückl, von Picterquast (Pieter Quast).
„ 316 Der Heilige Hieronymus, von Bouditz.
„ 317 Eine Feuersbrunst, von Höcke.
„ 318 Eine Conversation, von Nicola Hoy.
„ 319 Die Geburt Christi, von Andrea Chiavone.
„ 320 Die Susanna, von Jacob Männl.
„ 321 Ein Marquetanterstückl, von Höcke.
„ 322 Ein Nachtstückl, von Peters.
„ 323 Ein altes Gebäu, von Woyck (Wijck?).
„ 324 Die Erfindung (Auffindung) eines Grabes, von Mariencho. (?)
„ 325 Der heilige Hieronymus, von Deysen. (?)

Nr. 326 Ein Feldschlächtl, von Berameder (Palamedes).
„ 327 Ein Frauenbild, von Badinier. (Patenier?).
„ 328 Der König Saul wie er den David verfolget, von Bassan.
„ 329 Der David mit dem Haubt Holoferni, von deto Meister.
„ 330 Der alte Tobias wie er die Todten begrabt, von Veti di Mantua (Dom. Feti).
„ 331 Ein deto Companion.
„ 332 Ein Landschäfftl, von Fabrici.
„ 333 Ein Landschäfftl, von Vite. (Peter de Witte?)
„ 334 Ein Brandt Opfer, von Bassan.
„ 335 Christus der Herr am Ölberg, von Michel Angelo. (Marco Venusti. Mech. Cat. S. 47. Nr. 26.)
„ 336 Eine Seefahrt, von Feldens (v. d. Velde).
„ 337 Ein deto Companion.
„ 338 Ein Bataille von Dombest. (Tempesta?)
„ 339 Ein deto Companion.
„ 340 Ein Landschäfftl, von Fästenberger.
„ 341 Ein deto Companion.
„ 342 Ein stückl worauf blinde Betler, von Feti di Mantua.
„ 343 Ein Landschäfftl worauf ein Mannsbild mit einem Weib, von Giorgone.
„ 344 Ein Landschäfftl, von Finkenbaum.
„ 345 Ein deto Companion.
„ 346 Ein Dianabaad, von Rottenhammer.
„ 347 Ein Landschäfftl mit nackenden Figuren, von Resler. (?)

Specification

Deren in dem Schwartzen Cabinet sich befindenden Bildern und anderen Statuen, als Curiositäten, welche in denen Kästen alles nach denen Numeris angezaiget.

Anno **1730.**

Nr. 1 Ein grosses Stuck in Plafon, von Cavalier Libri.
„ 2 Ein Manns-Portrait, von Tintoret.
„ 3 Ein alter Mann mit einem becher, von Perosin (Pietro Vannucci?).
„ 4 Ein Weibs-Portrait, von Paul Verones.
„ 5 Ein alter Mann mit einem jungen Magdl, von Tintoret.
„ 6 Ein Manns-Portrait, von Tintoret.
„ 7 Ein Vorstellung Christi, von Josepho Aribino (Giuseppe d'Arpino).
„ 8 Ein Manns-Portrait von Tintoret.
„ 9 Ein Mutter-Gottesbild, von Michael Angelo da Caravagio. (M. Cat. S. 58. Nr. 30.)
„ 10 Ein Manns-Portrait von Kössel.
„ 11 Ein Weibs-Persohn sammt einem Kind, von Denneff. (?)
„ 12 Ein Manns-Portrait, von Tintoret.
„ 13 Ein alter Mann mit einem Buch, von der Vaudirs. (Wouters, Frans, St. Joachim. Vgl. M. C. S. 136. Nr. 4.)
„ 14 Ein Manns-Portrait, von Carpioni.
„ 15 Ein Mann mit einem Degen, von Pietro de la Vecchio. (Der sogenannte Bayard. M. Cat. S. 72. Nr. 18.)
„ 16 Ein Weibsbild, von Paul Verones.
„ 17 Ein Stuck worauf die Lucretia, von Titian. (M. Cat. S. 28. Nr. 52.)?)
„ 18 Ein Stuck worauf drey Figuren sambt einem Kind, von Titian. (Vgl. M. Cat. S. 23. Nr. 26 u. 27.)
„ 19 Ein nackendes Weibsbild von Vorino. (?)
„ 20 Ein alter Mann mit einer Lilien in der Hand, von Vaudiers. (St. Joseph. Brustbild von Wauters. S. Mech. Cat. S. 186. Nr. 5.)
„ 21 Ein grosses Stuck in Plafon, eine Dedication vorstellend, von Dulden. (Triumph der niederl. Provinzen. Mech. Cat. S. 137. Nr. 12.)
„ 22 Ein Blumenstückl, von Neck.
„ 23 Ein deto Stückl, von Neck.

Nr. 24 Mehr ein Blumenstückl, von deto Meister.
„ 25 Item ein Blumenstückl, von deto Meister.
* „ 26 Ein Frauenbild mit Kindlen, welche einen Blumen Crantz halten, von Cornelio Schut. (M. C. S. 99. Nr. 23.)
„ 27 Ein Blumenstückl, von Antonio Bahr.
„ 28 Ein dergleichen, von deto Meister.
* „ 29 Ein stuck worauf ein Kreps und ein Bocal-Glass.
„ 30 Ein stuck worauf ein glass mit Blumen und Weinfaltern, von Antonio Bahr.
„ 31 Ein Frauenbild, mit Blumen, von Gerharto Secher. (Vgl. M. Cat. S. 133. Nr. 36.)
„ 32 Ein stuck worauf ein Schalen mit Pomeranzen und goldenen Bocal auf einen grienen depich, von Joann de Hem.
* „ 33 Der Reinbrand in einen Blumen Cranz. (M. Cat. S. 91. Nr. 32.)
„ 34 Ein Blumenstuck mit einer Landschafft, ober der Thür, von Antonio Bahr.
„ 35 Ein Früchtenstückl, von Antonio Bahr.
„ 36 Ein Blumenstückl, von deto Meister.
* „ 37 Ein gross Fruchtstuck, mitten ein Kölch mit der Hostia, von Joann de Hem. (M. Cat. S. 129. Nr. 23.)
„ 38 Ein Blumenstückl von Antonio Bahr.
„ 39 Item ein Blumenstückl, von deto Meister.
„ 40 Ein Fruchtstuck worauf Austern und ein Bocal, von der Vicentina. (?)
„ 41 Ein Fruchtstück, worauf ein Schallen mit Erdbör, von Joann de Hem.
„ 42 Ein Blumen Cranz, worinnen das Contrafait des Erzherzogs Wilhelm, von Pietro Fiore.
„ 43 Ein Blumenstuck mit einem Weibs Contrafait, von Däniel Secher (Seghers).
„ 44 Ein Festona mit Blumen und blauen Bändern eingeflochten, von Kessel.
„ 45 Ein Blumen Cranz mit blauen Bändern zusamen gebunden, worinnen ein Kölch mit der Hostia, von Secher.
„ 46 Ein Stuck worauf ein Bocal und Früchten auf einen roten depich und ruckwerts ein Landschäfftl, von Höcke.
„ 47 Ein stuck, worauf ein Blumenstock, von Brügl.
„ 48 Ein stuck worauf unterschiedliche Früchten, nebst einem Kirbes, von Carlo Fiore.
„ 49 Ein Blumenstuck mit einer grossen Sonnenblumen, von der Maria von Ostrowitz.
„ 50 Ein Blumenstückl, von Höcke.
„ 51 Ein kleines stückl, worauf ein Glass mit Blumen, von de Hem.
„ 52 Ein kleines Ovalstückl, worauf ein Krügel mit Blumen, von Brügl.
„ 53 Ein kleines stückl, worauf ein Glass mit vier Rosen, von Bahr.
„ 54 Ein stückl worauf ein Glass mit Blumen und ein Vogl, von Brügl.
„ 55 Ein Ovalstückl worauf ein Glass mit Blumen, von Bahr.
„ 56 Ein Festonastück mit Früchten.
„ 57 Ein stück worauf ein Bocal von Borcelan mit einem goldnen Döckl und zwey Weingläsern, von Langenbühr. (P. van Artsens.)
„ 58 Ein Festonastuck von allerhand Blumen.
„ 59 Ein stuck worauf ein goldener Bocal und ein Kreps, von Kelmann.
„ 60 Ein stuck ober der grossen Vaso in Bogen mit Blumen und Früchten.
„ 61 Ein Festona in Oval mit Blumen und Früchten.
„ 62 Ein stuck worauf unterschiedliche Früchten in einem Korb, sambt einer Kandel, von Höcke.
„ 63 Ein Klein rundes stückl worauf ein Glass mit Rosen, von Secher.
„ 64 Ein deto Stückl mit Blumen, von Brügl.
„ 65 Ein Stuck worauf Weintrauben und andere Früchten in einem Geschier auf einen Tisch, von de Hem.
„ 66 Ein Festona in Oval mit Blumen und Früchten.
„ 67 Ein stuck worauf ein Körbl mit unterschiedlichen Blumen, von Neck.
„ 68 Ein klein rundes Festona-Stückl mit Rosen, von Secher.
„ 69 Ein deto kleines worauf ein Krügl mit Blumen, von Brügl.
„ 70 Ein stuck worauf Weintrauben und andere Früchten, von der Rachael Rusch.
„ 71 Ein stuck ober der grossen Vaso in bogen, mit Blumen und Früchten, von Neck.
„ 72 Ein Festona mit Blumen und Früchten.
„ 73 Ein stuck mit astrologischen sachen von der Maria von Ostrowitz.
„ 74 Ein Festona mit Blumen und Früchten.
„ 75 Ein geschier mit Blumen von Carlo Fiore.
„ 76 Der Heilige Leopoldus in einen Blumen Cranz, von Gerharto Secher.
„ 77 Ein Blumenstock, von der Vicentina.
„ 78 Ein Fruchtstückl mit Pfersen, von de Hem.
„ 79 Ein stuck worauf ein Glass mit Blumen, von Bahr.
„ 80 Ein stuck mit unterschiedlichen Kirbes, von Ehrnberg.
„ 81 Ein Früchtstückl mit Lemoni undt Zwespen, von de Hem.

Nr. 82 Ein stuck, worauf ein glass mit Blumen, von Höcke.
„ 83 Ein grosses Frauenbild mit dem Kindl, woran Paul Voss, de Hem, Secher und David Teniers gearbeitet.
„ 84 Ein Festona mit Blumen und Früchten.
„ 85 Ein Blumenstuck mit Früchten, von Fiore.
„ 86 Ein Festona mit Blumen und Früchten.
„ 87 Ein Blumenstock, von der Vicentina.
„ 88 Der Herzog Wilhelm in einem Blumen Crantz, von Bahr.
„ 89 Ein stuck mit Weintrauben und Blumen, von Vicentina.
„ 90 Ein Fruchtstückl mit Weintrauben, von Neck.
„ 91 Ein stuck worauf ein Glass mit dulipänen, von Höcke.
„ 92 Ein Fruchtstück worauf auch ein Lautten, vou Sains. (?)
„ 93 Ein stückl worauf ein schallen mit Weintrauben, von Neck.
„ 94 Ein Blumenstückl, von Antonio Bahr.
„ 95 Ein Manns-Portrait in Oval, von Tintoret.
* „ 96 Ein Muttergottesbild mit dem Kindl und andern Heiligen ober dem grossen Vaso, von Johann Bellin. (Vgl. Mech. Cat. S. 7. Nr. 16.)
* „ 97 Ein Venetianischer Dogii in einen bölz, von Tintoret.
* „ 98 Der Heilige Hieronymus, von Rubens. (M. Cat. S. 119. Nr. 12.)
„ 99 Ein alter Philosophus mit einem Buch in der Hand, in Oval, von Bachmann.
* „ 100 Ein Manns Portrait, von Christoph Amberger.
* „ 101 Ein grosses stuck, worauf des Rubens seine Frau mit einem schwarzen böltz umgeben und auf einen roden depich stehend, von ihme selbsten ab Contrafait. (M. Cat. 118. Nr. 6.)
* „ 102 Ein Venetianischer Dogii in einen sessel sitzend, von Robusti.
„ 103 Ein Frauenbild mit dem Kindl und Heiligen Joannes, ober dem grossen Vaso, von Titiano.
„ 104 Ein Manns Portrait in Oval, von Tintoret.
„ 105 Ein grosses stuck worauf die Heilige Magdalena in der Wüsten, von Lugesi (Luchesi?)
„ 106 Ein alter Mannskopf in einen roden Kleid von Rubens. (M. Cat. S. 119. Nr. 11.)
„ 107 Ein Manns Portrait in einem schwarzen Kleid, in Oval, von Tintoret.
* „ 108 Ein Magdalena Kopf, von van Dick. (M. Cat. S. 109. Nr. 24.)
„ 109 Ein Frauen-Portrait, von Knöller.
„ 110 Des Erzherzogs Wilhelm Portrait, von Höcke.
„ 111 Der Heilige Sebastianus, von Joann Welin.
„ 112 Ein Mannskopf von Reinbrand.
* „ 113 Der David mit Haubt Golliat, von Michel Angelo de Caravagio. (M. C. S. 52. Nr. 6.).
„ 114 Ein stuck auss dem Ovidio, wie die Syrings von dem Ban angefochten wird, von Monreal.
* „ 115 Ein stuck auss dem Ovidio, von Baris Pourdon. (Amor der zwei Liebende krönt. M. Cat. S. 9. Nr. 27.)
* „ 116 Ein stuck worauf der Loth mit seinen zwey Töchtern von Quintino Massais. (Johann Messijs, Mech. Cat. S. 159. Nr. 38.)
„ 117 Der Heilige Bartholomeus, von Luca Jordano.
* „ 118 Ein stuck aus dem Ovidio, worauf der ertrunkene Leander, von Gillis. Bacariel. (Cornel. Schut. Mech. Cat. S. 96. Nr. 12.)
„ 119 Das Contrefait des Erzherzogs Wilhelm, von Höcke.
„ 120 Ein stuck worauf ein Weibsbild mit einem Spiegel und einer waag in der Hand, von Nef.
„ 121 Ein Portrait des Herzogs von Aln. (Aulne?)
„ 122 Ein Weibs-Portrait, von Leonardo da Vinci.
„ 123 Der Heilige Franciscus, in Oval, von Baudiz.
„ 124 Ein Histori ober den grossen Vaso, von Andrea Schiavone.
„ 125 Ein Frauen Portrait, von Paul Verones. (Catharina Cornaro.)
„ 126 Ein Portrait eines Geistlichen, von Amberger.
* „ 127 Ein Portrait eines Erzherzogs von Österreich, in Oval, von Laix (Leux).
„ 128 Ein Mannskopf, von Remp (etwa Rembrandt?).
* „ 129 Ein Savoyischer Printz, von Vandick. (Prinz Carl Ludwig v. d. Pfalz, M. Cat. S. 105. Nr. 7.)
„ 130 Ein Frauen-Portrait, von Tintoret.
* „ 131 Ein grablegung Christi ober den grossen Vaso, von Lotti. (M. Cat. S. 70. Nr. 11.)
* „ 132 Ein Savoyischer Printz, von Vandick. (Prinz Ruprecht v. d. Pfalz. M. Cat. S. 105. Nr. 8.)
„ 133 Ein Manns-Portrait, in Oval, von Titiano.
„ 134 Ein Cardinals-Portrait, von Laix.
„ 135 Ein Manns-Portrait, in Oval, von Speckhart. (?)

Nr. 136 Ein alter Mann, von Reinbrand.
* „ 137 Der Heilig Petrus, von Quitoreno (Guido Reni). (M. Cat. S. 55. Nr. 17.).
„ 138 Ein Mägdl mit einen bürtl holtz unter den arm, von Böck.
* „ 139 Ein Contrafait eines Geistlichen, von Bassan. (M. Cat. S. 76. Nr. 35.)
* „ 140 Ein grosses Stück worauf ein Schweins Jagt, von Rubens. (M. Cat. S. 112. Nr. 7.)
„ 141 Ein Mannsbild mit einem Affen, von Tintoret.
* „ 142 Ein Kopf des Heiligen Andreae, von Rubens. (M. Cat. S. 112, Nr. 5.)
„ 143 Zwey Apostlköpf auf einen stuck, von Rubens.
* „ 144 Ein Manns-Portrait, von David Deniers. (M. Cat. S. 124. Nr. 4.)
* „ 145 Ein grosses Stuck, worauf der Erzherzog Wilhelm zu Pferd sitzend, von Höcke. (M. Cat. S. XII.)
„ 146 Ein Frauen-Portrait, von Sandrart.
* „ 147 Ein Mannskopf, von Rubens. (Vgl. M. Cat. S. 112. Nr. 4.)
* „ 148 Ein Frauen-Portrait, von Vandick.
* „ 149 Ein alter Mannskopf, von Rubens. (Vgl. M. Cat. S. 119. Nr. 11.)
* „ 150 Ein grosses stuck worauf zwey Erzherzogen einen Frieden schliessen, von Rubens. (S. M. Cat. S. 113. Nr. 9.)
„ 151 Der David mit dem Haubt Golliat, von Feti di Mandova.
„ 152 Ein bettlbub, von Böck. (Vermuthlich der in den früheren Verzeichnissen vorkommende „gefrorne Bettelbub“?)
„ 153 Ein Frauen-Portrait von Holbein.
* „ 154 Ein grosses stuck in Blatfond eine Kaiserliche Krönung vorstellend, von Erasimo Quellin.
* „ 155 Ein Rauberstuck, von David Denirs. (M. Cat. S. 124. Nr. 6.)
* „ 156 Der Heilige Lucas, von Altgraf. (M. Cat. S. 255. Nr. 78.)
„ 157 Die Geburth Christi, von Rottenhamer.
* „ 158 Ein Bauern Kirtag, von David Denirs. (M. Cat. S. 124. Nr. 5.)
„ 159 Ein Götter Banquet, von Johann Stradan.
* „ 160 Ein Historiastuck auss der Heiligen Schrifft, von Martino Lind. (Pet. van Lint. S. M. C. S. 87. Nr. 11.)
* „ 161 Ein Baurenstückl von Grassböck. (M. Cat. S. 97. Nr. 17.)
„ 162 Ein Philosophus, von Reinbrand.
„ 163 Ein stückl, worauf Bauren musiciren, von Dornflet.
„ 164 Ein stückl worauf ein Plessirter, von Gerhardo Dow. (Nicht mehr vorhanden, blieb wahrscheinlich in Paris. S. Mech. Cat. S. 215. Nr. 52.)
„ 165 Ein Frauenbild mit vielen Englen, von Balen.
„ 166 Ein deto stuck, von Balen und Brügl.
* „ 167 Der Adam, von Baduanino.
„ 168 Die Idultra, von Caragio.
„ 169 Die Eva, von Paduanino.
„ 170 Der Heilig Joannes Baptista, von Palma junior.
„ 171 Die Heilige Magdalena, von deto Meister.
„ 172 Der Jonnas, von Lucas Kranach.
„ 173 Ein Frauenbild, von Politor.
„ 174 Ein deto Frauenbild, von Schut.
„ 175 Ein Schiza das Leyden Christi vorstellend, von Antonio Correggio.
* „ 176 Elisabethae Heimsuchung, von Friderico Barozio.
„ 177 Ein Ovidisches stückl, von Verogio.
„ 178 Ein dergleichen stückl, von deto Meister.
„ 179 Christus am Ölberg, von Michael Angelo.
„ 180 Die Grablegung Christi, nach Coregio.
* „ 181 Eine Schiza aus dem Evangelio, nach Coregio. (Christus treibt die Verkäufer aus dem Tempel. Mech. Cat. S. 61. Nr. 9.)
„ 183 Ein kleines stückl aus dem Evangelio, nach Raphael.
„ 184 Ein Frauenbildt, von Zuckharo.
* „ 185 Ein geburth Christi, von Barozio. (Mech. Cat. S. 73. Nr. 30.)
„ 186 Ein geisslung Christi, von Schwartz.
„ 187 Ein Marquetanterstuck, von Nicolao von Eyck. (?)
„ 188 Ein geisslung Christi, von Palma junior.
* „ 189 Ein Mayrschafft, von Bassano. (M. C. S. 80. Nr. 53.)
„ 190 Ein Frauenbild, nach Barozio.
„ 191 Eine Bekerung Pauli, von Kranach.
* „ 192 Der Loth mit seinen zwey Töchtern, von deto Meister. (Vgl. M. Cat. S. 252. Nr. 67.)
„ 193 Das jüngste Gericht, von Michel Angelo.

Nr. 194 Die Zerstörung Jerusalem, von Bousin.
„ 195 Ein Historistückl eines Martirers, von Verones.
* „ 196 Ein stück, die Höll vorstellend, von Michael Angelo.
„ 197 Ein Dianabad, ober der Thür, von Palma Vechio.
„ 198 Die Heiligen drey König, von Titiano.
„ 199 Eine Opfferung deren Nimphen, von Paris Bourdon.
„ 200 Ein Grablegung Christi, von Bock.
* „ 201 Die Samaritanin bey dem Brun, von Raphael. (Raphaels Schule)
„ 202 Die Adultra, von Kranach.
* „ 203 Ein stuck worauf ein fogl schössen, von David Deniers, (M. Cat. S. 132. Nr. 34.)
„ 204 Ein Grablegung Christi, von Verogio.
„ 205 Das Judicium Paridis, von Rottenhamer.
* „ 206 Die Musen, von Palma junior. (In M. Cat. S. 75. Nr. 32 als Tintoretto.)
* „ 207 Die Verurtheilte Susana, von Passano. (Thamar. M. Cat. S. 69. Nr. 8.)
* „ 208 Ein stuck auss dem Evangelio, von Cariani. (Magdalena vor Christus. In M. Cat. S. 75. Nr. 31 als Giorgione eingeführt.)
* „ 209 Der Heilige Hieronymus, von Altgraf.
„ 210 Die opfferung der Heiligen drey König, von Lucas Kranach.
* „ 211 Ein grosses stuck, worauf Gladiateurs, von Julio Romano. (M. Cat. S. 34. Nr. 13.)
„ 212 Die Tödtung der unschuldigen Kindlein, von Rottenhamer.
„ 213 Die geburth Christi, von Andrea Schiavone.
* „ 214 Der heilige Petrus mit einem Lamen, von Bousin.
„ 215 Ein Bachus Festin, von Michael Angelo.
* „ 216 Ein stuck in Platfond worauf der Curtius, von Paulo Verones.
Item vier stuck mit Kindlen neben herum, von Strudl.
„ 217 Die Adultra, von Titiano.
„ 218 Ein Mannskopf, von Wilhelm Gay.
„ 220 Ein Mannskopf, von Palma Vechio. (Die alte Frau, von Lievens. S. M. C. S. 92. Nr. 36.)
(Die Nummern 219, 221, 222, 223 beziehen sich auf plastische Arbeiten.)
„ 224 Ein auf Stein gemahlte Charitas. (Grau in Grau.)
(NB. Alle hier fehlenden Nummern beziehen sich auf plastische Arbeiten.)
„ 226 Ein Frauenbild ober der Thür, nach Palma Vechio.
„ 227 Ein grosses Frauenbild, vom alten Lotti. (Lorenzo Lotto. M. C. S. 68. Nr. 4.)
„ 228 Ein Frauenkopf, von Moro.
„ 230 Ein Manns Portrait, von Titiano.
* „ 238 Ein Knab mit einer Weintrauben in der Hand, von Johann von Achen.
* „ 242 Ein grosses stuck worauf die Cleopatra, von Guido Canjagio. (Canlassi. M. Cat. S. 64. Nr. 24.)
* „ 246 Ein Frauenbild von Titiano. (M. Cat. S. 22. Nr. 21.)
„ 247 Ein Frauenbild, von Titiano.
„ 248 Ein Weibs-Portrait, von Moro.
„ 250 Ein Manns-Portrait, von Moro.
* „ 256 Ein grablegung Christi, von Jacobo Palma d. j.
„ 257 Ein Mannskopf, von Borbo (Porbus),
„ 259 Ein Frauen-Portrait, von Morro.
„ 266 Ein Frauenbild, von Titiano. (M. Cat. S. 30. Nr. 59.)
„ 270 Ein Manns Portrait, von Borbo.
„ 272 Ein Frauenkopf, von Palma.
* „ 278 Ein Frauenbild ober der Thür, von Palma Vechio.
„ 280 Ein Vesperbild, von Rubens. (Der todte Christus. M. C. S. 115. Nr. 20.)
„ 284 Ein Portrait eines Manns mit einer Geigen, von Giorgone.
„ 286 Ein (weibliches) Portrait von Paulo Verones.

Letztes Inventarium,

Deren in der kayserlichen Gallerie sich befindlich nachfolgenden Malereyen.

Anno 1733.

* Nr. 1 Ein gross Historien-Stuck in Blafont, die Picturam vorstellend, von Schüppen.

* „ 2 Der Heilige Hieronymus, von Quintino Massais. (Vgl. M. Cat. S. 155. Nr. 20.)

* „ 3 Das niederländische drey König-Fest, von Joachim Jordans. (M. Cat. S. 88. Nr. 15.)

„ 4 Drey scycirte Köpff auf einem Stuck, von Deyk.

* „ 5 Des Bartholomae Spranger Contrafait, von ihme selbsten gemahlt. (Vgl. M. Cat. S. 267. Nr. 9, 10.)

„ 6 Ein Manns-Kopff, von Palma Vechio.

* „ 7 Des Bartholomae Spranger seine Frau, von ihme selbsten gemahlt. (M. Cat. S. 267. Nr. 11.)

* „ 8 Drey Köpff auf einem Stuck, von Märten de Voss. (Galt später als Calcar, M. Cat. S. 25. Nr. 36, jetzt als Tiziano.)

* „ 9 Eine Frau mit gelben Haaren, von Palma Vechio. (M. Cat. S. 75. Nr. 29.)

„ 10 Ein Manns-Contrafait, von Borbos.

* „ 11 Ein Weibs-Contrafait, von Palma Vechio. (Vgl. M. Cat. S. 19. Nr. 12.)

„ 12 Ein Frauen-Bild, vom Venetianischen Pollidor.

* „ 13 Ein altes Manns-Contrafait, von Schorel. (Vgl. M. Cat. S. 168. Nr. 80.)

„ 14 Ein junges Manns Contrafait, von Titiano.

* „ 15 Eine Frau in einer alten Tracht, von Schorel. (Vgl. M. Cat. S. 168. Nr. 81.)

„ 16 Ein junger Mann, mit der Hand auf einem Buch, von Holbein.

* „ 17 Ein Historien Stuck aus dem Ovidio, mit drey schlaffenden Weibsbildern samt einem Hirten, von Rubens (M. Cat. S. 113. Nr. 10.)

* „ 18 Ein geharnischter Mann, welcher den heiligen Guilelmum vorstellet, von Johann Hembsen. (Mech. Cat. S. 164. Nr. 64.)

* „ 19 Ein alter Mann mit einer Betten in der Hand, von Albrecht Dürer. (M. Cat. S. 242. Nr. 39.)

* „ 20 Ein Lautenschlager, von Prete Genuese. (M. Cat. S. 53. Nr, 9.)

„ 21 Ein Frauenbild, von Palma Vechio.

* „ 22 Ein Historien - Stuck mit etlichen Meer-Göttern, samt einem Crocodil und Tyger, von Rubens. (Mech. Cat. S. 116. Nr. 21.)

* „ 23 Die Bega mit ihrem Gemahl Pipinus, von Rubens. (M. C. S. 114. Nr. 12.)

* „ 24 Ein Manns-Contrafait mit einer Hand schreibend, von Borbos. (M. Cat. S. 164. Nr. 61.)

* „ 25 Des Carolus Audax Contrafait, von Holbein.

* „ 26 Ein Stuck worauf Joachim und Anna, wie ihr der Engel die Schwangerschafft verkündet, von Luca Jordano.

* „ 27 Die Geburth Christi, deto Meister.

* „ 28 Die Elisabetha Heimsuchung, deto Meister.

„ 29 Der Heilige Joseph, wie ihme der Engel in Schlaff erscheinet, deto Meister.

„ 30 Die Opfferung Maria im Tempel, deto Meister.

„ 31 Der heilige Joseph, wie er stirbt, deto Meister.

„ 32 Die Vermählung Mariä, deto Meister.

„ 33 Ein Frauen-Bild mit dem heiligen Joseph, wie er in seiner Arbeit begriffen, deto Meister.

„ 34 Ein Manns-Köpffel, von Holbein.

* „ 35 Der Kayser Maximilian, von Albert Durer (Dürer). (M. Cat. S. 236. Nr. 19.)

„ 36 Ein Manns-Köpffel, von Giorgone.

* „ 37 Ein alter Mann, von Titiano. (Jetzt als van Eijck, in Mech. Cat. S. 156. Nr. 27 als von G. Messis geltend.)

„ 38 Ein Frauen-Köpffel, von Holbein.

„ 39 Ein Manns-Köpffel, von Hembsen.

„ 40 Ein Manns-Köpffel in einem rothen Beltz, von Quintino.

„ 41 Ein Manns-Köpffel, von Holbein. (Die Abbildung zeigt aber einen weiblichen Kopf, es mag sich der Schreiber verschrieben haben.)

* „ 42 Adam und Eva, wie sie die verbothene Frucht abbrechen, von Francisco Floris. (S. M. Cat. S. 159. Nr. 39.

„ 43 Ein Manns-Köpffel, von Wilhelmo Gay. (?)

„ 44 Ein Contrafait eines Herzog, von Deyk.

* Nr. 45 Ein Frauen-Köpffel mit einem grünen Zweig, von Palma Vechio. (Die sogenannte Laura. M. Cat. S. 19. Nr. 13.)
* „ 46 Ein Manns-Köpffel, von Lucas Kranach.
* „ 47 Ein grosses Stuck mit Fischen und Figuren, von Schnoyens und Jordans. (Vgl. M. Cat. S. 209. Nr. 23.)
„ 48 Ein Köpffel eines Herzogs, von Titiano.
„ 49 Ein Manns-Köpffel, von Borbos.
„ 50 Ein Madona-Köpffel, aus Coregio seiner Schul.
„ 51 Ein Manns-Köpffel mit einem Krösel, von Holbein.
* „ 52 Ein gross Stuck, das Sacrificium Veneris vorstellend, von Peter Rubens. (M. C. S. 127. Nr. 18.)
* „ 53 Ein Stuck aus dem Ovidio, von Fety di Mantua. (Galathea, M. Cat. S. 36. Nr. 26.)
* „ 54 Des Bachi Triumph, von Michael Angelo Bonarotta. (Heemskerken. M. Cat. S. 161. Nr. 50.)
* „ 55 Ein Stuck aus dem Ovidio, wie die Wasser-Nymphen den ertrunckenen Leander aus dem Wasser heraus ziehen, von Fety di Mantua. (M. Cat. S. 36. Nr. 25.)
* „ 56 Ein Manns-Köpffel in einem schwarzen Häubel, von Albert Dür.
„ 57 Ein Frauen-Köpffel in einem rothen Kleydel, von Celle. (?)
* „ 58 Ein Manns-Köpffel, von Johann Hembsen.
„ 59 Ein Weibs-Köpffel, von Lucas Kranach.
* „ 60 Ein grosses Stuck, worauf Fisch und Figuren, von Schnojens und Jordans. (M. Cat. S. 209. Nr. 24.)
„ 61 Ein Frauen-Köpffel, von Tintoret.
„ 62 Ein Manns-Köpffel, von Quintino Massais.
„ 63 Ein Manns-Köpffel, von Wilhelmo Gay. (?)
„ 64 Ein Frauen-Köpffel, von Kranach.
* „ 65 Adam und Eva, wie sie von dem Engel aus dem Paradeis vertriben wurden, von Francisco Floris. (Mech. Cat. S. 159. Nr. 40.
„ 66 Ein alter Mann, von Titiano.
„ 67 Ein Frauen-Köpffel die Eva vorstellend, von Michael Angelo da Caravagio.
„ 68 Ein Manns-Köpffel, von Georg Bens.
„ 69 Ein Frauen-Köpffel mit einem rothen Häubel, von Hembsen.
„ 70 Ein Frauen-Köpffel, von Titiano.
„ 71 Ein Manns-Köpffel den Adam vorstellend, von Michael Angelo da Caravagio.
„ 72 Eine Frau mit einem Kröss, von Borbos.
„ 73 Ein Manns-Köpffel, von Hembsen.
(Die Abbildungen dieser acht Gemälde Nr. 66—73 fehlen in dem Inventar, und scheinen dem Band nie beigebunden gewesen zu sein.)
* „ 74 Ein gross Stuck in Blafondt, die Sculpturam vorstellend, von Schüppen.
* „ 75 Der David mit dem Haubt Goliath, aus Giorgone seiner Schul.
* „ 76 Ein Mann mit einem Toden-Kopff, von Christoph Amberger. (M. Cat. S. 258. Nr. 87.)
„ 77 Ein Frauen Contrafait, nach Holbein.
„ 78 Ein sitzendes Kindl, von Pompellj. (?)
„ 79 Die Dalila mit dem Samson, von Tobias Pockh.
* „ 80 Ein gross Stuck die Adultra vorstellend, von Paul Veronese. (M. Cat. S. 9. Nr. 29.)
* „ 81 Ein Weibsbild auf einem Wagen, so von Pfauen gezogen wird, von And. Sacki. (M. Cat. S. 37. Nr. 28.)
* „ 82 Eine kleine Grablegung Christi, von Fety di Mantua.
„ 83 Die Begräbnuss Mariae, von Abraham Blumer (Bloemart.)
„ 84 Der H. Hieronymus, v. Parmesanino.
* „ 85 3 Buben auf einem stükel, wie sie mit einem Hund spielen, von David Deniers. (M. C. S. 129. Nr. 24.)
* „ 86 Die Grablegung Christi, von Titiano. (M. Cat. S. 30. Nr. 58.)
* „ 87 Die Abnehmung Christi, von Andrea del Sarto. (M. Cat. S. 49. Nr. 36.)
„ 88 Ein Frauen-Bild, ven Palma Vechio.
„ 89 Ein gross Stuck, Christus der Herr bey dem Brunn, von Paul Veronese.
„ 90 Ein Klein Stuck mit einem Kindel und 3 Figürl, nach Balenburg.
„ 91 Ein Manns-Figürl, von Holbein.
„ 92 Die Musen, aus Raphael und seiner Schul.
* „ 93 Der Erasmus Rotterdamus, von Holbein.
„ 94 Die Heilige Magdalena in der Wüsten, von Franck.
„ 95 Ein Historien-Stuck aus dem Evangelio, von Johann Hembsen.
* „ 96 Ein Bauer und Bäuerin mit einem Hüner-Korb, von Langenbühr (langen Pieter). (M. Cat. S. 165. Nr. 65.)
„ 97 Ein Engel von Johann Wellin.
„ 98 Der Heilige Nicolaus, deto Meister.
„ 99 Ein Manns-Contrafait, welches mit Wappen behängt, von Francisco Floris.
„ 100 Der Jacob mit seinem Bruder, von Fleischhacker. (?)

Nr. 101 Ein Frauenbild, von Pollidor de Venise.
„ 102 Ein Engel in einer rothen Kleydung, von Johann Wellin (Giov. Bellino).
„ 103 Der Heil. Dominicus, von deto Meister.
* „ 104 Ein Cardinal, von Quintino Massais. (M. Cat. S. 154. Nr. 19.)
* „ 105 Ein todter Christus mit drey Engeln, von Jacob Palma. (Vgl. M. Cat. S. 3. Nr. 1.)
* „ 106 Ein gross Stuck, die Vorstellung Christi, von Titiano. (M. Cat. S. 21. Nr. 17.)
„ 107 Ein Frauen-Bild, aus dessen Schul.
* „ 108 Ein todter Christus, von Justus Eyckmann. (Van Dijk. Vgl. M. Cat. S. 106. Nr. 13.)
„ 109 Ein Frauen-Bild mit dem Heil. Joseph, von Titiano.
„ 110 Ein Kopff des Homerii aus Corgegi seiner Schul.
„ 111 Ein Stuck in Blafont, von Schuppen.
„ 112 Ein Apostel, von Francisco Floris.
„ 113 Ein Frauen-Bild mit dem HH. Antonio und H. Catharina, von Fety di Mantua.
„ 114 Der Heilige Petrus, von Francisco Floris.
„ 115 Ein schlaffendes Weibl, scycirt von Deyck.
„ 116 Der Heil. Joannes der Tauffer in Lebensgröss, von Guaercin d'Acento.
„ 117 Die Lucretia Romana, von Lucas Kranach.
„ 118 Ein Stückel aus dem Ovidio, die Europa, von Paul Veronese.
„ 119 Ein Manns-Kopff, von Christoph Amberger.
„ 120 Ein Stuck aus dem Ovidio, von Paul Veronese.
„ 121 Der Heilige Sebastianus, von Guido Rheni.
„ 122 Ein Kopff in Profil, von Berosin (Perugino).
„ 123 Ein alter Manns-Kopff, von David Deniers.
„ 124 Der Heilige Philippus, von Ulrich Mayer.
(Von Nr. 111 bis 124 fehlen im Inventar die Abbildungen.)
* „ 125 Die Dalila mit dem Samson, von Deyck. (M. Cat. S. 103. Nr. 1.)
* „ 126 Eine Kreutztragung Christi, von Spagniolet. (M. Cat. S. 65. Nr. 26.)
* „ 127 Ein Frauen-Bild, von Titiano. (M. Cat. S. 24. Nr. 34.)
* „ 128 Die vier Jahrs-Zeiten, von Guido Rheni. (M. Cat. S. 54. Nr. 14.)
* „ 129 Der schlaffende Noe, mit seinen drey Söhnen, von Andreas Sacki. (M. Cat. S. 33. Nr. 12.)
„ 130 Ein Manns-Contrafait, von Wilhelmo Gaij.
* „ 131 Ein geharnischter Mann mit einem Lorber-Crantz, von Giorgione. (M. Cat. S. 11. Nr. 41.)
„ 132 Ein Prophet, wie er der Wittib das Öhl vermehrt, von Prete Genuese.
„ 133 Ein Manns-Contrafait, von Borbos.
„ 134 Ein Fraunbild, von Palma Vechio.
„ 135 Eine Venus mit dem goldenen Regen, von Titiano.
„ 136 Ein Diana-Baad, von deto Meister.
„ 137 Die Adultra, von Brändl.
„ 138 Ein Frauen-Bild aus Palma Vechio seiner Schul.
„ 139 Ein Stuck aus dem Ovidio, von Lucas Jordano.
* „ 140 Der Heilige Johannes der Tauffer, mit einem Lämmlein, von Morilio. (M. Cat. S. 63. Nr. 22.)
* „ 141 Der Moyses bey dem brennenden Dornbusch, von Fety di Mantua. (M. Cat. S. 31. Nr. 2.)
„ 142 Eine liegende Venus sambt einem Hirten mit einer Pfeiffen, von Titiano.
„ 143 Ein gross Historienstück, von der Ester und Mardochaeo, von Paul Veronese.
„ 144 Ein Mann mit einem Falcken. von Francisco Floris.
„ 145 Ein Frauenbild, von Raphael d'Urbino.
„ 146 Eine Frau mit einem Hund, von Francisco Floris.
„ 147 Die Tauff Christi im Jordan, von Guido Rheni.
„ 148 Die Heilige Magdalena, aus Coregio seiner Schul.
„ 149 Ein Frauenbild, von Pietro de Cordonna.
„ 150 Die Herodia mit dem Haubt Joannis, von Leonardo da Vinci.
* „ 151 Die Heilige Margaretha, von Raphael d'Urbino. (M. C. S. 39. Nr. 32.)
„ 152 Der Heil. Joannes der Tauffer wie er predigt, von Prete Genuese.
(Von Nr. 133 bis 152 fehlen ebenfalls die Abbildungen.)
„ 153 Die Opfferung Christi im Tempel. von Guido Rheni. (M. Cat. S. 53. Nr. 11.)
„ 154 Ein Manns-Contrafait, von Titiano.
* „ 155 Ein Weibsbild mit einem Palm in der Hand, samt einem Ainhorn, von Portenone. (M. Cat. S. 18. Nr. 6, jetzt richtiger als Moretto da Brescia.)
* „ 156 Ein Stuck, worauf ein heidnisches Opffer, von Alexandro Farinati. (M. C. S. 12. Nr. 34.)

• Nr. 157 Ein Frauen-Bild mit vielen Heiligen, von Palma Vechio. (M. Cat. S. 18. Nr. 7.)
• „ 158 Der blinde Tobias, von Michael Angelo da Caravagio. (M. Cat. S. 53. Nr. 28.)
• „ 159 Ein grosses Stuck, worauf der Heilige Ambrosius samt dem Kayser Theodorio, von Rubens. (M. C. S. 113. Nr. 8.)
• „ 160 Die Heimbsuchung Elisabeth, von Palma Vechio. (M. Cat. S. 17. Nr. 2.)
„ 161 Etliche geharnischte Männer, von Guercein d'Acento.
• „ 162 Ein Frauen-Bild mit dem Heiligen Joannes Baptista und Catharina, von Palma Vechio. (M. Cat. S. 18. Nr. 8.)
• „ 163 Ein Manns Contrafait, von Tintoret.
„ 164 Ein Marien Bild mit etlichen Engeln aus Cordonna seiner Schul.
• „ 165 Die Judith mit dem Haubt Holoferni, von Paul Veronese.
• „ 166 Ein Manns-Contrafait von ganzer Statur, von Schorel. (gilt jetzt als Holbein.)
• „ 167 Der ertrunkene Leander, von Cornelio Schütt.
• „ 168 Die Adultra, von Padusnino
• „ 169 Die Lucretia romana, von Bassan.
„ 170 Ein Historien Stuck aus dem Ovidio, von Mon Real.
• „ 171 Ein dato aus dem Ovidio, von Carlo Lott.
• „ 172 Eine Frau ganzer Statur, von Schorel. (Jetzt als Holbein.)
• „ 173 Ein Zigeuner-Stuck, von Monfredi.
„ 174 Eine romanische Historia, eine Frau mit einer Blessur an der Brust, woran ein säugendes Kind, von Francisco Champagnie. (?)
„ 175 Ein Engel mit vielen Todten-Köpffen, von Le Brün.
„ 176 Der Aegyptische Joseph in der Gefängnuss, von Langerie. (?)
• „ 177 Ein Historien-Stuck, worauf ein Hund mit einem Knaben spielet, von Tobias Pock.
„ 178 Die Pallas, wie sie die Künsten verthädiget, von Joachim Sandrart.
„ 179 Ein Stuck, worauf etliche Spieler, von Monfredi.
„ 180 Die Erfindung Moyal, von Tintoret.
• „ 181 Der Erzherzog Friedrich (s. h. Ferdinand) in ungarischer Kleydung, von Rubens.
• „ 182 Ein Frauenbild, von Deyck.
• „ 183 Ein Gross Historien Stuck, von Sollmeno. (Althann der dem Kaiser das Inventar der kais. Gallerie überreicht.)
„ 184 Ein Frauen-Bild, von Titiano.
• „ 185 Ein Herzog in Lebensgrösse, von Deyck. (Erzherzog Ferdinand.)

1730.

Am 25. Mai 1730 wird Antonio Bortoli, der seit 1. October 1707 als Disegnatore di Camera bei Hofe angestellt war, zum Gallerie-Inspector, mit einem Gehalt von jährlichen 600 fl. ernannt, und Martin Rauch wird ihm als unbesoldeter Adjunct beigegeben. Rauch kommt nämlich in den Hofacten von 1741, bei Bezahlung einer Arbeit unter diesem Titel vor. (Schlag. Mat. S. 21.)

— -

Ungeachtet der neuen Aufstellung der k. k. Gemäldesammlung in der k. k. Stallburg zählt Küchelbecker[1]) im J. 1730 die Bilder noch immer in der älteren Weise her und zwar indem er Tolner fast von Zeile zu Zeile abschreibt.

An Neuerem fügt er nur hinzu:

Schrank V. Nr. 9, dass dieses Nachtstück von Lucas Cranach, von der ersten Gemahlin Kaiser Leopold I. aus Spanien mitgebracht wurde.

Im I. Zimmer Nr. 7. des Pauli Veronesi Contrefait. (?)

detto Nr. 9. Bildniss des Giacomo Tintoretto.

Im letzten Zimmer, Nr. 10. Zwei Köpfe, ein alter Mann und eine alte Frau. Man sieht gar keinen Pinselstrich und dennoch sind gar alle Pori exprimiret. Es hat dieselbe ein gewisser Maler zu Hamburg

[1]) Röm. Kays. Hof u. s. w.

erst vor Kurzem verfertiget und kostet jeder 1000 Reichsthaler. (Von Balthasar Denner. Mech. C. S. 300. Nr. 76 und 77.)

Küchelbecker sagt vom Bilde Solimena's, welches die Übergabe des Gallerie-Inventars durch den Grafen Althann vorstellt, dass es in Italien gemacht und 6000 Reichsthaler gekostet habe. Er fügt auch bei, dass Althann derjenige sei „auf dessen Veranstaltung die hiesige kais. Bildergallerie so schön ordentlich und die Schildereien alle in kostbaren vergoldeten Rahmen eingefasset wurden“ und bemerkt endlich, (S. 925.), dass man für die „Besehung“ der Schatzkammer 25 Kaiser-Gulden und für die Besichtigung der Bildergallerie 12 K. fl. zahlen müsse, „welches etwas kostbar ist, man muss daher in Compagnien von 6—7 Personen gehen, denn so viel werden auf einmal passiert.“

1732.

Im J. 1732 wurden vier und vierzig Gemälde von Wien nach Prag gesendet, wesshalb Rausch an den königl. böhmischen Bauschreiber folgenden Brief richtete:

Wohledler, Hochgeehrter Herr Bauschreiber!

Habe den Herrn unbekannter Weis hiemit höflichsten ersuchen wollen die Güte zu haben, und diejenigen Malereien, so hier in denen zweien Verschlägen nach Prag kommen (und auf der andern Seite specifice zu lesen seynd) mir die besondere Freundschaft zu thun und bei deren Auspackung zu seyn, damit kein Schad oder anderer Disputat erfolgen möge, kann auf vorfallende Begebenheiten wiederumb einige Gefälligkeit erweisen, wobei nicht manquiren werde.

Verbleibe

meines Hochgeehrten Herrn Bauschreibers dienstwilliger Diener

Joh. Martin Rausch, Kais. Kammermaler.

Wien den 26. April 1732.

Specification deren Malereien, welche aus Ihro Kais. Majestät Kunstkammer ausgesucht und nach Prag übersetzt worden.

Nr. 1 Gross Historienstück, worauf das menschliche Leben in einem Wagen, von denen vier Jahreszeiten gezogen wird, von Cornelio Schutt (Schuijt).
„ 2 Vier gleich grosse Stück welche die Monate vorstellen von zweien Meistern, als Paul Voss und von Hoecke.
„ 3 Adam und Eva wie sie ihren erschlagenen Sohn Abel beweinen, in Lebensgrösse von Philipp Champagne. (!)
„ 4 Der betrunkene Bachus wie er auf einen Karren geführt wird, von Cornelio Vandeien. (?)
„ 5 Ein gross Stückel, worauf ein Löw und zwei Tiger, von Rubens und Schnayers.
„ 6 Ein gross Stück aus dem Ovidio, von Luca da Muro. (?)
„ 7 Eine Grablegung Christi, von Cariani. (?)
„ 8 Eine Abnahme vom Kreuz, von de Croyer (Craijer).
„ 9 Ein Mann mit einer Muschel, von Steinmüler. (?)
„ 10 Zwei gleich grosse Stück, das Alter der Menschen vorstellend, von Baldung.
„ 12 Ein Wechsler mit seinem Sohne, von Quintino Masseis (Messijs).
„ 12 Die Auffahrt Christi, von Paul Veronese.
„ 13 Der heil. Hieronymus, von Montpert. (?)
„ 14 Ein Landschaftel, von Paul Brüll
„ 15 Die Abnehmung Christi, von Andreas Schiavone.
„ 16 Die Flucht in Egypten, von Bassano.
„ 17 Ein Geflügelstück, von Adrian von Utrecht.
„ 18 Ein Bauernkrieg von Schneyers (Sneijders).
„ 19 Eine Flucht in Egypten, von Tintoret.
„ 20 Das ehebrecherische Weib, von Tintoret.
„ 21 Die Verspottung Christi, ein Kniestück, von Bassano.
„ 22 Das Sacrificium Abraham, von Paul Veronese.
„ 23 Der heilige Martinus zu Pferd, von Rubens.

Nr. 24 Die zwölf Monate, von Leonardo Bassano (Leandro Bassano).
„ 25 Die Abnehmung Christi, von Strudel.
„ 26 Eine sitzende Sybilla, von Guido Reni.
„ 27 Ein Stück, worauf ein Kindel mit unterschiedlichen Instrumenten, von Schneyers und Höck.
„ 28 Das jüngste Gericht, von Francisco Flores (F. Floris).
„ 29 Ein Philosophus mit einer Kugel, von Ulrich Mayer.
Sind also in allem 44 Stück.

(Schottky. Prag. II. B. S. 120.)

Gemälde welche aus den kais. Sammlungen nach Dresden verkauft wurden.

1722 bis 1748.

Das erste Gemälde, welches von Prag nach Dresden kam, war der Parnass von Tintoretto, welches Bild Kaiser Rudolph II. bei diesem Künstler bestellt hatte. Herzog Johann Georg I. von Sachsen bestimmte es für die Kunstkammer zu Dresden, von wo es im J. 1725 durch Leplat in die Dresdner Gallerie kam. (Hübner. Cat. d. Dresdn. Gall. S. 120. Nr. 265.)

Im J. 1722 wurde durch Wanderer das Bild Snayers „Räuber werden von Bewaffneten angefallen, aus der Prager Gallerie angekauft. (Hübn. S. 206. Nr. 913.)

Im J. 1739 kauft Riedel zu Prag zwei Landschaften von W. Reiner, das Campo Vaccino und den Thurm des Nero vorstellend. (Hübn. S. 320. Nr. 1796, 1797.)

Im J. 1741 kauft Riedel zu Wien:

Strozzi. David mit dem Kopf Goliaths, Copie nach Guido Reni. (Hübn. S. 144. Nr. 455.)
Albano. Die Vertreibung aus dem Paradiese. (H. S. 146. Nr. 469.)
v. Dijck. Maria als Himmelskönigin. (ibid. S. 209. Nr. 930.)

Im J. 1742 kauft Riedel in Prag:

Bloemen. Eine wandernde Familie. (Hübn. S. 218. Nr. 993.)
„ Ein Feldlager. (ibid. S. 218. Nr. 996.)
Huysmanns. Eine Schaafhütte mit einer Heerde. (do. S. 218. Nr. 999.)
Minderhout. Viehmarkt vor einer Stadt. (do. 219. Nr. 1005.)
Bout. Brustbild eines Mannes in einer Rüstung. (do. 220. Nr. 1013.)
Miereveldt Michael. Bildniss einer Frau mit einem weissen Häubchen. (do. S. 224. Nr. 1034.)
„ „ Bildniss eines Mannes mit einem Brief. (do. S. 224. Nr. 1037.)
„ „ Bildniss einer Frau im schwarzen Kleid. (do. S. 224. Nr. 1038.)
Miereveldt, Pieter, Bildniss eines Mannes der in der Linken einen Handschuh hält. (do. S. 224. Nr. 1041.)
Feti, Domen. Rückkehr des verlornen Sohnes. — Die Marter der h. Agnes. — Das Gleichniss vom verlornen Groschen. — David mit dem Haupt Goliaths. — Das Gleichniss vom wiedergefundenen Schaf. — Das Gleichniss von den Blinden. — Die Arbeiter im Weinberg. — Das Gleichniss vom Gastmahl, zu welchem Lahme u. s. w. berufen werden. — Der barmherzige Samaritan. — Der junge Tobias. — Das Gleichniss vom ungerechten Haushälter. Eilf Bilder. (do. S. 9, 3. Nr. 76—86.)
Lanfranco. Vier alte Zauberer. (do. S. 106. Nr. 163.)
Eisenmann (gen. Briseghella). Gefecht unter einer Mauer. (do. S. 134. Nr. 374.)
Paurbus. Bildniss einer ältlichen Frau mit einem Hündchen. (do. S. 183. Nr. 732.)

Savery. (?) Ein Wald mit Räubern. (Hübn. S. 190. Nr. 780.)

Rubens. Das Escurial. (do. S. 193. Nr. 800.)

Snyders. Ein todter Schwan, ein Pfau u. s. w. (do. S. 198. Nr. 844.)

Momper. Felsige Landschaft. (do. 199. Nr. 856.).

Snayers V. Ein Wanderer in einer Gebirgsgegend. (do. S. 207. Nr. 915.)

Artois. Drei Landschaften. (do. S. 212. Nr. 956, 957 und 958.)

Neyts. Zwei Gebirgslandschaften. (do. S. 214. Nr. 967 und 968.)

Marienhof. „Unbekannter Gegenstand." (do. S. 216. Nr. 882.)

Bloemen, Röm. Ruinen und eine Reitschule im Freien. (do. S. 217. Nr. 991 und 992.)

v. Keulen. Bildniss einer Frau mit schwarzem Federfächer. (do. 239. Nr. 1149.)

Berghem. Felsgegend mit Ruinen. (do. S. 262. Nr. 1336.)

Broers. Zwei Gefechte. (do. S. 286. Nr. 1513 und 1514.)

Moucheron. Drei Landschaften. (do. 295. Nr. 1588, 1590 und 1593.)

Klomp. Eine Heerde. (do. S. 297. Nr. 1602.)

Screta. Bildniss Bernhards de Witte. (do. S. 319. Nr. 1740.)

(Im Ganzen 47 Gemälde.)

Im J. 1743 kauft Riedel zu Prag:

Paulo Veronese. Die Kreuzigung Christi (um 1000 Thlr.). (do. S. 123. Nr. 281.)

do. Die Auferstehung Christi (um 1000 Thlr.). (do. S. 124. Nr. 288.)

do. (Schule.) Allegorie (um 1000 Thlr.). (do. S. 124. Nr. 291.)

do. (Schule.) Die Taufe Christi. (do. S. 124. Nr. 293.)

Carletto Cagliari. Allegorie (um 1000 Thlr.). (do. S. 125. Nr. 291.)

do. Die Taufe Christi (um 1000 Thlr.). (do. S. 124. Nr. 293.)

Preti il Genovese. Der ungläubige Thomas. (do. S. 155. Nr. 532.)

Im J. 1748 kauft der Dresdner Hof durch die Unterhändler Placido Giraldi und P. Guarienti neunundsechzig Bilder aus der Prager Sammlung und zwar um die Summe von 50.000 Thalern. Die Verhandlungen wurden sehr geheim betrieben, indem sich Gialdi für einen holländischen Kaufmann ausgab, der für seine Lieferungen an die Generalstaaten grosse Zahlungen erhalten habe und sein Geld in Bilderspeculationen für Holland anlegen wolle. Man begehrte zu Prag anfangs 100.000 Gulden für jene 69 gewählten Bilder. Allein Gialdi wusste den Preis auf 50.000 Thaler herabzudrücken. Zu Wien schien man das nicht gut aufnehmen zu wollen und es wurden acht Gemälde bezeichnet, welche Kaiserin Maria Theresia „allermindestens" ausgeschlossen wissen wollte, unter diesen befanden sich u. a.:

Teniers. Die Bildergallerie des Erzherzogs Leopold Wilhelm.

Rubens. Die Schweinsjagd.

Palma d. jüngere. Der Einzug Heinrich III. von Frankreich zu Venedig.

Trotzdem kamen die beiden letzteren dennoch nach Dresden. (Hübn. a. a. O. S. 43 ff.)

Die vorzüglichsten dieser 69 Bilder sind folgende:

Da Vinci (Schule, Ogionno?) Herodias. (Hübn. S. 83. Nr. 17.)

Michelangelo (Schule). Ein Mann an einem Baumstamm gebunden, erleidet den Feuertod. (do. S. 84. Nr. 21.)

Del Sarto. Die Verlobung der h. Katharina. (do. S. 85. Nr. 27.)

Mander. Copie nach Raphael's Giardiniera. (Hübn. S. 90. Nr. 57.)

Caravaggio. Kartenspielende Krieger. (do. S. 105. Nr. 158.)

Copie nach Tiziano's Venus im Palazzo Barberigo. (do. S. 113. Nr. 212.)

Sassoferrato. Emaus. (do. S. 113. Nr. 217.)

Palma il giovine. Einzug Heinrich III. zu Venedig (für 3000 fl.!). (do. S. 116. Nr. 230.)

Bassano Jacopo. Der fliehende Loth. (do. S. 119. Nr. 250.)

Tintoretto. Ein Mann und ein Jüngling. (do. S. 121. Nr. 266.)

„ Die Ehebrecherin vor Christo. (do. S. 121. Nr. 268.)

Schiavone. Der Leichnam Christi von Joseph von Arimathia und einem Engel gehalten. (do. S. 121. Nr. 272.)

Guido Reni. Christus mit der Dornenkrone. (do. S. 143. Nr. 447.)

Preti. Die Marter des h. Bartholomäus. (do. S. 155. Nr. 531.)

Rubens. Die Schweinsjagd (um 800 fl.) (do. S. 193. Nr. 801.)

van Dijck. Bildniss Carl I. von England und seiner Gemahlin Henriette Marie von Frankreich. (do. S. 209. Nr. 931 und 932.)

Honthorst. Ein Zahnarzt. Nachtstück. (do. S. 227. Nr. 1062.)

Messijs Quintin. Ein Geldwechsler. (do. S. 300. Nr. 1620.)

Mehrere dieser 69 Bilder wurden nicht in der Dresdner Gallerie aufgestellt und befinden sich als zweifelhafte Arbeiten in der Vorrathskammer daselbst. Im Ganzen gingen also von Prag 127, und von Wien 3 Bilder nach Dresden; sie wären gewiss nicht dahin gewandert, wenn der siebenjährige Krieg nicht so viel Geld gefordert hätte.

Im J. 1733 wurde das Werk, von Franz v. Stampart und Anton von Brenner (Prenner) „Podromus oder Vorlicht des eröffneten Schau- und Wunder-Prachtes" etc. etc. (Wien b. Gehlen. Fol°) vollendet. Die ersten Kupferplatten dazu wurden im J. 1728 begonnen und das Werk erschien unter dem Schutz Gundackers Grafen von Althann, der sich unter dem Decastichon auf dem Widmungsblatt, als: Cesareae Pinacotheae Director generalis unterzeichnete. Dieses Widmungsblatt zeigt die Fama mit dem Bildniss Kaiser Carl VI. (nach einem Gemälde von Stampart, radirt von Brenner).

Das folgende Blatt bringt den Grundriss der kais. Gallerie mit vierzehn Gemächern. Unten ist das Eingangsgitter zu sehen und daneben sind die Bildnisse Stampart's (Antverpiensis, S. C. R. C. M. pictor à cubiculis, aetatis ann. 54) und Brenners (Suevus, S. M. pictor á cubiculis aet. an. 46.) angebracht. Das dritte Blatt zeigt den 170jährigen Rovin Janos und sein 164 Jahre altes Weib Sara.

Das 4., 5. u. 6. Blatt stellen eine von Bildern umgebene Thüre dieser Sammlung, ein Fenster, durch welches man den Thurm der St. Michaelskirche erblickt und eine Wand dar, auf welcher man die Anordnung der Bilder, sowie die reichgeschnitzten Rahmen derselben wahrnimmt.

Die 7. Tafel bringt die inneren Ansichten der Räumlichkeiten der kais. Gallerie.

Auf den Tafeln 8. bis 31. sind nun die sämmtlichen Bilder der k. Gallerie, 920 an Zahl, abgebildet, und zwar finden sich auf jeder dieser 23 Tafeln 40 Gemälde dargestellt, leider aber ohne Berücksichtigung der Schulen, noch viel minder aber mit Bezug auf die Grösse, denn die Heimsuchung Mariens von Palma il vechio, welche 12′ Breite misst, ist eben so klein dargestellt, als die Vermählung der h. Katharina von Paulo Veronese, welche nur 2′ 5″ breit ist. Die h. Justina von Moretto da Brescia, diesem Prachtbild, ist kaum ein Raum von zwei Quadratzoll gegönnt u. s. w. Auf den Charakter der Meister, auf Ton und Farbe ist gar nicht geachtet und ebenso wenig lässt sich aus diesem Werk citiren, da weder die Tafeln noch die Bilder numerirt sind. Nur die Maasse sind angedeutet, die aber bei den Stichen von Männl ebenfalls fehlen.

Diese 23 Blätter traten erst nachdem schon fünf Hefte mit einzelnen Bildern erschienen waren, ins Leben; in der „Publication das kais. Galleriewerk betreffend" heisst es nämlich:

„Nachdeme aber eine, dieses kais. Gallerie-Werks halber eigentlich constituirte löbl. Commission, auf erhaltene Schrift- auch mündliche Nachrichten wahrgenommen, dass die mehreste Liebhabere die Gewissheit dieses weit aussehenden Operis und fernere Anzahl deren nachfolgenden Partium zu erfahren verlangeten, als haben sich die Herren Fr. v. Stampart und A. v. Brenner etc. hervorgethan und einem jeden in 40 separtirten Stücken haftenden Theil auf ein Blatt compendios zu entwerffen, über sich genommen um in eine kleine, doch erkenntliche Idee, das Vorhaben, die Vortrefflichkeit und Anzahl deren in dem grossen Werk zu erwartenden Theilen vor Augen zu haben."

Von den einzelnen Blättern erschienen 168 Tafeln in den erwähnten fünf Heften. Die letzten derselben sind aber nicht von Stampart und Brenner gefertigt, sondern von Christoph Lauch, k. Gallerie-Inspector, gezeichnet und von Jacob Männl, k. Kupferstecher, geschabt, in welcher Manier Prenner schon früher bei 15 Blättern Versuche machte.

In künstlerischer Beziehung könnte dieses Werk vielleicht noch eher als das des Teniers beiseite gelegt werden. Da es aber den Grundriss der k. Gallerie in der Stallburg, die Ansichten der Gemächer, die Zahl der Bilder und noch einige auf die Sammlung bezügliche Daten enthält, musste es doch hier Platz finden, obwohl sogar viele Namen der Meister höchst irrig angegeben sind.

1737.

Die Handschrift der k. k. Hofbibliothek (C. M. suppl. Nr. 1426) enthält eine Abschrift von dem Verzeichniss der in der Burg zu Prag befindlichen Bilder und Kostbarkeiten, in welchem die aus Wien stammenden Gemälde (f. 4. ff.) besonders angegeben sind. Da hier aber keine anderen Bilder angezeigt werden, als jene 44, welche im J. 1732 nach Prag gesendet wurden, fällt die Anführung derselben, da sie nur eine Wiederholung wäre, von selbst weg. Nur der h. Martin von Rubens (Nr. 23) scheint hier übersehen worden zu sein. Dagegen führt dasselbe Verzeichniss folgende Schildereien an, die zwar nicht als Wiener-Bilder bezeichnet sind, sich aber doch im k. k. Belvedere befinden und später und zu verschiedenen Zeiten hierher gekommen sein mögen, und zwar:

Nr. 26 Ein halbnacketes Weibsbild. 1 E. 11½″ h., 1 E. 4″ br. Furini. (Vermuthlich die sog. Tancreda von Furini (Bei Mech. unter diesem Meister nicht zu finden.)

„ 63 Die vier Thier, so die vier Evangelien bedeüten. 8½″ h., 8½″ br., achteckig Holtz. Julio Romano. (Mech Cat. S. 89. Nr. 36.)

„ 74 Wie Aeneas in die Hölle geführt wird. 14″ 22″ br. auf Kupfer. Als Brügel. (Vgl. Mech. Cat. S. 185. Nr. 69.)

„ 76 Wie Aeneas den Anchisem aus Troja traget. 10″ h., 14½″ br. auf Kupfer.

„ 95 Auss dem Virgilio, wie Aeneas in die Höll kombt. 10½″ h., 14″ br. Auf Kupfer. Brügel.

„ 96 Zwei Bauern. 12″ h., 13″ br. Holtz. Alten Brugel.

„ 145 Lucretia. 1 E. 12″ h., 1 E. 2″ br. Leinwand. Palma Vecchio.

„ 216 St. Paulus. 2 E. 6″ h., 1 E. 20″ br. Leinwand. Rembrandt. (Vgl. Mech. Cat. S. 88. Nr. 17.)

Nr. 330 Ein Mann so durch das Schieberle auss dem Fenster den Kopf aussteckct. 1 E. 21'' h., 1 E. 13'' br. Hochstradt. (Hoogstraaten, Mech. Cat. S. 128. Nr. 49.)

„ 500 Christi Begräbniss. 3 E. 18½'' br., 2 E. 8'' h. Leinwand. Palma vecchio. (Palma il giovane. Mech. Cat. S. 3. Nr. 1.)

„ 503 Contrefait Königs Caroli Stuard auss Engellandt. 2 E. 1'' h. 1 E. 14'' br. Anton Vandeick. (Mech. Cat. S. 109. Nr. 21.)

Noch wären zu erwähnen, wenn man sich auf die Angaben der Maasse verlassen könnte:

„ 374 Der verlorne Sohn, von Guerchin Dacento. (V. Mech. Cat. S. 52. Nr. 4 u. 5.)

„ 404 Judit sambt des Holoferni Kopf. Lucas Kranach.

„ 431 Herodiadis mit dem Haupt St. Joannis des Tauffers. Lucas Kranach. (Vgl. Mech. Cat. Nr. 63 u. 64.)

„ 461 Loth mit seinen zweyen Töchtern. Lucas Kranach. (Vgl. Mech. Cat. S. 253. Nr. 67.)

1770.

P. Mathias Fuhrmann erwähnt in seiner „historischen Beschreibung etc. der Residenzstadt Wien [1])" Folgendes von Gemälden:

I. Im k. k. Belvedere.

§. 4. Zehn auserlesene Malereien deren fünfe die Feierlichkeit der ersten hohen Vermählung Sr. Maj. Kais. Joseph II. mit Elisabeth Maria, Infantin von Parma [2]) und andere fünfe, so die vornehmsten Handlungen der röm. Königswahl und Krönung Kaiser Joseph II. zu Frankfurt vorstellen, welche bewunderungswürdige Gemälde Ihre Majestät die Kaiserin Königin zum fortwährenden Andenken etc. verfertigen und in dieses Sommerschloss Belvedere überbringen lassen.

Nr. 1. Der Einzug der durchl. Braut vom Belvedere nach der Augustinerkirche.

„ 2. Die Copulation in besagter Kirche.

„ 3. Das Souper im Redouten-Saal.

„ 4. Die k. k. Tafel in der grossen Anticamera.

„ 5. Die Serenade im Redoutensaal.

§. 5. Die fünf anderen Gemälde stellen vor:

Nr. 1. Der Kaiserl. Einzug in die Stadt Frankfurt am Mayn.

„ 2. Der feierliche Ritt über den Römerplatz in die Domkirche.

„ 3. Die Krönung daselbst.

„ 4. Der Ritterschlag und

„ 5. Die Kais. u. Kön. Tafel auf dem Römer.

Diese feyerliche Handlungen aufs Genauest zeichnen und entwerfen zu können, ging damals Herr Dalling mit dem Herrn Wenzel Pohl eigens nach Frankfurt, allwo er selbige in genauen Augenschein nahm. Es haben sich bei diesem Werke nebst den Herrn Vincent Fischer, Professor der Bau- und Sehkunst (Perspective), die Herren Joh. Greipel, Sigrist, Retel und Schinagel

---

1) Wien 1770. III. Th. S. 28 ff.

2) In dem Briefe aus Wien (Biblioth. d. schönen Wissenschaften Bd. II. 2. Stück. S. 328) vom 10. Juni 1763 liest man: „Der berühmte Herr v. Meytens etc. mahlet jetzt fünf Bilder, die alles übertreffen, was ich in dieser Art gesehen habe. Jedes nimmt eine Wand ein und stellet eine feyerliche Handlung bei der Vermählung des Erzherzogs Joseph vor. Meytens hat alles gezeichnet, mahlet aber blos die Gesichter, die Gewänder überlässt er seinen Schülern, sonst würde er in drei Jahren nicht fertig.

allhiesige akademische Mahler durch ihren vereinbarten Fleiss eine sonderbare Ehre erworben und den höchsten Beifall des k. k. Hofes verdient. Alle diese Stücke wurden unter der Aufsicht des k. k. Directors der Wienerischen Mahler und Bildhauer-Akademie Herrn von Meytens verfertiget.

§. 6. Darnach folget in einem anderen Zimmer ein ungemein schönes, grosses Gemählde mit vier Erzherzoginnen, königl. Hoh. in der Vorstellung, in Kleidungen und Actionen wie sie sich in höchster Anwesenheit Ihrer k. k. Majestäten in einer aufgeführten Operetta am Berg Parnassus mit unvergleichlich künstlichem Singen hören lassen.

Dann folgt ein sehr grosses über die massen schönes Stück, auf welchen Ihre Majestäten weil. Kais. Franz und die Kaiserin Königin Maria Theresia sitzende, mit der ganzen durchl. Familie von Grössten bis auf die Kleinste noch in der Wiege liegende Prinzessin Maria Antonia, meist stehende u. s. w. in einem prächtig ausgezierten Gemach vorgestellt werden.

Das Bild ist von Meytens. Die kais. Prinzen sind: Joseph Benedict, Carl Joseph, Peter Leopold, Ferdinand Franz und Maximilian; die kais. Prinzessinen: Maria Anna, Maria Christina, Maria Elisabeth, Johanna Gabriela, Maria Josepha, Maria Carolina und Maria Antonia [1]).

In einem Nebenzimmer befanden sich noch mehrere Bildnisse der kais. Familie und „der kleinen Erzherzogin Maria Theresia, Ihr. Maj. Kaiser Joseph II. Prinzessin, Bildniss in ganzer Vorstellung" (in ganzer Figur).

§. 7. In der ehemaligen Bibliothek des Prinzen Eugen: „kommt auch ein von Holbein ausbündig schön gemahltes Kunststück mit dem Portrait des Theophrastus Paracelsus samt seinem Gevatter in ganzer Figur und fast in Lebensgrösse vor Augen, dessen sonderbare Kleidertracht und übriges Aussehen Verwunderung erwecket" [2]).

Ein anderes Zimmer ist theils mit sehr grossen, theils mit kleineren Bataillen-Stücken, der siegreichen Prinz Eugenischen Feldschlachten ausgezieret, welche aus dem in der Himmelpfortgassen gelegenen Pallast dahin überbracht worden sind. Sie stellen vor die Treffen bei Zenta, Höchstedt, Cassano, Turin, Oudenarde, Mons (oder Malplaquet) und Belgrad. Die Übrigen drei Stücke von den zehn Siegen des Prinzen gehen ab, nämlich die Schlachten bei Chiara, Luzzara und Peterwardein.

(Diese Schlachtenbildern kamen später, nebst dem Bildnisse des Prinzen Eugen von J. G. Auerbach in den linken Saal des unteren Belvedere. Sechs derselben sind von Parrocel und das Siebente (Belgrad) ist von dem Wiener-Künstler Oberndorf gemalt. Sie haben alle die gleiche Höhe von 14′ 6″ und sind nur in der Breite verschieden. (S. Mech. Cat. S. 323. 324. Nr. 1—7.)

(§. 8. S. 34) wird auch der Auferstehung Christi, von Solimena in der Capelle des k. k. Belvedere erwähnt.

II. In der weltlichen Schatz- und Kunstkammer.

(§. 8. S. 93. ff.). Fuhrmann erwähnt, dass dieser Schatz unter der Regierung Kaiser Franz I. und Maria Theresiens einen bedeutenden Zuwachs bekam. Er berührt die älteren Seltenheiten

1) Das Bild erschien 1760 zu Wien, von Gottfried Haid in schwarzer Kunst.

2) Wie kommen wohl Holbein und Paracelsus zusammen? Jedenfalls wäre es nicht uninteressant, dieses Bild zu sehen, welches vielleicht, mit so vielen anderen Bildnissen in dem einen Eckthurm des k. k. Belvedere verborgen an der Wand lehnt.

nur kurz, gibt aber von diesem Zuwachs einen längeren Auszug, wie er solchen „von des Herrn von Schuppe k. k. Rathes und Schatzmeisters Schreiber: Joseph Biperger“ erhielt.

An der Spitze der Gemälde stehen hier wieder die drei Correggio nur verwechselt Fuhrmann (S. 97) die Jo mit der Danae [1]).

Nr. 5 Ein kleiner Mannskopf im Profil, von Tizian.
„ 6 Ein Nachtstück, von Lingelbach.
„ 10 Männl-Portrait in einem Pelz, von Pourbus.
„ 17 Ein junger Manns-Kopf, vom jungen Holbein.
„ 25 Ein Bauern-Zahnarzt, von Ostada. (Mech. Cat. S. 194. Nr. 33.)
„ 39 Landschaft, von Patenier.
„ 46 Etliche Spieler, von L. von Leyden.
„ 52 Landschaft mit einem Wasserfall, von Ruysdael.
„ 55 Ein schlafendes Weib, von v. d. Dusse. (Does. Mech. Cat. S. 222. Nr. 85.)
„ 60 Ovidisches Stück, von Poussin.
„ 61 Frauenportrait in rothem Kleid, von Palma vecchio.
„ 64 Gespensterstück, von Hier. Bosch. (Bos. Mech. Cat. S. 158. Nr. 36.)
„ 65 Fruchtstück, von Faes.
„ 67 Meergötter, vom j. Frank.
„ 74 Bildniss des J. Haintz.
„ 77 Landschaft mit einem Baccahant, v. Thom. Giottino. (?)
„ 81 Eine aus dem Bad gehende Frau, von J. v. Achen. (Bethsabe. Mech. Cat. S. 275. Nr. 47.)
„ 82 Ein Knabe mit einem Korb, von J. v. Achen.
„ 87 Landschaft mit stürmenden Türken, von jung. Bemmel. (Mech. Cat. S. 289. Nr. 9.)
„ 89 detto mit Soldaten, von demselben. (Mech. Cat. S. 289. Nr. 10.)
„ 94 Seestück von Jos. v. d. Velde. (Wilh. v. d. Velde. Mech. Cat. S. 210. Nr. 29)
„ 99 u. 101 Affen mit Hunden und Katzen, von Teniers.
„ 100 Eine Zauberei, entworffen von Rembrandt. (Vielleicht Leonh. Bramer. Mech. Cat. S. 91. Nr. 30.)
„ 102 Landschafft, von Fabrizi. (Mech. Cat. S. 225. Nr. 100.)
„ 104 detto von Casp. de Witte. (Mech. Cat. S. 225. Nr. 99.)
„ 106 Ein ovidisches Stück, von Rubens. (?)
„ 107 u. 111 Winter und Frühling, von König. (Mech. Cat. S. 270. Nr. 20—23.)
„ 108 Ein blinder Bettler, von Breugel. 114—116 die 4 Jahreszeiten, von Breugel.
„ 115 Arche Noä, von Giac. Bassano. (Mech. Cat. S. 78. Nr. 46.)
„ 119 Eine Weibsperson und zwei Kinder unter einem Palmbaum, von Jos. Arpino. (Mech. Cat. S. 37. Nr. 30.)
„ 125 Ein Stück von Bega. (Mech. Cat. S. 181. Nr. 48.)
„ 145 Ein Stück von Sutermann. (Viell. Mech. Cat. S. 149. Nr. 1?)
„ 154 Ein kleines Portrait der Anguisola, von ihr selbst gemahlet. (Mech. Cat. S. 146. Nr. 24.)
„ 155 u. 157 Zwei Landschaften, von de Jode.
„ 156 Das Bildniss Carl V., von Tizian. (Mech. Cat. S. 20. Nr. 16.)
„ 158 Frauen-Portrait, von Amberger.
„ 162 Landschaft, von P. Bril.
„ 168 u. 172 Zwei Frauenporträte, von Kneller. (Mech. Cat. S. 301. Nr. 80 und S. 302. Nr. 86.)
„ 169 Zwei Männer die mit einem Drachen streiten, von van den Wert (Werf?).
„ 175 Contrefait einer Frauen, von Holbein.
„ 177 Landschaft, von Finkenbaum und Breugel.
„ 180 Portrait eines Mannes, von del Borgo.
„ 182 Ovidisches Stück, von Abinge. (?)
„ 187 Eine Landtschaft, von Salv. Rosa.
„ 189 Die Erschaffung der Welt, von Roeland Savery. (Mech. Cat. S. 175 Nr. 10. ?)
„ 191 Seestück, von Salv. Rosa. (?)
„ 193 u. 196 Landschaft mit Thieren und Orpheus mit Thieren, von Savery. (Mech. Cat. S. 176. Nr. 14 und 15 und S. 177. Nr. 19?)

1) Es versteht sich, dass auch hier alle schon früher aufgezählten Gemälde um der Weitläufigkeit willen, weggelassen werden, auch sollen solche Bemerkungen wie: ein Künstler aus Brügg, ein Maler aus Flandern u. s. w. als unwichtig wegfallen.

Nr. 197 Ulysses mit der Circe von P. Geizen.
„ 200 Landschaft mit Soldaten von Bol.
„ 201 Die Hölle, von Hier. Bos. (Mech. Cat. S. 158. Nr. 37. ?)

Man gewahrt aus diesem Auszug, wie sehr die Gemälde in der k. Schatzkammer vermehrt wurden. Dass man diese Bilder nicht der Carolinischen Gemälde-Sammlung einverleibte, mag von Seite des Hofes sowohl aus Pietät für diese, als auch für die alte Schatzkammer geschehen sein. Diese zählte nun nach Fuhrmanns Angaben, nebst der Jo, dem Ganymed und dem Bogenschnitzer, drei Bilder von Tizian, vier von Holbein, vier vom alten und drei vom jüngeren Teniers, zwei von P. Veronese, zwei Palma il vecchio, drei de Heem, fünf Luc. Cranach, sechs R. Savary, vierzehn B. Spranger, sechszehn H. v. Aachen, vierzehn Hamiltons und nicht weniger als 53, freilich meist kleinere Stücke von Kessel. Viele der älteren Bilder mögen nach und nach auch von Prag in die Schatzkammer gebracht worden sein.

III. In der geistlichen Schatzkammer.

(Cap. IX. §. II.)

Nr. 1 Eine Kirche, von P. Neefs,
„ 2 Der englische Gruss, von Cranach.
„ 3 Die h. Drei Könige, von demselben.
„ 4 Die Flucht in Egypten, von Boll (Boel?)
„ 5 Ein Frauenbild (Marienbild), von Cranach.
„ 6 Der h. Sebastian.
„ 7 Christus zwischen den zwei Schächern, von Frank.
„ 8 Die Vorstellung Christi im Tempel, von demselben.
„ 9 Die Auferziehung Christi. (?)
„ 10 Christus bei Martha.
„ 11 Ein Frauenbild.
„ 12 Jesus, Maria und Joseph.
„ 13 Die sämmtliche Geschichte Christi des Herrn. (Burgmaier. Mech. Cat. S. 250. Nr. 57.)
„ 16 Die Beschneidung Christi, von Aldegref. (Mech. Cat. S. 255. Nr. 77.)
„ 17 Ein Frauenbild in einer Landschaft, von Finkenbaum.
„ 18 Der Erzengel Michael, von Peter Candito. (?)
„ 19 St. Johannes, von P. Perusino. (Mech. Cat. S. 39. Nr. 35. ?) Nr. 20, dessen Compagnon. (?)
„ 21 Der englische Gruss von Corn. Pohlenburg. (Mech. Cat. S. 221. Nr. 80.)
„ 22 Christus im Garten von Gethsemane, von Franz Albani. (?)
„ 23 Die Geburt Christi, von Cranach. (Mech. Cat. S. 235. Nr. 16. ?)
„ 25 u. 26 St. Leopold und St. Hieronymus, von Cranach. (Mech. Cat. S. 240. Nr. 29.)
„ 27 Die h. Magdalena, liegend, von Corregio. (!)
„ 28 u. 29 David und Bethsabe, Loth und seine Töchter, von Cranach. (Mech. Cat. S. 258. Nr. 67 u. 68.)
„ 30 Ein Frauenbild, von demselben.
„ 31 Desgleichen in einer Landschaft, von Joh. Boll.
„ 32 Die h. Dreifaltigkeit, von Alb. Dürer. (Mech. Cat. S. 237. Nr. 22.)
(Dieses vortreffliche Bild Dürers malte dieser Meister für die Kirche des Bruderhauses zu Allerheiligen in Nürnberg. Als Kaiser Rudolph II. um dasselbe ansuchte, wurde es ihm übersandt. (Kunstblatt v. 1823. Nr. 47.) Fräulein Julie Mihes, später verehlichte Primisser, gab die Umrisse desselben in Lithographien heraus.)
„ 33 Ein Frauenbild, von Rubens, so 1000 Ducaten gekostet. (?)
„ 35 Die heil. Drei Könige, von Johann v. Hemsen (Hemessen).
„ 36 Die heil. Drei Könige, von Frank.
„ 37 Ein Frauenbild, von A. Dürer.
„ 38 Die Flucht in Egypten, von Pet. Geizen (Gijzens).
„ 39 Die Auffahrt Christi, von Pürgmayer. (Burgmair. Mech. Cat. S. 239. Nr. 25.)
„ 40 Ein Frauenbild, von Andrea del Sarto. (Vielleicht Mech. Cat. S. 46. Nr. 21. ?)
„ 41 St. Sebastian, von Correggio. (Vergl. Mech. Cat. S. 61. Nr. 11.)
„ 42 Ein Frauenbild, nach Correggio.
„ 43 Eine Kirche, von Peter de Neve (Neefs).

Nr. 44 Die Kreuzziehung Christi, von Pürkmayer. (Mech. Cat. S. 293. Nr. 25.)
„ 46, 48 u. 49. Frauenbilder (Madonnen), von Peter Candito.
„ 47 Daniel in der Löwengrube, von Frank.
„ 51 Ein Frauenbild, von Guido Reni, kostet auch 1000 Ducaten. (Viell. Mech. Cat. S. 55. Nr. 19.)
„ 53 Ein Ecce Homo, von Alb. Dürer.
„ 54 Ein Frauenbild, von P. Perusino. (Mech. Cat. S. 33. Nr. 10.)
„ 56 Ein historisches Stück, von Patenier.
„ 57 Ein Stück von Zucchero.
„ 58 Die Geburt Christi, von Bloemart. (Mech. Cat. S. 86. Nr. 7.)
(Das Bild blieb später in Frankreich. Vgl. Descamps Reisen. S. 70.)
„ 59 Christus am Kreuz, von van der Mern. (?)
„ 60 Christus am Kreuz.
„ 61 Adam und Eva, von Rottenhammer.
„ 62 Die Verstossung aus dem Paradiese, von demselben.
„ 63 Die Kreuzigung Christi, von Schwarz.
„ 65 Ein Einsiedler, von Pet. Geisen (Giezens).
„ 66 Die Flucht in Egypten, von Blomart. Nr. 67 dessen Compagnon.
„ 68 Der Aussätzige im Schwemmteich, von Patenier.
„ 69 Ein Frauenbild mit englischer Glorie, von Pet. Candito?
„ 70 Die Judith, von Leonard da Vinci. (Luini? Mech. Cat. S. 48. Nr. 30?)
„ 71 Der Zinsgroschen, von Bock. (?)
„ 72 Die Kreuzigung Christi, von Luc. Leyden. (?)
„ 73 Das Abendmal Christi, von Perusino. (?)
„ 74 Eine Kirche, von Peter de Neve (Neefs).
„ 75 St. Sebastian, von Cranach. Nr. 76. Dessen Compagnon.
„ 77 Die Auferziehung Christi.
„ 78 Ein Frauenbild mit dem göttlichen Kind.
„ 79 Familia sacra, auf Kupfer gemahlet.

So dankenswerth diese Aufzeichnungen Fuhrmanns sind, so muss man sich doch wundern, wenn er am Schluss der Beschreibung der Gemälde der geistlichen Schatzkammer (S. 131) die „drei kostbaren Stücke von Corregis“, die er bereits §. 4. S. 97 bei der Beschreibung der weltlichen Schatzkammer anführte, noch einmal bringt! und dabei die Bemerkung macht:

„Den Cupido (Bogenschnitzer) haben weyl. Sr. Maj. Kaiser Karl VI. von der Repuplik Venedig um 1000 Ducaten erkauffet“

während sich dieses Bild schon in der Rudolphinischen Sammlung befand.

Weisskern in seiner Beschreibung der k. k. Haupt- und Residenzstadt Wien[1]) sagt (S. 70. §. 77) „Die k. k. Bildergallerie befindet sich in der sogenannten Stallburg, wo sie fast den ganzen oberen Stock einnimmt. Sie stehet unter der Aufsicht der Hrn. Joh. Martin und Jos. Rausch von Traubenberg, begreift aber nur einen Theil des kaiserlichen Bilderschatzes, indem viele schöne Stücke nach Prag und Innsbruck gekommen, viele aber nicht einmal eingetheilt sind.“ Übrigens bringt Weisskern, durchaus nichts Neues und sagt nur, dass Namen wie Raphael, Tizian u. s. w. hinreichen, „um die Nachrichten zweier ungenannten Schriftsteller zu widerlegen, welche blos vom Luxemburgischen Palast in Paris eingenommen, sehr kaltsinnige Urtheile von dieser Gallerie gefällt haben.[2]) Wahr ist es, dass aus Unachtsamkeit der ehemaligen Bauaufseher die Feuchtigkeit durch das schadhafte Dach in einen Theil der Mauer gedrungen und den daselbst befindlichen Bildern nachtheilig

---

1) Wien 1770. 8° Erschien als III. Thl. der österr. Topographie.

2) S. Biblioth. der schönen Wissensch. u. Künste. T. IX. 2. Stück. S. 327. Auszug eines Briefes aus Wien; und (Sonnenfels) Briefe über die Wienerische Schaubühne. Wien 1768. S. 3. ff.

gewesen ist, allein dieses Schadens ungeachtet, sind noch Seltenheiten genug vorhanden die das neugierige Auge eines Kenners reizen können."

Die beiden rügenden Stellen, auf welche Weisskern hindeutet, enthalten Folgendes. Der Brief aus Wien vom 12. Juni 1763 führt Klage über den geringen Kunstsinn in Wien, besonders bei dem Adel, dann heisst es u. A.

„Ausser der Kaiserlichen und Liechtensteinischen Gallerie trifft man nur wenige Gemälde an. Zum Unglück werden die schönsten Werke in der ersteren noch dazu vernachlässigt. Ich könnte davon verschiedene Proben anführen, man putzt sie und verdirbt sie, man flickt, man vergrössert und verkleinert nach Belieben, sehr viele sind beschädigt, eben so schlecht geordnet. Bei dem trefflichsten Tizian hängt oft eines, was ich nicht geschenkt haben möchte."

Seite 330 desselben Bandes findet sich sogleich eine Antwort auf dieses Schreiben, worin aber nur gegen den geringen Sinn für Kunst protestirt wird, indem das Cabinet de France, die Gemäldesammlung bei den P. P. Schotten, das Cabinet Bräuner und die Bilder im Palast des Grafen von Harrach angeführt werden. Über die Restauration der kais. Gallerie trifft man jedoch keine Entschuldigung, was allerdings etwas bedenklich erscheint, da man, wenn man tüchtige Waffen gehabt hätte, den Stoss gewiss parirt haben würde. [1])

In demselben Briefe vom 12. Juni 1763 wird auch angeführt dass Trattner den Anfang machte, Bilder aus der kais. Gallerie in Kupfer stechen zu lassen und herauszugeben, und zwar erschienen folgende drei Blätter:

Domenico Feti. Die Flucht nach Aegypten, gestochen von Tischler,

Preti il Calabrese. Der Lautenschläger, gestochen von Reinsberger, und

Furini, Tancreda in ihrem Schmerz, gestochen von J. Mannsfeld.

Die zweite jener rügenden Stellen, in den Briefen über die Wienerische Schaubühne (S. 3) lautet: „Die Bildergallerie können Leute, die aus Frankreich kommen und die Gallerie des Louvre und im Palast Luxemburg gesehen haben, nicht ausserordentlich schön finden."

Sonnenfels scheint dieses aber nur niedergeschrieben zu haben, um sich selbst zu maskiren und die damaligen Leser glauben zu machen, dass wirklich ein Franzose nach Wien gekommen sei um die Kritiken über das Theater zu schreiben, Einen weiteren Grund wird das wohl nicht haben, da Sonnenfels nicht über Dinge zu schreiben pflegte, die ihm ferne lagen.

1771.

Aus dem anonymen Buch „Versuch einer Beschreibung der k. k. Schatzkammer zu Wien. (Nürnberg 1771. 8°) welches theils nach Tolner, theils nach Fuhrmann verfasst scheint, ist in Betreff der Gemälde nur folgendes nachzutragen.

(S. 9.) Nr. 6 Herkules, wie solcher am Rocken spinnt, von Spranger. (Vergl. Mech. Cat. S. 271. Nr. 30.)
„ 7 u. 19 Die Bildnisse Melanchthons und M. Luthers, von Holbein. (Vermuthlich jene von Luc. Cranach. Mech. Cat. S. 261. Nr. 98 und 99.)

1) Dass man einst, ob zur Zeit des Grafen Althann oder zur Zeit Mechels, kann ich nicht bestimmen, allerdings etwas schonungslos mit mehreren Bildern der kais. Sammlung verfuhr, ist eine Thatsache; namentlich scheint man das sogenannte „Formatisiren" geliebt zu haben. So ist u. A. bei dem h. Franciskus von Agostino Carracci (Mech. Cat. S. 51. Nr. 2.) das untere Drittheil angestückt, und von fremder Hand gemalt; so wurde bei dem heil. Sebastian von Mantegna (Mech. Cat. S. 5. Nr. 7.) die Landschaft verstrichen und das Bild um eine Handbreite schmäler gemacht; so übertünchte man bei dem Tobias von Andr. del Sarto den ganzen Hintergrund mit schwarzer Farbe u. s. w.

Nr. 20 Die Pallas, ein Götterrath, von Spranger. (Mech. Cat. S. 266. Nr. 2.)

„ 22 Die Katharina des Luther, von Porbus. (Vgl. Mech. Cat. S. 169. Nr. 84.)

(S. 25.) Nr. 76 u. 80 Zwei Stücke von Leonh. da Vinci Schule, deren eines allerlei Fische, das andere aus Wurzeln zusammengesetzte Köpfe vorstellet. (Arcimboldo.)

(S. 28 ff.) Nr. 24 Ein Fruchtstück von de Heem und Nr. 32 von de Heem.

(S. 29.) Nr. 59 u. 63 Zwei artige Stücke aus L. da Vinci's Schule, deren eines von allerlei Früchten den Sommer, und das andere vom Feuer und feuermachenden Instrumenten, den Winter in förmlichen Gesichtern vorstellet. (Die Gegenstücke zu 76 und 80.)

(S. 33) Nr. 92 Eine Kindbetterin auf niederländische Art, in Miniatur gemahlet, von Sammet-Breughel. (?)

Nr. 98 Der Raub des Boreas. (Boreas entführt die Orithya.) (Mech. Cat. S. 72. Nr. 21.)

(S. 46.) Nr. 121. Ein sehr schönes Gemälde, von Joh. v. Achen, welches ein Portrait aus dem durchl. Erz-Hause zu sein scheint. (Vgl. Mech. Cat. S. 265. Nr. 12 od. 13. Rudolph II. oder Erzherzog Ernst?)

(S. 69 im letzten Cabinet) ist ein seltenes Stück von Correggio (?) auf welchem sich eine sehr grosse Hand befindet. Vor diesem war ein Glas davor angebracht, dass man dieselben in der rechten Proportion sehe. (Mech. Cat. S. 146. Nr. 25.)

1776 und 1777.

werden auf Befehl Sr. Maj. Kaiser Joseph II. nach dem, bei Kunstgegenständen höchst wichtigen Grundsatz „Das Gleiche zu dem Gleichen" die sämmtlichen Gemälde aus der k. k. Stallburg und der k. k. weltlichen und geistlichen Schatzkammer in das k. k. obere Belvedere gebracht, um dort als ein würdiges Ganzes aufgestellt zu werden. Diesen Bildern wurden zugleich auch jene beigefügt, welche durch die Aufhebung der Klöster und namentlich jene des Jesuitenklosters zu Antwerpen, mobil wurden. Hierher gehören besonders die bewunderungswürdigen Gemälde von Rubens, St. Ignatius und St. Franciscus Xaverius und die prachtvolle Himmelfahrt der h. Maria, welche in der Kirche der Karmeliter zu Brüssel auf dem Hochaltar prangte. (v. Descamps Reise etc. S. 106. u. 198 etc.)

1778. ff.

Erhält Christian von Mechel von Sr. Maj. Kaiser Joseph II. den Auftrag, eine Beschreibung aller jener Gemälde zu verfassen, welche sich nunmehr im k. k. Belvedere befanden. Mechel arbeitete an diesem Catalog den ganzen Sommer und Herbst desselben Jahres. Während dieser Arbeit entstand jedoch bei ihm der Plan zu mehreren Abänderungen und Vermehrungen, welcher im J. 1779 genehmigt wurde. Im Mai dieses letzteren Jahres reiste Mechel nach Basel, um dort seinen Geschäften als Kupferstichhändler zu obliegen und kehrte erst im November wieder nach Wien zurück, wo ihn die Auswahl und Beschreibung der neu einzuschaltenden Bilder bis zum Frühjahr 1789 beschäftigte. Allein kaum war diess ausgeführt, so kamen neue Vermehrungen, denn der Allerh. Hof erbte viele merkwürdige Bilder durch das Ableben des Herzogs Carl von Lothringen, Gouverneurs der Niederlande, während dadurch, dass nunmehr Herzog Albert von Sachsen-Teschen jene Stelle in den Niederlanden übernahm und desshalb seine Residenz zu Pressburg verliess, auch mehrere Gemälde aus dem Schloss dieser Stadt der k. k. Gallerie einverleibt werden konnten.

(Meusels Miscellaneen 8. Heft. S. 105. 10. Heft. S. 300).

Die neue Einrichtung des k. k. Belvederes wurde im Jahre 1781 vollendet und die 1200 aufgestellten Gemälde grösstentheils mit neuen Goldrahmen geziert, welche 70,000 Gulden kosteten. Mechel's Catalog erschien aber erst im Jahre 1783. Es ist begreiflich, dass sich die Wiener-Künstler dadurch beeinträchtigt fühlten, dass Kaiser Joseph II. sein Vertrauen in einer so wichtigen Sache, wie die Aufstellung und Anordnung der kais. Gallerie, einem Baseler Kupferstecher und Kunsthändler wie Mechel schenkte. Allein Joseph II. hatte ihn auf seiner Reise in der Schweiz persönlich kennen gelernt und gefunden, dass er in Beziehung auf ältere Meister weit mehr Kenntnisse besass als die Wiener-Künstler, die ausserdem, dass sie den Pinsel tüchtig zu führen wussten, sehr wenig für die Ausbildung ihres Geistes gethan hatten, und sich, wie das selbst heut zu Tage leider noch der Fall ist, sehr wenig um die Kunstgeschichte und um die alten Meister bekümmerten. Kaiser Joseph II. konnte daher für die damalige Zeit gewiss nichts Besseres thun als sich einen Mann wählen, der schon durch seine antiquarischen Geschäfte mit den älteren Meistern der verschiedenen Schulen vertraut war. Gegen die grundlosen, sowohl mündlichen als schriftlichen Anfeindungen und Beschuldigungen Mechels verfuhr Kaiser Joseph II. ganz kurz. Er hatte zu genüge erprobt, dass jene missgünstigen Äusserungen grösstentheils ihren Grund darin fanden, weil Einige Mecheln um seine Stellung und Wirksamkeit beneideten, die sie bei sich selbst besser angewendet dachten, weil Andere ihre reichen Trinkgelder und Erpressungen vom Publicum verloren, da nun der Eintritt in das k. k. Belvedere unentgeldlich wurde und weil man endlich in jener Epoche überhaupt alles, was dem Altherkömmlichen widersprach, mit feindseligen Augen betrachtete. Kaiser Joseph II. hielt es daher für angemessen Seine höchsteigene Zufriedenheit schriftlich kund zu geben und Mecheln ein Ehrengeschenk zustellen zu lassen. Von da an wagten die Überklugen nichts mehr zu sagen und mussten endlich anerkennen, dass wenn auch sie dabei nicht hülfreiche Hand leisteten, doch etwas wahrhaft Grosses geschehen war.

Nachträge.

1780.

Im Jahre 1780 unternahm Ehemant, Professor der Geschichte zu Prag, eine genaue Untersuchung der Gemälde des Karlsteins. Bei derselben wurden fast alle Gemälde aus dem Tafelwerk (Boiserie) der Kron- oder Kreuzkirche (Capella regia in Carlstein) herausgenommen und man fand ober der Blende des Hochaltars, worin ehedem die Krone und die Kleinodien des Königreiches Böhmen aufbewahrt wurden, die drei Bilder des Thomas von Mutina (Mech. Cat. S. 229. Nr. 1). Bei näherer Besichtigung wurde man gewahr, dass man, um die Bilder zu Vierecken zu formen, Holzstreifen angesetzt hatte. Die Entdeckung so alter Ölgemälde (?) erregte Aufsehen zu Wien, wo Mechel eben die k. k. Gallerie im Belvedere einrichtete, sie wurden alle drei in einen einzigen Rahmen zusammengefasst und unter Nr. 1 an die Spitze der altdeutschen Schule gestellt. Dann wurden noch der Heiland am Kreuze mit Maria und Johannes darunter, welches das Hauptbild dieser Kirche ausmachte, und zwei Kirchenlehrer aus dieser Capelle regia nach Wien gesendet. Diese drei Bilder erklärte man für Arbeiten des Theodorich von Prag. Mechel hält hingegen den Heiland am Kreuze für eine Arbeit des Niclas Wurmser von Strassburg und setzt das Bild in das Jahr 1357 [1]).

(J. G. Jahn) im Archiv der Geschichte und Statistik, insbesondere für Böhmen. Dresden 1792. (8°. I. B. S. 9).

1781.

Im Jahre 1781 gab Hilschenbach das schon erwähnte Büchlein: „Kurze Nachricht von der k. k. Bildergallerie zu Wien und ihrem Zustande im Jänner desselben Jahres", anonym (Frkft. a. M. 8°) heraus. Es ist an Hofrath Meusel gerichtet und enthält eine ziemlich eilige Wanderung durch die verschiedenen Schulen. Vom grossen Saal wird bemerkt, dass sich dort die Bildnisse jener Fürsten befanden, deren Kunstliebe man die mehrsten Schätze dieser Sammlung zu danken hat, nämlich Kaiser Maximilian I., Rudolph II., Erzherzog Leopold Wilhelm und Carl VI.

Von den ältesten Bildern der altdeutschen Schule sagt Hilschenbach Folgendes:

„Das Erste was beim Eintritt in die Augen fällt, sind zwischen den Fenstern, vier grosse Gemälde auf einem goldenen Grunde. In keiner Gallerie sah man noch diesen Pinsel, in keiner älteren Nachricht las man die Namen Mutina, Wurmser und Theodoricus, nirgends redete man noch in unserem Vaterlande von wirklich vorhandenen Ölgemälden (!) aus dem XIII. u. XIV. Jahrhundert. Hier sind nun die Proben hergeschafft vom Schlosse Carlstein aus Böhmen, beurkundet aus Archiven des Landes und wie die von mehreren Künstlern in Gegenwart des Fürsten von Kaunitz gemachten Proben zeigten, wie der Augenschein es lehren kann, unwidersprechliche Anwendung des Öls."

---

1) S. Mech Cat. S. 230. Nr. 2.

Dass nun diese Bilder trotz der Proben, welche vor den Augen des Fürsten von Kaunitz gemacht wurden, keine Ölgemälde sein können, sondern dass sie alla tempera gemalt sind, ist durch neuere kunsthistorische Forschungen zu genüge erwiesen [1]). Es ist aber hier zugleich jene Gelegenheit gebothen, etwas über die Herkunft des Thomas da Mutina zu sagen den man so gern für einen Böhmen (aus Muttersdorf u. s. w.) erklärt hätte. Hierher gehört vor allen Federici's höchst ausführliche Abhandlung unter dem Titel:

„Si discopre il nome di un Pittore Trevigiano in molte Pitture fatto di esso verso la metà del Secolo XIV. in Trevigi ed in Boemia e quest' a Olio." [2]).

Tommaso stammt dieser Untersuchung zufolge aus einer Familie, die aus Modena nach Treviso übersiedelte und war der Sohn des Notars Buzacherinas, welcher im Jahre 1315 das Bürgerrecht von Treviso erhielt und sich nach damaliger Weise bald Bursarinas, Burasinus, Bisarinus und Barisinus nannte [3]). Tommaso's Stammbaum ist folgender:

Bonacursius.

Bertramus. — Raimundinus etc.

Buzacarinus. nu. 2. gr. 1315. dictus Buzarinus et Bizarinus. — Gerardus. Med. artis Profess. — Galeatius. Scriba.

Thomas. Pictor.

Im Jahre 1350 malte Tommaso die Miniaturen zu einer Bibel in zwei Bänden und schrieb dazu: „Thomas de Mutina, Burasini filius, auctor." Diese Bibel wurde von Giovanni, Pfarrer zu St. Agnese den Brüdern des Prediger-Ordens St. Niccolò vererbt.

In einem Schreiben von d'Agincourt (dd. Vienne 17. Fevr. 1795) liest man von den Bildern Tommaso's zu Wien.

„Il millesimo non si trova affato sul quadro, ma bensì in una cartella attacata sulla cornice, che non ha che fare niente col quadro, modernamente scritto dal Cav. Mechel. In detta cartella si legge così: Nr. 1. dipinto a olio da Tommaso de Mutina o sia Muttersdorf in Boemia, l'anno 1297."

Dass dieses Jahrszahl unrichtig ist, versteht sich von sich selbst, da weder Carl IV. noch Tommaso im dreizehnten Jahrhundert lebten [4]).

1) Cardinal Garampi spricht in einem Schreiben an Federici (ddo. v. Rom. 7. April 1792) ebenfalls von einer Untersuchung der Bilder des Thomas de Mutina, in dem er jedoch sagt:

„Il governo (austriaco) caricò il Sign. Mechel etc., affinchè o si trasferisco egli stesso in Boemia, o delegasse persone versate in pittura et in chimica, per prendere tutti neccessarj esperimenti, e verificare le pitture di Tommaso de Mutina se fossero veramente fatte a olio, come colà si asseriva. Tanto fù eseguito" etc.

(V. Federici. Memoire Trevigiane sulle opere di disegno. Venezia 1809. 4° p. 70.)

2) ibid p. 52. ff. e. p. 186 ff.

3) Fast alle welche die Aufschrift auf dem Bilde: Quis opus hic finxit
Thomas de Mutina pinxit,
Quale vides lector,
Barisini filius auctor,
abschrieben, lasen Rarisini anstatt Barisini und konnten daher nicht ins Klare kommen.

4) Über die Gemälde des Theodorich von Prag sagt Pelzel (Carl IV. II. B. S. 789) dass sie vermuthlich schon im J. 1367 vollendet waren und dass Carl IV. eine solche Freude darüber hatte, dass er bei seiner Rückkunft nach Prag einen Gnadenbrief für Theodorich ausfertigte, durch welchen dessen Hof in Morzina bei Carlstein von allen Steuern befreit wurde, nur musste Theodorich jährlich 30 Pfund Wachs an die Kirche abliefern.

Hilschenbach sagt dann noch, dass in der kais. Gallerie zwölf Stücke von Albrecht Dürer vorhanden seien. (Nach Mechel S. 348, vierzehn Stücke [1]) und darunter jene Anbethung der heil. drei Könige vom Jahre 1504 (Mech. Cat. S. 257. Nr. 83) welche zuerst den Ruf dieses Meisters entschieden haben soll. (?) Ferner die Marter der Heiligen von 1508 (Christenmarter. M. C. 238. Nr. 23), nach welchem Bilde Kaiser Leopold I. von van Steen einen Kupferstich in gleicher Grösse fertigen liess [2]) und vorzüglich eines von Dürers kostbarsten Bildern: die h. Dreifaltigkeit von 1511 (Mech. Cat. S. 237 Nr. 22), sämmtlich Bilder, deren v. Sandrart ausdrücklich in seinem Leben Dürers erwähnt [3]).

Von neueren Bildern nennt Hilschenbach die Abnahme vom Kreuz von Joach. Sandrart (M. Cat. S. 286, Nr. 93) welches Bild von dem Stifte Lambach dem kais. Hofe zum Geschenk gemacht wurde, und das Bildniss Kupetzky's, welches als ein Geschenk des Fürsten von Kaunitz angegeben ist.

Vom unteren Belvedere sagt Hilschenbach (S. 40) dass sich dort nebst den Eugenianischen Schlachtenbildern auch über 1500 Porträte aus der Familie des Durchl. Erzhauses befänden, die einst an einem schicklichen Ort besonders aufgestellt werden sollen! — —

1783.

In den „Wöchentlichen Anzeigen von Künstlern und Kunstsachen", Jahrg. 1738; erschienen von Hier. Riegler die Beschreibungen folgender einzelner Bilder des k. k. Belvedere:

Ph. de Champagne. Der Tod Abels. (M. C. S. 83. Nr. 1.)
Otto van Veen. Die geflügelte Glücksgöttin. (Mech. Cat. S. 84. Nr. 2.)
Adriaen de Vries. Bildniss eines ehrwürdigen Mannes. (ibid. Nr. 3.)
Sam. van Hoogstraten. Der Jude am Fenster. (ibid. Nr. 4.)
Cornelis de Visscher. Bildniss eines betagten Mannes. (ibid. S. 85. Nr. 5.)
Mostaert. Bildniss Christoph Baumgartens. (ibid. Nr. 6.)
Abrah. Bloemart. Die heil. drei Könige. (ibid. S. 86. Nr. 7.)
Phil. de Champagne. Die sterbende Mutter. (ibid. Nr. 8.)
Otto van Veen. Maria mit dem Kinde. (ibid. Nr. 9.)
Remigius Lang-Jean. Merkur und Herse. (ibid. Nr. 10.)
Pieter van Lint. Christus am Teich Bethesda (ibid. S. 87. Nr. 11.)
Jan Stradanus. Ein Göttermahl. (Mech. Cat. S. 87. Nr. 12.)
Th. v. Thulden. Die h. Maria empfängt die Huldigung von Holland, Hennegau und Flandern. (ibid. Nr. 13.)
Jacob Jordaens. Jupiter bei Philemon und Baucis. (ibid. Nr. 14.)

Diese Besprechungen sind ausführlich und oft sehr richtig, doch scheinen nicht mehr als die eben genannten in die Öffentlichkeit getreten zu sein.

1785.

„Artaria und Comp. sind im Sinn die besten Stücke der kais. Gallerie in Kupfer stechen zu lassen und haben desshalb den Stich J. Schmutzers nach dem h. Ambrosius von Rubens, den Stich Bartolozzis nach der Jo von Correggio und nach dem Bogenschnitzer von Parmeggianino an sich gebracht."

(Meusel. Miscell. 24. Heft. p. 365).

---

1) Wobei aber zwei Zeichnungen sind. (S. Mech. Cat. S. 231. Nr. 6.)

2) Dieser Stich besteht aus vier Blättern. Nicl. van Hoye, pictor S. M. Leopoldi I., machte die Zeichnung dazu. v. Steen begann auch die h. Dreifaltigkeit Dürers zu stechen, man kennt jedoch nur zwei halbvollendete Blätter davon.

3) Sandrart, Teutsche Acad. S. 224.

In demselben Jahre erschienen (anonym) (zu Bregenz 8°) „Betrachtungen über die k. k. Bildergallerie zu Wien," von Joh. Seb. Rittershausen, der einer der heftigsten Gegner Mechels war, indem er gleich S. 6 sagt:

„Wem Gott das Amt vertraut eine Gallerie einzurichten, dem gibt er nicht eben allemal den Verstand dazu."

Indessen bewahrheitet er das was ich früher hin bemerkte, denn obwohl er nicht ohne Geist schreibt, so fehlt es ihm doch an Kenntnissen und vor allem an Geschmack, so nennt er (S. 357) die Madonna des Perugino: „nur wegen des Alterthums merkwürdig", wünscht die h. Maria von Francia „in ein Antiquarium," schreibt, was bei einem, der andere kritisiren will, ziemlich übel steht, die Namen der Meister oft ganz unsicher und gebraucht Wörter wie „Skulzirung, Contornen, hochen, eindte, Nähmen, ausgedenkt u. s. w." die nicht von besonderer literarischer und grammatischer Bildung zeigen. Über Mengs spricht Rittershausen aber geradezu pöbelhaft [1]). Und doch fand dieser Mann seine Bewunderer! — —

1787.

Laut Verordnung vom 27. März 1787 bekam Graf Lamberg für zwei kostbare Gemälde, welche er der kais. Gallerie überliess, sämmtliche bis dahin in der k. k. Hofbibliothek aufbewahrte hetrurische Vasen.

(Mosel. Gesch. d. k. k. Hofbibliothek S. 191) [2]).

1811.

Verzeichniss jener einundzwanzig Gemälde, welche im Jahre 1811 aus der v. Reith'schen Sammlung [3]) unter der Direction Heinr. Fügers durch Freiherrn von Kielmannsegge für das k. k. Belvedere angekauft wurden.

Nr. 1 Adam Pynacker. Abendlandschaft. 1' 2" h., 11½" br.
„ 2 u. 3 Jan Wynants. Waldlandschaften (die Maasse fehlen).
„ 4 Mind. Hobbema. Waldgegend. (Auf Holz, 2' 8" h., 1' 11½" br.)
„ 5 Heinr. Füger. Der todte Abel. (Leinw. 3' 5" h., 2' 9" br.)
„ 6 Gerh. Douw. Die „Tante". (Holz 11" h., 8¾" br.)
„ 7 u. 8 Lud. Backhuysen. Zwei Seestücke.
(Hier fehlen wie bei den folgenden die Maasse.)
„ 9 Le Brun. Christi Himmelfahrt.
„ 10 Arth. v. d. Neer. Mondnacht.
„ 11 Phil. Wouvermans. Kleine Landschaft.
„ 12 Jac. Ruysdael. Kleine Waldparthie.
„ 13 Gabr. Metzu. Die Spitzenklöpplerin.
„ 14 Jos. Vernet. Die Engelsburg in Rom.
„ 15 Schule des Rubens. Die Kreuzigung Petri.

---

1) „S. 351 über den h. Petrus dieses Künstlers, wo er u. a. sagt: z. B. Pöbelhafter Ausdruck, schreyendes unreines Colorit — — ein Bild das nichts weiter sagt als hier sitz' ich. Mengs soll es gemalet haben, aber im Fieber hat er es gemalet, vor seinem Barbier.

2) Wesshalb gab Mosel diese beiden Bilder nicht zugleich näher an? Die Mühe wäre gewiss nur gering gewesen und wer kann sie jetzt aus den (vielleicht nicht mehr vorhandenen!) Acten hervorsuchen?

3) H. v. Reith, k. k. Hofsecretär, war ein eifriger Sammler und besass auch Fügers h. Johannes und die h. Magdalena, welche von John für das Taschenbuch Aglaja 1817 in Kupfer gestochen wurden. Reith starb um das Jahr 1816 und seine Bilder waren, ausser den oben angeführten, noch im Jahre 1824 im Besitz des Herrn J. B. Drack.

Nr. 16 Jan Weenix. Ein todter Haase.
„ 17 Herm. Zachtleeven. Ein Holzschlag.
„ 18 In Asselyns Geschmack. Eine Landschaft.
„ 19 Adr. Ostade. Eine Bauernstube.
„ 20 Adr. v. d. Werff. Ein Kopf eines jungen Mannes.
„ 21 Albert Cuyp. Küche.
(Handschriftliche Aufzeichnung des Custos Sigm. R. v. Perger.)

1826.

Kunstwerke welche unter Hofrath Vesque v. Püttlingen aus dem k. k. Belvedere in die k. k. Schatzkammer übertragen wurden.

A. aus dem weissen Cabinet.

Nr. 1. Franz I. Ein Stück in Wasserfarben welches neun verschiedene Gemälde der k. k. Gallerie, nämlich den schönen Toniers, die Opferung Isaaks, dann ein Paar alte Portraite und etliche Frucht- und Geflügelstücke im Kleinen vorstellt. Mit der Aufschrift: Franciscus I. Romanorum Imperator pinxit 1755. Auf Pergament 9" br., 7" hoch. (Mech. Cat. S. 142, Nr. 1.)

Nr. 2. Heinr. Friedr. Füger. Ein Miniaturstück welches die hochseelige Kaiserin Maria Theresia mit Seiner jetzt regierenden Majestät Joseph II. dem Erzherzog Maximilian, dem Herzog Albrecht von Sachsen-Teschen und die drei Erzherzoginnen Maria Anna, Christine und Elisabeth vorstellt. Gemalt im Jahre 1776. Auf Pergament. 1' 3" br. und 1' 11" hoch. (Mech. Cat. S. 144. Nr. 9.)

Nr. 3. Dailly. Bildniss des Herzogs Karl von Lothringen in Feldmarschalls-Uniform. Lebensgrosses Brustbild in einer Rundung. Schmelzmalerei. 1' 10" h., 1' 5" br. (Mech. Cat. S. 144. Nr. 12.)

Nr. 4. Egydius Sadeler, nach Barth. Spranger's Zeichnungen. Neun Stücke in Elfenbein gravirt und mit schwarzer Farbe eingelassen. Das Mittelstück stellt den Parnass vor und jedes der acht kleineren Stücke zeigt die Figur einer Gottheit. In einen eingelegten Rahmen von Ebenholz, der im Lichten 1' 6" br. u. 1' hoch ist. (Mech. Cat. S. 145 Nr. 19.)

Nr. 5 und 6. Zwei chinesische Malereien auf Spiegelglas. Sie stellen chinesische Paläste und Gärten vor und sind mit vielen Figuren staffirt. Jede Tafel 2' 9" hoch und 1' 8" breit. (Mech. Cat. S. 148. Nr. 20 u. 21.)

B. aus dem zweiten Zimmer der altdeutschen Schule.

Nr. 7 und 8. Sebast. Stosskopf. Zwei Stücke auf schwarzem Stein gemalt, welche Blumensträusse in zierlichen Gefässen darstellen. Nebenbei befinden sich Waffen, musikalische Instrumente u. dgl. Jeder Stein 1' 5" hoch und 1' 3" breit. (Mech. Cat. S. 279. Nr. 62 u. 63.)

Nr. 9 und 10. Hans van Aachen. Zwei Stücke auf weissem Marmor, welcher auf beiden Seiten bemalt ist. Auf dem einen vorn: Aeolus und Juno, rückwärts: Andromeda und Perseus. Auf dem zweiten, vorn: der Sturz des Phaeton, rückwärts: der Triumph des Amor und Bacchus. Jede Marmorplatte ist 1' 6" br. und 1' 3" hoch. (Mech. Cat. S. 281. Nr. 76 und 77.)

Nr. 11 und 12. Hans van Aachen. Zwei biblische Stücke auf Alabaster gemalt. Auf dem einen Gott Vater mit Adam und Eva; auf dem zweiten die Erschaffung der Eva. Jedes Bild ist 10" hoch und 8" breit. (Mech. Cat. S. 282. Nr. 79 und 80.)

Mitgetheilt am 23. Juli 1859 von Herrn Schatzmeister, Custos Gabriel Seidl.

DAS

GRAB DES GRAFEN ADOLF ZU SCHWARZENBERG

IN DER

AUGUSTINERKIRCHE ZU WIEN.

VON

ADOLF BERGER.

Denkmale der Geschichte und Kunst, die zur Erkenntniss der Vergangenheit beitragen, zu ermitteln, deren wissenschaftliches Verständniss allseitig zu fördern, endlich auch auf deren Erhaltung und Wiederherstellung einzuwirken, ist die ebenso schöne als schwierige Aufgabe jener Organe, die in unseren Tagen diesem früher arg vernachlässigten Zweige der Wissenschaft ihre ganze Thätigkeit zugewendet haben. Allmählig nähert man sich dem Ziele der Herstellung einer Überschau des noch Vorhandenen, einer förmlichen Statistik der Denkmale und Überreste des Alterthums, und auch für deren fernere Erhaltung werden nach Möglichkeit alle Kräfte in Bewegung gesetzt. Den aufmerksamen Beobachter kann die Wahrnehmung nur erfreuen, dass ein diesem Ziele zustrebendes harmonisches Zusammenwirken mit der Zeit viel zu erreichen und den planmässig vorbereiteten Erhaltungsprocess mächtig zu fördern vermag.

Es drängt sich aber die fernere Frage auf, ob es genüge das noch Vorhandene vor dem Untergang zu schützen, in wissenschaftlicher Behandlung zu veröffentlichen und als Vermächtniss vergangener Tage den künftigen Geschlechtern zu überliefern, ob nicht auch das den Augen der Lebenden bereits Entrückte und spurlos Verschwundene aus dem Dunkel der Vergangenheit heraufbeschworen und wenigstens in geistiger Anschauung den Blicken der Mit- und Nachwelt vergegenwärtigt werden soll. An Quellen hiezu fehlt es nicht und wir glauben, dass derartige Versuche vor der Wissenschaft volle Berechtigung haben. Es möge erlaubt sein hier die Ansicht auszusprechen, dass wir in dieser Beziehung bereits eine schwere Schuld, wenn auch zum grössten Theile nicht eigene, sondern bereits von unseren Vorfahren überkommene, zu sühnen haben. Gedenken wir zunächst nur der unzähligen Grabdenkmale, die bereits dem Zahn der Zeit, weit mehr aber pietätlosem Vandalismus verfallen und obgleich für die Ewigkeit (!) errichtet, dennoch spurlos von ihren Stätten verschwunden sind. Über die dringende Nothwendigkeit ihrer Erhaltung aus historischen wie künstlerischen Rücksichten ist bereits in früheren Jahrgängen der Mittheilungen des Wiener Alterthumsvereines manches beachtenswerthe Wort gesprochen worden. Mehr als einmal ist die Klage über Vernachlässigung der Grabdenkmale, das drohende Verschwinden derselben besonders in Folge rücksichtsloser Restaurationen laut geworden und Rückblicke auf bereits stattgehabte Verluste interessanter Monumente begründen dieselbe nur zu sehr. Das tiefste Bedauern muss es aber erwecken, wenn Grabdenkmale berühmter Persönlichkeiten, deren Thaten in den Annalen österreichischer Geschichte glänzen, diesem traurigen Schicksale verfallen und spurlos verschwinden. Dass diess in betrübender Weise in der Hofkirche bei St. Augustin in Wien in vergangenen Tagen stattgefunden, beklagt Dr. Lind in seiner Beschreibung dieses Gotteshauses in den Mittheilungen des Wiener Alterthumsvereines, Band V. S. 167. Es wird daselbst der Nachweis geliefert über das Verschwinden einer ganzen Reihe von Grabmonumenten in einer Kirche, die von etwa 122 adeligen Familien zur letzten Ruhestätte erwählt worden. In einem zur vierten Säcularfeier der Kirche und des Klosters im Jahre 1730 erschienenen Werke [1]) werden achtunddreissig derzeit verschollene Grabdenkmale verzeichnet und die Namenreihe der daselbst bestatteten Celebritäten liesse sich leicht noch beträchtlich vermehren. Mit einigem Erstaunen finden wir unter dieser bedeutenden Zahl das Grabmal Adolfs von Schwarzenberg, des Eroberers von Raab, eines Helden, der ritterlich auf dem Felde der Ehre gefallen und dessen Ruhm zu Ende des 16. Jahrhunderts Europa durchflogen. Die Schicksale dieses nunmehr verlorenen Denkmals, das des Kaisers Dankbarkeit dem tapferen Heerführer errichten liess, die Zeit des Verschwindens u. a., aus der reichen Fundgrube bisher unbenützter Urkunden des fürstlich Schwarzenbergischen Familienarchives zu beleuchten, ist der Gegenstand dieses Aufsatzes.

Vor Allem möge es gegönnt sein in wenigen, aber auf sicheren Quellen beruhenden Umrissen die thatenreiche kriegerische Laufbahn eines Mannes zu schildern, der sein Gelübde für die grosse Sache, die er vertheidigte, „Alles und selbst die Haut daran zu setzen," zur Wahrheit machte.

Die Jugend Adolfs zu Schwarzenberg, in eine vielbewegte Zeit fallend, ist in ziemliches Dunkel gehüllt, nur so viel ist bekannt, dass er schon mit zehn Jahren zur Waise wurde. Sein Grossvater Wilhelm I. Freiherr zu Schwarzenberg hatte sich in dem Bauernaufruhr in Lothringen und Elsass, so wie überhaupt unter den Fahnen Carl V. auch im Auslande Lorbeeren gesammelt, und bei der Belagerung von Steenwigh in Friesland 1526 seine kriegerische Laufbahn geendet. Wilhelm II., Adolfs Vater aber war, nachdem er gleichfalls unter Carl V., namentlich in den spanisch-französischen Kriegen, mit Auszeichnung gedient, in der Schlacht von St. Quentin 1557 ruhmvoll gefallen [2]). Frühzeitig hatte Adolf sich für dieselben Fahnen entschieden, denen seine Väter aus Ueberzeugung gefolgt und für die sie ihr Leben gelassen. —

In den Kämpfen der katholischen Ligue und in jenen Philipp II. gegen die Niederlande erwarb er sich die ritterlichen Sporen. Alba und Alexander von Parma, Christoph von Bassompierre und der Herzog von Guise, dann Karl von Mannsfeld waren es, unter deren Befehlen oder an deren Seite er focht. So wie sein Vater Wilhelm als Churkölnischer Statthalter jenseits des Rheines genannt wird, so erscheint auch Adolf noch vor seinem Zuge nach Ungarn als churfürstlich Cölnischer geheimer Rath, fürstlich Lüttichischer Marschall, Statthalter, General und Landhofmeister im Stifte Cöln [3]).

1) Origo, progressus et memorabilia ecclesiae Caesareae S. P. Augustini Viennae, cujus per Fridericum III. Aug. Rom. imp. Ottonem II. et Albertum itidem II. duces Austriae . . condi coepta quartus, ab introducta Augustinianorum discalceatorum congregatione per Ferdinandum II. primus saecularis annus agitur. Viennae Austriae 1730. Fol. Letztere Jahreszahl ergiebt sich aus dem Chronographicon auf dem Titelblatte dieser Gelegenheitsschrift und ist hiernach der Druckfehler 1317 im V. Bande der Berichte des Wiener Alterth. Vereines S. 168 zu verbessern. Die nekrologischen Notizen dieses Werkes sind zum Nutzen der Genealogen aus den Ueberresten von Todtenbüchern zusammengetragen, die für die früheren Jahrhunderte leider fehlen. Aus denselben Quellen sind auch manche Epitaphien geschöpft, die 1730 nachweisbar nicht mehr vorhanden waren. Die spätere Aufhebung des Klosters hat auch hier, wie an so vielen anderen Orten, eine grosse Verschleppung und Zerstreuung von Handschriften und Urkunden im Gefolge gehabt. Die noch im Besitze der Hofpfarrkirche bei St. Augustin befindlichen Todtenbücher dürften nunmehr nicht über das Jahr 1723 hinaufreichen.

2) Ausser den Genannten fielen auch noch mehrere andere Schwarzenberge in früherer und späterer Zeit auf dem Felde der Ehre. — Wir haben ihr Andenken an einer anderen Stelle gefeiert. („S. „Oesterreichische Militär-Zeitschrift," 1863. Bd. IV. 3 ff.")

3) In dieser Eigenschaft erscheint Adolf zu Schwarzenberg noch aktenmässig in den Jahren 1589 und 1590. Seit der Theilnahme Erkinger III. zu Schwarzenberg, Urgrossvaters Adolfs, an dem Burgundischen Brautzuge Maximilian I., machten sich die Schwarzenberge in den Niederlanden und am Rheine sesshaft und bekleideten dort hohe Kriegs-

Nach dem unglücklichen Falle von Raab am 29. September 1594 [4]), welches dadurch zu einem Wien, und hiermit auch Deutschland bedrohenden Hauptwaffenplatze der Türken wurde [5]), führte er, darin seinem Vater Wilhelm ähnlich, welcher auch tausend am Rhein selbst geworbene deutsche Reiter gegen den Feind befehligte, zweitausend Wallonische Reiter, die er selbst geworben, dem hart bedrängten Kaiser Rudolf II. gegen den Erbfeind des christlichen Namens zu Hülfe.

Wenige Tage schon nach seiner Ankunft auf ungarischem Boden stiess Adolf zu dem Belagerungsheere unter Mansfeld vor Gran, und hatte, da der Feind sich mit besonderer Heftigkeit auf ihn und seine Reiter warf, einen hervorragenden Antheil an dem Falle dieses von den Türken mit beispielloser Hartnäckigkeit vertheidigten Platzes. Wissegrad, Waitzen und Babotsa folgten dem Schicksale von Gran, und auch bei der Eroberung von Hatván wird Adolfs Namen mit Ruhm genannt. Das Jahr 1596 ist sowohl durch diese letztere Errungenschaft, als auch durch die blutigen Ereignisse von Erlau, und noch mehr durch die furchtbare, von den Christen schon gewonnene und wieder verlorene Schlacht von Keresztes bezeichnet, in welcher Adolfs Namen mit jenem Niklas Pálffy's zusammen genannt wird. Nichts destoweniger fielen noch Papa und Totis 1597 den Kaiserlichen in die Hände; die Belagerung von Raab misslang aber, und Waitzen und Totis gingen wieder verloren. Sowohl in Anerkennung so heldenmüthiger Anstrengungen, als auch in Gewärtigung noch zu leistender künftiger Dienste, besonders aber um den Befehl über die kaiserl. Truppen in einer Hand zu concentriren, wurde Graf Adolf zum „obersten Feldmarschall über das ganze christliche Heer" und zum Kriegsrath, so wie auch zum Commandanten der Stadt Wien 1597 [6]) ernannt, somit aber ausschliesslich nur dem Kaiser und dem Erzherzog Mathias als oberstem General untergeordnet.

---

und Staatswürden. — Seit dieser Zeit führte auch Adolfs Linie den Beinamen, der „Niederländischen" (der jüngere Zweig „der Lüttichischen"). Adolf war auch zu Cöln geboren, was durch einen lateinischen Lobspruch auf denselben unter einem seiner Bildnisse bestätigt wird.

4) Der Verlust von Raab war um so empfindlicher, als gerade im vorhergehenden Jahre einige wichtige Siege über die Türken waren erfochten worden, (durch Andreas von Auersperg, Peter Erdödy und Rupprecht von Eggenberg, Redern und Paradeiser, durch den Marschall von Teuffenbach, ja durch Ferdinand Grafen von Hardegg selbst, welcher mit Zrinyi und Pálffy den Beglerbeg von Ofen, Hassan, bei Stuhlweissenburg schlug). Aber eben derselbe Hardegg übergab, wie es heisst, „in einem Anfalle von Kopf- und Muthlosigkeit," nach einer 20tägigen Belagerung Raab, „ohne die höchste Noth," an den Grossvezier. Der unglückliche, sonst so tapfere Mann büsste dafür am 16. Juni 1595 am Hofe in Wien mit dem Verluste seiner rechten Hand und seines Kopfes.

Andere Mitschuldige und einige Meuterer von Raab, an welchen letzteren es in Ungarn niemals gefehlt hat, — wurden am Hof und am neuen Markt hingerichtet.

5) Sowohl als festester Waffenplatz, als auch als „Schlüssel" und „Vormauer" wird Raab in allen, sowohl gedruckten, als ungedruckten Schriften über die Türkenkämpfe der damaligen Zeit bezeichnet. Da die Türken seit der Besitzergreifung von Raab von dortaus beständig Pressburg und Wien bedrohten, und der neue Sultan Mohamed III., Nachfolger Amurad III., 1595, geschworen hatte, „bis Wien Alles mit Feuer und Schwert zu vertilgen und Wien in einen Steinhaufen zu verwandeln," so waren wohl die obigen Epitheta nur zu gerechtfertigt. — Im Jahre 1596 fürchtete man eine Belagerung Wiens, es wurde Tag und Nacht geschanzt und der 20., 10. und 5. Mann ausgehoben.

6) Die bezügliche Stelle des kaiserl. Diploms vom 5. Juni 1590 lautet: „Anno fünfzehnhundert Sieben und Neunzig ist Er („Adolf Freiherr zu Schwarzenberg") von Vns zum Obristen Veldt-Marschall über das ganze christliche Heer verordnet, hernach zu Vnserem Kriegsrath vnd Obristen über Vnsere Haupt Statt Wienn in Oesterreich fürgenommen."

Derselbe Passus findet sich auch im Fürstendiplom vom 14. Juli 1670. An anderen Orten erscheint Graf Adolf zu Schwarzenberg als Stadtquardia-Oberst von Wien, was mit der Stadtcommandantschaft identisch ist. — In dem Verzeichnisse der Stadtcommandanten von Wien, welche zugleich das Hofkriegsrathspräsidium bekleideten, bei Hormayr („Geschichte von Wien," Jahrg. II. 3. Th. 1. Heft pag. 53 u. s. f.), kommt auch Adolf Schwarzenberg zum Jahre 1597, vor. — Die Instruktion für Schwarzenberg über das Feldmarschallamt, ddo. Prag, den 15. Jul. 1598, befindet sich im Archiv des k. k. Kriegsministeriums, und ist in Mailaths „Geschichte d. Kais. Oesterreich. II. 412 ff." benützt.

Von nun an war sein Sinnen und Trachten vor allem auf die Wiedereroberung von Raab gerichtet, denn ohne den Wiedergewinn eines so wichtigen Platzes konnte Wien nicht ruhig schlafen, und war der Frieden des christlichen Westens nicht gesichert.

Nach einem harten Winter war der März d. J. 1598 zur Ausführung des kühnen Unternehmens ausersehen.

Am 27. März brach Schwarzenberg mit etwa sechstausend Mann von Comorn auf, gelangte am 28. nach einem sehr beschwerlichen Marsche bis Gönyö und traf für die Nacht vom 28. zum 29. März alle Vorbereitungen.

Vom Weissenburger Thore aus sollte der Angriff geschehen. Den Sturm selbst leitete Adolf Schwarzenberg. Die Reiterei unter Niklas Pálffy stand in der Reserve. — Ein kühner Wallone Vaubecourt heftete an das innere Thor die Petarde [7]), und über die Trümmer des gesprengten Hindernisses drangen die Stürmenden in die Stadt. — Der Kampf war furchtbar und schien sich nach dem Falle des tapferen Pascha Mahmud auf einen Augenblick zu Gunsten der rasenden Vertheidiger zu neigen; aber Schwarzenberg trieb die Weichenden begeisternd zu neuem Kampfe an, der treue Pálffy erschien hülfreich mit seinen ungarischen Reitern, eine Pulverexplosion auf der Jaborsitz-Bastei vollendete die Verwirrung der Türken, und nachdem sich auch noch das Schloss ergeben, leuchtete der Morgen des 29. März 1598 dem Siege der Christen, nachdem der Mond dem Kampfe als Leuchte gedient. 187 Kanonen, 600 auserlesene Pferde und sonstige reiche Beute fiel in die Hände der Sieger [8]).

Schnell verbreitete sich die Kunde von dem glücklichen Ereignisse in allen Landen, und letzteres gestaltete sich zu einem wahren Triumphe für den Sieger. Hatte die Furcht vor den Ungläubigen früher die christlichen Gemüther so sehr geängstigt, dass Kaiser Rudolf II. zur Aufrichtung der Herzen das tägliche dreimalige Gebet-Läuten befahl, so stiegen jetzt heisse Dankesgebete in allen Gotteshäusern zum Himmel empor, allenthalben ertönte der Ruhm und Preis der Wiedereroberung von Raab, und sowohl zur ewigen Erinnerung, als auch „zur Vermahnung und Bewegung zu einem christlichen Lebenswandel" verordnete der Kaiser mittelst eines eigenen Patentes auf „allen Steinen, Kreuz-, Bet- und Martersäulen," nebst Mahlung von Kreuzen, die Inschrift:

---

7) Die Petarde, eine wohl damals nicht mehr ganz neue Erfindung, hat bei jenen zahllosen Türkenkämpfen nicht nur im eigentlichen Sinne des Wortes die „Feuerprobe" bestanden, sondern bei der Erstürmung der wichtigsten festen Plätze eine hervorragende Rolle gespielt. — Sie war ein explodirendes Instrument, zunächst zum Sprengen der Festungsthore bestimmt. — Bei Totis, Papa, Raab u. a. O. hat sie die wichtigsten Dienste geleistet; aber es gehörte eine mit List gepaarte besondere Kühnheit dazu, um die Petarde, so zu sagen, unter den Augen des Feindes an das Festungsthor anzuschrauben oder anzuhängen. — Die Petarde zum Sprengen des Thores von Raab hatte der röm. kais. Maj. Petardiero und Baumeister La-Marche zugerichtet („welcher den petarn zur Einnehmung Raabs zugericht"). Er erhielt dafür und für anderweitige Dienste laut kaiserl. Befehls ddo. Prag den 2ten Juli 1599, aus Gnaden 300 Thaler. —

8) Der 29. März, — es war der erste Sonntag nach Ostern des Jahres 1598, — ist entschieden der Tag der glücklichen Wiedereroberung von Raab. Als solchen bezeichnete ihn nicht nur die Inschrift auf den Gedenksäulen, sondern auch jedes der officiellen Dokumente über die preiswürdige That. Wenn hie und da der 28. März genannt wird, so geschah es wohl nur, weil die Ausführung des kühnen Unternehmens in der Nacht vom 28. auf den 29. März vorfiel; aber erst der Morgen des letzteren Tages, — zwischen zwei und drei Uhr, den siegPgekrönten Erfolg begrüsste. — Die Zeitung von der Eroberung Raabs überbrachte derselbe Vaubecourt, oder auch „Fabacourt" (dieser Name wurde sehr verschieden geschrieben), welcher die Petarde an das innere Thor Raabs geheftet hatte. K. Rudolf verehrte am 6. April 1598 demselben eine goldene Kette im Werthe von 1248 fl. und dessen nicht näher bezeichneten Begleiter eine 251 fl. 32 kr. kostende goldene Kette. S. Kaiser Rudolfs Befehl an den Hofzahlmeister ddo. Prag, den 17. Aug 1598.

„Sag Gott dem Herrn Lob und Dank,
Dass Raab kommen in der Christen Hand,
den neunundzwanzigsten Martii im eintausend
fünfhundert achtundneunzigsten Jahr.“ [9])

Bei Schwarzenbergs Eintreffen in Wien im Mai 1598 ehrten die Niederösterreichischen Stände den Sieger von Raab mit einem glänzenden Banquet, ferner mit einer Gabe von 4000 Stück Ducaten, einer goldenen Kette und einem silbernen vergoldeten Geschirre, Alles zusammen im Werthe von 15.000 Fl. [10]) Am 2. Juni des folgenden Jahres ertheilte der Kaiser dem Helden von Raab in Gegenwart einer eben so zahlreichen als glänzenden Versammlung auf dem Prager Schlosse den Ritterschlag, erhob ihn und seine eheliche Descendenz in den Reichsgrafenstand und schmückte sein Familienwappen mit dem „Raben im goldenen Felde, welcher einem abgehauenen Türkenkopfe das Auge auskratzt.“ [11]) Wenige

9) Diese historisch sehr interessante Inschrift hatte auf einigen Denksäulen noch den ergänzenden Zusatz:

„O Christ, wenn du diess Kreuz siehst an,
So sag Gott Dank in den Fürgang,
Wegen der edlen Festung Raab,
Die uns der Türk hat drungen ab
Im September 94 — — — wieder
Aber in 98 — — — — — — — — —
Im Martii wieder einnehmen lohn,
Sei Lob, Ehr und Preys im höchsten Thron.“
Adolph von Schwarzenberg.

Solche Inschriften befanden sich an der sogenannten „Spinnerin am Kreuz“, an einer Säule in der Währingergasse, unweit des sogenannten „Bäckenhäusels,“ und an der auch bereits verschwundenen steinernen Wienbrücke vor dem Kärnthnerthore.—S. Hormayr's Geschichte von Wien, Jahrg. I. Bd. 4 H. 3 p. 45, und Jahrg. II. Bd. 3. H. 1. p. 65 u. 66; ferner dessen „Archiv für Geschichte“ etc. Jahrg. 1823, Nr. 24 und 25, wo auch eine Besprechung der Spinnerin am Kreuz zu finden. — Daselbst sind auch die Denkmünzen auf die Eroberung von Raab, deren das k. k. Münzkabinet nicht weniger denn 7 besitzt, einer Erörterung gewürdigt. — Eine im Besitze des fürstlichen Hauses befindliche Medaille auf jene Eroberung mit der Inschrift auf dem Avers: „Publ. Lætitiæ Monimen: Javarino Sociali Christianar: Provinc: Bello Feliciter Recuperato Dictatore Gloriosis: Adolpho Com: A Schwarzenb. A. O. R. CIƆD.IIC. Die XXIX. Mart.“ V. M. „ und einer Abbildung Raabs und den Worten: „Omnis Victoria a Domino“ auf dem Revers, bildet den Mittelpunkt einer kostbaren, grossentheils aus Schwarzenbergischen Gold- und Silbermünzen zusammengesetzten Silberschüssel, (einer Arbeit Janners in Wien vom Jahre 1855.) Letzterer ist auch u. A. eine ovale Silbermünze mit dem Brustbilde Adolf Schwarzenbergs nebst Namen und Titel des Grafen, mit dem charakteristischen Wahlspruche: „Tentabo“ eingefügt. Noch existiren zwei andere in Kupfer gestochene Portraite A. Schwarzenbergs, das eine aus seinem Todesjahre 1600, das andere von der Meisterhand Crispin's de Pas. Ein lebensgrosses Bild des Helden von Raab befindet sich in der Ahnengallerie des Fürstlich Schwarzenbergischen Hauses im Schlosse Frauenberg in Böhmen. Der Dargestellte muss jedenfalls eine imposante kriegerische Erscheinung gewesen sein. Nach Fesslers „Geschichte der Ungarn“, VII. Th. p. 409, wurde das Gedächtniss des 29. März 1598, von Seite der dankbaren Raaber jährlich mit einer Procession um die Festung herum gefeiert, und vor Schwarzenbergs und Pállfy's ober dem Stuhlweissenburger Thore aufgerichteten Bildnissen eine feierliche Dankrede gehalten. Ein Flügel des mit der Petarde gesprengten Stuhlweissenburger Thores war, anderen Mittheilungen zu Folge, noch in neuerer Zeit im Raaber Dome aufgehangen.

10) In Betreff dieser Gabe findet sich eine interessante Notiz in einem Manuskriptbande des Fürstlich Schwarzenberg'schen Familienarchives. — Auch Niklas Pállfy wurde von den Ständen Oesterreichs, welche ihn schon im Jahre 1589 zum Mitstande angenommen hatten, durch Ueberreichung eines werthvollen goldenen Bechers geehrt. — (S. Hormayr's hist. Taschenbuch, Jahrg. 1828, p. 53.)

11) Die Darstellung dieses Raben, als ob er dem Türkenkopfe das Auge „auspickte“ oder aushackte, welcher man so oft begegnet, ist diplomatisch unrichtig. — Dem Wortlaut des kaiserl. Diploms vom 5. Juni 1599 zufolge, soll der Rabe, „mit dem rechten Fuss an das Türkenkopfes Augen, und mit dem linken Fusse, am Hals kratzen.“— Heraldisch gehört dieses Emblem zu den sogenannten „redenden.“ — Von strengeren Beurtheilern wird die Allegorie mit dem Raben als „unzutreffend und spielend“ bezeichnet, denn die Stadt Raab heisse „Arabona“ und der Fluss, von welchem die Stadt den Namen hat, „Arrabo.“ (S. Hormayr's Archiv etc. Jahrg. 1823. Nr. 24 und 25 Anmerkung). Diess ist allerdings ganz richtig; aber in der Heraldik setzte man sich zuweilen über die Etymologie hinaus, besonders wenn es sich um ein redendes Bild handelt. Einen abgehauenen heidnischen Kopf führen auch

Tage später, am 7. Juni 1599, fügte der Kaiser diesen Auszeichnungen auch noch eine Verschreibung über künftige Verleihung eines zu erledigenden Reichs- oder aber Oesterreichischen Lehens im Werthe von 20 bis 30.000 Gulden hinzu.

Der Eroberung von Raab folgte im Mai 1598 die wiederholte Niederlage einiger 1000 Türken bei Stuhlweissenburg durch Schwarzenberg, am 1. August die Wiedererstürmung von Totis, im Oktober die Einnahme der hinteren Stadt Ofen. Im Dezember kam Schwarzenberg zum Kriegsrathe nach Wien und im April 1599 sollte die Hauptfeste Ofen fallen, aber das Vorhaben wurde verrathen und musste aufgegeben werden; hingegen eröffnete die nun den Türken so furchtbar gewordene Petarde das Castell Schabok, und Adolf zu Schwarzenberg wurde nun nicht anders als der „Vezier mit der hölzernen Büchse“, genannt.

Nur bei Stuhlweissenburg im Mai und bei Pesth im August 1599 erzielten die Petarden nicht die gewünschte Wirkung, einigen Erfolg hätte hingegen die Gefangennehmung des Pascha von Ofen, Soliman, gewährt, wenn nicht die schwere Verwundung Schwarzenbergs bei Pesth durch eine „Rohrkugel“ im linken Fusse diesen Vortheil mehr als aufgewogen hätte. — Es war diess eine schlimme Vorbedeutung für die Folge. Obgleich gelähmt, und, wie versichert wird, von einem Tragsessel aus kommandirend, leitete Graf Adolf doch noch die ferneren Kriegsunternehmungen, ja er eroberte gegen Ende des Jahres 1599 sogar noch zwei feste Plätze.— Das nächste Jahr sollte aber für ihn verhängnissvoll werden, und der Held das Ziel seiner Laufbahn durch eine verrätherische Kugel seiner eigenen Leute finden. Dieser Unglückstag war der 29. Juli 1600 [12]) — und die todtbringende Stätte vor Papa, welches bald nach Raab's Eroberung wieder in christliche Hände gefallen. Soldrückstände und sonstiger Mangel hatten bereits längst den nur von Schwarzenberg's eiserner Energie niedergehaltenen Geist der Unzufriedenheit in das kaiserliche Heer verpflanzt.

In der aus 1200 Franzosen und Wallonen bestandenen Besatzung von Papa kam die Meuterei zuerst zum Ausbruche. Es handelte sich um nichts Geringeres, als um die verrätherische Uebergabe des Platzes an die Türken.

Am 24. Juni begann Graf Adolf die Belagerung Papa's. Der Widerstand der Meuterer war ein verzweifelter, und als am 29. Juli 1600 der Feldmarschall sich persönlich den ausfallenden Verräthern entgegenwarf, wurde er durch eine Kugel in den Kopf getroffen und vollendete rühmlichst seine Heldenlaufbahn, bis zum letzten Augenblicke treu seiner Devise: „Alles daran zu setzen, und die Haut obendrein.“ Den Meuterern blieb keine andere Wahl, als sich zu ergeben, oder durchzuschlagen. Sie wählten das letztere; aber nur wenige entrannen ihrem Schicksale. An den lebendig in die Hände der Belagerer Gefallenen wurde zum abschreckenden Beispiele die furchtbarste Strafe vollzogen.

Die Trauer über den allzufrühen Tod des Feldherrn war eine allgemeine, am grössten im kaiserlichen Heere und am Kaiserhofe, und zwar um so tiefer, als es nicht leicht war, einen ebenbürtigen Nachfolger im Commando zu finden, da auch der tapfere Niclas Palffy wenige Monathe früher einer kurzen Krankheit erlegen war. Das kaiserliche Diplom über die Erhebung des Hauses Schwarzenberg in den Fürstenstand vom 14. Juli 1670 gedenkt des Heldentodes Adolfs mit den Worten:

---

die Grafen von Csáky im Wappen, einen Raben mit einem Ringe im Schnabel hingegen Johannes Hunyady und sein Sohn König Mathias, dann die heutigen Grafen von Hunyady. — Der Rabe der Schwarzenberge trägt einen goldenen Ring um den Hals. —

12) Statt dieses richtigen Datums wird hie und da irrthümlich der 2?. Juni 1600 angegeben, so bei Haimb in „Gloriosa Schwarzenberga,“ und sogar in dem Schwarzenberg'schen Fürstenbriefe vom 14. July 1670, was offenbar nur ein Lapsus calami sein kann. —

„Dass nachdem Er bei der Belagerung Papa durch einen Schuss ableibig gemacht worden, („Er“) seine hochrühmlichen Dienste mit seinem Blute, nicht ohne des Kriegs-Heeres und der Christenheit selbst sonderbare Betrübniss, frühzeitig consignirt und beschlossen hat.“

Leider fehlen zur Zeit genauere Angaben über die Beisetzung der irdischen Reste des Helden; nur darin stimmen alle Mittheilungen überein, dass der Leichnam nach Wien gebracht und daselbst mit den grössten militärischen Ehren zur Erde bestattet worden sei.

Es verdient aber hier bemerkt zu werden, dass dieses feierliche Begräbniss erst im Dezember 1600 stattgefunden, nachdem der Leichnam fünf Monate lang in Raab aufbewahrt gewesen. Die kriegerisch bewegten Zeiten einerseits, und die Vorbereitung zur Wiener-Leichenfeier andererseits machen diese Verzögerung erklärlich.

Ebenso constatirt ist die Leichenbeisetzung bei St. Augustin nächst der Burg in Wien, und die Errichtung eines marmornen Grabmales daselbst auf Befehl des Kaisers, „als Mahnung für künftige Geschlechter, die so leicht der vergangenen Verdienste vergessen.“

Zehn Edelleute, von den Trabanten des Erzherzogs Mathias unterstützt, trugen den schweren metallenen Sarg zu Grabe. Das Epitaph [13]) lautete:

„Hic jacet et stare jubet, qui stando cecidit.
Adolphus Comes a Schwarzenberg,
A casu fortior, vivus castra, mortuus astra penetravit,
Rudolphi Caesaris supremus Belli-Dux,
Consultore Deo sagi et togae consilia secutus.
Cum vitam sciret esse militiam
inter arma vixit.
In Germania et Belgio bello clarus,
Jaurini demum a Turcis vindex.
Caesari quae Caesaris, Deo quae Dei sunt,
Utrique fidem, utrique animam
Inter arma servavit, inter arma reddidit,
Cum ad Papense praesidium
Pro Deo ac Caesare
Stans occubuit.
Anno MDC.
Julii die XXIX.“

Die Klage über das nur zu baldige Verschwinden dieses Monumentes und über die mühselige Auffindung der Spuren der Grabesstätte eines um Kaiser, Vaterland und Christenheit so hochverdienten Mannes ist eine nur zu berechtigte [14]). —

Es verhält sich aber mit den diessfälligen Nachforschungen folgendermassen:

Dem ausgezeichneten Enkel des Helden von Raab, Johann Adolf, nachmals erstem Fürsten zu Schwarzenberg, gebührt das Verdienst der pietätvollen Sorge sowohl um die letzte Ruhestätte

13) Von diesem Epitaph sind mehre Copien vorhanden, unter welchen ich mich für jene entscheiden zu sollen glaube, welche die Zeilen in der ursprünglichen Abtheilung des Originals wiederzugeben scheint. — Auch die früher citirte Säcularfestschrift „Origo, progressus et memorabilia,“ etc. pag. 70. Nr. 17 enthält dieses Epitaph, jedoch keineswegs nach dem damals längst verschwundenen Monumente selbst, sondern nach dem Nekrologium des Klosters. — In einigen Copien kommen Varianten vor, so z. B. in der dritten Zeile statt: „a casu“ — „a lapsu“ und zu Ende statt: „stans occubuit,“ — „strenue occubuit.“ —

14) Ein nicht minder merkwürdiges Missgeschick traf auch die letzte Ruhestätte des 41 Jahre später seinem berühmten Vater Adolf im Tode gefolgten Sohnes, des viel verleumdeten Churbrandenburg'schen Ministers Adam Grafen zu Schwarzenberg. Derselbe starb am 14. März 1641 in Spandau, und schon dessen Sohn Johann Adolf hatte die grösste Mühe die irdischen Ueberreste seines Vaters wieder aufzufinden. Kaum ein Jahrhundert später, im J. 1755, galt die Auffindung der Leiche des Grafen Adam als eine neue Entdeckung. — (Siehe J. W. C. Cosmar's „Beiträge zur Untersuchung der gegen den Grafen Adam zu Schwarzenberg erhobenen Beschuldigungen.“ Berlin, 1828. Beilage, XI. p. 54—62) Dieses ganze Kapitel bedarf aber wichtiger Ergänzungen aus den Familienakten.

seines ruhmvollen Grossvaters, als auch um den schriftlichen Nachlass desselben, „wovon sich," wie er klagt, „in seinen Archiviis nicht das Geringste befinde." Als Johann Adolf nach Beendigung des 30jährigen Krieges von Brüssel aus, wo er sich an der Seite des Erzherzogs Leopold Wilhelm als dessen geh. Rath, Obersthofmeister und Oberstkämmerer seit Jahren befand, Wien besuchte, fühlte er sich schmerzlich berührt, in der Augustinerkirche, „von sothanem Begräbniss" (seines Grossvaters) „gar keine Gedächtniss oder Anzeige zu finden." Er glaubte nun am besten zu thun, sich an Gedenkmänner zu wenden, und richtete sein Augenmerk auf den ältesten Diener seines Hauses, den hochbejahrten Gottfried Weissweiler, Oberrichter der reichsunmittelbaren Schwarzenberg'schen Grafschaft Gimborn in Westphalen. Dieser berichtete am 21. September 1651: „Er erinnere sich gar wohl, obgleich es bereits über 50 Jahre, dass als er in Seiner Excellenz Herrn Vaters (des Grafen Adam zu Schwarzenberg, des berühmten Churbrandenburg'schen Ministers) Dienste getreten, dieser einen Edelmann Hans von Rechenberg bei sich gehabt habe, welcher auch bei Sr. Excellenz Grossvater (Gr. Adolf) als Page gedient. — Dieser habe oft und oft von des Herrn Grossvaters Begräbniss Anregung gethan. Dieselbe sei so ansehnlich und kostbarlich gewesen, dass er davon nicht genugsam zu sagen gewusst, habe auch so viele tausend oberländische Gulden gekostet, dass man nicht wohl zu schreiben vermag. Als er (Weissweiler) nun mit Sr. Excellenz Herrn Vater nach Wien gekommen und in die Hofkirche gegangen, habe er daselbst gesehen, dass des Herrn Grossvaters Begräbniss zur Seite des hohen Altares auf dem Chor zur rechten Hand gewesen, allda desselben Wappen auf einem Fähnlein, so in der Mauer auf einem Eisen sich lehnet, ausgehangen, und gleich neben solchen Fähnlein, etwa zur Seiten, darunter ein Epitaphium gestanden, worauf Sr. Gnaden Herr Grossvater, Alles in weissen Marmor ausgehauen, vor einem Crucifix gekniet. Und sei der Herr Grossvater, wie genannter Hans von Rechenberg referiret, in einem zinnernen Sarg oder Lade eingelegt gewesen, so überaus schwer und dergestalt gemacht gewesen, dass er über 40 Centner und mehr an Gewicht gehalten und zehn Edelleute, so zum Tragen verordnet gewesen, denselben nicht fortbringen können und des Erzherzogs Mathias Trabanten zu beiden Seiten mit ihren Hellebarden haben erhalten und zu Hülf kommen müssen. — Er vermeine, dass noch viele Bürgersleute (weilen er damals ungefähr 20 Jahre alt gewesen) vorhanden seien, so selbige Begräbniss gesehen, und zuvörderst von der ausgesteckten Fahne und dem Epitaphio gute Wissenschaft haben können." Weissweiler räth hierauf, erforschen zu lassen, ob gedachter von Rechenberg, welcher an den Mährischen und Oesterreichischen Grenzen sesshaft gewesen, noch lebe, weil derselbe den besten Bericht geben könne."

Im Verfolge der Correspondenz gibt Weissweiler schätzbare Winke hinsichtlich einiger Besitz- und Vermögensverhältnisse des Grafen Adolf, weiss aber über den, dem Enkel Johann Adolf so sehr am Herzen liegenden Schriften- und Urkundennachlass des Grossvaters keinen Bescheid zu geben, und verweist in Betreff von Auskünften an einen ehemaligen Hofmeister des Grafen Adolf, Namens Banničre, einen Lütticher, oder dessen Witwe, eine geborne Oesterreicherin [15]).

Am 6. Dezember 1651 wendete sich nun Graf Johann Adolf zu Schwarzenberg an den kaiserl. Obereinnehmer Gerhard von Mühlenstein, seinen vormaligen Sekretair, in Wien mit dem Ersuchen um genaue Erkundigung bei den P. P. Augustinern in Betreff des Monumentes und Sarges seines Grossvaters, so wie um die Ursache der stattgefundenen Veränderungen, und um den Aufbewahrungsort der allenfälligen Rudera, mit dem Bemerken: „dass es ihn befremde und ihm unbillig vorkomme,

15) Es ist leider nicht zu ersehen, ob diese Nachforschungen zu irgend einem Resultate geführt haben. — Jedenfalls dürfte die Ausbeute nur eine geringe gewesen sein. —

wie man ohne sein oder der Seinigen Vorwissen und Belieben das aufgerichtete Epitaph und andere Monumente habe aboliren können, da doch die Person sich so wohl meritirt gemacht hatte und der Ort oder das Begräbniss dem Kloster nicht unvergolten geblieben sein dürfte." Gerhard von Mühlenstein liess sich die Erforschung der Sache in der That angelegen sein. Seine Relation vom 31. Jänner 1652 liefert folgende Aufschlüsse:

Graf Adolf ist im Jahre 1600 auf der rechten Seite des Hoch-Altars, vom Eingange in die Kirche aus gerechnet, begraben worden. Mühlenstein hat sich mit seiner Erkundigung an die ältesten Mönche des Augustinerklosters gewendet, welche ihm bemerkten, dass die P. P. Augustiner auf der Landstrasse die vormaligen Possessores des Klosters gewesen. Als sie, die jetzigen reformirten Augustiniani, hineingekommen, seien die Oratoria für I. I. M. M. den Kaiser und die Kaiserin gebaut, der Hochaltar von Neuem aufgerichtet und in summa der ganze Chorus und gleichsam die ganze Kirche mehrentheils umgeändert worden. Sie, die Mönche, wussten gar wohl, dass der Herr Graf zu Schwarzenberg, gewesener General in Ungarn, daselbst begraben wäre und dass in ihrer, für die Geistlichen erbauten Klostergruft unter dem hohen Altare ein gar grosser zinnerner Sarg sich befinde, worin ohne Zweifel des Generals Leichnam aufbewahrt sein dürfte.

Mühlenstein stieg hierauf in Begleitung des Pater Prior, „so Einer von Römerstall war," und zweier anderer Patres in die besagte Gruft hinab, welche eigentlich nur ein Gewölbe bildete, gleichwohl aber doch in zwei, durch eine offene Thüre mit einander verbundene Grüfte zerfiel. In der zweiten Abtheilung dieses Gewölbes nun, und zwar in der Mitte, an der rechten Seite (Epistelseite) des Hochaltares, gegen die Sakristei zu, fand Mühlenstein den grossen zinnernen Sarg, ausserdem aber nur noch dort begrabene Mönche.

Nachdem man den Sarg mit nassen Tüchern abgerieben, zeigte sich auf der rechten Seite das Schwarzenbergische Wappen mit den drei Helmen, Schildbalken und Türkenköpfen, und auf der linken Seite in einem Ovale die nicht besonders tief eingegrabene Grabschrift:

> „MDC. Hierin liegt der wohlgeborne Graff und Herr Herr Adolphus Graff zu Schwartzenberg, Herr auf Gimborn, Altenraas und Borenberg, Ritter, Röm. Kay. Mayt. Hofkriegsrath, General-Veldt-Marschall in Ungarn, auch Obrister der Hauptvöstung Raab, sambt denen darzue gehörigen Granizen, Welchem Gott der Allmächtige gnædig und barmberzig seyn und Allen fröhliche Auferstehung verleyhen wolle."

Mühlenstein beschreibt den Sarg als überaus lang, breit, gross und schwer, so dass er „seine Lebtage keinen solchen gesehen." Derselbe war allenthalben fest vernietet, so dass es unmöglich war, in das Innere zu sehen.

Die ehemals ausgesteckt gewesene Grabmahlfahne existirte nicht mehr, und nur der alte Bruder Bonaventura erinnerte sich selbe noch gesehen zu haben. Auch das Epitaphium, welches sich sammt der Fahne auf der Sakristeiseite, da, wo jetzt die kaiserl. Oratorien sind, „und wo Alles verbaut und weggethan," befunden, — war verschwunden. Die Mönche wollten allenfälligen Ueberbleibseln des Epitaphs nachforschen. In einem Winkel des Klosters hat man noch das Mittelstück des Wappens mit den vier weissen Balken im blauen Felde, die Türkenköpfe und Raben im gelben (goldenen) Felde entdeckt.

Mühlenstein nahm diesen Fund in Verwahrung. Zwar wurden auch die Helme gefunden, aber á parte und ohne die Speere, das Heidenmännlein und den sonstigen Helmschmuck. Der Aussage der zwei ältesten Patres im Kloster zufolge, seien die Arbeiter bei den umfassenden Bauveränderungen im Chore vor vielen Jahren und bei dem Graben der Fundamente zu der Klostergruft zur Rechten des Altars auf der Sakristeiseite auf den grossen zinnernen Sarg in blosser Erde gestossen, „worüber man sich höchlich verwundert, dass ein so ansehnlicher Sarg oder Leichnam eines so grossen Herrn nicht in eine Gruft gelegt worden sei." Desswegen habe man denn auch nach Vollendung der Klostergruft denselben „gleichsam wieder an denselbigen Ort" hinstellen lassen, wo er „dann noch unter den Religiosis, so rund umher begraben, zu finden und zu sehen."

Die Bauveränderungen im grossen Chore, von welchen oben die Rede, sind offenbar die nach Einführung der unbeschuhten Augustiner in das Kloster nächst der Burg auf Anordnung Kaiser Ferdinand II. in den ersten Dreissiger Jahren des 17. Jahrhunderts vorgenommenen Umstaltungen, zu denen noch 1635 die Errichtung eines neuen Hochaltars kam, wodurch, und besonders durch die Adaptirung der kaiserl. Oratorien, eine gänzliche Veränderung jenes Theiles der Kirche herbeigeführt worden sein muss. —

Es darf wohl mit Recht beklagt werden, dass schon damals bei jenen baulichen Umstaltungen so wenig Rücksicht auf pietätvolle Conservirung der Grabmonumente vorgewaltet hat, insbesondere einem Denkmale gegenüber, welches kaiserliche Dankbarkeit vor kaum einem Menschenalter erst errichtet hatte, und dessen Erhaltung sich durch die noch frischen Erinnerungen vieler lebenden Zeitgenossen empfahl.

Gerhard von Mühlstein knüpfte an die obigen, hier zum ersten Male veröffentlichten Mittheilungen Vorschläge wegen Errichtung einer Schwarzenberg'schen Familiengruft bei den P. P. Augustinern und wegen Uebertragung des Sarges Adolfs Grafen zu Schwarzenberg in dieselbe.

In seiner Erwiederung an Mühlenstein ddo. 16. Februar 1652, ging Graf Johann Adolf zu Schwarzenberg mit vielem Eifer auf das Projekt Mühlenstein's ein, nicht ohne nochmaliges tiefes Bedauern über die Zerstörung des Grabmahles seines Grossvaters; zum wirklichen Abschlusse gelangte aber die Gruftangelegenheit erst mittelst Vertrages vom 1. Jänner 1656.

Sollten diese Mittheilungen die gewünschte Beachtung finden, so dürfte sich der Verfasser, unter Begünstigung von Zeit und Umständen, aufgefordert fühlen, auch die geschichtlichen Daten über die Fürstlich Schwarzenbergische Familiengruft übersichtlich zusammenzustellen. Was aber die beabsichtigte Uebertragung des Sarges Adolfs zu Schwarzenberg in die neuerrichtete Familiengruft betrifft, so hat dieselbe, obgleich in dem Vertrage mit dem Augustiner-Convente vom Jahre 1656 ausdrücklich stipulirt und in Aussicht genommen, nicht stattgefunden. Wegen Schwierigkeit der Exhumation scheint man darauf verzichtet zu haben. Bestimmte Angaben über eine faktische Transferirung finden sich wenigstens in den Akten des Fürstlichen Familienarchives nicht, wohl aber entdeckte — und diess ist in dieser noch im Jahre 1785 ventilirten Frage entscheidend — ein Augenzeuge bei einem Besuche der Fürstlichen Familiengruft in neuerer Zeit eine Tafel nächst der Stiege mit der Inschrift:

„Der Sarg des Herrn Adolffen Graffen zu Schwarzenberg
befindet sich nicht hie, sondern unter dem hohen Altare."

In Folge der letzten grossen Veränderungen im Innern der Augustinerkirche im Jahre 1784 und der Aufhebung der Familiengrüfte verschwanden mit den sämmtlichen historischen Denkmalen dieses Gotteshauses sowohl die dem Schwarzenbergischen Hause gehörige St. Nikolai von Tolentino-Kapelle, als auch die sonstigen Kennzeichen der Fürstlichen Familiengruft, bis auf einen Marmorstein ohne Inschrift auf der Evangelienseite des Hochaltars, jedoch schon ausserhalb des Presbyteriums.

PERSONEN-, ORTS- UND SACH-REGISTER.

CPSIA information can be obtained
at www.ICGtesting.com
Printed in the USA
LVHW111637170422
716440LV00006B/598

9 783752 596205